Gerhard Henschel

SCHAUERROMAN

Hoffmann und Campe

Die Arbeit des Autors an diesem Buch wurde vom Deutschen Literaturfonds e. V. gefördert.

1. Auflage 2021

www.hoffmann-und-campe.de
Dieses Werk wurde vermittelt durch die Literarische Agentur Thomas Schlück, Hannover.
Umschlaggestaltung: Vivian Bencs © Hoffmann und Campe
Umschlagfoto: © Max Goldt
Satz: Dörlemann Satz, Lemförde
Gesetzt aus der Minion
Druck und Bindung: GGP Media GmbH, Pößneck
Printed in Germany
ISBN 978-3-455-01199-9

HOFFMANN UND CAMPE

Ein Unternehmen der
GANSKE VERLAGSGRUPPE

Schauerroman

In der Wohnung sah es aus wie Sau, als ich mein Katerfrühstück einnahm. Man feierte nicht ungestraft Geburtstag in einer Kreuzberger Fabriketagen-WG! Pfützen, Bierdeckel, Styroporbecher, Sektkorken, Wurstzipfel, klebriges Leergut, verknautschte Zigarettenschachteln, fettige Papierservietten und als Aschenbecher mißbrauchte Teller mit erstarrten Speiseresten kündeten von einer langen, feuchtfröhlichen Nacht, und von Sigrun durfte ich mir anhören, daß sie die Fete zwar ganz lustig gefunden habe, aber nicht dieses eine total bescheuerte Lied, das irgendein Idiot um fünf Uhr morgens aufgelegt habe: »Weischt, welches i mai?«

Oja, ich wußte, welches sie meinte: das Lied von Stephan Remmler. Das einzige, das ich selbst ausgesucht hatte:

Einer ist immer der Loser
einer muß immer verliern ...

»Des hedd mi faschd zom Wahnsinn gbrachd«, sagte sie. »I war da scho halb oigschlafa!«

Zum Glück gab es in meiner Wohngemeinschaft einen extrabreiten Saalbesen. Damit förderte ich auch zwei tote Mäuse zutage, die schon eine geraume Weile unter dem Fernsehsofa gelegen hatten.

Das Aufräumen und Saubermachen dauerte Stunden, und dann lehnten drei prallvolle Müllsäcke an der Wohnhallenwand.

Heraus zum 1. Mai! Den Zinnober, den die Autonomen in dieser Nacht veranstalteten, wollte ich mir einmal näher anschauen.

Philipp kam mit. Er glaubte, daß die größte Action am Görlitzer Bahnhof abgehe. Wir kämpften uns dorthin durch und sahen uns einer starken polizeilichen Streitmacht und deren Wasserwerfern gegenüber, während vermummte Demonstranten Steine warfen und aufgescheucht herumrannten.

Was sie damit bezweckten, blieb unklar. Es war kindisch, den Staat auf diese Weise herauszufordern. Welchem Ziel sollte es dienen, daß ein paar hundert Karnevalsbrüder Schaufenster einschmissen oder Autos in Brand steckten?

»Kein einziger von denen würde sein eigenes Auto anzünden«, wollte ich zu Philipp sagen, aber da driftete er in der wogenden Volksmenge schon woandershin, und als ich nach einem Ausweg suchte, schlug eine Polizistin mir ihren Knüppel so hart aufs linke Knie, daß ich zwei Tage lang nur noch hinken konnte.

Und dennoch ging es mir besser als dem Typen in Stephan Remmlers Lied. Allein im April hatte ich mit meinen Texten mehr als fünftausend Mark eingenommen. Lesungshonorare nicht eingerechnet.

Im Benno-Ohnesorg-Theater in der Galerie am Chamissoplatz nahm Wiglaf Droste am Sonnabend Stellung zur Randale vom 1. Mai: »Ein kleiner Leckerbissen am Rande sind in jedem Jahr die Versuche des Kreuzberger alternativen Mittelstands, sozialarbeiterische Arschkriecherei als ›Vernunft‹ auszugeben und sich schlichtend zwischen die Kontrahenten zu stellen. Bisher haben sie noch immer bekommen, was sie verdienen: tüchtig Haue von beiden Seiten …«

Der Subkulturforscher Klaus Farin, der als Gast aufgetreten war, fragte mich hinterher im Heidelberger Krug bei Bier und Bouletten nach meinem politischen Standort, den ich aber selbst nicht so genau kannte. »Und du wohnst in Berlin?«

»Ja. In einer Siebener-WG in der Graefestraße.«

»Kann man das aushalten?«

Das Schlimmste sei der allmorgendlich einsetzende Baustellenlärm, sagte ich, und dann lud Marcus Weimer alias Rattelschneck mich dazu ein, auf der Rückseite eines Kilkenny-Irish-Beer-Aufstellers mit einem Kugelschreiber die Zeichnung eines »Hausfrauenhimmels« zu komplettieren, in dem ein Engel auf den Wolken staubsaugte, während eine Ratte dem lieben Gott, der in Ruhe fernsehen wollte, auf den Kopf kotzte.

Tags darauf sahen Wiglaf, Marcus und ich uns im Arsenal die Originalfassung von John Fords Western »My Darling Clementine« an, von dessen Poesie man nicht viel wußte, wenn man ihn nur aus dem Fernsehen kannte. Gemein war allerdings der von Anfang an feststehende Tod der schönen Mexikanerin Chihuahua. In klassischen Western hatten gutaussehende mexikanische Bardamen keine Überlebenschance.

Beim Bier kamen wir vom Gespräch über die Schießerei am Ende des Films auf die Waffengeilheit der RAF, und Wiglaf verriet uns, was Bommi Baumann ihm über Andreas Baader erzählt habe: Der sei immer gern mit 'ner Knarre in der Hand rumgelaufen. Und als er einmal aus dem Bad gekommen sei, habe er einer Frau ein Handtuch zugeworfen und gesagt: »Los, Fotze, abtrocknen!«

Das glaubte ich unbesehen. Es paßte zum Sound der bekanntgewordenen RAF-Kassiber.

Marcus sagte, daß er auch eine Kriegsgeschichte auf Lager habe: Er sei mal in London bei einer Familie zu Gast gewesen, in deren Wohnzimmer es nur einen einzigen Steckkontakt gegeben habe. »An den konnte man entweder den Plattenspieler anschließen oder den Zierkamin. Und es gab jeden Abend Streit deswegen …«

Richtungslose Kneipengespräche waren immer eine Wonne, und wenn Marcus dabei war, konnte man sicher sein, daß sie nicht monothematisch verliefen.

Am späteren Abend schrieb ich wieder an meinem kleinen Buch für Klaus Bittermanns Edition Tiamat (»Menschlich viel Fieses«) über das Schnulzige in den Traktaten, Predigten, Memoiren und Versen der Bürgerrechtler, die gegen die DDR-Regierung aufbegehrt hatten.

Gedicht, steig auf, flieg himmelwärts!
Steig auf, gedicht, und sei
der vogel Schmerz …

Wegen solcher Gedichte war der Poet Reiner Kunze mit einem Berufsverbot belegt und von der Staatssicherheit drangsaliert worden, was die Gedichte aber nicht besser machte.

Von der Arbeit ablassen mußte ich dann, als im Ersten Woody Allens Beitrag zu dem Episodenfilm »New Yorker Geschichten« lief. Das Komischste, was ich von Allen je gesehen hatte: Eine tyrannische Mutter taucht nach ihrem Verschwinden plötzlich als riesenhafte Himmelserscheinung über Manhattan auf und rhabarbert über die Verfehlungen ihres Sohnes, der schon geglaubt hatte, er wäre sie für immer los. Wie schrecklich!

Die Redakteure des Fußballfachblatts *Kicker* liebten es, die Überschriften ihrer Artikel mit Namenswitzen aufzubrezeln:

Kurz hielt Thom kurz
Saftig auf dem Trockenen
Hart wie Holz, dieser Golz
Und in bezug auf den Bundesligaspieler Mehmet Scholl:
Mehmet, was s(ch)oll das?
Eine ebenso behämmerte wie putzige Marotte.

Für die Nullnummer der Zeitschrift *Schnurrende Traglast*, die Kathrin Passig und ich herausgeben wollten, schickte mir der Hamburger Journalist Christian Meurer einen Text, in dem es um dänischen Leberwurstpudding und »ein halbherziges Sommergeplänkel mit einem Hildesheimer Forstassessor auf Lanzarote« ging, und das waren genau die Petitessen, an die wir gedacht hatten, denn es sollte eine Zeitschrift für das Unwichtige werden.

In Los Angeles waren bei einer Protestdemonstration von Afroamerikanern 53 Menschen ums Leben gekommen und mehr als zweitausend verletzt worden. Vier Polizisten – drei Weiße und ein Latino – hatten zuvor einen am Boden liegenden Schwarzen minutenlang mit Schlagstöcken verprügelt und mit Füßen getreten, waren aber von einem Gericht freigesprochen worden, und in der Jury hatte kein einziger Schwarzer gesessen. Rassismus wie vor einhundert oder zweihundert Jahren: als hätte der von Martin Luther King angeführte Marsch auf Washington nie stattgefunden.

Was man in den Schreibwarenläden kaufen konnte, waren Muscle-T-Shirts, Rollschuhe und Seifenblasen, aber kaum noch Schreibwaren.

»Haben Sie Aktenordner?«

»Sind aus.«

»Und Kopierpapier?«

»Vielleicht kommende Woche wieder …«

»Und Radiergummis?«

»Hatten wir mal.«

War das die von Jürgen Habermas analysierte »Neue Unübersichtlichkeit«?

Der Tod von Marlene Dietrich ließ meine Mitbewohner kalt. Torsten kannte nicht einmal ihren Namen, Sigrun verwechselte sie mit Hildegard Knef, Jochen sagte, er stehe mehr auf Julia Roberts, für Lizzy begann die Filmgeschichte überhaupt erst 1983 mit dem Film »Klassenverhältnisse« von Jean-Marie Straub und Danièle Huillet, und Philipp befand sich gerade in einem unzugänglichen Bewußtseinszustand.

Von Reinhold lag keine Stellungnahme vor. Er war seit Monaten on the road, und ich hatte ihn noch nie gesehen.

»Da isch dai Großmuadr am Delefo«, sagte Sigrun.

»Hallo, Oma!«

»Ich grüße dich, Martin! Ist mein Geburtstagsbrief jetzt da? Der mit dem vielen Geld?«

»Nein, noch nicht. Jetzt streiken hier die Postbeamten. Und dazu noch die Müllmänner …«

Ich solle ihr sofort Bescheid geben, wenn er angekommen sei, sagte sie. »Geht's dir denn gut, mein Lieber?«

»Ja! Ich fahr übermorgen zur Leipziger Buchmesse und treff mich da mit zweien meiner Verleger …«

Unter denen meine liebe alte Oma Jever sich vermutlich arriviertere Herren vorstellte als die Kleinverleger Michael Rudolf und Gerd König aus Greiz in Thüringen.

Fünfzig Millionen Postsendungen steckten im Stau, hieß es im Radio, und ich schätzte, daß mindestens zwei Millionen davon für mich bestimmt waren.

In der *Zeit* lobte Harry Rowohlt »den genialen Kolumnisten Max Goldt«:

So schöne Kolumnen möchte ich auch mal schreiben können. Aber ansonsten bin ich ganz froh, daß ich ich bin und nicht er, denn seine Groupies sehen sämtlich aus wie Hitlerjunge Flex, während bei meinen Groupies … äh … sozusagen noch alles drin ist.

Mit Harry Rowohlt hätte ich auch gern mal das Glas erhoben.

Auf dem Hinweg zu einem Lokal namens Marabu, wo ich mit Lizzys Freundin Dunja verabredet war, die laut Lizzy auf mich flog, obwohl sie sich, wie ich wußte, in festen Händen befand, wurde ich weichgeregnet, und im Marabu störten uns ständig irgendwelche von Dunjas Bekannten.

Mit denen ließ ich sie schließlich allein. Eine Frau, die so genau unter Beobachtung stand, wäre sowieso nicht auf Abwege zu bringen gewesen.

Um nach Leipzig fahren zu können, mußte ich erst einmal den Bahnhof Schöneweide erreichen, was gar nicht so leicht war, weil ich das System der Ostberliner S-Bahn nicht durchschaute.

Die Lautsprecherkommandos auf den Bahnsteigen erschollen noch immer im barschen Tonfall der sozialistischen Obrigkeit, und in den Waggons der Reichsbahn stank es, wie schon vor dem Mauerfall, nach dem todbringenden Desinfektionsmittel Wofasept aus Bitterfeld. Diese chemische Keule konnte nur von Irren hergestellt worden sein.

Schwarzgeledert und kaugummikauend stand Michael Rudolf im Leipziger Hauptbahnhof parat und salutierte. »Ey! Besuch aus'm Westen!«

Irgendwo am Stadtrand hatten Gerd König und er eine kleine Wohnung angemietet, in der auch ich übernachten konnte, aber unser erstes Ziel war das Messehaus.

Im Herbst, sagte Michael, könnten wir vielleicht ein bißchen auf Lesereise gehen. »Vielleicht nach Halle, Rostock, Jena und Chemnitz. Wenn der Sammelband mit deinen Texten erschienen ist. Für den wir uns noch einen Titel ausdenken müssen …«

Michaels Kompagnon Gerd König begrüßte mich herzlich. Ein Vogtländer mit gestutztem Vollbart und hellbrauner Breitcordjacke. Er war gelernter Zerspanungsmechaniker und hatte in den achtziger Jahren im Leipziger Literaturinstitut studiert und 1991 gemeinsam mit Michael den Verlag Weisser Stein gegründet.

Unserem Versuch, im Messehaus einen Happen essen zu gehen, blieb der Erfolg versagt: Es gab nur einen säuischen Fraß, den man nicht hinunterbekam.

»Schmeckt wie zerlassene Filzsandalen«, sagte Gerd König.

Am Stand des Verlags Knaus erkundigte ich mich nach dem Befinden von Walter Kempowski, der einen Schlaganfall erlitten hatte, wie ich wußte, aber dort hatten sie alle keinen Schimmer davon, wie es ihrem wichtigsten Autor ging.

Sehr viel besser war das Essen abends im Ratskeller, und das Köstritzer Schwarzbier, das wir dazu tranken, fand auch vor Michael Gnade. Als Gärungstechnologe alter Schule stellte er an jedes Bier die höchsten Ansprüche, und dieses hier schmeckte ihm: »Das ist noch mit Liebe gehopft!«

An einem der Nebentische parlierte der strauchhaarige SPD-Spitzenpolitiker Wolfgang Thierse, der mich aber nicht so stark beeindruckte wie der weißbekittelte Bedienstete mittleren Alters, der auf der Herrentoilette der Aufgabe nachkam, die Papierhandtücher aus dem Papierhandtuchspender zu ziehen und sie den Gästen darzureichen, die sich die Hände gewaschen hatten. Was war denn das für ein kurioser Beruf?

Vom Ratskeller zogen wir in die Moritzbastei um, einen katakombenartigen Gewölbekeller mit Ausschank und regem Zulauf aus Studentenkreisen. In einem der Gelasse saßen wir schon bald vor drei Bierhumpen und sprachen gerade darüber, wie mein Buch heißen solle, als eine bildschöne dunkelhaarige Frau die Treppe neben uns herunterkam und mir dabei tief in die Augen sah.

Ich entschuldigte mich bei Michael und Gerd, lief der Frau hinterher und entdeckte sie in einer separaten Bar namens Schwalbennest. »Du hast mich eben so freundlich angesehen«, sagte ich. »Darf ich dir was ausgeben?«

»Dann aber was Richtiges«, sagte sie. »Whiskey.«

Sie hieß Nicole, stammte aus Apolda und war Apothekerin in Leipzig, und es kam rasch zum ersten Kuß. Auf den unmittelbar nach dem zweiten gemeinsamen Getränk ein noch innigerer folgte. So gefiel mir das Leben!

Hello, I love you
Let me jump in your game …

Offenkundig war Nicole ebenso liebeshungrig wie ich, und ich überlegte schon, ob es statthaft wäre, sie in das Quartier meiner Verleger mitzunehmen.

»Hier steckst du also!« rief Michael. »Wir haben dich überall gesucht!« Er stellte meine Reisetasche hinter meinem Barhocker ab und sagte, daß Gerd König und er jetzt eine Lesung experimenteller Lyrik besuchen wollten. »Gleich um die Ecke. Kommst du mit?«

»Nein. Ich bleibe lieber noch im Schwalbennest.«

»Na gut. Dann sehen wir uns hier so in ’ner Stunde wieder …«

Wen lockte experimentelle Lyrik, wenn es stattdessen Zungenküsse gab?

In das Taxi, das uns zu der Unterkunft in der Vorstadt bringen sollte, stieg Nicole dann tatsächlich mit ein, und ich schuf ihr einen Platz auf meiner kargen Lagerstatt, die aus einer in der Küche liegenden

Matratze bestand. Als Zudecke diente uns ein rauhes volkseigenes Badehandtuch. Doch was brauchten wir mehr?

Das Frühstück war mager: Malzkaffee und getoastetes Weißbrot mit Goldina-Margarine und Zörbiger Pflaumenmus.

Nicole und ich wollten in Verbindung bleiben, und wir tauschten einen langen Kuß und unsere Adressen aus, bevor der zweite Messetag begann.

Im Tageslicht sahen die Bauten in der Leipziger Vorstadt noch schäbiger aus als in der Nacht. Viele waren bis zum zweiten Stock mit Müll gefüllt.

In den öden Fensterhöhlen
Wohnt das Grauen ...

Und die Menschen! Quallig, knorpelig und teigig rollten sie von A nach B und stellten ihre vom jahrzehntelangen Schweinekopfsülzwurst- und Würzfleischverzehr entstellten Körper zur Schau. Figuren wie aus einer Freakshow.

»Sowas sehen wir hier alle Tage«, sagte Michael. »Reiß dich mal zusammen!«

Auf der Messe hatte auch der Semmel-Verlach einen Stand, der Mutterkonzern des Hamburger Satiremagazins *Kowalski*, für das Michael und ich schrieben. Wir nahmen dort die Cartoonbände unseres lieben Freundes Eugen Egner aus dem Regal und plazierten sie an einer besser sichtbaren Stelle.

Im Treppenhaus wären wir um ein Haar mit dem CDU-MdB Rainer Eppelmann kollidiert, und einmal kreuzten wir den Weg des TV-Journalisten Hanns Joachim Friedrichs, der genauso aussah wie im Fernsehen: Toll, was man auf einer Buchmesse alles erlebte.

Michael wollte zum Stand der Sozialistischen Verlagsauslieferung, kurz SOVA, die unter anderem Bücher der Verlage Nautilus, März und Stroemfeld / Roter Stern vertrieb. Sein Ziel war, die SOVA auch für den Verlag Weisser Stein zu gewinnen. Es war jedoch gerade niemand da, der ansprechbar gewesen wäre, aber eine der

SOVA-Damen gab sich als *Kowalski*-Leserin zu erkennen und füllte uns mit Sekt ab.

Nebenan krachten Raketen los. Dort fand die Lesung eines Autors namens Harry Hass statt, der Feuerwerkskörper und Knallerbsen ins Publikum schmiß und einen Text über Touristen vortrug, die sich an der Ostsee den Hintern mit toten Krähen abwischten. Von anderswoher waren über Lautsprecher die sonoren Stimmen existentiell leidender Lyrikerinnen zu vernehmen, und Michael blies stumm die Backen auf.

Am Abend führten meine Verleger mich in das berühmte Lokal Auerbachs Keller aus, in dem Doktor Faust einst auf einem Faß über die Treppen geritten sein sollte.

Als Titel für mein Debütwerk schlug Michael mir »Der Sprung in der Schüssel der imperialistischen Bestie« vor, aber ich hätte etwas Milderes vorgezogen. Wenn ich auch noch nicht wußte, was.

Wir tranken wieder Köstritzer, und Gerd König rezitierte etwas von einem erzgebirgischen Heimatdichter: »Im Wald, da steht ein Ofenrohr. Stell dir mal die Hitze vor!«

Aus mir selbst unerklärlichen Gründen mußte ich darüber so ausdauernd lachen, daß mein Essen kalt wurde. Ich kriegte mich kaum wieder ein. Dieses im Wald stehende heiße Ofenrohr machte mich hilflos gegen den von innen kommenden Lachkoller.

Zuhause wartete ein Fax von Marcus mit einer für die *Schnurrende Traglast* gedachten Zeichnung auf mich, die den Titel »Die Okay-Bande« trug und zwei Räuber zeigte, die zwei Postkutschern zuriefen: »Alles klar, Männer? Seid ihr okay?«

Das war genau der Stoff, auf den ich aus war.

Zu seinem zweiwöchentlich tagenden Debattierzirkel, an dem ich meistens teilnahm, hatte Michael Rutschky nun auch Kathrin Passig eingeladen. Wir fuhren gemeinsam hin, und als wir vier Stunden später wieder draußen waren, sagte sie: »Hat mir gut gefallen, daß die alle so geschrien haben. Aber ich glaube, ich passe nicht in Herrn Rutschkys Sonntagsschule. Interessant fand ich nur die Information, daß es Leute gibt, die Fische akupunktieren.«

Der Müllmänner- und auch der Postbeamtenstreik waren endlich vorüber, und ich erhielt einen Brief von Eugen Egner aus Worpswede, wo er und seine Gefährtin Urlaub gemacht hatten. Es sei alles sehr schön gewesen, nur das Essen beim »Sudlerwirt« nicht:

Wie ein Balkon-Ersatzreifen lag mir der Haifischbraten im Magen.

Oje. Was mochte Eugen da verspeist haben?

Während ich an meinem Buch für die Edition Tiamat schrieb, sah ich mir auf Video Filme an – »Der Pate«, »Der Pate – Teil II« und »Der Pate – Teil III« –, und als die tödlich getroffene Mary Corleone gegen vier Uhr morgens auf den Stufen des Opernhauses von Palermo verblutete, brach zwischen Jochen und Philipp ein Streit aus, der sich auch in mein Zimmer verlagerte. Es schien um eine Frau zu gehen. Die beiden Kampfhähne brüllten sich an und gingen mit den Fäusten aufeinander los, aber schon am nächsten Vormittag hatten sie sich wieder lieb.

»Was war noh da gäschdern nachd los?« fragte Sigrun. »I hon dachd, ihr batschd eich gloi 'n Schädl oi!«

»Vergiß es«, sagte Jochen. »Kleine Meinungsverschiedenheit.«

Auf Geheiß des *Tip*-Redakteurs Volker Gunske besuchte ich die Pressevorführung einiger Folgen der Serie *Drei Drachen vom Grill*, einer albernen Parodie der Vorabendserie *Drei Damen vom Grill*. Da wurden einem so matte Scherze zugemutet wie der, daß jemand bei einem Familienkrach in ein offenes Messer lief und die Hinterbliebenen seine Leiche im Wald verscharrten, aber ich war nicht wählerisch, was meine filmkritischen Auftragsarbeiten anging, und ich durfte schreiben, was ich wollte.

Klaus Bittermann hatte inzwischen das Cover für mein Buch collagiert: einen Zylinder, aus dem Jürgen Fuchs, Wolf Biermann, Sascha Anderson, Stephan Krawczyk, Lutz Rathenow, Vera Lengsfeld und andere Vertreter der DDR-Opposition herausquollen.

»John Heartfield läßt grüßen«, sagte ich, was Klaus sehr amüsierte.

»Und wie weit bist du jetzt?«

»Auf Seite achtzig.«

»Na, einen guten Monat hast du ja noch Zeit ...«

Meine Lieblingswitzzeichnung in dem Buch »Aus der Toilette kamen Wischgeräusche« von Tex Rubinowitz war die von dem Mann, der sich über ein oben rauchendes und unten tropfendes Rohr beklagte: »Typisch Rohr – oben rauchts raus, unten tropfts, und in der Mitte issis verstopft.«

Im Vorwort beschrieb Max Goldt das Zimmer, in dem Tex Rubinowitz wohnte:

In einer Ecke stehen drei Säcke mit den Aufschriften: Staub 86, Staub 87 und Staub 88. Staub 89 und 90 sind noch nicht eingetütet, die liegen noch rum ...

Ha! Und wie wollte er diese beiden Jahrgänge trennen?

Um mich abzulenken, hätte ich die Stunde, in der meine Zahnärztin an meinem defekten Schneidezahn tischlerte, gern mit Erinnerungen an Nicole verbracht, doch es gelang mir nicht, die Praxis in Gedanken zu verlassen.

»Spülen Sie bitte mal aus ...«

Es wurde aufs Schauerlichste der Bohrer geschwungen. Nur Erleuchtete hätten sich dabei in einer erotischen Träumerei verlieren können. Oder Perverse.

Für meine Beiträge in der Rubrik »Briefe an die Leser« waren zwei kleine Schecks von der *Titanic* eingetroffen, und aus dem Stadtmagazin *Zitty* sprang mir neues Rohmaterial für diese Rubrik entgegen, aus einem Interview, in dem der Verleger Axel Matthes sich in urgroßväterlicher Weise als Kulturkritiker äußerte:

Ein gutes Buch bringt mich zum Sprechen, die Massenmedien strangulieren unser Sprechen.

Literatur sei Sehnsucht, sagte er da. Und:

Ohne das Rauschgift Buch und andere Anachronismen wüßte ich freilich nicht, wie das Jetzt aushalten.

Ich zitierte einige der Sätze und schrieb:

Wie sollen wir das jetzt aushalten? Ach ja, wir strangulieren einfach Ihr Sprechen.

Schon passiert.

Bevor ich diesen neuen Brief an die *Titanic* faxte, rief ich in Frankfurt an, um nach dem nächsten Redaktionsschlußtermin zu fragen.

Am Apparat war der Redakteur Christian Schmidt. Das Juniheft sei bereits fertig, sagte er. Und daß er mich gern kennengelernt hätte, als er im Februar in Berlin gewesen sei. »Vielleicht können wir das irgendwann nachholen. Und Sie sollten einfach mehr für uns machen, finde ich …«

Unsere Spülmaschine schwächelte: Sie legte los, als wäre alles in bester Ordnung, aber nach jeweils zwei oder drei Minuten hielt sie inne und gab einen Heulton von sich wie eine sterbende Robbe.

»Und wer kümmert sich jetzt darum?« fragte Jochen.

»Du«, sagte Lizzy.

»Aha. Und was krieg ich dafür?«

»Bist du nicht jemand, der schon alles hat?«

»Ach, stimmt ja … hab ich ganz vergessen …«

In Wirklichkeit krebsten Jochen und Philipp mit ihrer kleinen Werbefirma natürlich am Rande des Existenzminimums herum.

Aus irgendeiner alten Zeitschrift hatte Kathrin den Kolumnentitel »Reserviert für Eva Ping« und die Überschrift »Dieter – der ›Kachel-Caruso‹« ausgeschnitten und fertigte dazu bei einer Redaktionssitzung in meinem Zimmer ein paar Zeilen für die *Schnurrende Traglast* an:

Ich und der Kachel-Caruso, wir werden sein wie drei. Achso, und dann noch der Fugen-Figaro! Dann werden wir nochmal neu durchzählen müssen. So stelle ich mir das vor.

Eure Eva Ping

P. S.: Bleibe am Ball!

Meinen Rat, ihr Studium abzubrechen und Schriftstellerin zu werden, schlug Kathrin jedoch in den Wind: »Ich hab dir schon mal gesagt, daß ich dafür nicht eitel genug bin …«

Seit sieben Uhr morgens operierten Bauarbeiter unten im Hof mit einer Kreissäge, und der seit halb acht auf die Spülmaschine einhämmernde Kundendienstmensch tat ein übriges, um mich aus dem Schlaf zu reißen. Die Sinfonie der Großstadt!

In meiner Zahnarztpraxis bekam ich einen Kostenvoranschlag für die weitere Behandlung. »Damit müssen Sie zu Ihrer Krankenkasse«, wurde mir gesagt, »und zwar am besten persönlich, denn sonst dauert die Bearbeitung Wochen …«

Klar. Ich hatte ja nichts anderes zu tun und konnte meine Tage gut damit verbringen, in Berlin herumzuflitzen und in Wartezimmern Däumchen zu drehen.

Kathrin brachte mir dann doch einen kurzen Text vorbei, von dem sie glaubte, daß er sich für *Kowalski* eigne:

Als ich in der U-Bahn Eugen Egners »Meisterwerke der grauen Periode« studierte, stieg Orla Froschfresser ein und setzte sich neben mich. In letzter Zeit scheine ich solche Kreaturen anzuziehen. Orla Froschfresser war mindestens einsneunzig groß und trug schwarzes Leder.

»Heda, schöne Frau!« krächzte er. »Mit dem Buch!« In der Tat waren einige schöne Frauen anwesend, aber keine hatte ein Buch, nur ich. Standhaft starrte ich hinein, das verdroß ihn. »Nur Bilder und Geschichten??« maulte er und schielte garstig in mein Buch, »nur Bilder und Geschichten, hä?« Was erwarten die Leute eigentlich von Büchern? Orla hatte offensichtlich noch nie eines gesehen. Wie? Man kann sie nicht ficken? Nicht austrinken? Ekel und Enttäuschung! Das kommt davon, wenn man auf die Kunst keinen anderen als jenen Schlüssel anwendet, mit dessen Hilfe man die Gegenstände des täglichen Umgangs als sinnvoll begreift. Ficken! Austrinken! Dumm sterben!

Ich faxte die Seite an die Redaktion, mit den besten Empfehlungen, und sagte Kathrin wahrheitsgemäß, daß sie sich jetzt ungefähr ein halbes Jahr lang auf das Honorar freuen könne.

Da ich mit Max zum Testen exotischer Biersorten verabredet war, mußte ich schleunigst welche auftreiben. Ich fand aber nicht viele. Continental Guinness, Eschweger Klosterbräu, Newcastle Brown Ale, Imperial Russian Stout …

Er selbst hatte sogar japanisches und mexikanisches Bier ausfindig gemacht. Zuerst gab es bei ihm jedoch eine Original-DDR-Champignon-Tütensuppe und dazu mit Holstener Liesel bestrichenes Finn-Crisp-Knäckebrot. Ob das als Grundlage genügte?

Es müsse natürlich nicht immer Hausmacherkost sein, sagte er. »Wir können auch mal burmesisch essen gehen. Oder uruguayanisch. Auch polnisch würde mich reizen. Mikronesisch oder nauruisch wäre zu gewählt.«

»Wie wär's mit ghanaisch?«

»Geht nicht. Es gibt nur allgemein afrikanische Restaurants. Afrikaner scheinen alle das gleiche zu essen …«

Dann spielte er mir Stücke einer Band namens Sparks vor. Das sei »große, heilige Musik«, und ich solle mir gleich morgen bei WOM in der Augsburger Straße, Ecke Kudamm, für 39 Mark 90 »The Ultimate Sparks Collection« besorgen!

Aber was die Sparks da taten, mochte noch so brillant sein – das einzige, was ich von Musik verlangte, war, daß mir bei ihr das Herz aufging. Auch wenn Adorno das kulinarische Hören verboten hatte.

Als Max von mir vernahm, daß ich vorhätte, das Buch seines Freundes Tex Rubinowitz für den *Tip* zu besprechen, bat er mich, in der Rezension lauter Behauptungen aufzustellen, über die Tex sich wundern werde: »Schreib, daß er Ohrlochpistolen ablehnt! Und daß er Robert Gernhardt mal einen Lünebest-Joghurt zugeschickt hat. Und daß er nie, nie, nie seine von Tesafilmstreifen zusammengehaltene Brille putzt!«

Beim Verkosten des Biers gingen wir anfangs noch bürokratisch vor: Max notierte die Uhrzeit, und dann probierten wir zum Beispiel ein belgisches Dünndampfbier oder ein Schinkenbier und erteilten ihm eine Note, die Max ebenso festhielt wie alle ergänzenden Bemerkungen (»schmeckt nach Petroleum«, »marmeladig«, »katenrauchfleischartig salzig«, »ungustiös«). Mit der Zeit wurden die Urteile gröber und die Notizen fahriger, aber wir besaßen noch genug Geistesgegenwart, um uns für Sonnabend zu verabreden, und zwar zu Marlene Dietrichs Beerdigung auf dem Friedhof an der Stubenrauchstraße. Treffpunkt: das Restaurant in der Hertie-Filiale am Walther-Schreiber-Platz.

Am Freitag mußte ich leider schon um sieben Uhr aufstehen. Meine alte Liebe Andrea hatte sich angekündigt: Sie war wieder einmal auf der Durchreise nach Brandenburg zu der Kommune, die sich Zentrum für experimentelle Gesellschaftsgestaltung nannte, abgekürzt ZEGG, und wollte vorher gern mit mir im Grunewald lustwandeln, was an sich ein guter Plan war, aber wenn man es nicht darauf anlegte, öffentliches Ärgernis zu erregen, konnte man im Grunewald zwar spazierengehen, aber nicht miteinander schlafen, und nach zwei Stunden mit Andrea schmerzten meine Schwellkörper.

Günther Willen, einer meiner treuesten Korrespondenten, schrieb mir aus Hamburg, daß ihm die deutsche Einheit »voll auf den Kanister« gehe:

Vom Stasi-Unfug ganz zu schweigen. Kann und will darüber nichts mehr aufnehmen. Heute war z. B. ein langweiliger Tag, das heißt, wir schrieben hier in Hamburg 25 Grad. Ich also nichts wie rein ins Haus, habe praktisch keinen Schritt vor die Tür gemacht. Genieße den Schatten, lese einen guten Krimi über einen nörgelnden Kältetechniker, mache mir ein schönes TV-Dinner (irgendwas mit Tomatenmark), schalte die Kiste ein – und hastdunichtgesehn irgendwas mit der deutschen Einheit. Ich natürlich gleich wieder ausgeblendet. Geht nicht.

Die Redewendung »Geht nicht« schien gerade im Kommen zu sein.

In Sigruns Zimmer hatte ein Redakteur des Hochschulmagazins *IQ* das Ende April von ihr geschossene Foto erblickt, das mich zeigte, wie ich mit Perücke und Kunstschnurrbart auf einer Sesselruine einen Penner mimte, und das wünschte er sich als Titelbild für die nächste Ausgabe.

»Wenn mein Name nicht genannt wird, hab ich nichts dagegen«, sagte ich. »Wie hoch ist denn die Auflage?«

»Dreißigtausend.«

Coverboy Martin Schlosser! Das mußte ich Eugen schreiben. Der würde staunen.

Auf dem Friedhof schlossen Max und ich uns im warmen Maisonnenschein einer langen Menschenschlange an, die aus gutbürgerlichem und normalem Volk und auch aus schrill aufgetakelten Transvestiten bestand und nur zögerlich vorrückte.

»Das sind keine Transvestiten, sondern Drag Queens«, sagte Max.

»Und was ist da der Unterschied?«

»Transvestiten haben das Bedürfnis, sich durch das Tragen von Frauenkleidung aufzugeilen, aber eher heimlich, im Kabüffchen. Drag Queens wollen strahlen und scheinen, leuchten und gesehen werden …«

Es vergingen zwei Stunden, bis wir vor Marlene Dietrichs offenem Ehrengrab standen und je eine Handvoll Sand hineinwerfen konnten.

Aus dem stillen Raume, aus der Erde Grund …

Max trug sich sogar in das aufgebahrte Kondolenzbuch ein.

»Könnd ihr des mol leisr schdella?« schrie Sigrun durch die Wohnung, als ich wiederkam. »Man verschdehd ja sai eigenes Word nemme!«

Was sie nervte, war die von Jochen und Philipp auf volle Lautstärke gestellte Radiokonferenzübertragung vom letzten Spieltag der Bundesliga. Eintracht Frankfurt, Borussia Dortmund und der VfB Stuttgart befanden sich punktgleich an der Spitze, und nun lag Dortmund auswärts in Duisburg mit einem Tor vorn, während es zwischen Leverkusen und Stuttgart 1:1 stand und zwischen Rostock und Frankfurt gleichfalls 1:1. Wenn es dabei blieb, war Dortmund Meister, zum erstenmal seit 1963, aber dann schoß Guido Buchwald in der 86. Minute das 2:1 für den VfB, der das bessere Torverhältnis hatte als Dortmund. Kurz darauf ging Rostock mit 2:1 gegen Frankfurt in Führung, und weil auch den Dortmundern bis zum Schlußpfiff nichts mehr glückte, holte Stuttgart sich den Meistertitel.

»Sigrun!« schrie Jochen jetzt zurück. »Schduagard isch Meischdr! Hörsch mi?«

Er selbst war ein Anhänger des 1. FC Nürnberg, der auf dem siebenten Platz gelandet war. Sechs Plätze vor Gladbach.

Bei Getränke Hoffmann begegnete ich der Schneiderin Beate, die nicht Beate genannt werden mochte. Und von der ich einmal verführt worden war. Oder umgekehrt.

»Komm mich doch mal wieder besuchen«, sagte sie und gab mir einen kleinen Beckenkick. »Meine Nummer haste ja.«

She had that certain flash every time she smiled …

Das war die Welt, in der ich leben wollte. Babylon! Gomorrha! Sodom!

Jochen unterrichtete mich davon, daß der SV Meppen in der Aufstiegsrunde zur Bundesliga »verkackt« habe. Sonst hätte ich das gar nicht mitbekommen.

Schauderhaft war ein Buch mit Betrachtungen, Reden und Aphorismen von Franz Werfel, das Carola mir auf meinen Wunsch bestellt hatte:

Liebes- und beziehungstaub keucht ein Ich am anderen vorbei. Der Rest ist Elend und Verbrechen.

Und:

Die Sünde ist der geheimnisvolle Inbegriff der Verkehrtheit des verkehrten Lebens.

Und:

Tod ist gefrorene Zeit. Zeit ist geschmolzener Tod.

Solchen Stuß durfte man nur bis zur Obersekunda schreiben. Franz Werfel war kein Dichter gewesen, sondern ein von sich selbst ergriffener Zuckerbäcker.

Völlig unverständlich war mir auch, was andere Männer an dem Model Claudia Schiffer fanden. Im direkten Vergleich mit dieser maschinell erzeugten Schönheitskönigin besaß selbst die alte Frau Waas aus den Jim-Knopf-Romanen mehr Sex-Appeal.

Anruf eines *Kowalski*-Lesers aus Bayern: »Florian Eberle hier. Ich hatte Sie ja Ende April zum DFB-Pokalfinale Gladbach und Hannover am kommenden Sonnabend eingeladen. Erinnern Sie sich?«

»Natürlich.«

»Die Frage wäre jetzt die, ob ich dann vielleicht bei Ihnen übernachten kann.«

»Ja, das geht …«

»Von Freitag bis Sonntag?«

»Ja.«

»Und könnte ich eventuell auch ein paar Freunde mitbringen?«

»Wie viele denn?«

»Sieben.«

Sieben! Das war so unverschämt, daß ich es schon wieder rührend fand. »Gut, wenn Sie keine zu hohen Erwartungen hegen … und sich Schlafsäcke und Luftmatratzen mitbringen …«

Der *Spiegel* kolportierte eine Äußerung der Chansonette Evelyn Künneke:

Für alle, denen Marlenes Heimkehr wegen ihres tapferen Anti-Hitler-Kurses ein Greuel ist, sprach Evelyn Künneke die ungeflügelten Worte: »Es gefällt mir nicht, wenn jemand sein Vaterland verleugnet.«

Diese Giftspritze! Sie selbst hatte der Wehrmacht als singende Truppenbetreuerin gedient und fand das also auch ein halbes Jahrhundert später anständiger als Marlene Dietrichs Weigerung, für Joseph Goebbels auf den Strich zu gehen.

Als ich mit dem Kostenvoranschlag bei der weit entfernten Barmer Ersatzkasse erschien, hieß es: »Wir haben hier gerade einen Systemausfall.«

Der Fluch des EDV-Zeitalters!

»Haben Sie denn Ihr Bonusheft dabei?«

»Mein was?«

»Ihr Bonusheft. In dem Ihre Zahnarztbesuche verzeichnet sind.«

»Davon weiß ich nichts.«

»Bei wem sind Sie denn in Behandlung?«

»Bei Frau Brunner. Aber erst seit Ostern.«

»Und davor?«

»Bei Frau Schwickerath.«

»Und da ist Ihnen kein Bonusheft ausgestellt worden?«

»Nein.«

»Dann müssen Sie da nochmal vorstellig werden. Sonst können wir Ihnen nicht helfen.«

Auch das noch. Stöhnend gondelte ich wieder heim. Zwei Vormittagsstunden futsch, für nichts und wieder nichts.

»Wie ist noch gleich die Nummer der Telefonauskunft?« fragte ich Philipp.

»In Berlin kannste das vergessen«, sagte er. »Da verhungerste in der Warteschleife.«

Ich versuchte es trotzdem und ergatterte schon nach drei Minuten die Nummer meiner alten Zahnarztpraxis. Dort meldete sich eine Stimme vom Anrufbeantworter: Die Praxis sei montags erst ab elf Uhr dreißig besetzt.

Es war 11.27 Uhr. So wurde man vom Leben ausgebremst.

Oma hatte mir geschrieben:

Mein lieber, wenn auch uralter Martin!

Wo nun der Poststreik zu Ende ist, hoffe ich, daß mein inhaltsschwerer (70 DM) Brief für Deinen Geburtstag doch noch bei Dir ankommen wird! Nun haben wir auch im kühlen Friesland sommerliche Wärme, die ich sehr genieße. Ich habe es diese Woche überhaupt sehr gut, denn seit Montagabend ist Dagmar hier, was mein ganzes Leben und Befinden positiv beeinflußt, oh, Du weißt ja, wie sehr sie mich belebt! Es geht mir richtig gut! Gestern bekam ich eine Karte von Wiebke aus Spanien und einen Brief von Kim, die wochenlang geschäftlich in Gibraltar und Portugal weilte und sich dort eine Vergiftung zuzog. Da gibt es ja nicht so frische Fische wie auf dem Wochenmarkt in Jever. Wir essen heute Schollen, abends Granat und Sonntag Spargel mit Schinken. Gerne würde ich Dich auch mal wieder bewirten. Nun kommt Dagmar dran! Von mir noch liebe Grüße! Oma

Moin Martin, lieber Patensohn! Das Wetter ist seit heute (ätsch) hochsommerlich, und so fühle ich mich richtig toll (im Gegensatz zu Dir …!). Ich habe eingekauft en gros, habe den Friedhof »bestückt«, habe Oma einen neuen Wasserkocher verschafft, der sich automatisch abschaltet etc. Auch die neue Bank vor der Haustür wurde teetrinkenderweise eingeweiht. Um Pfingsten oder Ende Mai fährt Oma zu Luise. Auf bald – Dagmar

Jetzt war ich wieder halbwegs auf dem laufenden über die Aktivitäten der Sippenmitglieder.

»Normalerweise verschicken wir Bonushefte aber nicht mit der Post«, sagte eine Tante aus Frau Schwickeraths Praxis, aber durch gutes Zureden konnte ich eine Ausnahmeregelung erwirken.

Anschließend wetzte ich zur Sparkasse, zum Büchereck, zum Fotoladen, zu Edeka, zum Copy-Shop und zu Getränke Hoffmann, Pfandflaschen wegbringen und neues Bier holen. Und irgendwas essen mußte ich auch noch.

Der *Kicker* war wirklich stets für die verwegensten Wortspiele gut:

Ist Effe über den Berg?

Vom selben Geist zeugten einige Überschriften im *Kicker*-Sonderheft zur Europameisterschaft:

Sammer hat das Zeug zum Hammer

Binz bringt's

Helmer beinhart – Bein arm dran

Sehr flüssig las sich auch der Gastkommentar des Weltmeisters Klaus Augenthaler:

Denn jede Abwehr sieht nur so gut aus, wie das Mittelfeld die Räume zumacht und vor allem die Außenbahnen abschirmt.

»Dir hängd a Zibfl Schbinad am Kinn«, sagte Sigrun, als sie am Eßtisch vorbeikam.

Leider ging die Schneiderin nie ans Telefon. Doch dafür nahte der Termin, an dem sich der bereits 1982 in *Pardon* ausgesprochene und auch von mir geteilte Wunsch des Dichters Horst Tomayer nach einem genscherfreien Tag erfüllte, denn der Außenminister Hans-Dietrich Genscher war nach achtzehn Amtsjahren zurückgetreten. Ein Leben ohne diesen segelohrigen Intriganten, der sich einst mit Hilfe des Springerkonzerns aus der sozialliberalen Koalition hinausgestohlen hatte, rückte damit für uns Fernsehzuschauer und Zeitungsleser in eine fast greifbare Nähe.

Beerbt worden war Genscher von dem Freidemokraten Klaus Kinkel, der schon als Präsident des Bundesnachrichtendienstes einschlägige Erfahrungen gesammelt hatte.

Im Debattierzirkel sollte Martin Heideggers Aufsatz »Die Frage nach der Technik« durchgenommen werden, und ich mühte mich redlich damit ab.

Das Unaufhaltsame des Bestellens und das Verhaltene des Rettenden ziehen aneinander vorbei wie im Gang der Gestirne die Bahn zweier Sterne. Allein, dieser ihr Vorbeigang ist das Verborgene ihrer Nähe …

Nein, hier philosophierte Heidegger nicht. Er schwallte.

Kathrin hatte Zeichnungen vom »Sexualverhalten bei Bärenmakaken der Kolonie an der Universität Stanford« entdeckt und schenkte mir Kopien davon für die *Schnurrende Traglast*.

»Die treiben's ja ganz schön bunt.«

»Und rumschwulen tun sie auch noch«, sagte Kathrin.

Unterdessen hatte Eugen Egner einen Auftrag erhalten, der ihn überanstrengte:

Zum 250. Geburtstag von Herrn Lichtenberg will die Stadt Göt-

tingen heuer eine große Ausstellung zelebrieren. Man hat mich zur Mitwirkung eingeladen, weil anhand meiner verschiedenenorts veröffentlichten Werke der Schluß gezogen wurde, ich könne evtl. eine günstige Einstellung zu dem Herrn haben. Und richtig: Der Mann, der vermutete, die Erde könne ein Weibchen sein, und seinen Hausschuhen Namen gegeben hat, liegt mir in der Tat am Herzen. Allzu gern lese ich immer wieder in seinen Aphorismen, wenn ich nicht gerade etwas anderes tue. Als »ausgewählter Tiefgräber« (lt. Informationstext) werde ich versuchen, mir zu dem Thema was einfallen zu lassen. Bis jetzt ist mir aber noch nichts eingefallen. – Immer noch nicht. – Jetzt auch noch nicht. – Nichts. – Noch immer nicht – wird mir noch etwas einfallen? – Wenn ja, wann? – Wehe …

Andere hätten einfach irgendwas hingekleistert, aber Eugen war skrupulös.

Obwohl ich es haßte, unzureichend bekleidet herumzulaufen, legte ich mir ein ärmelloses Oberhemd zu, ein sogenanntes Muscle-Shirt, denn anders ging es bei dieser Hitze nicht mehr. Und der Schweiß tropfte mir trotzdem von der Nase auf die Tastatur und auf die Seiten, die ich für den Verlag Weisser Stein ausdruckte.

Nachts um drei kam Sigrun schlafblind in mein Zimmer und fragte: »Isch des a Nadeldruggr?«

»Äh … ja.«

»Der isch ziemlich laud. Brauchsch no lang dafür?«

»Ich kann auch morgen weiter ausdrucken.«

»Des wär mordsmäßich nedd …«

Der Kollege Frank Schulz erinnerte mich per Postkarte an einen schon etwas älteren Autogrammwunsch:

Denkst Du dran, bei Gelegenheit mal nach Wencke Myrrhe, Mürre oder Myre / Myrre / Myrrre zu schauen?

Er wußte, daß ich von meinem Vetter Gustav eine große Autogrammsammlung geerbt hatte. Ich sah nach, und wahrhaftig, es war eine Autogrammkarte der Schlagersängerin Wencke Myhre dabei. Aber unsigniert!

Ich schickte Frank die Karte trotzdem und steckte als Zusatzprämie eine signierte Autogrammkarte der Schauspielerin Uschi Glas in den Umschlag.

Nachdem Michael Rudolf und ich uns telefonisch auf den Buchtitel »Moselfahrten der Seele« geeinigt hatten, brachte ich die ausgedruckten Seiten zur Post. Mit Expreßzuschlag und Aufpreis für ein Einschreiben kostete mich das Päckchen fast zwölf Mark. In meiner Zeit als Hilfsarbeiter hätte ich dafür rund achtzig Minuten lang Schneckenwellen und Schoko-Crossies verladen müssen, während der Drogenboß Pablo Escobar die gleiche Summe wahrscheinlich in jeder Picosekunde scheffelte.

Interessehalber fuhr ich zum Alexanderplatz und besuchte eine Wahlkundgebung der rechtsradikalen Republikaner, bei der ihr Bundesvorsitzender Franz Schönhuber sprach, der auf eine stolze Vergangenheit als SS-Unterscharführer zurückblicken konnte.

Vor der Tribüne hatten sich viele Männer mit ausrasiertem Stiernacken versammelt. Einer applaudierte so wütend, als ob er lieber jemanden verprügelt hätte, und wenn es nichts zum Applaudieren gab, reckte und streckte er sich wie ein Boxer vor der ersten Runde.

Ihm und seinen vielen mißgelaunten Kameraden gehörte gewiß nicht die Zukunft. Man sah ihnen das Scheißkerlhafte viel zu gut an.

Mein Buch für Klaus Bittermann war erst auf fünfzig Seiten angewachsen, und im September sollte es schon erscheinen. Ich mußte einen Zahn zulegen, aber nebenbei wollte ich mir ein paar Thriller ansehen, und so traf es sich, daß ich die Schneiderin wiedersah, denn sie arbeitete jetzt als Videothekarin.

»Aber gleich hab ich Feierabend«, sagte sie. »Wollen wir was trinken gehen? Bei mir?«

Ihren Sohn hatte sie gerade irgendwo anders geparkt, und wir hielten uns nicht lange mit dem Vorspiel auf.

Nachdem ich Walter Kempowski ein Kärtchen mit Genesungswünschen geschickt hatte, versuchte ich mich noch einmal an Heidegger:

Im Blick und als Blick tritt das Wesen in sein eigenes Leuchten. Durch das Element seines Leuchtens hindurch birgt der Blick sein Erblicktes in das Blicken zurück. Das Blicken aber wahrt im Leuchten zugleich das verborgene Dunkel seiner Herkunft als das Ungelichtete …

Selbst wenn das alles wahr gewesen wäre, hätte es mich nicht interessiert. Viel lieber nahm ich mir die neue Ausgabe der Briefe von Karl Valentin vor. Im November 1928 hatte er an eine »Hochwohlgeborene Firma« geschrieben, daß ihr »Fahnenalbum« ihm viel Freude mache. Nur das Einkleben der Bilder sei katastrophal schiefgegangen. Er habe einen »Mehlpapp mit Zusatz von oberbayrischem Brunnenwasser« angerührt …

Dieser Mehlpapp hatte jedoch nicht die richtige Klebkraft, denn schon nach kurzen 22 Minuten fielen die Bilder schon wieder aus dem Album heraus. Ich habe über dieses Vorkommnis tagelang geweint.

Danach seien die Bilder von einem Spengler in das Album hineingelötet worden, was zu einer Feuersbrunst geführt habe:

Der Spengler und der heisse Lötkolben wurden sofort wegen Brandstiftung verhaftet. Dies zur gefälligen Kenntnis.

Da kam Heidegger nicht mit.

Zwei der acht Pokalfinalgäste fragten mich nach einem Blick auf meine Bücher, ob ich die alle gelesen hätte, und dann richtete sich die ganze Schar in unserem vakanten WG-Zimmer ein, bevor sie sich in das Nachtleben stürzte. Florian Eberle hätte mich gern dabeigehabt, aber das ging nicht: Ich mußte nun wirklich ernsthaft an meinem Buch arbeiten.

Bei ihrer Rückkehr verhielten sich meine Besucher vorbildlich leise, doch am nächsten Tag äußerte Jochen eine Beschwerde: »Wenn du das nächste Mal so viele Leute einlädst, dann bring ihnen doch bitte vorher bei, wie man duscht. Die haben das halbe Badezimmer geflutet …«

»Und wo sind sie jetzt?«

»Irgendwo in der Stadt. Und ich soll dir von ihnen bestellen, daß sie dich um drei Uhr abholen wollen.«

Mit ein paar Fotos von der Feier meines dreißigsten Geburtstags hatte ich Eugen eine frohe Minute bereitet:

Zentralgeheizten U-Boot-Dank dafür und viel mehr! Abgesehen von Dir, sowohl mit Bart als auch mit Gesicht, hat uns Hiesigen 's Kathreinerle am besten gefallen. Sie schreibt nicht nur beseligt-beseligende Karten, nein, sie bietet auch einen erfreulichen Anblick. Weitermachen, Frau Spaßig! Unbedingt! Schön, schön!

Diesen Absatz las ich Kathrin am Telefon vor.

»In deiner Antwort solltest du aber klarstellen, daß du kein Bartträger bist«, sagte sie. »Sonst werden die Germanisten dich in hundert Jahren mit Günter Grass verwechseln.«

Olympiastadion, Oberring in der Westkurve, Block 14 links, Reihe 1: Dort waren unsere Plätze. Links von mir saß Florian Eberle mit seinen Mannen und rechts ein Schreihals, der seine Begleiter pausenlos mit nichtsnutzigen Kommentaren versorgte (»Also, bis jetzt hat Hannover ja mehr Spielanteile, aber die Flügelwechsel müssen noch schneller gehen!«).

Meine Stimmung wurde auch nicht durch die Bratwürste, das Bier und den Pissoirgestank gehoben, und schon gar nicht dadurch, daß der Zweitligist Hannover 96 nach einhundertzwanzig zähen und torlosen Spielminuten im Elfmeterschießen über Gladbach triumphierte.

Florian Eberle sagte, daß es anders gelaufen wäre, wenn Günter Netzer sich in der Verlängerung selbst eingewechselt hätte. Von Spielern wie Criens und Pflipsen könne man keine Wunder erwarten.

Übel waren auch das langwierige Hinauswalzen aus dem Stadion und die Verkehrsmittelbenutzung in Gesellschaft besoffener Fans.

Mit meinen Gästen ging ich zwar noch ins Nova, aber ich blieb nicht lange, denn als sie hörten, daß ich etwas für Bob Dylan übrig hätte, bezeichneten sie mich als »Tunte«, und das stand ihnen nicht zu. Acht Mann hoch bei mir kampieren und mich dann mit einem Ausdruck belegen, der bei ihnen in Bayern als ehrenrührig galt? Ja, wo samma denn?

Zugute halten mußte ich ihnen jedoch, daß sie am Sonntag säuberlich hinter sich aufräumten und keinen Krümel zurückließen.

Bei der Kommunalwahl stimmte ich für KPD / RZ (Kreuzberger Patriotische Demokraten / Realistisches Zentrum). Diese Partei wollte die Hundesteuer um 700 % erhöhen und wegen der Häßlichkeit von Männerbeinen ein bei Außentemperaturen von mehr als 30 Grad Celsius gültiges Ausgehverbot für Herren erlassen.

Ein Anruf von Oma: Ob denn nun endlich der Geburtstagsbrief angekommen sei.

»Ja, gestern mittag«, log ich. »Vielen herzlichen Dank!«

Was hätte sie von der Wahrheit gehabt, daß ihr Brief von der Post versaubeutelt worden war?

Die sizilianische Mafia hatte einen Untersuchungsrichter mit einer Bombe umgebracht. Giovanni Falcone.

»Da kannst du Gift drauf nehmen, daß das mit dem Ministerpräsidenten Giulio Andreotti abgesprochen war«, sagte Philipp. »Der knödelt in Italien schon seit 'ner halben Ewigkeit ganz oben mit, und das schafft man nicht ohne den Segen der Mafia …«

Jochen, der ebenfalls vorm Fernseher saß, vertrat die Meinung, daß die Cosa Nostra anfänglich die richtigen Ziele verfolgt habe: »Das war mal 'ne antikolonialistische und später auch antifaschistische Organisation. Die kannste nicht pauschal verurteilen und sagen, hey, ihr handelt mit Drogen, also seid ihr Verbrecher! Verstehste? Da mußte auch mal die Hintergründe mitbedenken!«

Der geschichtliche Hintergrund sei ihm scheißegal, schrie Philipp. »Wenn ich sehe, wie die Mafia da die Leute umlegt, dann braucht mir keiner mehr mit der Antifaschismuskiste zu kommen! Da hört's bei mir auf!«

In der neunten Folge seiner abonnierbaren Autobiographie erzählte der alte Verleger Jörg Schröder, wie er und seine damalige Frau Erika 1973 einmal Harry Rowohlt aus einer psychiatrischen Klinik in Rinteln abgeholt und mit ihm eine Striptease-Bar aufgesucht hätten:

Augenblicklich entwickelt sich enthemmte Geilheit, langsam und lüstern fallen Kittel, BH und Strapse, dann sieht man Brüste und Schamhaar, »schrumm, schrumm, schrumm«, Trommelwirbel.

Um elf habe Harry Rowohlt zurück in die Klinik gemußt:

Wir begleiteten ihn, und er stieg über die Mauer wie Fuchsberger in einem seiner frühen Würgerfilme.

Was für ein wunderschöner Satz. Auch wenn ich den Wahrheitsgehalt nicht beurteilen konnte.

Gegen den Protest von Lizzy, die fand, daß bei uns schon genug Müll herumrotte, bugsierte Torsten einen irgendwo geklauten Einkaufswagen in die Wohnung: So ein Gerät könne man immer brauchen …

Es fand auch gleich Verwendung bei einer kleinen Fotosatire, die ich mir für *Kowalski* ausgedacht hatte. Ich klebte Torsten ein Blatt Papier mit der Aufschrift »CIA« ans Hemd, setzte mir selbst eine Sonnenbrille auf, klebte mir wieder den künstlichen Schnurrbart an und ließ mich von Torsten im Einkaufswagen herumschieben. Das von Sigrun aufgenommene Foto konnte dann mit der Schlagzeile erscheinen:

Ringo Starr wurde von der CIA gekauft!

Für ein anderes Beweisfoto stellte ich mich mit zwei Makkaroni als Schlegeln zwischen Lizzy und Philipp:

Ringo Starr (Mitte) stand zwischen Yoko Ono und John Lennon!

Da Lizzy tatsächlich ein bißchen Ähnlichkeit mit Yoko Ono hatte, nahm Sigrun auch noch ein drittes Beweisfoto auf:

Als Ringo Starr das Gitarrespielen zu lernen versuchte und die Masern bekam, brachte ihm Yoko Ono Kaffee ans Bett!

»So verdienst du also dein Geld«, sagte Jochen, der kopfschüttelnd zusah. »Während unsereiner sich mit ehrlicher Arbeit abmüht …«

Die Masernflecken hatte ich mir mit einem Edding ins Gesicht getupft.

Von Dagmar hörte ich telefonisch Ungutes über die Lage in Meppen: »Deinem Bruder Volker hat dein Vater endgültig das Haus verboten. Das hat mir Therese berichtet. Er hat sie neulich wieder mal angerufen, und da hat er sich auch über dich und deine berufliche Traumtänzerei ausgelassen …«

Seit Papa verwitwet war, sprach er in unregelmäßigen Abständen Bannflüche aus. Mal über mich, mal über Volker, mal über seine Brüder und manchmal selbst über Renate. Nur über Wiebke meines Wissens nicht.

Ich durfte Papa aber noch besuchen kommen. Ende Mai diente ich ihm in Meppen drei Tage lang mit Einkaufsfahrten, Rasenmähen, Rindsrouladen, Kohlrabi und Salamibaguettes, und um mir auch mal eine Freude zu bereiten, schrieb ich einen langen Brief an meine flüchtige Freundin Nicole, die Gute, die mich hoffentlich noch nicht vergessen hatte.

Wieso war es zu dieser Jahreszeit schon so heiß? Ich schwitzte sogar im Liegen, fächelte mir mit einer Wurfsendung der Firma Mayrose Luft zu und soff jeden Tag vier Liter Cola.

In Jever tischte Oma mir eine Mammutportion Spargel auf und kassierte gleich danach drei schwere Schlappen im Malefizspiel, was ihr aber nichts ausmachte. »Hauptsache, du bist wieder mal hier, mien Jung!« sagte sie. »Wie geht's denn deinem Vater?«

»Mittelhochprächtig.«

»Achtet er jetzt mal 'n bißchen auf seine Ernährung?«

Damit spielte sie auf Papas Zuckerkrankheit an, die ihn nicht groß bekümmerte. Er hatte nicht den Wunsch, noch möglichst lange zu leben.

Ich sagte Oma, daß Papa stark abgenommen habe, doch das war ihr auch wieder nicht recht: »Wenn einer nichts mehr auf den Rippen hat, dann ist das ganz sicher kein gutes Omen!«

An meinem alten Arbeitsplatz der Jahre 1989 bis 1991, der jeverschen Rumpeldiscothek Na Nu, drang der dicke Stammgast Wulf auf mich ein: »Haste inzwischen mal was über mich geschrieben? Das wollteste doch!«

Er trug kreischend bunte Shorts. Und er setzte noch einmal an: »Ey! Sachma! Wann schreibste endlich was über mich?«

»In meinen Lebenserinnerungen werde ich dich gebührend würdigen.«

I can feel it coming in the air tonight …

»Und wann kommen die raus?«

»2042.«

»In fuffzig Jahren! Leck mich fett! Da bin ich ja schon mit 'ner Altersmeise gesegnet …«

Er geriet dann wegen irgendeiner Frau in Streit mit einem Ochsen aus Addernhausen und wollte sich draußen mit ihm hauen. Ich ging als Schaulustiger hinter den beiden her, und als ich vor die Tür trat, rammte mir der Ochse seinen Schädel ins Genick, obwohl ich an diesem Revierkampf gar nicht beteiligt war.

Anyone with any sense had already left town …

Wie gut, daß ich meinen Wohnsitz von Friesland nach Berlin verlegt hatte!

Am Oldenburger Bahnhofskiosk kaufte ich mir auf der Rückreise die *Frankfurter Rundschau*, und ich hatte Glück: Es stand eine interessante Reportage darin, von Jutta Roitsch, die sich auf eine »Spurensuche in der ›kalten‹ Heimat Ostpreußen« begeben hatte und ernüchtert zurückgekehrt war:

Auch die Heimweh-Touristen, die jeden Abend im Beton-Hotel »Baltica« ihre Erfahrungen austauschen, machen sich da nichts vor. Hier leben will keiner, die Jüngeren reizt die billige Exotik. Für sie zählen auf dieser Reise die kleinen, anrührenden Gesten: Die Bäuerin, die ein Bund Zwiebelpflanzen mitgibt, »damit Sie im Winter Zwiebeln aus der Heimat haben«; der Apfelbaum-Zweig aus dem väterlichen Garten zum Aufpfropfen.

Diese Zeitungsseite wollte ich Papa schicken.

In Berlin war das Sonnengeschrei noch schlimmer als auf dem Lande. Man wurde gebraten, ohne sich in einen kühlen Kellerraum retten zu können. Das war der einzige Punkt, in dem ich eine andere Meinung vertrat als Leonard Cohen: In seine Hymne an die Sonne hätte ich nicht eingestimmt.

And the light came from her body ...

Mir lief der Schweiß in Bächen aus den Achselhöhlen, und ich haßte das.

Frank Schulz regte brieflich einen kleinen Skandal auf der Frankfurter Buchmesse an:

Vielleicht könnte man ja ein bißchen als enfants terribles auftreten, oder tut man sowas nicht mehr? Ich überleg mir schon mal ein Konzept. Eventuell sollte es ganz gut kommen, entzündete man den Haffmans-Stand mit einem Fünfmarkschein, der anschließend einer dicken Brazil Feuer spendete, deren Raucher einen hysterischen Veitstanz um den jammernden Verleger aufführte.

Wie wär das?

Mit seinem Verleger Gerd Haffmans hatte Frank anscheinend ein Hühnchen zu rupfen, aber immerhin war er ein Haffmans-Autor und gehörte mithin zur Elite.

Auf Wunsch der *Tip*-Redakteurin Ulrike Kowalsky sah ich mir ein Video vom Premierenabend des neuen deutsch-französischen Fernsehsenders Arte an, der »eine neue Kommunikationskultur« herbeiführen wollte: Eine mondäne Postbotin schwang sich eine Wendeltreppe hinauf in den Festsaal; hinter Riffelglas krümmten sich Tanztheaterpantomimen und schlüpften durch Drehtüren; eine Kamera umkurvte einen Konzertflügel; Gerhard Polt, Peter Ustinov, Hanna Schygulla und der Krakelmaler Penck wurden ein- und wieder ausgeblendet, und dann trat Wolf Biermann ins Rampenlicht und sagte: »Ja, es ist schön, daß ich gelegentlich auch als Transportarbeiter arbeiten kann, als Transportarbeiter für Worte und Musik, und ich möchte Ihnen dieses Lied ›Il n'y a pas d'amour heureux‹ zeigen in deutscher Sprache. Das hat den Vorteil, die Franzosen kennen es sowieso, und die Deutschen freuen sich, wenn sie ein schönes Lied aus Frankreich hören. Dabei will ich Ihnen nicht verheimlichen, daß es mich ärgert, daß ausgerechnet Aragon dieses wunderbare Gedicht zustande gebracht hat.« Er griff sich an den Kopf. »Warum haben die Musen ihn bloß geküßt?« Jetzt rieb er sich sorgenvoll über die Stirn. »Er hatte doch so eine hündische« – er kniff die Augen zusammen – »Liebe zu Stalin … aber die Musik« – nun öffnete er die Augen wieder, die Hand sank, die Miene lichtete sich – »stammt von Brassens, der eine menschliche Liebe zu Katzen hatte, und alles zusammen ist eben ein schönes Lied.«

Dann turnten abermals Künstler über den Bildschirm, und Wim Wenders mopste sich über die Vorliebe der Russen für amerikanische Spielfilme. Ob das alles gutgehen konnte?

Lizzy nahm mich auf eine Journalistenparty mit. »Open End. Da kannst du Rotkäppchensekt aus Damenschuhen trinken …«

Man hätte dort aber verkleidet erscheinen sollen, und weil ich dem Dresscode nicht entsprach, rannte eine Art Schamane auf mich zu und kleckste mir grüne Farbe auf die Nase.

Auf der Tanzfläche wiegte sich eine schöne, nur in ein langes Herrenunterhemd gewandete Dame in den Hüften, die aber leider schon vergeben war, und zuhause brauchte ich eine halbe Stunde, um die Farbe wieder abzukriegen.

Für die *Schnurrende Traglast* lieferte Wiglaf mir eine »kritische Zeichnung«, auf der drei Container zu sehen waren: »Altglas«, »Altpapier« und »Alt-68er«.

Von Letzteren hätte ich niemals regiert werden wollen. In einer von Rudi Dutschke, Dieter Kunzelmann, Rainer Langhans und Horst Mahler gelenkten Räterepublik wäre spätestens nach drei Tagen alles Mus und Grus gewesen, und nach einer Woche hätten sich die Revolutionäre gegenseitig füsiliert.

Der nackte Schoß, den Sharon Stone in »Basic Instinct« beim Übereinanderschlagen ihrer Beine zeigte, war nur eine Zehntelsekunde lang zu erahnen, aber Jochen hatte angeblich nur auf ihr Gesicht geachtet: »Die hat mir dabei genau in die Augen gesehen! Die will's jetzt echt wissen! Morgen flieg ich nach Los Angeles und mach sie lang, die Schlampe!«

Laut *Spiegel* herrschte auch im Auswärtigen Amt ein rauher Ton:

> *»Serbien muß in die Knie gezwungen werden«, forderte Bonns Außenminister Klaus Kinkel, den bisherigen EG-Steuermann Genscher im Jugoslawien-Konflikt an Härte beinahe noch übertreffend.*

Sollten wir uns jetzt wieder ans Maulheldentum gewöhnen? Wie unter Wilhelm Zwo?

Sigrun und Lizzy blühten in der Junihitze auf, aber mich machte sie fertig. Ich japste nach Luft und mußte zwei- bis dreimal täglich duschen, um es mit mir selber aushalten zu können. Es war jedesmal eine Erleichterung, wenn die Scheißsonne endlich unterging.

Im zwölften Band von »Hansers Sozialgeschichte der deutschen Literatur« (»Gegenwartsliteratur seit 1968«) behaupteten die Germanisten Keith Bullivant und Klaus Briegleb, daß sich in Walter Kempowskis Romanen »Aus großer Zeit« und »Schöne Aussicht« die »theoretische Möglichkeit einer kritischen Wirkung dieser versunkenen deutschbürgerlichen Romanwelt auf die Leser in einer fasziniert-wohlwollenden Großstimmungslage« verliere, in der – und nun wurde es vollends kryptisch – »eine neonationale *Austreibung* schonungsloser Erinnerung an das ›herrliche‹ Selbsterkennen des deutschen Bürgertums im Nazistaat, unüberprüfbar für Autor und Kritik, ›realistisch‹ lesend sich nun ab-spielen kann«.

Was wollten sie damit sagen, ohne es zu können? Wahrscheinlich nur, daß ihnen Kempowskis Romane irgendwie gegen den Strich gingen. Doch was sollte der quatschige Bindestrich in dem Wort »ab-spielen« bedeuten? Und was hatte es mit dem Begriff

»neonational« auf sich? Das ganze Satzgebilde stand auf tönernen Füßen. In der Großstimmungslage sollte sich lesend eine unüberprüfbare Austreibung der Erinnerung an das Selbsterkennen des Bürgertums abgespielt haben? Wie bitte? Und diesen Humbug hatten Experten zu Papier gebracht, die sich hauptberuflich mit Literatur beschäftigten und den Studenten etwas über Sprachkunstwerke beibringen sollten!

Bonusheftmäßig hatte ich in der Zwischenzeit alles in Ordnung gebracht, aber meine Zähne bereiteten Frau Dr. Brunner noch immer Kopfzerbrechen. In den zwei Stunden, die ich bei ihr in Behandlung war, verpaßte sie mir vier Spritzen in den Gaumen, und danach schmeckte mein Oberkiefer nach Müll, und in meinen Ohren hallten die Bohrgeräusche nach.

Dutzende von Rezensenten hätten mein Buch bestellt, sagte Klaus Bittermann, als er mir in seinem Büro die Herbstvorschau der Edition Tiamat reichte.

Neue politische Bücher von Eike Geisel, Wolfgang Pohrt und Robert Kurz, zwei französische Kriminalromane und mein eigenes Buch. Das noch längst nicht fertig war …

Als Fan von Borussia Dortmund litt Klaus darunter, daß es mit der Meisterschaft nicht geklappt hatte.

»Du kommst doch aus Oberfranken. Wie bist du denn da an Dortmund gelangt?« fragte ich ihn.

»Aus reiner Opposition gegen meinen Vater. Der war für den Glupp.«

Glupp? Ach so, er meinte den Club, also den 1. FC Nürnberg.

Max und Marcus »muldierten« bei mir, das hieß, sie arrangierten an einem Tisch in meiner Wohngemeinschaft Zeichnungen, Texte und Zeitungsschnipsel für die *Kowalski*-Rubrik »Die Mulde«.

Nicht ohne Stolz zeigte ich eine Postkarte von Fritz Weigle alias F. W. Bernstein vor, die ich gerade erhalten hatte.

»Und die hast du gelocht?« fragte Max entsetzt. »Um sie abheften zu können? Man locht doch keine Karten von Fritz Weigle!«

Er selbst hatte einen ganzen Schwung Katzenpostkarten dabei und beschloß, die auch alle zu lochen. Für die »Mulde«. »Bring mir mal deinen Locher her!«

Während Max die ersten gelochten Katzenpostkarten betrachtete – »Süß! Aber jetzt süß mit Löchern!« –, zeichnete Marcus einen Mann, der ein Mädchen auf dem Bürgersteig liegen sah und sagte: »Wie süß!« Auf dem nächsten Bild hatte es eine Heroinspritze im Arm stecken, und der Mann rief ergänzend aus: »Mit Löchern!«

Weil es Max mißfiel, daß alle naselang jemand aus meiner WG ankam und glotzte, brachen wir die Session ab und gingen in einem Grill an der Urbanstraße Beck's und Raki trinken. Und Marcus zeichnete immer weiter. Türkische Fliegen, Keilereien unter Engeln, beschriftete Löcher …

Für Marcus war Zeichnen wie Atmen. Er konnte gar nicht anders.

Beim »Umweltgipfel« in Rio strömten nach Zeitungsberichten mehr als 35 000 Diplomaten, Ökologen und Journalisten zusammen.

»Fragt sich nur, ob die da nicht mehr Dreck verbreiten als verhindern«, sagte Jochen. »Sicher ist bloß, daß die brasilianischen Prostituierten bis Mitte Juni Überstunden schieben müssen …«

Meine Post entdeckte ich am Freitagmittag teils im Hof und teils im vermüllten Aufgang des Vorderhauses, aufgerissen und über die Treppenstufen verstreut: Welche Vandalen waren da am Werk gewesen?

Wir brauchten einen größeren Briefkasten, aus dem die Post nicht jeden Tag oben herausragte.

Von Berlin nach Greiz: Der IC nach Leipzig hatte eine Stunde Verspätung, der Anschlußzug war weg, und auf den nächsten mußte ich zwei Stunden warten.

Aus einer knallheißen Telefonzelle gab ich Michael Rudolf meine neue Ankunftszeit durch. Der Hörer glühte wie eine Herdplatte.

Zu meiner Unterhaltung hatte ich Bernd Eilerts Prosaband »Windige Passagen« dabei, und ich fand es gut, wie ruppig darin mit dem Heiratsschwindler Franz Kafka abgerechnet wurde. Dieses ewige Herumgeeier mit Felice Bauer!

Die erste Ver- und Entlobung machte ich noch mit, aber nach der zweiten hatte ich die Nase voll: Der Mann war zweifellos ein Terrorist, wenn auch ein sanfter – die Frau war offenbar eine ziemlich taube Nuß, sonst hätte sie ja wenigstens das rechtzeitig merken können.

In Gera, wo ich noch einmal umsteigen mußte, stand auf einem Schild, daß dies »Deutschlands 1. Nichtraucherbahnhof« sei. Haha! Wer kam denn auf so 'ne Idee?

Dann schlängelte sich der Bummelzug durch das liebliche Tal der Weißen Elster, und die Wälder schwollen auf und ab: Die Zone konnte auch sehr anziehend aussehen.

Wenn nur die Dörfer und die Städte nicht gewesen wären! Spröde, grau, verhärmt, verhutzelt und von allen guten Geistern verlassen präsentierte sich auch Greiz, als Michael mich vom Bahnhof abholte und wir zu seiner Wohnstätte am Gartenweg gingen, einer Straße, die halb einem Waldpfad und halb einer Panzertrasse glich.

Ganz am Ende des Gartenwegs wohnte Michael in einem porösen Altbau im Hochparterre, gemeinsam mit seiner freundlichen Frau Ina, einer Zahnärztin, die gerade alles von Kempowski las, wie ich sogleich erfuhr.

In Michaels Arbeitszimmer wartete ein Bücherturm auf mich – ostzonale Lyrik und politische Predigten wie »Dona nobis pacem. Fürbitten und Friedensgebete Herbst '89 in Leipzig«, »Unser Glaube mischt sich ein«, »Bis alle Mauern fallen«, »Schmerzgrenze«, »Stasi intim« …

Am schlimmsten seien die Elaborate des Greizer Heimatdichters Günter Ullmann, sagte Michael. »Der hat sich alle Zähne ziehen lassen, weil er dachte, daß die Knechte von der Stasi ihm da Wanzen reinmontiert hätten.«

»Nein.«

»Doch! Die Stasi hat ihm wirklich übel mitgespielt, aber er leidet auch unter hausgemachtem Verfolgungswahn …«

In einem Lokal mit dem stark übertriebenen Namen Café Lebensart verputzten Michael und ich Speisen und Wernesgrüner Bier für 39 Mark, und zu späterer Stunde spielte er mir bei sich daheim noch einige Schallplatten vor: »Spitzenprodukte der DDR-Liedermacherszene«, wie er sagte. »Die darfst du in deinem Buch nicht vernachlässigen. Vor allem nicht die Stern-Combo Meißen und ihren Song über einen altersschwachen Müllkippenwärter …«

An diesem Musikstück war alles unfaßbar schlecht: die Melodie, die Instrumentierung, der dünne Gesang und nicht zuletzt der Text.

Und so lebt der Alte mit seinem Hunde,
Daß er uns erhalte wertvolle Funde.
Und so lebt der Alte mit uns im Bunde.
Ach, und manches kalte Herz wärmt die Kunde …

»Psychedelische Musik für Arme«, sagte Michael.

»Und an sowas habt ihr euch als Jugendliche hochgezogen?«

»Ich doch nicht! Für mich gab's nur Jimi Hendrix! Aber da war natürlich schwerer ranzukommen als an diese einheimische Innerlichkeitsscheiße …«

Am Sonnabendvormittag gingen wir spazieren. Die meisten Häuser schienen einmal bessere Zeiten gesehen zu haben, an den Berghängen schimmerte Mischwald, und hoch über Greiz thronte ein schläfriges Schloß.

Die Menschen sahen anders aus als im Westen. Klobiger und bleicher. Sie bewegten sich auch irgendwie täppischer. Wie Meerschweinchen, die sich auf freier Wildbahn unwohl fühlten und schnell wieder in ihr Häuschen huschen wollten.

Oder kam mir das nur so vor?

»Nein, das siehst du schon ganz richtig«, sagte Michael und führte mich zu einem mitten in der Stadt aufgestellten Schaukasten der Bürgerrechtsbewegung Neues Forum, in dem er von einem gewissen Rudolf Kuhl, einem nicht gänzlich rechtschreibsicheren Mitbegründer jenes Forums, wegen eines polemischen *Titanic*-Beitrags über Greiz scharf angegangen wurde. Den Text, der dort aushing, las ich mit wachsendem Erstaunen:

Ich halte den Verfasser, der offenbar am Weißen Stein nach dem Stein der Weisen sucht, nicht für eine avantgardistische Oase in der Greizer Kulturwüste, sondern, um es in seinem Stil zu sagen, für einen unter Erfolgsdruck leidenten, arroganten, kleinen Schreiberling, der stumpfsinnig vor sich hindösend, Tag für Tag hochwertige Nahrungsmittel in sich stopft, um sie auf analem Wege später als stinkende, braune Masse auszuscheiden. Versagt ihm sein Anus diese Art der Entleerung, kommt es zu geistigen Absonderungen, die in der Qualität dieser bereits erwähnten Masse nicht nachstehen.

Also, Herr Rudolf, Schließmuskel entspannen und drücken, aber vorher frei machen, sonst geht's in die Hose! Bestellen Sie ein T-Shirt bei »Kowalski« mit der Aufschrift »Aus dem Weg! Hier kommt ein Arschloch.« Tragen Sie es täglich, Sie haben es verdient!

»Das hängt da bereits seit zwei Monaten«, sagte Michael.

An seiner Stelle hätte ich schnellstmöglich den Wohnort gewechselt.

Gräsig war es auch in der Discothek, die wir abends besuchten. Die mit Kummerspeck vollgesogenen Kunstfasergardinen, die Lampenschalen in Obstform, das scheußliche Gestühl und ein pampiger Kellner vermittelten mir das Gefühl, von Walter Ulbricht regiert zu werden, während die Backfische so wie die im Westen schon wieder vergessene Schnepfe Olivia Newton-John auszusehen versuchten.

Was die Tanzenden da machten, nannte Michael »rhythmisches Herumstehen«, und er klärte mich darüber auf, daß in der DDR das »Auseinandertanzen« zeitweise verboten gewesen sei. Als Antwort auf den dekadenten Rock 'n' Roll habe die SED 1959 einen zahmeren Tanz im Sechsvierteltakt erfunden und ihn »Lipsi« genannt. »Das war allerdings ein Schuß in den Ofen …«

Staatsorgane, die den Leuten vorschrieben, wie sie tanzen sollten! In der DDR schien weniger die Diktatur des Proletariats geherrscht zu haben als das Regiment eines vernagelten Kleinbürgertums, das sein Weltbild aus dem Tausendjährigen Reich in den Sozialismus hinübergerettet hatte.

Am Pfingstsonntag drehten Michael und ich ein paar Runden durch den Greizer Park, bis uns der Regen zurück ins Trockene trieb.

Ich nahm mir dann die Werke vor, die für mich bereitlagen. Es wimmelte darin von schwerverdaulichen Sätzen:

Wir sind hineinverflochten in eine Schuldgeschichte …

In diesem sämigen Stil ging es Seite um Seite weiter. Wer so redete oder schrieb, der wollte nicht streiten und aufklären, sondern Nebelkerzen zünden.

In einem der Bücher schilderte die DDR-Dissidentin Freya Klier ihre erste Begegnung mit dem Liedermacher Stephan Krawczyk:

Eines heißen und sonnigen Nachmittags, im Sattel bergauf, dringt an mein Ohr eine burgundene Musik. Oben, auf einem schroffen Stück Felsen, sitzt jemand. Es ist aber nicht die sich kämmende Lorelei, es ist ein Faun: mein Liedermacher mit seinem Bandoneon, nackt.

Ich las Michael die Stelle vor.

»Oha«, sagte er. »Stephan Krawczyk nackt am Bandoneon? Hat sie das auch auf Video?«

Abends sollte es ein Pilzgericht geben, doch weil mich der Hunger schon zwackte, beschaffte ich mir entgegen Michaels ausdrücklicher Warnung an einer Imbißbude ein Schnitzel.

Einen halben Bissen konnte ich davon herunterwürgen, aber mehr auch nicht. Selbst die geröstete Sohle einer Badelatsche hätte besser geschmeckt als dieser sehnige und versalzene Zadderklumpen aus der Küche eines thüringischen Brutzelschurken.

»Wer nicht hören will, muß fühlen«, sagte Michael.

Auch am Pfingstmontag regnete es stark, und der einzige nennenswerte Vorfall bestand darin, daß ich im Vorübergehen versehentlich den Schubladenknauf einer Flurkommode demolierte.

In der Greizer Buchhandlung Bücherwurm erwarb ich am Dienstag die Gedichtbände »Zangengeburt« von Lutz Rathenow sowie »Gegenstimme« und »Den Horizont um den Hals« von Günter Ullmann.

»Der Günter Ullmann ist gerade zur Tür rausgegangen«, sagte die Buchhändlerin. »Aber er hat noch gesehen, daß Sie sich seine Bücher ausgesucht haben!«

Nichts wie weg. Auf eine persönliche Fühlungnahme mit den Objekten meiner Studien war ich nicht erpicht.

Günter Ullmanns Bücher enthielten auch Stimmen über sein Werk:

Einzelne Texte sind so hell und bizarr, daß sie den Leser im Innersten treffen wie in »Schöpfungsbericht«: »gottes / kralle // heilt am trauer- / rand // seines aller- // kleinsten // fingers«. Mit wenigen Strichen wird Welt umrissen. Gott in neuer Einfügung wird wieder elementar begriffen: »kralle«. Trotz äußerster Lakonie ist Dynamik im Spiel. Jeder Schritt ein Sinn-Beweis. Totalität des Schöpfungsgeschehens: »gottes / kralle« – und Entweihung: »trauer- / rand // seines … fingers«. In der Faszination der Existenz liegt Ullmanns dichterische creatrix …

Creatrix??

Noch kümmerlicher waren die Gedichte von Lutz Rathenow:

Taten tuten vielzersprechend …

Er salpeterte einfach irgendwas zusammen und gab es als Lyrik aus:

Sprüche sind nicht oft spruchreif
Spruchreif ist nicht oft redwert
Redwert ist nicht oft sprachspreiz
Sprachspreiz ist nicht oft sinntoll
Sinntoll ist nicht oft lacharm …

Nachdem ich Michael auch diese Verse vorgelesen hatte, erließ er ein auf vierundzwanzig Stunden befristetes Vortragsverbot in seinen Räumlichkeiten und legte eine Jimi-Hendrix-LP auf. »Und jetzt hör mal gut zu! Da geht die Mucke nämlich ganz anders ab, Alter!«

Bevor ich mich am Mittwoch wieder in den Zug setzte, warf ich noch viele Kärtchen ein an alle meine Lieben.

In Berlin lag oben auf dem Stapel meiner Post eine Karte von Eckhard Henscheid aus Amberg:

Sehr geehrter Herr Schlosser, man sagt mir, die freundl. Rezensions-Zeilen im »Tip« sollen von Ihnen sein – vielen Dank dafür: in Zeiten der mittleren Anfechtung (u. a. Gesundheits-Dauerchaos) kann man derlei Zuspruch schon gut haben.

Gefallen haben mir m. E. auch alle Ihre anderen Artikel, die ich so lala vor Augen kriege, so in: »Kowalski«, »Merkur« und »konkret«. Ihren H.-E.-Richter-Inferno-Beitrag hab ich dankbar für eine Dummdeutsch-Buch-Endfassung (Reclam 1993) ausgebeutet.

Dank & Grüße Eckhard Henscheid

Na, da schau her!

Eingegangen war auch ein Rundschreiben von Walter Kempowski:

Ich laboriere immer noch an meinem Schlaganfall und außerdem ist meine Mitarbeiterin auf Urlaub – ich kann Ihnen also leider nur kurz und auf mechanische Weise danken. Bitte nehmen Sie mir das nicht übel.

Günther Willen wiederum ließ mich wissen, daß es ihm in Hamburg weiterhin zu heiß sei:

Ich warte auf den Regen, sonst werde ich noch halbkirre. Allerdings versetzte mich der Anblick eines jungen Schwaben, der seine Spätzle-Haare zu einem Dutt zusammengeflochten hatte (gerade im Luxor gesehen, Himmel hilf!), in eine tiefere Bestürzung als das sagenwirmal Ozonloch. Dutt für Männer verhält sich wie Vase zu Moped. Man möchte schwachsinnig werden.

Auch Frank Schulz hatte mir wieder geschrieben:

Betrachte Dich bitte als vielmals bedankt für Wenckemäuschen und Uschischätzchen. Ich hab' versucht, aus nostalgischen Gründen darauf zu masturbieren, aber früher war eben alles anders.

Er gab mir dann noch Tips für Lesungen:

1. Nie vor weniger als einer Person lesen; 2. nie vor feiernden Fi-

nanzbeamten lesen; 3. bei Kneipenlesungen darauf bestehen, daß die Musik ausgemacht wird.

Außerdem war eine Einladung zur Eröffnung einer Ausstellung eingetroffen: »30 Jahre Neue Frankfurter Schule … und die Folgen«, 15. August, Theodor-Zink-Museum Kaiserslautern.

So viel schöne Post auf einem Haufen!

Mein Aufruf, Geld für einen größeren Briefkasten zusammenzulegen, fand in der WG kein Gehör. Die würden irgendwas Dreistelliges kosten, erklärte Philipp, und schon winkten alle ab.

Lizzy sagte, daß sie einen Zechkumpanen brauche, weil sie Liebeskummer habe. In ihrem Stammlokal Rizz trank ich daher mit ihr Tequila, bis sich irgendein Narr aus ihrem Bekanntenkreis zu uns setzte und über Piet Mondrian zu schwafeln begann, den Rechteckmaler, den auch Lizzy verehrte, und da zog ich mich zurück.

Es wäre ohnehin nicht klug gewesen, mit einer Frau aus der eigenen Wohngemeinschaft anzubandeln. Exogamie hieß die Parole!

Ich bedankte mich brieflich bei Eckhard Henscheid, wünschte ihm alles Gute für seine Gesundheit und legte meinem Schreiben den Herbstprospekt der Edition Tiamat bei.

Alles wuchs sich jetzt zurecht: Nachdem ich mir für den *Tip* eine Pressevorführung des beknackten Teenie-Films »Only You« angesehen hatte und in der Woody-Allen-Biographie von Eric Lax auf die Fehlinformation gestoßen war, »daß Frauen vier Vaginalkammern hätten, jede für einen unterschiedlichen Zweck«, verfolgten Wiglaf und ich bei Beck's und Gin Tonic im Eiszeit-Kino das EM-Vorrundenspiel zwischen Deutschland und dem Team der GUS, und ich konnte davon leben, daß ich über diese Dinge schrieb.

Erfrischend waren auch immer die Briefe von Eugen:

Morgen haben wir Erdkunde, Mathematik, Englisch, Biologie und zwei Stunden Turnen – ich werde einfach so tun, als hätte ich die Mittlere Reife schon, und zuhause bleiben. Das geht schon klar, meine Eltern sind außerdem im Urlaub. Eine neue Identität werde ich mir zulegen, vielleicht die des Künstlers? Ich bleibe zuhause und behaupte, ich sei Künstler. Auf etwaige Anfragen hin kann ich ja in Ohnmacht fallen oder anfangen zu weinen.

Hätte sich nicht mal ein Mäzen um Eugen kümmern können? Irgendein millionenschwerer Kunstfreund?

Im Debattierzirkel ging es ein letztes Mal um Heidegger, wozu ich herzlich wenig beitragen konnte. Nach der Sommerpause sollte Ernst Jüngers Aufsatz »Der Waldgang« durchgenommen werden.

Herr Rutschky sagte, daß er vom Goethe-Institut für zwei Wochen nach Japan eingeladen worden sei. »Morgen nachmittag geht's los. Zuerst nach Frankfurt und dann mit dem Flugzeug nach Tokio.«

Nach Tokio! Als wäre das Dasein in Europa nicht schon kompliziert genug!

I guess you go for nothing if you really want to go that far …

Es wollte mir nicht in den Kopf, was die Serben sich davon versprachen, daß sie Sarajevo bombardierten. Was hätten die Friesen von einem Angriff auf Oldenburg gehabt? Oder die Franken von einem Krieg gegen die Oberbayern? Wieso kapierten diese Leute nicht, daß es klüger wäre, friedlich Handel zu treiben und die Nachbarn zum Essen einzuladen?

Von Eckhard Henscheid kam ein Kärtchen:

Lb. Herr Schlosser,

raschen Dank, eh's in die Ferien geht – und zu Ihrer Beruhigung: Tödlich ist die Krankheit (Myotendinotisches Schmerzsyndrom in der Folge eines – eher populären – HWS-Syndroms) nicht. Aber zäh. Schon 3½ bis letztendlich 5 Jahre. Und schwer zu bekämpfen. Und: größere literarische Projekte/Anstrengungen läßt sie meist nicht zu.

Ihnen viel Glück zum (ersten?) Buch. Einen guten Griff haben Sie vermutlich mit dem Verlag getan. Mein einziger, etwas ältlicher Rat fürs Buch und auch sonst: Nicht zu viel Fortissimo!
Grüße & Wünsche
Eckhard Henscheid

Es stimmte schon: Ich hatte manchmal über die Hutschnur gehauen. Aber was war ein HWS-Syndrom?

Es handele sich dabei um ein »Halswirbelsäulensyndrom«, sagte Philipp. Das sei »so 'ne Nackenmuskulaturgeschichte«, an der auch eine Freundin von ihm mal gelitten habe. Von einem »myotendinotischen Schmerzsyndrom« hatte er aber noch nie etwas gehört.

Im Eiszeit-Kino sahen Wiglaf und ich uns auch das EM-Vorrundenspiel zwischen Deutschland und Schottland an. Der einzige Deutsche, der mir gefiel, war Jürgen Klinsmann; die anderen wirkten allesamt wie Holzhacker.

»Und der beste deutsche Spieler ist gar nicht dabei«, sagte Wiglaf. »Bernd Schuster. Weil der DFB-Chef Hermann Neuberger als alter Nazi selbstverständlich nicht vor diesem Freigeist auf die Knie gehen und ihn darum anbetteln konnte, in die Nationalmannschaft zurückzukehren ...«

Deutschland gewann trotzdem 2:0.

Inzwischen hatten in Wuppertal die Dreharbeiten für den schon seit langem geplanten WDR-Film über Eugen Egner begonnen. Am Wochenende sollte ich darin mitspielen, in einer Nebenrolle, und Eugen schrieb mir, daß ich am Freitag mit dem Nahverkehr nach Wuppertal-Steinbeck fahren und nach einem Abstellgleis Ausschau halten müsse:

Zwei alte Waggons mit unbilligem Antennenwald zu Häupten, Scheinwerfer und Fernsehvolk, Übertragungs- und Handwagen (und -puppen), Souffleusen, Reitpferde, Schminkspiegel und eine kleine Kamera fallen dem durcheilenden Bahnpassagier sofort auf und verraten die Filmaktivität, die dort in hohem Maß zu verzeichnen sein wird.

Vorher wollte ich Andrea in Aachen besuchen. Ein herrliches Leben: Lustreisen, Minnedienste und Schauspielerei!

Andrea hatte einen neuen Freund, einen zwei Jahre jüngeren Elektrotechniker aus Düren, dem sie jedoch verheimlichte, daß es mich gab und daß sie mich in der Absicht empfing, unsere Liebe für zwei Tage und zwei Nächte wiederaufleben zu lassen.

»Und wo ist der jetzt?«

»Geschäftlich unterwegs. Bis übermorgen.«

Unter ihrem Sommerkleid hatte sie, wie ich herausfand, rein gar nichts an.

»Du bist also immer noch das alte Luder …«

»Mußt du gerade sagen!«

»Was soll das heißen?«

»Na, du vergreifst dich hier schließlich an der Freundin eines anderen Mannes«, sagte sie und lachte.

»Und du läßt dir das gefallen.«

»Stimmt.«

»Findest du nicht, daß du dafür bestraft werden solltest?«

»Ich bitte darum!«

Wie war das alles schön. Nur die Liebe allein und keine Beziehungsgespräche mehr.

So machten wir es auch am Donnerstag, und als ich mir abends die Partie Holland gegen Deutschland ansah, ging Andrea solange im Regen spazieren.

Obwohl wir 3:1 geschlagen wurden, kamen wir ins EM-Halbfinale, weil die anderen beiden Mannschaften in unserer Gruppe noch mieser gespielt hatten.

Ich führte Andrea in ein Restaurant namens Kalymnos aus, wo es allerdings angenehmer gewesen wäre, wenn wir Tischnachbarn gehabt hätten, denen keine Essensreste im Bart klebten. Und warum mußten diese Herrschaften so laut reden, daß man sein eigenes Wort nicht mehr verstand? Die optische und die akustische Aufdringlichkeit der »Öcher«, wie die Aachener sich nannten, stieß bei mir auf das gleiche Unverständnis wie Andreas fortbestehendes Faible für orientalische Musik, aber da wir kein Paar mehr waren, brauchten wir uns nicht mehr zu zanken.

Das auf dem Bahndamm in Wuppertal-Steinbeck tätige Fernsehteam war nicht zu übersehen.

Eugen machte mich mit dem Regisseur Enno Hungerland bekannt und zeigte mir eine Postbotenuniform: »Die kannst du morgen anziehen und mir die Post bringen. Dann werfe ich dir ein Päckchen an den Kopf, und du kannst ausrufen: ›Sie Postbotenschinder!‹ Einverstanden?«

Einer der Waggons war innen weihnachtlich geschmückt, wobei man auch nicht an Kerzen und Gebäck gespart hatte. Draußen wurde ein Indianerzelt errichtet, und eine Maskenbildnerin arbeitete an der Turmfrisur einer Schauspielerin, die Eugens Frau darstellen sollte.

Ich bemühte mich, nicht im Weg zu stehen, als eine Szene gedreht wurde, in der ein Kind mit Hahnenkopfmaske auftrat. Der Regisseur war darauf aus, Eugens Bilder lebendig zu machen.

Am frühen Abend entließ er Eugen und mich mit dem Auftrag, am Vormittag mit Ideen für die Postbotensequenz wiederzukommen.

Darüber berieten wir bei ihm zuhause. Während Eugens Gefährtin Auberginen mit Käsespänen überbuk, kamen wir zu dem Ergebnis, daß ich ihn beim Vergraben seiner Hausschuhe antreffen und ihn nach dem Grund dafür fragen solle. Darauf solle Eugen antworten: »Die wußten zuviel!« Und ich solle ihn dann fragen: »Tröstet Sie Post?«

Da das für meine Kleinrolle bereits genug Text war, wechselten wir das Thema und sprachen über Musik. Er besitze eine Original-Single der Kinks aus dem Jahr 1964, sagte Eugen und spielte sie mir vor.

Girl, you really got me goin'
You got me so I don't know what I'm doin now …

»Zwischendurch muß aber auch viel Johann Sebastian Bach

und ähnliches her«, sagte Eugen. »Als Antidot gegen die Zumutungen des Alltags.« Denn das oberste Motto der Menschheitsmehrheit laute nachweislich: »Alles – nur keine Vernunft!«

Bevor ich mich im Gästezimmer schlafen legte, sicherte er mir zu, daß er mein Buch »Moselfahrten der Seele« mit einem stimmigen Titelbild versehen werde.

Grandiose Aussichten. Vor zweieinhalb Jahren hatte ich noch kellnern müssen, und nun stürzte eine gute Nachricht nach der anderen auf mich ein.

Nachdem die Szene mit den Hausschuhen gedreht war, sollten Eugen und ich in einen der Waggons steigen und an einem Tisch in Eugens Fotoalben blättern. Das Hineinsteigen mußte jedoch wiederholt werden, weil ich angeblich in die Kamera gekuckt hatte, obwohl ich gar nicht wußte, wo sie stand.

Dann kam irgendein Flippi angerannt, verteilte Visitenkarten, die keiner haben wollte, und redete dummes Zeug.

Das sei einer der Geistesgestörten, die sich von Filmsets angezogen fühlten, sagte Enno Hungerland und seufzte.

Ich beneidete ihn nicht um seinen Job. Als Schriftsteller hatte man es doch weitaus leichter.

In der Graefestraße kam ich noch vor dem Anpfiff des EM-Halbfinalspiels zwischen Schweden und Deutschland an.

»Hock dich her!« schrie Jochen. »Und bring mir noch 'n Bier aus'm Kühlschrank mit!«

Schweden verlor verdient 2:3, doch es gab einen Schönheitsfehler, und der bestand in Stefan Effenbergs greulichem Poposcheitel.

Philipp, der seinerseits eine Art Afro-Look trug, wollte davon nichts hören: »Du mit deiner Langhaarmatte schwingst dich hier zum Frisurenkritiker auf! Kuck mal lieber in 'n Spiegel!«

Die Rechnung meiner Steuerberaterin für die Einkommensteuererklärungen 1990 und 1991 belief sich auf DM 507,75.

Wenn das Finanzamt nicht von den Erklärungen abweicht, werden sich nach meinen überschlägigen Berechnungen für Sie Steu-

ernachzahlungen für 1990 und 1991 von insgesamt rd. DM 800,– ergeben.

Die Erklärungen mußte ich unterschreiben und an das Finanzamt Kreuzberg schicken. Wichtig war anscheinend auch die »Anlage KSO«, die Einkünfte aus Kapitalvermögen betraf. Da konnte das Finanzamt bei mir aber nichts holen. Ich lebte von der Hand in den Mund.

Das Hochschulmagazin mit mir als Coverboy war da. Doch man konnte mich glücklicherweise nicht erkennen: Man sah nur irgendeinen nicht identifizierbaren Strolch.

»Vielleicht steigen diese Hefte mal im Wert, wenn du berühmt bist«, sagte Lizzy.

Als ich mit der Arbeit an meinem Büchlein »Menschlich viel Fieses« fertig war, widmete ich es Michael Rudolf, dem »Erfinder der Klappstulle«, wie er sich gern nannte.

Aber was war nun eigentlich mit Nicole, der Apothekerin aus Leipzig? Wieso meldete die sich nie?

In dem von Max verfaßten Impressum der *Kowalski*-Rubrik »Die Mulde« standen im Juliheft die Worte:

Zuerst sollte diese Mulde in der Küche der WG des fanatischen Mulde-Befürworters Martin Schlosser entstehen, aber als wir da saßen und mit Stecknadeln und Bürolocher auf die Katzenpostkarten losgingen, kamen immer so komische Mitbewohner und kuckten komisch, und da sind wir halt mit Schlossi Bier trinken gegangen …

Mit Schlossi! Und das wurde in der neuen *Titanic* noch getoppt, mit einer von Wiglaf gefälschten Anzeige des Haffmans-Verlags, in der Bollerwagen zum Transport von »Zettel's Traum« angeboten wurden:

Modell Martin Schlosser. Für Studenten und andere schmale Brieftaschen. Latschenkiefer furniert, div. kleinere Mängel, 380,– DM.

Modell Hans Wüllenweber. Mahagoni, Seidenfütterung, mindestens 12 Jahre in alten Sherryfässern gelagert, 1290,– DM.

Modell Reemtsma, deutsche Eiche, wirklich alt (von Noah ge-

braucht gekauft), div. Extras wie Aschenbecher, Servolenkung, Unterbodenschutz, Laufwerk von Lektor Bodmer handgeölt, 13 480,- DM.

Mit Hans Wüllenweber war Hans Wollschläger gemeint. Das war das Pseudonym, das Eckhard Henscheid ihm nachträglich gegeben hatte, weil Wollschläger sich pikiert über seinen Auftritt in Henscheids Erzählung »Im Puff von Paris« geäußert hatte. In der Buchfassung dieser zuerst im *Raben* erschienenen Geschichte figurierte Wollschläger als Wüllenweber.

Ich hätte mich ja gern einmal wieder mit der Schneiderin getroffen, in aller Freundschaft, aber sie war nie zuhause, und ich wußte nicht, wo ich meine Angel auswerfen sollte.

Nachdem Deutschland im EM-Finale 0:2 gegen den Außenseiter Dänemark verloren hatte, verkündete der Bundestrainer Berti Vogts, daß er auch mit dem zweiten Platz zufrieden sei.

Es war schmerzlich, diesem traurigen kleinen Mann beim Lügen zuzusehen. Und noch schmerzlicher, daß sich die *Bild*-Zeitung auf ihn einschoß, deren Redakteure ganz einfach kein Recht dazu hatten, recht zu haben.

Klaus Bittermann, dem ich meinen Buchtext brachte, sowohl auf Papier als auch auf Diskette, hielt sich barfuß in seinem Büro auf, was ich bei mehr als 30 Grad Außentemperatur verzeihlich fand.

Obwohl der Sommer noch gar nicht richtig losgelegt hatte, sehnte ich mich nach dem Herbst. Von den haarigen Waden, die der gemeine Berliner enthüllte, sobald die Sonne durchbrach, hatte ich schon mehr als genug gesehen.

Mit seinem Titelbildvorschlag für mein Buch »Moselfahrten der Seele« machte Eugen Egner mich froh: Die Zeichnung zeigte einen Tanzwütigen, dessen rosa Pumphose vorn mit einem Schlauch an einen Motor angeschlossen war, und links und rechts von dem Herrn belebten zwei halbdebile Partyhühner die Szenerie.

Als ich auf der Toilette saß, lief mir eine Maus über die Füße und verschanzte sich in einer Ritze unter der Heizung. Und auf derselben Etage bewahrte ich meine signierten Henscheid- und Kempowski-Erstausgaben auf! Und meine eigenen Schriften! Wieso verpißten diese Mäusefamilien sich nicht in die Kornkammern der Provinz?

Klaus Bittermann rief mich an und sagte, daß manches nicht dicht genug am Thema sei. »Und es wäre auch gut, wenn du das neue Werk von Rainer Eppelmann noch einarbeiten könntest …«

»Und bis wann?«

»Bis Mitte Juli. Spätestens.« Am 3. August werde »Menschlich viel Fieses« dann gedruckt.

Ächz.

»Wendewege« hieß das Buch, in dem Rainer Eppelmann seine Wandlung vom pazifistischen Bürgerrechtler zum Verteidigungsminister beschrieb. Auch sein Privatleben kam darin nicht zu kurz, denn er sprach ausführlich seine Ex-Frau Evi an:

> *Liebe Evi, Du bist der wichtigste Mensch für mich! Seitdem ich Dich liebe und wir zusammenleben, hast Du meine Wege entscheidend beeinflußt. Es gibt Punkte in meinem Leben, an denen ich immer wieder das Gespräch mit Dir gesucht habe. Ein solcher Punkt ist nun wieder erreicht. Du bist leider nicht mehr hier. Seit dem 11. Juni 1988 sind wir geschieden. Du wolltest es so. Ich würde gerne heute mit Dir in unserer Küche hocken, wie so oft früher, mit viel Tee und Rotwein und in dem Bewußtsein, daß wir nun nicht mehr abgehört werden. Ich hätte heute das Gespräch gebraucht, weil ich mich entschlossen habe, in der Regierung Lothar de Mazières das Amt des Ministers für Abrüstung und Verteidigung zu übernehmen. Nun will ich Dir wenigstens schreiben, in der Hoffnung, auf diese Weise ein Stück Vertrautheit und Nähe wiederherzustellen …*

Zwei Jahre später hatten sie einander wieder geheiratet, was Eppelmann in einem weiteren offenen Brief an Evi zu der Feststellung veranlaßte:

Wir sind ein Muster deutsch-deutscher Vereinigung.

Da kannte Eppelmann keine falsche Bescheidenheit.

So wie sich mein Lebensgefühl in unserer wiedergefundenen Ehegemeinschaft gesteigert hat, so glaube ich, müßte sich auch sonst im Erinnern das Lebensgefühl der Deutschen erweitern.

Nein, es genierte ihn nicht, das in die Welt hinauszuposaunen und Evi öffentlich seine Liebe zu erklären:

Ich umarme Dich, mein liebes zweifaches Weib.

Und er setzte noch einen drauf:

Im Sinn Jesu will ich fortwirken.

In dem Buch »Störenfried«, Wolfgang Rüddenklaus Geschichte der DDR-Opposition, kam Eppelmann nicht ganz so gut wie Jesus weg:

Selbst in seiner Glanzzeit, in den Jahren 1981/82, hatte er im ESG-Friedenskreis und im Friedenskreis Pankow eine starke Konkurrenz. In den späteren Jahren verlor er dann aufgrund seiner maßlosen Eitelkeit und seines autoritären Führungsstils immer mehr Anhänger.

Die Abkürzung ESG stand für die Evangelischen Studentengemeinden in Berlin. Mit denen ich aber auch nichts hätte zu tun haben wollen. »Friedenskreis Pankow«, das klang schon so verzopft, wie es wahrscheinlich auch gewesen war.

Mein Geld schwand dahin: 400 Mark für die Zahnbehandlung, 500 Mark für die Steuerberaterin, 650 Mark Miete und urplötzlich noch 500 Mark Kaution, die schon bei meinem Einzug fällig gewesen wären, wenn Jochen nicht vergessen hätte, sie mir abzufordern. Und dann mußte ich mir noch ein neues Paar Halbschuhe kaufen. Oder Sandalen. Mit meinen Friesenstiefeln konnte ich nicht durch den Sommer kommen.

Auf dem Weg nach Helgoland machte ich in Hamburg Station bei Günther Willen. Er habe kürzlich Harry Rowohlt von dessen Schokoladenseite kennengelernt, sagte er beim Bier im Luxor. »Auf 'ner Grillveranstaltung. Wir haben uns über Catchen, Country Clubs und Dean Martin unterhalten. Harry ist ein lehrreicher und munterer Plauderer, der auch gern den tödlichen Paß spielt. Beziehungsweise trinkt …« Sie seien dann in einer »kommunistischen Nazi-Kneipe« versackt und hätten »Samtkragen« gepichelt. »Das ist ein hammerartiges Getränk. Doppelkorn mit Underberg. Macht ein pelziges Gefühl auf der Zunge …«

Wir fanden beide, daß Harry Rowohlts *Zeit*-Kolumnen endlich mal als Sammelband erscheinen sollten. »Am besten im Verlag Weisser Stein«, sagte ich, aber Günther glaubte, daß der Verleger Haffmans da schon die Hand drauf habe, obwohl der Verlag Weisser Stein sicherlich auch nicht verkehrt sei.

Ich erzählte ein bißchen von meinem Besuch in Greiz

»Scheint ein guter Mann zu sein, dieser Michael Rudolf«, sagte Günther. »Aus dem wird noch mal was!«

Am Donnerstagvormittag fanden Max, Marcus und ich uns im Hamburger Hauptbahnhof zusammen und nahmen den Zug nach Cuxhaven, wo unsere Fähre ablegen sollte.

Auf meine Prophezeiung, daß wir auf Helgoland nur Rentner zu sehen bekämen, erwiderte Max, daß Kurzreisen zu bei Rentnern beliebten Orten »unschlimm« seien.

»Kennst du noch mehr unschlimme Dinge?« fragte Marcus.

»Oja«, sagte Max. »Zum Beispiel die ausgesuchte Höflichkeit, mit der man unhöflichem Cafépersonal begegnen sollte. Und das Tragen langer Hosen und langärmeliger Hemden im Sommer, um die Schuppenflechte zu verbergen, selbst wenn man, wie ich, keinerlei Schuppenflechte hat.«

In Cuxhaven fuhren wir mit einem Bus zum Hafen, und dort legte sie an, die MS Wappen von Helgoland. Entgegen meiner Prognose stiegen auch mehrere Schulklassen an Bord.

Es gab lauwarme Würstchen, Bier und knarrende Durchsagen: »Wir fahren jetzt mit zwanzig Knoten …«

Als nach zweieinhalb Stunden Land in Sicht kam, war Max verschwunden. Aus irgendwelchen nautischen Gründen mußte man auf offener See von der Fähre in ein schwankendes Börteboot turnen. Hatte Max bereits ein anderes genommen?

Weil Marcus und ich unsere leeren Bierflaschen an einer dafür nicht vorgesehenen Stelle abstellten, fingen wir uns die Rüge eines Passagiers mit gescheiteltem Schnurrbart ein, und im Boot setzte der Kerl sich nicht hin. Er blieb stehen, als einziger, breitbeinig und mit verschränkten Armen. Ein echtes Arschgesicht.

Am Anleger wartete Max bereits auf uns. Er habe nicht auf uns bierselige Trödeltypen warten wollen und daher ein früheres Börteboot genommen, sagte er, und sein Frösteln während der Passage habe er nach der langen Hitzeperiode weidlich genossen.

Nachdem wir im Hotel Insulaner eingecheckt hatten, gingen wir spazieren. Ich knipste die Lange Anna, einen hoch aufragenden Buntsandsteinfelsen, der die einzige Attraktion der Insel bildete, und später knipste ich Marcus, wie er mit einer leeren Finn-Crisp-Schachtel Wasser aus der Nordsee schöpfte und Max damit am Strand den Sand von den Füßen spülte.

In der Fußgängerzone wichen wir dem Schnurrbart aus und wurden von fünf Jugendlichen bestürmt: »Wenn wir Ihnen Geld geben, könnten Sie uns dann zwei Flaschen Bacardi kaufen? Von uns ist leider noch keiner achtzehn!«

Das tat ich natürlich. Ehrensache.

Max sagte, es habe mit Ehre nichts zu tun, Minderjährigen den Konsum von Alkohol zu erleichtern …

Wir beide hatten uns jeweils einen Sonnenbrand im Gesicht geholt, während Marcus verschont geblieben war.

Mit dem einzigen Hochseeinselfahrstuhl der Welt fuhren wir zum Oberland, kehrten in ein Fischrestaurant ein, in dem Dolche, Messer und andere Stichwaffen an den Wänden hingen, aßen Fisch und sahen dabei zwei Hummern zu, die in einem Aquarium miteinander kämpften, was ihnen schwerfiel, weil man ihnen die Scheren zusammengebunden hatte, und nachdem wir mit dem Fahrstuhl wieder nach unten gefahren waren, kam uns abermals der Schnurrbart entgegen. Dieser Lackel. Hatte der kein Zuhause?

In einer Gaststätte namens Windjammer tranken wir Eiergrog,

eine helgoländische Spezialität, die man durch einen Strohhalm zu sich nahm, und schrieben Kärtchen. Ich bedachte auch die Apothekerin, obwohl sie mir nie geantwortet hatte.

Als Titel des Berichts von unserer Reise, den ich für Michael Rutschkys *Alltag* schreiben wollte, schlug Max mir »Ferien auf Unhawaii« vor, was ich als passend empfand. Ich war zwar nie auf Hawaii gewesen, aber auch noch nie auf einer unhawaiianischeren Insel als Helgoland. Außer dem Ausbooten, der Langen Anna und zwei zum Tode verurteilten Hummern hatte dieses Eiland nichts zu bieten, was der Rede wert gewesen wäre.

Ich sei ein Ignorant, sagte Max. »Sowas wie Helgoland gibt's auf der ganzen Welt nicht noch mal! Evakuierung der gesamten Bevölkerung, dann Bombardement durch die Briten – die Krater kann man ja immer noch sehen –, später die Besetzung der Insel durch Heidelberger Studenten und ab 1960 die Rückkehr der Bewohner auf das verwüstete Gebiet, das ist absolut einzigartig!«

Na, von mir aus …

Am Morgen schimpfte Max im Speisesaal mit Marcus und mir: »Wieso steht ihr denn jetzt erst auf? Ich bin schon lange fertig, und die räumen hier gleich ab! Wir sehen uns dann am Hafen …«

Wozu die Eile? Nach dem Frühstück und vor dem Einbooten blieb uns noch recht viel Zeit, auf der Hotelterrasse zu sitzen und einer Amsel zuzuschauen, die von einem Strauch Johannisbeeren pickte und sie sich mit gerecktem Kopf den Hals hinunterrollen ließ.

»Die hat dadrin bestimmt 'ne Kegelbahn«, sagte Marcus. »Die Beeren sind die Kugeln, und unten in der Kehle wird gezählt, wie viele Kegel umfallen.«

Am Ableger konnte man Fotos vom gestrigen Ausbooten kaufen, aber durch sein affiges Posieren hatte der Schnurrbart sie alle verhäßlicht, und der Wind hatte mir eine Haarsträhne vor die Stirn geweht, was sehr blöd aussah.

Max fand auf dem Boot keinen Sitzplatz mehr und mußte stehen. Dreimal wäre er fast über Bord gegangen.

»Aber nur fast«, sagte Max hinterher. Er habe noch immer eine gute Standfestigkeit, weil er jahrelang seinen vier Kilometer langen Schulweg zu Fuß gegangen sei.

In Hamburg gab Marcus mir am Taxistand vorm Hauptbahnhof zum Abschied einen Zungenkuß. Nicht uninteressant, so eine Männerzunge, aber Frauenzungen waren mir doch lieber.

Zuhause fand ich ein Schreiben der Sparkasse, die mir mitteilte, daß mein Dispositionskredit ausgereizt sei, und einen Brief von Oma:

Hier war auch wieder mörderische Hitze, da konnte ich nicht auf meiner Bank sitzen, aber ich wich aus auf den Küchenbalkon und habe mich nicht vom Fleck gerührt, und so lebe ich noch! Überhaupt ist alles noch wie immer: Das Schloß steht noch in seiner Schönheit da, und der Hahn in der Nachbarschaft kräht so fleißig wie eh und je!

Heute ist mal wieder Lehrertreffen im Schloßcafé, wo ich mich hinfahren lassen werde.

Neulich hat Dein Papa angerufen und mir erzählt, daß er seine Eisenbahnanlage gern loswerden würde, aber wohin damit? Früher hat er sich doch gern damit beschäftigt!

Ja und nein. Er hatte nur sehr selten Teile davon aufgebaut, und dann war Mama jedesmal vor Wut explodiert und hatte darauf gedrungen, daß Papa erstmal alle Reparaturen im und am Haus erledigen solle. Wie hätte dabei Freude aufkommen können?

Als *Tip*-Reporter besichtigte ich das Internationale Jugendcamp Fließtal in Tegel. Zwischen Zelten und Lagerfeuern beugten sich Koreaner in knielangen Hosen mit Blütenmuster über Pfannen, in denen Hackbällchen schmurgelten, artig frisierte Mädchen saßen auf Bänken und schrieben Postkarten an Mommy in Übersee, ein paar Teenager spielten allen Ernstes Mensch-ärgere-Dich-nicht, zwei Kanadier sangen »Frère Jacques«, alle Neuankömmlinge lächelten so versonnen, als ob sie zum Kirchentag wollten, und im Gästebuch hatten drei Salzburgerinnen vermerkt:

Die Leit do san recht liab (und des moanama ernst!!!).

Gehörte es nicht zum Jungsein, daß man auch mal über die Stränge schlug? Was war mit dieser Jugend los?

Jochen und Philipp lümmelten sich auf dem Sofa und kuckten irgendeinen Mist über ein japanisches Institut, in dem Verbeugungslehrkräfte den Schülern 15-, 30- und 45-Grad-Verbeugungen beibrachten.

»Die spinnen, die Japsen«, sagte Jochen, aber Philipp meinte, diese Verbeugungskultur sei ein Beweis für die Überlegenheit des japanischen Formgefühls …

Was halt so dahergeredet wurde in meiner WG.

Schreiben konnte ich nachts nur bei geschlossenem Fenster, weil sonst geflügelte Insekten in mein Zimmer schwirrten. Giftgrüne Apparate mit einem Gesicht, das wahrlich nur ihrer Mutter gefallen konnte. Selbst als Vogel hätte ich mich gesträubt, wenn solche Wesen auf meinem Eßteller gelandet wären.

Auf der Leserbriefseite der *taz* entdeckte ich den Begriff »Mißbrauchsdynamik« und die Wendung »Wut macht Mut« und empfahl Eckhard Henscheid brieflich beides für eine Neuauflage seines Lexikons »Dummdeutsch«. Henscheid zuarbeiten: eine gute Aufgabe für Nachwuchskräfte.

Post von Andrea:

Hallo Schnucki!

Danke für das hübsche Kärtchen aus Helgoland. Ob das wohl mal ganz wertvoll wird mit den Unterschriften solch erlesener Herren?

Mit der Liebe ist es ganz schön, jedenfalls dann, wenn ich gerade nicht dabei bin, mich auramäßig zu verknittern und verknattern, nur weil der junge Mann mal wieder nichts mit Esoterik am Hut hat. Nu ja! Aber im Herbst fahr ich trotzdem wieder nach Belzig, und dann komm ich auch nach Berlin, is ja klar.

Und was macht bei dir die Liebe und das Leben?

Mit den besten Wünschen für die Zukunft

Madame de la Kappes

Ich schrieb ihr zurück, daß ich mich auf die Buchmesse freute und im Herbst vielleicht ein bißchen auf Lesereise ginge, und berichtete ihr auch von der treulosen Leipziger Apothekerin.

Dann rief ich in der *Kowalski*-Redaktion an und erkundigte mich nach dem Honorar für meine Beiträge im Aprilheft. »Immerhin haben wir ja schon Juli …«

Die nächsten Schecks würden voraussichtlich am kommenden Montag rausgehen, hieß es.

Aus der Taufe gehoben hätte ich gern auch einmal einen lustigen Fotoroman. Über irgendeinen Scheinheiligen, der im Hinterzimmer seines Ashrams eine illegale Spielbank unterhält oder so.

In einem Brief, der am Donnerstag eintraf, entschuldigte sich die Apothekerin für ihre Saumseligkeit. Ihr Leben sei gerade ein Riesenchaos …

Der einzige Lichtblick: Nachrichten von Martin Schlosser – welcher Art auch immer. Ich werde mich in Kürze irgendwie melden – ich hoffe wenigstens, dann von meinen 1000 Problemen 999 gelöst zu haben.

In Kürze irgendwie? Ließ mich das hoffen?

Da sei Dunja für mich am Telefon, sagte Lizzy und hielt mir den Hörer hin.

»Ja?«

»Martin? Hey! Weißt du, was ich heute nacht geträumt hab?«

»Nein, woher auch?«

»Daß wir ein Verhältnis miteinander hätten.«

»Soso …«

»Wollen wir mal wieder ’n Bier zusammen trinken gehen? Im Nova? So um acht?«

Im Nova bot ich Dunja eine Rolle in meinem Fotoroman an, doch die lehnte sie ab. Das verstimmte mich. Ich hörte bloß noch mit einem halben Ohr hin, während sie sich über die gestörte Beziehung zu ihrem Gesangslehrer verbreitete, und als sich ein Freund von ihr an unseren Tisch pflanzte, ein pferdeschwanz- und ohrringetragender »Klanginstallateur« namens Dominik, war mir bereits klar geworden, daß sie mich nicht verführen wollte. Aber wozu hatte sie mich dann herbestellt?

In seinen Klanginstallationen befasse er sich auf musikalische Weise mit gesellschaftlichen Problemen, sagte Dominik, und ich hielt ihm entgegen, daß wir alle gar keine Probleme hätten: »Von Todkranken mal abgesehen. Ernstzunehmende Probleme haben doch wohl eher die Menschen auf der Südhalbkugel der Erde …«

»Das halte ich für Zweckoptimismus«, sagte er und hob Dunjas leeres Bierglas in Richtung Kellnerin. »Kriegen wir noch 'ne Runde von dem hier?«

Ein verkorkster Kreuzberger Kneipenabend. Was wollte ich da noch?

Sein neues Werk »Das Blöken der Blumen«, einen Cartoonband, der in der Post lag, hatte Eugen mir postalisch »in unverwüstlicher Haarbruderschaft-Liebe« übersandt und es zuvor mit einer barokken Widmung ausgestattet:

Für Prof. Dr. Martin Schlosser,[1]
den Wiederbeleber des uralten Schildnöck-Gedankens[2]*,*
ein jedes Amtsgericht brauche sein eigenes Sinfonieorchester.[3]
In inniger Haarbruder-Liebe[4] *und*
chronischer Ideenlosigkeit sowie Uninspiriertheit:[5/6]
Eugen Egner
09. 07. 1992
[1] *mit Gesicht und Bart*
[2] *und großen Reisenden*
[3] *wohlfeiles Selbstzitat (Egner)*
[4] *siehe Grußformel Brief v. 09. 07. 92*
[5] *leider ja*

[6] *oder lieber doch nicht*

↑

kalter Kaffee; eigens für die nachgeborenen Forscher aufgeführt. Wir kennen das doch alles längst. Nicht? Du? Was? Hm?

Da hatte er der Egner- und der Schlosser-Forschung ein paar harte Nüsse zu knacken gegeben.

Mein Lieblingsbild in dem Band trug den Titel »Als der alte Mond hilflos im Graben lag und obendrein noch mit einem Spielzeugbus beworfen wurde«.

Herr Rutschky berichtete mir, daß ihn eine Mitarbeiterin des Goethe-Instituts in Tokio mit den Worten begrüßt habe: »Guten Tag, mein Name ist Sabine M. Frühstück, und ich forsche am menschlichen Körper!«

In Japan sei es übrigens Usus, Garnelen lebend zu verzehren. Die säßen bereits geschält auf dem Teller, zitternd vor Angst, und dann stippe man sie in ein Töpfchen mit Sojasoße und beiße sie tot.

Von Robert Altmans neuem Spielfilm »The Player« riet er mir ab (»Das war nix!«), und für die *Schnurrende Traglast* gab er mir zwei Fotos: »Selbstporträt beim Niesen« und »Selbstporträt als fett«. Da sah man einfach seinen nackten Bauch.

Ganz unverhofft kam dann doch Nicole zu Besuch. Sie war mit ihrem Trabi aus Leipzig angereist und verschlang das Bier im Nova abends aus Halbliterkrügen. So wie ich. Dazu ließ sie sich Whiskey kommen, und wenn ich etwas Freches sagte, haute sie mich.

Wir hatten viel Spaß miteinander, ohne dabei ein engeres Bündnis anzustreben. Bevor sie wieder abfuhr, spazierten wir am Sonntag noch über die Pfaueninsel, auf der dann ein Pfau auch fahrplanmäßig ein Rad für uns schlug.

Danach nahm Jochen mich beiseite. »Du hast doch neulich diese Perle aus Aachen bei dir gehabt«, sagte er. »Und jetzt diese andere Schnecke. Wie kriegst du das hin, daß die sich nicht in die Quere kommen?«

Wo hätte ich anfangen sollen, um ihm zu erklären, daß ich kein

Doppelspiel trieb? Und daß es mir fernlag, an Frauen als Perlen oder Schnecken zu denken?

Max schickte mir etwas für die *Schnurrende Traglast* zu:

In Tallinn, das einst Reval hieß
fand ich einen Kebabspieß …

Weiter wußte ich nicht. Da ich aber sowieso gerade einen Brief an Robert Gernhardt zu schreiben hatte, fragte ich ihn, ob er weiter wüßte. Er wußte weiter:

… von ungeheurer Länge.
Worauf ich ihn verteilen ließ
in Tartu, das einst Dorpat hieß –
Mann, gab das ein Gedränge.

Hm, sehr schön zwar, aber ich hatte mir eigentlich einen Kebabspieß ohne Kebab vorgestellt. Doch das wußte Robert ja nicht. Außerdem scheint er eine eigenartige Auffassung von Erotik zu haben (Gedränge wegen ungeheurer Länge).

Als Herausgeber der *Traglast* hatte ich damit wieder einen guten Fang gemacht.

Bei einem von Carola organisierten *Tip*-Autorenstammtisch lernte ich die bezaubernde Journalistin Juliane Schäfer kennen und konnte sie sofort für die Mitarbeit an meinem vage geplanten Fotoroman gewinnen. Wiglaf willigte ein, den Bösewicht darin zu spielen, und Carola hatte nichts gegen die weibliche Hauptrolle, die ich ihr antrug. »Wie immer die dann aussehen mag …«

»Es könnte sein, daß du erschlagen wirst. Der Plot ist noch nicht ausgereift.«

»Har, har!« rief Wiglaf. »Das hat Dashiell Hammett auch immer behauptet, wenn er mit seinen Miezen in der Hollywoodschaukel gelegen hat, anstatt sich ums Drehbuch zu kümmern!«

Neue Post von Andrea:

Hallo Schnuddiwuddi!

Sollten meine Briefwechsel jemals ediert werden, war ich geliefert.

Die Liebe blüht noch immer, obwohl die Diskussionen mit einem E-Techniker, der auch noch Skorpion ist, zuweilen etwas anstrengend sein können.
Was der junge Herr zu den Besuchen eines langhaarigen Berliner Bohemiens bei der süßen kleinen Andrjuschka sagen würde, weiß ich nicht. Das hängt dann wahrscheinlich auch davon ab, inwieweit man ihn über den tatsächlichen Zustand alter Liebesverhältnisse informiert. Aus der Distanz betrachtet wäre es ja irgendwie schon fast amüsant, wenn Du im Film »Zeter+Mordio-Dreiecksgeschichten die 195ste« mal die Rolle des alten Liebhabers einnähmst.
Na, mal sehen. Ich hab zwar keine Lust auf Neuauflagen alter Liebesdramen, aber im Zweifelsfall laß ich mich auch von besitzergreifenden jungen Herren nicht davon abhalten, zu tun, was ich will.
Die Apothekerin ist ja dumm, die weiß ja gar nicht, was ihr entgeht – na, isse ja selbst schuld.
Da war Andrea noch nicht auf dem neuesten Stand.
Herzallerallerliebste Grüße und Küsse
Deine Andrjuschkula
PS: Schreib mir doch mal bitte die diversen Termine, wo Du in Frankfurt oder anderswo eventuell eine weibliche Begleitung wünschst. Ich werde mich dann mit Lichtbild und Lebenslauf bewerben.
Wie leicht lebte es sich ohne die Bürde des Paarseins!

»Wenn du am Donnerstag kommst, dann bring mir aus 'ner Apotheke Rennie-Tabletten mit«, sagte Papa am Telefon. »Das Geld geb ich dir wieder.«

Vorher mußte ich allerdings noch bis in die Puppen mein endlich fertiggestelltes Buch ausdrucken. Und Klaus Bittermann eine Diskette mit der Datei in den Briefkasten stecken. Das tat ich morgens um vier, während die Vögel schon schrien.

Papa saß im vollgerauchten Wohnzimmer und nahm zwei von den Tabletten zu sich, die ich mitgebracht hatte. Dann stierte er wieder ins Nichts.

Es gab nichts Neues. Oder doch: Das Meppener Hindenburgstadion war in Emslandstadion umbenannt worden. Drei bis vier Jahrzehnte früher wäre das zwar auch schon wünschenswert, aber nicht durchsetzbar gewesen. Der Respekt vor dem Generalfeldmarschall Paul von Hindenburg hätte das nicht erlaubt, obwohl er Adolf Hitler zur Macht verholfen hatte. Doch inzwischen schienen so viele alte Nazis gestorben zu sein, daß der SV Meppen es wagen durfte, den Namen seines Stadions zu modernisieren. 47 Jahre nach Kriegsende.

Ich nahm ein Bad mit Sandelholz und dachte an Andrea.

Your letters they all say that you're beside me now …

Was wußte denn wohl irgend so ein milchbärtiger Elektrotechniker von ihr?

Als ich runterging, lief eine Reportage über die Suche nach Hitlers Leiche. Papa schlief bereits, im Sitzen, und ich ließ ihn. Ich stellte nur den Fernseher aus. Dann legte ich mich in meinem alten Zimmer ins Bett und wartete darauf, daß draußen jemand auf den Zigarettenautomaten eindrosch, der noch nie funktioniert hatte, doch es blieb still.

Papa war seine Lebensversicherung ausgezahlt worden, und nun wollte er für Renate, Volker, Wiebke und mich Konten einrichten und jeweils vierzigtausend Mark darauf einzahlen. »Das Geld soll aber nicht verplempert werden, sondern Zinsen abwerfen!«

In der Meppener Kreissparkasse füllte ein Glatzkopf die Formulare für mich aus. »Beruf?«

»Journalist«, sagte Papa.

»Nein, Schriftsteller«, sagte ich, und Papa verdrehte die Augen.

Vierzigtausend Mark, die ich nicht antasten durfte. Einerseits war ich Papa natürlich dankbar für dieses Geld. Aber andererseits …

Das Ganze schien auch eine Machtdemonstration zu sein. Aus eigener Kraft wäre ich nicht fähig gewesen, eine solche Summe zusammenzukratzen, und daraus folgte, daß er besser für mich sorgen konnte als ich selbst.

In dem Spielfilm »Und immer lockt das Weib« von 1956, der abends auf Eins Plus kam, waren alle hinter der vollbusigen Brigitte Bardot her. In einer Szene hatte sie einen Fahrradplatten und sagte: »Ich bin platt.« Und der Mann, der ihr das Fahrrad abnahm, sagte: »Na sowas! Davon sieht man ja gar nichts.«

Welch spritziger Humor!

»Als dieser Mist in den Kinos lief, ist Renate geboren worden«, sagte Papa. »Da war ich noch lange nicht mit meinem Studium fertig. Und im Jahr darauf ist meine Tuberkulose ausgebrochen. Daß das ein Kriegsfolgeschaden war, ist niemals anerkannt worden. Sonst hätte der Staat mir meine gesamte Ausbildung finanzieren müssen. Aber Mama und ich haben nie einen Pfennig gekriegt. Uns hat keiner geholfen. Keiner! Wir waren immer allein auf uns selbst angewiesen ...«

Er weinte, und ich wußte nicht, was ich tun sollte. Ihn umarmen?

Auf der Bahnreise nach Jever machte ich am Sonnabend einen kleinen Abstecher in die Oldenburger Lindenstraße, um mal wieder Heike und Matthias zu besuchen, aber Heike, meine langverflossene erste Freundin, die sich im Laufe der Zeit zur radikalfeministischen Lesbe gemausert hatte, fertigte mich an der Wohnungstür ab: Matthias sei nicht da, und sie selbst habe keine Zeit.

Das sei ja schade, sagte ich, und Heike, die meiner Miene einen Zweifel abzulesen schien, erwiderte: »Wieso? Kann doch sein?«

Nun denn. Ich wollte mich niemandem aufdrängen.

Urgemütlich war's dafür bei Oma Jever. Matjes, Pellkartoffeln, Dill, Familienfotos, Ansichtskarten aus den Urlaubsorten der Töchter und der Enkelkinder, Thiele-Tee, Rosinenbrot und Schlehenfeuer: In diesem Universum blieb alles beim alten, solange Oma lebte.

Ich schob sie über den Friedhof und auch durch den Schloßgarten, denn dort war sie schon lange nicht mehr gewesen. All die trauten, schön geschwungenen Wege, die vorzeitlichen Baumriesen und die schnatternden Nachkommen jener Stockenten, die ich als Kind mit Brot gefüttert hatte …

In der Großen Burgstraße trafen wir auf Frau Böger, Omas einstige Mühlenstraßennachbarin. »Na, Frau Lüttjes?« sagte sie. »Is dat nich moi weer vandaag? Und wie ich sehe, haben Sie hohen Besuch!«

»Ja, ich fühle mich direkt verwöhnt«, sagte Oma und lachte. »Aber jetzt wird's mir bald schon zuviel mit der Sonne!«

Am Sonntagabend stieß ich im Programm des Senders Kabel eins auf eine Folge der amerikanischen Sitcom *Hoppla, Lucy*. Eine Serie aus den späten Sechzigern. Da ließen zwei Weiber ein Geschenkpaket fallen, das ihnen jemand in Verwahrung gegeben hatte. Sie packten es aus und versuchten, die darin befindlichen Scherben einer Keramikskulptur wieder korrekt zusammenzukleben. Mit dem Ding, das dabei entstand, gingen sie in einen Geschenkeshop und fragten den Inhaber, ob beispielsweise die von ihm vertriebene serienmäßige Skulptur eines harfespielenden Engels, wenn man sie zertrümmere und wieder zusammenklebe, so ähnlich aussehe wie das Objekt, das sie hier mitgebracht hätten …

Auf etwas so Lustiges war ich beim Zappen gar nicht gefaßt gewesen.

Bei meiner Abreise steckte Oma mir am Montag eine Tafel Milka-Vollmilch-Schokolade zu. Als wäre ich noch immer sieben Jahre alt und heiß auf Süßigkeiten!

Ich fuhr nach Hannover zu Dagmar und erhielt von ihr als nachträgliches Geburtstagsgeschenk ein Oberhemd mit Puffärmelchen, das ich nur unter Ausschluß der Öffentlichkeit tragen konnte.

Dagmar verbat sich diesen Ausdruck: »Das sind keine Puffärmelchen! Ich würde dir doch kein Dirndl schenken!«

Bei Minestrone mit Kirschtomaten redeten wir über den demokratischen US-Präsidentschaftskandidaten Bill Clinton, der gerade erklärt hatte, daß er zwar einmal Marihuana geraucht, aber nicht inhaliert habe.

»Auch wenn er da gelogen hat, wäre mir dieser Clinton lieber als der olle George Bush«, sagte Dagmar. »Der geht doch nun schon auf die siebzig zu! In diesem Alter sollten Politiker allmählich mal kürzertreten …«

Im schweineheißen Intercity nach Berlin hielt ich es nur im Gang auf einem Klappsitz am offenen Fenster aus. In einem vollen Sechserabteil wäre ich kollabiert.

Und dann nach jedem Halt die Eselei der neuzugestiegenen Leute, die die Gangtür nicht aufzogen, was ja auch möglich gewesen wäre, sondern sie unbedingt aufstoßen wollten, obwohl meine Knie und mein Gepäck ein gut sichtbares Hindernis bildeten! Wie war dieses Volk bloß jemals darauf verfallen, daß ihm der Rang einer führenden Kulturnation gebühre?

Zuhause stellte ich fest, daß Omas Schokoladentafel in meiner Reisetasche geschmolzen war. Eine Riesenferkelei. Die Schokolade hatte meine Strümpfe durchsuppt und sich sogar den Weg in meine Waschtasche gebahnt.

Doch was machte das schon! Ich fand endlich wieder einen *Kowalski*-Scheck in meiner Post vor. Und einen Brief von Eugen mit der nicht unberechtigten Frage:

Wieso küßt Dich Marcus? Mußt Du den jetzt heiraten? Kann der Dich überhaupt ernähren?

Bereits fünf Minuten nach dem Duschen war ich wieder naßgeschwitzt, und wenn ich die Hemdsärmel aufkrempelte, blieben meine Unterarme auf der Schreibtischplatte pappen.

Marcus rief an: Er sei in Berlin, und wir müßten uns betrinken.

Ich traf mich mit ihm im Nova und erzählte ihm von *Hoppla, Lucy* und der kaputtgegangenen Skulptur, bis er sich vor Lachen krümmte. Und das war nicht nur eine Redensart: Marcus kringelte sich unterm Tisch und hielt sich den Bauch.

»Alles okay bei euch?« fragte die Kellnerin, die uns die nächste Runde brachte.

In Komplizenschaft mit der brutalen Morgensonne machten die im Hof rabaukenden Bauarbeiter wieder einmal meinen Schlaf zuschanden. Den ganzen Vormittag über ließen sie Schleifgeräte aufheulen, die seit der Haager Landkriegsordnung als geächtet galten, und was mir aus den Poren floß, fühlte sich nicht mehr wie Schweiß an, sondern wie Zweikomponentenkleber.

Ein Kärtchen von Max:

Info-Radio 101 vermeldete eben, daß 2000 bosnische Flüchtlinge »ein Dach auf den Kopf bekommen« hätten. Das ist aber nicht nett. Und das Wasser des Wannsees hat 32°! Das ist ja wie in Kaffee baden. Ich bin seit einer Woche verkabelt, aber ich möchte das wieder weghaben. Es kommt ja überhaupt nichts.

Was die Privaten so zeigten, waren Schaumstoffsendungen wie *Glücksrad*, *Traumreisen*, *Li-La-Launebär*, *Nathalies Lifestyle Magazin*, *Top Model*, *Super Shop*, *Eurobics* und *Der Preis ist heiß*. Oder Filme wie »Todesmonster greifen an« und »Wenn die prallen Möpse hüpfen«. So hatten es die Medienpolitiker der CDU gewollt.

Die Zahl der freilaufenden Hunde schien in Kreuzberg täglich zuzunehmen. Auf jeder Straße sprangen sie herum, markierten ihr Revier und kackten alles voll. Selbst auf unserer Haustreppe mehrten sich die Häufchen, und als ich in einer Plastiktüte zwei Nackenkoteletts heimtrug, machte eine dieser Tölen sogar Miene, mir die Beute zu entwinden.

Gab es keine Hundefänger mehr?

Ein Gewitter! Endlich! Blitze! Donner!

Doch der Abkühlungseffekt hielt nicht lange vor. Nach dem abschließenden Regenschauer heizte Berlin sich wieder auf und spielte São Paulo.

Kurt Scheel hatte mir erlaubt, im *Merkur* gegen den Philosophen Günther Anders zu polemisieren, den ich nicht ausstehen konnte. Ich vertiefte mich noch einmal in dessen Werke und staunte über den blühenden Unsinn, mit dem er als Gesellschaftskritiker hervorgetreten war. Wenn es nach Anders gegangen wäre, hätte es kein Fernsehen geben dürfen …

Die letzten Reste dessen, was auch in standardisiertesten Ländern an häuslichem Milieu, an gemeinsamem Leben, an Atmosphäre noch bestanden hatte, sind damit liquidiert …

… keine Kosmetik …

Beispiel für Selbstverdinglichung: das make-up … Ohne make-up unter Leute zu gehen, kommt für girls nicht in Betracht …

… keine entartete Musik …

… die Orgien, die diese Tänze, etwa in den Tanz-Etablissements Haarlems, darstellen, haben mit »Vergnügungen« nichts mehr zu tun; sie sind viel weniger und viel mehr als das: nämlich ekstatische Opfertänze, die dem Baal der Maschine zu Ehren kultisch zelebriert werden …

… und keine Kofferradios:

Die Liebenden, die mit einem sprechenden »portable« am Ufer des Hudson, der Themse oder der Donau spazieren gehen, sprechen nicht zueinander, sondern hören einer dritten Person zu: der öffentlichen, meist anonymen Stimme des Programms, die sie, einem Hündchen gleich, spazieren führen, richtiger: von der sie sich spazieren führen lassen. Ihre Promenade machen sie, da sie eben nur das Miniaturpublikum sind, das der Stimme folgt, nicht zu Zweien, sondern zu Dritt. Von einer intimen Sprechsituation kann also gar keine Rede sein, diese ist von vornherein aufgehoben …

Und allein Günther Anders sah die Zeichen des Verfalls und bot dem Urbösen die Stirn! Von dem häuslichen Milieu, in dem Mama, Papa, Renate, Volker, Wiebke und ich in den frühen siebziger Jahren gemeinsam *Der Kommissar*, *Drei mal Neun* oder *Die Rudi Carrell Show* gekuckt hatten, wußte Anders weniger als nichts, und da er Liebespärchen das Musikhören mißgönnte, hätte man vielleicht mal Anders' eigenes Balzverhalten untersuchen sollen. Wie mochte er selbst eine intime Sprechsituation herbeigeführt haben? Mit Zwölftonmusik? Oder vollkommen lautlos? Und hatte er sich nur mit ungeschminkten Frauen verabredet? Oder ihnen sonst Vorträge über die Selbstverdinglichung durch Kosmetik gehalten?

Er hielt sich für einen Propheten, und es mußte ihm einmal jemand in die Parade fahren. Ich hatte noch nie irgendwo ein kritisches Wort über ihn gelesen.

Einem ihrer Texte für die *Schnurrende Traglast* hatte Kathrin den Titel »Tüschwa« gegeben:

In der WG, in der ich zähneknirschend mein junges Leben friste, steht ein Küchenschrank, dessen Name ist Tüschwa. »Weil er türkis und schwarz gestrichen ist!« Tüschwa. Nie wieder werde ich dieses Wort aus meinem Gedächtnis tilgen können. Trotzdem werden meine schlaflosen Nächte in Zukunft glimpflicher verlaufen, wenn ich weiß, daß sich einige Tausend gleich mir auf der Matratze wälzen, während durch ihre Gehirnwindungen das eine, das verfluchte Wort braust: Tüschwa.

Als ich ihr vorschlug, in einem Essay das Aussterben des Schottenrocks zu beweinen, sagte sie: »Ich werde mich hüten. Meine waren kratzig. Alle beide.«

Im Copydrom in der Graefestraße machten wir Kopien für mehr als dreißig Mark und klebten dann unsere Lieblingsbildchen mit fädenziehendem Fixogum auf die Seiten der Nullnummer.

»Und das im Zeitalter des Desktop Publishing!« sagte Kathrin. »Die nächste Ausgabe sollten wir im Kartoffeldruckverfahren herstellen. Dann sieht alles noch schmieriger aus …«

Zur Abwechslung lud ich sie ins Restaurant Amaretto ein, was sie nicht daran hinderte, mich darauf aufmerksam zu machen, daß ich ziemlich dick geworden sei.

Ich zog meinen Bauch ein und sagte, daß ein Bauch, den man einziehen könne, kein Bauch sei, aber Kathrin war bereits bei einem anderen Thema: Sie erwarte ungeduldig den Kinostart von »Alien 3«. Anfang September sei es soweit. »Man zählt die Tage …«

Um fünf Uhr morgens war die *Schnurrende Traglast* fertig.

»Und niemand wird es uns lohnen«, sagte Kathrin und plädierte deshalb für eine Umbenennung in *Schnarrende Truglust*.

Bevor ich das Heft vervielfältigen konnte, unter welchem Titel auch immer, mußte ich erst einmal wieder zu Geld kommen.

In alter Frische setzten mir am Montag Mischmaschinen, Preßlufthämmer und der stechende Sonnenschein zu. Und was hatte Günther Anders, wie ich lesen mußte, wieder dekretiert?

Man hat den Begriff »Schizotopie« als den entscheidenden Begriff der heutigen Moral oder Unmoral einzuführen …

So, hatte man das? Und wenn man sich weigerte? Kriegte man von Anders dann eine Sechs in Sozialkunde? Und drei Punkte in Flensburg?

Auf dem Eßtisch lagen Lizzys Musikzeitschriften herum, die ich alle nicht lesen konnte, weil ich die Sprache nicht verstand, in der sie geschrieben waren.

… gutturaler Digital-Underground-Gast-Rap … das mischt präzise und abgezirkelt … die upfronteste Discothek … lockeres Hinaufgleiten zu einer Dichte, die alle Zwischenräume zuläßt und durch Kontrolle Flächen öffnet …

Ein grauenhaftes Kauderwelsch. Im Popmusikjournalismus schien es noch übler herzugehen als in der Literaturkritik.

»Zween derbe Spaßvögel«, stand unten auf dem Plakat, das Eugen Egner für Michael Rudolfs und meine Lesungen entworfen und mir als Kopie zugeschickt hatte, und oben: »Die Lesewölfe kommen!«

Gezeichnet hatte Eugen ihn und mich dazu als zwei waidwunde Landstreicher, deren Äußeres bei allen Eltern den Impuls wecken mußte, die Kinder ins Haus zu holen. Wundervoll! So wollte ich unsere Lesungen beworben sehen. Welch ein Segen, als von Eugen Egner gezeichneter Schuftikus auf Lesereise gehen zu dürfen!

Erich Honecker war von Moskau nach Berlin ausgeflogen und verhaftet worden. Und was stellten sie nun mit ihm an? Nachdem sie ihn als Staatsgast hofiert hatten, als er noch mit der Nationalen Volksarmee bewaffnet gewesen war?

Gemeinsam mit Max quasselte ich beide Seiten einer 90er-Kassette voll, die wir Eugen schenken wollten.

»Ich möchte mit vollem Mund intelligente Dinge äußern«, sagte Max und las knäckebrotfutternd eine Geschichte von Robert Walser vor. Danach beschimpften wir einander, und dann gurrten wir uns an. Und wir gingen auch raus, um Eugen das Viertel zu beschreiben, in dem Max wohnte, einschließlich der häßlichen Kunstwerke, die in Moabit herumstanden.

Wenn schon Berlin, dann Kreuzberg, dachte ich. Obwohl ich ja selbst mal in Moabit gewohnt hatte.

Am Ende des Abends schenkte Max mir ein paar Nummern des Berliner Fanzines *Ich und mein Staubsauger*, für das er in den achtziger Jahren kolumniert hatte, und dann verpaßte ich leider die letzte U-Bahn und mußte im Regen nachhause laufen.

Kurz vor dem Ziel war ich versucht, von meinem Kurs abzuirren und bei der Schneiderin zu klingeln, aber das verkniff ich mir. Es hatte ja doch keinen Zweck mit ihr.

Die Nachtwanderung hatte mir eine dicke Erkältung beschert. Ich war zu fast nichts mehr zu gebrauchen und schaffte es gerade noch, Max auf einem Kärtchen mitzuteilen, daß ich erkrankt sei. Mein einziger Trost war die in der Augustnummer von *Kowalski* abgedruckte Warnung vor dem Weltuntergang, der am 12. September 1994 stattfinden werde, wenn ich nicht genug Barmittel besäße, um ihn aufzuhalten. Unterstützen, hatte ich geschrieben, könne man mich mit Überweisungen auf das »Sonderkonto Doomsday«, Berliner Sparkasse, Kontonummer 1 410 325 195, Bankleitzahl 100 500 00.

In einer Ausgabe von *Ich und mein Staubsauger* berichtete Max, daß er mit einem Freund namens Fritz in Stralsund in das Restaurant Gastmahl des Meeres eingekehrt sei und einen »Indischen Seefisch« bestellt habe.

Was man sich an der Ostsee unter Indien vorstellt, ist bemerkenswert: In der Mitte des Tellers befand sich der Fisch, aber völlig bedeckt von einer rote-Bete-geröteten Soße, mit der man bei uns Heringssalat anmacht. Ringsherum lag folgendes Arrangement:

Sauerkraut, gehobelte Gewürzgurken, Ananas, Silberzwiebeln, 1 alkoholtriefende Marachino-Kirsche, 5 Sauerkirschen, 1 Cocktailwürstchen (gab ich Fritz), Petersilie, geraspelte Karotten. Es hätte mich gar nicht gewundert, wenn auch noch ein paar Zigaretten dazwischen gelegen hätten.

Ich las das gern, aber mir lief die Nase, und ich hatte grausige Kopfschmerzen.

Jochen war so nett, mir ab und an Essen, Bier und Zigaretten an mein Krankenlager zu bringen, das Geschirr abzuräumen und den Aschenbecher zu leeren.

Am Freitagmittag warf Sigrun mir durch die Tür einen Brief zu: »Der isch für di! Abr i komm ned nähr. I will mi ned anschdegga!«

Der Brief war von Oma.

Vor einer Woche hatte ich mal einen aufregenden Tag! Am Dienstag fuhr die gute Frau Lange mich im Rollstuhl zur Sparkasse. Beim Aussteigen habe ich mich am rechten Knöchel sehr verletzt, so daß sich ein doller Blutstrom ergoß. Die Vorhalle der Sparkasse habe ich total mit Blut versaut, große Aufregung, man meinte, ich müßte per Rettungswagen versorgt werden! Schmerzen hatte ich gar nicht, und eh ich mich versah, lag ich auf einer Trage und ab zu Dr. Tarbiat am Marktplatz. Der stellte aber fest, daß er das gar nicht zu nähen brauchte, es wurde nur verbunden. Heute ist die Wunde fast verheilt – – – aber es kam eine Rechnung vom Rettungsdienst Friesland über 470 DM!! Sagenhaft!

Nun geht das Leben in seiner ruhigen Art weiter, es ist kühl geworden, aber ab morgen soll es wieder heiß werden. Weißt Du schon, daß die Blums gut in Korsika angekommen sind? Auf der Insel, die sie ja schon kennen, sind sie sehr glücklich. Immo und Luise sind von Teneriffa zurück und finden es in Itzum viel schöner als dort! Dagmar und Wiebke planen zu meinem 86. Geburtstag zu kommen und auch das Wochenende in Jever zu bleiben, denn am 8.8. ist hier Altstadtfest! Hättest Du nicht auch mal wieder Lust auf »Bohnensopp«?

Bohnensopp: Das war dieser hochprozentige Blödmacher, ohne den in Friesland nichts rundlief.

Therese ist inzwischen pensioniert. Bei der Abschiedsfeier mußte sie eine Rede halten, da entdeckte sie unter den Zuhörern zu ihrer Freude ihren Norman.

Nun ist mein Vorrat an Neuigkeiten zu Ende – also Schluß! Hoffentlich höre ich bald mal wieder von Dir?

Ich wollte Oma gern wieder besuchen, aber nicht so bald. Erstmal mußte ich gesund werden.

Nach der Machtergreifung der Nationalsozialisten hatte Karl Kraus lange geschwiegen und im Oktober 1933 dann in der *Fackel* ein Gedicht über sein Schweigen veröffentlicht:

Man frage nicht, was all die Zeit ich machte.
Ich bleibe stumm;
und sage nicht, warum.
Und Stille gibt es, da die Erde krachte.
Kein Wort, das traf;
man spricht nur aus dem Schlaf.
Und träumt von einer Sonne, welche lachte.
Es geht vorbei;
nachher war's einerlei.
Das Wort entschlief, als jene Welt erwachte.

Als hätte er die unaussprechlichen Verbrechen schon geahnt, die noch folgen sollten.

Weil ich es im Bett wegen der Hitze nicht mehr aushielt, ging ich ins Kino, obwohl ich noch Fieber hatte. Zuerst, entgegen Herrn Rutschkys Rat, in »The Player«, wobei ich mich langweilte, denn wen interessierten schon Satiren auf den Niedergang Hollywoods, und dann in »Batmans Rückkehr«, wobei ich mich noch ärger langweilte. Diese Superheldenscheiße war auch durch ironische Brechungen nicht zu retten.

Sigrun servierte mir Zitronensaft.

»Schmegg's dir ned?« fragte sie.

»Nein.«

»Gud! Medizin wirgd nur, wenn sie schlechd schmeggd!«

Sie lachte, aber mir war nicht zum Lachen.

Am Montagmittag fuhr ich zur Amerika-Gedenkbibliothek, um mir noch mehr Bücher von und über Günther Anders zu beschaffen, doch sie machte erst um drei Uhr nachmittags auf. Warum nur?

Ich suchte mir eine schattige Bank, auf der ich die zwei Stunden Wartezeit lesend überbrücken wollte. Ohne Lektüre ging ich fast nie aus dem Haus.

In seinem großen Aufsatz »Warum die Fackel nicht erscheint« hatte Karl Kraus im Juli 1934 in der *Fackel* die Gründe für ihr Nichterscheinen erläutert und dargelegt, daß er sich dem Weltkrieg geistig noch gewachsen gefühlt habe, aber nicht mehr der »Erscheinung Hitler« …

… indem etwa die Möglichkeit, daß ein Proletarier 192 Stunden in einem der bekannten Stehsärge zubringen muß, oder »Judenliebchen« durch die Straßen geführt werden, außer dem Bereich meines Denkens und Dichtens liegt.

Denn gegen Stehsärge könne man nicht polemisieren. Kraus hatte befürchtet, mit jedem seiner Worte »die Wut des Peinigers zu vermehren«. Es sei eine Lage,

worin Verantwortung den schmerzlichsten Verzicht auf den literarischen Effekt geringer achtet als das tragische Opfer des ärmsten, anonym verschollenen Menschenlebens …

Und all das zu einer Zeit, in der Opa Jever sich zum Eintritt in die NSDAP entschlossen hatte. Regungen des Widerstands gegen die Nazis waren mir auch von Opa Schlosser nicht bekannt.

Nach einer halben Stunde war der Baumschatten verflogen, und ich zog mich ins Hertie-Restaurant zurück, wo ich acht Mark siebzig für einen Teller trockener, saurer Spaghetti mit einer widerlich scharfen Soße berappte.

Von meinem Platz aus hatte ich eine Uhr am Straßenrand im Auge, und es wunderte mich, wie träge die Zeit verging.

Als die Uhr auf fünf vor drei stand, brach ich auf und stellte fest, daß sie eine Dreiviertelstunde nachging. Und in der Gedenkbibliothek konnte ich dann doch nichts ausleihen, weil das Computersystem zusammengebrochen war. Phantastisch!

Die US-amerikanische Feministin Andrea Dworkin glich ihrer eigenen Karikatur: eine unfaßlich korpulente, gnatzige und verbiesterte Dogmatikerin, die nicht nur der Prostitution und der Pornographie, sondern auch dem heterosexuellen Geschlechtsverkehr im allgemeinen den Kampf angesagt hatte. Das Aussehen dieser Frau war eine nonverbale Kriegserklärung.

Für den *Tip* ging ich wieder in eine Pressevorführung. »Steinzeit Junior«: Da mischte ein reanimierter Jüngling aus prähistorischer Zeit eine Highschool auf und entlockte den Mädchen kleine spitze Schreie. Ein quälender Quark, aber das Zeilengeld machte es wett.

Einen Scheck von der *Titanic* über 84 Mark trug ich zur Sparkassenfiliale am Kottbusser Tor, doch die hatte dienstags bereits ab drei Uhr nachmittags geschlossen.

Wollten die Angestellten dort an Dienstagnachmittagen mal schön unter sich sein?

Helmut Krause rief mich an, einer der Organisatoren der Neue-Frankfurter-Schule-Ausstellung in Kaiserslautern, um zu fragen, ob er mir für den 15. August ein Hotelzimmer reservieren solle.

Ich bat ihn um ein Doppelzimmer, und das wurde mir genehmigt.

In meinem Oberkiefer hatte es nur leicht gepocht, aber die Zahnärztin sprach von fortgeschrittener Parodontose und schliff unbarmherzig an mir herum. Es wurde auch eine Art Sandstrahler eingesetzt. Pfui baba.

Doch wie schön war es dann immer, aus der Praxis wieder hinauszugehen und an andere Dinge zu denken als an den nächsten Termin.

Was bog dort um die Ecke? Noch nicht ersehen und schon geliebt!
Ich stürze mich in dieses Abenteuer …

Von Max war wieder ein Kärtchen eingelaufen:

Weh, du Armer, hast dich auf dem Heimwege verkühlt! Hatte sich die U-Bahn schon verkrümelt? Gott strafe sie! Nicht mehr so krank ist offenbar Herr Kempowski. Im Tagesspiegel las ich gerade, er habe mit Egon Krenz in so einer Spontan-Talkshow geplaudert. Obwohl: Man weiß ja nicht. Die Brüder wiederholen heutzutage ja auch alte Talkshows. Laufend!

War Kempowski also nun wieder auf dem Damm oder nicht?

Ins Gewicht fiel eine Mietnebenkostennachzahlungsforderung: 173 Mark für jeden. Und Philipp verlangte mir 68 Mark für die Haushaltskasse ab. Jetzt mußte subito ein neuer Scheck her.

Der *Titanic*-Redakteur Christian Schmidt rief an: Er habe vor, mit dem Motorrad nach Polen zu fahren, und auf dem Hinweg würde er gern in Berlin übernachten. Ob am Sonntag vielleicht ein Schlafplatz bei mir frei sei?

»Ja. Klar. Hier ist sogar 'n ganzes Zimmer frei.«

»Knorke! Schnafte! Dit is mein Ballien!«

Ich schickte Oma eine Glückwunschkarte und kehrte von diesem kleinen Gang zum Briefkasten total verschwitzt zurück, aber Lizzy und Sigrun war es in Berlin noch nicht heiß genug: Sie brachen nach Ägypten beziehungsweise in die Türkei auf. Zwei Sonnenländer, in die ich niemals freiwillig gereist wäre.

Wenn Günther Anders philosophische Diskussionen wiedergab, die er geführt hatte, hob er gern hervor, daß seinen Gesprächspartnern im Nu die Argumente ausgegangen seien:

Mir schien, daß die Frage nun begann, in ihn einzusinken. Er strich sich mit den Fingern durch seine Mähne und begann, schwer zu atmen.

Und:

Seine Frische und sein Selbstbewußtsein waren dahin. Ich nahm nun die Sache in die Hand.

Und:

Er öffnete seinen Mund mehrere Male, aber diesmal gelang ihm nicht einmal das Flüstern.

Dem Durchblicker Anders war einfach niemand ebenbürtig. Eine Frau sollte sich sogar übergeben haben, als sie die Tragweite seiner Gedanken erkannt hatte:

Da wurde sie grau im Gesicht und erbrach sich.

Ich dachte zuerst, ich hätte mich verlesen, aber nein: So hatte Anders die Reaktion jener Frau auf die von ihm geäußerten Weisheiten beschrieben. Und niemand war ihm jemals öffentlich entgegengetreten, um ihm zu sagen, daß er kein Philosoph sei, sondern ein sich selbst beweihräuchernder Schwadroneur.

In Don Siegels Film »Der Tod eines Killers« von 1964, den Wiglaf und ich uns im Kino ansahen, erschoß Lee Marvin am Ende Ronald Reagan.

»Darauf hab ich mich schon die ganze Zeit gefreut«, sagte Wiglaf.

Lee Marvin, gleichfalls angeschossen, torkelte dann sterbend aus dem Haus und sah selbst dabei noch würdevoll aus.

Als er tot war, suchten wir einen Biergarten auf und erzielten Einigkeit darüber, daß ein guter Gangsterfilm auch ohne den Overkill an Feuerbällen auskomme, den inzwischen jeder Zwölfjährige im Kino für sein Taschengeld erwarte.

Am Nebentisch ließ sich ein Koloß nieder, in dem Wiglaf den Journalisten Carlo von Tiedemann zu erkennen glaubte. Dieser Typ, sagte er, habe einmal einen Radiobeitrag über das Leben der Juden in Deutschland so abmoderiert: »Und nun weiter im Pogrom!«

Aber Carlo von Tiedemann – oder sein Doppelgänger – verhielt sich ruhig, wir konnten friedlich austrinken, und Wiglaf trug mir auf, Eugen Egner bitte auszurichten, daß er Gott sei.

Laut *Tagesspiegel* sollte Sonntag, der 9. August 1992, in Berlin der heißeste Tag des Jahrhunderts werden, und diese Vorhersage erwies sich leider als wahr. Arno Schmidt hatte recht:

Die Sonne?!: ein Wahnsinniger fuhrwerkte da oben mit seinen brüllenden Schmelzflüssen herum!

Ich bezweifelte, daß auch nur einer von tausend Verbrauchern, die das Dralle-Beauty-Pflege-Shampoo benutzten, sich unter dem darin angeblich enthaltenen »natürlichen Seidenprotein« irgendetwas Konkretes vorstellen konnte, und das war so ungefähr der einzige Gedanke, den ich unter der Dusche fassen konnte.

Am Abend traf ich mich mit Christian Schmidt im Nova. Wir setzten uns an einen beschirmten Tisch und tranken Brüderschaft. Sein Gepäck bestand in einer kleinen Reisetasche und einem Motorradhelm. Das Motorrad hatte er irgendwo an der Urbanstraße geparkt.

Er hätte mich gern schon früher als freien Autor gewonnen, sagte er. »Aber die Texte, die du eingeschickt hast, waren irgendwie nicht die richtigen ...«

Christian war Jahrgang 1956 und seit drei Jahren in der Redaktion. Er stammte aus Bielefeld, ebenso wie sein Jugendfreund Hans Zippert, der jetzt als *Titanic*-Chefredakteur amtierte. Und Christian kannte natürlich auch Robert Gernhardt, Chlodwig Poth und die ganze Korona, die sich in Frankfurt um die *Titanic* scharte. Bei der Montagskonferenz, sagte er, rede meistens Gernhardt, während Chlodwig Poth nur stumm am Tisch sitze und voller Verachtung in den Lifestyle-Magazinen blättere, die da so herumlägen.

»Und Eckhard Henscheid?«

»Der läßt sich nicht blicken.«

Beim dritten oder vierten Bier zückte Christian einen Band mit Schriften von Georg Wilhelm Friedrich Hegel und deklamierte daraus wie ein Volkstribun, und dann überredete er drei wildfremde Männer von einem Nachbartisch zum Pokern.

»Wie? Mit denen willst du jetzt um Geld spielen?«

»Na klar! Was denkst'n du?«

Sie taten das mit großem Juchhee, und Christian meinte, daß ich ruhig gehen könne. Er werde bei seinen neuen Pokerfreunden übernachten.

Als ich ging, dankte ich dem Himmel dafür, daß Papa nicht ahnen konnte, in welchen Kreisen ich mich bewegte.

Michael Rudolf, der am Montag kurz zu Besuch kam, händigte ich eine Kopie der Urfassung meines satirischen Romans »Das erwachende Selber« aus.

»Den bringen wir dann im nächsten Jahr raus«, sagte Michael. »Und zwar illustriert! Irgendwelche Wünsche? Wer soll's machen?«

»Yvonne Kuschel. Die könnte das.«

»Klingt plausibel. Ich kau das mit Gerd König durch, und dann hörst du von uns. Alter! Hey! Und auf der Frankfurter Buchmesse machen wir 'n Faß auf!«

Dann rief der *konkret*-Redakteur Wolfgang Schneider an und fragte, ob ich das neue Buch von Luise Rinser besprechen wolle.

»Ist dafür nicht Eckhard Henscheid zuständig?«

»Ja, aber der möchte nicht. Er hat gesagt, das stelle er den Nachgeborenen anheim.«

Eigentlich ja eine Ehre: Henscheid mal die Arbeit abzunehmen. Das sagte ich auch zu René Martens, als er mich für ein kleines Autorenporträt interviewte, das er dem Magazin *Szene Hamburg* anbieten wollte.

In Jon Amiels neuem Kinofilm »Julia und ihre Liebhaber« spielte Peter Falk einen Hörspielregisseur, der sich einen Jux daraus machte, das Volk der Albaner auf groteske Weise zu verunglimpfen. Einmal imitierte er sogar das Winseln eines deutschen, von einem Albaner geschändeten Schäferhundes und ließ den Täter zur Entschuldigung vorbringen, daß dies ein »alter albanischer Brauch sei«, woraufhin erzürnte Albaner den Radiosender stürmten und niederbrannten …

Carola, Wiglaf und ich kamen aus dem Lachen kaum heraus. Wunderbar, diese in ihrem Nationalstolz gekränkten und bis aufs Blut gereizten Männer! Solange man sich nicht in ihrer Gewalt befand, waren solche Leute ungeheuer komisch.

Von Jon Amiel stammte auch die unvergessene Fernsehserie *The Singing Detective*. Die hätten sie mal wiederholen sollen.

Von meiner Zahnärztin wurde ich bereits nach zehn Minuten Behandlung entlassen: Der böse Feind, die Parodontose, war besiegt, und ich hatte auf Monate hinaus zahnarztfrei.

Eine gute Zeit, um sich neu zu verlieben. Doch in wen?

Eugen Egner schrieb mir, daß einer seiner Nachbarn neulich um sechs Uhr früh zur Bewässerung seines Gartens geschritten sei:

Dabei entfachte der Wasserdruck unter Zuhilfenahme von Wasserhahn und Gartenschlauch ein unvermutet, ja: überzeugend durchdringendes Schrillpfeifen, daß es das Hirn wie ein meningitisches Sägewerk sauber in mehrere Hemisphären, Globuli und Segmente trennte. Wie Würfelbrühe (das unmäßige Schwitzen ob der auch bei Nacht beleidigend wüsten Hitze zersetzte uns zu geklumpter Würze) schwappten wir auf den Laken. Das Schrillen schwoll, alle Nerven wurden ausgebohrt, und der Schlaf schien Schieberware zu werden …

Und er berichtete mir, was Helmut Krause ihm von seinem Besuch bei Eckhard Henscheid in Frankfurt erzählt habe:

Die Rede kam auf den Nachwuchs. Der Dichterfürst äußerte seine Eindrücke und Ansichten, was den betraf (den Nachwuchs nämlich). Und was soll man sagen: Unter den neueren, ja: jungen Kollegen wußte (so habe ich's vernommen aus Helmut Krauses Mund) Meister Eckhardt, nein, ohne »t« (und verzeih überhaupt die blöde Namensformulierung, aber ich will die Climax jetzt so aufbauen, daß es erst durch Anwendung ganz doofer Ausdrücke wie »Meister Eckhard« stimmungsmäßig in den Keller geht, um mit dem Folgenden sodann eine rasante Raketenhimmelfahrt der Emotion zu verursachen – Du siehst, ich verstehe was von Spannung! Muß ich auch als Romancier, der ich vielleicht gar nicht bin!) besonders zu rühmen den Dr. Schlosser aus Berlin! Sei dessen eingedenk.

Das las ich gern.

Weniger erbaulich waren die schimmligen Brotreste in der Küche und die Verstopfung, an der das Gefrierfach litt. Irgendwer hatte da vor Monaten vier Packungen Spinat hineingepfropft, die jedem Neuzugang das Leben erschwerten.

Ich hätte nun doch gern mal wieder solo gewohnt.

Ein Leser aus Hof hatte mir zur Verhinderung des Weltuntergangs 4,38 DM überwiesen, und Marcus schrieb mir aus Paris:

Habe mit der aus dem New Yorker weltberühmten Schreiberin Jane Kramer telefoniert. Fragte, wie es Wiglaf Droste geht. Stell dir vor, eine Frau, die die halbe Zeit (½ Jahr) in New York lebt, fragt mich (der ein Jahr durchgehend in HH lebt und das folgende und das davor), wie es Droste geht, in Paris. Mein spannendstes Ferienerlebnis.

Und damit nicht genug: Professor Weigle alias F. W. Bernstein rief mich an und fragte, ob er ein Foto von mir bekommen könne, denn er wolle mich zeichnen, für ein Lesungsplakat. Der Schriftsteller Axel Marquardt habe das angeregt, denn seine Frau und er planten die Organisation einiger Lesungen von Autoren aus dem *Titanic*- und *Kowalski*-Umfeld.

An der Eröffnung der Ausstellung in Kaiserslautern werde er zwar nicht teilnehmen, sagte Herr Weigle, aber vielleicht könnten wir ja demnächst einmal in Berlin zusammentreffen. »Dann werde ich Ihnen ein paar ausgedehnte Komplimente machen …«

Das schrieb ich mir auf, für mein Archiv, und dann schickte ich Fritz Weigle drei Fotos von mir zu.

In ihrem neuen Buch (»Wir Heimatlosen«) sprach Luise Rinser Luise Rinser:

Liebe, das ist meine Natur selbst. Die Gnade hat es leicht mit mir. Sie baut einfach auf meiner Natur auf.

Und sie quakte wieder laut auf:

Mehr, mehr, mehr, ihr Frauen der Erde! Ihr Frauen Israels, warum schreit ihr nicht? Warum nicht, ihr Irakerinnen? Haben wir Frauen denn noch nicht begriffen, daß das Weibliche allein die Erde rettet?

Geehrt worden war dieses dumme Huhn 1986 mit der Ehrendoktorwürde der Universität Pjöngjang und 1987 mit dem Heinrich-Mann-Preis der Akademie der Künste der DDR.

Aus Korsika meldete meine fünfjährige Patentochter Nantje mir:

LIEBER MARTIN
ICH KANN JETZT SCHON RICHTIG SCHWIMMEN

Die liebe Kleine. Und ich war ihr ein so schlechter Patenonkel!

Die von Reinhold Beckmann moderierte neue Fußballshow *ran* auf SAT.1 war bis zum Bersten gefüllt mit Werbeblöcken und Gewinnspielen. Einmal sah man den mit Firmenlogos vollgepappten Trainer Udo Lattek, der als Kopfbedeckung ein Müllermilchkäppi trug, und vom Wolfgangsee wurde Helmut Kohl zugeschaltet.

In dem Zug, der mich nach Kaiserslautern brachte, las ich den Roman »Die molussische Katakombe« von Günther Anders. Ein steriles Produkt, das auch Gedichte umfaßte:

Weh Roggen, weh Weizen,
Man wird Euch verheizen,
Weh Reis und weh Bohnen,
Nichts wird er verschonen,
Müßt alle in die Glut hinein,
Hüte Dich, schön Blümelein …

Diese Verse schrieb Anders einer Romanfigur namens Yegussa zu.

Ihr Kiefern, Ihr Fichten,
Auch Euch wird man lichten …
So sang Yegussa, und er sang das Lied mit verzweifelter Begeisterung.

Mich erinnerte das stark an eine Protestsongparodie von Robert Gernhardt:

Mutter, dein Sohn ist Minister,
doch daß er auch Mensch ist, vergißt er …

Vor dem Theodor-Zink-Museum in Kaiserslautern lief Andrea, die ich dorthin bestellt hatte, auf mich zu und rief: »Hallo, Gschpusi!«

Dann erschienen Eugen Egner und seine Gefährtin, und Eugen fragte Andrea: »Sind Sie die Tanzbäuchnerin?«

Gleich darauf traf Michael Rudolf ein und machte uns mit Heribert Lenz und Achim Greser bekannt, »den guten Buben«, wie er betonte, und ich faßte sofort Zutrauen in diese massiven Gestalten aus Schweinfurt und aus Lohr am Main.

In der großen Ausstellung von Werken aus dreißig Jahren der Neuen Frankfurter Schule befanden sich auch Gemälde von Eugen und absonderliche Skulpturen seines Freundes R. M. E. Streuf, doch bevor ich mich näher umsehen konnte, schritt der Kurator Helmut Krause mir entgegen und sagte: »Sind Sie der Herr Doktor Schlosser? Grüeziwohl! Ist das nicht alles überaus schön geworden hier? Und Sie« – zu Andrea gewandt – »sind Herrn Schlossers Angetraute?«

Mit wehenden Haaren führte er uns durch die Räume und klagte darüber, daß »die Stadtverwaltungssippschaft hier« sonst allein für ein neunzigminütiges Konzert der Violinistin Anne-Sophie Mutter sechzigtausend Mark aus dem Säckel tue.

Meinen Plan, etwas gegen Günther Anders zu schreiben, hieß Helmut Krause gut: »Da stichst du in ein hochempfindliches Brummwespen- und Dösbattelnest! In diesen Moralhuber- und Gutfrömmelkreisen sitzt der Beleidigtheitsnerv mindestens so locker wie der Schraubensalat im Hirnkastl!« Gut befreundet war er hingegen mit Bernd Rauschenbach von der Arno-Schmidt-Stiftung. »Einer unserer Allergrößten! Er lebe hoch! Bargfeld blüht dank ihm fast mehr als dank Arno Schmidt!«

Es gab viele Hände zu schütteln. Hans Zippert und seine Leute von der *Titanic* schwärmten herein sowie der Zeichner Rudi Hurzlmeier – ein Bär von einem Mann! – und gleich nach ihm Kathrin Passig, die ich jetzt auch mal mit Andrea bekanntmachen konnte.

»Und Sie sind Herr Schlosser, wenn ich mich nicht irre«, sagte ein junger Mann zu mir. »Ich bin Ivo Wessel und soll Ihnen herzliche Grüße von Eckhard Henscheid überbringen.«

»Der aber heute nicht hier ist?«

»Leider nein.«

»Grüßen Sie ihn bitte herzlich zurück …«

Er schenkte mir einen von ihm selbst hergestellten Sonderdruck mit faksimilierten Manuskriptseiten von Henscheid und der eingeklebten Kopie eines Artikels aus einer Amberger Lokalzeitung von 1977. Die Fotos zu dem Artikel, sagte Herr Wessel, hätten Henscheid zu den Bildbeschreibungen in dem Roman »Die Mätresse des Bischofs« inspiriert. »Da heißt es, daß der Raiffeisenbankdirektor, den man hier erblicken kann, wie eine Kreuzung aus Heilbutt, Dachs und Sollnhofener Urvogel aussehe, und ich finde, das trifft den Nagel auf den Kopf!«

Nach der festlichen Ausstellungseröffnung versammelten wir uns alle in einem italienischen Restaurant.

Beim Essen sagten wir Gedichte auf, und Kathrin wackelte mit den Ohren.

»Studien treiben, Martin, Studien treiben!« flüsterte Eugen mir zu. »Das kommt ja nie wieder!« Und als ich auf seinen Wunsch das Gesicht der Mona Lisa nachmachte, fragte er mich: »Ist das die Mona Lisa mit oder ohne Rahmen?«

»Ohne.«

»Kannst du auch mit?«

Ich versuchte es. Simone Borowiak zuliebe ahmte ich auch das Gesicht von Marilyn Monroe nach, und auf den besonderen Wunsch von Achim Greser stellte ich mimisch den Übergang vom Impressionismus zum Expressionismus dar, ohne allerdings meinen Gesichtsausdruck zu verändern.

Zwischen zwei Bieren bastelte Heribert einen enormen Joint und erzählte von Achims und seiner persönlichen Begegnung mit dem Schwergewichtsboxer Karl Mildenberger. Dessen Hände hätten wir mal sehen sollen: »So groß wie Klosettdeckel!«

Auf Eugens Bitte hin versuchte ich auch Mildenbergers Hände mimisch nachzuahmen, was mir nach Achims und Heriberts einhelliger Meinung jedoch nicht gelang.

»Nee, was seid ihr nur für Leute«, sagte Andrea lachend und stupste mir ihre Nase ans Ohr. »Wollen wir nicht gehen? Ich bin solche Exzesse nicht gewohnt, und ich hab noch was mit dir vor …«

Von Heriberts und Achims Tischseite rollten immer neue Lachgewitter herüber.

»Wie die Wurstgoten!« rief Eugen. »Aber wißt ihr was? In meiner Kindheit habe ich armlange Marzipanbrote gefressen!«

»Lieber Martin«, sagte Helmut Krause anderntags beim Abschiednehmen im Frühstücksraum des Hotels, »sei dazu angehalten, es dir schön und gut und feierlich gehen und sein zu lassen, auf daß alles seine Ordnung habe und ein Licht sei in der Welt! Mögen deine Geschicke in gute Bahnen schlüpfen. Immerdar und allewege!«

Und Eugen fragte mich: »Hast du auch schon einen Wintervorrat an Hausschuhen angelegt?«

Unsere Bahnfahrt nach Aachen unterbrachen wir in Koblenz für zwei Stunden, damit ich Andrea mein altes Elternhaus auf dem Mallendarer Berg und das Wambachtal zeigen konnte.

»Und hier hat mein Schulfreund Michael Gerlach gewohnt …«

»Willst du da nicht mal klingeln? Vielleicht ist er ja zuhause!«

»Lieber nicht. Der hat sich schon seit sieben Jahren nicht mehr bei mir gemeldet.«

Hinter den gardinenverhangenen Fenstern regte sich nichts.

Alles, was die Küche in Andreas kleiner Wohnung hergab, waren selbstgemachte Buchweizenpfannkuchen mit Frischkäse und ein bitterer Salat, der auf den Namen Rucola hörte, aber ich enthielt mich der Kritik, damit wir nach dem Essen unbeschwert zum Vögeln übergehen konnten.

Am Montagvormittag hakte Andrea sich bei mir ein und begleitete mich durch den Regen zum Bahnhof. Das Wochenende habe sie erschöpft, sagte sie. »Mir ist die ganze Energie zum Mund rausgewachsen …«

Meine alte Freundin. Ich war ihr von Herzen gut.

Mitgeschleppt hatte ich auf meiner Reise allerhand Sekundärliteratur zu Günther Anders. Größte Ehrerbietung war ihm auch von dem christdemokratischen Frankfurter Oberbürgermeister Walter Wallmann zuteil geworden. Anläßlich der Verleihung des Theodor-W.-Adorno-Preises an Anders hatte Wallmann 1983 in seiner Laudatio erklärt:

Wir ehren den Schriftsteller Günther Anders, weil er uns widerspricht, weil er uns mahnt, weil er uns rüttelt.

Als ob Walter Wallmann scharf darauf gewesen wäre, ermahnt und gerüttelt zu werden! Und von diesem Heuchler hatte Anders sich ehren lassen.

In Berlin federte ich zur Sparkasse. Ein Leser aus Eisenhüttenstadt hatte fünfzig Mark auf mein Weltrettungskonto überwiesen, doch es war trotzdem noch überzogen. Wo blieb der nächste *Kowalski*-Scheck?

Im Hof jaulte wieder eine Kreissäge, ein Stockwerk unter uns wurde bestialisch gebohrt, und in Afghanistan gingen Sunniten, Schiiten, Paschtunen und Tadschiken einander an die Gurgel.

»Solche Nachrichda mog i gar nemme seha«, sagte Sigrun. »Immer nur Haß ond Gewald! Könna die sich ned mol verdraga?«

Wenn die deutsche Verleihfirma ehrlich gewesen wäre, hätte sie Ridley Scotts Filmklamotte »Thelma & Louise«, die ich mir aus der Videothek besorgt hatte, den Titel »Zwei tollkühne Weiber bauen Scheiße« verpassen müssen. Und was war das für ein einfallsreicher Showdown – sie geben vor der Klippe Gas und stürzen mit ihrem Thunderbird in den Tod! Das mußte Liebe sein!

Aus Greiz waren die Fahnen von »Moselfahrten der Seele« eingetroffen. Mit Eugen Egners Vorwort, das mit dem Satz begann:

Martin Schlosser, von Max Goldt zärtlich »Schlossi« genannt, ist einer, der da soll und muß.

Zunächst mußte ich jedoch wieder ins Kino, für den *Tip*, in eine Pressevorführung des Films »Calamari Union« von Aki Kaurismäki. In der Inhaltsangabe hieß es:

18 junge Männer, von denen 17 Frank heißen, versuchen etwas Einzigartiges: Bedroht von bösen alten Frauen mit kleinen spitzen

Ellbogen, von Löffeln, Hämmern, Schreibmaschinen und kuhgroßen Hunden durchqueren sie eine wilde und gnadenlose Stadt, um an die Küste zu gelangen, »wo man freier atmen kann«.

Ein sehr hübscher Film. Achtzehn Männer auf der Flucht. Aber waren es nicht nur vierzehn? Ich zählte immer wieder durch.

Wo kamen nur die vielen Rechtschreibfehler in den Fahnen der »Moselfahrten« her? Ein paar davon stammten leider von mir selbst, aber woher rührte der Rest?

Ich verbrauchte 118 Telefoneinheiten, als ich Michael Rudolf meine Korrekturen durchgab.

Auf der Rückseite von Eugen Egners Haffmans-Taschenbuch »Als der Weihnachtsmann eine Frau war« stand ein Zitat von mir:

Mächtig schreitet die Egner-Forschung voran. Und die Abhängigkeit nimmt zu.

So weit hatte ich es also gebracht, doch in meiner WG gab es niemanden, vor dem ich damit angeben konnte.

»Eugen Egner?« sagte Sigrun. »Muß man den kenna? Isch des a bdeidendr Künsdlr odr was?«

Lizzy hob die Brauen. Das sei so 'n Quatschzeichner, sagte sie, aus der *Titanic*-Ecke, der an die Wand geschraubte Bratwürste und sowas male …

Ich war versucht, diesen unqualifizierten Kommentar mit harten Worten über die von Lizzy höher geschätzten Quadratepinsler und Metallhaufenarchitekten abzubügeln, die sich alle fünf Jahre auf der Documenta versammelten, aber dann siegte mein Stolz.

Während ich Kurt Scheel den Aufsatz faxte, in dem ich Günther Anders angriff, stürzte Torsten aus seinem Zimmer und rief, daß er beschossen worden sei: Irgendein Nachbar habe durchs Fenster auf ihn geballert.

Die Ermittlungen, an denen sich die gesamte Wohngemeinschaft beteiligte, ergaben, daß Torstens Zimmerfenster von einer Stahlkugel durchschlagen worden war. Davon zeugten ein Loch in der Fensterscheibe und die unter sein Sofa gekullerte Kugel.

»Hast du irgendwelche Feinde in der Nachbarschaft?« fragte Jochen. »Oder zu laut Musik gehört?«

»Weder noch«, sagte Torsten. »Aber wenn diese Kugel mich in den Kopf getroffen hätte, wär ich tot.«

Sollten wir die Polizei anrufen?

»Des bringd do nix«, sagte Sigrun.

Philipp spähte durch das Loch nach außen und erklärte, daß sich die Position des Schützen anhand des Einschußwinkels bestimmen lasse. »Aber nur von echten Kriminalisten, und die würde ich hier nicht so gerne sehen, ehrlich gesagt. Wenn die unsere Teppiche ausbürsten, kommen wir alle hinter Gitter …«

In mein eigenes Zimmer drang dankenswerterweise nur Lärm ein.

Meine Steuerberaterin hatte die vom Finanzamt Kreuzberg ausgestellten Einkommensteuerbescheide für 1990 und 1991 an mich weitergeleitet. 1377,53 DM sollte ich blechen und außerdem am 10. September und am 10. Dezember jeweils 460 Mark Vorauszahlung leisten und ab dem 10. März 1993 vierteljährlich 230 Mark. So als wäre ich der Aga Khan oder ein Schlotbaron.

Wie Sie aus der beigefügten Kopie meines heutigen Schreibens an das Finanzamt Kreuzberg ersehen, habe ich Einspruch eingelegt und für einen Teilbetrag der jetzt festgesetzten Steuer Aussetzung der Vollziehung beantragt.

Dann bestand ja noch Hoffnung, daß ich was wiederkriegte.

Weil alle meine Feuerzeuge versagten, ging ich zu Lizzy, um sie um Feuer zu bitten.

Sie hörte sich gerade eine Tonkonserve an: »Weiß war der Kalk an den Wänden. Ich wollte nichts Weißes berühren. Ein Nagel stand aus der Wand. Kahl. Als könnten sein Kopf und mein Kopf für einen Augenblick dasselbe sein. Ich schaute weg. An dem Nagel hat nie was gehängt …«

»Das ist ja gruselig«, sagte ich. »Wer liest da?«

»Herta Müller. Eine Rumäniendeutsche, die gegen das Regime von Ceauşescu opponiert hat.«

»Das gibt ihr aber nicht das Recht, langweiliges Zeug zu schreiben.«

»Hey, Mann! Du kommst hier rein, hörst zwei, drei Sätze von einer Frau, über die du nichts weißt, und bist innerhalb von Sekunden mit deinem Urteil fertig? Hier, schnapp dir das Feuerzeug, und dann raus mit dir!«

Es war schön, auf der Familienfeier in Hildesheim-Itzum die Sippe wieder einmal beisammen zu sehen, aber die schnippischen Bemerkungen über meine Haartracht hatte ich bald dicke. Erquikkend waren jedoch die Gespräche mit Nantje. Ich stellte ihr Was-wäre-dir-lieber-Fragen: »Was wäre dir lieber, eine Bratwurst als Nase oder zwei Spiegeleier als Ohren?« Und: »Was wäre dir lieber, eine Milliarde Gummibärchen oder aus dem Hals nach Katzenfutter riechen?«

Nach reiflicher Überlegung schlug sie mit einer selbstgebauten Was-wäre-dir-lieber-Frage zurück: »Was wäre dir lieber, ein Erdbeereis kriegen oder eingesperrt in einer Kiste sitzen und von 'nem Skelett gegessen werden?«

Um Nantje brauchte man sich keine Sorgen zu machen. Die war so frech, daß ihr ein guter Lebensweg vorherbestimmt sein mußte.

Auf der Rückfahrt setzte sich im Großraumwagen plötzlich jemand neben mich und sagte: »Na?«

Max Goldt war's.

»Was liest du denn da Schönes?« fragte er und nahm mir mein Buch aus der Hand: »Das Orakel vom Berge« von Philip K. Dick. Vornedrin stand die Widmung:

An Ernst Jünger für »Auf den Marmorklippen«

Da zog Max seine eigene Reiselektüre hervor: Ernst Jünger, »Auf den Marmorklippen«.

»Das ist ja schon fast gespenstisch« sagte ich.

»Gespenstisch nicht direkt«, sagte Max, »aber ein Zufall königlichster Sahne.«

Er hatte in Kassel gelesen und einen Ausstellungskatalog dabei, in dessen Autorenverzeichnis stand, daß er in Berlin lebe und arbeite. »Das steht da auch bei allen anderen. Lebt und arbeitet in Berlin, lebt und arbeitet in Frankfurt, lebt und arbeitet in München – bei mir sollte stehen: Lebt und faulenzt in Berlin!«

Seit Tagen marodierte in Rostock-Lichtenhagen ein Mob aus Nazis vor einem Hochhaus, in dem vietnamesische Asylbewerber wohnten. Es flogen sogar Molotowcocktails, doch die Polizei war nicht fähig oder nicht willens, für Ordnung zu sorgen und das Leben und die Sicherheit der Vietnamesen zu gewährleisten.

»I kann's überhaupt ned fassa«, sagte Sigrun beim Anblick der Fernsehbilder.

»Wenn sich diese Schweine vor dem Kanzleramt zusammengerottet hätten, wären sie binnen zwei Minuten hoppgenommen worden«, sagte Jochen. »Aber die paar Schlitzaugen, die da um ihr Leben zittern, sind den Bullen wurscht …«

In der Post war am Montag ein Brief, in dem Eugen mir seinen Tagesablauf schilderte. Vom frühen Morgen …

Nach dem von Anthropologie und extra hart gekochten Hühnereiern begleiteten Frühstück (den Abwasch überspringen wir) sah uns der Tageslauf in Essen, wo wir uns eine Ausstellung unterbreiten ließen (Edward Hopper und die Photographie) …

… bis zum späten Abend:

Voraussichtlicher Tagesausklang wird wohl eine abermalige, neuerliche (konservierte) Folge eines Billy-Wilder-Interviews sein sowie die Fortsetzung der Anthropologie-Lesung im Bett.

Ein gutes Leben: Kunstgenüsse, Bildungsreisen und Zweisamkeit. Und ein Dach überm Kopf und genug zu essen. Das war mehr, als den meisten anderen Menschenkindern zuteil wurde.

Klaus Bittermann rief an: »Menschlich viel Fieses« sei da. »Magst du rüberkommen und es dir abholen?«

Das tat ich mit Freuden, doch als ich es aufschlug, fiel mir sofort ein dicker Druckfehler auf. Ich hatte das Buch ja Michael Rudolf gewidmet, dem Erfinder der Klappstulle, aber daraus hatte der Setzer nach der Fahnenkorrektur eigenmächtig etwas anderes gemacht:

Für Michael Rudolf,
den Erfinder der Klappstühle

Es gebe leider keine Bücher ohne Druckfehler, sagte Klaus. »Wir berichtigen das dann in der zweiten Auflage deines Bestsellers ...«

Es überraschte mich, Woody Allen in den Klatschspalten wiederzufinden. Er hatte sich mit der Stieftochter seiner Ex-Freundin Mia Farrow zusammengetan, aber die Stieftochter war volljährig, und wen ging es etwas an, was zwei Erwachsene miteinander anfingen? Mußte sich darüber alle Welt das Maul zerreißen?

In Howard Hawks' Komödie »Monkey Business«, die Carola und Wiglaf im Kinoprogramm aufgespürt hatten, machte Cary Grant selbst als vertrottelter Chemiker im Laborkittel eine gute Figur. Ein begnadeter Frauenschwarm. Man sagte ihm zwar nach, daß er schwul gewesen sei, aber Wiglaf kannte ein dagegen sprechendes Zitat von Cary Grants dritter Ehefrau Betsy Drake: »Why would I believe Cary was homosexual when we were busy fucking?«

Und noch immer dauerte der Bürgerkrieg in Rostock an. Die Meute schmiß Brandsätze, die Feuerwehr drang nicht durch, und die Vietnamesen mußten über das Dach ihres Wohnhauses fliehen.

Auf einer Pressekonferenz in Rostock äußerte der Bundesinnenminister Rudolf Seiters, dies sei »sicherlich nach übereinstimmender Einschätzung ein Vorgang, der das deutsche Ansehen in der Welt schädigt und der auch geeignet ist, das Bild vom ausländerfreundlichen Deutschland zu trüben und zu beschädigen, das wir ja auf jeden Fall erhalten wollen«. Als Rezept gegen die rufschädigende ausländerfeindliche Gewalt schlug er deshalb vor, die Zahl der Ausländer in Deutschland zu reduzieren: »Wir müssen handeln gegen den Mißbrauch des Asylrechts, der dazu geführt hat, daß wir einen unkontrollierten Zustrom in unser Land bekommen haben von Menschen, die aus wirtschaftlichen

Gründen zu uns kommen und nicht, weil sie politisch verfolgt werden.«

Keine Silbe darüber, daß mit harter Hand gegen die Marodeure in Rostock-Lichtenhagen durchgegriffen werden müsse. Die Sorge des Innenministers galt nicht dem Leben der Vietnamesen, sondern dem Ansehen Deutschlands.

»Der sollde sich schäma«, sagte Sigrun. »Diesr Mischdkerl! Der hedd do no koin gotziga Ausländr uf seim Grondschdügg gseha!«

»Doch«, sagte Philipp. »Ich glaube, Seiters hatte mal Besuch von George und Barbara Bush.«

»Jo, die obera Zehndausend! Abr meinschd, der häd mol mid eim viednamesische Flüchdling greded?«

In einer Talkshow im dritten Programm verteidigte Katharina Rutschky Woody Allen, gestand ihre Liebe zu ihm und äußerte ihr Bedauern darüber, für seinen Geschmack zu alt zu sein.

Dabei war sie erst 51. Und Woody Allen nur fünf Jahre älter.

Am Dienstag erhielt ich einen freundlichen Brief von Kurt Scheel:

Man muß das Böse packen & ausreuten. Aber wem sage ich das?! Dem furchtlosen Günther-Anders-Levitenleser ist selbiges gelungen, gut, finde ich. Und wenn Sie mir jetzt noch ein Ms. schicken, das besser zu lesen ist als ein Fax, wird auch Herr Bohrer es bekommen und hoffentlich bei der Lektüre ähnlich entzückt sein wie ich.

Womit ich in meiner WG leider auch nicht renommieren konnte, denn da kannte keiner Kurt Scheel, Karl Heinz Bohrer und Günther Anders.

Wiglaf las mir am Telefon seine für das *Neue Deutschland* verfaßte Besprechung meines Buchs vor. Darin hatte er ein Zitat von Friedrich Schorlemmer aufgegriffen, wonach der »Angstfriede« am Ende sei: »Am Ende wäre sehr rasch auch der Leser dieses Kompendiums blühendster Idiotien, hätte Martin Schlosser sie nicht sorgfältig sortiert, inhaltlich zwingend miteinander verknüpft und rhetorisch tiptop kommentiert.«

»Danke.«

»Gern geschehen! Aber im Unterschied zu den korrupten Betriebsnudeln loben wir uns ja nicht aus Gefälligkeit, sondern nur dann, wenn's stimmt.«

In Rostock bekam die Polizei das rechtsextreme Gesindel noch immer nicht in den Griff. Nach vier oder fünf Tagen! Dort tobte sich der Volkszorn aus, und der Staat kratzte sich am Kinn, anstatt mit aller Gewalt einzuschreiten, die Rädelsführer zu verhaften und die Mitläufer in ihre Rattenlöcher zurückzujagen.

Zwei Anrufe: Michael Rudolf sagte mir, daß mein esoterischer Roman im Frühjahr '93 im Verlag Weisser Stein erscheinen könne, und die Apothekerin lud mich für Freitag nach Leipzig ein. Na endlich.

I've hungered for your touch
A long, lonely time …

Was aber auch bedeutete, daß ich neue Präservative kaufen mußte.

Im Septemberheft von *Kowalski* wurde die Rubrik »Zeichen, Zeiten, Tage & Wunder« mit Kathrins Text »Tüschwa« eröffnet. Gut! Denn wenn sie begriff, daß es bares Geld dafür gab, rutschte sie ja vielleicht doch noch in die Laufbahn einer freien Autorin hinein. Das einzige, was dem entgegenstand, war die schlechte Zahlungsmoral des Verlagshauses Semmel.

Ich selbst schrieb für *Kowalski* als nächstes eine Geschichte, in der ich in stark verfremdeter Form rekapitulierte, wie mein alter Schulfreund Hermann Gerdes und ich einmal in Göttingen durch ein Kanalrohr gekraucht waren und bei der Rückkehr an die Erdoberfläche einen uns unbekannten Mann zu dem Ausruf veranlaßt hatten: »Das sind die Morlocks!«

Nebenbei sah ich mir auf Video »Mrs. Brisby und das Geheimnis von NIMH« und »Terminator« an, und mit einem Ohr verfolgte ich eine irgendwo hinten in der Wohnung eskalierende Reiberei zwischen Jochen und Philipp, die auch körperliche Gewalt und die Verwendung unterschiedlicher Haushaltswaren als Wurfgeschosse einzuschließen schien.

Sigrun lugte durch meine Zimmertür und fragte mich: »Weischt du, worum's da gohd?«

»Nein.«

»Meinschd, die kriega sich wiedr oi?«

»Das bleibt abzuwarten.«

»Sollda mir ned eingreifa?«

»Ich glaube, die kommen ganz gut ohne uns aus …«

Und tatsächlich waren Jochen und Philipp schon beim Frühstück wieder ein Herz und eine Seele. Philipp hatte allerdings ein blaues Auge, und an Jochens Kinn klebte ein Pflaster.

Willi Winkler hatte für die *taz* Walter Kempowski, der anscheinend gesundet war, zu den Krawallen in Rostock interviewt, und Kempowski hatte gesagt:

Nun, mir wurde deutlich, daß wir ganz ohne Zweifel am Ende sind mit unserem Zivilisationslatein.

Etwas klarer hätte er sich von den Feuerteufeln schon distanzieren können.

Zweieinhalb Stunden lang saß ich mit einer mürrischen Blinden, einem Mittsechziger und drei bulgarischen Soldaten in einem Abteil, bevor Nicole mich im Hauptbahnhof Leipzig umarmte.

Mit ihrem Trabi fuhren wir zu ihrer Uraltbauwohnung am anderen Ende der Stadt, damit ich mein Gepäck abladen konnte, und dann gleich weiter zur Moritzbastei.

»Da wartet 'ne Freundin von mir, die dich mal begutachten will«, sagte Nicole. »Die verrät mir dann hinterher, ob du vorzeigbar bist …«

Bei Bier und Jägerschnitzel entpuppte diese Freundin sich als *Kowalski*-Fan (»Wie, und du bist Martin Schlosser? Mein Held!«) und bettete ihr Haupt auf meine Schulter.

Nicole tolerierte das. Und obwohl sie nach dem Genuß von zwei Litern Bier nur noch eingeschränkt fahrtüchtig war, kutschierte sie sich und mich im Anschluß an das Besäufnis unfallfrei nachhause, wo wir unverzüglich miteinander ins Bett gingen.

Tandaradei!

Eine süße kleine Wohnung hatte sie. Zwei Zimmer, Küche, Bad und an der Dielenwand ein gerahmtes Schulzeugnis von 1983 mit der Bemerkung:

Nicole muß ihren Klassenstandpunkt überprüfen und ihre weltanschauliche Position in unserer sozialistischen Gemeinschaft dringlich korrigieren.

»In der DDR wollten sie uns alle zu Leisetretern erziehen«, sagte sie. »Aber bei mir haben sie's irgendwann aufgegeben.«

Am Sonnabendnachmittag fuhren wir nach Halle. Dort stieg ein Stadtfest, für das man sogar ein Riesenrad herbeigeschafft hatte. Wir sahen uns ein Puppentheaterspiel an, aßen Wildschwein und tranken Bier, und Nicole kaufte mir eine Plastikspinne mit Schlauchverbindung und Pumpe. Drückte man auf die Pumpe, sprang die Spinne hoch empor.

Grauslich fand ich die vielen Männer in kurzen Hosen. Selbst ein gebeugt gehender Greis zeigte sich in einer kurzen und zudem noch mit Dschungelmotiven verzierten Proletenbuxe.

»Das verstößt gegen die Genfer Konvention«, sagte ich zu Nicole, aber sie erwiderte, daß dieses Beinkleid doch »urst schau« sei, was so viel bedeutete wie »ungemein ansehnlich«.

Nach Einbruch der Dunkelheit wurde ein Feuerwerk gezündet, und die im Osten heißgeliebte Rockband Karat trat auf.

Über sieben Brücken mußt du gehn …

Die Leute um uns herum stellten sich auf die Bierbänke, sangen lauthals mit und schunkelten und weinten.

Siebenmal wirst du die Asche sein …

Weder der leiernde Gesang noch die Zahlenmystik hätten aus mir einen Fan dieser Band machen können, doch so weit das Auge reichte, waren die Zonis zutiefst aufgewühlt. Mit Ausnahme von Nicole, die auf Eric Burdon schwor. Für tränenselige DDR-Hits hatte sie nichts übrig.

Als ich am Sonntag wieder heimreiste, sagte mir mein sechster Sinn, daß diese Affäre keine Zukunft hatte. Ich mochte Nicole, es war lustig mit ihr, aber meine Freiheit hatte auch ihren Reiz.

Die Liebe kommt, die Liebe geht,
so lang ein Stern am Himmel steht ...

Und war Nicole auf dem Bahnsteig nicht eine Spur zu kühl gewesen? Mit etwas zu stark gespitzten Lippen beim Abschiedskuß? So als hätte sie mich eher abfertigen als küssen wollen?

Nachdem sie sich an den Eßtisch gesetzt hatten, erschreckte ich Lizzy und Sigrun mit meiner vorher gut unter einer Zeitung versteckten Springspinne.

»Du Saudaggl!« schrie Sigrun. »Des zahl i dir hoim!«

In seinem Aufsatz »Der Waldgang« hatte Ernst Jünger sich 1951 wieder einmal wortreich darum gedrückt, sich zu seiner Beteiligung an den Kriegen der Wehrmacht zu bekennen, und die Untersuchung ihrer Verbrechen als befremdliche Schnurre der Alliierten abgetan:

Man fragt uns, warum wir dann und dort geschwiegen haben, und gibt uns die Quittung dafür. Das sind die Zwickmühlen der Zeit, denen keiner entrinnt.

Der Ärmste! In den »Zwickmühlen der Zeit« hatte er als entlassener Offizier festgesteckt, während Zehntausende Kriegsgefangene und KZ-Häftlinge an den Folgen ihrer Mißhandlung verreckt waren ...

Alles aus diesem verlogenen Aufsatz stank mich an. In Herrn Rutschkys Sonntagsschule stellte ich Jüngers stolz hervorgekehrtes Einzelgängertum in Frage, doch die Diskussion verlor sich irgendwie in anderen Gefilden.

Am Montag war Wiglafs neues, von Rattelschneck illustriertes Buch in der Post: »In 80 Phrasen um die Welt«.

Hinten hat man keine Augen.
Er nu wieder.
Erste Sahne.

Schade um das schöne Geld.

Und so weiter. Bis zu dem Schlußwort:

Die anschließende Ecke brachte nichts ein.

Eine der Zeichnungen zeigte einen Mann mit Brustwarzen auf den Arschbacken, der sich sagte:

Irgendwie bin ich ja auch eine Frau.

Zauberhaft!

Und endlich gelindere Temperaturen. Der September nahte.

HERR: es ist Zeit. Der Sommer war sehr groß …

Auch die Bundesligaspiele waren schon wieder im Gange.

Im *Spiegel* prangte das Foto eines Mannes, der bei den Ausschreitungen in Rostock-Lichtenhagen aufgefallen war: Er trug das Trikot der deutschen Nationalmannschaft, zeigte den Hitlergruß und hatte seine Jogginghose augenscheinlich vollgepißt. Rund um die Wiese vor dem Asylbewerberheim habe zu jenem Zeitpunkt »geradezu Volksfeststimmung« geherrscht:

Hunderte von Jugendlichen spazierten umher, freuten sich auf den Krawall. Vor dem Supermarkt an der Güstrower Straße machten die Imbisse beste Geschäfte. Die Bude »Happi Happi bei Api« meldete allein am Dienstag 2200 Mark Umsatz.

Willkommen im wiedervereinigten Deutschland. Hereinspaziert! Für das leibliche Wohl ist gesorgt!

Hermann Peter Piwitt, der zwanzig Jahre zuvor mit Rolf Dieter Brinkmann korrespondiert hatte, schrieb mir:

Lieber Herr Schlosser,

obwohl mir der Kopf raucht, weil ich bis Mitte September meinen Roman abgegeben haben muß, habe ich eben mit dickem Vergnügen Ihr Büchlein gelesen.

Und Eugen, dem ich berichtet hatte, daß die Apothekerin und ich in Leipzig »eine Anthropologie-Lesung im Egnerschen Sinne« vollzogen hätten, teilte mir mit, daß ich einem Irrtum aufgesessen sei:

Herrlich, daß die »Anthropologie-Lesung« durch derart liebens-

wertes Mißverständnis bzw. assoziatives Umkacheln zum neueren Synonym für Geschlechterliebe wird! Die Forscher sollen nun aber wissen, daß es sich ursprünglich bei dem von mir brieflich dergestalt vorgestellten und geschilderten Vorgang um das abendliche, im Bett vorgenommene entzückte Lesen in einem Anthropologiebuch bzw. in einem über Paläoanthropologie gehandelt hat.

Als Synonym für den Geschlechtsverkehr wollte ich den Ausdruck »Anthropologie-Lesung« trotzdem gern beibehalten.

Dann gab es Streit um den Abwasch: Wer hatte die Zwiebeln in der großen Bratpfanne anbrennen lassen? Jochen, Philipp und Lizzy lieferten einander ein scharfes Wortgefecht, in das schließlich auch Sigrun eingriff: »Ihr seid doch ned ganz bacha! Reischt eich mol zsamma! Was solla sonschd die Nachbarn vo uns denka?«

In der zehnten Folge von »Schröder erzählt« konnte man nachlesen, wie es Jörg Schröder in einer Klinik gefallen hatte, in die er wegen seiner Herz- und Kreislaufprobleme eingewiesen worden war:

In der Wetterauklinik gibt es nur eine Suchtecke, wo die Typen stehen wie bei ›Christiane F.?‹ an der Pißrinne beim Fixen. Sie haben an einem besonders häßlichen, zugigen Hinterausgang eine Art Raucherlatrine geschaffen »für Leute, die es absolut nicht lassen können«. Dort stehen zwei obszön häßliche, riesige sanduhrartige Betongefäße mit Sand gefüllt, der gespickt ist mit Hunderten von Filterkippen. Wer angesichts dieses Environments rauchen kann, der ist wirklich druff.

Schröder beschönigte nichts und konnte das Häßliche trotzdem so beschreiben, daß es einen nicht abstieß, sondern belustigte. Ein seltenes Talent.

Als Treuegabe für seine Abonnenten gab es eine Sondernummer, in der es um Rolf Dieter Brinkmann ging. Schröder hatte ihn als Übersetzer beschäftigt und 1969 das legendäre, von Brinkmann und Ralf-Rainer Rygulla herausgegebene Buch »Acid« verlegt, eine Anthologie amerikanischer Undergroundliteratur. Es habe oft gekracht zwischen Brinkmann und ihm, berichtete Schröder:

Brinkmann war, ich wiederhole es und will damit dieses ganze Literaturgedremmel mal herunterziehen, der Bursche war vor allem ein Kotzbrocken. Aber auch der übelste Kotzbrocken kann natürlich zuweilen sehr nett sein. Wenn du Brinkmann auf dem richtigen Fuß erwischtest, dann ist er dir fast um den Hals gefallen. Der Literaturbetrieb ist nun mal ein Frustrationsgeschäft, du kriegst dauernd was in die Fresse gehauen, das darf man nicht vergessen. Da wird jemand, der ein cholerisches Naturell hat, unter Umständen eher zum Kotzbrocken. Ökonomisch fühlte er sich auch noch in den Arsch getreten.

Wovon hatte Brinkmann überhaupt gelebt?

Nachts knallte ich im Dunkeln mit dem Kopf an den Rahmen meiner Zimmertür, wobei der rechte Brillenbügel abbrach, weshalb ich am Vormittag einen Optiker finden mußte, der den Schaden behob. Damit gingen fast zwei Stunden meiner Arbeitszeit flöten. Und ich hatte eine Beule wie ein Preisboxer.

Sigrun wollte mich mit einem Quarkwickel aufpäppeln, aber ich war nicht so der Quarkwickeltyp.

In »Alien 3« überlebte das im zweiten Teil der Trilogie gerettete Mädchen Newt nicht einmal die ersten paar Minuten, und Sergeant Ellen Ripley, um die man noch viel länger gebangt hatte, beging Selbstmord, um die in ihrem Leib heranwachsende Königin der Aliens zu töten. Was bedeutete, daß es keinen vierten Teil geben konnte. Denn wer wollte schon Aliens sehen, die nicht von Ellen Ripley bekämpft wurden?

Für den *Tip* fuhr ich nach Prenzlauer Berg, um die Dreharbeiten für irgendeinen Krimi zu beobachten, und auf dem Rückweg traf ich zufällig Max Goldt. Wir kehrten in eine Kneipe ein, wo sich der Zeichner OL Schwarzbach zu uns gesellte, ein lieber Mensch mit buschigen Koteletten, der vor allem für seine Bilder kotzender Strichmännchen berühmt war.

Irgendeinem alten Wörterbuch hatte Max die Begriffe »Fladusen« und »Gemüseeulen« entnommen, und er sagte, er würde gern einmal eine Platte mit einem Titel machen, in dem zwei Ausdrücke vorkämen, die keiner unter dreißig mehr kenne: »Mit dem Wuermeling durch das D'Hondtsche System«.

Der Wuermeling war ein nach dem CDU-Politiker Franz-Josef Wuermeling benannter Bahnreisenvergünstigungspaß für die Mitglieder kinderreicher Familien gewesen, und das D'Hondtsche System hatte sich der Belgier Victor D'Hondt als Sitzverteilungsfahren für Parlamentswahlen ausgedacht.

Ein schönes Leben war es, was ich da führte! Auch wenn ich mir damit nach Papas Meinung mein eigenes Grab schaufelte.

Schon am nächsten Tag war ich von neuem als *Tip*-Reporter auf den Beinen und sah mich bei einem Vertriebenentreffen in der Charlottenburger Sömmering-Halle um. Es wurden die erwartbaren Hetzreden gehalten, Märsche gespielt und nervenzerrüttende Folkloretänze aufgeführt, von Mädchen in den Trachten aus dem Kabuff ihrer Urgroßeltern, aber an den Büchertischen standen junge Männer mit Zöpfen herum. Revanchismus, wohin?

Für die Herstellung der *Schnurrenden Traglast* war noch immer nicht genug Geld im Beutel, obwohl ich mich selten auf die Bärenhaut legte. Der *Titanic* schickte ich einen Aufsatz über die frühvollendeten Nervensägen von Jesus bis Jim Morrison, und dann druckte ich meinen Roman »Das erwachende Selber« für Yvonne Kuschel aus und brachte ihn zur Post. Mit einem Begleitschreiben, in dem ich sie um Illustrationen bat.

Als Harry Rowohlt in der Buchhandlung Herder an der Tauentzienstraße Texte von Flann O'Brien las, wurde Guinness ausgeschenkt. Rowohlt selbst trank irischen Malt Whiskey und flocht zwischendurch ein, daß man entweder James-Joyce- oder Flann-O'Brien-Fan sei; beides auf einmal gehe nicht. Man könne ja auch nicht zugleich auf die Beatles und auf die Stones stehen oder auf den HSV und den FC St. Pauli …

Hinter mir lachte jemand so, wie Klaus Bittermann immer lachte, und als ich mich umdrehte, erkannte ich ihn und in der

Reihe dahinter meinen alten Kommilitonen Gunnar: zwei weitere Angehörige der Harry-Rowohlt-Gemeinde, die ständig wuchs. Denn kein Mensch auf Erden konnte schöner vorlesen als Harry Rowohlt. Er holte aus jedem Wort das Letzte heraus und schlug uns alle in seinen Bann. Zwei Stunden lang. Oder waren es drei?

Auf RTL plus forderte der CDU-Radikalinski Heinrich Lummer in der Sendung *Der heiße Stuhl* einen Aids-Test-Zwang für Junggesellen, Soldaten und Asylbewerber. Und wieso nicht auch für Astronauten, Briefmarkensammler und Pfarramtskandidaten? Gingen von denen etwa weniger Gefahren für die Volksgesundheit aus?

Vor der nächsten Bahnreise nach Meppen besorgte ich mir Stefan Blessins Buch »Horst Janssen – Aus dem Dunkel ins Licht«. Darin ging es um den Unfall, bei dem Janssen 1990 fast sein Augenlicht verloren hatte, aber nicht seine Redseligkeit:

Er kommt noch einmal auf Joachim Fest zurück. Zum drittenmal erzählt er mir, daß Fest mit ihm diskutiert habe, wie er sich denn nun nennen lassen solle, da sein Sohn Alexander gerade Vater geworden sei und Opa *für ihn doch schlechterdings nicht in Frage komme. Janssen, der auf dieses Gespräch vorbereitet ist, bringt Großväterchen ins Spiel. So hätte sich der alte Bethmann Hollweg rufen lassen. Da sei Fest mit seinem Vorschlag herausgerückt:* Patriarch. *Wie er* Patriarch *fände?*

Von dem Enkelkind wäre er dann allerdings »Patti« genannt worden.

Er sei aus Versehen auf die offene Klappe der Spülmaschine getreten, sagte Papa, und jetzt gehe sie nicht mehr ordentlich zu.

Wenn man die Spülmaschine trotzdem in Betrieb nahm, spritzte Wasser aus dem Rahmen.

»Sollte sich das nicht mal ein Handwerker ansehen?«

»Geh jetzt lieber erstmal einkaufen.«

»Die Geschäfte haben aber schon zu.«

»Dann fahr zur Aral-Tankstelle und kauf da Weißwein. Aber trockenen! Keinen lieblichen!«

Da im Aralshop nur lieblicher Weißwein erhältlich war, kaufte ich stattdessen eine Flasche Korn, die Papa aber leider nicht sehr gut bekam. Als er sie zur Hälfte geleert hatte, zuckte sein linker Fuß nach oben und stieß den Couchtisch um: Kontoauszüge, Aschenbecher, Briefumschläge, Schrauben, Zwingen, Klemmen, Haken, Nägel, Stifte und nicht näher bestimmbare Kleinwerkzeuge, die dort lagerten, fielen zu Boden, und ich hatte noch lange damit zu tun, die kleineren Objekte aus dem Rankenwerk des Teppichs aufzulesen.

Unter Papas Anleitung sollte ich am Donnerstag die Spülmaschinenklappe reparieren: »Dreh da mal alle Schrauben raus!«

Wie viele waren das? Dreißig? Vierzig?

Unter der Verkleidung kamen Kabel und andere Innereien zum Vorschein, von deren Anblick mir schlecht wurde. Und noch mehr Schrauben, die ich auch alle herausdrehen sollte.

Nach einer halben Stunde gab ich's auf und legte Papa nahe, die Reparatur Fachleuten zu überlassen.

Keine Reaktion. Er saß glasigen Blicks auf dem Küchenstuhl und schien mich gar nicht mehr wahrzunehmen.

Als Papa wieder aufnahmefähig war, überreichte ich ihm mein Buch.

»Und worum geht's da?« fragte er.

»Um ostzonalen Kitsch.«

Mit krausgezogener Stirn saß er dann lesend auf dem Sofa, während ich in einem Meter Entfernung danebensaß, Bier trank und rauchte.

Nach einer Viertelstunde klappte Papa das Buch zu und sagte: »Deine Sätze sind zu lang!«

Nicht ein Wort darüber, wie gut es doch sei, daß ich jetzt einen Verleger gefunden hätte.

Abends diktierte Papa mir einen Brief an seine Jugendfreundin Annemarie in Thüringen:

Es ist schön, daß wir neulich einmal miteinander haben telefonie-

ren können, um Erinnerungen aus unserer Jugendzeit auszutauschen. Der eigentliche Grund meines Schreibens ist jedoch ein anderer. Ich möchte Dir noch einmal auseinandersetzen, warum ich nicht mehr gern verreise. Ich habe während meines Berufslebens so viele Reisen quer durch Deutschland und auch Europa und Amerika machen müssen, daß mein Bedarf zumindest gedeckt ist. In Deutschland gingen die Reisen von Nord nach Süd und von Ost nach West. Dabei habe ich, um im Süden anzufangen, Orte wie Bad Reichenhall, Grafenwöhr, Stuttgart, Nürnberg, München, Frankfurt, Mainz, Bonn, Köln, Koblenz, Kassel, Gießen, Bremen, Hamburg, Flensburg, Bremerhaven, Eckernförde und Kiel kennengelernt …

»Gehst du da nicht zu sehr ins Detail?«

»Unterbrich mich nicht!«

Im Ausland war ich u. a. in Italien, in der Schweiz, in den USA (ca. 18 x), in Schweden, Norwegen und Kanada.

Der Drang meiner Frau, auch etwas von der Welt zu sehen, ist dabei natürlich nicht gestillt worden. Um einen gewissen Ausgleich zu schaffen, bin ich mit ihr privat in Thailand, Singapur, Neuseeland, auf den Fidschi-Inseln und in Australien gewesen und dann noch einmal in den USA, wo sie Washington, San Francisco und einige Naturparks erlebt hat.

Erlebt? dachte ich. Was hatte Mama dort schon groß »erlebt«? War sie in Washington mit Bob Woodward und Carl Bernstein ausgegangen und in San Francisco von den Grateful Dead zu einem Drogentrip eingeladen worden?

Bei der vielen Reiserei habe ich mein Pulver verschossen, und nun mag ich eigentlich nicht mehr. Ich hoffe, Du verstehst, daß mich auch nichts nach Thüringen treibt. Auf all meinen Dienstreisen habe ich Flugplätze und Hotels und Konferenzsäle kennengelernt, und zwischen diesen Stationen hat sich mein Aufenthalt im Ausland und auch in Deutschland abgespielt.

Was wollte er ihr noch alles erzählen?

Die Zusendung eines Quellekatalogs an Deine Adresse habe ich bei dem Versandhaus selbst erwirkt. Ich habe Dir damit nicht den Mund wäßrig machen und auch keine Begehren erwecken wollen, die Du in all den Jahren des Mangels in der DDR nicht selbst gehabt hättest.

»Und was soll sie dann damit?« fragte ich Papa.

»Wenn sie darin was findet, was sie gern hätte, würde ich ihr das schenken«, sagte er. »In der DDR hat sie lange genug gedarbt! Und jetzt der letzte Absatz …«

Vielleicht findet meine Schwester Gertrud ja Zeit, Dich einmal aufzusuchen. Brieflicher und telefonischer Kontakt zwischen uns ist von meiner Unlust zu verreisen natürlich ausgenommen.

Papas Weigerung, nach Thüringen zu reisen, verdankte sich wahrscheinlich auch der selbstkritischen Einsicht, daß er der Menschheit außerhalb seiner vier Wände nicht mehr zuzumuten war.

Ein paar Gläser Weißwein später regte Papa sich dann wieder sehr darüber auf, daß Mama eines ihrer Reisetagebücher mit dem Fragesatz abgeschlossen habe: »And what comes next?« Das sei charakteristisch gewesen für ihren unverbesserlichen Hang zur Herumzigeunerei. »Für Mama war das Glück immer woanders …«

An ihrer Stelle hätte ich das Glück zwar auch woanders als in Meppen gesucht, aber diesen Gedanken behielt ich für mich. Sonst hätte Papa gleich das nächste Donnerwetter losgelassen.

Von Braunschweig bis Magdeburg bramarbasierte im Großraumwagen ein schnapssaufender Rohling. Seine Lache war polizeiwidrig, und niemand rief ihn zur Ordnung. Auch ich nicht.

Wäre das aber nicht ein Gebot der Zivilcourage gewesen?

Zuhause sichtete ich meine Post. Wiglaf Droste rühmte das Lipperland, wo er Urlaub machte, Helmut Krause hatte wieder seinen Vierfarbbuntstift tanzen lassen, und von F. W. Bernstein kam ein Lob:

»Menschlich viel Fieses« ist ja so prima und macht froh! So!

Marcus Weimer sah das anders:

Lieber Schlossi! Danke fürs Buch. Leider interessiere ich mich nicht für Politik. Aber wenn du mal wieder ein lustiges Buch schreibst ohne Polit-Bezug oder was zum Thema Sex oder den New Yorker oder die Stadt N. Y. oder über Julius Knipl oder meine Freundin oder Fotografen, die ausschließlich Immobilien knipsen, bin ich an vorderster äh ganz vorne. Dein Marcus

Es war auch ein Brief von Oma gekommen. Sie schrieb mir, daß Walter und Mechthild bei ihr zu Besuch gewesen seien und sie beim Altstadtfest mit dem Rollstuhl durchs Gewühl geschoben hätten …

Mein Gehen wird immer schwieriger, ich möchte verzweifeln und bin oft sehr deprimiert. Weißt Du, daß Dagmar mal wieder nach Abano reist, um im warmen Sand ihren Rücken zu kurieren? Und Therese fliegt nach Indien! Die dafür nötigen Spritzen hat sie schon gekriegt. Aber ich bleibe brav in Jever, wo es auch so bleibt, wie es immer war, und das ist gut. (Schloßturm etc.)

Zum Schluß meine liebsten Grüße und Gedanken für Dich!

Christian Schmidt wiederum hatte mein Aufsatz über die frühvollendeten Nervensägen nicht überzeugt:

Man denkt ein bis zweimal: Ist ja interessant, aber dann auch schon nichts mehr. Klar, das ist schon viel, im Gegensatz zu manch anderem, was einem täglich so auf den Schreibtisch geknallt wird, aber als Redakteur denkt man sich: Warum kriegen wir nur die schnellen Schlosser, die drucken doch alle anderen gerne und fix weg? Und der Redakteur wünscht sich einen schönen langsamen Schlosser, mit Sentenzen und Gedanken zum Verweilen. Ich weiß ja, daß Du das kannst.

Das war übrigens meine netteste Absage seit langer Zeit, denn ich denke, einen Schlosser können wir auf die Dauer gut im Heft gebrauchen.

Ach ja?

In der Galerie am Chamissoplatz sprach Hans Traxler zur Eröffnung einer Ausstellung der Werke von F. W. Bernstein und Michael Sowa, und es waren auch Michael Rutschky und Max Goldt zugegen. Es war ungefähr so, als hätte Otto Dix in Anwesenheit von Kurt Tucholsky und Alfred Polgar bei einer Vernissage von George Grosz und Max Ernst gesprochen, nur daß damals wahrscheinlich nicht alle Zuhörer eine Flasche Bier in der Hand gehalten hätten. Oder doch?

»Damals wurde bei solchen Gelegenheiten vermutlich eher Sekt getrunken«, sagte Max. »Und gewiß nicht aus der Flasche!«

»Doch«, sagte Herr Rutschky. »Aber erst um drei Uhr morgens.«

In Herrn Rutschkys Sonntagsschule wurden jetzt Edmund Burkes »Betrachtungen über die Französische Revolution« behandelt.

Der Adel ist ein köstlicher Schmuck der bürgerlichen Gesellschaft. Er ist das korinthische Kapitell wohlgeordneter und gebildeter Staaten ...

Laut Burke, dem ich es gegönnt hätte, als Tafelsilberputzer im Hofstaat des letzten deutschen Kaisers zu dienen.

Um halb vier Uhr nachts – ich saß noch am Schreibtisch – taumelte Jochen in mein Zimmer und redete eine geschlagene Stunde lang auf mich ein: Was ich alles anders machen müsse, um als Schriftsteller zu reüssieren, und was da eigentlich zwischen Dunja und mir am Laufen sei und überhaupt ...

Am nächsten Vormittag wußte er nichts mehr davon. »Wie? Ich soll gestern nacht in deinem Zimmer gewesen sein? Tut mir leid, aber da hast du wohl zu tief in deine Haschpfeife geschaut. Ich bin straight away vom Nova in meine Matratzengruft gesegelt. Gott ist mein Zeuge!«

Philipp schmiß die Post auf den Eßtisch. Für mich war eine Karte von Frank Schulz aus Griechenland dabei:

Lieber Martin, während in der Papagalo-Bar der Okee-Dokee-Karaokee-Kampf mit »Und der Haifisch, der hat Zähne« (auf Pidgin-Englisch) tobt (Gott sei Dank auf der anderen Seite des Flusses), sitzen wir, meine Frau und ich, die wir dort wohnen, wo das Kreuz ist, von wo wir morgens immer über das abgebildete Seil zum Frühstück tanzen müssen, auf dem Balkon, lauschen dem Kanon der Grillen und Mofas, Mopeds, Mokicks, Motorräder und Autos, die in sporadischen (!) Abständen gehäuft gen DISCO TIME auf den Berg fahren, und trinken kaltes HEINEKEN, um zu vergessen, warum wir hier sind, nämlich zur Erholung, die aber dennoch eintritt, weil ab und zu mal der Strom ausfällt und himmlische Ruhe zeitigt. Das mit dem Kreuz ist gelogen, alles andere auch. Eigentlich ist's schön. Sagt meine Frau. Gruß, Frank

Nicht für Geld und gute Worte hätte ich mich selbst in solch ein Ferienidyll begeben. Mir war es ja in Berlin schon viel zu warm und viel zu laut. Wie hielt Frank das bloß aus?

Ich ging zum Finanzamt, Geld einzahlen: All die vielen schönen Scheine …

Bei mir wären sie in einer besseren Obhut gewesen als bei einem Staat, der damit alten Nazis ihre Pension bezahlte.

Torsten wollte ausziehen, und am Abend stellte sich eine Kandidatin für sein Zimmer vor, eine Cutterin namens Nicola, die an den Spielfilmen von Loriot mitgearbeitet hatte und auch am letzten Otto-Film, und da wir sie alle sehr sympathisch fanden, war die Sache sofort geritzt.

»Und wie ist Loriot so?« fragte Jochen.

»Höflich«, sagte Nicola.

Im Restaurant Ypsilon an der Hauptstraße heckten die Journalistin Juliane Schäfer und ich die Fotoromanhandlung aus: Eine junge Frau flieht vor ihrer alkoholkranken Mutter in den Ashram eines schwiemeligen Gurus (gespielt von Wiglaf) und wird von ihm verführt. Ihre beste Freundin (gespielt von mir) alarmiert die Mutter, die den Guru dann mit einer riesigen Pommesgabel ersticht.

»Die Mutterrolle übernehm dann ich«, sagte Juliane. »Es war immer schon mein Traum, Wiglaf Droste zu erstechen.«

Carola konnte die Tochter spielen, und Sigrun sollte die Aufnahmen machen.

Wir tranken Bier und Ouzo, und es stellte sich heraus, daß Juliane aus Friesland stammte und oft im Na Nu gewesen war, allerdings vor meiner Zeit.

»War dir das da nicht zu plebejisch?«

»Ach, von Zeit zu Zeit ist so 'n bißchen Plebejertum doch ganz nett …«

Wiglaf erzählte mir am Telefon, daß mehrere Autoren dem *Neuen Deutschland* wegen seiner Rezension meines Buchs mit Boykott gedroht hätten und daß der Literaturredakteur vom Chefredakteur Reiner Oschmann abgemahnt worden sei.

»Die wünschen sich wohl die Zensurbehörde zurück.«

Er wolle gar nicht so genau wissen, was in solchen Köpfen vorgehe, sagte Wiglaf. »Falls man das, was die da haben, überhaupt als Kopf bezeichnen kann …«

In meiner Freizeit stellten Max und ich ein Quatschkassettchen für Günther Willen her – wir sagten schmatzend klassische Zitate auf, von »Per aspera ad astra« bis »England expects every man to do his duty« –, und als Requisit für den Fotoroman bastelten Juliane und ich aus der Pappe einer Duschbrausenverpackung eine knapp einen Meter lange Pommesgabel und malten sie mit Plakafarbe rot an.

Oder war auch das alles Arbeit? Wo fing sie an, wo hörte sie auf?

Eugen Egners Geschäfte gingen nur mäßig voran:

Vom »Blöken der Blumen« sind bis jetzt 911 Exemplare weg. So sagt der Semmel-Verlag. Was aber nicht heißt, daß die auch verkauft sind – bewahre! 874 können durchaus noch remittiert werden! Ja, so ist das Buchgeschäft – vorn reißen sie Witze, hinten fallen die Seiten raus. Und hinterher nichts als Ärger – Leim, Weib und Gesangsanlagen. Eine Husarenuniform könnt' ich manchmal tragen!

Was ihm aber auch nicht viel genützt hätte.

Mit Sigruns Unterstützung baute ich aus einem meiner löchrigen Bettbezüge eine Toga für Wiglaf in seiner Rolle als Guru, und am Samstagvormittag schloß ich mich auf der Terrasse eines Cafés am Landwehrkanal einer Frühstücksrunde an, die aus Juliane, Wiglaf, Ulrike Kowalsky und René Martens bestand. Getrübt wurde unsere Nachsommerseligkeit nur einmal von einem Menschen, der selbstverfaßte Gedichte verteilte:

Was ist die treue Hand, –
wenn sie verletzt den letzten
gegebenen versprochenen
Eidesschwur von »einig Vaterland«, –
wenn sie das treuhänderisch ihr
angebotene Verwaltungs-Kapital
der Gemeinden der neuen Bundes-
länder – und dieser selbst – auf
Aktienbörsen läßt verscherbeln
an ausländische Monopole, –
steht das so im Einigungsvertrag,
Herr Möllemann und Frau Breuel?

Wenn er auch zu späteren Geschlechtern sprechen wollte, hätte der Dichter bedenken sollen, daß ihnen die Namen des Wirtschaftsministers Jürgen Möllemann und der Christdemokratin Birgit Breuel ebensowenig sagten wie der der Treuhandanstalt, unter deren Regie die Volkseigenen Betriebe der DDR privatisiert wurden.

Von den Songs auf Tom Waits' neuem Album »Bone Machine« mochte ich »Who Are You« am liebsten.

Well I fell in love
With your sailor's mouth and your wounded eyes …

In Liebesdingen war ich allerdings gerade etwas orientierungslos. Auch als Dunja und ich ein Jazzkonzert besuchten, ergab sich nichts von Belang.

Meine Sandalen fransten vorne aus, und die Sohlen wurden morsch. Außerdem besaß ich bloß noch vier heile Paar Strümpfe.

Aber neue Anschaffungen mußten warten, bis mein Girokonto sich von der jüngsten Trockenperiode erholt hatte.

Nach dem Mauerfall, schrieb Wolf Biermann im *Spiegel*, habe er seinen toten Freund Robert Havemann im Traum auf einem Kirschbaum sitzen sehen:

Er riß sich übermütig mit den Lippen die symbolroten Früchte der Commune de Paris vom Zweig und lachte. Und als er über das Scheitern unserer allmächtigen Gartenzwerge seine Witze riß und losprustete, da flogen mir die Kirschkerne um die Ohren.

Und er habe noch andere Traumgesichte gehabt:

Aus Antonio Gramscis aufgerißner Brust brachen blutschwarze Nelken hervor, und aus seinem gebrochenen Herzen krochen die fetten weißen Fliegenmaden der Utopie.

Bei der Lektüre dieser schwülstigen Bekenntnisse kam mir eine Bemerkung von Karl Kraus über den delirierenden Alfred Kerr in den Sinn:

Hier erhebt sich vor allem die Frage, ob er denn gar niemanden hat, der ihn berät und der ihn von Schritten, die ins Verderben führen, abhalten würde. In redaktionellen Kreisen besteht naturgemäß kein Gefühl für Verantwortung und dort wird man ihm die technische Möglichkeit, einen Ausbruch der Besinnungslosigkeit vor das Publikum gelangen zu lassen, weit lieber öffnen als sperren. Aber die Familie müßte ihr Veto einlegen …

Mit den Früchten der Pariser Kommune, den blutschwarzen Nelken aus Antonio Gramscis Brust und den Fliegenmaden der Utopie würde Biermann irgendwann auch noch bei Springer hausieren gehen. Da war ich mir sicher.

Um in Carolas Wohnung den Frühstückstisch für die ersten Fotoroman-Aufnahmen decken zu können, mußte ich den ekligsten Einkauf meines Lebens tätigen: Ketchup, Ravioli, Chappi und Mariacron.

»I würd mi schäma, des Glomb zu kaufa«, sagte Sigrun, die mich begleitete.

Den Tisch garnierte ich auch mit Zigarettenkippen, leeren Flaschen und anderem Abfall, während Carola eine Maidentracht anlegte. Juliane schminkte sich auf alt und polsterte sich mit einem Sofakissen den Bauch aus, Wiglaf hüllte sich in die Bettbezugtoga und setzte sich eine goldene, von Juliane gebastelte Pappkrone auf, und ich selbst zog ein langes Kleid von Carola an. Zwei eingesteckte Zitronen dienten mir als Brüste.

Es lief wie am Schnürchen. Sigrun fotografierte, Wiglaf wurde von Juliane erstochen, ich erschlug Carola mit einer Multivitaminsaftflasche, Ketchup floß als Blut, und schon nach einer Stunde war alles im Kasten.

Bei Feldsalat, Seelachs, Reis und Sekt stimmten wir uns dann auf einen frühen Feierabend ein.

Endlich ein *Kowalski*-Scheck! Bis auf zwanzig Mark war mein Dispo schon wieder ausgeschöpft …

Von Max kam eine Karte aus Meersburg am Bodensee, wo Annette von Droste-Hülshoff in ihren letzten Jahren gelebt hatte:

Fladusen, Gemüseeulen, D'Hondtsches System, davon keine Rede im Droste-Museum. Wohl aber erzählt eine Dame mit Kropf, daß Annette stets kränkelte, blaß und 1.48 groß war. »Die Arme«, rief da eine Dame, auch mit Kropf. Die anderen Besucher hatten Kinnbärte, Hornbrillen, Pekinesen oder olivfarbene Diolenanzüge dabei.

Diolenanzüge? Max schien anzunehmen, daß ich mir darunter etwas vorstellen könne.

Abends fuhr ich mit der U-Bahn zu den Rutschkys und sah mir bei ihnen auf WDR den Eugen-Egner-Film an. Sie nahmen ihn dabei für mich auf Video auf.

Das Ganze wirkte etwas statisch. Auf Papier gaben Eugens Bildergeschichten mehr her als in ihrer dreidimensionalen Umsetzung fürs Fernsehen. Herrn Rutschky gefiel es aber sehr gut, daß Eugen drei von ihm getuschte Grazien gleich wieder verwischte, und als Laienschauspieler richtete ich selbst keinen allzu großen Schaden an, denn mein Auftritt dauerte nur wenige Sekunden.

Zu seiner Filmfrau sagte Eugen einmal drohend: »Durch den

gezielten Einsatz meiner Zahnbürste könnte ich das Haus zum Einsturz bringen!«

Das fand nun wieder Frau Rutschky sehr lustig. Sie trug mir allerdings auch auf, Eugen Egner zu bestellen, daß sie keine neuen Lachfalten mehr benötige, und mir selbst empfahl sie einen Kurzhaarschnitt.

Ich erhielt wieder Post von meiner Steuerberaterin:

Hinsichtlich der Ermittlung der Berlinpräferenz wird das Finanzamt meinem Antrag entsprechen. Die beantragte Aussetzung der Vollziehung eines Teils der Abschlußzahlung für 1990 und 1991 in Höhe von DM 500,– wurde laut der ebenfalls beigefügten Verfügung vom 4. September 1992 gewährt.

Die Steuerberaterin hatte mir also die Zahlung von 500 Mark erspart, und das war fast so viel, wie ihre Arbeit mich gekostet hatte. Gut dem Dinge!

Ich rief Eugen an und erbot mich, das nächste Mal die Filmmusik zu komponieren, denn immerhin hätte ich bereits im Kindesalter ein Notenheft mit dem Titel »Sonatinen von Schlosser« versehen und darin in loser Folge Notenbeispiele aus Büchern abgekupfert, in dem Glauben, daß diesen geistigen Diebstahl niemand bemerken werde.

»Hast du denn gewußt, was Sonatinen sind?«

»Nö.«

Das gefalle ihm »ausnehmend gut«, sagte Eugen und gab schon mal zwei Sonatinen bei mir in Auftrag.

Kaum hatte ich aufgelegt, rief Michael Rudolf an und sagte, daß er und ich in der Messewoche in Frankfurt in der Bude von Christian Schmidt wohnen könnten.

So öffneten sich die Adventskalendertürchen. Jeden Tag ein neues, und manchmal gleich zwei oder drei.

Aus der neuen *Titanic* lachte mir eine opulente Zeichnung entgegen, mit der Eugen eine Kurzgeschichte von mir illustriert hatte. Noch vor kurzem war ich nur ein stiller Bewunderer seines Werks gewesen, und jetzt spielten wir einander die Bälle zu. Was ich inzwischen auch viel besser fand, als wenn mein verblaßter Jugendtraum vom Gewinn der Fußballweltmeisterschaft wahr geworden wäre.

Beim nächsten Autorentreffen fragte Carola mich, ob ich Lust hätte, für den *Tip* den Koksroman eines deutschen Liedermachers zu besprechen.

»Namens?«

»Konstantin Wecker.«

Das dürfe aber, wie Klaus Farin mir zu verstehen gab, kein Verriß werden. »Andernfalls muß ich an dir einen Rufmord begehen!«

»Da isch oi Kusine vo dir am Abbarad«, sagte Sigrun, als ich aus der Dusche kam, und ich hielt den Hörer an mein noch feuchtes linkes Ohr.

»Alexandra hier! Sag mal, ich bin ja ganz geplättet von dem Süßholz, das in unserem Stadtmagazin über dich geraspelt wird! Soll ich mal vorlesen?«

Sie meinte wahrscheinlich den mir noch unbekannten Artikel, den René Martens für *Szene Hamburg* geschrieben hatte.

»Gut, schieß los …«

»Also: ›Schlosser, ein plietscher Wortspieler und kompetenter Kalauerproduzent, seziert das Alltagsgeschehen oder ersinnt absurd-traurige Kurzgeschichten über einen Mann, der seinem Schwiegersohn ein Kind gebären will. Das Vorwort und die Titelillustration zum Buch stammen von dem durchgeknallten Cartoonisten Eugen Egner. Im Gegenzug beschließt Schlosser sein Buch mit einer Eloge an seinen Brieffreund. Erfreulich, daß sich mal jemand zur Inzucht im Literaturbetrieb bekennt …‹ Na, und so weiter! Um welches Buch von dir geht's denn da überhaupt?«

»Um ein Sammelbändchen mit kurzen Texten. Das erscheint im Oktober.«

»Du machst mir ja Spaß! Dann bist du jetzt nicht mehr die arme Socke, als die man dich kennt, sondern ein Anwärter auf den Literaturnobelpreis oder was?«

»Da vergreifst du dich ein bißchen im Register …«

»Wie auch immer – ich komme jedenfalls zu deiner Lesung in Hamburg, die hier angekündigt wird! Davon werde ich auch meinen Eltern Mitteilung machen. Die glauben ja, du weißt schon, abgebrochener Student und so, und nun scheinst du ja doch irgendwie 'n Fuß in die Tür zu kriegen!«

72,60 DM löhnte ich im Copydrom für die Kopien, die ich für die zwölf Autorenexemplare der *Schnurrenden Traglast* brauchte, und dann malten Kathrin und ich in der Graefestraße mit Buntstiften die aufgeklebten Titelzüge aus.

»Und niemand wird es uns jemals danken«, sagte Kathrin.

»Doch, die Erben, die in fünfzig oder hundert Jahren ein Schweinegeld damit verdienen werden …«

Ich wollte ja noch mehr als einhundert andere Leute mit der *Schnurrenden Traglast* beliefern, aber das konnte ich mir vorläufig nicht leisten.

Immer öfter stolperte ich bei der Zeitungslektüre über den Begriff »Entscheider«. So nannten sich manche Figuren, die in Großunternehmen darüber befanden, wer entlassen werden sollte, oder andere Aufschneider, die sich in der Nachfolge des Bundeskanzlers Helmut Schmidt als »Macher« verstanden.

Philipp gab mir zu bedenken, daß der Ausdruck nicht neu sei: Schon Friedrich Gottlieb Klopstock habe eine Ode mit dem Titel »Die Entscheider« verfaßt. »Da geht's um einen Löwen, der die Knochen splittern läßt …«

»Du liest Klopstock?«

»Tja, mein Guter«, sagte er, »du bist nicht der einzige Bildungsbürger in unserer WG!«

Um mir freien Zutritt zur Frankfurter Buchmesse zu verschaffen, bescheinigte Klaus Bittermann mir schriftlich, daß ich ein Verlagsmitarbeiter sei. Dieses Papier müsse ich am Eingang vorzeigen, und dort werde mir ein Ausweis ausgestellt.

Für die Hinreise plante ich einen Schlenker nach Aachen zu Andrea ein.

Für einen *Titanic*-Beitrag wälzten Carola, Wiglaf und ich in Carolas Wohnung in der Ratiborstraße ein dickes Pilzbestimmungsbuch. Welcher Prominente könnte welche Pilzpatenschaft übernehmen?

Da waren wir uns rasch einig.

Bitterer Schwefelkopf: Walter Jens.

Grauer Faltentintling: Uta Ranke-Heinemann.

Elfenbeinschneckling: Hans Wollschläger.

Frühlingswulstling: Angela Merkel.

Spindeliger Rübling: Stefan Effenberg.

Krause Glucke: Inge Meysel.

Blutrotfleckender Röhrling: Wolf Biermann.

Schlüpfriger Kappenpilz: Bischof Dyba.

Lila Dickfuß: Andrea Dworkin.

Tränender Rettich-Fälbling: Wim Wenders.

Natternstieliger Schleimfuß: Rainer Eppelmann.

Carola gab mir dann Konstantin Weckers Roman »Uferlos« mit, und der war wirklich schwere Kost. Der Ich-Erzähler litt an Größenwahn:

Ich hatte für eine Minute den Ständer des Jahrhunderts.

Er war eine Sexmaschine:

Ich leckte sie hingebungsvoll, verschluckte dabei kiloweise Sand und rieb mir, die Hose halb runtergelassen, die Eichel wund.

Kiloweise Sand, jaja. Die handelsübliche Bringschuld für einen Cunnilingus am Strand.

Unterteilt hatte Wecker seinen Roman in die Kapitel »Allegretto«, »Grave« und »Rondo«, und schon dafür gehörten ihm die Ohren langgezogen.

Noch ärgere Plagegeister waren die TV-Menschen Hella von Sinnen, Linda de Mol, Hans Meiser und Gerd Rubenbauer: ein Klüngel des Grauens.

»Dann gugg hald wenigr Glodze«, sagte Sigrun.

Ich hielt dagegen: »Erstens glotze ich nicht viel, und zweitens wird es ja wohl noch erlaubt sein, daß man sich verächtlich über das Fernsehprogramm äußert.«

»Kann dir des Fernsehbrogramm ned völlich egal sei? Du lebsch do sowieso in einr gänzlich andera Weld!«

»Und deswegen darf ich Gerd Rubenbauer nicht kritisieren? Oder Hans Meiser?«

»Noi, abr du solldeschd ned so kleinlich sai. Laß den Mensche do ihre Freid!«

Sie schnallte es nicht, und ich gab's auf.

Als wir vom Lesezirkel zurück nach Kreuzberg fuhren, riet Michael Rutschky mir, Nicholson Bakers Roman »Vox« zu lesen. »Der ist versaut, wirklich sehr versaut, aber es lohnt sich. Und ich habe übrigens kürzlich gehört, daß es nur zweihundert Mark kostet, in der Charité einer Sektion beizuwohnen. Wäre das nicht was für Sie?«

Einer Sektion beiwohnen? Nein, danke. Ich konnte nicht einmal hinsehen, wenn jemand in einem Film eine Spritze bekam.

Bei seinem nächsten Besuch zeigte ich Max meine Fotoalben, die ihn aber nicht vom Stuhl rissen. Recht gut gefiel ihm allerdings ein Schnappschuß von Wiebkes Goldhamster Pepik aus den siebziger Jahren. »Kannst du mir das Bild mal leihen?« fragte Max. »Und hast du noch mehr so schlechte Fotos? Die allerschlechtesten Fotos schlechter Fotografen sind ja oft die interessantesten ...«

Wir zogen dann ein bißchen um die Häuser, ich erzählte von meiner bauchtanzenden Ex-Freundin und meinen Reiseplänen, und als ich aufwachte, saß er an meinem Schreibtisch und sagte: »Oh, schon wach? Ich hab dir grade einen Abschiedsgruß geschrieben! Hier ...«

Auf dem Papier stand:

Alle Achtung! In einer siebenköpfigen WG finde ich um 9.45 das Badezimmer unbesetzt vor! Du lebst offenbar nicht mit Tagvergeigern zusammen!

Herzlichen Gl'w'sch!

Da täuschte er sich. Um halb zehn war einfach noch keiner aufgestanden.

Ich bin fortgegangen. Das Geklopfe! Von allen Seiten beißen sich Motoren in meinen Kopf. Ich habe das nicht angeordnet.
Wolltest du nicht rezensieren und nach Aachen zu Bauchi reisen? Stattdessen liegst du da und ~~läßt den lieben Gott~~ schläfst. Sollte ich, Max Goldt ~~(~~CDU) ~~(siehe Abbildung)~~ (34) (endlich richtig) nicht dich, Martin Schlosser ~~(»Tie a yellow ribbon round the ole oak tree«)~~ (»Rzz, Rzz, Rzz«), aufwecken und dich fragen, was die Pläne, nach Aachen zu fahren, machen? Ich glaube, ich müßte. Angeschnauztwerden ist ja gottseidank gratis.
Dein Max 29/9/92 9.48
Der Herbst, die schönste Jahreszeit,
hat alles in goldene Farben getunkt.

Da er noch etwas Zeit hatte, half Max mir beim Hosenkauf. Bei Karstadt reichte er mir ein paar Jeans in die Ankleidekabine.

Das dritte Modell paßte, und Max hieß es gut, obwohl er das Tragen von Jeans phantasielos und kleinbürgerlich fand.

Eugen Egner hatte sich, wie er mir schrieb, in einen Schaffensrausch gesteigert:

Die Projekte sind nun so viele und dergestalt appetitliche, daß ich's nicht erwarten kann, alle fertigzustellen. Alles gleichzeitig muß ich tun und dazu noch telephonieren! Kaum kann ich einschlafen vor Freude und Spannung, arme Nerven! Aber besser so, als keine Ideen! Wie man mundartlich sagt. Du siehst, die Kunst ist wohlauf, ich als ihr Gebärvater bin nach mehrfacher Simultanempfängnis hochträchtig.

Fein, daß er so gut in Form war.

Die Nachricht vom Tod des DFB-Präsidenten Hermann Neuberger rief mir noch einmal alle seine Sauereien in Erinnerung: die Unverschämtheit, die Frauen der Spieler, anders als die Frauen der Funktionäre, von der Teilnahme am Festbankett nach dem 1974er WM-Sieg auszuschließen, die Liebedienerei gegenüber der argentinischen Militärdiktatur 1978 und die Frechheit, den alten Nazi Hans-Ulrich Rudel ins deutsche WM-Trainingslager einzuladen und zu erklären, daß die Kritik daran einer »Beleidigung aller deutschen Soldaten« gleichkomme.

In diesem Menschen hatten sich die Fettlebe und die Selbstherrlichkeit des häßlichen Wirtschaftswunderdeutschen ebenso abstoßend personifiziert wie in Franz-Josef Strauß, und ich war froh, daß ich mir Neubergers Gesicht nun nicht mehr ansehen mußte.

In Aachen teilte ich Andrea mit, daß Max Goldt sie »Bauchi« nenne. »Weil ich ihm Fotos von dir bei deinen Bauchtänzen gezeigt habe …«

»Das ist mir doch egal, wie der mich nennt«, sagte sie und zog etwas Lasagneförmiges aus dem Backofen. »Mit Kürbis und Mangold. Hast du Hunger?«

Als ich mich in sie verliebt hatte, war es nicht wegen ihrer Kochkunst geschehen, aber nun langte ich zu, denn ich hatte tatsächlich Hunger.

Es tat mir fast leid, am nächsten Tag in der Dusche alle Nachtgerüche wegbrausen zu müssen, aber auf der Frankfurter Buchmesse wollte ich sauber antanzen.

Frank Schulz hatte für die Messe leider keinen Urlaub erhalten. Da war ich doch besser dran, ohne irgendeinen Chef, der mir solche Reisen verbieten konnte.

I came by myself to a very crowded place …

In der Halle 6.1 wäre ich beinahe Luise Rinser in die Arme gelaufen, und eine Etage tiefer kam Michael Rudolf mir entgegen. Mit dem Moselfahrtenbuch in der Hand. Er hielt es hoch, so als wäre er die Freiheitsstatue und mein Buch die Fackel.

Weil der Verlag Weisser Stein sich keine eigene Koje zu leisten vermochte, hatten Gerd König und Michael mit einer Nische in einem Gemeinschaftsstand anderer Verlage aus den neuen Bundesländern vorliebnehmen müssen. Man fremdelte dort zwischen Jubelbüchern zur deutschen Einheit und pupsiger Häkel- und Kochliteratur.

Gegenüber befand sich der Stand von Haffmans. Von dort schwebte Helmut Krause ein, um mich mit Bernd Rauschenbach bekanntzumachen, dem »1. Secretär« der Bargfelder »Arno Schmidt Stiftung«, die sich ohne Bindestriche schrieb.

Bernd Rauschenbach war rundlich und freundlich und laut Harry Rowohlts *Zeit*-Kolumne »ein myopischer Zecher«, was jedoch nicht bedeute, daß er ein zyklopischer Zecher sei, wie Helmut Krause mir mitteilte. Myopie sei das griechische Wort für Kurzsichtigkeit.

Er sei aber nur auf einem Auge kurzsichtig und auf dem anderen weitsichtig, sagte Rauschenbach.

»Und Sie haben Arno Schmidt noch selbst gekannt?«

»Ja. Ich hab ihn besucht, und er hat mich reingelassen …«

Dann stand auf einmal Andreas Schäfler vor mir, mein ehemaliger Redakteur aus den Tagen des Oldenburger Stadtmagazins *Diabolo*. »Hey, Martin …«

Am Stand der Edition Nautilus, für die er jetzt als Pressesprecher tätig war, stellte er mich dem Verleger Lutz Schulenburg und dessen Frau Hanna Mittelstädt vor, bei denen sich auch gerade Klaus Bittermann herumtrieb.

»Dein Buch ist diesmal das meistgeklaute«, sagte Klaus, und das hörte ich gern.

Zwei Etagen höher gab es Sekt und Bölkstoff beim Semmel-Verlach. Dort tummelten sich die *Kowalski*-Redaktionsassistentin Isabella Gröhn, die *Kowalski*-Grafikerin Susanne Koch und Fanny Müller. Auch Kathrin Passig stieß dazu. Mit ihr und Fanny bildete ich eine konspirative Zelle, in der wir über alles lästerten, was uns in und an *Kowalski* störte, und Fanny kramte die Kopie eines anderthalb Jahre alten Artikels aus der *Zeit* hervor, in dem der *Kowalski*-Verleger Winfried Bartnick porträtiert worden war:

Die speckigen Jeans spannen um die stämmigen Hüften des 36jährigen, das Hemd führt einen aussichtslosen Kampf gegen die ungezählten Hektoliter Gerstensaft, die sich Winnie während der Jahre in seinen beständig wachsenden Bauch gekippt hat. Und auch im aufgedunsenen, von langen Haaren und Vollbart zugewachsenen

Gesicht hat die ungesunde Lebensführung Spuren hinterlassen. Ein Biertrinker aus Passion. Geschadet hat ihm das nicht. Ganz im Gegenteil – ohne Bier wäre alles anders gekommen …

Weil er nämlich in einer Kneipe den Werner-Zeichner Rötger Feldmann alias Brösel kennengelernt habe, sagte Fanny. Und ohne dessen Riesenerfolg hätte es *Kowalski* nie gegeben. Doch es sei fraglich, wie lange sich das Blatt noch über Wasser halten könne: »Zahlen tun die ja nur noch an ganz hohen Feiertagen. Wenn überhaupt.«

Auch die *Titanic* war auf der Messe präsent. Ich sprach dort kurz mit den Redakteuren Thomas Gsella und Oliver Nagel und lernte auch Achim Frenz kennen, einen tatendurstigen Mann, der in Kassel ein Museum für komische Kunst gegründet hatte, das Caricatura hieß. Er sah ein bißchen so wie Jimi Hendrix aus, nur fülliger, und ich wünschte ihm Glück und Erfolg.

Michael Rudolf traf ich abends in einer verrauchten Kneipe im Bahnhofsviertel wieder an, wo er mit zwei Verlagsvertretern verabredet war. Er hatte die bereits erschienenen Titel des Verlags Weisser Stein auf dem Tisch ausgelegt, und ich sah die Vertreter gähnen.

»Wer soll denn das kaufen?« fragte einer von ihnen. »Außer den sieben Zwergen?«

Bei einem Wuchergriechen füllten wir uns den Magen und spülten den Verdruß über die blasierten Vertreter mit jeweils zwei großen Bieren weg, bevor wir zu Christian Schmidt fuhren, in dessen Wohnung in der Wittelsbacherallee auch Marcus Weimer, Heribert Lenz und Achim Greser versammelt waren, um sich auf Video den WDR-Film über Eugen Egner anzusehen.

Er habe gehört, daß ich für einen Oscar als bester Nebendarsteller nominiert worden sei, sagte Christian, als ich Eugen in dem Film die Post überbrachte, und Achim versicherte mir, daß ich charismatischer wirkte als Jack Nicholson in »Wenn der Postmann zweimal klingelt«.

»Hast du seither schon viele Angebote aus Hollywood bekommen?« fragte Heribert.

Ich wiegelte ab: »Bislang haben nur Stanley Kubrick und Francis Ford Coppola angeläutet.«

»Die rufen mich auch dauernd an«, sagte Marcus. »Aber dann wollen sie bloß immer Ingmar Bergman sprechen, der bei mir zur Untermiete wohnt. Dabei heißt der gar nicht Bergman, sondern Schulze. Und der Vorname ist auch irgendwie anders …«

Christian setzte das Unterhaltungsprogramm mit Urlaubsdias fort und berichtete, wie es ihm im August nach der nächtlichen Pokerrunde in Berlin ergangen sei: Eine Viertelstunde nach meinem Abgang habe er gemerkt, daß er bei diesen Leuten zwar einschlafen, aber nicht aufwachen wollte. Er sei dann hinter mir hergelaufen, habe aber die genaue Adresse nicht mehr gewußt. In der Graefestraße 79 sei er schließlich im Treppenhaus bis ganz nach oben gestakst und irgendwo unterm Speicher zwischen rostigen Zinkwannen und Müll zusammengesackt und eingeschlafen.

Auch von den Zinkwannen hatte er Dias gemacht und führte sie uns vor.

»Am nächsten Morgen wollte ich los, war aber noch zu müde und hab mich in einem Park aufs Ohr gelegt. Und gegen Mittag bin ich endlich mit dem Motorrad nach Warschau gefahren. Da hab ich Jerzy Urban getroffen und interviewt, den ehemaligen Regierungssprecher des Generals Jaruzelski, und als Jerzy Urban gehört hat, daß ich nebst Motorrad in einem Zelt auf dem Campingplatz wohne, hat er mich für eine knappe Woche in dem Nobelhotel Europejski einquartiert, ob ihr's glaubt oder nicht! Danach bin ich nach Krakau weitergefahren und nach Wien …«

Die Dias von Christians Reise gingen in die Hunderte, wenn nicht in die Tausende, und irgendwann überkam mich der Schlaf.

Geweckt wurde ich um halb neun von Christians Hifi-Anlage.

Hello, hello, hello, how low?
Hello, hello, hello, how low?

»Das ist Kurt Cobain, ihr Versager!« schrie Christian. »Und

wenn ihr jetzt nicht aufsteht, freß ich euch alle Frühstückseier weg!«

Er besaß ein drolliges kleines Froschorchester, das auf Schallwellen ansprach und sich dem Rhythmus der Musik anpaßte, die man ihm vorspielte.

»Reagiert das auch, wenn man in die Hände klatscht?« fragte Michael.

»Probier's doch mal aus«, sagte Christian, und schon ließ Michael die Frösche zucken.

Vor den Messehallen kaufte ich ein Leonard-Cohen-Bootleg, »Diamonds in the Mine Field«, einen Konzertmitschnitt aus Montreux von 1985. Wieso waren die Plattenfirmen eigentlich so dumm, daß sie solche Aufnahmen nicht selbst veröffentlichten? Sie hockten auf ihren Goldminen, und wir Fans mußten uns bei den Räubern bedienen.

Falls ich überhaupt ein Fan war. In den Liner Notes zu »Biograph« hatte Dylan gesagt:

I don't think of myself as a fan of anybody, I am more of an admirer, so why should I think of anyone as a fan of me?

In der Mitte einer Menschentraube stellte Michael Rudolf mich kurz dem Verleger Gerd Haffmans vor, und dann fand sich der *Titanic*-Chefredakteur Hans Zippert ein und befragte Gerd König und Michael eingehend nach der Geschichte und den Plänen ihres Verlags.

Schön, so eine Buchmesse. Nervig waren nur die Völkermassen, die sich durch die Gänge schoben: die fußkranken Messeschleicher, die nach links und nach rechts gafften und Klumpen bildeten, an denen man schlecht vorbeikam.

Mitleid hatte ich mit den Leuten vom Nie-Nie-Sagen-Verlag, denen anzusehen war, daß sie mit ihrem Nie-Nie-Sagen niemals auf einen grünen Zweig kommen konnten.

Im Orfeo, dem Lokal, in dem am Donnerstagabend die *Titanic*-Party stieg, stieß ich wieder auf Fanny Müller und Kathrin Passig.

»Die beiden sind schon wie Mutter und Tochter«, sagte Susanne Koch, die am Tresen stand, neben Michael Sowa, der uns fragte, ob wir schon gelesen hätten, was die *taz* über ihn geschrieben habe. »Hier, lest das mal …«

Er reichte uns eine knittrige Zeitungsseite mit einem Artikel, in dem der *taz*-Journalist Harald Fricke darauf verwies, daß eines von Sowas Gemälden für 22 000 Mark verkauft worden sei, und einen Vergleich zwischen Sowa und F. W. Bernstein anstellte:

Sowa schnappt den Moment auf und trägt ihn in eine malerische Vergangenheit, Bernstein träumt von der Geschichte und kritzelt es im Café auf Papier. Deswegen ist Bernstein Professor an der HdK, und Sowa macht Kohle.

»Als wäre ich ein Schwein, das unrechtmäßig Kohle macht«, sagte Michael Sowa. »Ist das zu fassen? Sagt mal selbst!«

»Martin! Du auch hier!« rief Helmut Krause. »Hast du dir dein Bier gesichert? Bestens! Und hast du die Messestände der Anthroposophen abgeschritten? Sei gewarnt! Da langzugehen ist mindestens so schön wie für einen Dreijährigen, der zu wacker in die Schale mit den Cognacbohnen gegriffen hat, ein Gang durch die Exotenabteilung eines gutgeführten Zoos! Meine Güte, was sitzen und lungern da rechts und links ein paar Knaller und Pfeifen! Sensationell!«

In der Ferne erblickte ich Chlodwig Poth und Robert Gernhardt, und dann prostete mir plötzlich die Kreuzberger Party-Queen Claudia Denker zu und sagte: »Naaaaa?«

Von Achim Greser hörte ich in dieser Nacht, daß er 1970 als Neunjähriger ins Bett geschickt worden sei, nachdem Karl-Heinz Schnellinger im WM-Halbfinale zwischen Italien und Deutschland in der 90. Minute den Ausgleichstreffer geschossen hatte. Das Spiel des Jahrhunderts, und Achim hatte die Verlängerung nicht sehen dürfen!

»Hast du dich wegen dieses Traumas mal ärztlich behandeln lassen?«

»Jawohl«, sagte er. »Von Doktor Licher, Doktor Krombacher und Doktor Schöfferhofer …«

Christian Schmidt gab eine andere Geschichte aus der Ära

der sozialliberalen Koalition zum besten: Als Sympathisant der maoistischen KPD habe er sich irgendwann Mitte der siebziger Jahre in der Gedenkstätte Stukenbrock einer Kranzniederlegung angeschlossen, bei der die moskautreue DKP als Agentur des sowjetischen Sozialimperialismus angeprangert worden sei, und da hätten empörte Vertreter der DKP und ihres Ablegers, der Sozialistischen Deutschen Arbeiterjugend, eine Schlägerei angezettelt. Am Ende habe einer von der DKP auf ihm draufgesessen und auf ihn eingeprügelt, während er von einem anderen festgehalten worden sei, bis ein langhaariger Kommunist aus Bielefeld die erlösenden Worte gesprochen habe: »Ich glaube, Genossen, der hat genug.«

Da hatten doch wohl alle Beteiligten eine Schraube locker gehabt.

»Ja, natürlich!« rief Christian. »Aber damals bin ich mir wie ein echter revolutionärer Kämpfer vorgekommen mit meiner angebrochenen Rippe und meinem Kopfverband, als wir nach der Schlacht die Internationale gesungen haben!«

Zu meiner Freude machte Michael Rudolf mich dann mit Harry Rowohlt bekannt, der mir unaufgefordert von seiner Geburt im Luftschutzkeller erzählte. »Als Zehnmonatskind! In meinem Elternhaus war es übrigens so schrecklich, daß ich in den Oberstufenchor und in die Foto-AG und in die Chemie-AG gegangen bin, bloß um so selten wie möglich zuhause zu sein. Entsprechend wenig Verlangen hatte ich später, in den Verlag einzutreten. Den väterlichen Laden müssen sowieso nur Minderbegabte und Schwervermittelbare übernehmen.« Doch es sei nicht alles schlecht in seiner Familie: »Ich bin in der dritten Generation ungetauft, was ich durchschnittlich zweimal jährlich bedaure, weil es bedeutet, daß ich nicht aus der Kirche austreten kann ...«

Inne hielt er nur, um Bier zu trinken und an seiner Gauloise zu ziehen.

Bei seinen Lesungen, auch dies erfuhr ich noch, werde er manchmal von studentischen Hilfskräften abgewiesen, die ihm erklärten: »Sie müssen sich in der Tür irren. Wir haben hier heute abend 'ne Dichterlesung!«

Als ihn andere Tifosi umbrandeten, verabschiedete er mich mit den Donnerworten: »Nie wieder Kriech! Nie wieder Faschismus! Nie wieder Zweite Liga!«

Nach einer etwas wirren Taxifahrt mit drei weiteren Partygästen fand ich mich später am Küchentisch einer großen Wohngemeinschaft wieder und stieg, weil es nichts anderes gab, auf Rotwein um. Die Runde, die dort die Nacht zum Tag machte und die Gläser klirren ließ, umfaßte fünfzehn oder achtzehn Leute, vielleicht auch zwanzig, es herrschte ein ständiges Kommen und Gehen, und die mir liebste Person war eine junge Frau namens Jelena, die Rauchringe hauchen konnte und nach eigener Aussage einmal ein Konzert der Sängerin Melanie Safka besucht hatte.

Da wir uns sehr gut verstanden, war es nur folgerichtig, daß Jelena mich irgendwann in ihr Zimmer mitnahm.

Auf der Straßenbahnfahrt zur Messe trat mir am Freitagmittag immer wieder vor Augen, was Jelena mit mir gemacht hatte. Dieses verrückte Huhn.

Ein Wiedersehen stand leider nicht zur Diskussion, denn sie war gebunden. So viel hatte ich mitgekriegt.

»Wo kommst'n du jetzt her?« fragte Michael mich, als ich an seinem Stand auftauchte.

»Aus der Tiefe des Raumes.«

Das erkläre natürlich so einiges, sagte er. An der für mich reservierten Matratze habe jedenfalls Helmut Krause gehorcht.

Christian Schmidt erschien und bestätigte diesen Befund: »Heute früh wollte ich Michael und dich wecken, aber dann lag da plötzlich Helmut Krause an deiner Stelle, und ich hab mich gefragt, ob du dich womöglich über Nacht in Helmut Krause verwandelt hast …«

Vom Haffmans-Stand aus entbot Harry Rowohlt mir den Arbeitergruß, und ich grüßte zurück.

Am Stand der *Titanic* schenkte ich Fritz Weigle ein Exemplar der »Moselfahrten«, und er sagte: »Meine Verehrung.«

Wieso seine? Wenn es hier jemanden zu verehren gab, dann ihn!

Am Stand von *konkret* lernte ich den hochproduktiven Filmkritiker und Soziologen Georg Seeßlen kennen, dessen Bücher ich bereits als Minderjähriger verschlungen hatte, und auch er äußerte sich freundlich über mein doch noch recht schmales Werk. Als Quereinsteiger hatte ich anscheinend Aufnahme in die Republik der schöngeistigen Querulanten gefunden.

Andreas Schäfler lud mich zu einer Lesung des stalinistischen Dickschädels Karl-Eduard von Schnitzler ein, den die Edition Nautilus unter Vertrag genommen hatte. In der DDR war Schnitzler wegen seiner Agitprop-Sendung *Der schwarze Kanal* als »Sudel-Ede« berüchtigt gewesen.

Ich nahm Kathrin dorthin mit, und sie schlief mittendrin ein und wäre zu Boden geglitten, wenn ich sie nicht aufgefangen hätte.

Verdenken konnte ich es ihr nicht, denn was Schnitzler vortrug, waren Rechthabereien der muffigsten Sorte. Aus seiner Sicht war das Zentralkomitee der SED nicht an den eigenen Fehlern, sondern an einer Verschwörung der Monopolkapitalisten gescheitert.

In einem Wirtshaus stießen wir später wieder auf Michael und Christian und auch auf Achim und Heribert sowie auf Peter Knorr, einen Gründervater der *Titanic*, der in Eckhard Henscheids Roman »Die Vollidioten« als »Peter Knott« in Erscheinung getreten war. Eine lebende Legende.

Achim schwärmte wieder von den unvorstellbar großen Händen des Boxers Karl Mildenberger, das Bier floß in Strömen, ein Joint zirkulierte, und so ward aus Abend und Morgen mein vierter Messetag.

Das frühe Aufstehen überließ ich Michael. Ich kam erst gegen drei Uhr nach und erfuhr beim Begrüßungssekt, daß sie jemanden gefunden hätten, der den Verlag Weisser Stein ab 1993 in ganz Norddeutschland vertreten werde.

Es ging also aufwärts.

»Und zwar mit Karacho«, sagte Michael. »Wir expandieren!«

Am Haffmans-Stand machte er mich mit Eugen Egners Lektor Heiko Arntz bekannt. Eine gute Gelegenheit, über das Motiv der Wurst in Eugens Zeichnungen zu reden, über seine altmeisterliche Handschrift und über seine Prägung durch Jimi Hendrix, Robert Crumb und Kurt Kusenberg.

Wann traf ich sonst schon mal auf Kenner des Werks von Eugen Egner? Die sogar mit ihm befreundet waren?

Auf der brechend vollen Party des Verlags Eichborn riskierte man einen Hitzschlag, wenn man zum Tresen vorstieß, doch es half ja nichts: Es mußte Bier her.

Michael erzählte Marcus und mir, daß er sich als Jugendlicher massenweise Leckerschmecker in die DDR habe schmuggeln lassen. Und er sprach Dialoge des Komikerduos Badesalz nach: »›Pappa, wenn isch ma 'n Eis esse will, muß isch dann eischentlich zwei Bällsche esse oder drei?‹ – ›Mei Bub, du bist jetzt zweienvierz'sch Jahr alt und Elektroingenieur! Du kannst auch vier Bällsche esse!‹ – ›Na! Isch will ka vier Bällsche! Isch will nur wisse: Muß isch zwei Bällsche Eis oder drei Bällsche Eis esse?‹«

Der Zeichner Brösel und seine Freunde bildeten eine Clique für sich. Mir waren sie fremd. In die Welt der Motorradrocker mußte man hineingeboren sein; als Dreißigjähriger, der nie auch nur Mofa gefahren war, fand man dort keine Aufnahme.

Andreas Schäfler haute mir auf die Schulter und sagte, daß er Karl-Eduard von Schnitzler morgen mein Buch »Menschlich viel Fieses« schenken werde, und von fern her erscholl das krachende Lachen von Achim Greser.

Ein Freund von Claudia nahm sie und mich am Sonntag mit nach Berlin. Sie war etwas verkatert und nicht sehr gesprächig, aber irgendwo hinter Gießen äußerte sie beim Blick aus dem Fenster den Satz: »Ich würd mich hier jetzt gern auf den Acker schmeißen …«

Mir ging es ähnlich. Ich war durch den Wind. Und ich dachte an Jelena. Weshalb mußte diese Frau denn einen festen Freund haben? Der jedes neue Date unmöglich machte? Dieses elende Privateigentum an Menschen! Hörte das jemals auf? In zweihundert Jahren, dachte ich, wird es unseren Nachfahren hoffentlich ebenso unbegreiflich erscheinen wie unsereinem die Sklavenhaltung.

Zuhause erwartete mich ein Brief von Günther Willen:

Meine 93er Zukunft steht in den Sternen, eventuell werde ich Profi-Fußballer beim FC St. Pauli. Dazu Guru Franz: »Wir müssen alle umdenken.«

Oder als Spaßmacher auf Jahrmärkten weitermachen?

Ich packte meine Tasche aus und legte die Leonard-Cohen-CD auf. Einem der Songs schickte er die Bemerkung voraus, daß er ihn in einem schittrigen Hotelzimmer geschrieben habe: »The windows wouldn't close. The radiator wouldn't stop hissing. The faucet wouldn't stop its mythological drip into the destroying porcelain sink. I was with the wrong woman as usual. But as your Eastern physicians, Eastern metaphysicians know, just as from the darkest mud blooms the whitest lotus, so from the brownest hotel room you occasionally get a good song …«

Der weißeste Lotus, der aus dem schwärzesten Schlamm erblühte: Das war schön gesagt.

Der 37jährige Journalist Reinhard Mohr hatte ein Buch über seine Generation geschrieben (»Zaungäste. Die Generation, die nach der Revolte kam«), und der 32jährige Schriftsteller Maxim Biller feuerte im *Spiegel* dagegen die Vokabeln »Arschlöcher«, »Ärsche« und »Scheiße« ab. En passant haute er auch noch andere Prominente in die Pfanne:

Vielleicht macht es ja Spaß, sich zu erinnern, wie man sein ganzes, von Oma und Opa erschnorrtes Geld zu »2001« schleppte, um sich dort mit der Siebziger-Jahre-Volksempfänger-Kultur-Einheitskost von Peggy Parnass über Robert Crumb bis Franz Josef Degenhardt zu versorgen.

War er blau gewesen, als er das geschrieben hatte? Oder high? Welche Einheitskost sollten die Gerichtsreporterin Peggy Parnass, der Zeichner Robert Crumb und der Liedermacher Franz Josef Degenhardt dem Publikum jemals geboten haben? Und was hatte das alles mit dem »Volksempfänger« aus der Nazizeit zu tun?

»Biller kann man nicht ernst nehmen«, sagte Wiglaf, als wir abends bei Carola saßen. »Der macht einfach immer auf dicke Hose. Ganz egal, worum es geht ...«

Wir sahen uns dann Sigruns Dias an. Besonders gut gelungen waren die von Wiglafs Flirt mit Carola. Und die, auf denen er von Juliane erstochen wurde und ihm die Zunge heraushing.

In einem Reisebus eierte ich nach Hamburg und wurde von Günther Willen in der *Kowalski*-Redaktion dazu eingeladen, gemeinsam mit ihm eine Grabrede zu erfinden, die der Nationalspieler Lothar Matthäus auf den DFB-Chef Hermann Neuberger gehalten haben könnte. Wir legten gleich los:

Na gut, im Leben ist es wie im bezahlten Fußball, weil es dauert neunzig Jahre, und wenn es hochkommt, liebe Trauergemeinde, geht es in die Verlängerung und gibt Elfmeterschießen ...

»Find ich gut, daß hier die Kommasetzung und der Satzbau etwas holpern«, sagte Günther.

... aber der Hermann ist in diesem Fall ja leider praktisch sozusagen in der 75. Minute vom Platz gestellt worden, cazzo, ich meine, für uns Vollprofis ist das immer ein totaler Schock ...

Nachdem sich auch Michael Rudolf eingefunden hatte, aßen wir uns zu dritt bei einem von Günther ausgewählten »Redaktionsitaliener« satt und fuhren dann zur Reeperbahn, zu einem Club namens Molotow, wo gegen Mitternacht Michaels und meine erste gemeinsame Lesung steigen sollte.

Es hing dicker Zigarettenqualm in der Luft, und auf der Bühne lagen schedderige Matratzen, die von einer Sadomaso-Mitmach-

Show vom Vorabend stammten, wie man uns verriet, während sie weggeschleift wurden.

Außer Günther machte ich auch Andreas Schäfler, Yvonne Kuschel, Marcus Weimer, René Martens und Fritz Tietz im recht übersichtlichen Publikum aus. Und meine Kusine Alexandra, womit die Jeunesse dorée von Hamburg so ziemlich komplett war.

Mit seinen Glossen aus dem Osten hatte Michael es hier allerdings schwer. Wußten die Leute überhaupt, wo das Vogtland lag? Und wie das von Michael ausschweifend beschimpfte »Thüringer Rostbrätel« schmeckte?

Um sie aufzupeitschen, las ich ein paar Auszüge aus Konstantin Weckers Roman »Uferlos« vor:

Ich sah mich von Zimmermädchen umringt, die sich in kurzen Röcken staubwedelnd über mich beugten, lüsterne, nymphomane Zimmermädchen, die nichts anderes im Sinn hatten, als ihre Gäste zu beglücken, ich öffnete die Tür ein wenig, um sie anzulocken, ich phantasierte, daß ich sie mit Gewalt nähme, ich lag gut über eine Stunde und rieb mir den Penis wund, aber keine wollte mich, alle Mädchen Österreichs ließen mich allein mit meiner Gier und meinem Leidensgefährten, der sich aus Scham über seine Unfähigkeit nach innen rollte …

Nach einer guten Stunde zogen wir in das Absturzlokal Zum Silbersack um, wo es noch eine Weile hoch herging. Alexandra richtete mir Grüße ihrer Mutter aus und spendierte mir einen Doornkaat, Yvonne versprach mir viele schöne Zeichnungen für »Das erwachende Selber«, Günther fragte mich nach meiner Meinung zum 3:0-Kantersieg von Mainz 05 gegen den SV Meppen, und Fritz Tietz sagte, daß ihm bei den Romanpassagen von Wekker »so richtig schön wohlig schlecht« geworden sei.

Michael nächtigte bei Günther und ich bei Marcus in dessen Wohngemeinschaft in der Simon-von-Utrecht-Straße oberhalb einer ratternden Getränkeauslieferung. Dort zeigte er mir das für den nächsten Rattelschneck-Sammelband vorgesehene Titelbild: »Große Aktion: Kranke besuchen Gesunde«. Zu sehen war darauf ein Mann, der im Bett lag und mit einem Ausdruck starken

Mißbehagens einen pickligen, grüngesichtigen und sein häßliches Maul weit aufreißenden Besucher beäugte.

Ich kriegte einen Lachkrampf, der lange anhielt und immer wieder neue Schübe durch die blöden Worte »Große Aktion« und die kranke Fresse des Besuchers erhielt, und zu meinem Bedauern ging dabei der Stuhl zu Bruch, auf dem ich saß.

Im Zug nach Rostock, wo die nächste Lesung anstand, las ich den neuen *Merkur*. Karl Heinz Bohrer hatte sich Gedanken über den Mauerfall gemacht:

> *Als ich die Vorgänge der sogenannten Revolution in der DDR aus weitem räumlichen Abstand verfolgte, stieg in mir sehr bald der Verdacht hoch, daß etwas Entscheidendes unterblieben sei: Es fehlten Tote.*

Auf meine Frage, was er von dieser These halte, gab Michael mir die Antwort: »Na ja, wenn er meint …«

Was ich durchs Abteilfenster von Mecklenburg sah, gefiel mir, weil es so beschaulich wirkte, aber Rostock fand ich abschreckend ostblockig. Heruntergewirtschaftet, ungastlich, farblos und eckig.

Im Mau-Club wiesen uns die Lesungsveranstalter für die Übernachtung ein unbeheizbares Zimmer mit kahlen, schmuddeligen Matratzen zu. Durch ein Loch im Fenster pfiff der Wind, und im Badezimmer floß kein Wasser aus dem Kopf der Dusche. Verschärfend kam hinzu, daß wir nach der Lesung im Mau-Club eingesperrt werden sollten, weil kein Schlüssel für uns übrig war. Am Donnerstagmorgen werde man uns wieder rauslassen …

Zum Trost stand eine Schnittchenplatte für uns bereit.

Die Bühne wurde gerade gefeudelt. Zuletzt war dort, wie man uns mitteilte, in einer Show ein Huhn geschlachtet worden.

Die Lesung ließ dann aber nichts zu wünschen übrig. Volle Hütte, große Heiterkeit, zufriedene Gesichter, und eine Frau fragte mich, ob ich auch einmal in ihrem Jugendklub in Bad Doberan lesen wolle. Vielleicht Ende November? Sie könnten mir jedoch nur wenig Geld anbieten. 150 Mark oder so. »Würde das reichen?«

Ich sagte zu und folgte Michael in den Keller des Mau-Clubs, wo eine »Grotesk-Rock-Disko« stieg.

Du hast den Farbfilm vergessen, mein Michael,
Nun glaubt uns kein Mensch, wie schön's hier war, haha, haha …

Auf dieser Party tobte tanzlustiges Volk, während wenige Meter weiter Gläser und sogar Stühle zerbrachen.

Michael schleppte zwei große Krüge Bier herbei und sagte, daß wir in der Wohngemeinschaft jener fröhlichen Damen logieren könnten, die uns von der Theke aus zuprosteten. Bei denen gebe es angeblich auch noch was zu trinken. Wir müßten nur unsere Reisetaschen holen.

Ich war einverstanden. Was mir Sorgen bereitete, war dann allerdings der Fahrstil der betrunkenen Frau am Steuer des Trabis, in dem wir saßen, und es beruhigte mich nicht, daß die ebenfalls betrunkene Beifahrerin sagte: »In Rostock kann nichts passieren. Es gibt ja fast keinen Verkehr!«

Die WG war irgendwo in der Augustenstraße. Anders als versprochen gab es dort jedoch kein Bier mehr, sondern nur Tee und Gras, was aber auch in Ordnung war. Alles besser als die Gefangenschaft im verlausten Mau-Club.

Ich schlief angemessen breit auf dem Sofa in den Armen einer Frau namens Anke ein und wurde morgens davon wach, daß sich eine Katze auf mein Gesicht setzte.

Leider beging ich einen Fauxpas, als ich Anke beim Frühstück nach ihrer Telefonnummer fragte, denn darauf antwortete sie nur: »Auf einen Telefonanschluß warten wir hier schon seit anderthalb Jahren.«

Im Zug trug ich Michael ein schauerliches Zitat von Friedrich Schorlemmer aus der Ostberliner *Wochenpost* vor:

Das Alles-haben-Wollen verdeckt allzuschnell das Nichts-mehr-Sein.

»Ja«, sagte Michael, »diese Schnulzenpastoren werden uns noch alle unter die Erde bringen!«

Ich konnte in Berlin aussteigen, und er mußte bis Greiz weiterreisen. Für ihn waren das alles in allem neun Stunden Bahnfahrt. Hatte darüber jemals ein Lesungsbesucher nachgedacht?

Eugen Egner klagte brieflich über seinen Küchenboiler:

Er zerfasert und blättert aus, was er kann. Kalk, Tropfstein, Verrottung, Zerrüttung – und der Hahn tropft. Im Bad ebenso. Und am Waschbecken (im Bad) hat mein Vater vor einiger Zeit Armaturen-Drehknäufe (Lautstärkeregler) angebracht, die fast ganz rund geschliffen sind und sich dem Zugriff nasser oder gar seifiger Hände hartnäckig & total widersetzen. Solche Herren (Heimwerker) wissen eben alles besser und dulden keinerlei Einspruch. Da heißt's also sparen und einen Klempner ins Haus bestellen.

In meiner Wohngemeinschaft gab es ähnliche Probleme: In der Küche war das Abflußrohr des Spülbeckens dicht, das Klosett hatte einen Halskatarrh, und an der Badezimmerdecke breitete sich ein Schimmelpilz aus, über den man wahrscheinlich nicht mehr länger als zwei oder drei Jahre hinwegsehen konnte.

Damit Juliane und ich den Fotoroman betexten konnten, entlieh ich von Carola einen Dia-Betrachter, der sich leider als zu murkelig erwies. Ein Projektor mußte her. Bis sich aber telefonisch jemand fand, der es wagte, seinen Projektor einem Taxi anzuvertrauen, vergingen Stunden, und das um 22 Uhr schlußendlich angelieferte Gerät hatte seine Tücken: Es verschluckte die Dias und gab sie nur unter Gewaltanwendung wieder frei, wobei es auch noch beängstigend knirschte.

Willy Brandt war tot. Vor meinem geistigen Auge sah ich noch die »Willy wählen«-Anstecker aus dem Bundestagswahljahr 1972. Die Reptilien vom rechten Flügel der CDU / CSU hatten ihn als den »Verräter Frahm« tituliert, weil er unehelich geboren worden war, unter dem Namen Frahm, und im Zweiten Weltkrieg gegen das »Dritte Reich« konspiriert hatte, anstatt so wie jeder gute Deutsche in die NSDAP einzutreten und Leningrad zu belagern.

An Nicholson Bakers Telefonsexroman »Vox« hatte ich keine Freude. Der hätte nicht »Vox« heißen sollen, sondern »Langatmiges Gefasel über Nippel, Masturbationssignale und Spermastrahlen«. Aus jeder Zeile sprach die Absicht des Autors, der amerikanischen Gesellschaft einen Spiegel vorzuhalten. Nein, schlimmer noch: Baker hatte nur die Literaturkritiker dazu bringen wollen, ihm zu bescheinigen, daß er der amerikanischen Gesellschaft einen Spiegel vorhalte. Der Roman selbst interessierte ihn gar nicht.

Von der Gedenkbibliothek kriegte ich die dritte Mahnung für zwei Bücher, die ich niemals ausgeliehen hatte, und es kostete mich anderthalb Stunden, die Sache zu klären. Wahrscheinlich ein Computerfehler. Noch ein paar mehr von der Sorte, und ich hätte einen Nervenarzt konsultieren müssen.

Nachdem Kathrin, Herr Rutschky und ich uns im Babylon Clint Eastwoods düsteren Western »Unforgiven« angesehen hatten, sagte Herr Rutschky uns beim Bier, daß er sich im Schöneberger Rathaus in die Kondolenzliste für Willy Brandt eingetragen habe.

Eine staatsbürgerliche Handlung, deren Sinn sich mir nicht erschloß. Wer schaute sich denn jemals diese Kondolenzliste an? Wurde die nicht in irgendeinem Kellerregal ad acta gelegt, um dort ungelesen dem Hitzetod des Planeten Erde entgegenzudämmern?

Am Telefon las Wiglaf mir am Sonntag vor, was der altgediente Journalist Peter Boenisch, der einst als Chefredakteur der *Bild*-Zeitung durch Tümpel aus Blut und Sperma gekrault war, in Springers *B. Z.* zum Tod von Willy Brandt geschrieben hatte:

Unsere Zukunft hängt davon ab, ob die Brandts oder die Hitlers in uns weiterleben.

»Da fragt man sich doch, was mit dem Boenisch in uns allen ist«, sagte Wiglaf.

»Zum Boenisch in mir bin ich höhnisch«, sagte ich, obwohl ich keinen Boenisch in mir erkennen konnte. Geschweige denn einen Brandt oder gar einen Hitler.

Meine »Moselfahrten« schickte ich auch Lydia zu. Ich hatte lange nichts mehr von ihr gehört, aber eine innere Stimme sagte mir, daß Lydia etwas an mir gelegen war.

Deine Seele, die die meine liebet,
Ist verwirkt mit ihr im Teppichtibet …

Das hatte ich schon in Oldenburg gespürt, vor Jahren, bei ihren ersten Besuchen in der ärmlichen Kemenate, die Andrea und ich dort bewohnt hatten.

Philipp machte Streß: Die Kaffeemaschine, schrie er, sei hinüber, unten im Klobürstenständer habe er eine tote Maus gefunden, das Küchenspülbecken sei immer noch verstopft, und bei der letzten Telefonabrechnung seien mehr als einhundert Mark offen, zu denen sich keiner bekenne. »Und anscheinend bin ich der einzige in dieser Klapsmühle, der jemals losgeht und Klopapier einkauft! Habt ihr das alle gehört, ihr Scheißer?«

Als er die Wohnungstür hinter sich zugeknallt hatte, wandte Sigrun sich mit der Frage an Nicola und mich: »Glaubd ihr, daß der sich wiedr einkriegd? Odr wird er uns gloi allesamd umbringa?«

Jochen beschwichtigte uns: »Wir hatten nur gerade Terz mit einem unserer Auftraggeber. Das geht vorüber. Kein Grund zur Sorge! Der Philipp fängt sich schon. Vielleicht hat er auch zwei oder drei Linien zuviel gesnifft …«

Der Schriftsteller Matthias Altenburg bestritt im *Spiegel*, daß heute weniger gelesen werde als früher.

Und schließlich, was heißt schon Lesekultur? Als wäre es besser, wenn die Kids Kempowski lesen, anstatt mit ihren Kumpels ein pfiffiges Videospiel zu spielen. Als würde in einer einzigen Folge »Alf« nicht mehr Phantasie stecken als in tausend Seiten des schreibenden Schulmeisterleins.

Was sollte das? Walter Kempowski hatte an einer Dorfschule unterrichtet und Romane geschrieben, aber wieso war er deshalb ein schreibendes Schulmeisterlein? Hätte man Matthias Altenburg dann nicht mit dem gleichen Recht als schreibendes Kritikerlein bezeichnen dürfen? Auch wenn damit kein Erkenntnisgewinn zu verbuchen gewesen wäre?

Mit Kempowski machten es sich viele seiner Gegner sehr leicht. Sie verwiesen auf seinen ehemaligen Brotberuf und glaubten, damit bereits alles gesagt zu haben: Dorfschullehrer, haha! Noch dümmer war es allerdings, von einem »Schulmeisterlein« zu sprechen, wenn man einen Lehrer verspotten wollte.

Für die Zeitschrift *Sportkritik* wünschte sich der Journalist Martin Krauß telefonisch von mir einen Aufsatz über den *Kicker*. »Eine Seite ungefähr. Das wären hundertzwanzig Zeilen à achtunddreißig Zeichen. Und es gibt leider nur dreißig Pfennig pro Zeile. Also insgesamt ein besseres Abendessen …«

Das war es mir wert. Zuerst mußte ich aber noch für den *Tip* die Unterhaltungssendung *Ein Kessel Buntes* rezensieren, eine von der ARD übernommene Erblast aus der DDR. Den Tiefpunkt bildete ein Auftritt von Harald Juhnke, der sich als trauriger Clown aufspielte. »Ein heimlicher Wunsch vielleicht manchmal vom Harald – ein Clown sein«, sagte der Moderator Karsten Speck, und dann legte Juhnke los:

Clown sein, eigene Schwächen erkennen
und zeigen, daß es sie gibt,
Clown sein, schüchtern und zärtlich benennen
alles, was lebt, was man liebt …

Seit wann waren denn Clowns für ihre Schüchternheit und Zärtlichkeit bekannt? Ich hatte immer nur welche gesehen, die dümmlich herumschrien und Scherzeinlagen auf Höhlenmenschenniveau darboten.

In Chemnitz trugen Michael Rudolf und ich unsere Texte im Café ex Libris rund sechzig jungen Menschen vor. Von denen mit Ypsilon-Chromosom sahen viele obenrum so aus wie vor nicht allzu langer Zeit amnestierte Gulag-Sträflinge, die sich unter Qualen von Nowosibirsk nach Mitteleuropa durchgeschlagen hatten. Im Beitrittsgebiet schien dieser Plätenflaum groß in Mode zu sein.

»Laß sie doch«, sagte Michael. »Die finden das eben tofte, so einherzustolzieren wie Iwan Denissowitsch …«

Der freundliche Veranstalter nahm uns in seinem Auto quer durch die wie ausgestorben wirkende Stadt zu einer Kellerwirtschaft mit, in der es nur Flaschenbier gab, und als wir zu unserer Unterkunft geschlingert kamen, bei einem alten Freund von Michael, lagen dort in einer kalten Stube auf dem Fußboden zwei Schlafsäcke für uns bereit.

Eine harte Schule, diese Lesereisen.

Michael döste, als wir mit der Bahn nach Greiz reisten, und ich las Eckhard Henscheids neuen Prosaband »Kleine Poesien«.

Eine Kuh in gedeckten Farben zeigte sich vorgestern an der B 85, konnte aber nicht viel ausrichten.

Yeah.

Gerd König chauffierte uns abends mit waghalsiger Geschwindigkeit von Greiz nach Plauen, wo wir im spärlich besuchten Malzhaus lasen. Wie sollte man ein so winziges Publikum in einem so großen Saal in Wallung bringen? Die leeren Stühle entzogen einem Energie, und selbst die bewährtesten Pointen verpufften ergebnislos.

Da hätten auch ein paar Spione ihm feindlich gesinnter Lyriker gesessen, sagte Michael, als alles überstanden war, und der Veranstalter meinte, daß wahrscheinlich mehr Leute gekommen wären, wenn Deutschland nicht gleichzeitig gegen Mexiko gespielt hätte. »Das erste Länderspiel in einem der neuen Bundesländer!«

Eine gute Ausrede, falls wir uns wieder mal als Kassengift erwiesen. Konkurrenz durch König Fußball hatte man ja immer.

Während Frank Zappa & The Mothers of Invention auf uns einlärmten, plünderte Michael bei unserer Nachbesprechung in Greiz seine Bierreserven. Die Eingeborenen aus dem Vogtland hätten alle einen Hau, sagte er. Völlig irre sei es in den ersten Wochen nach der Öffnung der innerdeutschen Grenze gewesen. Da hätten manche nach einem Ausflug in den Westen gesagt: »Sogor dos Gros is drieben griener wie hier!«

Das kam nun allerdings auch mir so vor: Im Osten waren die Grünflächen mit einem Grauton untermischt, der auf die Stimmung drückte. Gar nicht zu reden vom bröckelnden Anstrich der Hausfassaden, sofern sie einen hatten, und den zerlumpten Einwohnern, die so elanlos herumschlappten wie Goofy in Entenhausen.

Weil es sonst keine freien Plätze gab, hielt ich mich auf der Fahrt nach Berlin im Speisewagen an einem Glas Bier fest und las Stephen Kings Roman »In einer kleinen Stadt«, in dessen Finale der Erzschurke in einer Kutsche gen Himmel entfloh:

Die Speichen der Räder versprühten gespenstische Farbblitze, als die Räder – und die Hufe des schwarzen Pferdes – vom Pflaster abhoben …

Das war das Schlechteste, was ich je von Stephen King gelesen hatte. Eine im Gewitter verschwindende Kutsche, huh, wie unheimlich!

Wiglaf hatte mir einen Artikel aus der *Weltbühne* gefaxt, in dem eine ostdeutsche Autorin namens Charlotte Worgitzky ihn und mich als arrogante und zynische »Worteschmeißer« bezeichnete, die zur »Verrohung der Sitten« beitrügen. Außerdem behauptete sie, daß ich in meinem Buch »Menschlich viel Fieses« dem Politiker Wolfgang Ullmann fälschlich den Vornamen Günter gegeben hätte. Was ich jedoch nicht getan hatte: Sie selbst hatte Wolfgang Ullmann mit Günter Ullmann verwechselt. Sollte ich dagegen vorgehen?

»Diese Krähe würde ich einfach weiterkrähen lassen«, sagte Wiglaf mir am Telefon. »Alles andere wäre zuviel der Ehre …«

Und schon wurde es wieder Zeit für einen Großeinkauf in Meppen, um die väterlichen Scheuern aufzufüllen. Über das Übliche hinaus wünschte Papa sich diesmal einen Nußkopfschraubenzieher, worunter ich mir absolut nichts vorstellen konnte. Wenn man dem Heimwerkertum abhold war, stand man nun einmal nicht auf du und du mit Nußkopfschraubenziehern.

Papa schnalzte mit der Zunge. »Dann erkundige dich eben im Geschäft!«

»Und wo gibt's diese komischen Dinger?«

»Bei Mayrose, du Hornochse!«

Die Erfahrung hätte ihn eigentlich lehren müssen, daß nicht alle Menschen Diplom-Ingenieure waren, aber jede Konfrontation mit dieser Tatsache brachte ihn aufs neue aus der Fassung.

Was ich an der Meppener Umgehungsstraße am wenigsten mochte, waren die Abfahrten, die wieder in die Stadt hineinführten. Dem lobenswerten Zweck, Meppen zu umgehen, dienten nur die Auffahrten und die Umgehungsstraße selbst.

Es hatten sich Berge schmutzigen Geschirrs angehäuft, denn die Spülmaschine war natürlich immer noch kaputt. Eine Folge der Do-it-yourself-Ideologie, die auf drei Leitsätzen beruhte: Niemals einen Handwerker engagieren! Alles selber machen! Und im Falle des Scheiterns trotzdem keinen Handwerker engagieren!

Papa machte mir Vorhaltungen wegen meines Haarkleids: Ich sähe aus wie ein Terrorist!

Dabei frisierten die sich doch wie Bankangestellte, um nicht aufzufallen.

Aus dem Madison Square Garden wurde spätabends in der ARD das 30th Anniversary Concert zu Ehren von Bob Dylan übertragen, aus Anlaß seines Bühnenjubiläums, mit allen möglichen Superstars, und ich ging davon aus, daß Papa sich nach zwei, drei Nummern trollen werde, doch er blieb in seiner Sofaecke sitzen, obwohl ihm die Darbietungen, wie ich seinen Kommentaren entnehmen konnte, keineswegs zusagten: »Ich weiß nicht, was du an dieser Hottentottenmusik schön findest ...«

Sinéad O'Connor wurde ausgebuht, weil sie kurz zuvor in einer amerikanischen Fernsehshow ein Bild des Papstes zerrissen hatte.

Ein Pianist spielte die ersten Takte des Songs »I Believe in You«, aber sie winkte ab und schrie irgendein Protestlied, und dann nahm Kris Kristofferson sie in die Arme.

Aus dunklen oder mir jedenfalls unbekannten Gründen hatte sich auch Sinéad O'Connor den modischen Gulag-Look verpassen lassen. Jahrgang 1966 war sie. Hätte sie die Pubertät nicht hinter sich haben müssen?

Als nach Stunden endlich Dylan selbst auftrat, mokierte Papa sich über dessen »Genuschel« und holte dann zu einer neuen Generalabrechnung mit Mama aus, die sich eingebildet habe, das Haus in der Dammstraße in zwei Hälften hacken und sich nach fünfunddreißig Jahren Ehe einfach so aus der Verantwortung stehlen zu dürfen. »Frei nach der Devise, daß das Glück immer anderswo ist. Aber bei dieser Philosophie fällt mir der Hammer aus der Hand!«

Auch Volker und ich bekamen unser Fett weg und desgleichen Renate und Wiebke, die viel mehr aus sich hätten machen können …

Ja, hätten wir nur alle auf Papa gehört, den cleversten Berufsberater der Neuzeit! Den weisen Großmummrich, der seine eigene Arbeit zeitlebens gehaßt hatte!

Your sons and your daughters
Are beyond your command …

Er konnte es nicht begreifen, daß wir andere Wege gingen als er selbst, obwohl das doch die natürlichste Sache der Welt war.

Am Samstag mähte ich in Meppen den Rasen. Dann dampfte ich ab und stattete Lydia in Oldenburg einen Kurzbesuch ab. Bei Tee und Teilchen unterhielten wir uns in ihrer Küche darüber, ob die Erleuchtung erstrebenswert sei oder nicht.

Ihr sei das völlig egal, sagte Lydia. Wenn sie meditiere, habe sie kein Ziel vor Augen. Und als ich sie dazu einlud, mich in Berlin zu besuchen, gab sie mir zur Antwort: »Wenn ich komme, dann spontan.«

Ahnte sie, wie scharf ich auf sie war?

Und weiter nach Jever zu Omas gutem Bohneneintopf und zwei Partien Malefiz, die sie beide gewann, weil ich aus Mitgefühl mit ihr unter meinen Möglichkeiten gespielt hatte.

»Hurra!« schrie sie nach dem zweiten Sieg und reckte ihre Arme in die Höhe. »Jetzt bin ich auch mal obenauf!«

Nachdem sie sich schlafen gelegt hatte, delektierte ich mich an einer halbvollen Packung Mon Chéri aus dem Büfett und ließ mich lieber vom Fernsehprogramm anöden als vom örtlichen Saturday Nightlife. Oder hätte ich noch ausgehen sollen?

Nope. Ich hatte oft genug gesehen, was sich samstagnachts in Jever tat. Das war nicht meine Welt.

In Berlin fand ich am Sonntagabend nur einen einzigen Brief vor, doch er stammte immerhin von Jörg Schröder:

Noch meinen Dank für ›Menschlich viel Fieses‹, habe immer mal wieder drin gelesen, geht schön auf die richtigen Pappnasen, nur habe ich leider den Eindruck, daß die nichtsdestotrotz ewig ungehindert so weitersülzen.

Damit hatte er wahrscheinlich recht. Aber hätte ich mich deswegen nicht mehr einmischen sollen?

Ich schwänzte Herrn Rutschkys Lesezirkel, denn dort wurde jetzt das Werk »Moral und Hypermoral« des Philosophen Arnold Gehlen analysiert, und es reizte mich nicht, über die Ideen eines Idioten zu reden, der 1933 ein Treuebekenntnis der deutschen Professoren zu Adolf Hitler unterzeichnet hatte. Dafür war mir meine Lebenszeit zu schade.

»Schon gehört, daß Petra Kelly tot ist?« fragte Jochen mich, als ich das Eisfach von zwei überalterten Fischstäbchenpackungen befreite.

Die Friedensaktivistin Petra Kelly und ihr Freund, der Bundeswehrgeneral a. D. Gert Bastian, waren in ihrer gemeinsamen Wohnung in Bonn tot aufgefunden worden. Die Spuren deuteten darauf hin, daß Gert Bastian Petra Kelly im Schlaf erschossen und danach sich selbst getötet hatte.

Wie war sie überhaupt dazu gekommen, sich als Pazifistin an einen Generalmajor zu binden, der in seiner Wohnung Schußwaffen hortete?

Im *Kicker* wurde der christdemokratische Sportfunktionär Gerhard Mayer-Vorfelder als »Querdenker« vorgestellt. Ein Attribut, mit dem sich mittlerweile jeder Töffel schmückte …

Ha – vom Finanzamt Kreuzberg kriegte ich 22 Mark zurücküberwiesen! Sauber. Und ich hatte es auch bitter nötig. Mir ging gerade wieder das Geld aus.

Nun war auch Günther Willen computerisiert:

Mein Notebook (oder sagt man Laptop?) ist schon 3 Tage alt. Ein Elektrogeschäft kam uns Anfang der Woche mit einem leckeren Angebot, ein IBM-Notebook (40 MB, bramm, bramm) zum »Alles-muß-raus-Preis« von 1500 Mark. Tusch und Narhallamarsch. Der Rest ist schnell erzählt. Word rein, Drucker her. Wird jetzt alles gut?

Es sah nicht danach aus, denn Eugen Egners Waschmaschine drehte durch:

Mein Vater mußte sie kürzlich unter Aufbietung aller Körperkräfte am gewaltsamen Umstülpen hindern, als er gerade zufällig dazukam, wie sie machtvoll den Schleudergang einleitete und alles unter sich zu begraben drohte. So ritt er während des gesamten Ganges auf ihr und hielt sie im Zaum. Zuletzt war ein zerbrochenes Plastikklötzchen von 5 x 5 cm Ausmaßen schuld an allem. Wie Du schon sagtest: Natur, Natur!

Diese Briefe, die vielleicht auch einmal die Kulturhistoriker interessieren würden, heftete ich gewissenhaft ab.

Als meine Barschaft nur noch sechzig Pfennig betrug, konnte ich der Sparkasse über den Dispo hinaus noch einmal hundert Mark abluchsen, doch auch damit kam ich nicht weit. Zumal in wenigen Tagen die Novembermiete fällig war. Und ich hatte ganz gewiß nicht auf der faulen Haut gelegen.

Der *Spiegel* zitierte, was der grüne Politiker Lukas Beckmann in das Kondolenzbuch für Petra Kelly und ihren mutmaßlichen Mörder Gert Bastian geschrieben hatte:

Liebe Petra
Lieber Gert
Warum jetzt
Warum so früh
Warum ohne Abschied
Warum ohne ein Wort
Ihr bleibt ja und seid doch fort
seid fort und bleibt doch

Da erkannte man die Erich-Fried-Schule: Firlefanz mit Zeilenbrüchen.

Im selben Heft stellte Beckmanns Parteifreundin Antje Vollmer einen gewagten Vergleich an:

Das Leben der Petra Kelly bot sich an, den Mythos der Grünen zu verdichten wie der Körper von Janis Joplin, um die Geschichte der Rockmusik darauf zu schreiben.

Ein unergründlicher Satz. Ganz gleich, wie lange man ihn drehte und wendete, um ihn von allen Seiten zu erforschen: Er ergab keinen Sinn.

Zum Tod von Petra Kelly und Gert Bastian hatten die Spitzenvertreter der Grünen nichts zu sagen. Sie konnten nur lallen. Es war beschämend.

Während ich für *Kowalski* eine Reportage über Poltergeister aus dem Boden stampfte, sah ich mit einem Auge Stan und Ollie dabei zu, wie sie James Finlayson im ZDF als undisziplinierte Legionäre zur Raserei brachten.

Ob diese 1935 entstandene antimilitaristische Filmkomödie wohl auch einmal Adolf Hitler vorgeführt worden war? Das hätte ich gern gewußt. Und welche Kommentare er und die anderen Nazigrößen dazu abgelassen hatten.

Sigrun bekam Besuch von zwei Kusinen aus dem Schwabenland und kochte für uns alle eine »Flädlesupp«, deren Geruch sich selbst in den Handtüchern im Badezimmer verfing.

»Was hast du da denn für Gewürze reingedonnert?« fragte Philipp.

»Gar ned mol so viele«, sagte Sigrun. »Lorbeerbläddr, Kerbl, Nelka, Muskadnuß, Bedersilie, Schniddlauch ond Esdrago …«

»Ond du bisch Schrifdschdellr?« fragte mich eine von Sigruns Kusinen. »Wos schreibsch noh so? Romane odr ehr Sachbüchr?«

Sie waren ja lieb, diese Menschen, aber ich lebte auf einem anderen Stern.

In der *Titanic*-Rubrik »Humorkritik« wurde mein Buch »Menschlich viel Fieses« von Hans Mentz, hinter dessen Pseudonym sich alle möglichen Autoren verbargen, einerseits gelobt und andererseits mit einem falschen Titel versehen:

> *»Heute«, lese ich in Martin Schlossers extrem empfehlenswertem Buch »Unmenschlich viel Fieses« (Edition Tiamat) über die im nachhinein geradezu unglaublich schleimigen und schmierigen Pastoralpoesienklänge (Bohley, Eppelmann u. v. a.) anläßlich der deutschen Neuvereinigung, »heute habe ich eine riesengroße Scham.«*
>
> *»Habe«, lese ich wenig später im Abort des Regensburger Hauptbahnhofs, »einen riesengroßen Schwanz.«*
>
> *Wenn die beiden jetzt noch zusammenfinden und heiraten könnten, wäre der neuerlichen Neuvereinigung wieder »ein Stück weit« (Engholm, Eppelmann u.m.a.) weitergeholfen.*

Der Stil ließ darauf schließen, daß Eckhard Henscheid der Verfasser war.

»Das ist ein Ritterschlag«, sagte Jochen. »Jetzt hast du's geschafft.«

Ja, von wegen! Ich war pleite.

That's a funeral in the mirror
And it's stopping at your face …

Ich klagte Klaus Bittermann mein Leid, und er stellte mir als Vorschuß einen Scheck in Höhe meiner Monatsmiete aus. Und Sigrun lieh mir etwas Geld, so daß ich mir am Freitagabend bei der Lesung von F. W. Bernstein und Max Goldt in der Galerie am Chamissoplatz mehr als eine Flasche Bier leisten konnte.

Horch – ein Schrank geht durch die Nacht,
voll mit nassen Hemden …
den hab ich mir ausgedacht,
um euch zu befremden.

Auf F. W. Bernsteins lustige Verse ließ Max etwas verzwicktere Texte folgen. Er war nicht auf leichte Lacher aus und noch weniger auf schwere, und trotzdem brachte er das Publikum ständig zum Lachen.

Ebenso paradiesisch wie in der Galerie war es anschließend im Heidelberger Krug. Dort hob auch der große Michael Sowa sein Glas und stieß mit mir an, und Max lud mich dazu ein, am Sonntagabend im Schöneberger Varietétheater Scheinbar eine Show des Entertainers Phil Tägert zu besuchen.

Danach besaß ich gerade noch genug Geld für eine Schachtel Zigaretten.

»Da isch oi Lesungsveranschdalderin für di am Abbarad«, sagte Sigrun.

Es war die Frau aus Doberan: Sie wollte wissen, ob es Martin-Schlosser-T-Shirts gebe, die sie bei meiner Lesung verkaufen könne.

Ideen hatten die Leute!

Ich schraubte an der Neufassung des Romans »Das erwachende Selber« herum, und am Sonntagnachmittag rief ich Max an und sagte ihm für den Abend ab, weil ich bankrott war. Nach Schöneberg hätte ich schwarzfahren müssen, und ich wollte niemanden mehr anschnorren.

Max erklärte mich für verrückt.

Philipp hatte den neuen *Spiegel* gekauft. Darin äußerte der Kritiker Hellmuth Karasek, daß Eckhard Henscheid in seinem neuen Prosaband »Trauerarbeit« leiste.

Diesem Urteil widersprach ich in einem kleinen Text für den *Tip*. Wenn es jemals einen Schriftsteller gegeben hatte, auf dessen Arbeiten das kitschige Etikett »Trauerarbeit« nicht paßte, dann war es Henscheid.

Ein Anruf aus der *Kowalski*-Redaktion: Isabella Gröhn sagte, daß sie mir demnächst einen Scheck über 500 Mark schicken könne. Mehr sei nicht drin.

Besser als nichts! Und ich hatte dann noch den guten Einfall, einige ungeliebte Werke von Luise Rinser, Uta Ranke-Heinemann & Co. zum Antiquariat Büchereck zu tragen. Das ergab immerhin fünfzig Mark.

In dem brandenburgischen Dorf Dolgenbrodt war der Neubau eines Asylbewerberheims niedergebrannt worden.

»Ach was«, sagte Philipp. »Das lag bestimmt an 'nem Kurzschluß im Heizlüfter oder so. Man weiß doch, wie ausländerfreundlich die Brandenburger sind! In Dolgenbrodt nehmen sie die Asylbewerber jetzt sicherlich in Privatwohnungen auf …«

Vom Verlag der *Titanic* kriegte man sein Autorenhonorar prompt – DM 124,12 erhielt ich für meine zwei Briefe im Oktoberheft –, und verblüffenderweise trudelte am Dienstag auch schon der *Kowalski*-Scheck ein.

Immer, wenn du denkst, es geht nicht mehr …

Es wäre verfrüht gewesen, einen Geldspeicher zu bauen, aber der akute Notstand war überwunden.

Sonderbares ging mit Eugen Egner vor:

Seltsam, ich habe plötzlich wieder brustlanges Haupthaar, aber nur aus Schatten! Die können wenigstens nicht fettig werden und ausfallen – oder hat man je von fettigen Schatten gehört oder von Schattenausfall?

Jedem neuen Wort, das er der deutschen Sprache schenkte, merkte man an, daß es keine Chance hatte, in den Duden aufgenommen zu werden. Das traf nicht nur auf den »Schattenausfall« zu, sondern auch auf Kreationen wie »Kaboina« oder den »Hänsel-Begretungsbecher«, die keinem anderen Menschenhirn hätten entspringen können.

Beim Ausräumen der Geschirrspülmaschine erzählte Nicola mir, daß sie als Waldorfschülerin einmal erlebt habe, wie das selbstgemalte Bild eines Mitschülers von der Lehrerin durchgerissen worden sei, vor den Augen der gesamten Klasse, weil er einen Filzstift verwendet hatte.

Waren diese Anthroposophen nicht alle miteinander geisteskrank? Welcher gesunde Mensch zerfetzte denn aus ideologischen Gründen die Zeichnung eines Kindes?

Ein Kärtchen von Max:

Da hast du ja was sehr Schönes verpaßt. Durch eigene Blödheit! Ich war nämlich bei Phil, zusammen mit einem sehr netten Herrn! Ich bin vor Amüsement bald geplatzt, besonders als Phil ein Skelett als »Totengerüst« bezeichnete.

Tja. Das Argument, daß ich kein Geld mehr für ein U-Bahn-Ticket besessen hatte und erst recht kein Schwarzfahrerbußgeld, war anscheinend nicht durchgedrungen.

Carola Rönneburg hätte gern von mir eine Reportage über ein Krisentelefon für geschiedene Männer gehabt, doch dafür eignete ich mich nicht. Was hätte ich da auch schreiben sollen, ohne vorher lange Gespräche mit krisengeschüttelten Männern und krisentelefonbewährten Psychologen zu führen? Gott behüte!

Für den *Tip* dachten Wiglaf und ich uns stattdessen eine öffentliche Brabbelei zwischen dem brandenburgischen Ministerpräsidenten Manfred Stolpe und dem Bergprediger Franz Alt aus, und weil wir gerade im Schwung waren, texteten wir für die *Titanic* noch einen Song mit kleinen Versatzstücken aus den Büchern von Franz Alt:

Komm in mein' Wigwam,
zieh mich am Bim-Bam,
wir teilen gemeinsam Verantwortung.
Wir zeigen uns Nähe
vom Kopf bis zur Zehe,
das fördert die christliche Menschwerdung.

Mit einem eingestreuten Sprechgesang:

Baby, wir werden niemals Wegwerfsex miteinander haben. Niemals werden wir einen Mangel an Intimität verschleiern. Oh, no, no! Alles, was wir zum Uns-Liebhaben brauchen, habe ich doch dabei, Schatz: 45 Zentimeter Ethik …

Den »Wegwerfsex« hatte Alt in einem seiner Bücher gerügt, ohne jedoch zu erläutern, was er damit meinte. Die Position a tergo? Den Geschlechtsverkehr zwischen Menschen, die einander nicht unbedingt auch ins Grab folgen wollten? Oder jede sexuelle Handlung, die nicht im Einklang mit dem Katechismus der katholischen Kirche stand?

Ich fand es ungehörig, den Sex anderer Leute zu rezensieren.

In den Fernsehnachrichten war eine enttäuschte Amerikanerin zu sehen, die Bill Clinton nach seiner Wahl zum Präsidenten als »Slick Willie« beschimpfte.

Mir gefiel nur seine Frisur nicht, aber nach acht Jahren mit Ronald Reagan und vieren mit George Bush durfte man nicht geschmäcklerisch sein. Und war schließlich nicht jeder demokratische Präsidentschaftskandidat vertrauenswürdiger als sein republikanischer Gegenkandidat?

Da ich mir sonst keinen Rat mehr wußte, schrieb ich den *konkret*-Herausgeber Hermann L. Gremliza persönlich an, »betreffs Not« (eine Formel von Karl Valentin), und erkundigte mich nach dem Verbleib meiner Honorare. Die letzte Zahlung war irgendwann im ausgehenden Mittelalter erfolgt …

»In der Fuldastraße«, sagte Kathrin, als sie mich mal wieder besuchen kam, »hab ich gestern einen jungen Mann mit Gipsbein gesehen, und dieses Gipsbein, ich glaube, es war sein rechtes, nein, sein linkes, genau, sein linkes Gipsbein hatte er in einen Reebokturnschuh gezwängt und den Schuh dafür überall aufgeschnitten, ziemlich souverän, da waren praktisch nur noch Sohle und Schnürsenkel dran!«

»Ja, und?«

»Reebokschuhe sind ganz, ganz teuer!«

»Ach so.«

Diesen Dialog schrieb ich auf und faxte ihn an *Kowalski*. Auch so konnte man Geld verdienen. Natürlich nur unter der Voraussetzung, daß der Verlag Semmel das Tal der Tränen hinter sich ließ.

Achim Greser hatte mir ein paar selbstgezeichnete »Frauenstudien nach dem Gedächtnis« geschickt: eine Oma mit Rechen, eine Eule mit Busen, eine Dame mit vier Brüsten, eine mit Schnurrbart, eine mit durchgestrichenem Pimmel und eine, die im Stehen pinkelte.

So liebte ich meinen Posteingang!

Im Fragebogen des *FAZ-Magazins* gab Friedrich Schorlemmer an, daß er bei Männern »Offenheit« und »Mannes-Mut« am meisten schätze, bei Frauen hingegen »Besonnenheit« und »Sanftmut«. Und wer oder was wollte er sein?

Ein Rosenstrauch.

Aber war er das nicht bereits? Ein plappernder Rosenstrauch, der sich für einen Pfarrer hielt?

Es war Mamas dritter Todestag, und ich rief Papa an, der aber wieder nur über Volker schimpfte. Immer die gleiche Leier: Volkers Motorrad, Volkers Computer, Volkers dies und Volkers das. Als hätte ich das alles nicht schon tausendmal gehört.

»Wie geht's dir denn selbst?«

»Mir würde es besser gehen, wenn ich wüßte, daß meine Söhne was aus sich machen und nicht bloß in den Tag hineinleben! Von was anderem bin ich erst dann überzeugt, wenn ihr mir eure Studienabschlußzeugnisse vorweist!«

Nach einer Verschnaufpause rief ich auch in Jever an. Da nahm Renate ab und sagte, daß sie gerade mit Wiebke im Dannhalmsweg sei. »Und Oma ist beim Taschentücherbügeln umgefallen und hat sich den Arm gebrochen. Jetzt liegt sie im Sophienstift, aber es geht ihr gut …«

Taschentücherbügeln! Wer, außer Oma Jever, ließ sich denn zu sowas noch herbei?

Ich blätterte in Kafkas Tagebüchern. Sein Eintrag vom 2. August 1914:

Deutschland hat Rußland den Krieg erklärt. – Nachmittag Schwimmschule.

Das brachte mich auf den Gedanken, im Provinzjournalistenstil einen Report über eine moderne Schwimmschule zu schreiben, in der die Schüler durch zufallsgeneratorengesteuerte Mahlstromstrudel in eine Tiefe gerissen würden, die einer Belastung von umgerechnet mehr als 700 Kilogramm Gewicht und Druck pro Pore entspreche. Ich ließ auch den Betreiber der Schwimmschule zu Wort kommen:

»Klar, daß das an die Nerven geht«, gibt sich der bärtiger Freizeitgolfer keinen Illusionen hin. »Und genau dafür bezahlen die Leute ja bares Geld! Das ist Adventure, Leisure, Überleben in Extremsituationen.« Während er spricht, werden vier Leichen an die Wasseroberfläche gespült. »Das ist noch gar nichts«, entzieht der gebildete Kickbox-Fan etwaigen Spekulationen den Boden. »In der Schwimmschule Saarbrücken haben wir im Risikobecken einmal unangekündigt Kolibakterien ausgesetzt und Feuerquallen mit einem Radius von neunzehn Metern. Was glauben Sie, wie den Schwimmschülern da auf einmal die Flatter ging! Das war Erlebnisfun in Hochkultur.«

Ob sich dieser Stoff für die *Titanic* eignete?

Carola, Kathrin, Marcus, Max und ich saßen im Benno-Ohnesorg-Theater, als Michael Stein und Wiglaf den Autor Franz Dobler zu Gast hatten.

»Der Terrorismus alter Prägung hat abgedankt – zu Recht«, sagte Wiglaf. »Versuchen Sie doch heute einmal, zum Beispiel den Regierenden Bürgermeister Eberhard Diepgen zu kidnappen und ein angemessenes Lösegeld – ein kleines Glas Gurken – zu erpressen. ›Der Staat bleibt hart!‹ würde es Ihnen entgegenschmettern, ›Wir lassen uns nicht erpressen!‹, sogenannte Parteifreunde würden Sie händeringend anflehen, den Mann nicht wieder freizulassen – billiger werden die ihren Sondermüll nie los, und Sie hätten denen auch noch die Arbeit abgenommen …«

Im Saal kippten leere Bierflaschen um und klöterten über den Boden, was keine passende Begleitmusik zu einer Lesung bildete, aber in Berlin war Benehmen eben Glückssache.

Den stärksten Beifall fand Wiglafs Frage: »Haben Sie jemals versucht, eine Kommandoerklärung der RAF ins Deutsche zu übersetzen?«

Aus irgendeinem Grund zog Marcus sich beim Trinken nach der Lesung einen Schuh aus und ließ mit Hilfe eines Feuerzeugs eine Stichflamme über seinen Strumpf wandern.

»Puh«, sagte Carola und hielt sich die Nase zu.

Dann kaufte Marcus einem Rosenverkäufer eine Rose ab und aß die Blätter auf, während Wiglaf mir drei »Bonusphrasen« in sein Phrasenbuch schrieb:

Der Weg ist das Ziel.

Die kochen auch nur mit Wasser.

Schönen Gruß vom Getriebe.

Mir fiel auch noch eine Phrase ein: »Man hat's nicht leicht, aber leicht hat's einen.«

»Und das Leben ist eines der schwersten«, sagte Wiglaf.

Am Montag streckte mich wieder eine Erkältung nieder. Ich war heiser wie die Türangeln einer transsylvanischen Kerkerpforte und lag fiebernd, hustend und schwitzend im Bett.

Einmal schickte ich Jochen aus, mir die neue CD von Bob Dylan zu besorgen (»Good As I Been To You«), doch die baute mich nur ansatzweise wieder auf, und ein andermal trichterte Sigrun mir Hustensaft ein: »Dabfr schlugga! Und mach ned so a G'sichd!«

Sonst war bis Mittwoch nichts los.

Aber wenigstens ging es Eugen gut:

Wieder zurück von einem Herbstspaziergang der gehobenen Gemütsklasse. Wunder über Wunder, Laub & Luft. So lieben wir's.

Ach, guter Martin, wie ging mir das Herz wieder auf (bildlich gesprochen), als wir so gingen und ich bei mir dachte: »Da bin ich in der Welt mit eigenem Bart, einer Frau, die mich trägt, und einer lieben Arbeit daheim, die mich nährt und mir Freude verschafft und Ruhm draußen in der Welt. Früher habe ich nur geträumt von so was. Dank! Dank! Dank an den Weltgeist, die Heinzelmännchen oder Mutter Erde, vielleicht auch sonstwen / was.«

So versöhnlich kannte ich ihn gar nicht. Weder seinen Mitmenschen noch einem höheren Wesen gegenüber. Was war in ihn gefahren?

Kathrin stattete mir einen Krankenbesuch ab, und ich diktierte ihr ein paar Briefe, die sie mit »Krankenschwester Kathrin« unterschrieb.

Ich hatte immer noch einen wattigen Kopf. Und Rückenschmerzen von der langen Liegerei.

An Schlaf war tagsüber nicht zu denken. Draußen heulten Sägen und Motoren, irgendwelche Flegel schlugen auf die Mülltonnen im Hof ein, und dann kraddelten auch noch Helikopter über dem Haus herum.

In meiner Not hinkte ich zu Edeka und kaufte mir eine Flasche Pernod als Betäubungsmittel.

Ein neuer Scheck von *Kowalski* über 1341 Mark? Sehr gut. Doch ich war selbst am Freitag noch zu matt für einen Gang zur Sparkasse. Irgendwas Kantiges pochte in meiner Stirnhöhle. Und natürlich dachte keiner aus meiner WG daran, mir etwas Eßbares ans Bett zu bringen.

Come, heavy Sleep, the image of true Death;
And close up these my weary weeping eyes ...

Wieso hauste ich überhaupt noch in dieser abgeranzten Wohngemeinschaft?

Am Samstag ließ Philipp eine Karte von Max Goldt auf mein Bett segeln.

Gute Besserung, aber ich bin viel kränker als du. Und ich mußte glühend und tropfend und röchelnd 2 Ruhrgebietslesungen machen. Und einen ganzen Tag im verregneten, sturmgebeugten Recklinghausen totschlagen. Alle Glieder brüllten. Dazu Zahnschmerzen (wg. Erkältung)! Heute Totengerüstschmerzen (eine Rippe meckert). Und keine Kathrin Passig legt mir ununterbrochen essiggetränkte, geküßte Schwämmchen auf den Brustkorb. Wie ungerecht.

Geküßte Schwämmchen? Das wäre mir aufgefallen. Mir hatte noch nie eine Frau geküßte Schwämmchen auf die Brust gelegt. Und auch kein Mann.

»Welche Sau hat das hier zu verantworten?« fragte Lizzy, als ich auf dem Weg ins Badezimmer war, und hielt mit spitzen Fingern eine aus den Untiefen des Kühlschranks geklaubte Packung Hackfleisch hoch. »Total verfault, das Zeug! Bekennt sich jemand schuldig?«

»Wer's als erster hat gerochen, dem ist's hinten rausgekrochen«, sagte Jochen, woraufhin Lizzy mit der Packung nach ihm schmiß, aber ohne Erfolg: Er duckte sich, und die Packung klatschte an die Wand und platzte auf.

Philipp meinte, daß das doch ganz praktisch sei: »Jetzt brauchen wir kein Gift mehr für die Mäuse auszulegen. Vergammeltes Hackfleisch tut's auch ...«

Es war wie in einem Kindergarten ohne Aufsichtspersonal.

Carola brachte mir neue Rezensionsexemplare vorbei. Am brisantesten schien Katharina Rutschkys Buch »Erregte Aufklärung« zu sein, in dem sie einigen Mitgliedern zum Schutz von Kindern gegründeter Vereine wie Zartbitter Köln e. V. und Wildwasser e. V. Berlin vorwarf, in der Debatte über die richtigen Mittel im Kampf gegen den sexuellen Kindesmißbrauch die Hysterie zu schüren und mit maßlos überhöhten Hysterie-Dunkelziffern zu operieren. Dabei fehlte es auch nicht an Breitseiten gegen die geistig erstarrten Fraktionen der Frauenbewegung:

Das Leben ist ungerecht und Unglück alltäglich, und wer daran heute etwas ändern will, muß auch noch auf den letzten Rest von Messianismus oder gesellschaftskritisch-feministischem Wischiwaschi verzichten können.

Die Bereitschaft, sich Feinde zu machen, gehörte zu Frau Rutschkys ehrenwertesten publizistischen Tugenden. Sie suchte Streit, und den bekam sie auch.

Nachdem ich mich wieder berappelt hatte, lüftete ich das Zimmer, wechselte die Bettwäsche und desinfizierte mich mit Grappa. Wie neugeboren fühlte ich mich zwar nicht, aber entschlackt, und bis der Morgen graute, druckte ich »Das erwachende Selber« aus und schickte den Roman am Montagvormittag an Michael Rudolf ab. Sowie an Yvonne Kuschel.

Zu seinem 65. Geburtstag gratulierte ich Papa nur schriftlich. Wenn man ihn anrief, wußte man nie, in welcher Form er war und wie lange das Gespräch sich hinzog.

Außerdem hatte ich noch vieles andere zu regeln: Ich wollte Lydia besuchen und sie von Oldenburg nach Berlin locken, aber vorher wollte ich Andrea aus ihrer Kommune im brandenburgischen Belzig nach Greiz locken.

Sein neues, von Haffmans verlegtes Buch »Der künstliche Mann«, eine apokalyptische Bildergeschichte, hatte Eugen Egner mir mit der Widmung zugesandt:

Für Martin Schlosser, den Gottvater der beschränkt abziehbaren Sonderausgaben, den Überwinder des verbleibenden Vorwegabzugs und den Ahnherrn der Zahnrad-Schokolade unter Berücksichtigung des Friseusenkompatiblen in der Musik der höheren Stände

von seinem hiermit öffentlich als Schmier- und Repariermichel denunzierten zeitweiligen Berufskollegen und Widmungsspezialisten

Eugen »Deckweiß« Egner

am Puppensonntag 1992

Die Schwerverkäuflichkeit merkte man dem Buch auf den ersten Blick an. Ich fand es zwar prächtig, aber mich fragte ja keiner, und der Massengeschmack unterschied sich von meinem eigenen radikal.

Aus einem zeppelinförmigen Joint, den Jochen mir auf dem Fernsehsofa anbot, nahm ich einen tiefen Zug und schied infolgedessen für zwei Stunden aus dem Arbeitsleben aus. Der Kreativität zuträglich war Dope nur indirekt, indem es das Seelenleben durch surreale Schlüsselreize bereicherte.

Michael Rudolf bekundete telefonisch Interesse an meinem Frühwerk »Die gnadenlose Jagd«, das ich als Grundschüler verfaßt hatte. Da hefteten sich zwei Geheimagenten an die Fersen des Schwerverbrechers Fred Kalkutta und seiner Bande. Unter Geheimagenten hatte ich mir damals Männer vorgestellt, die privat Gesetzesbrechern hinterherspionierten und dieses Hobby geheimhielten. Völlig wortgetreu hätte man die Geschichte nicht veröffentlichen können, aber ich versprach Michael eine leicht überarbeitete Fassung und fing gleich damit an. Die Geheimagenten, die in der Originalversion John und Robert hießen, taufte ich in Achim und Heribert um, und schon hatte ich wieder ein neues Werkstück in Arbeit.

Gegen den üblichen Müll auf dem Frühstückstisch war ich abgestumpft, aber als ich dort zwischen den Kippen in einem der Aschenbecher einen blutigen Tampon erblickte, riß mir der Geduldsfaden, was jedoch keine Konsequenzen hatte, weil gerade niemand da war, dem es aufgefallen wäre.

Das Personenverzeichnis in Arno Schmidts unvollendetem Roman »Julia, oder die Gemälde« begann mit bedrückend plumpen Einträgen:

Mutter Hedwig (›Hedda‹) / (48) mittelgroß, üppig, geil …

Und:

Sohn Nino (19) / sitzengebliebener Primaner, lange Haare kurzer Verstand …

Da verging mir bereits die Lust aufs Weiterlesen. Was konnte mir der alte Schmidt denn noch erzählen? Er hatte sich abgeschottet und seine festgefügten Meinungen gepflegt. So wie Papa jetzt in Meppen.

In Schmidts Roman trat auch ein Kastellan auf, was mich auf die Idee brachte, für *Kowalski* in einem vorsätzlich unbeholfenen Stil eine Reportage mit dem Titel »Der Neujahrsball der Kastellane« zu schreiben, in der es drunter und drüber ging:

In einem Nebenzimmer hatte Kastellan Ungureit unterdessen eine Tischtennisplatte aufgestöbert. Mit einem Gejohle wie von fünftausend Indianern stürzten sich die Kastellane auf dieses neue Objekt des Vergnügens, und wenig später war im gesamten Umkreis nur noch das pappige Klackern der Tischtennisbälle und das Keuchen der Spieler zu vernehmen. Kastellan Moritz schnitt die Bälle immer ganz gemein an, so daß sie schon mit Drall in einer komplizierten Kurve angeflogen kamen, und wenn sie aufsetzten, sprangen sie in Richtungen, die absolut kein bißchen vorauszusehen waren. Darüber kam es zu einem Disput, der damit endete, daß Kastellan Moritz mit einer Blechschere die Nasenwurzel gezogen wurde …

Es wunderte mich selbst, daß ich von sowas leben konnte. Wenn auch nicht so wie Rockefeller oder Gunter Sachs.

Bei einem Spaziergang am Landwehrkanal traf ich auf Sigrun, und sie berichtete mir von den Zuständen im Urbankrankenhaus: Eine Freundin von ihr sei dort mal eingeliefert worden, mit entzündetem Blinddarm, und auf der Station habe sie sich mit Hepatitis angesteckt. »Und weil noh die Röndgenbildr verwechseld worda sind, hädn sie ihr faschd no die Fias ambudierd …«

»In der Charité kann man übrigens für zweihundert Mark einer Sektion beiwohnen«, sagte ich, weil ich nichts anderes zum Thema Krankenhaus auf Abruf hatte. »Wäre das nicht was für dich?«

»Häschd du no alle Dassa im Kaschda? Ehr laß i mi bgraba!«

Sie lachte und stieß mich an, und einen Augenblick lang dachte ich, daß sich daraus etwas zwischen uns entwickeln könnte, aber dann verfiel sie in Schweigen und schritt stumm neben mir her.

Wie sie meinte. Mir war alles recht. Wenn die Dinge nicht von selbst in Fluß kamen, sollte man sie liegenlassen.

Wolfgang Schneider bat mich um einen Kommentar zu den meschuggenen Nachrufen auf Petra Kelly und General Bastian. Dabei wartete ich nun schon seit Februar auf mein Geld von *konkret* …

Aber gut. Vielleicht konnte ich die Zahlungen durch einen neuen Textbeitrag beschleunigen.

Spätherbst in Berlin: eine mißliche Sache. Erst recht, wenn man Spätaufsteher war und die Abenddämmerung bereits beim Frühstück anbrach. Setzte dann auch noch der symptomatische Berliner Labberregen ein, ging man am besten gleich wieder ins Bett.

Doch was war das? Ein Brief von Christian Schmidt?

»Die Schwimmschule« findet nicht nur bei mir Gnade; man beginnt hier in der Redaktion bereits, darüber nachzudenken, ob sie tatsächlich – mit Kürzungen – gedruckt werden kann. Drücke Dir also die Daumen.

Christian schien in der *Titanic*-Redaktion mein energischster Fürsprecher zu sein.

Ich legte mich nun doch noch einmal hin, aber dann kreuzte plötzlich Kathrin Passig auf und erzählte mir was: »Es gibt ja Waschmaschinen, wo man vorne alles reintut, die heißen Frontlader, und dann gibt's Waschmaschinen, wo man alles oben reintut, und so eine hab ich von meiner Großmutter geerbt. Na ja, und da is' so ein Deckel dran, den man ganz abmachen kann, und das hab ich auch getan, und dann hab ich die Waschmaschine eingeschaltet. So fünf Minuten lang hat sie auch noch gewaschen, aber dann hat sie bloß noch ›Ump! Ump!‹ gemacht. Ich bin dann vor der Waschmaschine gestanden und hab ihr zugesehen, wie sie ›Ump! Ump!‹ gemacht hat, aber dann hab ich den Deckel auf dem Tisch liegen gesehen. Da hab ich sie ziemlich schnell ausgeschaltet. Ich hab das Wasser abgepumpt und die Waschmaschine umgedreht, weil ich wußte, was man da macht, das is' nämlich Hayo mal mit seiner eigenen Waschmaschine passiert, nur der mußte sie dann aufflexen, daß sie ausgesehen hat, als hätte der Zweite Weltkrieg drin stattgefunden. Jedenfalls hab ich die Maschine dann umgekippt, die war scheißeschwer, und das Wasser is' nur so rausgelaufen, obwohl ich vorher abgepumpt hatte, und ich bin dann immer zwischen der dreckigen Wäsche und der Waschmaschine hin- und hergelaufen und hab die Wäsche um die Maschine rumgelegt, und dann ging es damit weiter, daß ich am Bauch gelegen bin und den Deckel wieder aufgesetzt hab, und dann, verflucht, ich mußte ja vorher alle Wasserschläuche und so abmachen, weil man die Maschine sonst nicht umkippen kann, und nachher hab ich die Dichtung nicht wiedergefunden … ach, das ging noch ewig weiter!«

»Gut. Du sagst das jetzt noch einmal auf, aber so langsam, daß ich mitschreiben kann. Dann faxe ich das nach Hamburg, und deine überübernächste Mietzahlung ist gesichert.«

Aber doch wohl nur, wenn *Kowalski* in drei Monaten noch zahlen könne, sagte Kathrin. Sie habe da was anderes gehört.

Meine Lesung in Bad Doberan schien unter einem Unstern zu stehen: Die Zugtoiletten waren alle siffig wie sonstwas – zur Verminderung der Bazillenübertragungsrate wandte ich beim Verriegeln der Tür einen Zangengriff aus Zeige- und Mittelfinger an –, Eiseskälte lastete auf dem Land, und der Jugendklub, in dem ich lesen sollte, hatte noch geschlossen, als ich dort erschien.

Ich fand dann ein Restaurant, in dem man ein Ratsherrensteak mit Bratkartoffeln und Champignons, zwei Bier, ein Bananensplit, einen Kaffee und zur Abrundung ein Gläschen Küstennebel für mich bereithielt, aber als ich mir danach an der frischen Luft die Beine vertrat, wurde ich von einer Eule angegriffen: Ohne daß ich ihr etwas getan hätte, stürzte sie auf mich herab und hieb mir ihren Schnabel auf den Kopf. Wozu nur?

Wessi in Mecklenburg-Vorpommern von Ossi-Eule attackiert!

Weil keine Verstärkeranlage vorhanden war, geriet mir die Lesung zur Brüllung, doch das machte nichts – die jungen Leute lachten, der Whiskey floß, und ich sagte aus dem Stegreif Gedichte von F. W. Bernstein auf:

»Obazahlnischkannnnnischmehr!«

»Das waren siebzehn Bier, der Herr!«

Ein schöner Abend.

Ratzen mußte ich dann auf dem Sofa des Jugendklubwirts und für die körperlichen Verrichtungen ein im Garten erbautes Plumpsklo aufsuchen. Damit man sich dort nicht den Hintern abfror, lag auf dem hölzernen Klodeckel ein ganzer Berg Stoffmatten.

Die Frau des Wirts nahm mich am nächsten Tag im Auto nach Berlin mit, weil sie da sowieso irgendwas zu tun hatte, und steckte mir unter der Hand einen Hunderter zu: »Weil's mir so gut gefallen hat. Aber sag's nicht weiter.«

Ich doch nicht!

Wolfgang Schneider hatte mir, wie angedroht, die Kopien einiger Nachrufe auf Petra Kelly und Gert Bastian zugeschickt.

Trauer und Bestürzung. Tiefe Betroffenheit. Ich bin schockiert und fassungslos über die Tragödie, die zu dem tragischen Tod geführt hat.

Eine Äußerung der grünen Spitzenpolitikerin Claudia Roth, die offensichtlich weder wußte noch wissen wollte, inwiefern sich ein Mord und ein Selbstmord von einem tragischen Tod unterschieden.

Aus der *taz* stammte der Satz über Petra Kelly:

Die Vision vom Kinderplaneten verband sie mit einer Unzahl von Einzelschritten.

Blöder ging es wirklich nimmer, aber öliger. Dafür hatte die *Bild*-Zeitung gesorgt:

Sie und ihr zarter Körper haben gekämpft für eine bessere, eine wärmere Welt.

Also für einen schnuffigen »Kinderplaneten«. Der Umstand, daß Petra Kelly sich mit einem Irrsinnigen eingelassen hatte und von ihm im Schlaf erschossen worden war, kam in den Nachrufen nur ganz am Rande vor.

Lydia rief an: Sie freue sich auf mich und werde dann gern am Freitag mit mir zusammen von Oldenburg nach Berlin fahren. »Damit ich mir da mal deine komische WG ankucken kann …«

Lydia! In meinen Händen! Wie lange hatte ich schon darauf hingelebt?

Ask me and I will play
All the love that I hold inside …

Und auch mit Andrea lief es rund: Sie könne mich, wie sie mir am Telefon sagte, am Montag in Belzig einsammeln und mit mir in ihrem Volvo nach Greiz tuckern und am Mittwoch von Greiz nach Oldenburg. Es paßte alles zusammen.

»Haschd du im Loddo gwonna?« fragte Sigrun mich, als wir uns in der Küche begegneten. »Du siehschd aus, als wärsch im siebenda Himml!«

In dem Rumpumpelzug nach Belzig las ich den *Spiegel*. In einem Artikel ging es um die Frage nach der Dunkelziffer sexueller Verbrechen an Kindern:

»Alle Zahlen sind Fiktion«, urteilt Katharina Rutschky. Sie sollen die Gesellschaft »anfällig machen für eine ganz und gar phantastische Welt, in der die Sexualität der Feind Nummer eins im Leben der Kinder (und Frauen) ist«.

Die Entwicklung habe, sagt Autorin Rutschky, außerdem ökonomische Effekte. Seit der sexuelle Mißbrauch diskutiert wird, expandieren auch die »einschlägigen Forschungsvorhaben und therapeutischen Einrichtungen.«

Eine neu etablierte »Wissenschaftsindustrie« verstehe es »sehr eindrucksvoll, öffentliches Interesse und öffentliches Geld zu mobilisieren«. Hunderte von frisch diplomierten Psychologinnen und Sozialarbeiterinnen haben in den Beratungsstellen für sexuell mißbrauchte Kinder einen festen Arbeitsplatz gefunden.

Diese Sätze würden Frau Rutschky gewaltigen Ärger eintragen. Das konnte man auch ohne Wahrsagekugel vorhersehen.

Andreas Schönheit hob sich strahlend von der elendiglich verlotterten Belziger Bahnhofskulisse ab. Selbst im dritten Jahr nach der Wiedervereinigung hatten die Leute dort noch keine frische Farbe aufgetrieben, keinen Mörtel und auch sonst nichts, was der Ruine ihres Bahnhofs aufgeholfen hätte. Aber vielleicht wollten sie ja, daß er den Reisenden signalisierte: Besucher unerwünscht!

»Und? Gute Fahrt gehabt?«

»Geht so ...«

Da auch der Rest der Stadt so aussah wie der Bahnhof, schloß ich lieber die Augen.

Wo es in Richtung Greiz ging, hatte Andrea bereits ausbaldowert.

»Und wie war's im ZEGG?«

»Oh, da könnte ich dir Sachen erzählen«, sagte sie und biß vor Lachen fast ins Lenkrad. »Nee, nee, ich hab ja so manches erlebt, aber sowas dann doch noch nicht ...«

An einem Workshop zum Thema »Gewaltfreie Kommunikation« hatte sie teilgenommen und sich die Freistunden mit Sex versüßt. »Die Leute im ZEGG wollen halt die ganze Welt durch freie Liebe revolutionieren. Die sagen, daß Eifersucht genauso zur Liebe gehöre wie Asthma zum Atmen ...«

Sie reichte mir einen ZEGG-Flyer, auf dem auch etwas Interessantes stand: Auf der Suche nach sexuellen Kontakten werde so viel Benzin verfahren, daß man die Befreiung der Sexualität schon aus ökologischen Gründen fordern müsse.

»Die wollen irgendwie ein planetarisches Feld schaffen, um die Menschheit zu retten. Ich weiß, das hört sich spinnert an, aber mir hat's da echt gut gefallen. Viele hacken auch völlig ahnungslos auf dem ganzen Projekt herum und behaupten, daß das ZEGG 'ne Sekte sei oder so und daß man da 'ner Gehirnwäsche unterzogen werde oder so. Allen voran natürlich die Reporter von der Klatschpresse ...«

Je mehr Andrea aus dem ZEGG erzählte, desto schärfer wurden wir beide, obwohl der ständige Blick auf die mausgraue Infrastruktur der neuen Bundesländer Brandenburg und Thüringen weißgott nicht erotisierend wirkte. Als wir es nicht mehr ertrugen, fuhr Andrea auf einen Seitenweg, und wir trieben es auf dem Beifahrersitz. In dem engen Auto war das ein recht mühseliges Geschäft, aber es mußte sein.

Michael und Ina Rudolf beköstigten uns mit gebratenen Pilzen aus eigener Ernte. Am Wochenende hatte Michael viele Stunden lang gemeinsam mit Fritz Weigle an dessen großem Bilderbuch »Der Blechbläser und sein Kind« gearbeitet, mit dem der Verlag Weisser Stein saniert werden sollte, aber wir sprachen auch über so kunstferne Dinge wie Mikado, Seitenstechen, Blumenkohl, Raumfahrt, Stierkampf und die mögliche Übernahme des Warenhauskonzerns Woolworth durch den Warenhauskonzern Kaufhof. Woolworth wünschte ich ja alles Schlechte, seit ich dort als Zehnjähriger einmal beim Ladendiebstahl ertappt worden war.

Als Titelmotiv für »Das erwachende Selber« wollte Michael ein Mandala nehmen. »Eins dieser buddhistischen Muster, von denen man Kopfweh kriegt …«

Andrea wandte natürlich ein, daß sie noch nie von einem Mandala Kopfweh bekommen habe. Das war sie sich schuldig.

In der Kleinstadt Mölln in Schleswig-Holstein hatten Neonazis mit Molotowcocktails zwei Häuser in Brand gesetzt, in denen türkische Familien wohnten. Zwei Mädchen und ihre Großmutter waren in den Flammen umgekommen.

Und was tat Helmut Kohl? Unterbrach er seine Regierungsgeschäfte, um nach Mölln zu fliegen, der Familie zu kondolieren?

»Da kannste lange drauf warten«, sagte Michael.

Nachdem ich mit Andrea durch den matschigen Greizer Park spaziert war, nahm ich ein Wannenbad mit Schafgarbenkraut und Mandelöl aus den häuslichen Beständen und las Martin Henkels lustiges Buch »BLUFF auch mare ignorantiae«, in dem er die These vertrat, daß Arno Schmidt nur ein halbgebildeter Hochstapler gewesen sei. Henkel wies ihm eine stattliche Menge von Schnitzern nach: Wortverwechslungen, Schreibfehler, Zirkelschlüsse, Taschenspielertricks und Tatsachenverdrehungen sonder Zahl. Aber was hatte Henkel dazu verlockt, sich so genau in Schmidts Werke einzulesen? War es nicht doch der Lustgewinn gewesen, den die Lektüre abwarf?

Leider fanden wir kein Gesprächsthema, das uns alle gleichermaßen in den Bann schlug. Andrea fing ein paarmal von gewaltfreier Kommunikation und Kundalini-Yoga an, aber das konnte ich unterbinden, und sie selbst blockte ab, als Michael zu einem Rapport über Helmut Krauses jüngste Visite in Greiz ausholte. Und so legten wir uns gegenseitig lahm.

Umleitungsbedingt verfranzten wir uns am Mittwoch heillos in der thüringischen Ekliptik und konnten erst nach einer langen Irrfahrt und lauten Diskussionen über die korrekte Route wieder Kurs auf Oldenburg nehmen.

Um den Eros war es da geschehen. Ich hatte meine Hand schon kurz vor Gera von Andreas Oberschenkel gelöst, und auf den verbleibenden fünfhundert Autobahnkilometern redeten wir nicht mehr viel.

Unsere Gastgeberin Lydia wunderte sich etwas über unsere Wortkargheit. Sie war gerade 24 Jahre alt geworden und sprühte vor Lebensfreude, aber ich ging lieber gleich zu Bett.

I ain't sayin' you treated me unkind
You could have done better but I don't mind …

Mit Lydia würde ich mich hoffentlich besser verstehen als mit Andrea, der alten Zicke.

Morgens holte ich uns Brötchen vom Bäcker und von Aldi noch zwei, drei Kiwis und bekam sofort wieder Gegenwind: Kiwis seien giftig, behaupteten Andrea und Lydia unisono. »Weißt du das denn nicht?«

Fürs erste war ich da bedient, und ich ging allein in die Stadt, die gute alte Carl-von-Ossietzky-Buchhandlung besuchen, das Antiquariat Buchstabei und einen Plattenladen, in dem ich die neue CD von Leonard Cohen vorfand. »The Future«. Sein erstes Lebenszeichen seit vier Jahren.

Idiotischerweise besaß Lydia aber keinen CD-Player, und beim Abendessen, einem frugalen Mahl aus Tofuklößen in Gemüsebrühe, giftete Andrea wieder herum, was für ein schlechter Beifahrer ich sei.

Sollte ich mich mit ihr zoffen? An Lydias Eßtisch?

Nein. Doch. Nein. Ich schnappte mir meine CD und verduftete.

In einer Kneipe namens Rote Nase orderte ich ein Bier und einen Genever. Ich war der einzige Gast. An allen Wänden hingen Gemälde von Manfred Deix, dem Großen, und der Wirt, ein Freak mit Schirmmütze, legte meine CD auf.

Give me back my broken night
My mirrored room, my secret life …

Genau. Andrea sollte sich jetzt mal vom Acker machen.

Ich ging auch noch ins Kino: Walt Disney, »Die Schöne und das Biest«. Als der verwunschene, in einem monströsen Tierkörper gefangene Prinz sich kummervoll über seine magische Rose beugte, das verblühende Symbol der Liebe, die er erringen mußte, erinnerte er mich an Papa vor seinem Meppener Altar aus Mamas Jugendbild und der Silbervase mit der einzelnen Rose, und da war ich wehrlos gegen die aufsteigenden Tränen. Zumal der Schloßflügel, in dem sich die magische Rose befand, ebenso verwahrlost wirkte wie Papas Werkstatt.

Für Disneys Biest gab es ein Happy End, aber worauf konnte Papa noch hoffen?

Beim Frühstück versöhnte ich mich mit Andrea, doch ich hätte nicht sagen können, daß ihre Abreise mich traurig stimmte.

Jetzt waren Lydia und ich ganz unter uns. Für die Autofahrt nach Berlin hamsterten wir Knabberwaren bei Aldi, und ich bedang mir vier bis fünf Zigarettenpausen aus, da ich in Lydias Wagen nicht rauchen durfte.

Fast fünfhundertfünfzig Kilometer lang kribbelte es in meiner linken Hand, aber ich traute mich nicht, sie Lydia, die am Steuer saß, auf den Oberschenkel zu legen, obwohl ihr zweifellos klar war, daß uns mehrere Nächte unter einer gemeinsamen Bettdecke bevorstanden und ich mir davon mehr als die Vertiefung einer platonischen Freundschaft erhoffte.

Wir unterhielten uns jedenfalls glänzend über Gott und die Welt, bis Lydia in die Graefestraße einbog, in der leider kein Parkplatz frei war. Einmal, zweimal, dreimal um den Block herum: Wir konnten den Wagen nirgendwo abstellen. Erst am Hermannplatz fand Lydia eine kleine Parklücke, setzte rückwärts hinein, stellte den Motor aus, zog die Handbremse an, schnallte sich ab, warf sich mir in die Arme, gab mir einen Kuß auf den Mund und sagte: »Geschafft!«

Während Lydia sich in der Wohnung umsah, las ich meine Post. Eugen Egner war zum Gärtner mutiert:

Meine Eltern haben den halben Garten an uns abgetreten, was natürlich freudige Außen-Auspizien für uns bedeutet. Bäume und Büsche werden wir pflanzen, wohl auch hin und wieder mit närrischem Grinsen Mützchen im Garten tragen.

Und Helmut Krause schrieb jubilierend von seinen Erlebnissen in Greiz:

Unter der fürsorglichen Gesamtleitung Michaels wagten wir uns am Abend des Samstags in die Diskothek, wo ein paar letzte, zum optimal nixnutzigen Zeitvertreibe wüst Entschlossene aufs gar entfesseltste einen draufmachten: mit Karaoke + Trallalla, – fast so selig ins Hirn geschissen wie hier in meiner Wahlheimat. Ein über alle Maßen und Maßkrüge schicklich tanzender Frohsinnler dominierte unaufdringlich die Tanzfläche so einwandfrei allein kraft der Grazie seines Tuns – kraft der Souveränität seiner Fußarbeit und seines gegen die Musik anarbeitenden Parlierens mit seinen wechselnden Tanzpartnerinnen, daß Michael ihn glattweg vom Fleck zum »Großinvestor« ernannte und adelte – gewißlich in der Zone ein Prachttitel von gar imperialem Hochglanz …

So gründlich wurde ich von meinen Freunden informiert. Und es war auch der neue *Merkur* angelangt. Mit meiner Polemik gegen Günther Anders.

Unseren Hunger stillten wir im Restaurant Amaretto, und dann lud ich Lydia dazu ein, sich an meiner Seite in der ARD den Spielfilm »Ein seltsames Paar« anzusehen: Jack Lemmon und Walter Matthau als Streithammel in einer Männer-WG. Ich drehte den auf meinem Schreibtisch stehenden Fernseher herum, damit wir den Bildschirm vom Bett aus vor Augen hatten.

Auf den Film konnte ich mich aber nicht konzentrieren, weil ich meinen linken Arm um Lydia gelegt hatte und sie unter der Decke mein linkes Bein betastete. Ich hätte Jack Lemmon und Walter Matthau zwar gern einmal wieder bis zum Ende zugesehen, aber gegen so etwas kamen selbst die besten Schauspieler nicht an.

Lydia erhob keinen Einwand dagegen, daß ich eine Zigarette rauchte, die neue CD von Leonard Cohen auflegte und die Repeat-Taste betätigte.

O baby I waited
So long for your kiss
For something to happen,
Oh … something like this …

Und wieder unter die Bettdecke gleiten, sich anschmiegen und in zwei tiefe Augenteiche schauen: Noch näher konnte man dem reinen Glück nicht kommen.

Als ich am Einschlummern war, räkelte und dehnte Lydia sich in meinen Armen, und es ging von neuem los.

Baby, I've been waiting
I've been waiting night and day …

Sie nahm mein Kopfkissen zwischen die Zähne. Eine Seele von Mensch in einem für die Sünde geschaffenen Körper.

I didn't see the time
I waited half my life away …

Hatte ich es je zuvor so gut gehabt?

Jochen und Philipp bestaunten Lydia wie ein Wesen aus einer anderen Welt. Das sie ja auch war. Viel zu elfenhaft für unsere dreckige Fabriketage.

»Wo haste denn diesen schnuckeligen Käfer aufgerissen?« fragte Jochen mich, als Lydia duschte, aber darauf gab es keine Antwort, weil die Frage zwei gravierende Denkfehler enthielt: Lydia war kein »schnuckeliger Käfer«, und ich hatte sie nicht »aufgerissen«.

»Wir kennen uns von früher«, sagte ich. »Aus Oldenburg.«

»Ach nee! Und da isse dir halt irgendwie zugelaufen? Aus dem Nichts?«

Das war auch wieder so eine unbeantwortbare Frage. Nach allem menschlichen Ermessen verfuhr Jochen als Eroberer viel draufgängerischer als ich, und er hatte mit den Käfern, die er meinte, eine völlig andere Zielgruppe im Blick.

»Für mich sieht diese Braut so aus, als würde sie kein Bier trinken, sondern nur Ingwertee und naturtrüben Apfelsaft«, warf Philipp ein. »Und im Bioladen kauft sie immer Leinsaat von Demeter. Und Lavendelöl von Doktor Hauschka. Stimmt's oder hab ich recht?«

»Ihr tickt doch nicht mehr sauber.«

Jochen hakte nach: »Ist die überhaupt schon volljährig?«

»Zumindest isse geschlechtsreif«, sagte Philipp. »Das ist nicht zu übersehen.«

»Gestern war's auch nicht zu überhören«, sagte Jochen.

Hatten die keine anderen Sorgen?

Auf die Frage eines Journalisten, weshalb Helmut Kohl an der Trauerfeier für die Mordopfer von Mölln nicht teilnehme, hatte der Regierungssprecher Dieter Vogel erwidert, daß dies nicht möglich sei: Der Bundeskanzler habe wichtige Termine, und die Bundesregierung wolle »nicht in einen Beileidstourismus ausfallen«.

Es wäre nur unwesentlich rüder gewesen, wenn der Regierungssprecher gesagt hätte, daß der Bundeskanzler auf die Trauerfeier pfeife.

Weil ich auf der Tastatur allein mit meinen beiden Zeigefingern schneller war als Lydia, tippte ich ihre handgeschriebene Diplomarbeit über Rechtschreibdidaktik ab. Rund fünfzig Seiten. Die letzten zwanzig hob ich mir für Sonntag auf, weil es über meine Kräfte gegangen wäre, noch länger am Schreibtisch zu sitzen, während Lydia sich halbnackt auf meinem Bett fläzte und ihre Nase in einen Schmöker steckte, den sie sich von Lizzy ausgeliehen hatte: »Das Delta der Venus« von Anaïs Nin.

Anaïs Nin – was für ein Name! Hätte sie Helga Schnipkoweit geheißen, wären die Frauen bestimmt nicht zu Hunderttausenden auf sie abgefahren.

Zu fortgeschrittener Stunde trafen wir in einer Kreuzberger Kneipe mit Carola, Wiglaf und Marcus zusammen und überboten einander mit hirnverpestenden Wortspielen, nachdem ich Michaels Plan erwähnt hatte, ein Mandala auf das Cover meines Buchs zu setzen:

»Ey, Alter, haste *ma'n Dala*?«

»*Mann, da la*chen ja die Hühner …«

»Zieh dir besser einen dicken *Mandal a*n …«

»Ja, wer nicht aufpaßt, der holt sich 'ne *Mandala*ntzündung!«

»Hat je*mand Ala*dins Wunderlampe gesehen?«

Nur Lydia machte nicht mit. Sie erklärte uns für »gestört«, aber guffeln mußte sie trotzdem.

Während ich ihre Diplomarbeit tippte, schlief Lydia ein. In Bauchlage und mit aufgerichteten Unterschenkeln, so daß die Fußsohlen zur Decke zeigten. Kein anderer Mensch hätte bäuchlings schlafen und dabei seine Unterschenkel im 90-Grad-Winkel aufstellen können, aber sie war eben in jeder Hinsicht etwas Besonderes.

And me, I'm up there waiting
For the miracle to come …

Zum erstenmal in meinem Leben zog ich einen Heiratsantrag in Erwägung. Und verwarf ihn wieder. Bloß nicht in die Falle gehen, in der schon so viele andere Liebespaare festsaßen.

Am Sonntag rief Papa an: Ich solle ihm eine topographische Karte von Schirwindt besorgen. Eine aus den dreißiger oder den frühen vierziger Jahren.

Hätte er nicht wenigstens »bitte« sagen können?

Als wir abends beim Italiener auf unser Essen warteten, spielte ich mit Lydias Händen und sah ihr verträumt in die Augen, und da sagte sie: »Ich hoffe, du erwartest nicht zuviel von mir …«

Zuviel? Nach all dem göttlichen Sex? Was konnte ich denn noch mehr von ihr erwarten? Und wozu sich überhaupt Gedanken machen über Futur I und Futur II? War die Gegenwart nicht genug?

Nach Lydias Abreise fragte Sigrun mich: »War des dai neie Geliebde?«

»Scheint so.«

»Ond klinga scho die Hochzeidzsglogga? Odr wie gehd's mid eich weidr?«

Das wußte ich nicht. Nur unser nächstes Treffen stand schon fest: Mitte Dezember in Oldenburg.

Carola teilte mir telefonisch mit, daß eine kleine Panne passiert sei: Irgendein Irrer, der glaube, daß seine Mutter von Franz Alt ermordet worden sei, habe in der *Tip*-Redaktion angerufen und mich sprechen wollen, und eine Redaktionsassistentin habe dem Mann meine Telefonnummer gegeben. »Sei also auf der Hut, wenn der sich bei dir melden sollte!«

Doch da war es schon zu spät, denn als ich aufgelegt hatte, sagte Lizzy, daß da vorhin ein komischer Typ am Apparat gewesen sei. »Der wollte dich dringend sprechen, weil du was über Franz Alt geschrieben hast, und deshalb hab ich ihm unsere Adresse gegeben …«

Es war also ein Psychopath im Anmarsch.

Eine halbe Stunde später stand er vor der Tür: ein schweißtriefendes, bulliges, mit Papierstößen und Aktenordnern befrachtetes

Nervenbündel, das von mir nur eins wissen wollte: »Wohnt hier Martin Schlosser?«

»Ja, aber der ist jetzt nicht hier«, sagte ich.

»Wann kommt der denn zurück?«

»Weiß ich nicht.«

»Macht nichts«, sagte der Mann. »Dann warte ich eben. Kann ich reinkommen?«

»Nein. Und ich hab jetzt auch keine Zeit mehr für Sie …«

Da schrie er auf: »Wenn's um Millionen Menschenleben geht, dann hat nie einer Zeit!«

Er warf sich gegen die Tür, aber inzwischen waren Jochen und Philipp vom Eßtisch herbeigeeilt und stemmten sich mit mir von innen dagegen.

Einen seiner Ordner konnte der Kerl noch in die Wohnung schleudern, bevor es uns gelang, die Tür ins Schloß zu drücken.

Er hämmerte noch lange von außen auf sie ein und stieß Urwaldlaute aus.

»Was isch noh des für einr?« fragte Sigrun. »Muß man Angschd vor däm hän?«

In seinen Papieren hatte der Irre mit selbstgemalten Schlagzeilen auf sein schweres Schicksal hingewiesen. Franz Alt lasse ihn »durch Kohls Nazi-Geheimdienst BND seit neun Jahren in den Selbstmord treiben«, tat er kund und legt seinen Verfolgern Mordanschläge, Freiheitsberaubung, Körperverletzung und Rechtsbeugung zur Last:

EIN ORDNER MIT BEWEISMATERIAL DARÜBER IST IM BÜRO VON PROF. HANS LEBER, SFB, IN DESSEN ABWESENHEIT DURCHWÜHLT UND GEFLEDDERT WORDEN!

Er beschrieb auch Agenten, die ihn vermeintlich beschatteten:

ALTER: CA. 55, GETÖNTE BRILLE, MIT HOHEM DIOPTRIENWERT, SÄUFERNASE

Und:

BND-»SCHWUCHTEL« (ALTER: CA. 35, »POPPIG« GEKLEIDET), EINER DER »ERSATZ-SPITZEL« FÜR DEN »BRILLEN-OPA«!!!

Einem anderen »Spitzel« sagte er »Störeinsätze« nach:

SETZT SICH DEMONSTRATIV NEBEN MICH, WENN ICH IM FACHSCHAFTSRAUM BERGBAU REGELMÄSSIG ARBEITE, STICHELT, WENN BEI »GROSSEM ANDRANG« NIEMAND HINHÖRT ODER HINSIEHT: BISHERIGE »GLANZLEISTUNG«: FOLGT AUF'S WC: »NA, DU KOMMUNISTENSCHWEIN?«

Ferner seien die SPD-Politiker Hans-Jochen Vogel und Manfred Stolpe in das Mordkomplott verwickelt. Und auf der Rückseite des letzten Blatts stand zu lesen:

SEHR GEEHRTER HERR SCHLOSSER!

DIE HIER VORLIEGENDEN UNTERLAGEN SIND NUR EIN BRUCHTEIL MEINER MATERIALIEN!

ICH BRAUCHE EINE VERBINDUNG ZU GÜNTER WALLRAFF UND »KONKRET«!

O mei. Da konnte ich nur hoffen, daß er meine Adresse schnell wieder vergaß und sich anderen Menschen zuwandte. Und mir wurde klar, wie es Bob Dylan ergangen sein mußte, als sich in den sechziger Jahren Zehntausende solcher Typen auf ihn gestürzt hatten.

Zwei Stunden später öffnete ich vorsichtig die Wohnungstür.

»Und? Isch er weg, der Sekkel?« fragte Sigrun.

Ja, er war verschwunden.

Beträchtlichen Auftrieb gab mir eine Postkarte, die mich am 2. Dezember erreichte:

Lb. Herr Schlosser, Ihre »Tip«-Karasek-Korrektur hat mir verständlicherweise auch zugesagt (fast genauso hätt' ich's auch geschrieben und hab ich's einigen Menschen erklärt) – aber: Ihr Anders-Aufsatz im »Merkur« verdiente nun wirklich das Etikett »unheimlich wichtig«, wenn das nicht abermals dreifach Dummdeutsch wäre. – Mit steigender Hochachtung: Ihr Eckhard Henscheid

»Wie?« rief Jochen aus. »Jetzt schreibt der dir auch noch persönlich, du Glücksschwein? Zeig mal her!«

In meinem Kommentar zu den Nekrologen auf Petra Kelly und Gert Bastian äußerte ich meine Verwunderung über den Kontrast zwischen der Brutalität der Bluttat und dem darübergeschmierten Schmalz.

Beim Faxen der Seiten erzählte ich Jochen, wie lange ich schon kein Honorar mehr von *konkret* bekommen hätte, und da sagte er, daß er den Verlagsleiter kenne. »Paß mal auf, ich häng mich jetzt ans Telefon, und in 'ner Viertelstunde sprechen wir uns wieder …«

Und so geschah das Wunder: Der Verlagsleiter, sagte Jochen, sei beleidigt gewesen, weil ich mich beim Herausgeber über den stockenden Honorarfluß beschwert hätte. »Da hat er sich gesagt: ›Okay, den Schlosser laß ich jetzt verhungern.‹ Aber dank meiner Intervention, lieber Martin, wirst du in Bälde einen Batzen Geld aus Hamburg auf deinem Konto vorfinden, und ich gehe hoffentlich nicht fehl in der Annahme, daß du mir nachher zum Dank dafür im Nova sechs bis sieben Bier spendieren wirst …«

In der *taz* gratulierte die Grüne Antje Vollmer der *Emma*-Herausgeberin Alice Schwarzer zum Fünfzigsten:

Frau Schwarzer ist bei guter Gesundheit, klarem Verstand und lebenslustig dazu. Gute Aussichten also, daß ich meinen Frauen-Wunschtraum doch noch mal erfüllt kriege: Rosa / Sophie / Ulrike 80jährig, weise, ironisch, lebenssatt von Erfahrungen, lachend in den Markthallen von Paris. Sie, Alice, könnte es schaffen.

Womit Antje Vollmer andeuten wollte, daß Alice Schwarzer in der Tradition von Rosa Luxemburg, Sophie Scholl und Ulrike Meinhof stehe. Die allerdings nicht dafür bekannt waren, daß sie, so wie Alice Schwarzer, gemeinsam mit dem Torhüter a. D. Sepp Maier an einer TV-Ratespielshow teilgenommen hatten. Die Vornamenskoppelung »Rosa / Sophie / Ulrike« ließ ohnehin auf einen schweren Dachschaden der Gratulantin schließen.

Nach vieler Rennerei spürte ich in einem Antiquariat eine topographische Karte von Schirwindt aus dem Jahr 1940 auf, und dann schrieb ich Eckhard Henscheid eine Karte und fragte ihn, ob er schon wisse, wann er in Berlin vor Gericht zur nächsten Runde gegen René Böll antreten müsse, der ihn verklagt hatte, weil sein Vater Heinrich Böll von Henscheid in der Literaturzeitschrift *Der Rabe* als »kenntnisfrei«, »steindumm« und »korrupt« bezeichnet worden war.

Da würde ich gern Mäuschen spielen.

Diese Karte wollte ich gerade zum Briefkasten tragen, als Lydia anrief, um mir zu sagen, daß sie oft an mich denke und sich sehr auf unser Wiedersehen in einer Woche freue.

Herrjeminee, wie hatte ich es gut! Ich dachte mindestens so oft an Lydia wie sie an mich, und in der Erinnerung kostete ich die Zeit mit ihr immer wieder aus.

All right, I'll take a chance, I will fall in love with you …

Spaßeshalber legten Kathrin und ich am Freitagabend in meinem Zimmer mit Scrabblesteinen Anagramme meines Namens:

RASCHELN MIT ROSS
SCHMARREN IST LOS
ARSCH MOSEL STIRN
SELTSAM SCHON IRR
ES SCHNORRT ISLAM
ACH LERN MICH STOSS

»Haha!« sagte Kathrin. »Ach, lern mich Stoß! Das sollten deine künftigen Groupies beherzigen!«

Aus dem Durcheinander der nächsten zwei Tage konnte ich dies und das in mein Langzeitgedächtnis hinüberretten: In seiner Wohnung hatte Max in meinem Beisein den gesamten Text von Arnold Schönbergs »Pierrot Lunaire« auf Band gebrüllt und moniert, daß ich keinen Hosengürtel trüge, und in einem verquarzten Neuköllner Kellerlokal hatte ich Michael Stein aus seinem Rucksack das Stuhlbein stibitzt, mit dem er seit den späten Achtzigern in die Berliner Straßenkämpfe gezogen war.

Um den Ausländerfeinden entgegenzukommen, einigten sich die Unionsparteien und die SPD auf einen »Asylkompromiß«, der vorsah, das Recht auf Asyl in Deutschland drastisch zu beschneiden. Wenn das Vaterland rief, stellten die Sozialdemokraten sich ja nur selten taub. Und die Hooligans konnten frohlocken: Sie trieben die Bundestagsabgeordneten vor sich her.

Als ich am Montagabend in Meppen eintraf, war im Haus alles dunkel. Ich machte Licht und ging auf die Suche nach Papa.

Er lag im Wohnzimmer auf dem Boden und stöhnte leise.

»Papa? Bist du verletzt?«

»Ich bin nur verzweifelt«, sagte er.

Ich organisierte ein Kopfkissen und legte es ihm unter.

Ah, look at all the lonely people …

Es war dann ein schweres Stück Arbeit, ihm aufzuhelfen und ihn in seine Sofaecke zu manövrieren.

In der Küche strotzte es von Hämmern, Zangen, Nägeln, Schraubenmuttern, Schraubenziehern, Sechskantschlüsseln, Klemmschellen, Unterlegscheiben, Zwingen und Dübeln, aber die Spülmaschine war selbstverständlich noch immer kaputt.

Damit ich irgendeine Mahlzeit zubereiten konnte, mußte ich erst einmal Platz schaffen.

Man nehme … ja, was? Ich nahm zwei Salamibaguettes aus dem Eisfach und steckte sie in die Mikrowelle.

Nach dem Essen wollte Papa irgendwas aus dem Keller holen, sich beim Gehen aber nicht von mir stützen lassen, was zur Folge hatte, daß er die Treppe hinunterstürzte. Und da lag er dann und sagte: »Ich will sterben.«

Wie in einem Schauerroman. Aber wenigstens schien Papa sich nichts gebrochen zu haben.

Ich bezog sein Bett neu, und danach begann der beschwerliche Aufstieg mit meiner Hilfe. Papa strebte allerdings noch nicht in sein Schlafgemach, sondern zurück ins Wohnzimmer und sank dort auf seinen Stammplatz.

Erst nach weiteren dreieinhalb Stunden trübsinniger Monologe über Mamas Zigeunerblut, Volkers Halsstarrigkeit und die Freveltaten unserer übrigen Verwandten glückte es mir, Papa in die Federn zu geleiten.

Ich legte Chopin auf, Nocturne op. 9 Nr. 1 in b-Moll, und ich las einen Brief, den Therese Papa am 5. November geschrieben hatte:

Diese Woche denke ich besonders an Inge und auch an Dich. Fast jeden Tag habe ich Mutti angerufen – es ging ihr nicht gut, und sie machte sich Sorgen, was sie den Besuchern morgen wohl zu essen geben könnte. Dabei können die sich doch gut selber helfen! Sie will gar nicht an Weihnachten denken, aber ich muß wissen, ob ich nach Bremen oder Hannover buchen soll.

Am 23. November ist Geburtstagsparty bei den Zwillingen, wo ich wieder Bob und Frau treffen werde.

Bis bald, alles Gute von Therese

Therese hatte es auch nicht eben leicht. Die Ehe mit Bob im Eimer und der Sohn Norman mit Zwillingen gesegnet, die sein Haushaltsbudget arg strapazierten …

Aus diesen Gedanken riß Papa mich heraus, indem er von oben herunterschrie, daß ich ihm einen Eimer bringen solle. »Jetzt sofort!«

Sein Nasenbluten hatte wieder eingesetzt. Ich kannte dieses Unheil bereits von früheren Besuchen und stellte mich auf eine lange Nacht ein, aber diesmal dämmerte er schon nach dem ersten Nasenblutsturz wieder weg, und ich mußte bloß einmal aufwischen und den Eimer leeren.

Am Dienstagmittag saß Papa am Eßzimmertisch, als ich von der ersten Einkaufsfahrt zurückkam. Er war damit befaßt, plattgekloppte Baguetteverpackungen zusammenzutackern,

»Warum tust du das?«

»So nehmen die weniger Platz weg«, sagte er.

Wer keine Arbeit hat, der macht sich welche, dachte ich und verteilte die Einkäufe auf ihre Zielbahnhöfe in der Küche.

Die topographische Karte von Schirwindt nahm Papa kommentarlos entgegen und ging dann zu etwas anderem über: Zum 9. Januar 1993, dem einhundertsten Geburtstag seines Vaters, wollte er Karten zu dessen Gedenken drucken lassen, und er diktierte mir den Text. Auf der linken Innenseite sollten der Name Theodor Schlosser und die Lebensdaten stehen und darunter der zentriert gesetzte Text:

Er war Pfarrer in Schwarzenau, Kreis Wittgenstein;
Pfarrer in Schirwindt/Ostpreußen;
Superintendent in Marienwerder/Westpreußen;
Pfarrer in Waddewarden, Kreis Friesland;
Pfarrer in Dortmund.

Oben rechts dann die Worte:

4. Gebot: Du sollst deinen Vater
und deine Mutter ehren,
auf daß es dir wohlergehe
und du lange lebest auf Erden.

Und darunter die Zeilen:

Heute wäre unser Vater Theodor Schlosser 100 Jahre alt geworden.

Er wurde als Sohn des Lehrers Richard Schlosser am 9. Januar 1893 in Kausche, Kreis Calau, geboren.

Er ist in einer Epoche unserer Geschichte groß geworden, die durch vaterländische Gesinnung geprägt war. Der Gesinnung, die ihm anerzogen war, ist er bis zuletzt treu geblieben.

*Er war seit dem 4. Januar 1926 verheiratet mit Cäcilie Schlosser, geborene Grote (*16. Oktober 1899, † 19. Juni 1990).*

Untendrunter die Namen der noch lebenden Kinder und ganz unten der Vermerk:

Meppen, den 9. Januar 1993

Damit tat Papa leider nur sich selbst einen Gefallen. Denn der Subtext lautete: »Ich bin das einzige Kind in unserer Familie, das seinen Vater ehrt, und daran solltet Ihr Euch alle ein Beispiel nehmen!«

Doch da redete ich ihm nicht hinein. Wenn er das so haben wollte, war das seine Sache.

»Und wer soll die Karten drucken?«

»Das laß mal meine Sorge sein.«

Endlich war es wieder so weit: Tief in der Nacht versetzte jemand dem störrischen Zigarettenautomaten in der Dammstraße Karateschläge. Die aber nicht fruchteten. Dieser Automat hatte schon oft Prügel gekriegt und sich mit den Jahren daran gewöhnt.

Am Mittwoch stellte Papa Therese einen Scheck über sechstausend Mark aus und diktierte mir im Wohnzimmer einen Brief an sie:

Hier ist nun der persönliche Scheck über einen Betrag, mit dem ich Dir über zwölf Monate helfen will. Große Sprünge kannst Du mit diesem zusätzlichen Geld nach meiner Meinung sowieso nicht machen. Ich schreibe Dir nicht vor, was Du damit machst, Du bist mir auch keine Rechenschaft schuldig, nur würde ich gerne sehen, daß es Dir zugute kommt und nicht Deinen Kindern, die nach meiner Einschätzung selber zurechtkommen können.

Gleichzeitig mit dem Scheck übersende ich Dir einen Überweisungsauftrag von meinem Konto, zunächst ohne Unterschrift, und bitte Dich, dafür zu sorgen, daß Deine Bank alle im internationalen Bankverkehr üblichen Daten, Deine Kontonummer und Anschrift und die Bankleitzahl darauf einträgt, damit ich für spätere Fälle ein verbindliches Muster habe, an das ich mich halten kann. Nach Auskunft meiner Bank würde Deine Bank sich telefonisch in Meppen melden und sich danach erkundigen, ob der Scheck gedeckt ist.

Ich schicke Dir den Brief als Einschreiben (registered letter), um tunlichst sicherzustellen, daß er unversehrt bei Dir ankommt.

Aber das wußte sie dann doch längst …

»Halt einfach den Rand«, sagte Papa. »Und schreib weiter!«

Bitte habe Verständnis dafür, wenn ich auch bei Deinen nächsten Besuchen in Deutschland jedem persönlichen Kontakt mit Dir aus dem Wege gehe, um zu vermeiden, daß irgendwelche Außenstehenden in die Sympathie, die ich für Dich empfinde, mehr hineindeuten, als wirklich daran ist. Ich habe mich in meine Eremitage zurückgezogen und die Tür hinter mir zugeklappt, und der Sinn steht mir nicht nach Aufrechterhaltung alter Beziehungen. Meine zurückgezogene Lebensweise würde natürlich auch Inge nicht passen, wenn sie heute noch lebte. Ich kann ihr darin nicht folgen. Heute macht mir keiner mehr Vorschriften. Das haben alle meine Kinder begriffen, und ich habe es mir abgewöhnt, ihnen irgendwelche unerbetenen Ratschläge zu geben.

»Neuer Absatz«, sagte Papa.

Ich würde mich freuen, wenn Du mir telefonisch Auskunft geben könntest, ob Deine Bank den Scheck akzeptiert hat und ob Du wirklich ab sofort über das Geld verfügen kannst.

»War es das?«

Darunter, sagte Papa, solle ich »In alter Verbundenheit« schreiben. »Meinen Vornamen setz ich dann handschriftlich dazu.«

Ich pflanzte mich vor Mamas elektrische Schreibmaschine, um das alles abzutippen.

Dieser Brief verriet viel mehr über Papas Gefühle für Therese, als er glaubte, und der Verweis auf seine zurückgezogene Lebensweise kam mir wie ein Hilfeschrei vor, doch ich hielt mich zurück. Papa konnte schreiben, was er wollte. Ich war nicht sein Zensor.

Am Donnerstag flog Lydia mir in Oldenburg auf dem Bahnsteig entgegen, und in ihrer Küche zündete sie eine Kerze an und sagte, daß es Blätterteigschnecken gebe. »Oder willst du erstmal Sex?«

Sie zog sich aus, und ich hielt den Atem an.

She stands before you naked
You can see it, you can taste it,
And she comes to you light as the breeze …

Das Hochbett knarrte und wankte, aber es blieb stehen, und dann hatte ich Appetit auf die Blätterteigschnecken.

I was healed and my heart
Was at ease.

»Dein Pullover stinkt nach Rauch«, sagte Lydia. »Aber dagegen gibt's ein ganz einfaches Mittel. Du mußt nur mal zwei Minuten lang durch den Regen tanzen. Dann riecht dein Pulli wieder gut. Und jetzt wäre die Gelegenheit günstig!«

Ich äugte hinaus. Tatsächlich, es regnete, aber ich konnte mich nicht dazu entschließen, hinunterzugehen und draußen herumzuhüpfen.

Dann mache sie das für mich, sagte Lydia, streifte sich meinen Pullover über, treppte hinab und lief ein paar Minuten lang singend und mit hoch erhobenen Armen durch den Garten.

Ich sah ihr vom Schlafzimmerfenster aus dabei zu, und Lydia schickte mir eine Kußhand nach oben.

Womit hatte ich so viel Glück verdient?

Wir gingen ins Saunarium und ins Kino und verliebten uns in dem Film »Von Mäusen und Menschen« beide in John Malkovich und trieben es dann wieder bunt, wobei mich aber das Gefühl nicht losließ, daß ich für Lydia nur den Reiz einer recht netten Sternschnuppe besaß.

In Berlin stapelte sich die Post. Oma Jever schrieb mir, daß sie den Gips an ihrem Arm noch eine gute Woche lang tragen müsse und sich uralt vorkomme, und Eckhard Henscheid ging in einem Brief auf meinen Wunsch ein, bei seinem Gerichtstermin Mäuschen zu spielen:

»Mäuschen« ja – aber bitte: ja kein Fangruppenauftreten!

Das hatte auch nicht in meiner Absicht gelegen.

Eine pressure-group könnte da gerichtsatmosphärisch eher schaden – und komisch ist das Ganze nur recht bedingt: Es geht, abgesehen von der reinen Wahrheit, immerhin um 5 oder 10 oder gar 20 000 Mark.

Nachdem so langsam die Zeit eilig heranrückt: Das Ganze ist also 15.12., 12 Uhr, Stock II/213 Kammergericht Berlin, Witzlebenstraße 4–5.

Falls ich gut beieinander bin, tät ich mich natürlich v. a. freuen, Sie kennenzulernen.

Außerdem war ein Rundbrief des *Kowalski*-Chefredakteurs Hans Saalfeld angekommen:

Durch die ereignis- und arbeitsreichen letzten Monate ist der Kontakt zu den Autoren nicht immer so gut gewesen, wie wir uns das gewünscht hätten. Dafür entschuldigen wir uns und ver-

sprechen Besserung. Bedanken wollen wir uns bei allen für die Geduld, die der oft sehr schleppenden Honorarzahlung entgegengebracht wurde und wird. Auch das soll besser werden.

Ich hätte es sehr gern geglaubt.

Aus Protest gegen die Ausländerfeindschaft wurden in den Großstädten Lichterketten gebildet, von Menschen, die brennende Kerzen oder Fackeln in der Hand hielten.

»Das sieht ja wie beim Reichsparteitag aus«, sagte Philipp, als eine der Lichterketten im Fernsehen gezeigt wurde. »Typisch deutsch, diese Feuersymbolik. Flamme empor!«

»Ach, Herr Schlosser, Sie mit Ihrer Jesusfrisur«, sagte Katharina Rutschky, als ich sie und Herrn Rutschky wieder einmal besuchen kam. Herr Rutschky war leider gerade nicht da, aber Frau Rutschky schenkte mir einen Whiskey ein und zeigte mir den Leserbrief eines anonymen Mannes, der sich als »Erzieher in einer Kindertagesstätte« vorstellte und darüber spekulierte, was Frau Rutschky dazu veranlaßt habe, ihr Buch »Erregte Aufklärung« zu schreiben:

- *Sie wurden als Kind selber sexuell mißbraucht und versuchen dies jetzt zu verdrängen,*
- *Sie kennen eine/n Täter/in und versuchen diese/n zu schützen,*
- *Sie mißbrauchen oder mißbrauchten selber ein Kind sexuell,*
- *Sie wollten schon immer mal ein Buch schreiben und vor allen Dingen in einer Zeitschrift stehen!!!*

Im letzten Absatz ging es aus Solidarität mit allen Pädagogen, »die aufklärend arbeiten«, in Großbuchstaben weiter:

IM NAMEN ALL DIESER MENSCHEN SOWIE DER VIELEN SEXUELL MISSBRAUCHTEN KINDER SPUCKE ICH IHNEN INS GESICHT!!!

Ohne freundliche Grüße

P. S.: Meinen Namen lasse ich weg, da ich Ihnen eine polizeiliche Anzeige oder sonstige Denunziation durchaus zutraue!

Vor solchen Leuten konnte man nur in Deckung gehen.

Man dürfe sich davon aber nicht beschmutzt fühlen, sagte

Frau Rutschky. »Wir halten die Fahne der Aufklärung hoch, Herr Schlosser! Prost!«

Im *Spiegel* wurde der Bundesinnenminister Rudolf Seiters als »der unscheinbare Mann aus Niedersachsen« verulkt, »dessen hervorstechendes Merkmal die immer etwas zu große Brille und die inzwischen silbrige Friseurlocke blieb«, aber Hermann Gerdes und mir hatte er 1980 in Meppen bei unserem Schülerzeitungs-Interview mit ihm jeweils eine Flasche Coca-Cola spendiert, und das hatte ich ebensowenig vergessen wie meine Freundschaft mit Hermann.

Zu der Verhandlung vor dem Berliner Kammergericht erschien Eckhard Henscheid in Begleitung von Fritz Weigle und stellte ihn als seinen »persönlichen Gerichtszeichner« vor.

Großes Händeschütteln: Henscheid, Weigle, Henscheids Anwältin Gabriele Rittig, Heribert Lenz, der Journalist Michael Ringel und zwei junge Herren aus seinem Gefolge.

René Böll, der Kläger, könne an der Verhandlung nicht teilnehmen, weil er wegen eines Böll-Kongresses in Köln verhindert sei, sagte Herr Ringel, und Herr Henscheid ersuchte uns alle um ein manierliches Gebaren vor Gericht.

Nachdem René Bölls Anwalt Wilhelm Nordemann einschläfernd lange über den Begriff der Schmähkritik doziert und die Anschuldigung, daß Heinrich Böll »korrupt« gewesen sei, zurückgewiesen hatte, legte Gabriele Rittig den drei Richtern ein semantisch-semiotisches Gutachten vor, dem zufolge das Wort »korrupt« in Henscheids Polemik im Sinne von »verderbt« zu verstehen sei und nicht im Sinne von »bestechlich«, aber damit drang sie nicht durch. Das konnte man den Richtern ansehen.

Herr Nordemann beschwerte sich dann darüber, daß ihm der Haffmans-Verlag diverse Bücher von Henscheid zugesandt habe, worauf Henscheid erwiderte: »Sinn war schon, daß Sie die lesen.«

Fritz Weigle zeichnete unentwegt, und Henscheid sagte auch

noch aus: »Ich bin mit Sicherheit kein Michael Kohlhaas, aber ich fühle mich in jeder Form unschuldig und bin immer noch nachgerade perplex, hier zu stehen.« Das Wort »korrupt« habe er, wie es ja auch schon von seiner Anwältin ausgeführt worden sei, im Sinne des lateinisch-italienischen »corruto« gebraucht, was »verdorben« oder »verderbt« bedeute. So stehe es im Duden, und der sei schließlich auch für das Gericht verbindlich. Im übrigen handele es sich bei seinem Text um eine Buchbesprechung und nicht um eine Beurteilung der Privatperson Böll.

Um zehn nach eins war die Verhandlung beendet, und wir zogen in eine Gastwirtschaft um, in der Fritz Weigle unermüdlich weiterstrichelte. Auch auf mir ruhte einmal sein Blick, und damit war ich eingegangen in den Korpus des Werks von F. W. Bernstein. An diesem bedeutenden Dezembertag in Berlin.

Es habe die Richter gar nicht interessiert, sagte Henscheid, daß der *Rabe* sich nicht an ein Durchschnittspublikum wende, sondern an eine literarisch bewanderte Leserschaft. Die Gerichts- und Verfahrenskosten, die er tragen müsse, würden sich wahrscheinlich auf rund fünfzehntausend Mark belaufen. Doch er werde notfalls Verfassungsbeschwerde einlegen, und dann gehe es eben bis Karlsruhe.

Wo dann mein Onkel Rudi als Bundesverfassungsrichter seines Amtes walten würde, dachte ich.

Der Kellner brachte Frau Rittig einen Rotwein, Herrn Henscheid eine Tasse Kaffee und uns anderen Bier, und Herr Ringel schrieb mir seine Telefonnummer auf und sagte, daß er Henscheid im September zwei Tage lang in Amberg interviewt habe, wobei das Gespräch auch einmal auf mich gekommen sei.

Als junger Mann, sagte Henscheid, sei er einmal mit Heinrich Böll essen gegangen, aber an Einzelheiten könne er sich nicht mehr erinnern. Nur daran, daß der asketisch wirkende Böll ungeheure Mengen Nahrung in sich hineingeschaufelt habe. Und zu mir sagte Henscheid, daß ich ihn gern einmal in Frankfurt besuchen könne. »Unter ruhigeren Rahmenbedingungen.«

Wie sich zeigte, hatte das Kammergericht gegen Henscheid entschieden. Daher war nun das BVG am Zuge, doch die Chancen standen schlecht, weil Heinrich Böll sich keiner Korruptheit im landläufigen Sinne des Wortes schuldig gemacht hatte.

Eugen Egners nächster Brief begann in Moll:

Wie ein Acker liege ich im Winter brach, um es einmal mit einem trefflichen Gleichnis aus der Welt der Landwirtschaft zu verdeutlichen. Ja, da spricht nun einmal der Dichter. Was ich Dir sonst noch schreiben könnte außer einer gewaschenen Jeremiade, weiß ich beim besten Willen nicht, so wahr wieder ein Kamel in der Fußgängerzone gelegen hat.

Woran sich neun Seiten über Steuerschulden, Inspirationslosigkeit, Rezensententücke, Stürme, Kälte, Schneeschipperei und Weihnachtsfreßbudengestank anschlossen. Zu meinem Rencontre mit dem Franz-Alt-Feind merkte Eugen an:

Irre, die die Haustür durchbrechen wollen! Help, help, hulp! Hjölp! Das kommt davon, wenn man irgendwas tut! Entsetzlich! Hoffentlich kommt der Kerl nicht wieder! Kannst Du nicht beim Gesundheitsamt anfragen, ob der Bursche da irgendwie aktennotorisch ist? Dann könnte er ggf. zum Segen der steuerzahlenden Allgemeinheit auf deren Kosten fortgetan werden und den ganzen Tag Zettel schreiben und Collagen kleben. So hart muß manchmal vorgegangen sein.

Da der Eierkopf aber nur Aktenordner geworfen und sich aus meinem Gesichtskreis verzogen hatte, ließ ich die Sache auf sich beruhen.

Am Nachmittag kam Kathrin vorbei. Sie schimpfte über ihre vielen Nebenjobs und forderte mich aus unerfindlichen Gründen dazu auf, einen Kalauer mit dem Wort »Solidarität« zu bilden.

»Das ist schwer«, sagte ich. »Kalauer mit Solidarität sind eine … äh … ganz solide Rarität.«

»Aaargh, orr jää«, rief sie. »Mann, ist der schlecht! O weh geschrien! Blärgh!«

»Dann wär's wohl besser, wenn ich dalli ›Sorry‹ sagen tät …«

Auf diese Zugabe reagierte Kathrin mit Kotzgeräuschen, aber sonst ging es ihr gut. Sie hatte jetzt eine Wohnung in der Neuköllner Weserstraße aufgetan: Erdgeschoß, zwei Zimmer, Küche, Dusche, Kachelofen. Ein bezahlbares Basislager für ihre Ausflüge in die Berliner Halbwelt. Was brauchte eine 22jährige Intelligenzbestie denn noch mehr zu ihrem Glück?

Meinen Schreibtisch verließ ich nur für Kino-, Bibliotheks-, Einkaufs- und Kneipengänge, und natürlich nahm ich an der Weihnachtsfeier teil, zu der Carola Rönneburg alle ihre Autoren in den Heidelberger Krug eingeladen hatte. So wie einst Rahel Varnhagen in ihrem Salon stiftete Carola Freundschaften. Ohne ihre Vermittlung hätte ich vielleicht auch Eugen Egner nie kennengelernt.

Ein und aus gingen dann aber so viele Rosenverkäufer, Brezelmänner, Bettelmusikanten, Zeitungsjungen und weitere Rosenverkäufer, daß es nicht mehr feierlich war, und um halb eins trafen auch Michael Stein und Wiglaf Droste ein, und zwar beide mit Glatze.

Sie sahen abartig aus. Michael wie ein Strafgefangener aus Sibirien und Wiglaf wie ein rasierter Ochsenfrosch.

Als Grund für die Entscheidung, sich kahlscheren zu lassen, gaben sie an, daß sie auf ihrer Lesereise in der Zone einfach zu vielen Bürgerrechtlern mit knöchellangen Fusselbärten begegnet seien und im Fernsehen zu viele langmähnige Deutschrocker gesehen hätten. »Dagegen wollten wir ein Zeichen setzen!«

Despektierlich äußerte Wiglaf sich auch über die anderen Einwohner der neuen Bundesländer: »Die meisten sehen wie Schweinehälften aus. Was ja nicht verwunderlich ist, wenn man an den DDR-Fraß denkt. Und seit dem Mauerfall knüppeln sie sich mit Imbißbudendreck voll …«

Es wurde trotzdem noch ein netter Abend.

Am nächsten Vormittag rief Wiglaf an und fragte mich, ob ich es bereits gehört hätte: Günther Anders sei gestorben. »Das kann dir aber keiner vorwerfen. Der Mann war neunzig Jahre alt …«

Beim Schreiben ließ ich mich von dem Spielfilm »Der verrückte Professor« unterhalten. Meine Lieblingsszene war die, in der Jerry Lewis im Amtszimmer seines wutschnaubenden Dekans in einem sehr schlecht gefederten Sofa versank.

Das hätte Günther Anders auch mal tun sollen: beim Schreiben Fernsehen kucken. Das hätte ihn vielleicht auf eine originellere Idee gebracht als die eine, die er sein Leben lang wiederholt hatte: daß alle modernen Medien – die Fotografie, das Radio, die Schallplatte, der Kinofilm und das Fernsehen – ein Werk des Teufels seien.

Max lud mich per Karte zu einer »großen Kiwi-Umfrage« ein:

1) In welchem Jahr sahst oder/und aßest du deine erste Kiwifrucht? (Bei mir muß es 1971 gewesen sein.) Hattest du Spezialempfindungen?

2) Seit wann ist deiner Meinung nach die Kiwi das billigste Obst überhaupt?

3) Findest du Kiwis ordinär, während du sie einst vornehm und edel fandest?

Das sind ernste Fragen. Bitte nicht ironisch antworten!! Plane großen Aufsatz über den parallellosen Nimbus-Verlust dieses Obstes. Ich muß alles wissen, was du weißt.

Das war aber nicht viel, sondern nur das, was Andrea und Lydia behauptet hatten: daß Kiwis giftig seien.

Oh, und Eckhard Henscheid schrieb mir, daß ich »mal in den Himmel« käme, wenn es gerecht zuginge:

Der Text zu Kelly-Bastian war wieder mal vom Feinsten & Notwendigsten. – Und: Heroischsten?

Damit Sie nicht alles allein machen müssen, werde ich für konkret 2/93 wohl mal wieder W.-Jens-mäßig zulangen.

Außer Henscheid und mir kannte ich niemanden, der jemals öffentlich sein Mißfallen an Walter Jens bekundet hatte. Dieser Tübinger Rhetorikprofessor inszenierte sich selbst immer mächtiger als Nachfolger von Lessing und Tucholsky, obwohl er nur heiße Luft abließ.

Und was war da noch in der Post? Ich traute meinen Augen kaum: ein Scheck von *konkret* über 2385 Mark.

Mein alter Freund Gunnar gab am Samstagabend eine Fete in seiner Wohnung am Planufer. Auf dem Herd köchelte in einem Riesentopf Chili con carne, und überraschenderweise traf ich dort beim Essenfassen auf Michael Ringel. Wir stellten fest, daß wir beide an der FU bei Horst Denkler Germanistik studiert hatten.

Wie klein doch die Welt war. Wir gingen zum Du über und stießen auf Professor Denkler an.

»Der hat sich nicht mit Böll und Grass und Koeppen begnügt, sondern auch mal Arno Schmidt und Eckhard Henscheid behandelt«, sagte Michael.

»Und hast du bei Denkler deinen Magister gemacht?«

»Aber ja! Ich hab eine Magisterarbeit über Arno Schmidts Antikenerzählungen geschrieben und in der schriftlichen Prüfung sechs Stunden lang darüber gefachsimpelt, ob Karl May ein Trivialschriftsteller war oder nicht. Und in der mündlichen Prüfung hab ich Denklers Fragen zur komischen Literatur der letzten zweihundert Jahre beantwortet.«

»Und wovon lebst du jetzt?«

»Vom Geld meiner Altvorderen. Die wünschen sich, daß ich promoviere. Aber ich weiß noch nicht so recht …«

Ich nahm dann mal wieder am Debattierzirkel teil, und Herr Rutschky erzählte mir, daß Wolfgang Beck, der Verleger der Werke von Günther Anders, wegen meines Aufsatzes einen Protestbrief an den *Merkur*-Herausgeber Karl Heinz Bohrer geschrieben habe.

Eine merkwürdige Masche, sich beim Herausgeber zu beschweren, wenn einem die Tendenz eines Beitrags mißfiel. Wäre es nicht zweckdienlicher gewesen, mir öffentlich zu widersprechen? Wenn ich doch unrecht hatte?

Mir kam das so vor, als wäre ich beim Schuldirektor angeschwärzt worden.

Wenn ich in die Nähe einer Filiale der Wohlthat'schen Buchhandlung kam, ging ich meistens hinein und sah mich um. Diesmal kaufte ich einen verbilligten Band mit Fotos der Werke von Jeff Koons. Das war mal ein Künstler, der was von Schauwerten verstand! Das Augenfutter, das uns die Priester des Konstruktivismus und des Neoplastizismus vorenthalten hatten, verschenkte Koons in Hülle und Fülle. Von seinen Kopulationen mit der italienischen Pornoqueen Ilona Staller alias Cicciolina hatte er sogar Skulpturen aus Glas herstellen lassen.

Als Kathrin bei mir hereinschneite, nahm sie das Buch zur Hand und sagte beim Herumblättern: »Ui! Der Mann gefällt mir … ›Ilona's Asshole‹, Siebdruck auf Leinwand mit Öl, das hat was! Und hier sagt er: ›Ich mache, was die Beatles gemacht hätten, wenn sie bildende Künstler gewesen wären. Die Musik der Beatles wurde auch nicht als anspruchslos bezeichnet, aber sie traf den Geschmack der Masse. Genau das möchte ich auch.‹ Ich weiß ja nicht, ob ich Masse bin, aber meinen Geschmack trifft er gut!«

»Vokuhila« hieß die Modefrisur der deutschen Hauptschulabsolventen: vorne kurz, hinten lang. Rudi Völler war da mit schlechtem Beispiel vorangegangen. Auch in Kreuzberg sah man diesen Schnitt jetzt häufiger; in den meisten Fällen kombiniert mit einem raumgreifenden Oberlippenbart. Ihr zuhälterhaftes Erscheinungsbild vervollständigten solche Mitbürger gern mit einem Mastino, einem Pitbull oder einem ähnlichen zähnefletschenden Grund, die Straßenseite zu wechseln. Schöner wurde die Welt dadurch nicht.

Sehr wohl aber durch Eugen Egners Illustrationen meiner Reportage vom Neujahrsball der Kastellane in *Kowalski*. Ich hätte vor Freude mit den Fingern schnipsen können, als ich die roten Bäckchen und die karierten Hosen der Kastellane und ihr ausgelassenes Treiben sah. Anscheinend hatte Eugen sich an den süßen Heinzelmännchenbildern des Malers August Kopisch orientiert und eine wildere Version davon getuscht.

Großartig. Noch besser ging's nicht mehr.

Alle meine Mitbewohner waren in die Weihnachtsferien entschwunden, und ich weidete mich an der Stille. Nun konnte ich mich auch endlich mal in der Badewanne ausbreiten. Und vor dem Frühstück brauchte ich keine leeren Bierflaschen und vollen Aschenbecher vom Eßtisch zu räumen.

Dieses Jahr wollte ich die Weihnachtszeit in Berlin verbringen. Wiebke hatte vor, Papa in Meppen Gesellschaft zu leisten, und Oma Jever plante, in Hildesheim-Itzum zu feiern. Alle waren versorgt, und ich konnte pausieren. Ein Jahresende ohne familiäre Verpflichtungen.

Mit Lydia turtelte ich lange am Telefon herum. Leider wollte sie nach Portugal fliegen. »Und danach hab ich zuviel zu tun für einen Besuch bei dir …«

Wir verabredeten uns für die zweite Januarhälfte in Oldenburg.

Eckhard Henscheid schickte mir – ohne Quellenangabe – die Kopie eines Nachrufs auf Günther Anders. Die letzten Zeilen lauteten:

Seine Gegner haben ihn nicht widerlegen können, nur schmähen. Das hat den streitbaren Moralisten nicht anfechten können.

Wozu Henscheid handschriftlich angemerkt hatte:

… und Sie ganz allein sind schuld.

Am besten legte man sich den Ruf zu, daß man ein »streitbarer Moralist« sei. Dann war man sakrosankt, und es durfte einem niemand mehr ein Widerwort geben.

Die Bundesregierung wollte Bundeswehrsoldaten nach Somalia entsenden. Wieso, weshalb, warum? Was hatten Soldaten eines Staats, dessen Armee laut Grundgesetz allein der Landesverteidigung diente, auf einem anderen Kontinent verloren? Wollte da jemand Hindenburg spielen?

An Heiligabend lag eine Kopie von Fritz Weigles Après-Prozeß-Zeichnung in der Post. Der eilfertige Bierkellner, die drei Richter, wir alle am Kneipentisch und über uns Heinrich Böll als Engel mit Baskenmütze und bleischweren Tränensäcken: Ja, so hatten wir dort zusammengesessen. Und jetzt hatte ich es schwarz auf weiß aus F. W. Bernsteins Feder. Ging es noch höher hinauf?

»Wir lassen's uns hier schmecken, und wir singen auch nach Kräften«, sagte Oma, als ich zur Teezeit mit ihr telefonierte. »Dagmar ist auch hier und Luises gesamte Familie …«

Ich rief dann noch in Meppen an, was Wiebke aber ungelegen kam: »Ich muß jetzt die Rouladen umzwirnen. Aber Papa geht's gut. Wir sind nur schon 'n bißchen spät dran mit dem Essenmachen. Trotzdem frohe Weihnachten!«

Den späteren Abend verbrachte ich mit Wiglaf Droste und Klaus Bittermann in einer dröhnigen Fußballfankneipe namens Intertank, wo Klaus uns erzählte, wie er einmal ein gutes Geschäft gemacht habe: Er sei von einem amerikanischen Millionär bekniet worden, der einen furchterregend kitschigen Gedichtband geschrieben habe. »Den wollte er unbedingt veröffentlicht sehen, und ich hab ihm gesagt, daß das schon geht, wenn er mir einen Druckkostenzuschuß zahlt …«

»Und was hast du verlangt?«

»Siebenundfünfzigtausend Mark«, sagte Klaus mit einem leisen Lächeln. »Und die hab ich auch gekriegt. Beim Champagner im Kempinski.«

»Nicht schlecht«, sagte Wiglaf. »Und wie hat sich der Band verkauft?«

»Überhaupt nicht. Der Mann hat seine Belegexemplare bekommen und ist damit glücklich, und der Rest der Auflage liegt bei mir im Keller. Nicht mal der esoterische Buchhandel hat sich dafür interessiert …«

Beim zweiten Bier beziehungsweise Wein entwickelten Wiglaf und ich den Plan, auf dem *konkret*-Kongreß, der für den Juni 1993 in Hamburg geplant war, einen Vortrag zum Thema »Die Linke und der Kitsch« zu halten: über sentimentale Friedenslieder, niederziehende Betroffenheitslyrik, törichte Demonstrationsrituale, bleierne Filmkunstwerke, anachronistische Kapitalistenkarikaturen, süßsaure Sozialkritik und manches andere, mit dem niemandem geholfen war.

»Aber ohne Diskussion!« sagte Wiglaf. »Wir erteilen Frontalunterricht!«

Als ich mir zuhause noch ein Käsebrot einschieben wollte, fiel mir irgendwas aus dem Mund.

Eine Plombe. Na herrlich! Mein einziges und zugleich schönstes Weihnachtsgeschenk. Ich suchte mit der Zungenspitze nach dem Loch und fand es auch sofort. Links oben. Ein schrundiger Krater. Ein Neusiedlungsgebiet für Bakterien. Warum passierte sowas immer dann, wenn alle Zahnarztpraxen dauerhaft geschlossen hatten? Idealerweise folgte auf die beiden Weihnachtsfeiertage dieses Jahr auch noch ein Sonntag.

Fuck.

Weil die Erzählerstimme die eines Kindes war, konnte ich in meinem Kriminalroman »Die gnadenlose Jagd« nach Herzenslust Formulierungen verwenden, die wegen ihrer Abgeschmacktheit auf der Schwarzen Liste standen: Hier durften Schüsse bellen, Menschenmengen auseinanderstieben, Verbrecher wie vom Erdboden verschluckt sein und Windschutzscheiben in tausend Stücke zersplittern. Und es machte auch Laune, die Romanfiguren in einer infantilen Papiersprache daherreden zu lassen:

»Jetzt schlägt's dreizehn!« stieß der Kommissar hervor und ließ seinen Füller fallen. »Ohne Frage, das ist die Handschrift von Fred Kalkutta! Wo haben Sie ihn gesehen? Wache! Wir müssen ihn kriegen, um jeden Preis!«

Dieses Buch schrieb sich fast von selbst. Ich mußte einfach nur meine schlechtesten Einfälle auswählen.

Eine andere Frage war die, weshalb das Telefon immer dann klingelte, wenn ich mich gerade in die Badewanne gelegt hatte. Das schien ein kosmisches Gesetz zu sein. Aber wenn der unbekannte Anrufer glaubte, ich würde jetzt aufspringen, hatte er sich geschnitten. Oder sah ich aus wie ein dressierter Affe?

In Arthur Schopenhauers Briefwechsel mit Goethe ging es ständig um die Farbenlehre, die mich kaltließ. Possierlich fand ich es allerdings, daß Schopenhauer, wie es in einer Fußnote hieß, im Herbst 1818 in Venedig keinen Gebrauch von Goethes Empfehlungsschreiben an den dort weilenden Lord Byron gemacht hatte:

Die spürbare Bewunderung seiner venezianischen Geliebten für Byron hatte ihn eifersüchtig gestimmt.

Wäre Schopenhauer wirklich ein hoch über dem irdischen Jammertal schwebender und alles Weltliche freiheraus verneinender Geist gewesen, hätte er nicht so kleinmütig gehandelt und aus Eifersucht auf die Begegnung mit einem großen Dichter verzichtet. So verhielten sich nur engherzige Materialisten.

Endlich, endlich kam der Montag, und ich konnte einen Zahnarzttermin vereinbaren: 5. Januar. Noch einmal acht Tage, an denen ich bloß mit den rechten Backenzähnen kauen durfte. Das Vernünftigste wäre wahrscheinlich eine Diät aus Apfelmus und Haferbrei gewesen, wozu ich mich jedoch nicht durchringen konnte.

Im *Spiegel* stand, daß Walter Kempowski sich von seinem Schlaganfall »bemerkenswert gut erholt« habe. Und daß im Herbst 1993 die ersten Bände seines Mammutwerks »Das Echolot« erscheinen sollten:

Ein wahnwitziges Unternehmen, dem er sich da verschrieben hat. Vielleicht wird sich »Echolot« als eines der letzten großen literarischen Wagnisse dieses Jahrhunderts erweisen: eine kollektive Alltagschronik und -collage, gegen die sich einst die Folianten eines Arno Schmidt wie Broschüren ausnehmen könnten.

Ich hoffte, daß Kempowski aber auch mal wieder einen Roman schrieb. Vielleicht über seine Dorfschullehrerzeit. Die sechziger und die siebziger Jahre hatte er in seinem erzählerischen Werk noch gar nicht berührt. Wäre das nicht geradezu seine Pflicht gewesen?

Beim häuslichen Umherflanieren hätte ich weit mehr als sieben Unterschiede zwischen den Zimmern meiner männlichen und denen meiner weiblichen Mitbewohner auflisten können, doch ein einziges Kriterium genügte schon, denn nur in den Zimmern der Männer lagen schmutzige Socken auf dem Boden.

Sigruns Zimmer zeichnete sich durch dekorative Schmetterlinge aus Kunststoff, Palmwedel, Trockenblumen und Rosenquarzsteine aus, während Lizzys Zimmer einem Museum der abstrakten Kunst glich. Kasimir Malewitsch, El Lissitzky und Cy Twombly, das war Lizzys eckige Welt.

Mein Leben verlief in diesen Tagen ganz nach der von Arno Schmidt in Worte gefaßten Formel: Er saß, aß, las.

Zum Beispiel Franz Beckenbauers zweite Autobiographie »Ich«, die Fortsetzung seiner ersten Autobiographie »Einer wie ich«. Wie er einmal neben dem Tänzer Rudolf Nurejew in dessen Limousine gesessen habe und immer näher zur Tür gerutscht sei:

> *Als er plötzlich seine Hand auf mein Knie legte, versuchte ich krampfhaft, die Situation zu entspannen, ohne ihn zu kränken. Ich begann hektisch und unvermittelt von meiner Familie zu erzählen, von meiner Frau und meinen Kindern. Er hat das sofort begriffen, bewegte sich in seine Hälfte zurück – und wir sind Freunde geblieben.*

Der Kaiser und die Ballettratte vom anderen Ufer: Worüber mochten sie sonst noch geredet haben bei ihren Treffen? Über das dritte Tor von Wembley? Über Gagen? Oder über Fragen der Tanztheaterchoreographie?

Ich schrieb aber auch viel, vor allem über den Ausbrecherkönig Fred Kalkutta, und einmal holte ich mir ein Weizenbierglas, um ein verängstigtes Mäuslein darin einzufangen und es in einer tieferen Etage des Großstadtdschungels wieder auszusetzen, doch auf keine meiner Finten fiel die Maus herein. Ich gab mich geschlagen und ließ sie in ihrem letzten Schlupfloch hinter der Küchenzeile in Ruhe.

Eugen Egner hatte ein frohes Fest erlebt:

> *Der Weihnachtsmann ist wieder weg, der Korrespondenzberg leicht abgetragen. Vieles habe ich genossen, manches sogar sehr: Lektüre, Ruhe, Einmütigkeit der Beauftragten, Abwesenheit von Schwimmbädern und Wüsten.*

Und aus Tübingen hatte mir der Buchhändler Jürgen Jonas eine zwanzigseitige, im Selbstverlag erschienene Broschüre gesandt, in der er mit dem Dichter Lutz Rathenow ins Gericht ging. Für Jonas war Rathenow »ein erschreckend komischer Mops mit Votzenbart«, und man konnte sich an einer »Bartliste« erfreuen, in der jene, »die selige Vergebung erlangen können« (u.a. Fidel Castro, Allen Ginsberg, Walt Whitman, Rübezahl, Sam Hawkins und Erich Mühsam), von den Unglücksraben geschieden wurden, die wegen ihrer Bärte »ewige Verdammnis erleiden müssen«. Zu denen gehörte neben Horst Mahler, Wolfgang Thierse, Pfarrer Eppelmann, Reinhold Messner, Fritz J. Raddatz und Ivan Rebroff natürlich Lutz Rathenow.

Seliggesprochen hätte ich auch Harry Rowohlt, denn dem stand sein Vollbart gut.

Noch zwei Tage bis Silvester, und es wurde schon feste geböllert. Die Berliner liebten den Rabatz. Wenn es nicht verboten gewesen wäre, hätten sie bestimmt das ganze Jahr über mit Knallkörpern um sich geschmissen.

Völker der Welt, schaut auf diese Stadt der Primitivlinge!

In meiner Jahresendabrechnung kam ich auf Einnahmen von mehr als dreißigtausend Mark. Wovon aber nicht viel übriggeblieben war. Wie gewonnen, so zerronnen.

Eine Redakteurin der *Wochenpost* wünschte sich telefonisch von mir eine Kritik der ersten, für den Neujahrsabend angesetzten Folge der TV-Serie *Der große Bellheim*. »Da spielt Mario Adorf einen kriminellen Unternehmer …«

Mein Aktionsradius wuchs. Nicht gerade stündlich, aber stetig, und wenn es so weiterging, standen mir große Zeiten bevor.

Ich hätte mal wieder guten Gewissens ausgehen können, denn mein Kriminalreißer hatte große Fortschritte gemacht, doch es war niemand zu erreichen, und im Nova sah ich nur lauter trübe Tassen abhängen, so daß ich es vorzog, mir gar nicht erst was zu bestellen, sondern brav an den Schreibtisch zurückzukehren und mich wieder Fred Kalkuttas Gaunerstreichen zu widmen.

In der Lessing-Biographie des Literaturwissenschaftlers Dieter Hildebrandt las ich, daß Lessings Sohn Traugott am ersten Weihnachtsfeiertag des Jahres 1777 geboren worden und am zweiten gestorben war. In einem Brief hatte Lessing damals geschrieben:

Ich wollte es auch einmal so gut haben, wie andere Menschen. Aber es ist mir schlecht bekommen.

An den gesundheitsschädigenden Folgen der Entbindung war am 10. Januar 1778 dann auch seine Frau gestorben. Kindbettfieber: eine tödliche Krankheit, die Ärzte mit unsauberen Händen verbreitet hatten.

Es fiel Puderschnee, was sich irgendwie unwirklich ausnahm, wenn man währenddessen mit dem Telefonhörer in der Hand am Fenster stand und Papa über Volker schimpfen hörte.

Das Ende dieses Wutausbruchs ließ lange auf sich warten. Ich sann auf Abhilfe, und als Papa einmal Luft holen mußte, ergriff ich die Gelegenheit, ihn aus dem Konzept zu bringen, indem ich sagte: »Ich wünsch dir jedenfalls ’n guten Rutsch.«

Papa wurde still. Dafür stand jetzt aber sicherlich nicht nur mir, sondern auch ihm selbst das Bild vor Augen, wie er den Jahreswechsel verbringen würde, nämlich mutterseelenallein in der Sofaecke.

»Und wann kannst du mal wieder herkommen?« fragte er.

»Mitte Januar ungefähr …«

Nach diesem Telefonat hielt ich den Kopf aus dem Fenster und lüftete meine Ohren aus. Während Papa vielleicht schon auf jemand anderen einteufelte. Und ich hatte richtig geraten, denn eine Viertelstunde später rief Dagmar mich an und sagte, daß er soeben am Telefon wieder über meinen verderbenbringenden Lebenswandel hergezogen sei, und unmittelbar darauf erfuhr ich telefonisch von Renate, daß sie ein Ferngespräch mit Papa abgebrochen habe: »Der hat hier angerufen, bloß um wieder über Volker und dich vom Leder zu ziehen, und da hab ich aufgelegt.«

So hielt er die gesamte Verwandtschaft auf Trab, obwohl er sich doch angeblich nichts sehnlicher wünschte als Ruhe und Frieden.

Ich folgte Claudia Denkers Einladung zu ihrer Silvesterfeier und wurde auf dem Hinweg unter Beschuß genommen. Niemand, der sich in Berlin am 31. Dezember abends auf die Straße wagte, war seines Lebens sicher. Auf den schweflig müffelnden Bürgersteigen wich ich den zündelnden Primatenhorden und den zahllosen von den Balkons gepfefferten Knallfröschen und Chinakrachern aus, so gut ich konnte.

Bei Claudia und ihrem Mann Dietmar gab es dann Bier, Tequila, Sekt und Gulaschsuppe. Sie hatten noch sieben, acht andere trinkfeste Gäste und palaverten mit ihnen gerade über den Berliner CDU-Mann Heinrich Lummer, der laut *taz* gesagt hatte: »Der Deutsche hat das Gefühl, man will ihm das Rückgrat brechen.« Nämlich wegen der internationalen Berichterstattung über die Anschläge auf Ausländer in Deutschland. »Und für die Juden« – noch einmal Lummer laut *taz* – »ist es der Versuch, die Hand aufzuhalten.«

Daß die CDU sich von diesem Rechtsextremisten im Bundestag vertreten ließ, war skandalös.

»Und wo ist dein Töchterlein?« fragte ich Claudia.

»Schläft. Direkt nebenan. Und Dietmar übernimmt die Nachtschicht. Heut hab ich Erziehungsurlaub!« Sie patschte sich freudestrahlend aufs Bein. »Wir wollen nachher noch auf 'ne Party. Hier im Haus. Da steppt der Bär …«

Das war nicht übertrieben. Auf dieser Party schien sich halb Kreuzberg die Ehre zu geben, und ich schloß serienweise neue Bekanntschaften und vergnügte mich fürstlich, aber wie es so ist: Wenn man nach solchen Nächten erwachte, bereitete es einem Mühe, auch nur ein einziges Gespräch zu rekonstruieren.

Ich schleppte mich ins Bad und dann zur Kaffeemaschine. Wie lange war ich auf der Party gewesen? Und hatte ich später nicht auch noch mit Claudia in einer Bar getanzt? An der Gneisenaustraße? Und bei einer etwas zu stürmischen Drehung ein paar volle Gläser vom Tresen gefegt?

Immerhin hatte ich ja nachhause gefunden. Wenn auch – das fiel mir jetzt wieder ein – erst um halb acht Uhr morgens.

Vom Ausgehen hatte ich bis auf weiteres genug. Eine ruhige Kugel schieben wollte ich, das Haus hüten, die Füße hochlegen und dezente Musik hören.

Let us pause in life's pleasures and count its many tears
While we all sup sorrow with the poor …

Dabei mußte ich wieder an Papa denken, dem in Meppen nicht einmal der Trost der Musik zu Gebote stand, weil er fast nie welche hörte.

17 Millionen Mark sollte die Produktion des ZDF-Vierteilers *Der große Bellheim* gekostet haben, und man sah ihm an, wo das Geld versickert war: Es wurden vierstöckige Torten durchs Bild getragen, wieder und wieder tauchten Luxuslimousinen auf, unzählige Statisten ackerten sich durch Sektempfänge und Gartenpartys, und die Hauptrolle spielte gar nicht Mario Adorf, sondern eine Traumvilla in Marbella.

Am ödesten waren die immergleichen Schnitte: Haus von außen, Haus von innen. Oder: Auto kommt herangefahren, dann Kameraschwenk, und man sieht es von hinten, wie es weiterfährt. Auch im richtigen Leben sah ich Autos nicht gern beim Herumfahren zu.

Nach und nach trafen meine lieben Mitbewohner wieder ein, stellten die Heizungen höher und machten meinem friedlichen Einsiedlerleben ein Ende.

»Und? Wie viele Bücher haste hier geschrieben zwischen den Jahren?« fragte Jochen, während er auf dem Eßtisch eine Plastikschale aufklappte, in der sich ein Lammspieß, eine Portion Pommes und ein anatolisches Salatgemisch befanden, und aus ihrer Zimmertür rief Sigrun: »Kannsch des ned woanders essa, Jochen? Mir wird schlechd vo däm Geruch!«

Telefonate: Axel Marquardt sei in die *Kowalski*-Redaktion eingetreten, sagte Günther, wobei ich mich fragte, was eigentlich aus Axel Marquardts Lesungsagentur geworden war; von Dagmar hörte ich, daß Oma wieder in Jever sei und noch bis Freitag Besuch von Therese habe, und Renate erzählte mir von einem schweren, fernmündlich ausgetragenen Ringen um den revidierten Text auf Papas Karte zum Gedenken an Opa Schlosser, die sie in Bonn drucken lassen solle. Papa habe auf dem Wortlaut bestanden:

Heute vor 100 Jahren wäre unser Vater 100 Jahre alt geworden.

Sie habe immer wieder gesagt: »Begreifst du nicht, daß das falsch formuliert ist? Wenn dein Vater vor hundert Jahren hundert Jahre alt geworden wäre, dann wäre ja im Januar schon sein zweihundertster Geburtstag!«

»Und hat Papa das eingesehen?«

»Weiß ich nicht. Ist mir auch egal. An die Druckerei gebe ich das jedenfalls anders weiter.«

Ich sehnte mich nach Lydia, doch das verschwieg ich ihr. Sie sollte sich ja nicht von mir eingeengt fühlen. Aber hätte sie sich nicht mal bei mir melden können? Um mir ein frohes neues Jahr zu wünschen?

»Hat jemand Abbedid uf Reis?« rief Sigrun in die Gegend. »I könnde au no ai baar Abrikosenschdüggloi reindun …«

Laut *Tagesspiegel* unterzog der Verlag Bertelsmann die deutschen Übersetzungen der Kinderbücher von Enid Blyton »einer radikalen Verjüngungskur«:

Jungens werden auch mal zum Spülen in die Küche geschickt, und Mädchen dürfen ein paar Abenteuer mehr erleben … Vor allem aber wurden diskriminierende Äußerungen gestrichen. Ein Mann sieht nicht mehr »grausam«, sondern »mißmutig« aus. Der Professor mit seinen buschigen Augenbrauen erinnert Richard jetzt nicht gleich an einen Affen …

Was sagten Enid Blytons Erben dazu? Und sollte jetzt die gesamte Weltliteratur umgeschrieben werden?

Eine Dreiviertelstunde dauerte das Gefrickel, bis mein Zahn wieder verplombt war. Ich hatte ihn schon verloren gegeben, und ich atmete auf, als ich gehen und mich wieder meinem Kriminalroman zuwenden durfte.

Ich las den Briefwechsel zwischen dem Dichter Peter Hacks und Ronald M. Schernikau. Darin belehrte Hacks den jungen Kollegen, daß er mit der Hand schreiben müsse:

> *Ein Eindruck, zu Ihrem Mißgefallen. Der Text läßt die Vermutung zu, er sei nicht bloß auf dem, sondern in den Komputer geschrieben. Komputer sind oberflächlicher und haben weniger Sinn für Zusammenhang als Hände ...*

Schrieb Hacks denn noch mit einem Federkiel statt mit einem »Komputer«? Oder meißelte er seine Gedichte in Granit?

Die *Wochenpost*-Redaktion hatte meinem Beitrag ohne Rücksprache mit mir die alberne Überschrift »Bello Bellheim« verpaßt, von der jetzt natürlich jeder branchenfremde Leser glaubte, daß ich sie mir ausgedacht hätte.

Sigruns Reistopf stand seit Tagen in der Küche herum. Dann erbarmte Jochen sich, entsorgte den angeschimmelten Reis und schrubbte den Topf so lange, bis er wieder passabel aussah.

Herzlich lachten Max und ich, als Meryl Streep in Robert Zemekkis Spielfilm »Der Tod steht ihr gut« des langen und breiten eine Treppe hinunterfiel und sich dabei sämtliche Knochen brach – eine Szene, die gar kein Ende zu nehmen schien. Immer tiefer polterte die Gute über die Stufen. Wer da wohl als Stuntwoman mit blauen Flecken übersät worden war?

In einer Kneipe zeigte Max mir danach einen Brief von Abiturienten, die ihm Fragen zu seiner Weltanschauung stellten. Es gehe dabei, sagte er, um das Projekt »Wir treiben Schriftsteller in den Wahnsinn«. Antworten werde er darauf jedenfalls nicht. »Junge Leute sollten lieber miteinander bumsen als solche Briefe aufsetzen!«

Außerdem erzählte er mir von Las Vegas, wohin es ihn kürzlich verschlagen hatte, aber das Motiv für seine Reise konnte er mir nicht verständlich machen. Diese Weltmetropole der Abzocke hätte ich selbst dann nicht angesteuert, wenn mir die gesamten Spesen nachgeschmissen worden wären.

Als ich die Wohnungstür öffnete, trugen Sigrun und Philipp gerade einen lautstarken Streit über einen Fall von Mundraub aus.

Sie: »Uf der Dose mid däm Gorgonzola …«

Er: »Ich bin nicht schwerhörig!«

Sie: »… hedd digg ond fedd mai Nam geschdanda!«

Er: »Hab ich halt übersehen! So what?«

Sie: »Du könndeschd di ja mol entschuldiga!«

Er: »Tu ich doch gerade!«

Sie: »Noi, du schreisch mi an!«

Er: »Wenn du mich anschreist, schrei ich eben zurück!«

Sie: »Mid däm Underschied, daß du koin Grond zom Schreia haschd!«

»Immer langsam mit den jungen Pferden«, rief Jochen von hinten, ohne damit jedoch die Gemüter beruhigen zu können.

Michael Ringel schickte mir eine, wie er es nannte, »Schmeichel-Passage« aus der Abschrift seines Interviews mit Eckhard Henscheid, der gesagt hatte:

Wer zum Beispiel leider nicht in der »Titanic« schreibt, ist dieser gute Mann, der so auch ein bißchen schon als »Star« gefeiert wird, der da und dort schreibt, von »konkret« bis »Merkur« und »Kowalski«, der Martin Schlosser. Am Anfang haben die Leute gedacht, das sei ein Pseudonym von mir, weil er eben ähnliche Techniken hat, er hat es offenbar schon auch mit von mir übernommen. Der schreibt leider nicht in der »Titanic«. Da könnte man schon wieder den Umkehrschluß ansetzen, den haben sie abgewimmelt, weil er ihnen nun wieder zu gut ist. Das spielt ja auch eine Rolle, so Konkurrenzdenken. Das führt zu der abstrusen Umkehrung, daß oft gute Leute, daß man sie nicht will, weil man möglicherweise unbewußt wittert, die sind zu gut und werden dann zu dominant.

Vielleicht waren meine älteren Einsendungen aber auch einfach zu schlecht gewesen. Und als »Star« hatte ich mich in *Kowalski* nur selbst gefeiert. Aus Jokus. Doch ein Labsal waren diese Worte natürlich trotzdem.

Und schon wieder brauchte ich ein neues Farbband. Und Papier. Und Briefumschläge. Und Briefmarken. Und Fotoecken und Uhu und Rasierklingen und einen neuen Kamm, weil mein alter desertiert war.

Für den 27. Februar habe er eine Lesung für uns in Hoyerswerda »eingestielt«, sagte Michael Rudolf mir am Telefon. »In 'nem Jugendklub.«

In Hoyerswerda? Einer Hochburg der Neonazis?

»Da müssen wir durch«, sagte er. »Und sie werden uns lieben! Wart's ab!«

Dann kam Kathrin mal wieder vorbei. Mit ihr war es nie langweilig. Wir erstellten eine Liste der schlechtesten Songs von Bob Dylan: »Neighbourhood Bully«. »Wiggle Wiggle«, »Are You Ready?«, »Property of Jesus« und als Spitzenreiter »Blowin' in the Wind«. Besonders dieser alte Lagerfeuerheuler schien uns eine Parodie verdient zu haben. Kathrin schlug vor, ihn versuchsweise in gebrochenes Deutsch zu übersetzen. Das gelang uns mit links:

Nixe wisse, wohin Mann musse gehe,
Bise heiße riktige Mann.
Nixe wisse, wieviel große Wasser kleine weiße Vogel musse fliege drüber,
Bevor gehe schlafe in Dreck.
Nixe wisse, wie oft musse Kugel mache bumbum,
Bise sage: »Nix gutt! Verbott!«
Riktig Antwort, gutt Freund, musse feife inne Wind,
Riktig Antwort musse feife inne Wind ...

»Fehlen noch zwei Strophen«, sagte Kathrin.

Jochen riß die Tür auf. »Klopf, klopf! Braucht ihr was zu rauchen?«

Er schenkte uns ein Stückchen Shit, und wir führten es umgehend seiner Bestimmung zu.

In Bombay brachten Hindus und Moslems einander zu Hunderten um, aber im Radio war nur von »Unruhen« die Rede. Ein reichlich einfältiger Begriff, wie mir jetzt aufging. Aber Journalisten waren eben Gewohnheitstiere mit einer stark unterentwickelten Bereitwilligkeit zur Wortwahlkontrolle.

Die an sich begrüßenswerte Vorschrift, daß unsere vierbeinigen Freunde draußen warten mußten, wenn ihr Herrchen oder Frauchen ein Geschäft betrat, hatte auch Nachteile, denn was machte man, wenn sich vor dem Eingang von Getränke Hoffmann sieben angeleinte, aber grummelnde und nicht völlig unbewegliche Kampfhunde ein Stelldichein gaben?

Da half bloß eins: zum Rückzug blasen.

»In der Post schlossert's mal wieder«, hörte ich Jochen sagen, als ich mir hinten in der Küche den Frühstückskaffee braute, und ich freute mich: Zu einem idealen Start in den Tag gehörten schließlich ein paar nette Briefe und Ansichtskarten.

Andrea schrieb mir, daß sie sich in einen »süßen Floris« verliebt habe und daß wir »so einen Quatsch wie neulich im November« nicht noch einmal machen sollten:

Süßer König der Narren – dafür mag ich Dich doch viel zu sehr! Damit Du es nur weißt!

Fürs neue Jahr wünsch ich Dir viele schöne Frauen, viel Erfolg mit der Schreiberei, jede Menge Spaß und ganz viel Liebes.

Auf einer verspäteten Karte aus den USA meldete Max, daß er im »Borax-Museum« gewesen sei:

Es bildet das Herz der Hauptoase des Todestals. Man braucht Borax zur Körperpflege und zum Bleichen von bestimmten Säcken. In Las Vegas hingegen gab es kein Borax, nur Bier, Geklapper und Teppichböden, von denen man elektrische ~~Zahnbürsten~~ Schläge bekommt.

Helmut Krause wiederum bedankte sich überschwenglich für

die Kopie der postforensischen Zeichnung von F. W. Bernstein, die ich ihm geschickt hatte:

Jesses, wie gerne man das sieht!

Dieses Bild habe ihm »schönst den Morgen zum Angenehmen hin planiert« – er gehörte zu den Menschen, deren Stil man in jedem Satz erkannte. Und er hatte eine Lesung für mich in der Ludwigshafener Stadtbibliothek organisiert, der Gute.

Und dazu noch ein Brief von Eugen:

Soll ich ein bißchen von mir schreiben? Das tu ich immer wieder gern. Ich hab mich so an mich gewöhnt, ich werde mir mal sehr fehlen.

Die wichtigste Nachricht war die, daß er seinen Roman vollendet habe:

Hohe Tage großer Inspiration habe ich hinter mir, wieder waren da Flämmchen über dem Haupte – und alles total nüchtern. Was bin ich für ein famoses Haus!

Anderes stand jedoch nicht zum besten:

Eine Sylvesterrakete hat das Plexiglas-Sonnendach meiner Eltern durchschlagen. Keine hundert Meter weiter hat ein erboster Mann seinen Wohnungsnachbarn erschossen, weil der mit der vermaledeiten Knallerei am frühen Morgen immer noch nicht aufhören wollte. Verständnis dafür (für das Erschießen aus diesem speziellen idiotischen Anlaß) habe ich im Prinzip, aber irgendwie gehört sich das dann doch nicht. Zweihundert Leute wollten den Schützen sodann lynchen, ein großes Polizeiaufgebot war zu seinem Schutz vonnöten. Bei der Gelegenheit wurde ein erstaunliches, größtenteils verrostetes Waffenarsenal sichergestellt. Wir wissen davon nur aus der Zeitung, gehört haben wir gottlob nichts. Überhaupt: Sylvester, eine Scheißangelegenheit für sich, sozusagen eine Oberidiotie. Die schlimmsten Erniedrigungen habe ich im Zuge dieser Unsitte schon erlitten …

Gegen Ende seines Briefs behauptete Eugen, daß er ein Bügeleisen beilegen werde:

Es ist mit Schafskäse gefüllt, und wenn man es auf »Leinen« einstellt, ertönt »Ein Sonntagmorgen am Abend« von Karl Valentin.

Als Dreingabe hatte ich aus Olafs Büro eine Vampirzeichnung von Nantje gefaxt bekommen. Renate hatte dazugeschrieben:

Das ist im Moment ihre Spezialität.

Fast sechs Jahre war Nantje jetzt alt. Beinahe schon schulreif. Doch ihr schwante natürlich noch nichts von Integralrechnung, Polymerisation, Transistorschaltungen und anderen schönen Dingen, die sie für das Leben lernen sollte.

Völlig unverkrampft hatte ich mich ja noch nie auf einen Zahnarztstuhl gesetzt, aber das Nachpolieren war dann wirklich keine große Sache. Nicht einmal für mich, den Schrecken aller Dentisten.

Bei ihrem nächsten Krach erörterten Philipp und Sigrun die Frage, wer den Waschbeckenrand mit Lippenstift beschmiert habe.

Sie: »I han gar koin Libbenschdifd!«

Er: »Und wer soll das sonst gewesen sein?«

Sie: »Was woiß i? Frag do mol Lizzy!«

Er: »Die ist seit vorgestern bei ihrem Freund!«

Sie: »Du schreisch mi ja scho wiedr an! Hör uf damid!«

Er: »Dann hör du gefälligst damit auf, mich anzulügen!«

Sie: »Du haschd do ’ne Meise! Mid dir red i nemme!«

Ein Fall fürs Schiedsgericht. Wenn es in unserer WG eins gegeben hätte.

Ein Kärtchen von Dagmar aus Bad Wildungen: Sie sei jetzt für vier Wochen dort zur Kur, und es lasse sich zufriedenstellend an.

Habe den Koffer voller Thomas-Mann-Bücher, das paßt so gut in ein Sanatorium …!

In einem Kurort dahindämmern und Thomas Mann lesen, o nein, das wäre nichts für mich gewesen, aber wenn Dagmar so etwas genoß, warum nicht?

Ich schickte die ersten zehn Kapitel meines Kriminalromans nach Greiz und ging dann zum Eiszeit-Kino, wo der Kabarettist Matthias Deutschmann ein Gastspiel im Benno-Ohnesorg-Theater gab.

Meine Brille beschlug, wie es Brillen so an sich hatten, wenn man aus der Kälte kam. Mobilfunknetze, Chipkarten und Gameboys erfinden, ja, das konnten sie, die Wissenschaftler, aber wann würden sie Brillengläser erfinden, die nicht beschlugen?

Deutschmann spielte auf einem Cello und stimmte ein Lied von Wolf Biermann an:

So ist meine Tine
am Morgen noch Traube
am Mittag Rosine
am Abend schon Wein …

Was er mit den Worten kommentierte: »Winzer standen vor einem Rätsel …«

Eine gute Wahl, dieser Mann.

Bei dem anschließenden Gelage las ich Wiglaf »Musse feife inne Wind« vor, und er sagte, daß man das mit ein paar Änderungen auch »singbar machen« könne. »Und im Februar hätten wir gern wieder dich bei uns zu Gast …«

Eine freundliche Einladung, die fast untergegangen wäre, weil am Kopfende des Biertischs plötzlich ein von Geschrei begleitetes Handgemenge entstand. Den Satzfetzen nach zu urteilen, die ich aufschnappen konnte, schien sich der Streit an einer herablassenden Bemerkung Michael Steins über die geistige Regsamkeit der »Autonomen Antifa« entzündet zu haben. Ich sparte mir aber die Mühe einer näheren Erkundigung und begab mich lieber fort, bevor die ersten Gläser flogen.

Am Sonntagnachmittag stand ich sinnend am Fenster, als mein Tape-Deck auf einmal eine meiner Lieblingskassetten in Bandsalat zu verwandeln begann. »The Freewheelin' Bob Dylan«. Die war geschrottet. Ich konnte schon froh sein, daß ich das verknäuelte Band aus dem Gerät wieder herausgezuppelt kriegte.

Das eigene Tape-Deck als Terminator. Wie sollte man noch entspannt Kassetten hören, wenn in jedem Moment ein solches Debakel drohte?

Das Kassettenzeitalter sei sowieso vorbei, sagte Max bei meinem abendlichen Besuch in seiner Klause. Aber CDs würden auch nicht ewig halten: »Ich kenne zuverlässige Leute, die deren Lebensdauer auf zehn bis fünfzehn Jahre taxieren. Dann purzeln die Daten da einfach runter, und man besitzt bloß noch leere Polycarbonatscheiben …«

In der Wiener Wochenzeitung *Falter* stehe übrigens was über mich. »Willst du's lesen?«

Der Philosoph Konrad Paul Liessmann setzte sich da mit meiner Kritik an Günther Anders auseinander und gab mir zwar in mancher Hinsicht recht, aber er warf mir vor, daß ich die von Anders beschworenen Gefahren verharmlost hätte:

Seit dem 17. Dezember 1992 dient das Fernsehen also nur mehr der Aufklärung, hat Auschwitz nichts mehr mit der industriellen Zivilisation zu tun, gibt es keine Atombomben mehr und alle Technik dient nur dem Wohl einer selbstbewußten und dem Humanen verpflichteten, alles andere als antiquierten Menschheit. Und Anders wird, wie es die Schlossers gerne hätten, eine Marginalie im deutschen Geistesleben des 20. Jahrhunderts.

Nichts davon hatte ich behauptet. Das polemische Verfahren, das Liessmann hier anwandte, war recht eigenwillig: mich wegen Thesen anzugreifen, die ich gar nicht aufgestellt hatte. Meine These war vielmehr die, daß Anders weder etwas zur Erkenntnis noch zur Lösung der Menschheitsprobleme beigetragen, sondern immer nur an seinem Image als Mahner und Warner gearbeitet habe.

»Selber schuld«, sagte Max und holte die zweite Runde Bier aus dem Kühlschrank. »Schreibste halt nächstesmal besser was über Blumen!«

Meine Kritik an Anders leuchtete immerhin dem Verleger Jörg Schröder ein, wie ich einem Brief von ihm entnahm:

Sowas habe ich mir schon gedacht, denn gelesen hatte ich von dem alten Herrn nur Auszüge, Zitate etc. in den diversen Allg. Sonntagsblättern. Ist immer wieder schön, wenn man als Lesebanause dabei erwischt wird, das Richtige getan zu haben, nämlich: nichts.

Außerdem schrieb er mir, daß Wiglaf eine Glatze tragen dürfe, wenn er sich einen kleinen Lichterkranz von Ikea draufsetze.

Bei mir angekommen war nun auch die Karte zum Gedenken an Opa Schlosser. Mit einem fehlerfreien Text, so wie Papa ihn mir im Dezember diktiert hatte.

Die anderen Adressaten, die er bedacht hatte, konnten jetzt darüber nachdenken, was er ihnen mit dieser Karte sagen wollte, und er selbst saß wahrscheinlich in seiner Sofaecke und sonnte sich in dem Gefühl, ein wohlgeratener Sohn zu sein.

»Jesus Chrischdus, was bin i naß!« rief Sigrun, als sie vom Einkaufen kam. »Des isch die reinschde Sindflud da drussa!« Sie schüttelte ihr Haupt wie ein nasser Hund und lachte mich an. »Magsch was abhan vo der Feichdigkeid?«

Es war ein übler Regentag, der Berlin noch schlechter aussehen ließ, als man es in der Winterzeit gewohnt war. Ich verkroch mich in mein Zimmer, zog die Vorhänge zu und nahm die Arbeit an meinem Kriminalroman wieder auf.

Ein Oliver Schmitt, der es gut mit mir zu meinen schien, sandte mir aus Tübingen ein Fanzine namens *Unser Huhn*. Mit einer Ratgeberseite, auf der ein gewisser Dr. Gerald Klarner aus Mainz darlegte, wie man sich vor Verwechslungen mit dem verstorbenen ZDF-Nachrichtensprecher Gerhard Klarner schützen könne:

Wenn Sie andauernd für Gerhard Klarner gehalten werden, lassen Sie kleine Kärtchen mit der Aufschrift »Gerhard Klarner ist lange tot!« drucken, die Sie dann bei Bedarf aushändigen können.

Und:

Wenn Sie ständig für Dagmar Berghoff gehalten werden, so lassen Sie die Rückseiten Ihrer »Gerhard Klarner«-Kärtchen mit der Aufschrift »Ich sehe zwar aus wie Dagmar Berghoff, bin es aber nicht!« versehen und händigen diese ggf. aus.

Ich revanchierte mich mit einem echten Gerhard-Klarner-Autogramm aus dem fast unerschöpflichen Nachlaß meines Vetters Gustav.

Im U-Bahnhof Hermannplatz fand ich noch immer nicht auf Anhieb den richtigen Ausgang, und auch im Kaufhaus Karstadt versagte gewöhnlich mein Orientierungssinn, wenn ich wieder rauswollte. Vielleicht hätte ich mir einen Kompaß besorgen sollen. Diese Kaufhäuser schienen absichtlich so gebaut zu sein, daß man vom Rolltreppenwechseln einen Drehwurm bekam.

Philipp hatte für die gesamte WG eine Soljanka fabriziert, eine kraut- und salzgurkenlastige Suppe, und schon die erste Kostprobe zauberte einen Ausdruck des Ekels auf Lizzys Gesicht.

»Was ist los mit dir?« fuhr Philipp sie an. »Hast du deine Tage oder was?«

»Fick dich doch«, erwiderte Lizzy und verließ unsere gesellige Runde.

Konnte es mit dem Umgangston in dieser Wohngemeinschaft noch weiter bergab gehen, oder hatte er den tiefsten Punkt bereits erreicht?

Im *Tip* legten die Rezensenten Birgit und Ralph Gätke in einer freundlichen Besprechung meiner Bücher dem Bundespräsidenten Richard von Weizsäcker und seiner Frau Marianne die Worte in den Mund:

»Martin Schlosser ist die große weiße Hoffnung der kleinteiligen Prosa.«

Was Weizsäcker tatsächlich las, waren meiner Mutmaßung nach eher Bücher über Kirchenarchitektur und Rosenzucht.

Das Berliner Landgericht hatte das Strafverfahren gegen Erich Honecker eingestellt: Er sei für die Verhandlungen zu krank und werde bald sterben. Und nun flog er nach Chile zu seiner Frau.

Welch trauriges Ende. Wenn mir selbst nicht mehr viel Zeit geblieben wäre, hätte ich sie ganz bestimmt nicht mit der doktrinären Giftnudel Margot Honecker verbringen wollen.

In einer Kneipe am Lausitzer Platz trafen Wiglaf und ich uns mit dem *Sportkritik*-Redakteur Martin Krauß, der sich als gebürtiger

Koblenzer sowie als sattelfester Dylanianer erwies: zwei Eigenschaften, von denen jede für sich schon ein abendfüllendes Gespräch garantiert hätte.

Die Quizfrage, in welchen drei Songs von Dylan es um Boxer gehe, konnte ich sogar noch nach dem vierten Bier beantworten, und Wiglaf, in dessen Ranking der Songwriter Dylan nicht an der Spitze stand, räumte ein, daß er dafür im Olymp zur Rechten des Gottes Van Morrison sitzen dürfe.

Als Martin Krauß gegangen war, stiegen wir auf Whiskey um und trieben dann im Kiez noch allerlei Schandudel, rüttelten an Autotürklinken und schraken nicht einmal davor zurück, einen Baukran zu erklimmen.

»Wieso tun wir das eigentlich?« fragte Wiglaf mich nach sechs oder sieben Metern.

»Just for fun«, sagte ich, und er entgegnete, daß er sich weitere sprachliche Konzessionen an die Siegermächte in dieser schwindelnden Höhe verbitte.

Wie ich gegen elf Uhr vormittags feststellte, lag ich in meinem Bett und hatte die Nacht überlebt.

Beim Zähneputzen faßte ich den Beschluß, Baukräne künftig zu meiden. Erst recht unter dem Einfluß von Bushmills Single Malt. Ich hatte noch viel mit mir vor und wollte mein junges Leben nicht hinter irgendeinem Bauzaun aushauchen.

Auf dem Balkan schien sich der CDU-Politiker Stefan Schwarz gut auszukennen:

Vor der Kamera berichtete der Abgeordnete etwa von Hundeföten, die angeblich von serbischen Ärzten – »Mengeles serbische Erben« – bosnischen Frauen »eingepflanzt« wurden.

So stand es in der *Zeit*. Doch waren solche Operationen überhaupt möglich? Das Ganze roch nach einer Propagandalüge. Ich fürchtete, daß dort viel schlichtere Verbrechen begangen wurden, von allen Parteien, die in diesen Bürgerkrieg gezogen waren.

Es durfte nicht wahr sein, aber Philipp und Sigrun kriegten sich schon wieder in die Wolle. »Dir haben sie doch die Scheitellappen amputiert!« hörte ich ihn ausrufen, und von Sigrun kam die Rückmeldung: »Du solldeschd dir dai Gosch mid Seife auswasche, du Arschbaggagsichd!«

Da mischte man sich besser nicht ein.

»Schlosser!« brüllte Jochen. »Teflon!«

Was heißen sollte, daß jemand mich am Telefon zu sprechen wünsche.

Es war Lydia. »Ich wollte einfach gern deine Stimme hören. Sag mal was.«

»In einer Woche sind wir wieder zusammen.«

»Sag noch mehr.«

»Ich hab vor, dich aufzufressen.«

»Wenn du dich da mal nicht täuschst. Dasselbe hab ich nämlich mit dir vor.«

»Brauchsch no lang?« fragte Sigrun. »I erwarde an dringenda Anruf vo nr Fodoagendur …«

Immer hatte man diese WG an der Hacke. Ich war es nun bald leid.

Klaus Bittermann plante ein Buch mit dem Titel »Der rasende Mob. Die Ossis zwischen Selbstmitleid und Barbarei«, und ich trug dazu einen Aufsatz über den Sozialdemokraten Wolfgang Thierse bei, dessen Markenzeichen ein struppiger Vollbart war. Thierse attestierte sich »ein Grundempfinden, das Macht ablehnt«, drängte aber nach vorn, indem er sich als Stimme des Volks ins Gespräch brachte:

Nation meint ein paar selbstverständliche Realitäten. Die kann ich zusammenfassen mit dem Begriff Nähe.

Da war er wieder, der Teestubenjargon aus den Beitrittsländern. Etwas klarer äußerte Thierse sich über die rechtsradikalen Glatzen:

Diejenigen, die da so aggressiv agieren, teilen uns etwas mit über die von ihnen empfundenen Handlungsblockaden, über Mitwir-

kungsdefizite, über ihre undeutliche Erfahrung, daß sie Objekte eines Prozesses sind, in den sie als Subjekte nicht eingreifen können.

Tröstlich für die Opfer, daß der Pöbel, der sie jagte, uns damit etwas über seine Handlungsblockaden und Mitwirkungsdefizite mitteilen wollte.

Dann entbrannte auch einmal ein Streit zwischen Nicola und Jochen, der in Nicolas Zimmer nach einem Verlängerungskabel gesucht hatte, nachdem er draußen, ohne es zu merken, in Hundescheiße getreten war. Die hatte er fein säuberlich auf dem sensiblen Teppichboden verteilt, und Nicola war außer sich, weil Jochen seine Schuld leugnete, obwohl die Spuren in sein Zimmer führten.

»Haba die zwoi sich jedzd wieda verdraga?« fragte Sigrun mich, als wir einander abends über den Weg liefen.

Ich wußte es nicht.

Wiglaf schickte mir eine leicht bearbeitete Fassung von »Musse feife inne Wind«:

Wie fille Strase musse Mann gähe weg
Bise heise riktige Mann?
Wiefill grose Wasser musse weise Voggl fligg
Bise könne schlaffe inne Sand?

So fing es an, und auch der Rest war tadellos.

Oben bei den Geigenbauern steige eine Party, sagte Jochen. »Kommste mit?«

»Bei welchen Geigenbauern?«

»Zwei Stockwerke höher. Da werden Geigen gebaut. Und heute abend geht's da rund …«

Auf dieser Geigenbauerfeier umschlang mich mit einem Mal von hinten eine Frau: die schöne Dunja. »Na, du auch hier?« sagte sie und zog mich auf ein Sofa, um mit mir zu knutschen, und ich tat ein Weilchen mit, doch Dunja war bereits so breit, daß ich es für besser hielt, der Sache einen Riegel vorzuschieben.

Wir schritten Arm in Arm hinunter in den Hof. Bevor Dunja ihr Fahrradschloß öffnete, umarmte und küßte sie mich noch einmal so leidenschaftlich, daß ich beinahe schwach geworden wäre, aber sie war einfach zu betrunken für ein Techtelmechtel ohne Reue.

Als sie losfuhr, tat sie es in Schlangenlinien, und das konnte ich nicht dulden. Ich stoppte sie, nahm ihr das Fahrrad weg, schloß es wieder ab, rief uns ein Taxi, begleitete Dunja heim, trug sie auf meinen Armen vier Stockwerke hoch zu ihrer Wohnung, half beim Aufschließen der Tür, legte Dunja auf ihrem Bett ab, deckte sie zu, ging wieder hinunter, winkte ein neues Taxi herbei und war sehr stolz auf meinen Edelmut, bis mir einfiel, daß ich mich ja auch zu Dunja hätte legen können, um neben ihr einzuschlafen.

Bevor ich am Montag nach Meppen reiste, deponierte ich in der Graefestraße für alle Fälle einen Zettel mit den Nummern, unter denen man mich in den nächsten Tagen erreichen konnte.

Im Zug sprang mir dann der widerwärtigste Zeitschriftenartikel ins Auge, der mir je untergekommen war: Britische Journalisten hatten den Tonbandmitschnitt eines Telefonats zwischen Prinz Charles und seiner Geliebten Camilla Parker Bowles publiziert, und der *Spiegel* hatte alles fröhlich abgedruckt.

In den Pressedreck gezogene Koseworte. Nein, sie schämten sich für gar nichts mehr, die Schweinehunde in den Redaktionen der westlichen Welt.

Weil ich in Rheine den letzten Anschlußzug verpaßt hatte, mußte ich mir ein Hotelzimmer nehmen und durfte mir dort im ZDF ansehen, wie Gérard Depardieu sich mit einem elektrischen Küchenmesser den Penis abschnitt, und im Frühstückszimmer lag morgens das neue Nachrichtenmagazin *Focus* aus dem Hause Burda bereit. Mit Börsentips (»Jetzt auf Goldaktien setzen«) und »Psycho News« (»Kinder + Karriere = Glück«). Eine Zeitschrift für die komplett Verdooften.

Ich kochte Pellkartoffeln, schmorte Lauch und briet Kabeljaufilets, um uns in Meppen einmal etwas anderes zu kredenzen als die ewige Tiefkühlkost, aber Papa rümpfte darüber die Nase.

Wiebke sei jetzt in Chile bei Franziska, sagte er, als wir in der Küche am Essen nagten, und es klang wie ein Vorwurf: Was Wiebke bei ihrer und meiner Kusine Franziska zu suchen habe?

Ich hätte nicht sagen können, was ich am schrecklichsten fand: Papas schlechte Laune, die kaputte Spülmaschinenklappe oder den mir verhaßten und für das Emsland so typischen Winterhimmel aus Sichtbeton.

Papa wollte zum Friseur gefahren werden, aber vorher baden. Als er sich dann endlich von mir aus der Wanne heraushelfen ließ, war es zu spät, und abends führte er im Wohnzimmer zum hundertsten Male seine weithin bekannten Hörspiele auf, in denen es um Volkers Leichtsinn und Mamas Zigeunertum ging, und ich konnte ihn nicht bremsen.

Am Donnerstagvormittag rief jemand von dem Kölner Fernsehsender Vox an und lud mich als Gast in eine von dem Journalisten Dagobert Lindlau moderierte Talkshow ein, die am 1. Februar erstmals ausgestrahlt werde. Das Thema sei dann »Pro und contra Lichterketten«. »Und da uns einige Texte von Ihnen vertraut sind, hätten wir Sie gern als Gegner der Lichterketten im Studio!«

»Und wer vertritt die Gegenposition?«

»Der Wolfgang Niedecken.«

Au Backe. Der Kölschrocker von BAP.

Ich bat mir einen Tag Bedenkzeit aus.

In Oldenburg schenkte Lydia mir einen feuerroten Pullover. Der werde mir bestimmt gut stehen, sagte sie. »Und was dein sonstiges Outfit angeht, würde ich dir zu einer Kurzhaarfrisur raten. Aber mach halt, was du willst. Ich geh jetzt mal eben duschen, und danach kannst du auch mit mir machen, was du willst. Zieh dich doch schon mal aus!«

Ließ sich solches Glück noch steigern? Ich entledigte mich summend meiner Kleidung, während im Bad das Wasser rauschte.

So I knelt there at the delta
At the alpha and the omega
I knelt there like one who believes …

Den Spielfilm, den ich uns aussuchte – »Der letzte Mohikaner« von Michael Mann –, fand Lydia leider ganz abscheulich. Von Tomahawks gespaltene Menschenschädel lösten bei ihr nur Übelkeit aus, und daher mußten wir das Kino bereits nach den ersten größeren Kampfhandlungen wieder verlassen.

Bis Mitternacht saßen wir noch bei einer Flasche Rotwein in der Küche beieinander.

»Ich frage mich, ob ich in Oldenburg als Beamtin grau und faltig werden soll oder in Indien weise und leer«, sagte Lydia.

Darauf fiel mir keine Antwort ein. Ich konnte nicht klar denken, denn ich war schon wieder spitz.

Was Lydia nicht entging. »Komm her«, sagte sie, stellte ihr Glas ab und knöpfte sich die Bluse auf.

Herrje, wie liebte ich diese Frau!

Bevor ich am Freitag nach Jever weiterfuhr, rief ich bei Vox an und sagte meine Teilnahme an der Talkshow zu.

»Wunderbar!« erwiderte der Typ. »Wir fliegen Sie dann ein. Und ich melde mich nochmal, um Details abzuklären …«

Omas Armbruch war ausgeheilt. Sie hatte inzwischen zudem einen leichten Schlaganfall überstanden und zu ihrer alten Form zurückgefunden. Das galt auch für ihre traditionell klägliche Form als Malefizspielerin. Ich bereitete ihr ein Waterloo nach dem anderen, was sie jedoch gelassen hinnahm: »An Niederlagen bin ich ja gewöhnt. Und wenigstens ist jetzt mal wieder Leben in der Bude!«

Abends gab es Omelette mit Nordseekrabben, Schnittlauch, Zwiebeln und Dill auf getoastetem Vollkornbrot.

»Und magst du auch 'n Aquavit dazu?« fragte Oma.

War ihr eigentlich bewußt, welche Bedeutung ihr Haushalt in Jever für ihre Enkelkinder seit fast vier Jahrzehnten besaß? Und wie viel Glück sie gestiftet hatte? Ihr gesamtes Leben hatte sich zwischen Kochtöpfen, Kartoffelschalen, Windeln, Waschlappen und Kreuzworträtselseiten abgespielt, und nun saß sie hier mit ihren Krampfadern und ihren gichtigen Fingern und konnte immer noch ein Essen zusammenzaubern, das die süßesten Erinnerungen an die Sommerferientage in der Mühlenstraße wachrief.

Im Kellerbett las ich alte Briefe aus Omas Besitz. Im November 1964 hatte Dagmar von ihrem ersten Besuch in Koblenz-Lützel berichtet, daß die Umgebung »wirklich hübsch« sei. Aber dann …

Im übrigen waren die Autofahrten kein ganz reines Vergnügen. Einer mußte ja ständig den zappelnden Martin auf dem Schoß zu halten versuchen. Jedenfalls stieg ich mit total verdrehten Strümpfen, Laufmaschen etc. wieder in den Zug nach Hannover. Nein, ist das ein Kind! Ich hatte Renate ein Bilderbuch, Volker eine Holzfigur und Martin ein Plastikauto mitgebracht, und bis zum Abend war alles auseinandergerissen und kaputtgetreten. Es ist kein Wunder, daß Inge oft die Beherrschung verliert; aber die beiden Großen haben dann mit drunter zu leiden. Martin nannte mich immer nur »Tante Gisela«, obwohl wir ihn immer berichtigten. Wenn ich fragte, »wo ist Tante Dagmar?«, antwortete er nur »in Hannover« und konnte sich überhaupt nichts darunter vorstellen.

Und über Mama und Papa hatte Dagmar geschrieben:

Inge ist unaufhörlich am Rabbeln und Richard ein alter Muffelpott.

Irgendwann mußte ich diese Bestände einmal systematisch durchgehen.

Am Samstagabend kurvte ich noch einmal durchs Na Nu, das allerdings nicht mehr so hieß. Wegen meiner langen Haare wurde ich scheel angesehen, und ich erblickte kein einziges bekanntes

Gesicht. Ein Bier und einen Bommerlunder trank ich, während das Volk am Tanzen war.

Boy, all that she wants is another baby, yeah …

Bloß gut, daß ich hier nicht mehr wohnte und diese friesischen Zombies bedienen mußte.

Als ich am Sonntag in Sande auf den Anschlußzug wartete, wehte der Sturm meine auf dem Bahnsteig abgestellte Reisetasche weg wie einen Spielzeugdrachen, und ich mußte ihr nachsetzen. Sowas hatte ich auch noch nicht erlebt.

In Hamburg trafen Kathrin Passig und ich bei Günther Willen in der Weidenallee zusammen. Ein von langer Hand geplantes Treffen. Kathrin wollte sich einmal in der *Kowalski*-Redaktion umsehen, und wir hatten vor, dort am Montag irgendwas gemeinsam zu verfassen.

»Und wie steht der Weizen in Berlin?« fragte Günther, während er uns Tee einschenkte. »Alles Paloma?«

Den ersten Teil des Abends brachten wir in einem spanischen Restaurant zu, wo Günther uns bei Kaninchenkeulen und Ravioli mit Steinpilzfüllung in Trüffelbutter fragte, ob wir gute Werbesprüche für die evangelische Kirche wüßten.

»Quadratisch, praktisch, Gott«, sagte Kathrin.

Nach dem Begleichen der Zeche waren wir alle drei mehr oder weniger blank, aber Günther kannte noch ein Lokal, in dem er Kredit besaß. Dort fand sich auch Marcus Weimer ein. Kathrin holte ein Piece raus, und davon rauchten wir zu dritt etwas auf der Damentoilette, während Günther an der Bar die Stellung hielt.

So brach der zweite Teil des Abends an, und der gefiel mir ebenfalls gut. Ich hatte in den ersten dreißig Jahren meines Lebens zuviel Zeit mit mir allein verbracht. Jetzt mußte auch mal ausgegangen und dem lieben Gott der Tag gestohlen werden.

In Günthers Gästebett erhielt ich von Kathrin Tritte, weil ich schnarchte. Sie schlug aus wie ein Pferd, und ich gelobte jedesmal

Besserung, obwohl ich wußte, daß es nicht in meiner Macht stand, das Problem zu beheben. In dieser Nacht begriff ich, daß ich mich täuschte, wenn ich glaubte, daß ich nicht geschnarcht hätte, nur weil ich mich selbst nicht schnarchen gehört hatte.

In der *Kowalski*-Redaktion spielte Kathrin mit dem Chefredakteur Hans Saalfeld am Computer Billard, und Isabella Gröhn war so freundlich, mich mit dreihundert Mark Bargeld auszustatten.

Für das nächste Heft erfanden Kathrin und ich danach den Rechenschaftsbericht einer Frau, die als »Bärchenbeauftragte« im AStA der FU Berlin arbeite, wobei Kathrin manches weibliche Geheimwissen einfließen ließ:

Gleich morgens beschäftigen wir uns mit Schwämmchen. Schwämmchen sind schnurlose Instrumente zur Verhütung, aber auch zur Hygiene. Die sog. Frauenkrankheit kann mit biologisch abbaubaren, lebenden Schwämmchen aufgefangen oder abgefedert werden. Die meisten Frauen im AStA sind ja viel zu blöde, um o.b. zu benutzen. Damit sie keine nassen Füße kriegen, nehmen sie diese Schwämmchen. Als ich anfing, gab es in der ganzen Uni keinen einzigen Schwämmchenautomaten. Aber so ein Schwämmchen hält dann ja auch ewig und drei »Tage«. Auf der Damentoilette stehen wir dann und waschen unsere Schwämmchen. Da gibt es auch regelrechte Tauschbörsen – manche tauschen grüne Schwämmchen gegen violette ein und so weiter …

»Wenn ihr gemeinsam Texte schreibt, denken die Leser natürlich, daß ihr's miteinander treibt«, sagte Hans Saalfeld. »Das muß euch klar sein.«

»Ja, so sind sie«, sagte ich, und auch Kathrin äußerte etwas Lästerliches über die *Kowalski*-Leser: Die meisten von ihnen wollten »doch eh nur Fickbilder sehen«.

»Das möchte ich überhört haben«, sagte Hans Saalfeld und setzte ein geschmerztes Lächeln auf.

In Wittenberge ließ sich eine dermaßen viehisch parfümierte Dame hinter mir nieder, daß ich in einen anderen Waggon umziehen mußte. Wie kamen Frauen nur darauf, sie röchen gut, wenn sie solche Duftgranaten einsetzten?

Ich schlug den *Spiegel* auf. Die Osnabrücker Staatsanwaltschaft, stand da, ermittele »gegen den Bonner Dominikanerpater und CDU-Intimus Heinrich Basilius Streithofen …«

Bereits im Oktober waren zwei Anzeigen gegen den Pater eingegangen, die eine von einem Kripo-Beamten aus Meppen, die andere vom Landesverband der Jüdischen Gemeinden von Niedersachsen. Grund: Pater Basilius hatte auf Einladung der Emsländischen Volksbank in Meppen vor annähernd 300 Zuhörern gesprochen und dabei Polen und Juden als »die größten Ausbeuter des deutschen Steuerzahlers« bezeichnet. Am vergangenen Dienstag sollte Streithofen vor der Bonner Kriminalpolizei aussagen, erschien jedoch nicht. Bundeskanzler Helmut Kohl hatte sich am 30. Oktober in einem Brief an den Vorsitzenden des CDU-Ortsverbandes Emslage, Wilhelm Hermes, von dem Pater distanziert: Der gehöre »nicht zu meinem Beraterstab«. Allerdings pflegen Kohls engste Ratgeber seit langem gute Kontakte zu dem Pater, der für spektakuläre Fernsehauftritte und provozierende Aussagen über das Innenleben der CDU bekannt ist. Sein Kommentar zu den braunen Meppener Sätzen: »Das ist mir rausgerutscht.«

Ein eigenartiger Entschuldigungsversuch. Wie hätten jemandem, der kein Antisemit war, solche Sätze »herausrutschen« können?

Weil mir in Sachen Vox wieder Zweifel kamen, rief ich Michael Rutschky an, um mich von ihm beraten zu lassen.

»Doch, Sie dürfen das«, sagte er. »Gehen Sie da hin!«

Dann bedankte Dunja sich telefonisch für meine Samariterdienste nach der Geigenbauerparty: »Das war so lieb von dir, daß du meine Wehrlosigkeit nicht ausgenutzt hast …«

Ein zweischneidiges Kompliment. Es enthielt die unausgesprochene Information, daß meine Aufwartung ihr in jedem Fall unwillkommen gewesen wäre.

Ich hatte verstanden und strich Dunja in meinem Geist von der Liste der Frauen, die ich umschwärmen wollte.

Es fiel wieder Schnee. In großer Menge. Auf den Straßen wurde er leider sofort von den Autos zermalmt, aber auf den Mauern und Dächern im Hinterhof blieb er liegen, so daß man sich sogar in Kreuzberg einbilden konnte, ein Naturschauspiel zu erleben.

Ich dachte bei solchen Schneegestöbern immer an Lützel zurück. An meinen Blick aus dem Fenster auf die fallenden Schneeflocken von anno 1965 oder noch früher. An die Weihnachtslieder, die Mama und Renate zweistimmig gesungen hatten, und an den guten Geruch der Spekulatiuskekse auf den bunten Tellern. Wie dürftig wirkte dagegen Kreuzberg im Januar 1993!

In der Februarnummer von *Kowalski* erschien eine Lügengeschichte von mir über meine angeblichen Erfolge als Sportler, Komponist, Chemiker, Moraltheologe, Schachspieler, Kernphysiker und Weltpolitiker, wozu Axel Marquardt in seiner neuen Kolumne weiter hinten im Heft anmerkte:

Wenn's nötig ist, erzähl' ich auch noch die Sache mit der Staudensellerie, damals in San José, oder seine Affäre mit Trudchen Gellert, da wird Frl. Passig aber Augen machen! Überhaupt, dieser saubere Herr Schlosser: Spielt sich hier als der Tausendsassa auf und als »Man of the Year« (wann soll das gewesen sein?) und Werweißwasnoch! Im Grunde und in Wahrheit ist er aber nichts als ein mieser, kleiner Berliner Lohnschreiber, dessen Leben in solch erbärmlichen Bahnen verläuft, daß er es nötig hat, sich gleisnerische Lebensläufe zusammenzustoppeln und der Welt vorzugaukeln, er sei wunder wer! Aber das macht er verdammt gut, alles was recht ist, und selbst ich wäre beinah darauf hereingefallen, wenn ich's nicht besser wüßte. Ein Hallodri!

Sehr charmant. Und in *konkret* widmete Eckhard Henscheid sich, wie versprochen, dem immer wilder aufdrehenden Apostel Walter Jens, der jüngst »Die sieben letzten Worte am Kreuz« eingelesen hatte, »im Wechsel mit den sieben Sätzen von Joseph Haydns opus 51«, wie es in der Werbung hieß – das Ganze gab es als »bibliophile Kostbarkeit« im »Bleisatz auf schwarzem Bütten« mit »integrierter CD im Passepartout-Rahmen«. Was Henscheid zu der Frage führte:

Ob eins wirklich 69einhalb Jahre alt werden muß, um gegen das Ende zu auch noch diesen neutestamentlichen Compactdisc-Haufen in die Welt zu setzen?

Falls auch Walter Jens das lesen sollte, dachte ich, dann würde er gar nicht begreifen, was verkehrt daran sein könnte, die sieben letzten Worte Jesu stellvertretend für ihn zu äußern und zu vermarkten. Dafür fehlte es Jens an Selbstkontrolle und an Grips.

Ein Scharmützel zwischen Sigrun und Philipp? Nicht schon wieder …

Nein, ich hatte mich verhört. Diesmal war es eins zwischen Sigrun und Jochen:

»Du haschd mai Zahnbürschde bnudzd! I hab's gnau gseha!«

»Quatsch! Ich hab die nur mal kurz in der Hand gehabt!«

»Und weswega?«

»Um die Waschbeckenkonsole freizuräumen und abwischen zu können.«

»Wieso? Isch die edwa ned saubr?«

»Nein. Die starrt vor Dreck.«

»Als ob du dahana der gotzige wärschd, der saubermachd!«

»Der gotzige? Kannst du auch mal Hochdeutsch reden?«

»Der einzige!«

»Verstehe. Und jetzt reg dich wieder ab!«

»Weshalb sollde i mi abrega?«

»Weil das besser fürs Herz ist!«

»Was weischt du scho davo, was guad für mai Herz isch?«

»Leute, schreit euch nicht so an«, rief Lizzy, »ich muß hier telefonieren!«

Wiglaf vermittelte mir den Kontakt zu Holger Becker, der die Tageszeitung *Neues Deutschland* redigierte, und so kam es, daß ich für das *ND* das neue Sachbuch von Franz Alt verreißen durfte, »Schilfgras statt Atom«, ein Plädoyer für die Ersetzung von Öl, Kohle, Benzin und Atomkraft durch Energie aus asiatischem Schilfgras. In diesem Werk trat Alt auch als Vordenker einer erneuerten Gefühlswelt auf die Barrikade:

Was ich meine, ist, daß auf den Verkehrsschildern in ein »Jahrhundert der Umwelt« stehen sollte: Um-Denken, Um-Fühlen, Um-Handeln.

Er spürte nicht, wie lächerlich er sich als Menschheitsretter machte. Wer wollte sich denn schon von Franz Alt das »Um-Fühlen« beibringen lassen?

Dann hatte ich wieder den Typen von Vox an der Strippe: »Es tut mir leid, Ihnen das sagen zu müssen, aber im Hinblick auf das Gespräch über die Lichterketten haben wir uns jetzt doch für jemand anderen entschieden, der die Gegenposition vertreten soll ...«

»Und für wen?«

»Für Heinrich Lummer.«

Ausgerechnet! Heinrich Lummer als Ersatzmann für mich! Aber wahrscheinlich war es genau umgekehrt: Sie hatten Lummers Zusage noch nicht gehabt und mich nur als Reservespieler angequatscht.

»Das muß aber noch nicht das Ende sein«, sagte der Typ. »Demnächst wollen wir ein Streitgespräch über Duelle senden. Der Dagobert Lindlau ist ja dafür, daß die wieder legalisiert werden sollten. Dürfen wir dann vielleicht auch wieder auf Sie zukommen?«

Anke, mit der ich seit Oktober postalisch lose verbunden geblieben war, holte mich in Rostock am Bahnhof ab und pflanzte sich mit mir an die Spitze einer Trabi-Kolonne, die mich zu meiner nächsten Lesung nach Bad Doberan brachte. Unterwegs gab es Tequila aus der Flasche. »Und wie geht's dir so, du Scheiß-Wessi?«

Meine Reportage aus der Schwimmschule und mein übriges Kleinvieh fanden in Bad Doberan Anklang, und ich hätte auch gern meinen Fotoroman gezeigt, doch es gab dort nur einen Diaprojektor aus DDR-Zeiten, in den ich jedes Dia einzeln hätte hineinstopfen müssen, und so haute die Sache nicht hin, aber das war dann nicht mehr so wichtig, weil das Publikum gemeinsam mit mir zurück nach Rostock floß, in den Mau-Club, wo ich von Anke gegen zwei Uhr nachts erfuhr, daß die Rostocker Studenten in der DDR regelmäßig morgens um Viertel nach sieben zu einem 2000-Meter-Lauf hätten antreten müssen.

»Und das habt ihr mitgemacht?«

»Was hätten wir denn sonst tun sollen, du Schlauberger?«

»Denen eins husten!«

»Da kennst du die DDR aber schlecht …«

In ihrer WG brachte Anke mich zu Bett. Sie setzte sich auch noch zu mir, drückte meine Hand und sagte: »Ich bin leider nicht ganz ungebunden.«

Schöne warme dunkelbraune Augen hatte sie.

Ich erwiderte den Druck ihrer Hand, und Anke holte tief Luft und atmete langsam und lange aus.

»Schlaf gut«, sagte sie dann, gab mir einen Kuß und ging aus dem Zimmer.

Am Sonntag nahmen Anke und ihre Mitbewohnerinnen mich auf eine Spazierfahrt nach Rostock-Lichtenhagen mit, um mir das immer noch stark beschädigte Asylbewerberheim zu zeigen, und nach Warnemünde, wo wir unter freiem Himmel bei steifem Ostseewind Glühwein tranken.

Irgendwo hier hatte der junge Walter Kempowski im Oktober 1943 vergeblich als Statist mitzuwirken versucht, als der Ufa-Film »Junge Adler« gedreht worden war. So stand es jedenfalls in »Tadellöser & Wolff«.

Nachdem wir in der WG-Küche in Form einer Kartoffelsuppe mit Gemüse- und Würstcheneinlage die Grundlage gelegt hatten, fuhren wir zur Uni, in deren Mensa eine Party stieg, an der ich aber keinen Gefallen fand. Es war mir wieder viel zu laut, und das Flirten mit Anke machte zwar Spaß, doch es glich dem berühmten Hornberger Schießen, bei dem bekanntlich auch nichts herausgekommen war.

Diesmal las sie mir auf der Bettkante noch ein paar sonderbare Gedichte von Gisela Steineckert und Friederike Kempner vor.

And other forms of boredom advertised as poetry …

Es führte kein Weg an der Einsicht vorbei, daß ich hier deplaziert war. Das schien auch Anke zu spüren, denn sie verzichtete auf den Gutenachtkuß, und am Montagmorgen ließ sie mich allein zum Bahnhof wandern.

In Berlin ging ich abends mal wieder mit Max einen heben. Er sagte, daß er in dem Anzeigenblatt *Zweite Hand* die Annonce gelesen habe:

Suche Banker, die mir die Fresse vollspritzen.

Wie war die Welt doch wunderlich beschaffen!

Beim Blick auf meine neuen Kontoauszüge erschrak ich, denn ich steckte in den roten Zahlen. Nicht sehr tief, denn das hätte mir die Sparkasse gar nicht erlaubt, aber mit einem Betrag im dreistelligen Bereich doch tief genug für ein Herzklopfen. Würden diese Sorgen jemals enden?

Eine Redakteurin von der Landesrundfunkanstalt ORB rief an und sagte, daß am Abend die erste Folge der ARD-Serie *Motzki* gesendet werde, nach einem Drehbuch von Wolfgang Menge, der auch schon das Drehbuch für die Serie *Ein Herz und eine Seele* verfaßt habe. »Alfred Tetzlaff und so. Sie erinnern sich? Und jetzt hat der Wolfgang Menge eine Serie geschrieben, in der ein ostdeutscher Bürger namens Motzki über die Wessis schimpft. Meine Frage wäre nun, ob Sie Lust dazu hätten, sich die erste Folge dieser Serie gemeinsam mit dem Potsdamer Baustadtrat Detlef Kaminski anzusehen und sich dabei filmen zu lassen. Ginge das? Heute abend?«

»Und wie kommen Sie auf mich?«

»Sie haben doch dieses Buch über die Bürgerrechtler geschrieben, und wir hätten gern jemanden aus dem Westen dabei …«

Sonst noch was? Ich und ein Baustadtrat aus Potsdam sollten uns gemeinsam als Fernsehzuschauer filmen lassen?

Ich sagte zu und wurde anderthalb Stunden später von einem dreiköpfigen ORB-Team im Mercedes abgeholt und nach Potsdam befördert. Die Redakteurin teilte mir mit, daß dieser Herr

Kaminski kein ganz unbekannter Mann sei. »Der hat nach der Kommunalwahl im Mai 1989 in der DDR den Wahlbetrug aufgedeckt und sich einen Riesenärger damit eingehandelt …«

Unterwegs hielten wir an einer Tanke an, wo die Redakteurin drei Flaschen Mumm-Sekt kaufte, und dann saß ich bei dem netten Herrn Kaminski und seiner Frau im Wohnzimmer vor einem Couchtisch mit einem Glas voller Knusperstangen, während die Kamera aufgebaut wurde und die Redakteurin uns den Sekt servierte.

Als die Sendung lief, fiel uns nicht viel dazu ein. Herr Kaminski fand sie langweilig und ich auch. Wir standen die Sache knusperstangenkauend und sektschlürfend durch und gaben jeder zum Schluß noch ein kurzes Statement ab, und dann wurde ich wieder heimgetan.

Am Mittwoch traf ein Brief von Eugen ein.

Bald wird's lustig mit dem Briefeschreiben: die neuen Postleitzahlen sind unbestreitbar der größte Wahnsinn seit der Erfindung des Façonschnitts oder der praktischen Anwendung der Kernspaltung. Wie bei »A Day at the Races« werden wir Unmengen von Codebüchern brauchen – stell Dir nur die deutschen Touristen an fernen Gestaden vor, wie sie postleitzahlenbücherbeladen ihre Urlaubskarten schreiben!

Die vierstelligen Postleitzahlen bedeuteten mir nicht so viel wie die angestammte Rechtschreibung. An der jetzt ja auch herumgefingert wurde, von Bürokraten, die nicht mehr alle Tassen im Schrank hatten.

Die Werbung für die fünfstelligen Postleitzahlen, die im Juli eingeführt werden sollten, lachte einen von allen Plakatwänden an:

Fünf ist Trümpf!

Mit einem Sympathieträger namens Rolf, der aus einem sonnenbrillentragenden Handschuh bestand.

Gesendet wurde der Beitrag über Herrn Kaminskis und meinen Senf zu der Serie *Motzki* dann unerklärlicherweise vom MDR. Jochen, Philipp, Lizzy, Sigrun und ich saßen in diesem historischen Moment gemeinsam vor dem Fernseher.

»Mit dabei war auch der als Ossi-Zyniker bekannt gewordene Kreuzberger Autor Martin Schlosser mit seinem Buch ›Menschlich voll fies‹«, hieß es in der Anmoderation, und dann sah und hörte man einen Ausschnitt aus *Motzki*, Herrn Kaminski, einen Ausschnitt aus *Motzki*, Herrn Kaminski, noch einmal einen Ausschnitt aus *Motzki* und noch einmal Herrn Kaminski, während ich in Lydias rotem Pullover zu sehen war und kein einziges Mal zu Wort kam.

»So sieht also ein Ossi-Zyniker aus«, sagte Philipp, und Jochen beglückwünschte mich zu meiner neuen Rolle als Ohrfeigengesicht des deutschen Fernsehens: »Vielleicht ist das ja deine Zukunft – schweigend neben redenden Politikern hocken!«

Ich sah, daß Elem Klimows Kriegsfilm »Komm und siehe!« am 7. Februar auf Bayern III laufen sollte, und ich rief Papa an, um ihn darauf aufmerksam zu machen.

»Krieg ich das denn hier überhaupt rein?«

»Weiß ich nicht. Aber wenn, dann solltest du dir den Film ansehen. Da geht's um den Krieg an der Ostfront. Aus russischer Sicht.«

Langes Schweigen.

»Und wann kannst du mal wieder herkommen?«

Ich liebte diese Frage nicht, weil darin der Vorwurf mitschwang, daß ich Papa nicht oft genug besuchte und daß die Hindernisse, die meinen Reisen nach Meppen entgegenstanden, nur in meiner Phantasie existierten.

»So in drei Wochen vielleicht …«

Von Yvonne Kuschel bekam ich per Post Kopien ihrer Illustrationen zu meinem Roman »Das erwachende Selber«, und ich schwamm im Glück und rief sofort Michael Rudolf an.

Das werde dann ja ein schöner Bücherherbst, sagte er. »Weiter so! Befehl von oben!«

Vor unserer Lesung im Eiszeit-Kino erzählte Wiglaf mir an der Bar, daß er vor ein paar Tagen bei einem Auftritt im Regionalsender B1 »Musse feife inne Wind« gesungen habe. Mit gutem Erfolg. »Und das können wir auch heute abend tun. Mit Michael Stein an der Gitarre.«

»Ohne zu proben?«

»Ist doch nicht nötig. Du triffst die Töne sowieso nicht, und auf den Wohlklang kommt's bei der Sache nicht an!«

Wir sprachen auch noch kurz über unseren Vortrag auf dem *konkret*-Kongreß im Juni. »Da sollten wir den Riesenwust aus Fortschrittsgedussel, schlechtem Geschmack und Gesinnungshuberei auf die wichtigsten Punkte bringen«, sagte Wiglaf. »Der ultimative Kitsch ist ja, wenn die Diseuse Milva Biermann singt ...« Er intonierte Biermanns Lied »Commandante Che Guevara« mit Milvas Akzent:

Uns bleibt, was gut war und klar war:
Daß man bei dir immer durchsah
und Liebe, Haß, doch nie Furcht sah
Commandante Che Guevara ...

Es müßte, wie er fand, ganz allgemein gegen solche »Händchengrabbelmusik« gehen. »Ob von Joan Baez, den Bots, den Toten Hosen oder BAP. Da gibt's ja viel zwischen Jesus und Juso. Und nicht zu vergessen den literaturkritischen Gesinnungsbonus für jedes Depperl bei gleichzeitigem Eindreschen auf gute Schreiber, die die richtige Linie vermissen lassen – früher marxistisch, heute semihumanoid ...«

Es wurde voll. Die Zuhörer ließen sich zum Teil im Schneidersitz neben den Bankreihen nieder, und ich entdeckte Fritz Weigle und Michael Rutschky im Publikum.

Auf ungläubiges Staunen stieß ich wieder einmal mit den Zitaten aus Konstantin Weckers Roman:

Dann bäumte sie sich auf, aufgegeilt und unbefriedigt, drückte mit ihrer Linken mein Glied und onanierte mit ihrer Rechten, bis sie ihren Orgasmus hinausschrie, daß ich Angst hatte, die Nachbarn würden mich wegen Frauenschändung verhaften lassen ...

An diesem Abend fand auch die Premiere des Fotoromans statt, in dem Wiglaf einen hinterlistigen Guru spielte, leinwandfüllend, und zum Abschluß sangen wir tatsächlich »Musse feife inne Wind«. Dafür behängte er sich und mich mit einer elektrischen Lichterkette, und Michael Stein haute in die Saiten.

Unter Claudia Denkers Führung fielen wir zu zehnt oder zu zwölft ins Intertank ein, wo es so laut war, daß man sich nur schreiend unterhalten konnte. Ich stieg von Beck's auf Jever um, und Wiglaf brüllte mir ins Ohr, wie der Kabarettist Martin Buchholz sein neues Programm genannt habe: »Dumpfland Dumpfland … Ein viel zu aktuelles Pro- und Antigramm«. Und wie das neueste Buch seines Zunftkollegen Dietrich Kittner heiße: »Jaaa! Deutschland balla balla!« Vornedrauf sei Kittner mit einem Bundesadler auf der Wampe und einem Speer in der Hand zu sehen …

Gut besucht war auch unsere Lesung am nächsten Abend im Eiszeit-Kino, aber die Stimmung sank in den Keller, als Michael Stein einen langen Zeitungsbericht über den Bürgerkrieg und die Folterungen in Tadschikistan verlas, und sie hob sich erst wieder, als Michael Ringel, Claudia Denker, Michaels Freund Ludwig Lang, sechs bis sieben weitere Kombattanten und ich danach in einer Kneipe namens Graffiti in Schöneberg zusammenfanden und uns beim Southern Comfort darauf einigten, daß es keinen besseren deutschsprachigen Roman aus den siebziger Jahren gebe als »Die Vollidioten« von Eckhard Henscheid.

An Ludwig Lang, der etwas von Pop zu verstehen schien, richtete ich die Frage: »Was ist eigentlich House für 'ne Musikrichtung?«

Seine Antwort lautete: »Wenn du 'n Auto an der Ampel stehen siehst und von innen sowas hörst wie UMPF UMPF UMPF UMPF, dann ist das House.«

Nach meiner Rechnung mußte ich mit meinen Texten jeden Tag einhundert Mark verdienen, um im Leben bestehen zu können, aber diesen Sonntag brauchte ich zum Ausruhen.

Im *Spiegel* legte der Schriftsteller Botho Strauß unter der Überschrift »Anschwellender Bocksgesang« ein gutes Wort für den Nationalismus ein:

Wir warnen etwas zu selbstgefällig vor den nationalistischen Strömungen in den osteuropäischen und mittelasiatischen Neu-Staaten. Daß jemand in Tadschikistan es als politischen Auftrag begreift, seine Sprache zu erhalten, wie wir unsere Gewässer, das verstehen wir nicht mehr. Daß ein Volk sein Sittengesetz gegen andere behaupten will und dafür bereit ist, Blutopfer zu bringen, das verstehen wir nicht mehr und halten es in unserer liberal-libertären Selbstbezogenheit für falsch und verwerflich.

Und man solle auch bedenken, daß der Feindschaft gegenüber Ausländern ein tieferer Sinn innewohne:

Rassismus und Fremdenfeindlichkeit sind »gefallene« Kultleidenschaften, die ursprünglich einen sakralen, ordnungsstiftenden Sinn hatten.

Schade, daß er im August 1992 nicht in Rostock-Lichtenhagen gewesen war. Sonst hätte er den Vietnamesen dort in ihrem brennenden Wohnhaus den Gedanken nahebringen können, daß die Molotowcocktails, die der Mob auf das Gebäude warf, ursprünglich einen sakralen, ordnungsstiftenden Sinn gehabt hatten.

Was trieb diesen Mann dazu, die verseuchten Begriffe »Sittengesetz« und »Blutopfer« in den Mund zu nehmen? Wollte er ein Werwolf-Kommando bilden? Und wieso gab sich der *Spiegel* dafür her?

Von Papa hörte ich telefonisch, daß Tante Hanna mit einem Oberschenkelhalsbruch im Krankenhaus liege. In Lindenberg. Das sei da auch irgendwo im Allgäu. Es gehe ihr den Umständen entsprechend gut. »Aber wenn so alte Leute im Krankenhaus sind, dann kriegen sie leicht mal 'ne Lungenentzündung, die tödliche Folgen haben kann. Ruf sie da lieber mal an, bevor's zu spät ist …«

Er gab mir die Nummer durch, und nach dem dritten Klingeln nahm Tante Hanna ab und sagte, daß sie nicht klagen könne. »Und was ist mit dir, mein Jungchen? Hast du Erfolg mit dem, was du schreibst?«

In die Fahnen meines Romans »Das erwachende Selber« hatten sich auf mysteriöse Weise viele Druckfehler eingeschlichen, die ich nun alle aufspüren mußte, in Sätzen, die ich korrekt geschrieben hatte. Wo kamen sie nur her, diese Klöpse?

Wegen meiner anhaltenden Geldkalamitäten rief ich in der *Kowalski*-Redaktion an und mußte mir von Isabella Gröhn sagen lassen, daß »nicht einmal mittelfristig« an die Überweisung neuer Honorare zu denken sei.

Das hätte ich mal bei Getränke Hoffmann sagen sollen: »Können Sie die drei Sixpacks anschreiben? Bezahlen tu ich sie später, aber nicht einmal mittelfristig …«

Für den *New Yorker* hatte Art Spiegelman ein Cover gezeichnet, auf dem ein orthodoxer Jude und eine schwarze Frau einander küßten, und darüber regten sich sowohl Juden als auch Schwarze auf.

Ich verstand das nicht. Was gab es daran auszusetzen? Durften orthodoxe Juden keine schwarzen Frauen küssen? Oder schwarze Frauen keine orthodoxen Juden? War der Welt nicht überhaupt mit Küssen besser geholfen als mit politischen Grabenkämpfen?

Sigruns neuer Freund Gernot, ein wuschelhaariger Theologiestudent, drückte mir ein Buch aus dem Verlag Leske + Budrich in die Hand: »Religion ohne Institution?« von Heiner Barz. »Da kommst du drin vor«, sagte er. »Auf Seite neunzig.«

Auf dieser Seite tadelte der Autor zunächst das Buch »Spirituelle Wege und Orte« von Ina-Maria Greverus und Gisela Welz:

> *Krude Gesprächs-, Begegnungs- und Workshop-Protokolle einerseits und auf der anderen Seite die ideologiekritische Gebetsmühle der (einstmals) kritischen Theorie lassen von den heißen spirituellen Zentren Frankfurts und Freiburgs nicht viel mehr übrig als akademisch vermessene und entlarvungstheoretisch ausgedörrte Strohpuppen. Auf genau 320 Seiten weniger liefert dagegen Martin Schlosser (1991) lebensgesättigte Einblicke in die Innenausstattung der New Age-Zirkel und macht dabei deren Stärke*

und Attraktivität nachvollziehbar, ohne neue Dogmen und alte Dummheiten zu verschweigen, die dort im Schwange sind.

Das bezog sich auf meinen im *Merkur* erschienenen Aufsatz »Kopfüber ins New Age«.

»Kannsch mir den mol zum Lesa geba?« fragte Sigrun.

Das konnte ich natürlich, und ich tat es auch, aber noch lieber hätte ich es getan, wenn Sigrun nicht gerade in den Privatbesitz eines anderen Mannes übergegangen wäre. Die Pest der festen Bindungen griff immer weiter um sich und brachte Singles wie mich an den Rand der Verzweiflung.

Michael Rudolf schickte mir eine Kopie, aus der hervorging, wie die *Märkische Allgemeine* mein Buch »Moselfahrten der Seele« eingeschätzt hatte:

Schlosser zelebriert geschmackvoll das Absurde vor dem Hintergrund des Absurden.

Ich fragte mich, ob ich diesen Murks überhaupt archivieren sollte, aber ich brachte es auch nicht über mich, die Kopie wegzuwerfen. Ich nahm alles zu den Akten. Für später, dachte ich. Für irgendwann.

Nach einem längeren Blick in den Badezimmerspiegel befolgte ich Lydias Rat und ging zum Friseur. Weg mit den Zotteln. Ein Befreiungsschlag!

»I glaub's ja ned«, sagte Sigrun, als sie danach meiner ansichtig wurde. »Man könnde mai, du wärsch oi völlich neir Mensch!«

Weil Max Goldt es so wollte, sahen er und ich uns bei ihm im Fernsehen eine Unterhaltungssendung mit dem bembelschwingenden hessischen Witzbold Heinz Schenk an, die *Fröhlich eingeSchenkt* hieß. Heinz Schenk trug darin irrwitzig lange Trinklieder vor und marschierte währenddessen zwischen Tischreihen umher, an denen sich äppelwoi- und biersaufendes Volk breitmachte.

Der Mann sei ein Relikt aus den fünfziger Jahren, sagte Max. »Es ist unglaublich, daß der hier immer noch rummachen darf. Und deshalb sollte man das nicht versäumen!«

Unsere Waschmaschine streikte, und weil keiner von uns Bock darauf hatte, in einem Waschsalon herumzusitzen, mußten wir uns bis zum Eintreffen des Klempners mit der Handwäsche in der Badewanne behelfen, wobei natürlich der Schleudergang entfiel, so daß die Kledage auf dem ohnehin permanent überfüllten Wäscheständer noch viel langsamer trocknete als sonst, und Philipp rastete aus, weil keiner die trockenen Unterhosen, T-Shirts und Strümpfe abgenommen hatte. »In was für 'ner Scheiß-WG lebe ich hier?« schrie er. »Habt ihr alle eure Manieren vergessen?« Er trat den Wäscheständer um und stieß Sigrun zur Seite, die daraufhin ausrief: »Dir han sie do ins Gehirn gschissa!«

Auf Eckhard Henscheids Initiative hin wollten wir am Freitagabend in Berlin in einem Lokal in der Nürnberger Straße in größerer Runde zusammentreffen. Ich lud auch Kathrin dazu ein. Was hätte herrlicher sein können?

In der U-Bahn kritisierte sie meinen roten Pullover, auf den ich aber nichts kommen ließ, weil er ein Geschenk von Lydia war.

Eckhard Henscheid sagte, daß er sich am Sonnabend in der Deutschen Staatsoper Puccinis »Tosca« und am Sonntag Wagners »Meistersinger« antun werde. Letztere Oper sei sogar von Wagner selbst unterschätzt worden: »Er mochte Nürnberg ja nicht recht, und das kann ich ihm nachfühlen, aber seine Musik erzeugt einen lieblichen Dufthauch von Ideal-Nürnberg ...«

Der beileibe nicht als Wagnerianer bekannte Herr Rutschky warf mir einen skeptischen Blick zu, und dann kamen die Getränke, und das Gespräch verlagerte sich auf andere Felder – die Selbstverliebtheit des SPD-Vorsitzenden Björn Engholm, die Machtgier des Literaturpapstes Marcel Reich-Ranicki, Theodor W. Adornos Ruf als Womanizer, die Irrwege der Frauenbewegung und die aktuelle Lage der Lyrik.

Er für sein Teil kenne nicht nur die Aufstellung der Meistermannschaft des 1. FC Nürnberg von 1948 auswendig, erklärte Henscheid, sondern beispielsweise auch eine Ballade von F. W. Bernstein, in der es um einen blödsinnigen Anruf gehe, mit dem das im Freibad aufhältige lyrische Ich seinen Hausarzt belästige. Und er sagte alle acht Strophen fehlerlos auf.

Fritz Weigle konterte mit den ersten beiden Zeilen eines Gedichts von Gottfried Benn: »O Nacht! Ich nahm schon Kokain, / Und Blutverteilung ist im Gange ...«

»Und wie geht's weiter?« fragte Frau Rutschky.

Ich half aus: »So ist das nun mal in Berlin ...«

»... und nur vorm Endreim ist mir bange«, sagte Kathrin, was ihr allgemeinen Beifall eintrug.

Sie teilte sich eine Pizza mit Frau Rutschky, und als Herr Henscheid mitbekam, daß Kathrin aus Bayern stammte, fragte er sie nach ihren Bairischkenntnissen.

»Nåchad håd si da Råtz hintam Ejoufa vaschloffa«, sagte Kathrin, um sich als Bayerin auszuweisen, und schob für uns Unkundige nach, was »Ejoufa« bedeute: »Ölofen«.

Frau Weigle, Frau Rutschky, Frau Henscheid und ich vertraten die gemütliche Raucherfraktion, während Kupfer, der Hund der Rutschkys, unterm Tisch herumkarriolte und den Diskurs erheblich störte.

»Kommen Sie doch mal zu Besuch in Frankfurt«, sagte Henscheid zu mir. »Dann könnten wir über ein Buch sprechen, für das ich mir Mitstreiter wünsche. Eine Kulturgeschichte der Mißverständnisse.«

Hatte ich da recht gehört? Eckhard Henscheid lud mich zur Mitarbeit an einem Buch ein?

Ich dachte unwillkürlich an die schönen Sätze aus Henscheids Erzählung »Im Puff von Paris«:

Ah, wie gut das tat! Oh, wie ward mir wunderbar!

Ich als Co-Autor eines Buchs von Eckhard Henscheid. Wer hätte das gedacht, als ich noch als Hilfsarbeiter in Oldenburg herumgekrebst war?

»Gratuliere«, sagte Kathrin in der U-Bahn, mit der wir nach Kreuzberg zurückkehrten. »Aber deinen roten Pulli solltest du trotzdem abschaffen! Und es war übrigens äußerst feinfühlig von

Frau Rutschky, daß sie mir ihre halbe Pizza überlassen, aber die ganze bezahlt hat …«

Den roten Pulli zog ich mir am Sonnabend trotz Kathrins Kritik wieder an, und dann reiste ich nach Oldenburg zu Lydia.

Meine neue Frisur gefiel ihr gut. Sie entkorkte eine Flasche Rotwein, und bei Kerzenschein las ich uns in der Küche eine Geschichte vor, die ich über ein nach Ruhe suchendes Mädchen namens Babette geschrieben hatte, dessen Mathelehrer ein Gerstenkorn hatte, immer irre zwinkerte und dazu neigte, sich feucht zu räuspern …

Vor diesen und anderen Turbulenzen entflieht Babette in die Natur, doch in der Natur rumoren die Vögel und hauen auf die Pauke. »Düdldüdldüdl«, so macht die Heidelerche. »Pli pli pli«, ruft der Mauerläufer. »Tiröppi tiröppi«, fügt die Weindrossel hinzu, »Zilpzalp« der Zilpzalp, »Zickzickzickzick schnirrrps« das Grauammermännchen und »Didl dild dätsch« der Zeisig, und wenn dann noch die Nachtigall loslegt, ist jede Ruhe endgültig zerstört: »Ih ih ih ih irrti! Tschuck tschuck! Jieh jieh! Tiwutitiwu djet djet djet! Düh düh icka icka icka! Kjak kjak kjak hirrdidi! Ürr ürr üh üh üh üh …«

Die Vogelzitate hatte ich aus einem ornithologischen Fachbuch abgeschrieben und mir eine komische Wirkung davon erhofft, aber Lydia lachte nicht. Sie weinte!

»Mir tut dieses Mädchen so leid«, sagte sie und wischte sich mit dem Daumenballen die Tränen weg.

Ich war sprachlos. Weshalb nahm sie das so ernst? Dieses Mädchen gab es doch gar nicht!

»Weiß ich ja. Laß gut sein, Martin. Komm lieber nochmal her …«

Im Bett verriet sie mir, daß Andrea jetzt Keli heiße.

»Und wieso?«

»Das ist der Sannyas-Name, den sie angenommen hat.«

»Dann ist sie also ’ne Sannyasin? Die ihr Leben dem großen Osho geweiht hat und in orangen Gewändern herumläuft?«

»Quatsch. Das tun Oshos Jünger heute nicht mehr.« Sie verschob, als sie das sagte, ihr rechtes, über meinem linken liegendes Bein so, daß ihr Knie meine Leiste berührte, und das reichte, um die Glut von neuem zu entfachen.

Für Ende März und Anfang April planten wir eine Tournee durch Deutschland: mit Lydias süßem kleinen Auto von Oldenburg über Vallendar und Pirmasens nach Scheidegg im Allgäu und dann über Frankfurt, Bonn, Aachen und Wuppertal zurück nach Norden.

Aber erst einmal fuhren wir nach Jever und nahmen Oma nach Harlesiel mit, ins Restaurant An't Diek, das noch immer von meiner alten Kellnerkollegin Moni und ihrem Mann betrieben wurde.

»Ah, Herr Kowalski!« sagte sie und umarmte mich. »Welch freudige Überraschung! Nehmt Platz! Und wenn ihr einverstanden seid, dann kriegt ihr jetzt 'n Sekt. Der geht aufs Haus!«

Oma hatte leider ihr Hörgerät vergessen und schrie deswegen sehr. Sie glaubte zu wispern, als sie sich über einen dicken und ihr sehr unsympathischen Gast ausließ, der am Tresen saß, doch sie war laut zu hören: »Also, dieser Kerl da, warum muß der da nun hocken?«

Der Kerl spitzte die Ohren, und Oma brüllte weiter: »Der sitzt da doch wie so 'n Hemmschuh! Daß die Kellnerin da aber auch gar nichts gegen unternimmt! Ich an deren Stelle hätte den längst weggejagt!«

Lydia geriet bei dem Versuch, ihr Lachen zu unterdrücken, ins Wackeln und wäre fast vom Stuhl gefallen.

Ob ich nicht im Herbst mit ihr nach Indien reisen wolle, fragte sie mich abends, als wir wieder in ihrer Küche saßen.

Da sei Gott vor, dachte ich und sagte: »Nur wenn du mich hinterher heiratest.«

Sie sah mich etwas mitleidig an. Oder gequält? Oder verdrossen?

Nach Indien zog mich nichts. Wir ließen das Thema fallen, tranken aus und gingen wieder miteinander ins Bett. Dafür waren wir ja auch geschaffen worden und nicht für das Gerede am Küchentisch.

Zwei Tage hatte ich für meinen Aufenthalt in Meppen eingeplant, aber schon am ersten Abend wurde es mir fast zuviel. Zusammen mit meiner Buntwäsche pferchte Papa einen Trainingsanzug, den er sich wer weiß wo beschafft hatte, in die Trommel, stellte die Waschmaschine aber nach einer halben Stunde wieder ab, nahm den Trainingsanzug raus, ließ die Maschine auf höherer Temperatur weiterlaufen, stellte sie nach einer gewissen Zeit wieder ab, nahm andere Teile raus, steckte neue rein und stellte das Programm zurück und die Maschine wieder an, mal heißer, mal kälter, mal auf Spülen, mal auf Schleudern, mal auf Kochen und mal mit und mal ohne Trainingsanzug oder Socken, weil angeblich jedes Wäschestück eine besondere Behandlung brauche. Selbst nach fünf Stunden konnte ich die Wäsche noch nicht aufhängen, weil die Waschmaschine noch lief.

Und die Spülmaschine war nach wie vor kaputt. Das verstand sich von selbst.

Den Film von Elem Klimow habe er nicht entdeckt, sagte Papa später im Wohnzimmer.

Ich konnte mir das nur damit erklären, daß er die Fernbedienung doppelt gesehen hatte.

In Liverpool war ein Zweijähriger von zwei zehnjährigen Schulschwänzern aus einem Einkaufszentrum entführt und totgeschlagen worden. James Bulger. Auf den Bildern einer Überwachungskamera konnte man sehen, wie sie mit ihm verschwanden. Es brach einem das Herz.

Ob Herbert Grönemeyer jetzt seinen bekloppten Schlager »Kinder an die Macht« aus dem Verkehr zog?

Gebt den Kindern das Kommando,
sie berechnen nicht, was sie tun …

Der Aberglaube, daß Kinder bessere Menschen seien, hatte sich doch eigentlich schon nach Kains Mord an Abel erledigt.

Nach einem weiteren langen Einkaufs- und Aufräumtag in Meppen saß ich erschlafft vor der Flimmerkiste. Der UN-Generalsekretär Boutros Boutros Ghali im Weißen Haus … Kämpfe in Somalia … Tarifkonflikt in der Metallindustrie …

»Mach den Scheiß da jetzt mal aus«, sagte Papa, und dann kam er bei der zweiten Flasche Wein auf eines seiner Leib-und-Magen-Themen zurück: die Ränke der Juristen in der E-Stelle. Die hätten »ausgelagerte Fachbereiche« geschaffen, »und all den Fürsten über die ausgelagerten Fachbereiche mußte ein gemeinsamer Vorgesetzter zugeordnet werden. Weil ich der Dienstälteste war, ist mir diese Rolle zugefallen. Man hat dafür die Bezeichnung ›Dienstältester Poolältester‹ erfunden, aber zu sagen hatte ich in dieser Funktion überhaupt nichts …«

Als Zuhörer war ich hierbei mangels Interesse völlig ungeeignet, doch Papa ließ sich nicht stoppen. 1986, sagte er, hätten auch die bescheuertsten Juristen endlich eingesehen, daß die neue Organisationsform Mist gewesen sei. »Und da hat man die ausgelagerten Fachbereiche wieder der Stammdienststelle zugeschlagen. Aber damit war keine Personalvermehrung verbunden. Stattdessen ist aus den Fachbereichen eine einzige neue Gruppe entstanden, und nun war ich plötzlich zuständig für die Erprobung von Waffen, Raketen, Munition und Bomben und zugehörigen einschlägigen Komponenten …«

Unterlag das nicht der Geheimhaltung?

Ich war geradezu erleichtert, als Papa schließlich wieder eine andere Platte abspielte: Volker und sein Motorrad! Volker und sein Computer! Volker und seine fehlende Alterssicherung! Worauf die altbekannte Mamaplatte folgte: »Mama war ihr eigener Teufel …«

Als DJ hatte Papa sonst nicht viel im Repertoire. Neben der Juristenplatte, der Volkerplatte und der Mamaplatte gab es nur noch die Brüderplatte mit galligen Generalurteilen über Rudi, Walter und Dietrich sowie die Renateplatte mit dem Refrain, daß in den Haushalt in der Bonner Karmeliterstraße keine Briefmarke mehr hineinpasse. Und die Martinplatte, die von meinem eigenen Versagen handelte. Aber die legte Papa lieber in meiner Abwesenheit auf.

»Morgen muß ich wieder los«, sagte ich.

»Und wo willst du dann hin?«

Er fragte mich das so, als ob ich vorhätte, mich irgendwo ins Unglück zu stürzen, und ich legte Papa meine Pläne offen: Am Mittwoch wollte ich nach Frankfurt fahren und bei dem *Titanic*-Redakteur Christian Schmidt übernachten, am Donnerstag in der Ludwigshafener Stadtbibliothek lesen, am Freitag nach Greiz reisen und am Sonnabend gemeinsam mit meinem Verleger Michael Rudolf in Hoyerswerda lesen.

»Wenn du weiter so herumzigeunerst, kommst du ganz nach deiner Mutter«, sagte Papa. »Die hat's auch nie an einem Ort ausgehalten. Erst hat's ihr in Jever gestunken und dann in Hannover und dann in Koblenz und dann in Meppen ...«

»In Berlin stinkt's mir aber gar nicht. Ich hab nur 'ne kleine Lesereise vor!«

Papa verstummte, und ich ging in mein Zimmer und ließ ihn vor seinem Altar zurück.

Auf dem Balkon rauchte ich noch eine. Es war klapperkalt.

Papa hätte doch auch sagen können: »Ach, das ist ja schön, daß man dich in Ludwigshafen und in Hoyerswerda zu Lesungen erwartet! Welche Texte willst du denn da vortragen? Und wirst du dafür auch gut bezahlt?«

Egal, was ich machte: Papa fand es falsch.

In Frankfurt führte Christian Schmidt mir eine Million Dias von einer Rumänienreise vor, die er in einem klapprigen Audi 80 mit seiner Freundin unternommen hatte. Immer noch eine Magazinschiene und noch eine und noch eine. Es gab reichlich Bier dazu, und Christian konnte gut erzählen, aber ich war trotzdem ganz froh, als nach zwei Stunden eine Birne im Projektor zersprang, denn dadurch blieb mir der Anblick der zweiten Million Dias aus Rumänien erspart.

Am Donnerstag nahm Christian mich in die *Titanic*-Redaktion mit, die sich in der Brönnerstraße an der Zeil befand, in einem abgerockten Bau direkt unterm Dach. Die Herren Zippert, Gsella, Hintner, Greser, Lenz und Nagel wuselten dort herum, während die Redaktionsassistentin Birgit Staniewski das *Zeitmagazin*-Rätsel »Um die Ecke gedacht« zu lösen versuchte.

Mitten in diesem verschachtelten Großraumbüro stand ein runder Konferenztisch. An der Wand dahinter hingen Massen von *Titanic*-Titelbildern, eine andere Wand zierte ein großer Teppich mit dem Porträt des libyschen Despoten Gaddafi, und eine dritte war mit Kopien aktueller Zeitungsmeldungen bepinnt, in denen die *Titanic* vorkam.

Ich fühlte mich an meine Schülerzeitungsredaktion im Meppener Kreisgymnasium erinnert, die kleiner gewesen war, aber genauso rummelig. Die *Titanic*-Redaktion hatte ich mir viel schicker und moderner vorgestellt.

»Hier wird die feinste deutsche Satire jemacht!« rief Christian im Ton eines Feldwebels. »Und 'ne schärfere als bei euch in der Reichshauptstadt! Dit kannste mir jlooben!«

Anfang Februar hatten sie den Bundeslandwirtschaftsminister Jochen Borchert, den Bundespostminister Wolfgang Bötsch und den Bundesforschungsminister Matthias Wissmann angerufen und ihnen vorgespiegelt, sie seien ihre amerikanischen Amtskollegen. Wissmann hatten sie erzählt, die Nasa arbeite »an something like a Perpetuum Mobile«, Bötsch hatte sich anhören müssen, daß der US-Präsident »sehr ärgerlich« sei, weil die Bundesregierung die Änderung der Postleitzahlen »nikt mit uns abgesproken« habe, und Borchert war von seinem angeblichen Kollegen Mike Espy, dem deutschkundigen Secretary of Agriculture, noch gröblicher an der Nase herumgeführt worden:

ESPY: Ich nix essen Fleisch. Essen Sie Fleisch, Mr. Borchert?
BORCHERT: Ich esse das gern, Fleisch.
ESPY: Na, da haben Sie ja den richtigen Beruf.
BORCHERT: Ja, ich habe den richtigen Beruf. Ich habe ja auch Schweine gehalten lange.
ESPY: Ah, verstehe, verstehe. Ik habe vor fünfundzwanzig Jahren in Deutschunterricht Ihres Buch gelesen mit große Vergnügen.
BORCHERT: Ja?

ESPY: Werd ik nie vergessen. »Draußen vor der Tür«.
BORCHERT: Ja?
ESPY: Haben Sie noch mehr Bücher geschrieben?
BORCHERT: Das ist nicht von mir.
ESPY: Ah, war das dann Ihr Vater, das Buch geschrieben?
BORCHERT: Nein, der ist auch nicht mit mir verwandt, nur der Name ist gleich ...
Eine wohlgelungene Aktion.

Im Zug las ich den Rest der neuen Ausgabe. Das Allerschönste waren vier Sätze von Max Goldt:

Ein Bekannter erhielt neulich eine Karte von mir mit dem Stempelaufdruck »mis-sent to Manila«. Toll, daß die dafür extra einen Stempel haben! Gut ist sowas! Liebenswürdiges Schludern verwandelte einen ordinären Gruß in einen tropisch duftenden, luftpostphilatelistischen Leckerbissen! Wegen Poststücken mit dem Aufdruck »Hinter den Heizkörper geflutscht« gibt es auf Auktionen zweifelsohne Raufereien.

Helmut Krause holte mich in Ludwigshafen mit seinem Mercedes am Bahnhof ab und sagte, daß in der Stadtbibliothek alles sehr gut eingerichtet sei für meine Lesung. »Dort sind gebutterte Wurst- und Käsebemmen und Getränke zur inneren Halsbefeuchtung für dich vorrätig ...«

Dumm war nur, daß eine ersichtlich humorlose Greisin die Speerspitze des Publikums bildete und mich aus anderthalb Metern Entfernung mißbilligend anschaute, während ich all die unanständigen Wörter aussprach, die in meinen Texten vorkamen.

»Es hat mir mehr als gut, nämlich mindestens äußerst sehr prima gefallen und behagt«, sagte Helmut Krause danach. »Sowieso und entschiedenst!« Und dann brachte er mich zu meinem Logis in einem Gästezimmer des Ludwigshafener Kulturvereins und half mir dabei, den leider überaus süßen Weißwein zu dezimieren, der dort bereitstand.

Der Dichter Ulrich Holbein, sagte Helmut, habe übrigens seine

Schreibmaschine angemalt. Und zwar sowohl von außen als auch von innen. »Und seine Bücher hat er alle nach Farben sortiert! Ach, und den Bob Dylan, den du ja verehrst, wie ich weiß, also, den Dylanbob, den hab ich mal einen Abend lang aus der Nähe erlebt. Kurios! Ende der siebziger Jahre. Pflaumenlikör hat er da getrunken. Und wie er sich über Frauen geäußert hat – da war Polen offen!«

Ich fiel irgendwann ins Bett, obwohl ich gern noch mehr gehört hätte von Helmut, diesem Meister der Beredsamkeit.

Sieben Stunden Bahnfahrt waren es von Frankfurt bis Greiz, und das waren mindestens fünf zuviel. In den Stotterzügen der Reichsbahn brach man sich fast die Hand, wenn man die Zigarettenasche abstippen wollte, denn die Aschenbecher waren nur wenige Zentimeter unterhalb der Fensterbrettchen angeschraubt, und es stank in diesen Waggons noch immer so nach DDR, daß man glaubte, es könne jeden Moment ein Volkspolizist ins Abteil kommen und einen dazu auffordern, das linke Ohr frei zu machen.

Da half nur Lesen.

Wie ich zu meiner Überraschung feststellte, äußerte die Kritikerin Susanne Fischer sich in der neuen *konkret* zustimmend über mein Buch »Moselfahrten der Seele«:

Die Unverwechselbarkeit der Schlosser-Texte gibt mir in der großen wüsten Welt unserer Zeitschriften oft das schöne Gefühl freudigen Wiedererkennens. Nach der Buchlektüre möchte ich anregen, den pointenähnlichen und bisher namenlosen Ein-Satz-Schluß-Nachklapp, dem dieses Phänomen zu mindestens drei Vierteln anzulasten ist, künftig offiziell »Schlosser« oder »Schluß-Schlosser« zu nennen.

Hat jemand was dagegen?

Das war ja wohl 'n Ding.

In dieser Nummer stand auch ein Artikel von Eckhard Henscheid über die Germanistikprofessorin und Unternehmensberaterin Gertrud Höhler, die als Model für American Express geworben hatte: einmal hoch zu Pferde galoppierend, mit fliegenden Haaren vor blauem Himmel, und einmal in einer ledrigen Bibliothek auf einer Schreibtischkante sitzend, herrisch, angetan mit Reithose und Reitstiefeln und Lederhandschuhen, während ihr der »Sohn Abel« auf dem Teppich rücklings hingebreitet zu Füßen lag. Darüber machte Henscheid sich lustig:

Anders als ihre bewußtseinsindustriell funktionelle Vorgängerin Chr. Meves paßt sie, man muß es eingestehen, sehr gut in die Reitstiefel und Reithosen. Wird man sie demnächst nackt erleben – in H. Hefners Hausblatt, für 100 000 Dollar? Mit Abel?

Diese Frau und ihr Herr Sohn schienen schwer was an der Waffel zu haben.

Michael und Ina Rudolfs Wohnung war von Handwerkern zerlegt worden. Daher gingen wir auswärts essen, was Michael nicht gut bekam, denn er hatte einen »Reizmagen«, der Speisefett nur schlecht vertrug, und in der Ostzone und besonders in Greiz waren die Kombüsen auf Allesfresser eingestellt.

Später nahmen wir noch ein Bier in einer Spelunke ein, in der zu spät geborene Hitlerjungen den Lärmpegel in die Höhe trieben. Sie gierten nach einem Führer, ohne sich zu vergegenwärtigen, daß sie für ihn bloß Kanonenfutter gewesen wären.

»So isses hier halt«, sagte Michael. »Die einen entbieten dir den deutschen Gruß, und die anderen schreiben schlechte Friedensgedichte. Dazwischen gibt's nur uns.«

Nachrichten: Islamische Fundamentalisten hatten einen Bombenanschlag auf das World Trade Center verübt, und ein in Hoyerswerda von rechten Skinheads verprügelter Jugendlicher war in einer Klinik seinen Verletzungen erlegen.

»Wollt ihr da denn trotzdem heute lesen?« fragte Ina uns beim Frühstück.

»Im World Trade Center?« fragte Michael zurück. »Nein. Aber in Hoyerswerda schon! Wäre doch gelacht, wenn wir uns von den paar Nazis einschüchtern ließen!«

Es waren fünfeinhalb Stunden Zugfahrt durch graues Brachland. Verödete Höfe zogen an uns vorüber, unbewirtschaftete Äcker und vergilbtes Gewölk über einer nebligen, ausgebleichten, weitgehend vermoderten und gottverlassenen … ja, was denn? Landschaft? Umgebung? Gegend? Wie sollte man das nennen?

Michael votierte für »Gegend«. Dem, was wir hier sähen, komme dieser Begriff noch am nächsten, meinte er, und dann sprachen wir über mein Buch »Die gnadenlose Jagd«. Da gehöre eine Mini-Disc hinein, sagte er. Mit einem von dem Oberschurken Fred Kalkutta gesungenen Song.

Ich begann sofort mit der Niederschrift.

Schon in der Jugend Morgenrot,
da schlug ich meine Eltern tot,
verdrosch den Hund, zertrat den Wurm,
man warf mich in den Pulverturm
und nahm mich in die Zucht.

»Und weiter?« fragte Michael.

Ich brüllte laut: »Schockschwerenot!«
Da kam ein wilder Wirbelsturm,
der Turm zerbarst, und durch den Schlot
ergriff ich gleich die Flucht …

Michael meinte, daß wir darauf aufbauen könnten.

Hoyerswerda verströmte eine Tristesse, wie ich sie bis dahin noch nie verspürt hatte. Nicht einmal in Löhne oder Leipzig. In der von trüben Straßenfunzeln nur stellenweise etwas aufgehellten Finsternis ragten kilometerlange Plattenbauten auf, und es gab weit und breit absolut nichts, was den Augen geschmeichelt hätte.

Ich sah Michael entgeistert an. »Und hier leben Menschen?«

»Leben würde ich das nicht unbedingt nennen«, sagte er.

Auch auf der Taxifahrt zu unserem Lesungsort, dem Konrad-Wolf-Klub, zeigte Hoyerswerda sich nicht von einer schöneren Seite.

»Was du hier siehst«, sagte Michael, »sind keine Ortsteile, sondern lateinisch durchnumerierte Wohnkomplexe …«

Wohnkomplexe, ja, das war ein treffender Ausdruck für diese realsozialistischen Bausünden. Und jede Straße, in die wir einbogen, sah genauso scheiße aus wie die davor.

Im vorvorgestrig bestuhlten Konrad-Wolf-Klub fiel uns beiden fast der Unterkiefer runter, als der Veranstalter uns die Frage stellte: »Ihr fahrt doch heute noch wieder nachhause, oder?«

Glaubte dieser Mensch, daß es im tiefsten Sachsen Nachtzüge mit Schlafwagen gab?

Michael nahm die Verhandlungen auf. »Ich hatte doch klipp und klar gesagt, daß wir 'ne Unterkunft brauchen …«

Das sei bei ihm »nicht angekommen«, erwiderte der Veranstalter. Aber vielleicht könne er da noch was regeln.

»Dann regele mal«, sagte Michael, und wir gingen uns ein Bier holen.

Der Barmann setzte uns davon in Kenntnis, daß uns wahrscheinlich ein entspannter Abend bevorstehe. »Die Nazis greifen die beiden Jugendklubs hier immer abwechselnd an, und weil wir am letzten Wochenende dran waren, müßte diesmal der andere dran sein. Prost!«

Der Laden füllte sich, und die Lesung machte Spaß. Michael trug ein »Demontagebuch« über seine Erlebnisse mit den Handwerkern vor, die seine Wohnung in Greiz entstellt hatten, und erging sich in Racheträumen:

Fünf Klempner mit vollen Warsteinerflaschen beschwert im Fluß versenkt, der das Haus bei Tauwetter lieblich umspült. Trotzdem werden es immer mehr. Zu dumm, einen Eimer Wasser umzuhauen! Die saufen ihn lieber aus. Aber morgen kommt Herr Schlosser, der lustige Rotgardistenbluter. Dann wird alles besser …

Auch die anderen Texte fielen nicht durch, aber als wir uns wieder zur Bar begaben und zwei Bier orderten, drängte der Veranstalter uns zum Aufbruch: Es sei ihm gelungen, ein Zimmer für uns aufzutreiben, in der Wohnung eines alten Bergarbeiters, der einen Vertrag mit der Stadt habe und ein Gästezimmer zur Verfügung stellen könne. »Der und seine Frau wollen jetzt aber bald schlafen gehen, und deswegen könnt hier nicht mehr ewig rumsitzen. Ich hab euch schon 'n Taxi bestellt!«

Oskar Kurella hieß unser Quartiergeber, der uns in einem Plattenbau im fünften Stock die Tür öffnete. Ein bucklicht Männlein mit Backenbart und einem hohen Fehlbestand an Schneidezähnen. Es zischelte, wenn Herr Kurella sprach. An den Füßen trug er flauschige braune, offensichtlich Bärenköpfen nachempfundene Puschen mit lustigen Äuglein vorne dran.

Aus der Wohnung wallte uns eine irre Hitze entgegen, und das Zimmer, das Herr Kurella uns anwies, war ein einziger Albtraum aus Brokat und Bleikristall, mit einem Doppelbett im Zentrum, einer Schrankwand voller Ballast und einem überlaut brummenden Kühlschrank.

Wir kriegten auch das Bad gezeigt und durften uns dann zurückziehen.

»Hier drin hat's mehr als dreißig Grad«, sagte Michael. Er suchte nach einem Heizungsregler und machte sich an dem Fenster zu schaffen, doch er konnte nichts bewirken.

Ich sah mir währenddessen den Kühlschrank von innen an. Er war leer. Was uns sein gewaltiges Brummen desto fragwürdiger erscheinen ließ.

Etwas Trinkbares stand in der Schrankwand: eine Flasche Erdbeerbowle. Die ich aber nicht anrührte. Zu Gemüte führen wollte ich mir stattdessen das dicke Fotoalbum, das daneben lag.

Ich nahm es mit ins Bett und wurde nicht enttäuscht. Schon auf der ersten Seite klebte ein Foto von einer Frau, die aus dem Seitenfenster eines Wartburgs plierte. Ihre Augen wurden durch die Brille, die sie trug, auf Spiegeleierformat vergrößert. Frau Kurella vermutlich. Darunter stand in verschnörkelter Schrift:

Auf großer Fahrt!

Mit einem Vierfarbstift geschrieben, so wie ihn auch Helmut Krause benutzte.

»Das mußt du sehen«, sagte ich zu Michael, der bereits ins Reich der Träume entschweben wollte.

Er reagierte unwillig auf diese Störung, warf dann aber doch einen Blick auf die künstlerisch perfekt gestaltete erste Albumseite und brach in Gelächter aus.

Ich blätterte um. Das nächste Foto zeigte Frau Kurella in einem geblümten Kleid auf einer verblichenen Wiese stehend, mit einer altmodischen Handtasche in der Rechten und einer Mimik, die allem Anschein nach das eine oder andere Frühlingsgefühl zum Ausdruck bringen sollte. Vervollkommnet wurde die Bildwirkung dadurch, daß der Fotograf die Kamera etwas schief gehalten und zudem vergessen hatte, auch die Füße aufzunehmen. Und diesmal lauteten die schnörkligen Worte darunter:

Leben einmal anders!

Das Album bot noch eine große Zahl anderer Highlights. Den Kulminationspunkt bildete ein Foto von Frau Kurella am Küchenherd, wo sie mit einem Holzlöffel in einem verbeulten Topf einen rotbraunen Mischmasch umrührte. Ihr Schädel war auf dem Foto nur bis zu den Nasenlöchern drauf. Umso mehr sah man dafür von dem museumsreifen Interieur ihrer Küche, und die Bildlegende paßte dazu wie die Faust aufs Auge:

Das Heiligtum einer Frau!

Genial. Dieses Album hätte die Kurellas steinreich machen können, wenn sie fähig gewesen wären, das darin schlummernde Potential zu erkennen.

»Kannst du das nicht als Kunstbildband verlegen?«

»Na logisch«, sagte Michael. »Ich setz gleich morgen früh den Vertrag auf …«

Als ich die Augen wieder auftat, stand Michael am Fußende des Betts und ließ sich vom Hausherrn persönlich dessen dreißigbändige Bertelsmann-Lexikothek vorführen. Die habe ihn 2300 D-Mark gekostet, sagte Herr Kurella, aber sie sei sehr viel mehr wert! Und es gehöre auch eine »Phonobox« dazu. Die könne man auf die Schallfolien in den Bänden setzen, und dann kämen Töne raus und Stimmen. »Hier fum Beifiel bei bem Fichwort Fiewäff …«

Was mochte er meinen?

Ein fürchterliches Gequäke erklang aus der besagten Phonobox. Wildester Free Jazz in der denkbar schlechtesten Wiedergabequalität! In Hoyerswerda! Am Sonntagmorgen! Im Schlafzimmer eines Rentners, der von schuftigen Vertretern aus dem Westen übertölpelt worden und gleichwohl von Besitzerstolz auf seine lausige, verfickte, überteuerte, von charakterlosen Halsabschneidern für unbedarfte Zonis zusammengeschusterte Bertelsmann-Lexikothek erfüllt war!

Während meiner Morgentoilette hatten die Kurellas das Frühstück aufgefahren: Brötchen, Weißbrot, Roggenbrot, Schwarzbrot, Knäckebrot, Jagdwurst, Zungenwurst, Blutwurst, Mettwurst, Fleischwurst, Leberwurst, Griebenfett, Bierschinken, Mortadella, Beefsteaks, Rollmöpse, Cremeschnitten, Räuchermakrelen, Dosenheringe, Preßkopfsülze, Fleischsalat, Sardellenpaste, Leberpastete, Eier, Tomaten, Kräuterquark, Gouda und drei Sorten Honig und sieben Sorten Konfitüre sowie Bautz'ner Spreetaler Cornichons und Halberstädter Schmalzfleisch. Und »Nudossi«, das DDR-Gegenstück zu Nutella.

Dachten die, wir wären Gargantua & Pantagruel?

Frau Kurella, die sich vor Michael und mir zu ängstigen schien, goß uns Kaffee ein und wäre dann im Rückwärtsgang beinahe umgefallen, als sie über eine Teppichkante stolperte, und Herr Kurella hatte wieder seine Grizzly-Puschen angezogen. Er wollte das Radio auf der Fensterbank für uns anstellen, doch wir brauchten an diesem Morgen nicht auch noch musikalische Preßkopfsülze.

Unter einem undefinierbaren Wolkenbrei fuhr Herr Kurella uns zum Bahnhof und gab uns den dringenden Rat mit auf den Weg, den Saurierpark in Bautzen zu besuchen. Der sei jede Reise wert. Auch das Wort »Saurierpark« bereitete Herrn Kurella Probleme – er betonte es auf der zweiten Silbe und sagte »Fauríapark«. »Bem muff mam gefehen hamm, bem Fauríapark!«

»Sie sind ja lieb und nett, diese Leutchen«, sagte Michael, als wir den Fahrkartenschalter zu finden versuchten, »aber noch 'ne Nacht bei denen, und du könntest mich in 'nem psychiatrischen Museum ausstellen …«

Auf der Heimfahrt knobelte ich weiter an dem Fred-Kalkutta-Lied.

Wir überfielen jede Bank,
die stark genug nach Zaster stank.
Wir kannten kein Pardon …

Der Zug durchquerte Großräschen, Altdöbern und Luckaitztal, wo ich auch nicht tot überm Zaun hätte hängen wollen.

Es war kein Scheck in der Post, aber ein Brief von Lydia mit den Zeilen:

Denke an Dich und an Osho.

Und:

Ich freue mich auf unsere Tour und genieße den Gedanken daran. Wenn es mir dann zu bunt mit Euch Schriftstellern wird, fahre ich einfach zu Keli, okay?

In Liebe
Deine Lydia

Das tat mir gut. Doch wenn sie jemanden wie mich haben konnte, wozu brauchte sie dann noch Osho?

Irgendwo hatte ich mir schon wieder eine Erkältung geholt, und zwar eine von der allerärgsten Sorte, die über eine laufende Nase, Fieber und Husten hinaus auch noch die Symptome Halsweh, Heiserkeit und Durchfall im Portfolio führte. Da blieben wahrlich keine Kundenwünsche offen. Zumal der Durchfall seinerseits eine große Variationsbreite aufwies.

»Du siehschd aus, wie wenn du Malaria hädsch«, sagte Sigrun, als ich in der Küche an einem Marmeladentoast lutschte. »Wehe, du schdeggsch mi an!«

Was sollte man machen, wenn man sich wie der Tod auf Latschen fühlte?

Das Bett hüten natürlich. Schlafen. Dösen. Lesen. Und wieder dösen. Und wieder lesen …

In der neuen Folge von »Schröder erzählt« ging es darum, wie Jörg Schröder 1974 als entthronter »Pornokönig« in der Bredouille gesteckt hatte:

In aller Stille schnürten die Frankfurter Staatsanwälte ihr Olympia-Press-Paket und schmiedeten an einer schweinsköpfigen Schandmaske für mich. Ich war schön angeschmiert, sechs Prozesse am Arsch und keine Kohle mehr.

Olympia Press war der Verlag, dessen pornographische Titel Schröder vorübergehend viel Geld eingebracht hatten. Doch die Vorwürfe der sittlich entrüsteten Staatsanwälte seien haltlos gewesen:

Was damals schon Porno hieß! Es handelte sich bei unserem Bilderroman um eine jener sonderbaren Hervorbringungen im Zwischenbereich von Aktmodellstehen und Pornographie. Denn alle diese Kopulationsszenen waren gestellt, kein erigierter Schwanz durfte zu sehen sein, erst recht kein Rein-raus-Spiel. Gunter Rambow, der wirkliche Fotograf, baute Hunderte von Szenen auf, regelrechte Laokoon-Gruppen. Nach der Aufnahme stürzten die gestellten Bilder in sich zusammen wie eine Laiensportlerpyramide im Turnverein.

Vom Lachen über diese Geschichten tat mir der Rachen wieder weh, und ich kam auch am Montag und am Dienstag noch nicht auf die Beine. Ich konnte mich nur zwischen meinem Bett, der Küche und dem Badezimmer umherschleppen.

Vom Weltgeschehen kriegte ich immerhin mit, daß die ehemalige DDR-Bürgerrechtlerin Bärbel Bohley jetzt in der Jury für einen »Kultur-Preis« saß, den die *Bild*-Zeitung vergab – pfui Teufel! –, und daß die sattsam bekannte Barschel-Affäre sich in einem anderen Licht zeigte. 1987 war ja Uwe Barschel als CDU-Ministerpräsident des Landes Schleswig-Holstein von seinem Pressereferenten Reiner Pfeiffer schmutziger Machenschaften gegen seinen sozialdemokratischen Herausforderer Björn Engholm beschuldigt worden, und kurz danach war Barschel zurückgetreten und dann tot in der Badewanne eines Genfer Hotelzimmers entdeckt worden. Und nun kam an den Tag, daß der schleswig-holsteinische

Sozialminister Günther Jansen von der SPD Reiner Pfeiffer heimlich 40 000 Mark hatte zukommen lassen. Die wollte Jansen nach eigenen Angaben privat in einer Schublade »angesammelt« haben.

Wenn das nicht stank, was dann?

Die Waschmaschine lief zwar wieder – es hatte am verstopften Flusensieb gelegen –, aber dafür war im Wohngemeinschaftslogbuch eine neue Invasion von Mäusen zu verzeichnen. In Philipps Zimmer hatten sogar schon welche gejungt, unter seinem Bett, in einem Nest aus Papiertaschentüchern, Socken und Parisern, und das ging nun wirklich zu weit.

Ich war aber noch zu geschwächt, um an der Hatz auf die Mäuse teilnehmen zu können. Ich lag im Bett, und wenn ich nicht vor mich hindämmerte oder schlief, las ich Ulrich Holbeins Buch »Die vollbesetzte Bildungslücke«, in dem er die Nöte beschwor, in die es einen bringen konnte, wenn man keine klassische Bildung genossen hatte, sondern mit Micky Maus, Lurchi, Mary Poppins und Käpt'n Iglo aufgewachsen war.

Günther Willen schrieb mir, daß *Kowalski* »wieder im Abstiegsschlamassel« stecke, doch das war ja nichts Neues.

Um wieder bei Kasse zu sein, löste ich hinter Papas Rücken das Meppener Bankkonto auf, das er für mich angelegt hatte, und ließ das Geld auf ein neueröffnetes Berliner Sparkassenkonto transferieren. Sonst wäre ich in absehbarer Zeit insolvent gewesen.

Gegen die Mäuseplage gingen wir zweigleisig vor: die anderen mit Todesfallen und ich mit einer fabrikneuen Lebendfalle. Aber leider bevorzugten die Mäuse die Todesfallen; in die Lebendfalle ging nie eine rein.

Nicola, Lizzy und Sigrun weigerten sich, die Mäusekadaver zu entsorgen. Das sei Männersache, behaupteten sie. Und Sigrun sagte: »Wenn i oi vo den Mäusa anfassa müßd, würd i eich die ganze Wohnung vollkodza!«

In der *Wochenpost* huldigte Friedrich Schorlemmer seinem Freund Walter Jens:

Aus seinem Humor erwächst eine Barmherzigkeit, die man auch Solidarität nennen kann.

Wie brachte man es fertig, solche Nullsätze zu äußern? In Schorlemmers Großhirnrinde mußte es ein Vakuum geben, das sich von selbst mit Schrott füllte.

»Da isch a Onkel vo dir am Delefo«, sagte Sigrun und reichte mir den Hörer.

Es war Dietrich. Fräulein Kunze sei gestorben, sagte er. »Die hast du doch auch gekannt. Tante Hannas alte Mitbewohnerin. Eine Nachbarin hat die nach einem Schlaganfall in dem Haus in Scheidegg tot aufgefunden, aber Tante Hanna weiß noch nichts davon. Die liegt zur Zeit noch nichtsahnend mit ihrer Oberschenkelhalsfraktur in Lindenberg im Krankenhaus. Jutta und ich werden sie nächste Woche besuchen und ihr die Sache schonend beizubringen versuchen. Ich dachte nur, es wär ganz gut, auch dich schon mal zu informieren.«

»Danke.«

»Und was machen deine Geschäfte?«

»Die laufen ganz gut. Ich plane meine nächsten Bücher …«

»Na, dann Hals- und Beinbruch!«

Aus der Videothek hatte ich mir »Naked Lunch« geholt, David Cronenbergs Verfilmung des Romans von William S. Burroughs, und bereute es bereits nach wenigen Minuten. Da es sich um ein halluzinogenes Drehbuch handelte, konnte sich der Regisseur jeden Pillefax erlauben, und das Ergebnis war ungefähr so sehenswert und auch ebenso farbenprächtig wie eine erbrochene Melonensuppe mit Rindersaftschinken.

»Du stehst in der Zeitung«, sagte Philipp beim Frühstück und las mir aus der *Frankfurter Rundschau* einen Satz aus einem Essay von Michael Rutschky über die »Hippies aus der Zone« vor: »Dem Westberliner Autor Martin Schlosser verdanken wir übrigens mit seinem Buch ›Menschlich viel Fieses‹, das nach Karl-Kraus-Methode Zitate montiert, eine ebenso bösartige wie kenntnis- und lehrreiche Ethnographie des ostdeutschen Neo-Hippietums.«

Sigrun ließ die Schrippenhälfte sinken, von der sie gerade hatte abbeißen wollen, und sagte: »Mir scheind, du wirschd mid jedem Dag brühmdr!«

»Kann schon sein, aber jetzt geh ich erstmal einkaufen. Soll ich was mitbringen?«

»Wir brauchen Spülmittel«, sagte Philipp. »Aber nicht irgendeins, sondern Fairy Ultra. Das hat mehr Fettlösekraft!«

In dieser WG mußte man auf Zack sein, wenn man die ironischen von den ernstgemeinten Aussagen unterscheiden wollte.

Lustig wurde es abends im Eiszeit-Kino, als Wiglaf einen Bericht von seiner und Michael Steins Lesereise »durch die fünf neuen Kummerkästen« vorlas. In Plauen habe ein Opel Vectra ihrer Lesungsveranstalterin den Außenspiegel abrasiert: »Natürlich hielt der Lump nicht einmal an, sondern setzte mit unvermindert überhöhter Geschwindigkeit seine Fahrt und sein sinnloses Leben fort. Ich aber hatte mir das Kennzeichen gemerkt und wußte, was ich noch am selben Tag mit ihm tun würde: ihn aufsuchen, am Kragen packen, auf seine gestammelten Entschuldigungen nur die Hand hinters Ohr legen, ›Wie bitte? Was sagst du? Ich kann dich nicht hören!‹ entgegnen und ihn anschließend zwingen, eigenhändig mit einem spitzen, scharfen Gegenstand ›Peters neues Westauto‹ in den Lack zu kratzen, immer wieder, in Motorhaube, Türen, das Dach, ja in den Spoiler noch: ›Peters neues Westauto‹, natürlich mit falschem Apostroph, das wäre Gerechtigkeit, aaah …«

Diese niedlichen Gewaltphantasien kamen gut an. Wiglaf traf genau den richtigen Ton zwischen Italo-Western und Augsburger Puppenkiste.

Aus der Abrechnung, die Klaus Bittermann mir gab, ging hervor, daß von meinem Buch »Menschlich viel Fieses« bis Silvester 776 Exemplare verkauft worden waren.

Er sagte, das sei »nicht so ganz der durchschlagende Erfolg«, und das sah ich ein.

Lizzy reinigte im Küchenwaschbecken den verdreckten Schwingdeckel unseres Küchenmülleimers. »Ich glaub, ich bin die einzige, die das hier tut«, sagte sie, und das war wahr. Um die Sauberkeit des Küchenmülleimerschwingdeckels hatte ich mir seit meinem Einzug noch keinen einzigen Gedanken gemacht.

Im *Spiegel* stand was über die *Titanic*-Aktion »Minister telefonieren mit Amerika«:

Während die Bild-*Zeitung meldete, die Angerufenen hätten den Gag sehr wohl durchschaut, deuten Äußerungen der Herren auf anderes. So hatte Borchert im Hessischen Rundfunk kurz nach dem Telefonat trompetet, er habe ein »erstes Telefongespräch mit dem neuen amerikanischen Landwirtschaftsminister geführt«. Postminister Bötsch gestand im Radiosender FFH: »Solange es keine Bildtelefone gibt, ist so was immer möglich.« Einzig Wissmann scheint nicht ganz beeindruckt gewesen zu sein. Als der Forschungsminister den Hörer auflegte, so streuen Vertraute, habe er gesagt: »Wenn das Al Gore war, dann bin ich Hannibal.«*

Ein schöner Erfolg für die Kollegen in Frankfurt.

Was sich außerdem noch im *Spiegel* anfand, war ein Foto des ägyptischen Glaubenskriegers Scheich Omar Abd el-Rahman, der sich durch sein tückisches Mienenspiel und einen weißgrauen Drahthaarbart von der Masse der übrigen Islamisten abhob. Ein echter Satansbraten. Ich zeigte Sigrun sein Foto und fragte sie, ob sie sich vorstellen könne, diesen Mann zu heiraten, doch davon wollte sie nichts wissen: »Diesa Mo heirada? Mid so einr Freßleischde wird der lebenslänglich Jungfrau bleiba!«

Da hatte sie ein interessantes Thema angesprochen: Mit welchen Frauen schliefen diese Männer? Wer gab sich ihnen hin? Der Scheich Omar Abd el-Rahman sah nicht so aus wie ein Sexualobjekt, von dem Frauen im Frühling träumten. Das gleiche hätte man von dem syrischen Präsidenten Assad, dem irakischen Präsidenten Hussein und dem Palästinenserführer Arafat sagen können, aber auch diese Männer hatten natürlich sexuelle Gelüste …

Philipp tippte auf »Handentspannung«, wohingegen Jochen auf die Möglichkeit verwies, daß einflußreiche Ekelpakete sich Frauen gewaltsam gefügig machen könnten. »Und vergeßt nicht, daß Macht auch immer was Erotisches hat. Stimmt's nicht, Sigrun? Würdest du nicht mal gern 'ne Nummer mit Saddam Hussein schieben? Oder mit Arafat?«

»Figg di do selbschd«, sagte sie.

Gedoktert hatte ich zuletzt vor allem an meinem Kriminalroman »Die gnadenlose Jagd«, und als ich damit glücklich fertig war, sagte Max Goldt mir beim Bier ein Vorwort dafür zu, unter der Bedingung, darin erwähnen zu dürfen, daß ein Kilogramm Docht im Hobby-Shop Wilhelm Rüther 187 DM koste.

Dagegen war nichts einzuwenden. Und Max wollte jetzt angeblich auch mal in Hoyerswerda bei den Kurellas übernachten, um sich weiterzubilden, aber davon riet ich ihm ab.

Beim Ausdrucken des Romans kuckte ich Videos. »Die Hard« und »Die Hard 2: Die Harder«. Bruce Willis als guter Cop im Krieg mit den Bösen. Schön war auch die Senge, die der schmierlappige Journalist in den beiden Filmen bezog. Geändert hätte ich als Drehbuchautor allerdings die Namen der deutschen Verbrecher. Sie hießen Karl und Heinrich, und so hieß in Deutschland kein Mensch mehr. Und einmal rief der eine der beiden, als sie Bruce Willis alias John McClane verfolgten, dem anderen auf deutsch zu: »Er ist im Heizehaus!«

Hatten die in Hollywood denn keine Berater mit der Muttersprache Deutsch?

In der Gedenkbibliothek nahm ich Recherchen für den Vortrag über die Linke und den Kitsch vor und schüttelte dabei viertelstündlich den Gedanken an meine Finanzlage ab. Für meine Artikelchen in *Kowalski* hatte sich nun ungefähr schon seit der Zeit der Stauferkaiser kein Groschen mehr zu mir verirrt …

Doch da waren ja noch die unangetasteten vierzigtausend Mark von Papa.

Verlaß war in dieser Welt vor allem auf Eugen. Am Mittwoch schrieb er mir wieder was Schönes:

Über Eure Unterbringung bei Kurellas habe ich sehr gestaunt. Es möchte einem das Hemd hinten reinziehen! Ein tragbares Photokopiergerät wäre anzuraten, um jederzeit überall derartige Alben und Sonstiges aktenkundig zu machen. Aber so einen blöden Rat kannst Du Dir auch selbst geben. Tragbares Photokopiergerät – daß ich mich traue, Dir solche Sätze zu schreiben! Vergib mir!

Als *Kowalski*-Lieferant steckte Eugen in der gleichen Klemme wie ich, und wir konnten uns nur gegenseitig bemitleiden.

Simone Borowiak, die einst der *Titanic*-Redaktion angehört hatte und seit neuestem der *Kowalski*-Redaktion angehörte, rief an und fragte mich, ob ich ihr Feind sei.

»Wie kommst du darauf?«

Ein *Kowalski*-Leser habe ihr das einzureden versucht, sagte sie.

»Und wie kommt der darauf?«

»Das konnte er mir nicht so genau sagen.«

»Dann bestell ihm bitte, daß er sich gehackt legen kann.«

»Werde ich tun.«

»Und wie sieht's mit den Honoraren aus?«

»Das kann wiederum ich dir nicht so genau sagen …«

Am späten Freitagabend war Lydia wieder bei mir, und ich verging fast vor Seligkeit. Wir schwelgten in der Fleischeslust, und noch im Halbschlaf sah ich Lydias Körper über mir und spürte ihren Atem an meinem Hals.

Sie war jetzt Lehrerin. Mit einer gelungenen Religionsstunde vor Erstkläßlern hatte sie die letzte Hürde genommen.

»Ich will aber nicht Lehrerin sein«, sagte Lydia. »Ich will … ach, ich weiß auch nicht, was ich will!«

Wir planten unsere Deutschlandreise nun genauer. Ich freute

mich darauf wie ein Schneekönig und bereitete telefonisch das meiste schon vor.

Ein Glückstreffer war Woody Allens neuer Spielfilm »Ehemänner und Ehefrauen«. Da laberte die jugendliche Geliebte eines deutlich älteren Professors zu dessen großer Pein auf einer Intellektuellenparty auf die anderen Gäste ein, daß die Astrologie »total, total, total beweisbar« sei. Auf dem Parkplatz vor dem Haus legte er dann los: »Ich hab es satt, mir diesen Müll über Sojabohnen und Zen-Ernährung und die Scheißsternzeichen anzuhören!« Und seine Geliebte schrie: »Ich hasse dich und deine blöden beschissenen Arschlöcher, Arschlöcher von Freunden!«

Die beiden stritten sich noch lange herum, und darüber lachte auch Lydia und kniff mich dabei immer wieder in den Arm.

Es erstaunte sie, daß ich in der Kneipe, die wir danach aufgesucht hatten, keine Quittung verlangte. »Da bist du anders als Walter Kempowski. Der hat jeden Kakao, den er mir ausgegeben hat, von der Steuer abgesetzt …«

Me, I'm just the lucky kind
Love to hear you say that love is love …

Sie lehnte sich zu mir herüber und schob mir ihre Zunge ins Ohr, was ich gut fand, obwohl es mir zu kitzlig war.

So konnte es ruhig weitergehen mit Lydia und mir.

Am Sonnabend beriet sie mich mit Engelsgeduld beim Erwerb neuer Schuhe und einer neuen Jacke, und dann fuhren wir nach Potsdam. Ich hatte gedacht, daß es dort schön sei, aber Potsdam setzte sich vornehmlich aus Schlackeplätzen, magerem Strauchwerk und gelben Wiesen zusammen.

Wir schlossen uns einer Führung durch eines der kalten Schlößchen an, wo Pantoffeln getragen werden mußten. Es war auch eine Saalgrotte zu bewundern, die der Bauherr mit Edelsteinen und Schalentierschalen hatte verzieren lassen.

Ich hätte das alles nicht gebraucht. Lydia wäre mir genug gewesen.

Nach einem Stadtbummel gingen wir essen, und dann wurde es schon wieder höchste Zeit für Sex. Als Begleiter einer Frau wie Lydia konnte man ohnedies nur in der ersten halben Stunde nach dem Beischlaf an etwas anderes denken.

»Du kannst ruhig noch was tippen«, sagte Lydia, als ich mich aufsetzte. »Dabei kann ich gut einschlafen …«

Ich durfte sogar leise Musik dabei hören.

Lydia lag auf dem Bauch und hatte ihre Unterschenkel wieder im 90-Grad-Winkel aufgerichtet, während ich einen langen Brief an Eugen schrieb und mir danach noch einmal durchlas, wie ich in meinem Roman den Gangster Fred Kalkutta zur Strecke gebracht hatte:

»Es ist aus!« schrie der Erzdieb. »Ich muß zur Hölle fahren!«

Das waren seine letzten Worte. Mit einem satten Klatschen landete der Verbrecher unten auf dem Geröll.

Doch, so konnte man es machen.

Wir frühstückten auswärts und besuchten anschließend die Nationalgalerie, aber auch dort interessierte ich mich viel weniger für die Ausstellungsgegenstände als für Lydia, die Unvergleichliche.

»Bis bald«, sagte sie, nachdem ich mich am Bahnhof Zoo mit Mühe von ihr losgerissen hatte.

Ende März würden wir uns in Oldenburg wiedersehen, auf Lydias Examensparty, zu der auch Andrea alias Keli eingeladen war.

Und wohin nun mit mir?

Für den *Tip* sah ich mir die Pressevorführung eines banalen Sexfilms aus dem Jahr 1969 an und ging danach zu Gunnars Grünkohlparty am Planufer, wo es außer Bier auch Genever und Whiskey sowie einen Kornbrand der Marke Fürst Bismarck zu trinken gab.

»Den Kornbrand hat ein Gast hier eingeschmuggelt«, sagte Gunnar. »Solcher Fusel kommt mir sonst nicht ins Haus!«

Die Gespräche kreisten um schlampige Handwerker, Dialekte,

ungebundene Fettsäuren, Chemiegifte und die hohe Qualität der Kolumnen von Max Goldt, aber ich dachte immer nur an Lydia.

Michael Rudolf teilte mir telefonisch unsere nächsten Lesungstermine mit. Am Nachmittag saß ich dann wieder in der Gedenkbibliothek und grub linken Kitsch aus, und am Abend lachte ich mich schlapp über Heinz Schenk, der in dem Kinofilm »Kein Pardon« von Hape Kerkeling als TV-Arschgeige chargierte. Es war mir neu, daß Schenk Selbstironie besaß.

Es kam nun auch heraus, daß Reiner Pfeiffer bereits zu Uwe Barschels Lebzeiten mit der SPD gekungelt hatte. Der sozialdemokratische Saubermann Björn Engholm wollte von alledem nichts gewußt haben, aber das hätte ihm jetzt wahrscheinlich nicht einmal mehr seine Großmutter abgekauft.

Von Eugen erfuhr ich, daß er wegen seiner schon seit einem halben Jahr ausstehenden *Kowalski*-Honorare mit dem zuständigen Verlagsleiter telefoniert und Furchtbares erfahren habe:

Wir Autoren und Zeichner werden kleinlaut und betreten um Solidarität und Langmut ersucht, um unsere finanzielle Misere wisse man wohl – allein, es sei »eng« und kein Geld da.

Mit uns konnten sie es ja machen. Wir hatten keine Lobby und keine Erfahrung im Umgang mit schiffbrüchigen Medienkonzernen.

Ich faßte mit an, als Wiglaf bei Klaus Bittermann einzog. Die Menge der Möbel und der Kartons war überschaubar, und die Sache dauerte nicht lange. Anders wäre es gewesen, wenn Klaus selbst sich zu einem Umzug entschlossen hätte, denn sein Bücherregalmassiv brauchte keinen Vergleich mit der Eiger-Nordwand zu scheuen.

»Da könnt ihr unbesorgt sein«, sagte er. »Wenn ich hier ausziehen wollte, wäre ich schön blöd. So ’ne Wohnung findet man in Kreuzberg in den nächsten hundert Jahren nicht wieder. Jedenfalls nicht zu ’nem erschwinglichen Preis.«

Dann gab's Weißwein in der Küche, und Klaus riet Wiglaf und mir, den Kongreßvortrag über linken Kitsch für die Edition Tiamat auf Buchlänge zu erweitern.

Wir hielten das beide für eine gute Idee.

»Für dich machen wir doch alles, Klaus«, sagte Wiglaf, und von diesem Moment an konnte ich mich auf meine vierte Buchveröffentlichung freuen.

Jörg Schröder schrieb mir, daß er wieder einmal operiert werden müsse, und zwar »herzkranzgefäßmäßig«. Dabei war er erst 54 Jahre alt. Von Rechts wegen hätte man in so einem Alter noch gar nichts über Herzkranzgefäße wissen dürfen, wenn man nicht Medizin studiert hatte.

Im Nova sprach ich gegenüber Jochen von den vierzigtausend Mark auf meinem Konto, und da fragte er mich, ob ich Philipp und ihm nicht einen Kredit über zehntausend Mark gewähren könne. »Laufzeit ein Jahr oder so. Wir sind gerade schwer am Knappsen und könnten so 'ne Summe gut gebrauchen. Bei den Banken haben wir verschissen …«

Am Dienstag überwies ich Jochen zehntausend Mark, und dann packte ich meinen Shell-Atlas ein und fuhr nach Meppen.

Als Auflage für sein Tiefkühlbaguette hatte Papa sich Tilsiter Käse ausbedungen, aber als das Essen angerichtet war, fiel er auf der Treppe wieder hin und prallte mit dem Kopf an die Heizung im Erdgeschoßflur.

Ich suchte im Medizinschrank nach einem Pflaster und heftete es Papa auf die Stirn.

Und die mistige Spülmaschine war noch immer kaputt.

Später am Abend entwickelte Papa die Theorie, daß Volker bei der Geburt mit einem anderen Kind verwechselt worden sei. »Der kann nicht mein Sohn sein. Den müssen sie vertauscht haben …«

Einen Tag hielt ich es in Meppen noch aus. Ich taute die Kühltruhe ab, weil sich das Eis bis nach außen gefressen hatte, fütterte den Komposthäcksler mit Gartensträuchern, sauste mit dem Jetta wie ein Weberschiffchen zwischen der Dammstraße und Aldi hin und her und legte ein Vorratslager an, das für das gesamte nächste Quartal genügte, und nachdem ich die Küche auf Vordermann gebracht und im Wohnzimmer gestaubsaugt hatte, hörte ich mir noch einmal Papas Arie darüber an, daß man ein Haus nicht in zwei Teile hacken könne.

Zwischendurch telefonierte ich mit meiner alten Patentante Gertrud. Sie war jetzt in Scheidegg und sagte, daß Tante Hanna auf dem Wege der Genesung sei.

»Dann sag ihr doch mal, daß ich sie Anfang April im Krankenhaus besuchen möchte. Ich plane eine kleine Deutschlandreise, und die wird mich auch an den Bodensee führen …«

»Na, das ist ja 'n Ding! Da wird sie sich aber freuen!«

Im Wohnzimmer stimmte Papa wieder ein Klagelied an: Wenn er den Prozeß gegen die Stadt Hannover nicht verloren hätte, damals, wegen der Tuberkulosegeschichte, dann wäre alles ganz anders gekommen. »Dann hätten wir nicht immer knickern und jeden Pfennig zurücklegen müssen, und dann hätte Mama sich mit ihrem Schicksal leichter abgefunden. Uns ist einfach nichts geschenkt worden …«

Er brach in Tränen aus, und ich war ratlos. Was hätte ich für ihn tun können?

Auf der Bahnfahrt nach Jever las ich am Donnerstag die neue *Titanic*. Das Titelblatt zeigte Björn Engholm grienend in einer Badewanne mit einem Quietscheentchen auf dem Wannenrand. Darunter stand:

Sehr komisch,
Herr Engholm!

Als hätte Engholm sich, um Uwe Barschel zu verhöhnen, in der gleichen Pose wie dessen Leiche in eine Wanne gelegt. Aber das geschah Engholm ganz recht. Er stritt zwar ab, daß ihm etwas von den Zahlungen seiner Partei an Reiner Pfeiffer bekannt gewesen sei, doch ich glaubte ihm kein Wort.

Und wie fast immer war das Beste im Heft die Kolumne von Max Goldt. Er zitierte Arthur Schopenhauers Sentenz, daß Musik gefrorene Architektur sei, und kam dann auf die Schlager »Una paloma blanca« und »Fernando« zu sprechen:

Solche Lieder wirkten auf mich damals wie geschmolzene Stadthallen.

Der Büchner-Preis wurde alljährlich für viel geringere sprachliche Leistungen verliehen.

Nachdem Oma rückwärts, auf wackligen Beinen, die Hände fest ums Geländer geschlossen, die wenigen Treppenhausstufen hinuntergeturnt war, nahm sie aufseufzend in ihrem Rollstuhl Platz und ließ sich von mir über den Friedhof, durch den Schloßgarten und zum »Klön-Hoff« schieben, einem Platz mit einem neugestalteten Brunnen.

»Da soll sich schon Fräulein Maria die Augen ausgewaschen haben«, sagte Oma.

Fräulein Maria von Jever, unter deren Regentschaft die Stadt im 16. Jahrhundert aufgeblüht war, genoß hier eine Art Heiligenverehrung, aber wenn ich nach der bedeutendsten Einwohnerin Jevers gefragt worden wäre, hätte ich Oma genannt.

In der Straße Kattrepel – wo sonst trugen die Straßen so schöne Namen? – konnte sie dann mit zwei Bekannten schnacken, Frau Böger und Pastor Schildt, und das versetzte sie in eine Hochstimmung, die sich selbst nach drei verheerenden Niederlagen im Malefizspiel nicht verflüchtigte.

Am Freitagvormittag schob ich Oma über den Wochenmarkt, wo sie auch wieder Lebensenergie durch die Begegnung mit alten Jeveranern tankte. Einer gab ihr sogar einen Handkuß, und ein anderer sagte: »Moin, Froo Lüttjes! Dat freut mi ja, dat ik Hör maal weer drapen do. Wo geiht denn so?«

»Och, Unkruud vergeiht nich!« erwiderte sie.

Rotbarsch, Pellkartoffeln, Erbsen und Heidelbeerjoghurt: Bei Oma Jever kam jeder Besucher auf seine Kosten.

»Und hast du mal wieder was von deiner verflossenen Freundin Andrea gehört?« fragte sie. »Die hab ich so gern gemocht!«

»Du wirst lachen, aber die treff ich morgen. Bei einer Feier in Oldenburg.«

»Meinst du denn, daß das mit euch nochmal was werden könnte? Auf Dauer?«

Da mußte ich Oma enttäuschen. Die Vorstellungen, die sie sich von meinem Liebesleben machte, wurzelten nicht in der Realität.

Im Dritten liefen abends Oldies aus der Serie *Beat-Club*. Erst Cat Stevens und dann Scott McKenzie:

Be sure to wear some flowers in your hair ...

Es faulten einem die Ohren ab. Doch diese Jugend hatte immerhin noch die Liebe und den Frieden besungen, und jetzt wurde der Äther von rechtsradikalen Rockbands vollgeranzt.

Danach hatte ich unter anderem die Wahl zwischen den Spielfilmen »Scharfe Girls auf Achse«, »Blutjunge Verführerinnen III« und »Her mit den römischen Sklavinnen«, die aber alle nicht hielten, was sie versprachen.

Am Sonnabend holte mich Andrea, die nun ja Keli hieß, für mich aber immer Andrea bleiben würde, in Oldenburg vom Bahnhof ab und chauffierte mich zur Nadorster Straße, wo gerade Lydias Party begann.

Ihre »folie à deux« mit dem ungetreuen Floris sei vorbei, sagte Andrea, und sie wolle sich »vorerst nicht nochmal fest an jemanden binden ...«

Im Hausflur wurden wir von unserer einstigen Vermieterin gesichtet, Frau Morgenstern, die uns aber nicht wiederzuerkennen schien. »Nu! Nu! Nu!« rief sie und reichte uns die Hand. »Nu! Nu!«

Hatte sie Alzheimer?

Vier oder fünf Frauen saßen an Lydias Küchentisch und zerkleinerten Tomaten und Paprikaschoten. Waren das alles Kommilitoninnen von ihr?

Sie sprang mir entgegen, drückte mich fest an sich und flüsterte mir ins Ohr, daß sie mich im Laufe der Nacht noch vernaschen werde. »Und nun besauf dich, mein Liebster!«

Zu diesem Zweck wurden Cocktails gemixt, von einer Schönheit namens Barbara, zu der ich auch nicht Nein gesagt hätte. Die anwesenden Frauen waren überhaupt alle sehr schön. Dafür gab es eine einfache Erklärung: Gleich und gleich gesellt sich gern.

Ein Typ mit Dreadlocks erzählte was über die Funktionsweise von Klettverschlüssen, in einer anderen Gesprächstraube ging es um Engholms neueste Eiertänze, Andrea kokettierte mit einem Bürschlein von höchstens 21 Jahren, fast minütlich stellten sich neue Gäste ein, und Lydia tanzte wie eine junge Göttin zu Whitney Houstons Hit »I Will Always Love You«.

Ich sah gern dabei zu, obwohl ich diesen synthetischen Ohrwurm nicht mochte. Ich hatte es auch nie leiden können, wenn Männer von weiblichen »Kurven« sprachen, aber es war mir unmöglich, diesen Begriff aus meinen Gedanken zu verbannen, als Lydia die Arme anhob und das Becken kreisen ließ.

Sie hatte eine neue Frisur: rechts füllig fallend und links knapp geschnitten.

Nach der geschlagenen Partyschlacht legte Andrea sich im Gästezimmer schlafen, und ich ging mit der Ballkönigin Lydia ins Bett.

And you know that she's half crazy
But that's why you want to be there …

Am Sonntag unternahmen wir zu dritt eine Exkursion in das feine alte Oldenburger Land. Da standen die Gehöfte unter dem norddeutschen Himmel, und ich wäre gern in eins von ihnen eingezogen, wenn ich mir das hätte leisten können. Sonnenblumen vor der Tür, im Garten Eichen und im Haus unendlich viel Platz für Bücher.

Die RAF hatte den Neubau einer Justizvollzugsanstalt in Weiterstadt bei Darmstadt in die Luft gesprengt. Glaubten diese armen Irren immer noch, daß sie die Arbeiterklasse mit solchen Anschlägen aufwiegeln könnten? Oder war ihnen inzwischen alles egal?

Um Mitternacht stießen Lydia und ich mit Andrea auf ihren 30. Geburtstag an, und Lydia schenkte ihr ein buntes »Freundschaftsarmband«.

Ich selbst hätte so etwas ja für kein Geld der Welt an meinem Handgelenk befestigt, aber meine Zustimmung war hier natürlich nicht gefragt.

Mein eigenes Geschenk für Andrea war die mit einer »30« beschriftete, »Happy Birthday« singende elektrische Plastiktorte, die Wiglaf Droste mir zum 30. Geburtstag geschenkt hatte. »Da schreibt man seinen Namen drunter, und irgendwann verschenkt man sie an jemanden weiter, der dreißig wird. Als Wiglaf dreißig geworden ist, hat Bommi Baumann ihm diese Torte geschenkt. Hier stehen die Namen der drei bisherigen Besitzer …«

»Bommi Baumann?« sagte Andrea. »Ist das nicht so 'n Terrorist?«

»Ex-Terrorist. Der hat schon 1974 allen Terroristen geraten, die Knarre wegzuschmeißen.«

»Oh, da fühl ich mich aber geehrt!«

Ihren Geburtstag wollte Andrea am Sonnabend in Aachen nachfeiern.

Bis zur Raststätte Lichtendorf lieferten Lydia und ich uns am Montag mit Andrea ein lustiges Lahme-Enten-Wettrennen (Toyota gegen Volvo) und bewerteten es bei einer Runde Kaffee als unentschieden.

Andrea mußte dann nach Aachen, und Lydia ließ es sich gefallen, daß ich ihren rechten Oberschenkel massierte, während wir auf der A45 dahinfuhren. Diese Manipulationen bereiteten ihr kein Problem, denn sie war eine gewandte Autofahrerin.

»Ich liebe dich«, sagte ich.

»Ich liebe dich auch«, sagte sie. »Aber jetzt schlag mal in deinem Atlas nach, wo wir abbiegen müssen, damit wir zu deinem komischen Vallendar kommen …«

In Meinerzhagen verließen wir die Autobahn und fuhren über die Dörfer weiter. Ein Hochgenuß, dieses Juckeln auf Nebenstraßen im frühlingsgetüpfelten Rheinischen Schiefergebirge. Wir kamen dabei durch solch goldige Orte wie Busenhausen und Puderbach.

In Höhr-Grenzhausen erwachte dann schlagartig mein Heimweh, und es wuchs mit jedem weiteren Kilometer, den wir zurücklegten. Hier hatten Michael Gerlach und ich und auch Volker und ich unsere Radtouren absolviert, als die Welt noch jung gewesen und die Bundesrepublik von Willy Brandt regiert worden war.

Durch das offene Seitenfenster machte sich der Westerwald bemerkbar. Ein Geruch wie aus dem Garten Eden.

Auf dem Mallendarer Berg schauten wir von der Kaiser-Friedrich-Höhe auf den Rhein und das dunstige Koblenz hinunter.

Knapp zwei Jahre zuvor hatte ich mit Kathrin Passig an derselben Stelle gestanden, was ich Lydia ebensowenig verschwieg wie die Ängste, die ich hier vor Qualle und dem Ventilmops ausgestanden hatte, den größten Quälgeistern meiner Kindheit.

»Die haben wahrscheinlich selbst ’ne schwere Kindheit gehabt«, sagte Lydia.

Ich sprach es nicht aus, aber ich dachte: Na und? Von mir aus hätten die Eltern dieser Drecksäcke ihnen ruhig eine noch schwerere Kindheit bereiten können …

Wir fuhren am Rhein entlang und an der Loreley vorbei bis Kaub, setzten dort auf einer Autofähre ans andere Ufer über und bogen in Bingen nach Süden ab.

Sie habe gar nicht geahnt, wie schön Deutschland sei, sagte Lydia. »Ich bin ja im Kreis Minden-Lübbecke groß geworden und kenne sonst nicht viel …«

Ihre Naivität machte mich immer wieder baff. Wie konnte ein und dieselbe Frau bei Nacht so durchtrieben sein wie Mata Hari und bei Tage so anders?

In Pirmasens empfing Helmut Krause uns mit offenen Armen und führte uns ins Eßzimmer, wo seine Mutter das Abendessen auftrug. Und er kam sofort auf den Punkt: »O Jesses, der gute Herr Henscheid! Doppelt würgt's ihn! Auflaufen lassen haben ihn die Karlsruher Rotkutten!« Denn das Bundesverfassungsgericht habe den Revisionsantrag gegen das Urteil in Sachen René Böll vs. Henscheid verworfen: Es handele sich bei dessen Text um eine Schmähkritik, die Heinrich Bölls über den Tod fortwirkende Menschenwürde verletze. Und auch von Gertrud Höhler sei Henscheid nun verklagt worden. »Dieses wüste Weib nimmt ihn jetzt in den Hunderttausend-Mark-Schmerzensgeld-Schwitzkasten und hat, wie ich sehr fürchte, nicht schlechte Chancen. Solcherart einem Dichter wie grad jenem die Osterferien zu versauen ist keine Art! Das sollten wir sehr ablehnen, gell!«

Wir legten Lydia dar, worum es in diesen Streitfällen ging, während Helmuts Mutter weiter aufdeckte: Hühnerfrikassee, Kartoffelpuffer, Milchreisfladen, Sauerbraten und Bohnensalat.

Er sei am Nachmittag über die nahe Grenze »zum Franzos'« gefahren, um sich »ein paar Milchkaffees und Eclairs« einzuverleiben, sagte Helmut. »Ja, das Landleben – bisweilen ist es schon ein Fest. Wohlgemerkt nur in Frankreich! In Pirmasens firmiert jetzt eine Metzgerei mit angeschlossenem Atomschutzbunker. Da spielen neben debiler Russenangst auch die flotte Praxis gewisser Bausubventionen und andere Schwindeleien die tragende Rolle. Ich sag's euch! Jesses jeminee und heilig's Herrgöttl, leck mich am Arsch!«

Es fiel uns nicht immer leicht, dem Strom seiner Erzählungen zu folgen, aber als er berichtete, wie eine Freundin von ihm während des Vortrags eines überkandidelten Rudolf-Steiner-Schülers in einen Ärmel ihrer Lederjacke gebissen habe, um sich das Lachen zu verkneifen, und daß man diesen Gebißabdruck in jenem Ärmel noch heute anstaunen könne, hätte es Lydia ihrerseits vor Lachen fast zerrissen. Sie schnappte nach Luft und hatte Mühe damit, ihre Gesichtszüge wieder zu entzerren. Selbst als wir eine Stunde später im Gästebett lagen, schüttelte es sie, und sie sagte, daß Helmut Krause der lustigste Mensch sei, den sie jemals kennengelernt habe.

Beim Frühstück pries Helmut die Elsässer Weinstraße: »Da solltet ihr unbedingt langfahren!« Und er schenkte mir eine Radierung von Horst Janssen.

Womit hatte ich das verdient?

»Halt die Buchstaben beisammen!« rief er mir nach, als wir losfuhren.

Die Elsässer Weinstraße erwies sich als staubgrauer Schnellweg zwischen abgelebten Äckern und Ziegelsteinfabrikhallen. Oder waren wir irgendwo falsch abgebogen?

Über Straßburg, Colmar und Freiburg stießen wir ins bukolische Höllental vor und bekamen schließlich den Bodensee in den Blick. Da waren es dann bloß noch sechzig Kilometer bis Lindau.

In Pirmasens hatte ich mich zurückgehalten, aber in Lindau wollte ich das Versäumte nachholen. Ich knöpfte schon einmal Lydias Hose auf, während wir dahinrauschten.

And I know from her eyes
And I know from her smile
That tonight will be fine,
Will be fine, will be fine, will be fine
For a while …

Am Bodensee war der Frühling bereits viel weiter fortgeschritten als in Niedersachsen.

Verkalkuliert hatte ich mich, was die Anzahl meiner Kondome betraf. Ich hatte geglaubt, ich hätte noch mehr in Reserve, aber in meiner Waschtasche suchte ich nach unserem ersten Gipfeltreffen in unserem Lindauer Doppelzimmer vergebens nach Nachschub.

Wir gingen in einem Wienerwald-Restaurant essen, wo es auch einen Kondomautomaten gab. Um dort etwas ziehen zu können, mußte ich am Tresen Geld wechseln, und Lydia lachte sich schief darüber, daß mir das peinlich war.

»Alle mal herhören!« schrie sie auf dem Weg zum Hotel. »Martin Schlosser hat Kondome gekauft!«

An der Hotelbar erwarben wir eine Flasche Weißwein, und als ich geduscht hatte, lag Lydia nackt auf dem Bett.

»Je veux faire l'amour avec toi« sagte sie.

Ich küßte alle ihre Zehen einzeln, und sie fragte mich: »Warum bist du so gut zu mir?«

Am Mittwochvormittag spazierten wir zum Yachthafen und trafen dort zufällig einen von Lydias Oldenburger Professoren, der gerade eine Jolle startklar machte. Mit dem verabredeten wir uns zum Abendessen im Restaurant Zur Fischerin.

Es gebe keine Zufälle, sagte Lydia. »Das hat bestimmt irgendwas zu bedeuten, daß wir dem begegnet sind.«

»Aha, und was?«

»Das wird sich schon noch zeigen.«

Bis zum Krankenhaus in Lindenberg waren es 25 Kilometer.

»Und wen besuchen wir da jetzt noch mal?«

»Meine Großtante Hanna. Eine Schwester meiner Großmutter väterlicherseits. Und momentan ist da auch meine Tante Gertrud zu Besuch. Eine Schwester meines Vaters. Die erwartet uns um halb elf auf dem Besucherparkplatz. Hab ich heute früh alles geregelt, während du noch im Bad warst.«

»Du bist ja ein Tausendsassa ...«

»Werd nicht frech, sonst kneif ich dich!«

»Dann fahr ich hier in 'n Graben, und du kannst den Schaden bezahlen ...«

Hätte ich Lydia nicht vielleicht doch heiraten sollen? Ungeachtet ihres Indienfimmels?

Gertrud begrüßte Lydia so herzlich wie ein altes Familienmitglied und sagte dann, daß Tante Hanna sich auf dem aufsteigenden Ast befinde. »Sie weiß inzwischen auch, daß Fräulein Kunze gestorben ist, und hat das so einigermaßen verarbeitet ...«

Das schien zu stimmen. In Tante Hannas Augen blitzte noch immer der alte Schalk auf, und sie klagte nicht über ihre Gebrechen, sondern stellte mir eine Frage nach der anderen – wie es Papa gehe, wie das Leben in Berlin sei, ob ich genug verdiente und wie meine Bücher sich verkauften. »Und wo seid ihr hier untergekommen?«

»In einem Hotel in Lindau.«

»Ihr hättet doch auch in dem Haus in Scheidegg Quartier nehmen können!«

»Ja, aber wir wollten Gertrud da nicht zur Last fallen. Und morgen fahren wir weiter nach Frankfurt und dann nach Bonn zu Renate und ihrer Familie …«

Die Altersflecke, die ihr Gesicht entstellten, trug Tante Hanna mit Würde. Von ihrer Hinfälligkeit hatte sie noch nie viel Aufhebens gemacht.

92 war sie nun. So alt, wie ich erst im Jahre 2054 wäre. Eine völlig irreale Jahreszahl.

Während wir abends unsere Hechtfilets mit Wildreis und Blattspinat vertilgten, schwärmte Lydia wieder von Indien, und der Professor meinte, daß er ihr vielleicht einen Job an der Universität von Madras vermitteln könne. »Für ein halbes Jahr oder so …«

Lydia war Feuer und Flamme. »Madras? Liegt das nicht an der indischen Ostküste? Am Golf von Bengalen?«

Der Professor bestätigte das und schürte den Brand mit einer Fülle von Zusatzinformationen über das Leben in Madras, wo er sich anscheinend auskannte wie in seiner Westentasche.

Für Lydia mochte das ja höchst verlockend sein, aber was sollte ich ein halbes Jahr lang ohne sie anfangen? Und wer sagte, daß es mit einem halben Jahr getan war? In Madras würde sie womöglich erst so richtig auf den Geschmack kommen und sich niemals nach Deutschland zurücksehnen. Oder nach mir.

»Hab ich's nicht gesagt?« rief sie, als ich das Badewasser einlaufen ließ. »Das war kein Zufall, das war eine Fügung! Mensch, Martin! Wenn das klappt, kann ich nach Indien! Was für ein Glück! Ich kann's noch gar nicht fassen! Und das hab ich dir zu verdanken! Wenn du nicht gewollt hättest, daß wir nach Lindau fahren, dann hätten wir hier meinen Prof nicht getroffen, und dann würde möglicherweise mein ganzes Leben anders verlaufen!«

Sie tanzte lachend durch die Bude, und ich glitt ins warme Wasser.

Well, if you, my love, must think that-a-way
I'm sure your mind is roamin'
I'm sure your heart is not with me
But with the country to where you're goin' …

Die Inder würden Stielaugen kriegen, wenn Lydia einreiste. Und wie lange könnte sie den Avancen widerstehen? Gewiß nicht ein halbes Jahr. Nein: Sie würde sich in irgendeinen doppelzüngigen Sannyasin verlieben, und schon wäre ich nur noch eine ferne und verblassende Erinnerung. So sah's doch aus!

Lydia brachte mir ein Glas mit dem Rest aus der Weißweinflasche, kniete sich auf den Kachelboden und wusch mir singend und summend die Haare. Danach zog sie sich langsam aus und sah mir dabei unverwandt in die Augen. »Ich warte im Bett auf dich«, sagte sie dann. »Und wenn du hier fertig bist mit Baden, kannst du alles mit mir anstellen, was dir einfällt. Laß deiner Phantasie freien Lauf.«

Das war nun wieder so stimulierend, daß ich Lydia den künftigen Verrat an unserer Liebe großmütig verzieh.

Als sie eingeschlafen war, sah ich mir im Fernsehen noch einen Film über den alten Sozi Herbert Wehner an. Als Stalinist hatte er, wie man jetzt wußte, in den dreißiger Jahren in Moskau viele alte Genossen ans Messer geliefert, um die eigene Linientreue unter Beweis zu stellen.

Wie lebte man mit einer solchen Last auf dem Gewissen? Mich hätte es schon völlig verrückt gemacht, wenn jemand durch meine Schuld eine Fingerkuppe eingebüßt hätte.

Auf der langen Fahrt nach Frankfurt machten wir in Würzburg Rast, und ich kaufte eine Flasche Honigmet als Mitbringsel für Regina und Eckhard Henscheid. Man wollte ja nicht mit leeren

Händen dastehen, wenn man die Ehre hatte, bei den Henscheids logieren zu dürfen.

In Frankfurt zollte ich Lydia meinen Respekt dafür, wie lässig sie mit dem Großstadtverkehr klarkam.

»Da ist doch nix dabei«, sagte sie, doch da war ich anderer Meinung. Ich hätte auch nicht so behende wie Lydia einparken können, wenn die Parklücke schätzungsweise nur zwanzig Zentimeter länger gewesen wäre als das einzuparkende Auto. Schon gar nicht im ersten Anlauf.

Adalbert-Stifter-Straße 13: Hier hatten die Henscheids eine Etagenwohnung, die sie sich mit vielen Büchern und hohen CD-Türmen sowie zwei Katzen teilten.

Lydia war müde und zog sich ins Gästezimmer zurück, während Eckhard Henscheid und ich auf dem Balkon Platz nahmen. Regina Henscheid bewirtete uns mit Kaffee und Backwaren.

Bei dieser Audienz kamen zunächst die leidigen Rechtshändel mit René Böll und Gertrud Höhler zur Sprache und auch ein neuer Kasus: Die Abgeordneten des Schleswig-Holsteinischen Landtags hätten Ende letzter Woche einstimmig eine »Entschließungserklärung« abgegeben, wonach die Menschenwürde des Ministerpräsidenten Björn Engholm und seiner Familie und sogar auch die Menschenwürde Uwe Barschels und seiner Hinterbliebenen durch das *Titanic*-Titelbild, auf dem Engholm lausbübisch lächelnd in der Badewanne liege, »in unverantwortlicher Weise verletzt« worden sei.

»Jetzt werden sie alle vollends narrisch«, sagte Henscheid gutgelaunt und leitete zu einem anderen Thema über: Der »Kulturgeschichte der Mißverständnisse«, in der es einerseits um Großmißverständnisse wie jenes gehen solle, daß mit der 1967 von Alexander und Margarete Mitscherlich breitenwirksam beklagten »Unfähigkeit zu trauern« allein die Unfähigkeit zur Trauer um die Opfer der Nationalsozialisten gemeint gewesen sei und nicht vorrangig die Unfähigkeit zur Trauer um den vom deutschen Volk geliebten Führer Adolf Hitler, was späterhin auch die beiden Mitscherlichs selbst nicht mehr so recht gerafft hätten, und andererseits wären in einer solchen Aufsatzsammlung auch ganz simple Kleinmißverständnisse zu würdigen: Verleser, Versprecher und vor allem Verhörer wie zum Beispiel der eines Kellners, der einem Freund von ihm, Henscheid, einmal nicht den bestellten Kaffee serviert habe, sondern einen Karpfen. »Würden Sie da eventuell mittun?«

Ich sagte ohne Zögern zu.

»Das kann in Länge und Form ständig wechseln«, sagte Henscheid. »Und es spricht auch nichts gegen vorherige Separatveröffentlichungen in Zeitungen und Zeitschriften …« Achthundert Seiten Gesamtumfang würden ihm vorschweben. Als Dritter im Bunde komme bei diesem Vorhaben der Schriftsteller Ulrich Holbein in die engere Wahl, und als Verlag sei vielleicht Reclam eher geeignet als Haffmans.

Es war noch nicht sehr lange her, daß ich in Jever gekellnert hatte, als Nobody, von Zukunftssorgen zerfressen, und jetzt saß ich in Frankfurt und besprach mit Eckhard Henscheid den Plan für ein gemeinsames Buch. Und das Gästebett durfte ich mit einer der schönsten und sinnlichsten jungen Frauen der mir bekannten Weltgegenden teilen.

Wer es fassen kann, der fasse es, hatte der Evangelist Matthäus geschrieben.

As I look around this world all that I'm finding
Is the saving grace that's over me …

Für die Abendgestaltung biete sich die Einkehr in die Schankstube Horizont an der Friedberger Landstraße an, sagte Henscheid. In der Regel treffe man dort auf bewährte Kräfte aus den Reihen der Neuen Frankfurter Schule und ihrer Ableger. Diesen auf die Gründer der *Titanic* gemünzten Begriff »Neue Frankfurter Schule« höre er übrigens nicht ungern: »In aller Unbescheidenheit meinen einige von uns, wir hätten auf unsere Weise mehr für die Fortentwicklung der Kritischen Theorie getan als die dafür bezahlten Schranzen an den Hochschulen und in den sonstigen

Kulturgremien, die da als Leichenaussauger gerade gegen Professorenhonorare tätig sind. Aber das mögen später mal die Historiker untersuchen …«

Als Lydia wieder auf dem Posten war, fuhr sie uns hin, und schon saßen wir – da hatte Henscheid nicht zuviel versprochen – mit Peter Knorr und Achim Greser an einem Tisch und konnten mit ihnen die Weltlage erörtern beziehungsweise erst einmal die Frage, was wir essen sollten.

Achim gewährte Lydia und mir eine kurze Einführung in die lokalen Gegebenheiten. Der Wirt sei ein gebürtiger Tunesier, »und daher ist die Küche hier arabisch und deutsch. Die Paradespeisen sind Couscous, serviert mit einer Schüssel voller Soße mit grobbrockigem Gemüse und wahlweise Hähnchenfleisch oder Lammbratwürsten, für die arabische Kultur, und Rahmschnitzel mit Bratkartoffeln und Salat für die deutsche. Es gibt aber auch eine breite Palette vegetarischer Gerichte, was wohl der urban-grünen Klientel geschuldet ist, die das Frankfurter Nordend fest im Griff hat …«

Das sei doch sehr zu begrüßen, sagte Lydia, worauf Achim ihr mitteilte, daß die vegetarische Kost in den Schlemmerküchen seiner fränkischen Heimat nicht die geringste Rolle spiele. »Da wohnen ausschließlich Fleischfresser. Seit Jahrmillionen! Wenn da ein Küchenchef die Kühnheit besäße, den Gästen Wirsingtaschen mit Pinienkernen und Ziegenkäse vorzusetzen oder Hirsebratlinge mit Rettichscheiben, dann würden sie ihn vierteilen, stäupen, blenden und bastonieren!«

»Oder ihm immerhin einmal ganz deutlich klarmachen, daß es so nicht geht«, sagte Henscheid.

Wir wurden jedenfalls satt, es floß viel Bier, und in Maßen wurde auch gehascht, wobei Lydia und Henscheid allerdings nicht mitwirkten.

Peter Knorr erzählte, daß eine Hamburger Firma jetzt für RTL Otto Waalkes' Zeichentrickserie *Ottos Ottifanten* produziere, und wir wandten uns noch vielen anderen Themen zu: der Formkrise der Frankfurter Eintracht, den Narreteien des *FAZ*-Redakteurs Frank Schirrmacher, der sich als Nachfolger von Marcel Reich-Ranicki auf der Überholspur wähne, dem landesparlamentarischen

Protest gegen das *Titanic*-Cover mit dem badenden Engholm, dem Geisteszustand der Professorin Höhler und der Weigerung des Bundesverfassungsgerichts, den Streitfall René Böll vs. Henscheid neu zu verhandeln.

Hier war es nun an der Zeit für mein Geständnis, daß an dieser Entscheidung vermutlich mein Onkel Rudolf Schlosser beteiligt gewesen sei.

»Bei uns gibt's keine Sippenhaftung«, sagte Peter Knorr und sprach mich von jeder Mitverantwortung frei.

Nur Lydia blieb stumm. Selbst mit meiner rednerischen Unterstützung wäre es ihr unmöglich gewesen, das Gespräch auf irgendein Gebiet zu lenken, das ihren Hobbys entsprochen hätte, also auf Indien, Osho oder ayurvedische Massagen.

Nachdem wir gefrühstückt hatten, schenkte Eckhard Henscheid Lydia seinen Roman »Dolce Madonna Bionda«. Aber würde sie ihn auch lesen?

Ich hatte da meine Zweifel. Henscheids Romanheld Bernd Hammer sann gleich auf der ersten Seite darüber nach, ob er auf dem Lokus des Gewerbeaufsichtsamtes sterben werde, und das paßte nicht so gut zu Lydias literarischer Reiseapotheke, die aus dem Roman »Der Schamane« von Noah Gordon und einem Buch mit dem Titel »Autogene Meditation« bestand.

Für die Fahrt nach Bonn wählte ich eine Route, die es uns erlaubte, zwischendurch zur Ruine der Sporkenburg zu spazieren. Dieses mächtige alte, im Westerwald gelegene Fahrradausflugsziel meiner Kindheitsjahre hatte ich zuletzt irgendwann in den frühen siebziger Jahren gesehen.

Von Montabaur aus arbeiteten wir uns über Neuhäusel und Eitelborn an unser Zwischenziel heran und gingen dann durch den Wald.

Ja, sie standen noch, die verwitterten Außenmauern der Sporkenburg, und man mußte kein Spurensicherungsexperte sein, um zu erkennen, daß hier immer noch Feuerchen gemacht und Getränkedosen in die Büsche geschmissen wurden.

»Hier bist du als Kind also rumgestromert«, sagte Lydia. »Bist du auch mal über die Mauern bis zu der Turmzinne da oben gekraxelt?«

»Nein, das hab ich mich nie getraut. Das Ding ist ja mindestens zwanzig Meter hoch. Und wenn ich's geschafft hätte, wäre ich nie wieder runtergekommen. Dann hätte mich ein Hubschrauberteam befreien müssen.«

»Wäre das nicht lustig gewesen?«

»Lustig? Ich kann dir versichern, daß meine Eltern mir dafür mindestens sechs Wochen Hausarrest aufgebrummt hätten ...«

Wir nahmen uns dann noch die Zeit für eine kleine Ehrenrunde über die Horchheimer Höhe, nach der ich mich zurücksehnte, seit wir 1970 von dort fortgezogen waren – eine profane Neubausiedlung aus den sechziger Jahren, aber voller Zauber, wenn man hier als Fünf-, Sechs-, Siebenjähriger die Welt erobert hatte –, und in Koblenz aßen wir Pizza und kauften ein bißchen ein: Lydia ein Halstuch und ich für Renates und Olafs Kinder eine Plastikschlange und einen Elefanten mit aufziehbarem Rüsselpropeller. Das mußte sein. Ich hatte mich früher auch immer gefreut, wenn meine Onkel und Tanten mir irgendwas mitgebracht hatten.

In Bonn zog ich mich für zwei Stunden in die Badewanne zurück, den ruhigsten Ort in dem von Lisa, Julius, Nantje und ihren Spießgesellen aus der Nachbarschaft durchtobten Reihenhaus.

Olaf ließ Lydia währenddessen eine Führung durch das Regierungsviertel angedeihen, und Renate komponierte ein Gratin aus Makkaroni, Schinkenwürfeln, Erbsen und Käse.

Das Essen war nur Nantje nicht bekömmlich: Es kam ihr hoch, und sie erbrach sich in eine Salatschüssel.

Wie das Familienleben so spielte!

Im Wohnzimmer sahen wir uns bei Bönnsch und Rosé alte Super-8-Filme von Renates und Olafs Verlobung und der nachfolgenden

Hochzeit an, die 1979 in einem Aufwasch mit Mamas und Papas Silberhochzeit gefeiert worden war.

»Ach Gott, da hatte Mama doch vergessen, die Torten aus dem Eis zu nehmen«, sagte Renate. »Und in der ganzen Aufregung hat sie dann beim Auffüllen der Zuckertöpfe für die Kaffeetafel die Salzschublade erwischt! War ich da aber froh, daß ich immer nur Milch für meinen Kaffee nehme …«

Hier und da tauchte ich als verklemmter und dämlich bebrillter Siebzehnjähriger im Hintergrund auf, und jedesmal fuhr mir ein Schrecken in die Glieder: So scheiße hatte ich ausgesehen? Und so linkisch hatte ich mich bewegt?

Das fiel auch Lydia auf, denn sie sagte, daß ich mich zu meinem Vorteil verändert hätte.

Komplimente dieser Art besaßen einen etwas schalen Beigeschmack. Doch immerhin hatte ich mich Lydias Ansicht nach nicht zu meinem Nachteil verändert. Was aber auch kaum möglich gewesen wäre. Neben dem Martin Schlosser von 1979 hätte selbst ein pubertierender Schweinebandwurm wie der junge Marlon Brando gewirkt.

Bei ihrem letzten Besuch in Meppen, sagte Renate, habe sie Papa bei seinen Beihilfe-Anträgen geholfen. »Da mußten die Rechnungen numeriert werden, und Papa wollte um jede dieser Zahlen einen Kreis haben. Und die Kreise mußte ich mit dem Ende einer Filzstiftkappe auf die Papiere stempeln. Als ob irgendwer außer ihm selbst irgendwelchen Wert auf diese Kreise gelegt hätte! Und dann hat er mich wieder losgeschickt, Bananenkartons holen, für seinen Prüll, aber als ich bei Comet gefragt habe, ob ich welche von denen haben könnte, die da hinter der Kasse aufgestapelt waren, hat eine der Kassiererinnen zu mir gesagt: ›Die heben wir hier immer für einen älteren Herrn auf, der sie regelmäßig abholt.‹ Und ich hab gesagt: ›Das ist schon in Ordnung, dieser ältere Herr ist mein Vater!‹ Aber das hat sie mir nicht geglaubt …«

Die Einblicke in meine Familiengeschichte warfen Lydia nicht um. Es habe halt jeder sein Päckchen zu tragen, sagte sie, als wir nebeneinander im Gästebett lagen. »Und jetzt halt mal den Mund. Dein Körper interessiert mich gerade mehr als dein Geist …«

Das hätte ich mal zu einer Frau sagen sollen!

Am Frühstückstisch faßte Nantje stirnrunzelnd Lydias asymmetrische Frisur ins Auge und fragte: »Wieso hast du dir die Haare an der einen Seite so an den Kopf gepreßt?«

»Die sind nicht gepreßt«, sagte Lydia lachend. »Die sind nur anders geschnitten.«

»Und wieso?«

»Aus Spaß an der Freude!«

»Möcht'st du auch so 'ne Frisur haben?« fragte Olaf Nantje.

»Näh«, sagte sie. »Dann würden mich ja alle auslachen …«

Sie war nicht auf den Mund gefallen. Das war eigentlich niemand in unserer Sippe.

Von Bonn fuhren wir nach Aachen und halfen Andrea bei der Vorbereitung ihrer Geburtstagsfeier: Luftschlangen aufhängen und Gemüse schnippeln.

Mit ihrem jüngsten Lover hatte Andrea gerade Schluß gemacht. »Wobei, das war natürlich nicht mein jüngster Lover, denn ich hatte schon jüngere, aber was sagt man denn da? Mein letzter Lover? Nee, das wäre auch nicht richtig, denn es werden sich ja wohl hoffentlich noch andere einstellen. Hilf mir mal, Martin! Du bist doch hier der Sprachkünstler!«

Ich schlug »neuester Lover« vor und fragte mich, weshalb es mich eigentlich nicht mehr störte, daß Andrea mit anderen Männern schlief. Nur weil wir kein Paar mehr waren? Wäre das nicht ein guter Grund gewesen, das Konzept der Paarbildung grundsätzlich in Frage zu stellen? Weil es mehr Unglück als Glück erzeugte?

Lydia und ich waren jedenfalls schon mal kein normales Paar. Bestandteile normaler Paare hegten nicht den Plan, sich ohne die komplementäre Hälfte für ein halbes Jahr nach Indien abzusetzen.

Da es an Sitzgelegenheiten mangelte, mußten die meisten Gäste entweder stehen oder tanzen oder auf dem Fußboden kauern. Als weiteren Kritikpunkt hätte ich in einem Nachbereitungsgespräch vorbringen können, daß die Party von Sozialpädagoginnen in Sarongs und mit Batikschals überlaufen war, aber so sah Andreas Tafelrunde nun mal aus. Und ich hatte ja Lydia.

Einmal ging sie mit mir auf den Balkon raus, als ich rauchen wollte, und küßte meinen Hals, während ich zum Mond hinaufschaute.

And you want to travel with her
And you want to travel blind
And you know that she will trust you
For you've touched her perfect body with your mind ...

The Great American Songbook. Zählten auch die Songs eines Kanadiers dazu?

Von den Versprechen, die es enthielt, waren für mich schon erstaunlich viele in Erfüllung gegangen.

In Wuppertal hatten Eugen Egner und seine Liebste bereits den sonntäglichen Teetisch für uns gedeckt, und hier kam Lydia nun endlich zum Zuge mit ihrer Herzensangelegenheit Indien. Geduldig lauschten unsere Gastgeber den Ausführungen über die in Madras zu vermutenden Lebensumstände, die buddhistische Wiedergeburtslehre und die Vorzüge der indischen Küche. Einen Vorbehalt meldete Eugen jedoch in bezug auf die indische Popmusik an: Die sei »eine Gottesgeißel«.

Leider hatte er Backenzahnweh. »De Düwel ook«, sagte er und zeigte uns trotzdem noch einige total mißratene Illustrationen, die ein unbegabter Zeichner für eine Ausgabe von James Fenimore Coopers Roman »Der Wildtöter« angefertigt hatte. Da bekämpften deppenhaft konturierte Indianer einander mit viel zu langen oder viel zu kurzen Armen, was Eugen begeisterte: »Extremitätengeknäuel en suite! Ein Flohmarktfund. Und diesem Zeichner werde ich jetzt nacheifern. Ich weiß noch nicht wie, aber nachgeeifert muß sein!«

Im Café innerhalb einer Immobilie namens Schloß Schnapsschnorchel, die Eugens Künstlerfreund Streuf gehörte, gingen wir noch eine Zitroneneismilch trinken, bevor wir weiterreisten.

»Und wo fahrt ihr jetzt hin?« fragte Eugen

»Nach Minden«, sagte Lydia. »Zu meinen Eltern. Und bald geht's dann nach Indien …«

Aber ohne mich. Minden ja, Indien nein.

Lydias Eltern bewohnten ein Eigenheim mit Kutschenrädern außendran und Porzellanhunden innendrin. Es gab eine Bärlauchsuppe mit Croûtons, geräucherte Forellen, Kartoffelpüree und Brokkoli mit gehobelten Mandeln sowie Bier und Birnenschnaps und zum Nachtisch Karamellpudding mit Himbeeren, Ahornsirup und Makronen, und während der gesamten Dauer des Essens stritten die Eltern über den wahren Verlauf einer lange zurückliegenden Spanienreise. Nicht erbittert, aber doch mit Verve.

Dann wurde zu einer Sitzgruppe vor dem Kamin umgezogen und ein neuer Streit vom Zaun gebrochen, und zwar über die Öffnungszeiten irgendeines Baumarkts in der Mindener Peripherie. Lydias Vater meinte, der schließe an langen Samstagen um vier, und ihre Mutter meinte, er schließe auch an langen Samstagen um zwei. Lydia selbst nahm zu dieser Frage nicht Stellung, und auch ich wahrte meine Neutralität. Obwohl es natürlich lustig gewesen wäre, wenn ich gesagt hätte: »Was reden Sie 'n da für'n kariertes Zeug? Das weiß doch jedes Kind, daß dieser Baumarkt an langen Samstagen sogar bis Mitternacht geöffnet hat!«

Am letzten Tag unserer Rundreise steuerten wir das Dorf Wiedensahl an, weil ich mir dort das Geburtshaus von Wilhelm Busch ansehen wollte, aber es hatte geschlossen.

»Stimmt«, sagte Lydia, »heute ist ja Montag, und da haben alle Museen zu.«

Durch ein Fenster konnte ich immerhin eine Kinderwiege erspähen. Schwer vorstellbar, daß Busch, den man nur als bärtigen alten Raucher vor Augen hatte, auch mal ein Baby gewesen war.

Auf der B61 wurde Lydia geblitzt. Zack!

Weder ihr noch mir war aufgefallen, daß man auf diesem Streckenabschnitt nicht mal 90 fahren durfte. Das Tempolimitschild mußte fast so gut versteckt gewesen sein wie das Blitzgerät. Eine Falle, die allein der Bußgeldvermehrung diente. Um die Erhöhung der Verkehrssicherheit ging es hier jedenfalls nicht.

Aber das waren typische Autofahrergedanken. Dafür hätte mir mein Kopf eigentlich zu schade sein sollen.

In Oldenburg gingen wir ins Kino: »Wir können auch anders« von Detlev Buck, ein Roadmovie nach einem Drehbuch, an dem das Multitalent Ernst Kahl mitgearbeitet hatte. Er spielte eine Nebenrolle als sternhagelvoller Stoiker, der mitten in einer Schießerei keine Miene verzog und sich nur vorsichtshalber an einer Autoantenne festhielt, um nicht umzukippen.

Maler, Cartoonist, Sänger, Dichter, Drehbuchautor und nun auch noch Schauspieler: Wo holte Kahl das alles her?

Einen Tag lang blieb ich noch bei Lydia. Nach all den Geselligkeiten wollte ich mich noch einmal ganz allein mit ihr verlustieren.

Your lips are so tender,
your heart is beating fast ...

Was ich auch sehr an ihr liebte, war, daß sie das Wort Nudeln auf der zweiten Silbe betonte: Nu-*dälln*.

»Stimmt doch gar nicht«, behauptete sie.

»Dann sag doch mal Nudeln.«

»Nu-*dälln.*«

»Siehst du?«

»Quatsch. Ich hab ganz normal Nu-*dälln* gesagt.«

»Ja, eben! Nicht Nudeln, sondern Nu-*dälln.*«

»Du spinnst doch!«

Damit konnte ich Lydia fortan gut necken. Ich sagte: »Kannst du noch zwei Ga-*bälln* decken?« Oder: »Hier müßte man mal den Fußboden feu-*dälln* ...« Und schon lachte sie.

Als ich mir auf der Zugfahrt nach Berlin auf dem WC die Hände waschen wollte, kam zwar Seifenpulver aus dem Seifenpulverspender, aber kein Wasser aus dem Wasserhahn. Ich kriegte das blöde Seifenpulver kaum wieder ab. Das nächste WC war besetzt, das übernächste auch, und im überübernächsten gab es Wasser, aber weder Papierhandtücher noch Toilettenpapier. Das waren so die kleinen Freuden des Lebens.

In der Graefestraße schien eine Riesenparty gestiegen zu sein: Auf dem Eßtisch, unter ihm und rings um ihn herum sowie in der Küche und im Bereich vor dem Fernseher sah es aus, als hätten die Wikinger einen Sieg über die Mongolen begossen.

»Des han Jocha und Philipp ond ihre Freindinna ganz alloi gschaffd«, sagte Sigrun. »Vo vorgeschdern abend bis geschdern vormiddag han sie's kracha lassa, als gäb's koi Morga mehr, ond seiddem sind sie vo den Doda no ned wiedernufferschdanda …«

»Vielleicht stellen sie sich ja nur tot und hoffen, daß jemand anders hier aufräumt.«

»Das däde dena so bassa! I mach koin Fingr krumm. I bin do ned dera Budzfrau. Die solla ihra Dregg gfälligsch selbschd bseidiga!«

In ihrem Buch »Die Masken der Sexualität« räumte die amerikanische Kulturhistorikerin Camille Paglia mit so mancher Wunschvorstellung über das Gute im Menschen auf. Mir gefiel ihr Stil. Manche Absätze las ich drei-, vier-, fünfmal …

Ein mit Früchten überladener Apfelbaum: was für ein friedlicher, reizender Anblick. Aber setzen wir die rosarote Brille unseres Humanismus ab und schauen wir noch einmal hin. Dann sehen wir, wie die Natur schäumt und überquillt, sehen, wie sie ihre Samenblasen unablässig heraussprudelt und in jenem unmenschlichen Kreislauf aus Verschwendung, Fäulnis und Metzelei zerplatzen läßt. Von den dicht gepackten glasigen Körpern des Fischrogens bis zu den gefiederten Keimen, die sich aus platzenden Schoten in alle Winde zerstreuen, ist die Natur ein wimmelndes Hornissennest aus Aggression und verschwenderischer Überproduktion.

Das ist die chthonische schwarze Magie, von der wir als sexuelle Wesen infiziert sind; dies ist die dämonische Identität, die das Christentum mit dem so unzulänglichen Begriff der Erbsünde belegt und von der es uns glaubt reinigen zu können.

Das Adjektiv »chthonisch« mußte ich nachschlagen. In meinem Fremdwörterlexikon stand, daß es »irdisch, mit der Erde zusammenhängend« oder »unterirdisch« bedeute.

Indiskutabel fand ich jedoch Camille Paglias These, daß Frauen beim Harnlassen bloß den Boden unter sich wässern könnten, während Männer in der Lage seien, einen »Transzendenzbogen« zu pinkeln. Darauf hätten sich alle Männer hinausreden können, die am Kottbusser Tor an die Wände und in die Rabatten schifften: »Wir stellen hier nur unsere Transzendenzbögen weg!«

Am Karfreitag sah ich mir im Moviemento »Mann beißt Hund« an, einen scheindokumentarischen Film über einen Kriminellen, der sich bei seinen Raubmorden von einem Kamerateam begleiten ließ. Das Publikum giggelte, als er eine herzkranke alte Frau allein dadurch umbrachte, daß er sie anbrüllte. Um eine Kugel zu sparen. Was daran komisch sein sollte, verstand ich nicht. Angeblich war das Ganze eine »bitterböse Mediensatire«, wie irgendwelche Journalisten geschrieben hatten, aber Satire hin oder her – ich hätte fast gekotzt. Und die mediensatirischen Hintergedanken waren dem Publikum schnuppe. Es wollte nur eins: Menschen möglichst realistisch und qualvoll sterben sehen und darüber gackern. Das war das Ekelhafteste an diesem Film. Er spielte sich als Satire auf und bestand selbst aus dem Dreck, den er zu karikieren vorgab.

Mit Max war ich am Ostersamstag um sieben verabredet, aber weil ich mich verschätzt hatte, kam ich knapp eine Viertelstunde zu früh.

Er öffnete die Wohnungstür und sah mich indigniert an. »Zu früh kommen gehört sich nicht«, sagte er. »Jetzt warte hier mal schön bis sieben Uhr, und dann laß ich dich rein.« Sprach's und machte die Tür wieder zu.

Ich mußte lachen. Er hatte völlig recht!

Da das Treppenhaus kein Entertainment bot, setzte ich mich auf eine der Stufen und blickte mich in meinem Geist nach etwas Kurzweiligem um. Vielleicht konnte ich ja ein bißchen dichten …

Die Zeile »Da fragst du mich zuviel« kam dahergeschwommen. Gut geeignet für den Schluß eines Gedichts. Als Antwort Gottes auf die Fragen eines betenden Christen.

Lieber Gott, ich wüßte gerne:
Woher kommt das Licht der Sterne?

Nein, anders:

Lieber Gott, kannst du mir sagen,
weshalb mich seit sieben Tagen
Schmerzen in der Leiste plagen …

Nein, das war auch nicht gut. Und am Ende brauchte ich einen Reim auf -iel. Was gab es denn da? Stiel … Pril … Kiel … Nil …

Max öffnete die Tür und sagte strahlend: »Ah, da ist ja mein Besuch! Pünktlich wie die Weihnachtsgans! Komm doch rein!«

Im Verlag Haffmans war gerade Max' erste Kolumnensammlung als Buch erschienen, und er signierte mir ein Exemplar. Mit großem kalligraphischem Aufwand schrieb er da hinein, daß ich, Martin Schlosser, »die Kreuzberger Szene-Husche mit Köpfchen«, nur gekommen sei, um sein ganzes Bier wegzusaufen »und durch laszives Powackeln zu beeindrucken«.

Wir wollten beide die Leipziger Buchmesse besuchen und trafen dafür schon mal eine neue Verabredung, bevor wir über die *Kowalski*-Krise sprachen und der Frage nachgingen, woher das Wort »Menno« komme, dieser kindliche Klagelaut, der natürlich nicht im Duden stand. Max besaß ein etymologisches Wörterbuch, aber darin wurde »Menno« auch nicht aufgeführt. Vielleicht war irgendeinem eingeschnappten und etwas maulfaulen Kind statt »Menschenskinder« mal der Protestruf »Menno« entfahren, und danach hatte sich das Wort im Reich der Kinder wie ein Virus ausgebreitet.

Max meinte, daß im Bundestag gewiß noch nie jemand »Menno« gesagt habe. »Und auch in den Landesparlamenten nicht. Aber wenn es Kinderparlamente gäbe, hätten die Stenographen ein eigenes Kürzel dafür …«

Beim Reden wurde uns die Zeit nicht lang, und dann war es auf einmal schon wieder drei Uhr nachts.

Klaus Bittermann brachte mir am Ostersonntag das Buch »Der rasende Mob« vorbei. Mit einem giftgelben Cover, auf dem das mittlerweile zu internationaler Bekanntheit gelangte Foto von dem Jogginghosenträger zu sehen war, der sich eingenäßt und in Rostock-Lichtenhagen anschließend den Hitlergruß gezeigt hatte.

In den neuen Bundesländern würde Klaus sich damit keine Freunde machen, aber darauf war er auch nicht aus.

Ich las vieles zur Einstimmung auf den Vortrag über linken Kitsch und stieß auf schreckliche Zitate von Joan Baez …

Mein Leben ist wie eine Träne aus Kristall.

… und Ernesto Cardenal:

Gott liebt uns. Und Er ist eine verschmähte Liebe. Das ist die große Tragik Gottes.

Tränen aus Kristall! Und wen traf die Schuld, wenn Gott von seinen Geschöpfen verschmäht wurde: Gott oder seine unvollkommenen Geschöpfe?

Vor dem Magdeburger Jugendklub Knast, der in einem ehemaligen Knast der Stasi etabliert worden war, verbissen sich zwei nur schwer wieder abzuschüttelnde Hunde in Michael Rudolfs Reisetasche, und im Eingangsbereich fielen uns Blutflecken auf dem Fußboden auf. Der Klub selbst war ein rauchgeschwängertes Kellerloch mit Sperrmüllsofas und der Andrang beachtlich. Punks mit Augenbrauenringen und teils lila und teils grünen Haaren ließen sich widerstandslos von uns belesen. Am lautesten lachten sie über Michaels bewährtes »Demontagebuch«.

»Zum erstenmal seit Silvester finde ich nicht mehr unser Haus«, las Michael vor. »Mit Hilfe von Standortvergleichen, Kurvendiskussionen und Flaschendrehen gelingt es mir trotzdem …«

Da schmissen sie sich beinahe weg, die jungen Leute.

Es sei die erste Lesung in diesem Jugendklub überhaupt gewesen, sagten die Veranstalter und nahmen uns in ein Bierlokal mit. Dort schnitt Michael sich heimlich unterm Tisch ein paar Scheiben von einer Salami ab, die er gemeinhin vertrug, aber sein Reizmagen rebellierte trotzdem.

Ich sah, daß es Michael hochkam. Er sprang auf und hastete zur Toilette, und ich lief hinterher, um ihm beizustehen, und dann sah ich etwas wahrhaft Bewundernswertes: Mit vollen Backen eilte er auf ein Urinal zu und entschloß sich dann doch zu drei weiteren Schritten, um sich in eines der Waschbecken übergeben zu können.

Welcher andere Mann hätte diese Größe besessen?

Untergebracht wurden wir im Gästezimmer eines Studenten im elften Stock eines heruntergekommenen Plattenbaus, und zur Gesellschaft hatten wir zwei lärmende Riesensittiche. Ojeminee, wie keiften die, obwohl ihr Käfig verhängt war!

Am Morgen ließ der Student die Sittiche frei, und sie flatterten uns fauchend um die Ohren.

»Nächstesmal hätte ich gern ein Hotelzimmer«, sagte ich zu Michael.

»Nächstesmal lesen wir in einem besetzten Haus in Halle«, sagte er. »Am Sonntag. Schraub deine Ansprüche besser jetzt schon mal ganz weit zurück …«

In Berlin fand ich einen Brief von Eugen mit einer lustigen Nebenbemerkung über Lydia vor:

Übrigens warst Du kürzlich hier, mit einer sympathischen jungen Dame, deren Haarschnitt den Indern allerdings schwer zusetzen wird. Ich als alter Indienkenner weiß das.

Aber die klügeren Inder hatten gut lachen: Sie durften sich auf Lydia freuen.

Michaels und meine Abenteuer mit den Kurellas dienten mir als Rohstoff für eine Geschichte, in der alles seinen Platz fand: der brummende Kühlschrank, die Erdbeerbowle, das Fotoalbum und natürlich auch die Free-Jazz-Einlage von der Schallfolie aus der Bertelsmann-Lexikothek. Wenn einem das Leben Ausgangsmaterial von solcher Güteklasse bescherte, mußte man zugreifen.

Irgendjemand hatte das Badezimmer mit einem monumentalen Bierschiß aromatisiert. Außerdem roch es dort nach einem ohne Absenderangabe abgelieferten Transzendenzbogen.

Ihr stinke es in diesem Schweinestall, sagte Sigrun, als sie mitbekommen hatte, aus welchem Grund ich den Putzeimer hervorholte. »I fühl mi nemme wohl. I muß raus. Sonschd geh i druff …«

Auch Lizzy und Nicola trugen sich mit Abwanderungsgedanken, und ich machte mir Sorgen. Der Hygienestandard durfte nicht noch tiefer sinken, und je mehr Frauen hier wohnten, desto leichter ließ er sich wenigstens halten.

Der Name des Veranstaltungsortes in Halle war auch seine Adresse: Kellnerstr. 10 a. Eine Kneipe in einem maroden Altbau.

Große Teile des Publikums waren mit antifaschistischen Buttons bepflastert, und man sah einige dieser pharaonischen Stangenbärte, die systemkritische Ossis sich so gern sprießen ließen. Einem hing sein Bartgesträuch sogar ins Bier.

Das sei hier so Brauch, sagte Michael zu mir. »In Sachsen-Anhalt machen das viele. Und sie ziehen zwiefachen Nutzen daraus: Der Bart wird sauber, und das Bier wird mit Schuppen gewürzt …«

Er brillierte dann wieder mit seinen Haßgesängen auf Handwerker, Bierbrauer, Thüringer Klöße und die Verfasser von Friedensgedichten. Ich wiederum konnte meine frei nach den Erlebnissen in Hoyerswerda gestaltete Gruselgeschichte testen und merkte dabei, daß sie zu lang war. Bei überflüssigen Sätzen schwächte sich die Verbindung zum Publikum ab, auch wenn ich nicht wußte, womit ich das wahrnahm. Mit den Ohren? Mit der Haut? Die Augen waren es jedenfalls nicht.

Nach der Lesung kamen zwei der Pharaonen auf uns zu und erklärten, daß sie mit manchen Texten »Schwierischkäten« gehabt hätten. »Socht mo wos dozu!«

Was hätten wir dazu schon sagen sollen?

Der eine Pharao bedrängte mich dabei mit seinem Spitzbauch, und der andere tat das gleiche bei Michael. Diese Menschen hatten kein Organ für die angemessene Körperdistanz zwischen Fremden. Eine Folge der DDR-Sozialisation?

Wir wanden uns irgendwie hinaus und inspizierten die uns als Schlafzimmer zugedachte Rumpelkammer unterm Dach. Zu unserem Komfort lagen dort zwei mürbe Matratzen und zwei verwarzte Schlafsäcke auf dem Boden.

Wir wollten noch was trinken gehen, aber nicht in der Kellnerstraße. Also trabten wir los, und als ich eine Rotlichtbar erblickte, ließ ich nicht locker, bis Michael sich geschlagen gab.

An der Bar saßen zwei Animierdamen. Eine brünett, eine blond. Sie machten sich schnurstracks an uns heran: »Ihr wollt doch sicher gern so 'n klein bißchen Gesellschaft haben ...«

Ich spendierte uns allen eine Flasche Sekt für sechzig Mark.

Sie heiße Cindy, sagte die Brünette zu mir. »Und du?«

»Georg.«

»Und wo kommst du her?«

»Aus Berlin.«

»Und was hast du Ostern gemacht?«

»Weiß ich nicht mehr ...«

»Und was machst du Pfingsten?«

»Weiß ich noch nicht ...«

Ich konnte diesem Gespräch nicht viel abgewinnen.

Cindy schlug mir vor, mit ihr in ein Séparée überzuwechseln. »Da isses viel gemütlicher als hier ...«

Zu Michaels Entsetzen ging ich darauf ein.

»Aber komm heute noch wieder!« rief er mir nach.

Im Séparée, einer schummrigen Kabine mit zwei Bänken und einem Tischchen, kostete die Flasche Sekt dreimal soviel wie an der Bar, und dafür genoß man das Privileg, daß die Chefin des

Hauses ein Glas mittrank. Sie tat das im Stehen, so daß ich Gelegenheit hatte, ihr Volumen zu bewundern. Meiner konservativen Schätzung nach brachte sie mindestens zweihundert Pfund auf die Waage, und sie sprach mit einer durch und durch branntwein- und nikotingegerbten Puffmutterstimme.

Als wir schließlich ungestört waren, fragte Cindy mich nach meinem Beruf.

»Schriftsteller«, sagte ich.

»Ah. Und woher kommen dir da die ganzen Ideen?«

So konnte es nichts werden mit Cindy und mir. Ich wollte lieber wieder zurück an die Bar.

Auf den restlichen Sekt verzichteten Michael und ich, und auf dem Rückweg erzählte er mir, daß die Blondine wiederholt versucht habe, ein Glas Wodka-Orange aus ihm herauszuleiern. »Für fünfzig Mark! Da hätte ich doch eigentlich gleich 'n Tausender auf den Tresen knallen und sagen sollen: ›Stimmt so!‹ «

Um unsere Kammertür zu erreichen, mußten wir über eine Bierleiche hinwegsteigen.

Eine Dusche suchten wir morgens vergeblich. Es gab nur ein archaisches kleines Handwaschbecken und eine deckellose Klosettschüssel, die ihre besten Jahre unzweifelhaft bereits in der Ära Ulbricht hinter sich gelassen hatte.

»Und wo ist hier das Eau de Toilette?« fragte Michael.

Es war auch kein Frühstück für uns vorgesehen, aber auf einer Fensterbank lagen zwei Äpfel. Die steckten wir ein.

In Berlin nahm ich einen Anruf von Herrn Rutschky entgegen. Wenn ich mal wieder zur Lesegesellschaft kommen wolle: Sie würden sich da jetzt mit Hegels Rechtsphilosophie befassen.

Die fiel jedoch nicht in mein Ressort. Falls mir danach sein sollte, konnte ich mich auch noch in einem anderen Leben mit Hegel beschäftigen. In meiner Inkarnation als Martin Schlosser stand mir der Sinn nach etwas Frischerem.

Der christdemokratische Verteidigungsminister Volker Rühe arbeitete emsig darauf hin, daß deutsche Soldaten endlich in Somalia zum Einsatz kommen konnten. Wie er wohl gekuckt hätte, wenn es den Somalis eingefallen wäre, ihre eigenen Soldaten nach Deutschland zu entsenden? Um ein paar hundert Waffenexporteure und Rüstungslobbyisten gefangenzusetzen?

Bei einem Streifzug durch die Stadtbücherei Kreuzberg las ich mich in einem Werk der amerikanischen Radikalfeministin Mary Daly fest. Es hieß »Gyn / Ökologie« und wäre an sich schon verquast genug gewesen, aber irgendwer hatte es mit handschriftlichen Zusätzen verschärft. Dort, wo Mary Daly die »Erschaffung des Menschen« erwähnte, war das Wort »Erschaffung« durchgestrichen und durch das Wort »Sieschaffung« ersetzt worden, und diese aberwitzigen Korrekturen fanden sich auf jeder Seite. Eine ergiebige Quelle, wenn man den linken Kitsch untersuchen wollte.

In Kiel war ein Parlamentarischer Untersuchungsausschuß zur Aufklärung der »Schubladenaffäre« eingesetzt worden, dem sich auch Björn Engholm noch stellen mußte. Gegen die Auslieferung der Aprilnummer der *Titanic* hatte er unterdessen eine einstweilige Verfügung erwirkt.

»Ist doch klar«, sagte Jochen. »Der eröffnet jetzt einen Nebenkriegsschauplatz, um von seinen eigenen Schurkereien abzulenken.«

Sigrun reichte mir am Frühstückstisch die *taz* herüber. »Da schdehd was Neddes übr di …«

Man lasse sich von der oft harten Gangart nicht täuschen: Hier ist ein heimlicher Menschenfreund am Werk.

Zu diesem Schluß war der *taz*-Autor Peter Köhler in seiner Rezension meines Buchs »Moselfahrten der Seele« gelangt.

»Schdimmd des?« fragte Sigrun und sah mich schelmisch an. »Bisch du a Menschenfreind?«

Ich legte meine Stirn in Falten.

»Tu doch nicht so«, sagte Philipp. »Letztes Jahr hast du achtzig Boat-People aus Vietnam in dein Zimmer aufgenommen, und wir haben alle genau gehört, wie du dich hier zum Friedenspreis des Deutschen Buchhandels hochgeschlafen hast …«

Dem, was Max Goldt in seiner Kolumne über Graffitisprayer schrieb, konnte ich nur beipflichten:

Sie haben jetzt ganz Europa, incl. der Dörfer, vollgesprüht, und ich finde, es reicht allmählich.

In Kreuzberg gab es kaum noch einen Quadratzentimeter Außenwand ohne Schmierakel.

Bei einer Flasche Grauburgunder grübelten Klaus Bittermann und ich darüber, wie wir das Buch über den linken Kitsch nennen sollten, auf einmal war er da, der Titel: »Das Blöken der Lämmer«.

»Das Cover könnte dann ja vielleicht Fritz Weigle zeichnen«, sagte Klaus. »Soll ich ihn fragen?«

So sah es im siebenten Himmel aus: Man schrieb Bücher, Fritz Weigle steuerte Zeichnungen dazu bei, und aus Oldenburg stand einem der nächste Besuch von Lydia ins Haus. Noch vier Tage, und sie würde wieder in meinen Armen liegen.

In Papas telefonisch erteiltem Auftrag fuhr ich zum Friedhof Dahlem, um zu eruieren, ob Fräulein Kunzes künftige Grabstätte, deren Lage er mir genau beschrieben hatte, sich für ein Gesteck eigne. Am 30. April sollte die Beerdigung sein.

Ich pilgerte bei Gluthitze zu diesem Friedhof und teilte Papa nach getaner Tat mit, daß es sich um ein winziges Urnengrab handele, das für ein kleines Gesteck aber wohl groß genug sei.

Des Menschen Wille ist sein Himmelreich, dachte ich, aber ich fand, daß Papa es mit seiner Totenehrung übertrieb. Was ging ihn denn Fräulein Kunze an? Und wem, außer der zuständigen Friedhofsgärtnerei, war mit einem Gesteck von Papa auf Fräulein Kunzes Grab gedient?

Er saß da in seiner Meppener Sofaecke und dachte sich Gesten der Andacht aus, um seine Ehrfurcht vor den Toten hervorzukehren. Damit alle Verwandten dachten: »Sieh mal einer an – Richard hat ein Grabgesteck für Fräulein Kunze gestiftet! Und was haben wir getan? Müßten wir uns nicht schämen?«

Lizzy hatte eine Ausgabe der Zeitschrift *Emma* angeschleppt. Darin wurde Eckhard Henscheid als »Frauenfeind« klassifiziert:

Schlagzeilen macht er nur noch mit Skandalen. Neulich schaffte er es gar, vom Bundesverfassungsgericht wegen seiner billigen Böll-Häme getadelt zu werden. Die nächste PR-Aktion war fällig. Dieses Mal mußte eine Frau dran glauben. Gegen Heinrich den Großen war das Eckhardle Attäckle geritten wie: »ganz harmloser Knallkopf«. Bei Gertrud, der Taffen, griff der Giftzwerg aus der Oberpfalz ganz tief in die Kloake. Karrierefrauen, wie Gertrud Höhler, scheinen den tabulosen Mann und alternden Altlinken vollends zu enthemmen.

Eckhardle? Attäckle? Hatten die sie noch alle? Und welchen Sinn sollte es haben, jemandem sein Altern vorzuwerfen? Oder seinen Wohnsitz?

»So gehen halt Polemiker vor, die's nicht können«, sagte Jochen. »Und dann schreiben sie auch gern, derjenige welcher sei ›dahergelaufen‹. Das kommt immer gut. Obwohl es Blödsinn ist. Aber daß jemand als ›alternd‹ bloßgestellt wird, hab ich noch nicht erlebt. Das ist neu. Einfach geil! Das merk ich mir für künftige Beziehungsdiskussionen. Da sag ich dann: ›Entschuldige, aber dein Gewäsch ist das einer alternden Altlinken …‹«

Nun kam heraus, daß Björn Engholm vor dem ersten Kieler Untersuchungsausschuß – dem zur Aufklärung der Barschel-Affäre – gelogen hatte: Er war schon viel früher als behauptet über Reiner Pfeiffers Gaunereien aufgeklärt worden und hatte sich dann trotzdem schockiert gegeben, als die Sache aufgeflogen war. Ein Lügenbold erster Güte.

An meinem 31. Geburtstag bekam ich einen Brief mit zwanzig Mark von Oma Jever, einen Anruf von Tante Dagmar, in dem sie mir ein Geschenk versprach, das ich irgendwann in Hannover abholen könne, und einen Anruf von Papa, der wissen wollte, wann ich mal wieder nach Meppen käme.

»Das ginge nächste Woche Donnerstag«, sagte ich. »Und dann würde ich am Freitag weiter nach Jever fahren.«

»Kannst du nicht ’n bißchen länger in Meppen bleiben?«

»Dafür sind meine Termine diesmal zu eng getaktet …«

Wenn er sich wünschte, daß man es länger bei ihm aushielt, hätte er ja auch mal seine Gastgeberqualitäten optimieren können.

Zur Feier des Tages aß ich dann im Hertie-Restaurant eine Kohlroulade.

In der Deutschen Oper wurde »Rigoletto« geboten. Während der Ouvertüre rannten nackte Frauen über die Bühne, im ersten Akt hopsten Männer in Froschkostümen herum, und in der Pause machte ich mich dünne und entschied, daß dies mein letzter Ausflug in die Opernwelt gewesen sein sollte, die sich anscheinend selbst nicht mehr leiden mochte und lieber eine Mischung aus dem Karneval in Rio und der *Muppet Show* gewesen wäre. Da sah ich mir doch lieber die richtige *Muppet Show* an.

Am Freitag konnte ich Lydia wieder in die Arme schließen. Sie schenkte mir ein blaues Herrenoberhemd und wollte wissen, ob wir noch Zeit für Sex hätten, bevor die Party beginne.

Diese Frage konnte ich bejahen. Philipp und ich hatten unsere Geburtstagsfeiern wieder zusammengelegt und bereits alles Nötige herangeschafft.

Ich zog den Fenstervorhang zu, und Lydia entstieg ihren Jeans.

I dreamed about you, baby
It was just the other night
Most of you was naked
Ah, but some of you was light …

Ihre Schönheit verschlug mir jedesmal den Atem. Verglichen mit Lydia sahen die Playmates dieser Erde allesamt wie Bauerntrampel aus, die besser daran getan hätten, ihre Reize mit Sackleinen zu verhüllen.

Meine schönsten Geburtstagsgeschenke waren ein Schäferhund-T-Shirt von Kathrin Passig, ein gerahmtes Uwe-Bein-Autogramm von Michael Ringel und eine großformatige Zeichnung von Fritz Weigle, die einen gigantischen, von oben auf ein Hausdach zustürzenden Engel zeigte. Neben dessen Blondschopf standen die Worte:

HERR SCHLOSSER
HERR SCHLOSSER –
OBACHT!
RIESENPUTTE
IM ANFLUG!

Ich bedankte mich und fragte Herrn Weigle, ob er sich vorstellen könne, meinen Kriminalroman »Die gnadenlose Jagd« zu illustrieren, und zu meinem Entzücken erhielt ich sofort eine Zusage.

Um Lydia brauchte ich mich vorläufig nicht mehr zu kümmern: Sie war von zwei Gläsern Sekt besäuselt und tanzte wie ein Derwisch.

Herr Rutschky, der vor einiger Zeit »drüben« gewesen war, äußerte sein Befremden über den »horror vacui«, der die Menschen jenseits der alten Zonengrenze dazu verleite, ihre Wohnungen mit Tapeten und Teppichen voller Karos, Blümchen und Streifen zu verunstalten, Gunnar stellte eine Flasche Glenfiddich auf den Gabentisch, Claudia Denker stopfte mir einen Schokoladenkäfer in den Mund, und einen von Philipps Gästen, der mich zum Kriegsdienst in Bosnien überreden wollte, konnte ich bei Klaus Bittermann abladen. Gewußt wie.

Während sich die Bude immer weiter füllte, versuchte Michael Ringel mich für die gemeinsame Arbeit an einem Libretto für eine »Fußballoper« zu erwärmen. »Man könnte da zum Beispiel einen sterbenden Fußballer sein Leben Revue passieren lassen, im Baß, und dann tritt er als junger Tenor auf und wird von einem Vermögensberater auf die schiefe Bahn gebracht. Ich kenn einen Komponisten, der diesem Stoff gewachsen wäre …«

Auf dem Weg zum Kühlschrank wurde ich von einer drallen Dame aufgehalten. Sie eröffnete mir, daß sie »jetzt ficken« wolle, aber ich entwand mich ihr und setzte Michael Ringel und Ludwig Lang auf sie an. Doch die winkten beide ab.

Dann standen plötzlich zwei Polizisten auf der Matte, die wegen einer Beschwerde über den von unserer Party ausgehenden Lärm herbeigerufen worden waren, und redeten auf den in Türnähe postierten Herrn Weigle ein, also gerade auf den friedlichsten und stillsten aller Gäste.

Ich versprach den Polizisten, in ihrem Sinne auf den DJ einzuwirken, aber der DJ war Philipp, dem noch eine halbe Kokslinie in den Schnurrbarthaaren hing. In seinem aufgeputschten Zustand sah er nicht ein, weshalb er die Lautstärke drosseln sollte.

Jochen hatte dann die rettende Idee: Er füllte Philipp mit Metaxa ab, bis ihn die Kräfte verließen, rief dann zwei, drei starke Männer herbei und verlegte ihn in sein Bett.

Nicht alle meine Lieben hatten kommen können, aber es langte schon, und irgendwann zwischen drei und vier Uhr nachts sank ich an Lydias Seite in einen Schlaf, der so tief war, daß sie mich um zwei Uhr nachmittags wachrüttelte, um herauszufinden, ob ich noch lebte.

Ich fegte, bis ich lahme Arme hatte, und Lydia schippte den Partydreck in Müllsäcke.

Sigrun, die die Töpfe spülte, bat uns, auf einen silbernen Armreif zu achten. »Den hon i gäschdern beim Danza verlora. Wäre echd schad drum. Isch a Erinnerungsschdügg!«

Den Armreif fanden wir nicht, aber mindestens dreißig aus Gästemähnen gerieselte Haarnadeln und merkwürdigerweise auch eine Fahrradkette, ein Tütchen mit Holundersamen und die Bedienungsanleitung für eine Schneefräse: lauter Hinterlassenschaften der Nachteulen, die hier das Tanzbein geschwungen hatten.

Weil Lydia mal »Berlin erleben« wollte, fuhren wir zu einem Jahrmarkt und begaben uns in einen Bau namens »Orwell 2000«, in dem es »Labyrinthe« und »Tropfsteinhöhlen« geben sollte, aber es baumelten nur Blechrohre von der Decke, an den Wänden hingen witzlose Zerrspiegel, und um das Objekt verlassen zu können, mußte man durch eine Tonne krautern, die sich drehte.

Pech hatten wir auch mit der Wahl des Kinofilms »Léolo«, einem französisch-kanadischen Produkt. Aus fast jeder Einstellung schienen die Worte zu sprechen: »Nun sagen Sie aber mal selbst – bin ich nicht ein überbordend komischer und zugleich sehr poetischer Film?«

Nach einer halben Stunde hielt Lydia es nicht mehr aus. »Ich kann diese Farben nicht ab«, sagte sie. »Alles Kackfarben, Scheißfarben, scheußlich! Laß uns hier verschwinden!«

Wir gingen bei einem Italiener am Kottbusser Damm essen und beobachteten durchs Fenster das Randgeschehen der Schlacht zwischen den Kreuzberger Autonomen und der Polizei. Jedes Jahr am 1. Mai die gleichen Kapriolen: Sachschäden in Millionenhöhe und kein einziger sinnvoller politischer Effekt.

Das sagte ich auch zu Jochen, als Lydia und ich in die Wohnung heimgekehrt waren, und er hielt mir ein gutes Argument entgegen: »Von den Nazis, die jetzt überall im Osten aufmarschieren, wagt sich keiner hierher, weil sie wissen, wie stark die autonome Szene in Kreuzberg ist. Den Nazis ist klar, daß sie hier was auf die Mappe kriegen. Aber woher sollten sie das wissen, wenn hier nicht das eine oder andere Auto brennen würde? Es muß ja nicht gerade mein Solarmobil sein. Das hab ich natürlich vorher in 'ner feuersicheren Garage abgestellt ...«

Kathrin Passig kam mit, als Lydia und ich am Sonntagnachmittag in einem Kulturzentrum in Köpenick eine Lesung von Hermann L. Gremliza besuchten. Da trug er auch einen seiner Klassiker vor, eine 1978 in *konkret* erschienene Polemik gegen den Schriftsteller und DKP-Funktionär Peter Schütt, der nach einer Reise durch die UdSSR den Roten Platz in Moskau als »große Empfangshalle des Weltproletariats« bedichtet und den Genossen Lenin angehimmelt hatte (»Er staute Rußlands Ströme / lenkte mit einem Federstrich / Kanäle durch die Wüsten«). Damals, sagte

Gremliza, sei er von Schütts kommunistischen Parteifreunden angefeindet worden. Inzwischen sei Schütt jedoch zum Klassenfeind übergelaufen und stelle sich selbst als einen vom KGB »betrogenen Betrüger« dar. Er habe sich aber gar nicht gewandelt, sondern nur seine politische Meinung und sein Blauhemd gewechselt, und darunter sei er geblieben, »was er immer war: ein schlechter Schriftsteller, der lügt, wenn er das Maul aufmacht«.

Kathrin und Lydia hatten daran nicht so viel Freude wie ich, und sie konnten auch miteinander nur wenig anfangen. Worüber hätten sich eine hochliteratursüchtige Anglistin und eine indiophile Sozialpädagogin auch austauschen sollen? Ihr einziger gemeinsamer Nenner war die Bekanntschaft mit mir, und die genügte nicht.

Als Lydia und ich am Montagnachmittag wieder auf Reisen gehen wollten, brach es aus Philipp heraus: »Du faule Sau hast hier so 'n bißchen gefegt und die ganze andere Arbeit uns überlassen! Ich hab gestern vier Stunden lang den Fußboden gewienert! Und wer hat das Altglas weggebracht? Und die Pfandflaschen? Der feine Herr Schlosser etwa? Nein, denn der schwebt ja in höheren Sphären! Echt, mit so 'nem Arsch wie dir werd ich niemals mehr 'ne gemeinsame Feier veranstalten! Hau bloß ab, du fauler Sack! Dann brauch ich deine Hackfresse nicht mehr zu sehen!«

Ich hielt diese Anklagepunkte für substanzlos und ging nicht darauf ein, aber die Sache fraß an mir, während Lydia und ich nach Leipzig fuhren.

»Mach dir doch da nichts draus«, sagte sie. »Der ist einfach mit'm falschen Fuß aufgestanden. Und ich kann vor Gericht bezeugen, daß du einen nicht zu knappen Beitrag zu den Aufräumarbeiten nach der Party geleistet hast …«

Trotzdem dauerte es mehr als anderthalb Stunden, bis das Gefühl des Angekotztseins zerbröselte.

In der schönen Moritzbastei saß Lydia bei Michael Rudolfs und meiner Lesung in der ersten Reihe neben Nicole, die danach als unsere Herbergsmutter fungierte und uns in ihrer Küche DDR-

Spirituosen vorsetzte: Kakaolikör mit Pfefferminz, Ananas-Apfel-Likör und Zahnaer Kroatzbeer Edel-Likör. Schlimme Getränke, denen wir aber ungescheut zusprachen, und wir stimmten auch ein paar Evergreens an: »Happiness Is a Warm Gun«, »Roter Wedding« und »All Along the Watchtower«.

Nie, nie, nie, nie wieder werde sie solch teuflische Getränke trinken, sagte Lydia, als sie Michael und mich nach Greiz chauffierte. »Mein Kopf ist am Zerspringen, und mein eigener Atem stinkt mich an …«

Michael machte ihr Hoffnung: »Ich werde das an das Sekretariat der Kreisleitung der SED weitergeben, und vielleicht brauchst du dann nächstesmal nur den Kakaolikör zu saufen!«

Im Autoradio wurde gemeldet, daß Björn Engholm von allen seinen Ämtern zurückgetreten sei.

Gelogen hatte er, bis sich die Balken bogen, und nun stahl er sich aus der Verantwortung, die er mit seinem Rücktritt angeblich auf sich nahm. Hätte die Kripo diesen Windhund nicht in Beugehaft nehmen können? Damit er endlich die ganze Wahrheit gestand?

Mit dem Thema Indien konnte Lydia die Rudolfs beim Abendessen in Greiz nicht vom Hocker reißen. Michael kannte allerdings einen Blondinenwitz mit Indienbezug: »Nach einem Unfall wachen zwei Blondinen im Krankenhaus auf und erinnern sich an nichts. Die eine will rauskriegen, was vorgefallen ist. Sie geht auf den Flur und kommt nach einer Minute kreidebleich zurück und sagt: ›Ich glaube, wir sind in Indien! Da draußen hängt ein Schild, auf dem steht: ›Toiletten am Ende des Ganges‹ …‹«

Das war nicht so ganz nach Lydias Geschmack. Doch was sollte ich tun? Zu meinem Freundeskreis gehörte niemand, der sich mit Enthusiasmus auf ein Gespräch über Yoga, Sanskrit oder indische Hülsenfrüchte eingelassen hätte.

Die Autofahrt von Greiz nach Oldenburg verschlang fast den gesamten Mittwoch. Zuerst stank es dabei nach Braunkohle und dann nach Gülle, aber je näher wir dem Ziel kamen, desto vorfreudiger malte ich mir die bevorstehende Nacht aus. Die Namen der Autobahnausfahrten wirkten wie pawlowsche Signale: Ganderkesee-Ost … Ganderkesee-West … Hude … Hatten … Kreuz Oldenburg-Ost … Oldenburg-Hafen … Oldenburg-Ohmstede …

Es fühlte sich kaiserlich an, mit Lydia zu verschmelzen, aber der Gedanke an ihre Emigration ließ mich nur selten los.

Tomorrow night, will you be with me when the moon is bright?

Von Oldenburg fuhr ich nach Meppen, wo ich neue Studien für den noch ungeschriebenen Roman »Richard Schlosser und wie er die Welt sah« hätte treiben können.

Papa hatte viele neue Schnittwunden an den Unterarmen. Aus der Stadt sollte ich ihm außer dem Üblichen auch wieder Rennie-Tabletten mitbringen, und als die Baguettes in der Mikrowelle schmorten, sagte er, daß die Trennung des Leerguts in Grün-, Braun- und Weißglas sinnlos sei: »Die kippen das nachher sowieso alles zusammen. Das hab ich mal gesehen, als diese Container geleert worden sind …«

Später sagte er auch noch, daß ihn der Gedanke verdrieße, nach seinem Tod nichts mehr über die naturwissenschaftlichen Erkenntnisse der Zukunft erfahren zu können.

Aber er interessierte sich ja nicht einmal für die Erkenntnisse der Gegenwart! Oder hatte er etwa die Zeitschriften *Nature* und *Science* abonniert?

Zu seiner Aufmunterung erzählte ich ihm den alten Witz von Robert Gernhardt mit dem schrecklich seufzenden Königssohn, der von einem feinen Stimmchen gefragt wird: »Was seufzt du denn so?« Worauf er antwortet: »Ach – so zehn, zwölf Bierchen am Abend …«

Darüber lachte Papa, und das stimmte mich fröhlich: Wer Papa zum Lachen bringen konnte, der spielte in derselben Liga wie Wilhelm Busch und Loriot. Was in diesem Falle natürlich für Gernhardt galt und nicht für mich, aber egal.

Papa schnarchte bereits, als auf Arte ein Film über Garrincha lief, den besten Dribbler der Milchstraße. Da juckte es mich selbst wieder im linken Fuß.

1978 hatte ich mir eingestanden, daß ich mit solchen Fußballstars nicht mithalten konnte. Einer der schwärzesten Tage meines Lebens war das gewesen, und jetzt kannte ich nicht einmal mehr den Tabellenstand von Borussia Mönchengladbach.

Zum Frühstück wollte ich uns Brötchen holen.

»Kauf aber bloß nicht wieder so 'ne zadderigen Apparate«, sagte Papa.

Herrgott von Bentheim! Was konnte man schon falsch machen, wenn man bei einem alteingesessenen Meppener Bäcker Brötchen kaufte?

Ich besorgte auch Erdbeeren, Weintrauben, Clementinen und Streichkäse und kochte uns Eier und deckte den Tisch einmal etwas aufwendiger als sonst, um ein wenig Licht in Papas dämmrigem Rentnerdasein aufschimmern zu lassen. Doch das war eine vergebliche Liebesmüh. Denn dankte er mir das? Tänzelte er beschwingt durch die Küche? Oder schenkte er mir wenigstens ein Lächeln?

Quite the converse. Er biß in sein Brötchen, verzog das Gesicht und sagte: »Das ist genau die Zaddersorte, die ich nicht haben wollte!«

Da platzte mir der Kragen. Ich feuerte mein eigenes Brötchen an die Wand, stürmte in mein Zimmer, packte meine Sachen und verließ grußlos das Haus.

Papa und seine ewige Griesgrämigkeit! Wieso konnte er nicht auch mal freundlich sein? Es verlangte ja niemand von ihm, daß er seine Besucher auf Händen trug, aber mußte er sich immer aufführen wie der letzte Grobian?

Der nächste Zug, den ich hätte nehmen können, fuhr mir vor der Nase weg, so daß ich mich noch eine volle Stunde lang an der Schönheit Meppens ergötzen durfte.

In Jever schickte Oma mich zum Wochenmarkt und zu Harms. Die Einkaufsliste war kurz, aber knifflig: Sie enthielt die Positionen Frischhefe, Zitronat und passierte Tomaten, und das waren die drei am besten versteckten Artikel im gesamten Laden. Ich suchte mir fast einen Wolf.

»Du weißt ja, daß ich altersbedingt leider sehr abbaue«, sagte Oma, während sie die Matjesheringe auswickelte. »Mein Husten hat sich zu 'nem Asthma ausgewachsen, und das macht mir manchmal sehr zu schaffen …« Außerdem litt sie an einer offenen Stelle am linken Bein. »Aber es gibt auch was Positives zu berichten: Immos sechzigster Geburtstag ist in Hildesheim toll gefeiert worden. Mit fünfundfünfzig Gästen! Und Immo hat sogar eine Rede durchs Mikrofon gehalten!«

Von Omas Malefizspielform hätten Neurologen wahrscheinlich auf eine fortgeschrittene Altersdemenz geschlossen, doch die lag nicht vor. Es verhielt sich nur so, daß Malefiz Omas größte Unbegabung war. Da leistete sie sich Patzer, die selbst ein Vorschulkind beschämt hätten. Würfelte 'ne Eins und haute eine Palisade weg, hinter der noch drei andere standen, obwohl mit der Beseitigung einer Palisade ganz oben einer anderen Figur der Durchbruch zum Ziel möglich gewesen wäre. Oder pflanzte sich selbst eine Palisade in den Weg, um dadurch auch eines meiner Männchen aufzuhalten, und übersah dabei, daß ein anderes zum Endspurt ansetzte …

Unterm Strich standen drei kinderleicht errungene Siege meiner Infanterie.

Ich kramte in den Briefen, die Mama in den sechziger Jahren nach Jever geschickt hatte. In einem vom Dezember 1964 ging es um mein Sozialverhalten:

Besonders Martins Munterkeit ist überhaupt nicht zu bremsen, es wird immer schlimmer mit seiner Zappeligkeit und mit seinen Kräften. Er traut sich auch schon an größere Kinder heran und sagt keinen Mucks, wenn es eine Prügelei gibt. Aus Leibeskräften schreit er nur dann, wenn ich oder Richard ihm aus Erziehungsgründen einen Klaps geben, den er nach seiner Ansicht nicht verdient hat. Wenn er weiß, daß er ihn verdient hat, sagt er nichts, sondern lacht einem noch frech ins Gesicht. Fragt man ihn, ob er beispielsweise »a-a Renate« oder ähnliche Scherzwörter gesagt hat, dann gibt er es offen zu, obwohl ihm das einen Klaps einbringt, und sagt es hinterher gleich noch dreimal.

Ahem. Aber da war ich ja auch erst zweieinhalb Jahre alt gewesen.

Ich las Oma den Brief vor, und sie lachte und sagte, daß ich als Kind tatsächlich ein ziemlicher Wildfang gewesen sei. »Dagegen war dein Vetter Bodo die Artigkeit selbst. Deiner Mama wär's ganz recht gewesen, wenn du dir von dem 'ne Scheibe abgeschnitten hättest!«

Im Ersten gewahrte ich dann einen pennälerhaft quackelnden Kabarettisten namens Mathias Richling, der sich zu dem Wortspiel verstieg: »Befindet sich die SPD auf einem Segelbjörn über den Barschelsumpf?«

Mir krampften sich die Eingeweide zusammen, doch ich schöpfte auch Hoffnung: Mit diesem Knilch war der Tod des bescheidwisserischen deutschen Politkabaretts besiegelt. Richlings Witze, Faxen und Grimassen mußten selbst die bestwilligen Kabarettfans in die Flucht schlagen.

Lydia nahm an diesem Wochenende an irgendeinem Heilfastenkurgewürge in Hamburg teil, aber sie hatte mir die Zweitschlüssel zu ihrer Wohnung überlassen, damit ich am Sonnabend Wiglaf Drostes Lesung in der Oldenburger Kulturetage besuchen konnte und danach ein Obdach hatte.

Ohne Lydia wirkte die Wohnung nicht einmal halb so sexy wie sonst. Ein Einbrecher hätte sich keine Vorstellung davon machen können, wie orgiastisch es hier zuging, wenn die Mieterin ihrem Hengst die Zügel schießen ließ.

Ich legte den Kopf schief, um die Titel der Bücher im Küchenregal lesen zu können:

Zurück zur Naturkost
Gesund durch Heilkräuter
Das vegetarische Pasta-Buch
Kursbuch für gesunde Ernährung
Köstlichkeiten mit Quark und Joghurt
Abnehmen mit kalorienarmer Vollwertkost
Nein, hier hätte niemand eine Sexbombe gewittert.

Am Biertisch riet Wiglaf mir nach seiner Lesung eindringlich, meine *Kowalski*-Honorare anzumahnen. »Es werden maximal noch zwei Hefte erscheinen, hat Marcus gesagt. Sieh zu, daß du deine Arbeit bezahlt kriegst!«

Wir kamen überein, uns von Fritz Weigle für das Cover unseres Buchs über linken Kitsch die Zeichnung eines Pottwals zu wünschen, der einen Violinschlüssel ausrülpst, weil Walgesänge im links-grün-alternativen Milieu ein so hohes Prestige genossen. In diesem Sinne setzten wir auch gleich ein Kärtchen an den Meister auf.

Wenn man nach einer sechstägigen Reise nur zwei Postsendungen vorfand, hätte man mit seinem Schicksal hadern können, aber ich haderte nicht. Max hatte mir aus Erfurt geschrieben:

Rate mal, wer so gut ist, dich mit sanften Grüßen aus der vehement nach Bratwurst riechenden thüringischen Landeshauptstadt (1250 Jahre »jung«) zu erfreuen! Deine alte, aber ewig junge Haßliebe Karin wie heißtse noch, die Lottofee? Falsch! Fünf! Setzen! Die trampolinartig zwischen extremer Vollbusigkeit und Bügelbrett schwankende Thüringen-Expertin Strapslady Nimmersatt? Falsch! Fünf! Ohrfeige! Nein, diese Karte ist von einem, mit dem du in 4 Wochen durch Leipzig tigern wirst.

Und Eugen informierte mich darüber, daß er seine *Kowalski*-Honorare per Mahnbescheid eingefordert habe und nun hoffe, daß die Woche ohne Widerspruch dagegen ins Land gehen werde:

Dann kann nämlich nächste Woche der Gerichtsvollzieher losgelassen werden, bzw. dann kann ich sein Losgelassenwerden beim hiesigen Amtsgericht beantragen. Noch ist die Woche nicht um … banges Zagen … nicht will ich mich zu früh freuen.

Für eine Welt ohne *Kowalski* reichte meine Vorstellungskraft nicht aus. Doch alle Zeichen deuteten darauf hin, daß das Ende nah war.

Philipp trat mir so gelassen entgegen, als wäre nie etwas gewesen, und Sigrun fragte mich: »Wo isch noh dei hübsche Freindin abgeblieba?«

»Die ist leider schon halb auf dem Weg nach Indien.«

»Nach India? Jo, schbinnd die? Was will sie noh da?«

»Meditieren.«

»Medidiera? Da legsch di niedr. Kann sie des ned au hierzuland macha?«

»Könnte sie bestimmt, aber sie will nun mal nach Indien.«

»Und bisch du draurich deswega?«

»Ja. Schon.«

»Weil du verliebd bischd?«

Dieses Interview wurde mir zu inquisitorisch.

»Mach dir nix draus«, sagte Sigrun. »Liebeskummr lohnd sich ned, my darling!«

Max lud mich in die Akademie der Künste zu einem Vortrag von Susan Sontag ein, aber wir kamen zu spät, weil im *Tagesspiegel* eine falsche Uhrzeit gestanden hatte. Keine Spur mehr von der glamourösen Essayistin aus New York. Aus der Traum!

Aus diesem Anlaß zitierte ich Friedrich Schorlemmer: »Wie wird die Tat zur Schwester des Traumes?«

»Ganz einfach«, sagte Max. »Die Tat wird zur Schwester des Traumes, wenn die Mutter der Tat den Vater des Traumes heiratet.«

In einem Biergarten bot er mir dann zehntausend Mark für die Ermordung seiner Mutter an. Und das am Muttertag!

»Ich deute das so, daß eure bilateralen Beziehungen nicht völlig ungetrübt sind …«

Er ging darauf nicht näher ein, aber da ich als Auftragskiller ohnehin eine Fehlbesetzung gewesen wäre, erübrigte es sich, das Thema zu vertiefen. Wir redeten stattdessen über Paul McCartneys feminine Wimpern, den Verbleib der Les Humphries Singers, den Einfluß der Staatsform auf die Qualität der Popmusik, den Transitstreckenfraß der Achtziger, Helmut Kohls Leibesumfang und unser gemeinsames Desinteresse an so unterschiedlichen Dingen wie Rentenreformdebatten, Autorennen, Skatspielen, Flippern, Darten und chinesischen Opern.

Isabella Gröhn versprach mir am Montag telefonisch eine genaue Aufstellung meiner noch ausstehenden *Kowalski*-Honorare. Diese Sache durfte ich nicht länger vor mir herschieben, so lästig es mir auch fiel, meinem Geld hinterherzujagen.

Einmal begleitete ich Kathrin zur FU. Wir besuchten ein Seminar von Horst Denkler, und als es vorbei war und Kathrin sich irgendein Papier von ihm unterschreiben ließ, erkannte er mich wieder. »Sie haben doch damals Ihr Studium abgebrochen, um Schriftsteller zu werden … Herr Schlosser, nicht wahr?«

»Richtig. Und Sie haben mir nachdrücklich davon abgeraten. Inzwischen kann ich allerdings ganz gut vom Schreiben leben.«

Er warf einen Blick nach links und nach rechts und sprach etwas leiser weiter: »Wenn ich Ihnen die Wahrheit sagen darf, Herr Schlosser – die einzigen meiner Studenten, aus denen was geworden ist, die haben alle abgebrochen! Aber das durfte ich Ihnen damals natürlich nicht verraten. Pädagogisch wäre das nicht zu vertreten gewesen …«

Papa rief an. »Ich will keinen Streit mit dir, sondern einfach nur meinen Frieden haben«, sagte er.

Ich solle das Kriegsbeil doch bitte wieder begraben, hieß das. Dazu war ich gern bereit, und ich kündigte meinen nächsten Besuch für Mitte Juni an. Ein paar Wochen Pufferzeit brauchte ich schon zwischen meinen Fronteinsätzen in Meppen.

Für das Kitschbuch las ich Pablo Nerudas Oden:

Ich glaube,
daß unter dem rastlosen Frühling

das Leuchten
der Frucht
sich vollendet,
das Schwellen der Düfte
sich ausdehnt,
lebendige Bewegung mit der Todesstarre ringt …

Er mochte ja ein guter Mensch gewesen sein, dieser Mann, aber seine Gedichte waren Totgeburten. Was jedoch niemand zu sagen wagte. Ich hatte jedenfalls noch keinen einzigen abfälligen Kommentar zu Nerudas Reichsnährstandpoesie zu Gesicht bekommen.

Christian Schmidt schrieb mir, daß meine jüngsten Einsendungen zu »henscheidlastig« seien; sie klängen »arg nach dem Meister selbst«.

Ein Einwand, der nicht von der Hand zu weisen war. Da mußte ich in Zukunft strenger mit mir sein.

Jochen mampfte auf dem Sofa einen Toast Hawaii. Fachmännisch belegt mit Kochschinken, einem Ananasring, einer Scheibe Schmelzkäse und einer knallroten Cocktailkirsche, die garantiert nie die Sonne gesehen hatte, sondern nur die Neonröhren in einem Chemielabor. Der Ananassaft troff Jochen von den Mundwinkeln auf die Hosenbeine.

»Schmeckt's?«

»Blmfsch«, machte er, wobei ihm die Cocktailkirsche aus der Futterluke fiel. Vor Schreck verschluckte er sich und hustete einen braun-rosa-gelben Klumpatsch auf den Couchtisch.

Ich fragte Jochen, was er mit »Blmfsch« gemeint habe, aber statt es mir zu erklären, wünschte er mir einen Stamm Staphylokokken an den Hals.

Zwei Stunden später hörte ich Sigrun rufen: »Welches Dreggschwoi hedd da uf den Disch grozd?«

Jochen hatte es anscheinend nicht für nötig gehalten, seinen angekauten Toast-Hawaii-Klops den Blicken der Öffentlichkeit zu entziehen.

Es war schon möglich, so miteinander zu leben, doch was hatte man davon?

Von Fritz Weigle kamen Farbkopien von drei Zeichnungen: singende Wale, einer immer noch belemmerter als der andere.

Die Originale gehen mit gleicher Post an Herrn Bittermann. Mich solls freuen, wenn Ihnen was gefällt davon.

Ich als Kunstrichter, dem Fritz Weigle seine Werke vorlegte! Verrückt!

Im Gropius-Bau konnte ich meine kunstkritischen Betrachtungen in der Ausstellung »Amerikanische Kunst im 20. Jahrhundert« fortsetzen. Elektrifizierte Wandreliefs, leere Quadrate und bemalter und verchromter Stahl machten mich nicht an. Auch nicht die einfalls- und inhaltslosen Produkte der Großlangweiler Barnett Newman, Mark Rothko und Cy Twombly. Eher schon die Werke von Robert Rauschenberg, doch die kamen so bedeutungsschwanger daher, daß ich sie auch nicht ertrug. Und von den drei bedeutendsten amerikanischen Zeichnern des 20. Jahrhunderts, Carl Barks, Robert Crumb und Gilbert Shelton, war kein einziges Bild zu sehen. Wozu dann überhaupt diese Ausstellung?

»Da geht's halt ums Geld«, sagte König Philipp der Abgeklärte in der Graefestraße zu mir und reichte seinen Joint an Nicola weiter.

Berlin lag unter einer Hitzeglocke. Die meisten Leute liefen trotzdem auf der Sonnenseite der Straße herum und schienen dabei nicht einmal zu schwitzen, während ich von einem Schatten zum nächsten hoppelte.

Am schwersten hätten es eigentlich die Dönerverkäufer haben müssen, die auch noch den pestilenzialischen Grilldunst zu verkraften hatten, aber vom Bosporus waren sie wohl noch viel härtere klimatische Bedingungen gewohnt. Aufgekratzt und unverdrossen schabten die Türken das Fleisch vom Blech und schrien einander Sachen zu wie: »Bir kez Lahmacun!« Oder: »Her şeyle iki kez döner!« Oder: »Tavuk şiş hazır olsun!«

Wenn mich nicht alles täuschte, lebten sie bei diesem Wetter sogar auf.

Die Neue-Frankfurter-Schule-Ausstellung war in erweiterter Form von Kaiserslautern nach Kassel umgezogen. Am Sonntagvormittag sollte sie im Museum Fridericianum eröffnet werden, und Achim Frenz hatte mir gesagt, daß er Kathrin Passig und mir für die Nacht von Sonnabend auf Sonntag je ein Hotelzimmer buchen könne. »Auch ein paar andere Großmogule werden schon am Sonnabend anreisen …«

Nach dem Einchecken gingen Kathrin und ich zum Fridericianum, wo Achim Frenz, Andreas Sandmann und ihre Gehilfen inmitten von Pappkartons, Plastikplanen und Rahmenstapeln standen, eingestaubt und schweißbedeckt.

Es sei ungewiß, wie lange sie noch brauchten, bis alle Bilder gehängt seien, sagte Achim, und dann kam Helmut Krause angesaust, um seinen Teil zur Arbeit beizutragen.

Auch Achim Greser und Heribert Lenz stellten sich ein. Bei dem, was es noch zu tun gab, wären aber weder sie noch Kathrin und ich von Nutzen gewesen.

Andreas Sandmann empfahl uns eine Kneipe namens Nordpol, die sich leider als etwas ungemütlich erwies, weil ein Steppke uns vom Tresen aus mit einem Plastikball beschoß. Der Sohn des Wirts, wie wir ermitteln konnten. Einmal traf er mittschiffs Achims Weizenbierpokal und ein andermal Heriberts Hinterkopf.

Um kurz nach zehn erschien ein Kurier aus dem Museum und sagte, daß die anderen frühestens um Mitternacht nachkommen könnten; wir sollten sie dann beim »Kuba-Festival« im Kulturzentrum Schlachthof in der Mombachstraße erwarten. »Zweite Straße rechts von hier!«

Auf dem Weg dorthin kehrten wir in ein Lokal ein, das Monis Hurricane hieß. Diesem Namen wurde es allerdings nicht gerecht, denn außer uns hatte sich nur ein Trübsal blasender alter Mann mit Neurodermitis und Bierschaumbart eingefunden, und aus der Musikbox röhrte Gunter Gabriel:

Komm unter meine Decke,
du brauchst dazu nur etwas Mut,
und wenn ich mich nach dir recke und strecke,
dann wirst du sehn, wie gut dir das tut ...

Der Laden solle besser Monis Flaute heißen, sagte Kathrin.

Wir ließen es bei einer einzigen Runde bewenden und zogen dann in den Schlachthof um. Einem Flyer zufolge sollte das Festival der Völkerverständigung dienen, aber kurz nachdem wir uns gesetzt hatten, trugen drei Sanitäter das blutende Opfer einer Messerstecherei an unserem Biertisch vorüber. Dem Vernehmen nach hatte es einen Dissens zwischen den Vertretern zerstrittener eritreischer Volksgruppen gegeben.

Während die Polizei auf der Herrentoilette nach der Tatwaffe suchte, harrten wir beim Trunke aus und erstellten aus dem Gedächtnis eine Hitliste der lustigsten Cartoons von Gary Larson. Der mit Tarzan zum Beispiel, dem beim Schwingen an der Liane der Kamm, das Portemonnaie und die Schlüssel aus dem Lendenschurz fallen, oder der mit dem Jungen, der mit einem Strohhalm ein Aquarium zu vier Fünfteln ausgesoffen hat und zu dem aus der verbliebenen Pfütze glotzenden Fisch sagt: »Du willst also immer noch nicht reden?«

Auch um zwei Uhr morgens waren kein Frenz, kein Sandmann und kein Krause in Sicht. Wir brachen auf, und aus Übermut stahl Achim Greser von einer Baustelle eine Schubkarre und fuhr mich darin spazieren. Diese Anstrengung machte ihn hungrig, aber Heribert versicherte ihm, daß um diese Uhrzeit kein Kasseler Koch mehr in der Küche stehe.

Achim entdeckte jedoch ein bosnisches Restaurant, in dem noch Licht brannte. Er eilte hinein und bat das Personal flehentlich um »einen kleinen Bissen für einen müden Wandersmann«, der sich »stets für die Belange der Bosnier beziehungsweise der Bosniaken eingesetzt« habe, und zwar »bis hinauf zum Europäischen Gerichtshof für Menschenrechte und zum Uno-Kontrollrat! Ich bin seit jeher ein Gegner der byzantinischen Oberhoheit über Bosnien gewesen und werde mich auch fürderhin dafür starkmachen, daß

Ihre Autarkie gewahrt bleibt! Und in Kenntnis dieser mildernden Umstände können Sie doch einen Sachwalter Ihrer ganz persönlichen landsmannschaftlichen Interessen, der Kohldampf schiebt, hier nicht am ausgestreckten Arm verhungern lassen! Es muß ja keine Balkanplatte sein, aber so 'n Kotelett oder zwei, das haben Sie doch bestimmt noch in der Hinterhand, oder vielleicht auch einen Krautsalat dazu und ein paar Pommes oder von mir aus auch Reis. Oder Nudeln. Und zur Not nehm ich die Schnitzel ohne jedes Beiwerk. Für gutes Geld! Schaut's her!«

Er wedelte mit zwei, drei Geldscheinen. Doch er stieß auf taube Ohren. Man war dort nur dazu bereit, uns ein Taxi zu rufen.

Nach vier Minuten traf es ein. Heribert, Kathrin und ich nahmen hinten Platz, während Achim vorne einstieg, und es entging mir nicht, daß sein begehrender Blick auf eine salamibelegte Brotschnitte fiel, die in Plastik eingewickelt vor dem Kupplungshebel ruhte.

»Entschuldigen Sie«, sagte Achim zu der Taxifahrerin. »Dürfte ich Ihnen vielleicht dieses Wurstbrot abkaufen? Für zwei Mark? Oder für fünf?«

Zu Achims Pein wurde auch diese Bitte abschlägig beschieden. »Das brauch ich noch, das Brot«, sagte die Fahrerin. »Ich hab 'ne lange Nacht vor mir …«

Am Sonntagvormittag gab das Büfett dafür sogar Pfefferbeißer, Partywürstchen und Schinkenröllchen her, und es war alles wieder im Lot, als wir ins Fridericianum einzogen.

Ulrich Holbein hielt die Eröffnungsrede. Sein Haupthaar und sein Barthaar hatte er so getrimmt, daß man ihn entweder für den Messias oder für den Wiedergänger eines russischen Anarchisten aus dem späten 19. Jahrhundert halten mußte. Was er sagte, bekam ich nur unvollständig mit, weil Kathrin mir in einem fort zuraunte, was ihr hier alles mißfalle, von der Amtskette des Oberbürgermeisters bis zur Abwesenheit aller Väter der Neuen Frankfurter Schule.

Auch Eugen Egner hatte leider nicht erscheinen können, aber Michael Sowa war da, und der Ausstellung sah man die Liebe an, die in ihr steckte. Ein ganzer Korridor war Eckhard Henscheid geweiht, seinen Manuskripten und den Erstausgaben seiner Bücher, und auch für die Nachbarsterne hatte man Platz geschaffen und mehrere Werke von Michael Sowa neben Werke von Eugen Egner gehängt. In einer Vitrine lagen sogar meine eigenen Büchlein aus.

»Und? Gefällt's dir, hier so musealisiert zu werden, Opa?« fragte Kathrin mich. »Kommst du dir jetzt nicht selbst schon wie 'n Museumsgegenstand vor?«

»Bist du etwa neidisch?«

»Ach komm! Du weißt doch, daß ich fürs Bücherschreiben nicht eitel genug bin ...«

Das schmälerte meine Chancen, als Entdecker von Kathrin Passig in die Literaturgeschichte einzugehen. Aber noch war ja nicht aller Tage Abend.

In einem von Achim Frenz gecharterten Bus fuhren wir zu zwölft zu einem Waldgasthof und setzten uns bei geküßtem Frühlingswetter draußen an einen langen Tisch. Ich nahm neben Ivo Wessel und gegenüber von Michael Sowa Platz und unterhielt mich mit ihnen über die einst totgesagte gegenständliche Malerei. Die sei seit den siebziger Jahren wieder ganz aktuell und habe noch viel Potential, erklärte Michael.

Es war nur die Frage, ob die Kunststudenten überhaupt noch lernten, nach der Natur zu zeichnen.

»In Anatomie hatten die DDR-Maler jedenfalls eine weitaus bessere Ausbildung als ich«, sagte er.

Ivo Wessel chauffierte mich netterweise zum Bahnhof und sprach mich dabei auf die »Kulturgeschichte der Mißverständnisse« an, von der Eckhard Henscheid ihm erzählt hatte. »So 'ne Ehre wird ja nicht jedem zuteil, daß Henscheid ihn zur Mitarbeit an einem Buch einlädt. Aber ist das nicht auch 'ne Belastung? So als würde Albert Einstein einen dazu einladen, gemeinsam mit ihm die Relativitätstheorie weiterzuentwickeln?«

Da war schon was dran. Aber ich hatte keine Angst. Nach allen Irrungen und Wirrungen befand ich mich jetzt auf dem richtigen Weg.

Weil noch Zeit blieb, schrieb ich rasch ein paar Kärtchen an Oma Jever, Dagmar, Tante Hanna und Papa. Viele Grüße aus Kassel, aber ohne die Spitzenmeldung, daß ich von Achim Greser in einer geklauten Schubkarre herumgefahren worden war.

In der Wohnung spielten Jochen und Philipp Fußball mit der Papphülse aus einer Klopapierrolle. »Mit 'ner Bierdose würd's besser gehen, aber das hat Lizzy uns verboten«, sagte Jochen und kickte die von Philipp abgeschossene Hülse per Hackentrick mitten in den Obstsalat, den Sigrun gerade aß.

»Bascht do uf!« rief sie. »Noch so a Ding, ond i dreh eich die Gurgl um!«

In Kambodscha schossen die Roten Khmer wieder quer. Konnten diese Freaks auf ihre alten Tage nicht auch mal irgendwas Gutes tun? Reis anbauen zum Beispiel? Oder Flöten schnitzen und Kinder im Einmaleins unterrichten? Anstatt im Urwald auf Mord zu sinnen?

Genauso schaurig wie die Nachrichten über die Gefechte der Roten Khmer waren die Fernsehbilder von Jeeps mit Kriegern, die irgendwo in Afrika Maschinenpistolensalven in den Himmel ballerten. Da wußte man gleich, daß die Zivilbevölkerung bluten mußte.

Eugen bangte weiter um sein Geld:

Während ich Narr dachte, die Frist für den Semmel-Zeitschriften-Verlag, auf den Mahnbescheid zu reagieren, sei abgelaufen und ich könne das Zuschlagen des Gerichtsvollziehers in Auftrag geben, lag das betreffende Gerichtsdokument immer noch beim hiesigen Amtsgericht. Und da liegt es noch! Nach Ausstellen des Mahnbescheides können lt. Auskunft 4–6 Wochen bis zu seiner Zustellung vergehen! Es wird Mitte Juni, bis die Rabauken den

Wisch überhaupt kriegen! Dann haben sie zwei Wochen Frist. Wenn sie Widerspruch einlegen, geht die Sache vors Hamburger Amtsgericht. Nach meiner auf diesbezüglichen Erfahrungen beruhenden Einschätzung wird dann etwa Ende Oktober oder November über die Rechtmäßigkeit meines Anspruches entschieden. Formalitäten! Und Frikadellen! Bis dahin ist natürlich längst nichts mehr zu holen.

Und bei Haffmans sehe es nicht viel besser aus:

Das 92er Geld aus Buchverkäufen hat bislang mitnichten die Autoren erreicht. Abrechnungsdatum: 31.12.92. Generös gesteht sich der Verlag eine dreimonatige Frist zu, innerhalb welcher die Tantiemen gezahlt werden sollen. Das wäre also der 30. oder der 31. März gewesen, an dem spätestens ... Heute aber ist der 17. Mai! So sollte unsereins mal Miete oder Steuern zahlen oder Beiträge liefern! Kriminelle Ausbeuter sind sie ALLE außer Michael Rudolf.

Außerdem litt er unter den allgegenwärtigen »Wildtauben mit ihrem oligophrenen Monotongehupe«. Als hätte die Geldnot nicht schon genügt!

Lizzy und Nicola saßen am Eßtisch und süffelten Blue Curaçao, eine Plörre, die sich gewiß auch als Nagellackentferner verwenden ließ. Oder als Rattengift.

»Auch 'n Schlückchen?« fragte Lizzy.

»Danke, kein Bedarf. Gibt's was zu feiern?«

»Das will ich meinen«, sagte Lizzy. »Im Juni flieg ich nach Venedig, um von der Biennale zu berichten!«

Für mich wäre das eine Strafe gewesen, aber Lizzy strahlte. Sie hatte eine angeborene Schwäche für die Metallhaufen, die man auf modernen Kunstausstellungen antraf.

Ein Anruf von Michael Rudolf: Am Wochenende würden Gerd König und er den Verlag Weisser Stein auf der Mainzer Minipressen-Messe vertreten. Auch Helmut Krause sei mit von der Partie, und wenn ich Lust hätte, könne ich am Freitag dazustoßen. »Dann müßtest du dir allerdings ein vom Verlag bezahltes Doppelzimmer mit Helmut Krause teilen. Und vielleicht kann ich dir auch noch 'ne Lesung auf der Messe organisieren …«

Aus dem Faxgerät ratterte eine von Isabella Gröhn getippte Aufstellung aller meiner *Kowalski*-Honorare, die seit August 1992 ausstanden. Summa summarum 10 115 Mark 15. Die stellte ich dem Semmel-Zeitschriften-Verlag in Rechnung. Zahlbar sofort, spätestens jedoch am 2. Juni 1993. Abgesandt per Einschreiben mit Rückschein.

Während ich arbeitete, schipperte auf Video Gérard Depardieu als Christoph Kolumbus herum. Er sah allerdings mehr nach Depardieu als nach Kolumbus aus, und sein expressives Tatmenschengetue fiel mir auf den Wecker. Jede Geste sagte: »Hoppla, jetzt komm icke!« In diesem Stil hätte er auch Old Shatterhand, Napoleon, Julius Cäsar, Moses oder Noah spielen können. Lauter Rollen, die ihm auf den Leib geschneidert waren.

Am Mittwoch traf ein Päckchen mit zwei Exemplaren meines Romans »Das erwachende Selber« ein. Mit den schönen Zeichnungen von Yvonne Kuschel, bei der ich mich noch einmal schriftlich bedankte.

Mein drittes Buch. Ich rief Lydia an, um ihr davon zu erzählen, aber sie war mit ihren Gedanken gerade woanders. Lagen wir noch auf einer Wellenlänge?

Leonard Cohen riet mir zu mehr Gelassenheit:
Don't dwell on what
Has passed away
Or what is yet to be …
Da hatte er wohl recht.

Wie ich von Gertrud erfuhr, war Tante Hanna in ein Pflegeheim in Sonthofen verlegt worden. Gertrud gab mir die Adresse, und ich schrieb Tante Hanna ein Kärtchen und fragte mich dabei, ob ich auch irgendwann einmal in einem Pflegeheim enden mochte. Und wenn ja, würde ich mich dann auch über das Kärtchen eines Großneffen freuen? Also irgendeines Enkelsohns von Renate? Aber was könnte der mir schon schreiben?

Lieber Großonkel Martin, wir freuen uns alle, daß Deine Arthritis sich nicht weiter verschlimmert hat. Ich studiere jetzt im 14. Semester Afrikanistik und werde im Herbst an die Uni Bayreuth wechseln. Viele schöne Grüße aus Berlin von Deinem Tobias

Baute es einen auf, sowas zu lesen, wenn man nicht mehr selbständig auf die Toilette gehen konnte oder vielleicht sogar schon mit dem Tod rang?

Der alte Pastor Heinrich Albertz war gestorben. Nach seiner Amtszeit als Regierender Bürgermeister von Berlin, in der Benno Ohnesorg erschossen worden war, hatte er sich als Pazifist und Pfeifenraucher in Erinnerung gebracht, und nun widmete ihm der Journalist Otto Jörg Weis in der *Frankfurter Rundschau* einen Nachruf, der einer sozialdemokratischen Heldensage gleichkam:

Die Reibungen immer neuen Querdenkens haben klärende Wirkungen nach sich gezogen, schmerzhaft, demütigend, befreiend. Wunderschöne Kiesel entstehen auf diese Weise in den Gezeiten, aus Ebbe und Flut. Wasser hat sozusagen das Leben des späteren Hansestädters Heinrich Albertz gerundet, definiert und profiliert, einen Mann voller Schleifspuren an der Oberfläche des Ur-Fells geschunden und porentief geprägt.

Wort für Wort der reine Müll. Aber wenn sich die *Rundschau*-Leser so etwas klaglos bieten ließen, hatten sie auch nichts Besseres verdient.

Mein Girokonto schoß ins Minus, und ich mußte umbuchen. Was hätte ich nur ohne Papas Spende gemacht? Gefastet? Gebettelt? Meine Bücher verkauft?

Katharina Rutschky schickte mir ein Foto aus der *Süddeutschen Zeitung*, das eine Matrone und einen hageren Zausel bei der Bearbeitung zweier Kugeln zeigte. Die Bildunterschrift schien aus dem Irrenhaus zu stammen:

ZÄRTLICHKEIT ODER SEXUELLER MISSBRAUCH? Sym-

bolhaft wird in einer Ausstellung im Sozialministerium der Unterschied gezeigt: Die mit einem weichen Fell »zärtlich« behandelte Kugel (links gezeigt von Staatssekretärin Barbara Stamm) glänzt und strahlt, die mit Schmirgelpapier »mißbrauchte« wird stumpf (demonstriert vom Initiator der Ausstellung, Egon A. Stumpf, rechts).

Die Tatsache, daß der Initiator auch noch so hieß, wie die von ihm traktierte Kugel aussah, verlieh dem Vorgang die letzte Würze der Vollidiotie.

In der Potsdamer Straße befand sich das Varieté-Theater Wintergarten. Michael Ringel, der zwei Häuser weiter wohnte, hatte sich bei der Direktion darüber beschwert, daß die Türsteher nach Veranstaltungsschluß immer Trillerpfeifen benutzten, um Taxis herbeizubeordern, die halbe Nacht lang. Daraufhin waren die Trillerpfeifen abgeschafft worden, und Michael hatte vier Freikarten für eine Gala zu Ehren des 1979 verstorbenen Fernsehunterhalters Peter Frankenfeld bekommen, die im Wintergarten fürs ZDF aufgezeichnet werden sollte.

Wir gingen zu viert hin: Claudia Denker, Michael, seine Freundin Heike und ich.

Beim »Opening« schritten die Entertainer Dieter Thomas Heck, Wolfgang Lippert, Karsten Speck und Max Schautzer trällernd eine seitlich vom Zuschauerraum gelegene Treppe herunter. »Als unser Fernseh'n in den Kinderschuh'n noch steckte, ja, da entdeckte man einen Mann«, sang Heck, und Lippert fuhr fort: »... der holte aus dem Saal sich Kandidaten und ließ sie raten, und das kam an ...«

Weiter ging es erst einmal nicht, denn an dieser Stelle griff der Regisseur ein, weil Lippert seine Lippen nicht synchron zum Playback bewegt hatte. Alle Mann wieder auf Start!

Beim zweiten Anlauf kamen auch die anderen beiden Herren zu Wort. Speck: »Ob einer schlau war oder ob er sich blamierte – man amüsierte sich die ganze Zeit ...« Schautzer: »Der Mann, der immer blitzschnell formulierte, der demonstrierte Schlagfertigkeit ...«

Dann stolperte Lippert über die eigenen Füße, und das Ganze

mußte abermals gedreht werden. Ich konnte sehen, daß Hecks Miene eisig war, als er die Treppe wieder hinaufging, während Lippert blöde kicherte.

Auf ein Neues: »Als unser Fernseh'n in den Kinderschuh'n noch steckte, ja, da entdeckte man einen Mann …«

Auch diesmal stolperte Lippert, und er lachte darüber noch lauter als das Publikum.

»Der ist vollgekokst«, sagte Michael. »Bis unter die Schädeldecke!«

Ich hätte nicht geglaubt, daß ich Dieter Thomas Heck einmal bewundern könnte, aber die Routine, mit der er selbst bei der dritten und der vierten von Lippert verschuldeten Wiederholung überschäumende Fröhlichkeit simulierte, war hochrespektabel. Innerlich mußte er vor Wut auf Lippert kochen.

Was hatte diese Flasche überhaupt auf einer Bühne verloren?

Claudia meinte, daß es an der Zonenquote liege. »Der Lippert ist doch 'n Ossi, und die anderen Showmaster aus dem Osten sind noch viel grottiger …«

Gerettet wurde der Abend von dem mir unbekannten Chansonnier Max Raabe mit dem Lied »Kein Schwein ruft mich an«. Ein großer Künstler! Er hatte sich in Schale geworfen wie ein Galan aus den Goldenen Zwanzigern, und er sang auch so betörend schön wie ein aus der Zeit gefallener Meisterschüler der Comedian Harmonists. Ich war hingerissen.

Im Graffiti hämmerten wir uns noch einige Getränke ein, die unter das Chemiewaffenverbot fielen, und als ich am Freitag erwachte, fühlte ich mich geschlaucht, zerschossen und bematscht. Diese langen Nächte waren nichts für Schwächlinge.

Als ich endlich in die Gänge kam, hatte ich schon zuviel Zeit verloren. Ich verpaßte meinen Zug, nahm den nächsten und traf erst so spät in Mainz ein, daß die Minipressen-Messe ihre Pforten bereits geschlossen hatte. Den Namen des Hotels, in dem Michael, Gerd und Helmut residierten, kannte ich nicht und mußte mir daher ein eigenes suchen.

Im Hotel Terminus am Hauptbahnhof latzte ich 95 Mark für einen ungelüfteten Verschlag mit seifenloser Naßzelle. Nicht sehr vornehm, aber besser als ein Nachtlager im Freien.

Dann aß ich einen Döner und fahndete nach meinen Verlegern. Einem Lokalzeitungsschaukasten entnahm ich die Information, daß der Verlag Weisser Stein in einer Location am Rhein um 22 Uhr eine Präsentation durchführen werde. Es war erst halb zehn, doch ich ging schon mal hin, und siehe da: In einem nahegelegenen Wirtshaus saß Michael Rudolf vor seinem Bier.

»Da scheißt der Hund ins Feuerzeug!« rief er. »Mit dir hätte ich ja nun überhaupt nicht mehr gerechnet!«

Ich klärte ihn über den Verlauf meiner Reise auf und bestellte auch mir ein Bier. Der halbe Liter kostete neun Mark, weil eine Chanteuse singend über die Tische tanzte.

Die Verlagsveranstaltung falle aus, sagte Michael. »Frag mich nicht, weshalb. Hier kannste dich auf nix verlassen! Gerd König und Helmut Krause sind vor 'ner halben Stunde zu irgend'ner Dichterlesung weitergezogen. Ach, und deine eigene Lesung ist dann morgen nachmittag um halb fünf im Kulturzentrum …«

Er hatte eine kräftezehrende Arbeitsschicht hinter sich: Um die Mittagszeit seien im Messezelt 68 Grad gemessen worden. »Und morgen soll's noch heißer werden. Ein klarer Verstoß gegen die Klimarahmenkonvention der Vereinten Nationen! Ich weiß nicht, wie ich in dem Treibhaus einen weiteren Tag überstehen soll!«

Während ich mein zweites Bier trank, drängten zwei Dutzend brustbehaarte Schlägertypen in die Kneipe herein, und wir machten die Mücke.

Das Kopfkissen auf meinem Hotelbett war so nackenfreundlich wie ein breitgehauener Medizinball, und im Pantoffelkino konnte ich Sylvester Stallone dabei zusehen, wie er in »Rambo II« aus allen Rohren schoß. In der Logik der Filmhandlung blieb ihm auch keine andere Wahl. Das war klar. Denn welche Zwölfjährigen hätten sich »Rambo II« angesehen, wenn John Rambo im zweiten Akt dem Liebreiz einer Pazifistin verfallen wäre und im dritten ein Schwert in eine Pflugschar umgeschmiedet hätte?

Sehr schwer abzuknibbeln war das Plastik von den eingeschweißten Käsescheiben, mit denen man im Hotel Terminus seine Frühstücksbrötchenhälften belegen durfte. Es gab auch Wurst und Schinken, aber deren Farben stimmten mich mißtrauisch, und es wäre unter meiner Würde gewesen, eines der liliputanischen Honig- oder Marmeladenpöttchen anzubrechen und mit der Messerspitze darin herumzukratzen.

Als Kaffee wurde eine jeder Beschreibung spottende Lorke serviert, und das Zimmer mußte um zehn Uhr geräumt sein. Mainz, wie es singt und lacht!

Auf der Minipressen-Messe hummelte alles herum, was unseriös war: esoterische Provinzverleger, linksradikale Schülerzeitungsredakteure, randständige Lyriker, lesbische Brockenhexen und ergraute Anarchos. Am Stand eines christlichen Kleinverlags schauderte ich vor den Büchern »Erziehung zum Sein« und »Sein zum Erziehen« zurück, und als ich schließlich den Stand des Verlags Weisser Stein entdeckte, war ich einem Hitzschlag nahe.

Michael öffnete eine Flasche Küppers Kölsch und reichte sie mir. »Damit du uns hier nicht verdurstest!«

Er hatte sich mit einer ganzen Kiste davon eingedeckt, um seinen Flüssigkeitshaushalt zu regulieren. Gerd König wiederum trank Lambrusco, obwohl die Uhr noch nicht mal zwölf geschlagen hatte.

Dann kam auch Helmut Krause angeprescht, doch er bat sich nur ein Glas Mineralwasser aus und sprach angeregt von »drei oder vier bluthochdrucksteigernden Publikationen aus dem rabiat verschwörungstheoretischen Sektor«, in denen er gerade geblättert habe. »Kinder, ich sag's euch, da wird alles nachgewiesen, was ihr wollt – daß der Mossad John F. Kennedy in Loch Ness ertränkt hat und daß Uwe Barschel von den Illuminaten um die Ecke gebracht worden ist, weil er versucht haben soll, den Marsianern vermittels irgendwelcher Kornkreise in Schleswig-Holstein eine Nachricht über Adolf Hitlers submarines Exil auf der untergegangenen Insel Atlantis zu übermitteln! Ist es nicht zuckersüß? Wie die Doofköppe ihre jeweilige Sau durchs Dorf treiben? Da kann man doch nur den Hut ziehen!«

Nach diesem Wortschwall schwieg er still und betrachtete gemeinsam mit Michael, Gerd und mir einen fast kugelrunden Herrn, der mit sperrangelweit offenem Hosenstall vor dem ausliegenden Verlagsprogramm stehengeblieben war und Eugen Egners »Meisterwerke der grauen Periode« zur Hand nahm.

»Kostet nur fünfzehn Mark«, sagte Michael, und das verschreckte den Herrn. Er ließ das Buch fallen und enteilte.

Gerd wollte wissen, ob das im Westen jetzt Mode sei, den Hosenreißverschluß nicht zuzuziehen.

»Nur in gewissen Freimaurerkreisen«, sagte Helmut. »Das ist ein Erkennungszeichen für Logenbrüder, die auch dem FSV Mainz 05 angehören ...«

Im gleich nebenan gelegenen Kulturzentrum wurde mir mitgeteilt, daß für meine Lesung nicht mehr als fünf bis zehn Minuten eingeplant seien. Ich war nur einer von rund zwanzig Kaspern, die das Publikum unterhalten sollten. Bei meinem Auftritt beschränkte ich mich daher auf den Vortrag von »Musse feife inne Wind« und nahm danach von Michael das nächste Küppers Kölsch entgegen.

Am Abend schlug das Wetter um, aber wir gelangten noch trokkenen Fußes in eine Speisegaststätte, die Wiener Schnitzel feilbot, und in Michaels und Gerds Hotelzimmer sprachen wir dem Lambrusco zu, während es draußen schüttete und stürmte.

Die Müsterchen der Wandtapete könne man problemlos jedem Kurator psychopathologisch orientierter Kunstsammlungen als ewige Glanzstücke seiner Bestände unterschieben, meinte Helmut. »Und das Mobiliargeraffel würde selbst hartgesottene Sperrmüllexperten in die innere Emigration scheuchen ...«

Michael untersuchte eine kleine Blechkiste auf seinem Nachttisch. Sie war mit »Vibradorm« beschriftet und hatte einen Schalter und einen Münzeinwurfschlitz, neben dem »DM 1« stand. Von der Kiste führte ein Stromkabel unters Bett.

»Hey, hey, hey!« rief Michael. »Mal sehen, was passiert, wenn ich das Ding in Gang setze!« Er steckte eine Mark in den Schlitz, und sofort begann das Bett zu schnarren und zu rappeln, als wäre es in eine Art Schüttellähmung versetzt worden.

Ich hob die Matratze an und sah, daß das Kabel mit einem an den Gitterrost montierten Pfropfen verbunden war, der eine Stößelmaschinerie in Schwung hielt, bis die Mark nach ungefähr einer Minute verbraucht war.

Wir holten alle unsere Markstücke heraus, damit wir uns noch länger an dem Schauspiel weiden konnten. Michael stellte den Schalter am Blechkistentrafo auf die höchste Stufe, und das Bett wackelte wie ein Gaffelschoner bei Windstärke 11. Das mußten wir natürlich auch in Rückenlage auf uns wirken lassen, doch das war für das morsche alte Bettgestell zuviel – es krachte geräuschvoll auseinander und zerfiel in Rahmen, Schrauben, Splitter und Scharniere.

Vor Lachen kriegte ich Bauchweh.

»Nun werden wir wohl ebenerdig schlafen müssen«, sagte Michael.

Ich verbrachte die Nacht ein Zimmer weiter in einem Doppelbett neben Helmut, der auch um drei Uhr morgens noch von dem Vibradorm-Erlebnis bezaubert war. »Als hätte ein mit schlechten Amphetaminen gedopter und zornig bockender Goldhamster unter der Bettdecke einbeinig den sterbenden Schwan getanzt! Jesses! Bombig! Schön! Das nenne ich gehobenes Pläsier!«

Nach dem Frühstück flickten wir das geborstene Bett notdürftig wieder zusammen und suchten das Weite, so wie Rockstars, die verbrannte Erde hinterließen und zu neuen Ufern aufbrachen, ohne ein Entschuldigungsschreiben an die Hoteldirektion zu richten. Was konnten wir denn auch dafür, daß die vibradormdurchrüttelten Betten so brasselig waren?

»Sehen Sie mal«, sagte eine schwatzhafte Tante, neben der ich im ICE saß, und wies auf einen Acker. »Hier kommt der Spargel her!«

Was ging im Kopf von solchen Leuten vor? Es wäre mir niemals eingefallen, einen Fremden im Zug aus der Lektüre aufzustören und zu sagen: »Sehen Sie mal, hier kommen die Stachelbeeren her!« Oder: »Hier werden übrigens die Kalisalze geschürft!« Das hatte mich schon in meinen Erdkundestunden angeödet. Die deutschen Weinanbaugebiete und die Bodenschätze im Ural und im Kaukasus. Kupfererz, Eisenerz, Asbest und Nickel. Oder wo zum Teufel Zuckerrüben und Gerste wuchsen.

»Mögen Sie auch so gern Spargel?« fragte mich die Tante. »Mir läuft da das Wasser im Munde zusammen! Nur holzig darf er nicht sein. Das sagt auch mein Mann immer. Spargel ja, aber kein holziger! Holziger Spargel, das ist so wie sandiger Feldsalat oder Milch mit Stich. Erst denkt man wunder was, und dann ist man enttäuscht! Da kann man aber vorbeugen. Beim Spargel muß man sich die Schnittstelle ansehen. Wenn die hell ist, dann ist alles gut, aber wenn sie braun ist: Finger weg!«

Ich blieb einsilbig, um ihr Interesse an einem Gespräch mit mir zum Erlahmen zu bringen. Drei Spargelrezepte kaute sie mir jedoch noch ins Ohr, bevor sie sich ihre eigene Lektüre vornahm. *Das Goldene Blatt*. Mit heißen Insiderberichten über die neue Flamme von Udo Jürgens und das Wohl und Wehe der belgischen Königin Fabiola.

Post aus Jever:

Lieber Martin! Für Deinen Kartengruß danke ich Dir hocherfreut! Mir geht es gut! Aber ohne Dich gibt es für mich kein Malefiz, nein. Meine Briefe von anno dazumal fesseln mich sehr, einmal habe ich 3 Stunden lang dran gelesen. Pfingsten hat Dagmar hier Klassentag und besucht mich. Für Dein neues Buch wünsche ich Dir ganz viel Erfolg!! Es grüßt Dich herzlichst Deine immer älter gewordene Oma

Die Gute. Sie war eine der verläßlichsten Konstanten in meinem Leben. Aber wie lange noch?

In Richard Linklaters Spielfilm »Slacker«, den ich mir für den *Tip* ansah, ging der Kameramann einfach immer mit anderen Leuten mit, wenn es sich so ergab, und die zuvor gezeigten Menschen verschwanden auf Nimmerwiedersehen von der Bildfläche. Eine fabelhafte Idee. Konnte man das nicht auch einmal in Romanform versuchen? Mit einem Erzähler, der herumschweift und bei niemandem lange verweilt?

Michael Rudolf hatte mir noch mehr Exemplare meines Romänchens gesandt, und ich verschickte sie als Büchersendungen an die Happy Few, die in meiner Gunst am höchsten standen. Der halbe Montagnachmittag ging dafür drauf: Versandtaschen, Verschlußklammern und Briefmarken kaufen, alle Bücher individuell signieren und eintüten und die Versandtaschen adressieren und zum Briefkasten tragen. Hörte sich nach nichts an, doch es dauerte Stunden.

Am Abend traf ich mich in einer Kneipe namens Rotkäppchen mal wieder mit Kathrin, und sie stellte mir eine schwierige Frage: »Was ist eigentlich der Plural von Plural?«

Ich zuckte die Achseln. »Pluräle?«

Wir dachten uns noch andere suspekte Pluralbildungen aus: Quälme, Schmütze, Hünger, Dürste, Hüsten, Schnüpfen, Ananässe, Akzeptanzen und Mümpse.

»Und was ist mit Röteln?« fragte Kathrin. »Wenn man von zwei unterschiedlichen Rötelnerkrankungen spricht?«

»Die Rötelns«, schlug ich vor.

»Oder Rötelnien«, sagte Kathrin. »Daraus könnte man auch Masernien und Blatternien ableiten. Und wie lautet der Plural von Syphilis?«

Ich dachte wieder an Oma Jever. Sie hätte es nicht zu fassen vermocht, worüber ich mich hier unterhielt. Syphilisse waren in ihrer Biographie nicht vorgekommen.

Noch schrecklicher als Pablo Nerudas Poesie war der Roman »Mit brennender Geduld«, mit dem der chilenische Schriftsteller Antonio Skármeta ihm 1985 ein Denkmal zu setzen versucht hatte. Das war so recht was für die Freunde süffiger lateinamerikanischer Sinnesfreuden:

In tiefer Finsternis umfaßte er sie von hinten, während in seinem Geist ein Schwarm Fische im Ozean explodierte. Gebadet im unermeßlichen Licht des Mondes und mit der Salbe seines Mundes auf ihrem Nacken, hatte er plötzlich die unumstößliche Gewißheit, die Unendlichkeit begreifen zu können ...

Mit jedem seiner Sätze bewies Skármeta seine literarische Impotenz, aber weil er ein aufrechter Sozialist war und Salvador Allende unterstützt hatte, genoß er einen guten Ruf.

Carola Rönneburg wünschte sich von mir einen Artikel über Menschen, die in aller Herrgottsfrühe schwimmen gingen. Daher suchte ich am Dienstagmorgen das Kreuzberger Prinzenbad und danach das Freibad Pankow auf, wo es jedoch nicht viel zu registrieren gab. Ich zählte sieben Wasserspritz-MGs, drei transparente Luftmatratzen und sechzehn unmögliche Herrenbadehosen.

Für Leonard Cohens Konzert im Tempodrom hatte ich im Vorverkauf 43 Mark abdrücken müssen, was für einen Sänger mit Tourneeband nicht sehr viel war.

Er legte sich gut drei Stunden lang ins Zeug, und das Publikum liebte ihn. Manche sangen sogar mit, als er und alle Mitglieder seiner Band gemeinsam ein letztes Lied anstimmten:

Whither Thou goest I will go
Whither Thou lodgest I will lodge ...

Mich überlief eine Gänsehaut.

Thy people shall be my people own
Whither Thou goest I will go ...

Mit solchen Songs hatte Cohen wahrscheinlich mehr für den Frieden auf Erden getan als das Stockholmer Friedensforschungsinstitut SIPRI und sämtliche Kirchentagsredner seit 1949 zusammengenommen.

Keiner schien die schwarzbraun angelaufenen Bananen noch essen zu wollen, die seit mehr als einer Woche neben dem Brotschapp faulten, aber es warf sie auch keiner weg. Wahrscheinlich dachte jeder: Ach, die wird schon noch jemand verschwarten. Was aber nicht der Fall war.

In seinem schönen Jugenderinnerungsbuch »Ostsucht«, einem Bericht aus dem niedersächsischen Zonenrandgebiet, erzählte Hans Pleschinski von einer seiner Tanten und ihrem Privatgeschirrschmuggel. Einmal habe sie sich zwei Untertassen aus Meißner Porzellan unter den BH geklemmt und damit die Grenze zur Bundesrepublik passiert.

Im Laufe der Jahre führte Tante Ursel ein komplettes Zwölf-Personen-Service dem Schrank im Westen zu, und ich weiß nur nicht, auf welche Weise sie eine Kaffeekanne mit Drachenschnabel dem Einflußbereich des Kremls entzog.

Nahe Angehörige in der DDR hatten wir nicht gehabt. Opa Schlossers Vater war zwar in einem Dorf in der Nähe von Frankfurt an der Oder aufgewachsen, und es gab dort bestimmt irgendwelche Onkel und Tanten dritten bis achten Grades, aber so weit in die Breite reichten die Verwandtschaftsgefühle nicht.

Die vom Bundestag beschlossene »Drittstaatenregelung« sah vor, daß politisch Verfolgte kein Recht auf Asyl in Deutschland beanspruchen durften, wenn sie über einen »sicheren Drittstaat« eingereist waren. Wie hätte man da als Iraner, Nigerianer, Chinese oder Ecuadorianer denn eigentlich noch politisches Asyl in Deutschland erhalten können? Indem man per Heißluftballon floh und ohne Zwischenlandung den Besucherparkplatz des Bundesamtes für die Anerkennung ausländischer Flüchtlinge im mittelfränkischen Zirndorf ansteuerte?

Eugen Egner hatte in der *Kowalski*-Redaktion mal wieder jemanden ans Telefon gekriegt, aber keine guten Nachrichten vernommen:

Jedes Heft, das sie da noch »zusammennageln«, sagt Chefarzt Saalfeld, kann das letzte sein. Vorher fragen sie immer in Kiel beim Verlag an, ob noch genug Geld für ihre Gehälter und die Produktionskosten da ist, damit sie noch eins machen können.

Geld für Honorare ist, wie wir wissen, seit März keins mehr da (oder war's Februar?). Der Konkurs droht jetzt also grimmiger denn je. O weh, o weh, was wird aus der Zwangseintreibung? Hoffnung! Harrung! Bis zur Narrung! Bleiben Sie dran!
Verkehrte Welt: Anstelle der *Titanic* ging *Kowalski* unter.

»Da will irgendoi weiblichr Fan mid dir schwätza«, sagte Sigrun und reichte mir den Telefonhörer.

Es war Andrea. Sie bedankte sich für mein neues Buch. »Ist ja lustig, daß das jetzt wirklich erschienen ist! Das hast du doch damals in Oldenburg geschrieben, als wir noch zusammengewohnt haben …«

»Ja. Lang ist's her! Und wie geht's dir?«

»Ach, ich wandele schon wieder auf neuen Liebespfaden …«

Meiner Erfahrung nach waren viel mehr Männer als Frauen so dumm, daß sie einem das Wechselgeld in der falschen Reihenfolge herausgaben, nämlich zuerst das Papiergeld und dann die Münzen. Wenn man Geldscheine entgegengenommen hatte und sie zwischen dem Daumen, dem Mittel- und dem Zeigefinger festhielt, mußte man sich anstrengen, um mit derselben Hand noch eine Mulde bilden zu können, die das Kleingeld auffangen konnte. Andersherum war es leichter, weil die Finger einer Hand voller Münzen ohne Verrenkungen auf Scheine zugreifen konnten. Hätte man das den Kassierern nicht schon im ersten Lehrjahr beibringen können? Erst die Münzen, dann die Scheine? Vielleicht mit einer Eselsbrücke:

Erst das Harte, dann das Zarte.

Oder:

Will das Wechselgeld der Kunde,
dann gib ihm zuerst das runde.

Am dümmsten war die Methode, die Münzen oben auf die Geldscheine zu legen. Für den Empfang solcher münzenbefrachteten Papierschiffchen mußte man an der Kasse beide Hände zu Hilfe nehmen, obwohl man in der einen Hand doch schon das Portemonnaie hielt.

Ich hatte mir angewöhnt, immer gleich die Hand für das Kleingeld aufzuhalten, aber manche Kassierer wollten mir trotzdem zuerst die Scheine aufnötigen und stutzten, wenn ich mir das nicht gefallen ließ.

In seiner Kolumne langte Max diesmal daneben:

Ich mag z. B. Bob Dylan nicht besonders. Meine Kritik lautet: »Quäk, quäk, klampf, klampf, keine sanften Geheimnisse, obendrein zum Weglaufen häßlich.« Eine fundierte Kritik ist das freilich nicht gerade.

Allerdings nicht. Keine sanften Geheimnisse? Und was war mit »Buckets of Rain«? Oder mit »Every Grain of Sand«?

Max schien Dylan mit Bruce Springsteen zu verwechseln.

Schön sah er aus, der Herbstprospekt der Edition Tiamat, in dem »Das Blöken der Lämmer« angekündigt wurde. Nur war mein Co-Autor Wiglaf Droste leider verschollen. Er ging nicht ans Telefon und ließ sich auch nirgendwo blicken.

In Solingen hatten Nazis einen Brandanschlag auf ein von Türken bewohntes Zweifamilienhaus verübt: fünf Tote, darunter ein Kleinkind, und zahlreiche Schwerverletzte. Die Hausruine mit den schwarzen Fensterlöchern und dem eingestürzten Dach flimmerte immer wieder über den Bildschirm. Und der Bundeskanzler hielt sich selbstverständlich auch von diesem Tatort fern, um die Ausländerfeinde nicht zu verprellen.

Jochen sagte, daß ihm dazu ein Ausspruch des Malers Max Liebermann einfalle: »Ich kann gar nicht so viel fressen, wie ich kotzen möchte.«

In der SPD rangelten Oskar Lafontaine, Gerhard Schröder, Rudolf Scharping und Heidemarie Wieczorek-Zeul um die Führungsrolle. Die schlechteste Figur machte dabei der streberhafte Scharping, der ständig angestrengt darum bemüht war, cool und staatsmännisch zu wirken, obwohl er sich in nichts von einem hühnerbrüstigen Berufsschullehrer unterschied. Und dieses

Bartgeflecht! Ob er sich das zugelegt hatte, um männlicher zu erscheinen?

Beim Channelhopping entdeckte ich am Pfingstsonntag Marcus Weimer auf Vox. Er wurde von einer zickigen Reporterin belatschert und mußte Quizkandidaten Fragen über Comics stellen. Das tat er mit einer gewissen Würde und starrte dabei ungeniert auf die Brüste der Reporterin.

»Denn kenn i do!« rief Sigrun, als sie mit einem Armvoll Wäsche aus dem Badezimmer kam. »War der ned scho mol bei dir zu Bsuch?«

»Ja. Das ist der Zeichner Rattelschneck.«

»Komischr Nam. Ach, ond dai Badendande hedd agrufa ond gsagd, daß du sie in Jevr zurüggrufa sollschd …«

Oma Jever war ins Krankenhaus eingeliefert worden. »Sie hat Wasser in der Lunge«, sagte Dagmar. »Die Ärzte haben aber schon Entwarnung gegeben. Ich bin jetzt noch bis Mittwoch hier. Und weißt du, was sie auf der Intensivstation liest? Dein neues Buch!«

Der 2. Juni verstrich ohne einen Zahlungseingang von Semmel. Ich mußte also neue Drohgebärden vollführen. Aber welche? Als Geldeintreiber war ich so ungeübt wie nur was.

Das Material für unseren Vortrag auf dem *konkret*-Kongreß stellte ich ohne Wiglaf zusammen. All das Schlierige von Maxim Gorki und seinem sozialistischen Mutterkitsch über die feministische »Gyn/Ökologie« und die »Mutmachfeste« der Friedensbewegung bis zu den Verbrüderungsgedichten mittel- oder südamerikanischer Herkunft und den Zumutungen des verheulten deutschen Autorenkinos.

Als ich bei ätzender Hitze einen Haufen Bücher in die Gedenkbibliothek zurückbringen und mir neue holen wollte, war sie »aus betrieblichen Gründen geschlossen«, und ich sank auf eine Bank, um mich zu sammeln.

Sapperment! Hatten sich denn alle gegen mich verschworen?

Lizzy löffelte Müsli und las dabei das *Neue Deutschland.* »Hmm hmm, hmm hmm«, machte sie und zeigte auf eine Stelle auf Seite 13.

Da wurde »Das erwachende Selber« besprochen:

Schlosser rückt den Seelenheilern mit der Persiflage zu Leibe. Und die beherrscht er gut, streckenweise meisterhaft …

Na, da sagte es doch mal einer. Günter Wermusch hieß der Kritiker.

»Kennst du den?« fragte Lizzy, als sie den Mund wieder frei hatte.

»Nein.«

»Ich dachte, in der Branche kennen alle alle!«

Vielleicht hätte ich sie ja alle kennenlernen können. Doch wann hätte ich dann meine Bücher schreiben sollen?

Auf der Leipziger Buchmesse machte Michael Rudolf mich mit seinen freundlichen Standbetreuerinnen Stefanie und Peggy bekannt und teilte mir mit, daß er an Unterernährung leide. »Hier gibt's nur Kot zu fressen. Und wenn mich der Hunger nicht killt, dann die Sonne!«

»Und wo ist Gerd König?«

»Der schwirrt gerade irgendwo rum …«

Dann tobte plötzlich Marcel Reich-Ranicki vorüber. In seinem Kielwasser schwammen vier, fünf Kameraleute, für die er seine Show abzog. Dem Programm des Verlags Weisser Stein schenkte er natürlich nicht die mindeste Beachtung. Was in rührigen, aber machtlosen Kleinverlagen gedieh, interessierte ihn nicht, und wenn es auch noch so gut sein mochte. Ich hatte sogar den Verdacht, daß ihn die Literatur an und für sich nicht interessierte, sondern nur das Remmidemmi drumherum.

»Du kennst doch Jörg Drews«, sagte Michael. »Den Literaturwissenschaftler.«

»Ja. Bei dem hab ich studiert.«

»Der hat mir mal erzählt, daß Reich-Ranicki ihn einmal angerufen und gefragt habe: ›Und wen ficken Sie gerade?‹ «

So ging es zu im Literaturbetrieb. Noch genauer wollte ich es gar nicht wissen.

Am Abend besuchten wir eine Lesung von Friedrich Schorlemmer, der aus seinem neuen Buch »Versöhnung in der Wahrheit« las. »Uns wird nicht nur Umkehr zugemutet, uns wird Umkehr auch zugetraut«, sagte er. Diese Chance biete Gott uns an. Und es gehöre zur Menschwerdung, daß die Versöhnung mit der gebeutelten Natur eine Folge der »Versöhnung des Verhältnisses zwischen Mensch und Mensch« werde.

Wie versöhnte man denn ein Verhältnis?

Schorlemmer schien wirklich zu glauben, daß er den Massen etwas Wichtiges mitzuteilen habe, und sie hingen an seinen Lippen.

»Das ist halt der doofe Rest«, sagte Michael. »Das Volk, das jedem Pfarrer nachläuft, und wenn er noch so krank im Kopf ist. Diese Leute wollen einfach vollgepredigt werden!«

Während Michael drei Spatzen fotografierte, die sich im Rinnstein an einem Brei aus Erbrochenem gütlich taten, rief ich von einer Telefonzelle aus Nicole an, doch sie nahm nicht ab.

Sehr schade! Ich hätte unsere Liebelei gern fortgesetzt. Aber inzwischen konnte ich auch leichter loslassen als in meinen krampfigen Jahren als Twen.

An' if anybody asks me
»Is it easy to forget?«
I'll say, »It's easily done
You just pick anyone
An' pretend that you never have met!«

In einem unfeinen Restaurant fegte Michael sich eine Suppe rein und ich mir ein mit Meerrettichpampe verdorbenes Eisbein. Dann gossen wir uns in der Moritzbastei noch einen auf die Lampe und gingen in einem primitiven Privatquartier eines entfernten Bekannten von Michael schlafen.

Am Sonnabend bildete ich im Leipziger Hauptbahnhof das Begrüßungskomitee für Max Goldt und schenkte ihm das von Katharina Rutschky ausgeschnittene Mißbrauchskugelfoto, das Egon

A. Stumpf neben der Staatssekretärin Barbara Stamm zeigte, wie er eine Kugel mit Schmirgelpapier stumpfrieb.

»Das ist ja wirklich kaum zu glauben«, sagte Max. »Und jetzt?«

»Jetzt gehen wir zur Buchmesse.«

Vom Herumsitzen am Stand des Verlags Weisser Stein hatte Max bereits nach kurzer Zeit genug. Wir wanderten daher ein bißchen durch die Gänge und hielten erst inne, als wir hörten, wie die thüringische Lyrikerin Gabriele Stötzer-Kachold auf ihr Publikum einschrie. Sie ereiferte sich über ein »Netz der Verräterverknüpfungen« und gab dann etwas Konfuses über Erde, Asche, Folter, Blut und Tauben von sich.

Max wollte gern raus aus den warmen Messehallen, aber draußen war es noch wärmer. Wir suchten Zuflucht in einer Kirche und ließen uns auf einer Bank nieder.

Die dicken Mauern hätten die Hitze eigentlich gut von uns abhalten müssen, doch das taten sie nicht. Max sagte, daß das die heißeste Kirche sei, in der er je gesessen habe, und beim Bier schimpfte Michael abends über mein nächtliches Geschnarche.

Niedriger hängen, dachte ich, als ich am Sonntag wieder heimfuhr. Ein alter Freund wie Michael darf sich auch mal wie eine alte Ehefrau benehmen.

Eine Goldgrube war das Buch »Denn ich bin nichts, wenn ich nicht lästern darf«, in dem der Kunstkritiker Robert Hughes seine besten Texte versammelt hatte.

Wenn das Klischee der »modernen Skulptur« früher ein Steinkaugummi mit einem Loch darin war und das der »modernen Malerei« eine Leinwand voller Tröpfeleien, dann ist das Klischee von »Videokunst« eine grobkörnige Nahaufnahme eines Filmstudenten von der UCLA, der sechzehn Minuten lang eine Kakerlake auf seiner linken Brustwarze zu Brei reibt, während auf dem Soundtrack rückwärts abgespieltes verstärktes Bandrauschen abläuft.

UCLA: University of California.

Magritte hatte ein erbärmliches Farbgefühl, und sein Zeichnen erschöpfte sich in einem bloßen Aufmalen von Umrissen; die Farboberfläche ist so tot wie ein abgeschnittener Fingernagel.

Klare Worte. Wie verquollen nahm sich dagegen das Geschreibsel der deutschen Feuilletonisten aus!

In Sachen *Kowalski* empfahl Eckhard Henscheid mir telefonisch einen Berliner Anwalt namens Lüder Bentzen, und den schaltete ich ein. Besonders agil klang er zwar nicht, als ich ihn anrief, doch er wollte sich der Sache annehmen.

Ich stellte alle Papiere zusammen, die er brauchte, schaffte sie zur Post und schrieb dann für das *Neue Deutschland* einen kleinen Rückblick auf die Messe, was mir leichter gefallen wäre, wenn ich keinen Insektenbesuch bekommen hätte. Wozu lebte man eigentlich in der Großstadt? Gehörten Insekten nicht in den Kuhstall?

Störend war auch eine Kontroverse zwischen Jochen und Sigrun. Es ging um irgendein nichtiges Abwaschgeschiß. Von Jochens Gebrummel verstand ich nicht jedes Wort, aber Sigruns Stimme schrillte bis in mein Zimmer: »Wenn du mai Knoblauchbresse bnuzd, noh mach sie hinderhr gfälligschd saubr!« Und: »Soll i dir edwa hinderherbudza, du Wildsau?«

Eugen schrieb von neuen Schreibblockaden:

Ohnmacht umfängt mich, Inspiration flieht mich, Speiseeis bläht mich.

Und wo steckte Wiglaf? Wir hätten jetzt unser Kongreßreferat vorbereiten müssen, aber er bat mich telefonisch um vierundzwanzig Stunden Aufschub und am Tag darauf um weitere vierundzwanzig Stunden, weil er unerwarteten Besuch bekommen habe.

Aus Lizzys Zimmer tönte Herbert Grönemeyers Quengelstimme:

Du hast mir meinen Becher zerschlagen
Hast mir mein Gestern geraubt
Gib mir ein Stück von deinem Morgen
Gib mir wieder ein Zuhaus ...

Wie konnte es bloß angehen, daß er mit solchem Gestümper in

die Hitparade kam? Und daß selbst kunstsinnige Frauen wie Lizzy darauf abfuhren?

Ich schickte Lydia mein neues Buch zu, und am Donnerstag erhielt ich von Michael Rudolf die Nachricht:

Vorige Woche 100 ›Selber‹ verkauft.

Na also. Nun mußte es bloß noch zehn Jahre so weitergehen, und er hätte die Druckkosten wieder drin …

»Im SFB haben sie gerade gemeldet, daß es in Berlin dieses Jahr noch keinen heißeren Tag gegeben hat als den heutigen«, sagte Jochen und aschte am Eßtisch in ein leeres Würstchenglas. »Wollen wir nicht alle zum Strandbad Wannsee fahren? Und uns da ins kühle Naß stürzen, ey? Wer kommt mit?«

Natürlich keiner. Die Scheißhitze machte jeden Gedanken an Außenaktivitäten zunichte. Sogar die Klobrille hatte einen Schweißfilm. Ich ließ meine Fenstervorhänge zugezogen, legte mich lang hin und bewegte nach Möglichkeit nur die Pupillen.

Doch dann wurde ich ans Telefon gerufen und erfuhr von dem Redakteur Holger Becker, daß mein Messebericht im *Neuen Deutschland* nicht erscheinen werde, weil die Chefredaktion Anstoß an einem schorlemmerkritischen Satz genommen habe:

Ca. sechzehn neue Bücher über Streitkultur und Schmusekunst gibt es von Friedrich Schorlemmer, dessen Fans abends die Säle füllen, weil er so lieb ist, wenn auch nicht besonders helle.

So viel Meinungsfreiheit mochten sie mir nicht zugestehen, die Hansel, weil sie Angst davor hatten, ihre Leser vor den Kopf zu stoßen. In der DDR hatten die Redakteure ihre Direktiven vom Politbüro erhalten, und jetzt kuschten sie vor ihren Abonnenten.

Auch Wiglaf rief an: Er sei heute unpäßlich, denn er habe einen Kater und einen Sonnenstich, aber wir könnten unser Referat ja am Freitag auf der Bahnfahrt nach Hamburg vorbereiten …

Das war doch nun glatt zum Verrücktwerden. Wie stellte er sich das vor?

Nachdem ich den Zug nach Hamburg am Freitagmittag erfolglos nach Wiglaf abgesucht hatte, setzte ich mich mit meinen Papieren in ein leeres Sechserabteil. Allein blieb ich dort aber nur für kurze Zeit. Zwei gemeingefährlich geschminkte Damen kamen herein und nahmen mir gegenüber Platz. Mutter und Tochter, wie es schien. Sie mußten Stunden damit verbracht haben, ihre Kriegsbemalung anzulegen. Eine dicker aufgetragene Tünche hatte ich in meinem ganzen Leben noch nicht gesehen. Wo wollten diese beiden Geisterbahnfiguren wohl hin? Zu einer Modenschau?

Die *konkret*-Redaktion hatte mir ein Hotelzimmer reserviert. Es war ungefähr achtmal so groß wie das kleine Handtuch, das im Badezimmer über der Stange hing, aber ich war ja auch nicht Maria Callas.

Vom Hotel eilte ich zum Curio-Haus an der Rothenbaumchaussee, wo der Kongreß stattfinden sollte. Das war ein imposanter Bau aus der Kaiserzeit. Fast zu edel für ein Treffen der Linken.

Auf dem Flur fing mich der *konkret*-Redakteur Boris Gröndahl ab und richtete mir aus, daß Wiglaf am Samstag nachkommen werde. Er habe leider »seinen Flieger verpaßt«.

»Seinen Flieger?«

»Ja, seinen Flieger, aber morgen, wie gesagt, will er nachkommen …«

Wer's glaubt, dachte ich und ging in den großen Saal, wo der Dichter Horst Tomayer gerade die Veranstaltung eröffnete. »Kapital, Kapital!« schrie er. »Du bist nicht unser Fall!«

Wie viele Leute hatten sich hier versammelt? Eintausend?

Auf einem Handzettel standen die Namen der Diskutanten, die neben dem *konkret*-Herausgeber Hermann L. Gremliza auf dem Podium saßen:

Georg Fülberth, Hochschullehrer; Wolfgang Pohrt, Sozialwissenschaftler; Karl Held, Redakteur der Zeitschrift »Gegenstandpunkt«; Sahra Wagenknecht, Parteivorstand der PDS; Thomas Ebermann, Journalist.

In Sahra Wagenknecht erkannte ich die eine der ominösen Damen wieder, die mir im Zug gegenübergesessen hatten. Wie paßte das zusammen? Linksradikal sein und sich schniegeln wie ein *Bravo*-Girl des Monats?«

Nach Tomayer sprach Gremliza die Kongreßteilnehmer an: »Genossinnen und Genossen, liebe Freundinnen und Freunde, hallo – darf man so eine Versammlung wie diese anreden, vor und mit der ja auch über die Linke, ihren Proletkult und anderen Kitsch diskutiert werden soll? Ich habe nie recht verstanden, was einen unbekannten Anrufer ermutigte, die doch möglicherweise nicht nur räumliche Distanz mit einem flotten Genossen- oder Hallo-Du zu übertrampeln. Mir waren manche traditionellen Umgangsformen stets weniger als Ausdruck bürgerlicher Herrschaftsstrukturen erschienen denn als allgemeine zivilisatorische Standards, die, wie beispielhaft die Anrede ›Sir‹ in den Leserbriefen angloamerikanischer Zeitungen, nicht Unterwerfung anbieten oder verlangen, sondern bloß jenes Minimum an Respekt vor der Person bezeugen, das der Sache schärfster öffentlicher Debatte so sehr dienlich ist …«

Dann redete Sahra Wagenknecht. »Der historisch relevante Teil der deutschen Geschichte hat sich in den letzten vierzig Jahren zwischen Elbe und Oder abgespielt«, sagte sie. »In dieser Geschichte haben die Deutschen bewiesen, daß sie zu Anstand und zivilisiertem Umgang fähig sind, wenn die gesellschaftlichen Bedingungen darauf hinwirken. Und die Existenz der DDR und die Verhältnisse innerhalb der DDR haben auch bestätigt, daß das Klischee vom rassistischem und nationalistischem Wahn anhängenden deutschen Spießbürger sehr deutlich an die Gesellschaftsordnung des Imperialismus, des Kapitalismus, zumindest im allgemeinen, gebunden ist …«

Anstand und zivilisierter Umgang? In einem Staat, dessen Organe die Schlafzimmer der Bürger verwanzt und an der Grenze auf jeden geschossen hatten, der abhauen wollte?

Gegen den von Gremliza und Pohrt auf dem Podium erhobenen Verdacht, daß es nicht so zivilisiert sei wie seine Nachbarvölker, nahm auch Karl Held das deutsche Volk in Schutz: »Die Ausländeranzünderei ist eine blutige, das schon, aber nur eine Fußnote des Imperialismus, der von dieser Nation ausgeht …«

Wie konnte ein Linker das flapsige und hirnrissige Wort »Ausländeranzünderei« über die Lippen bringen?

In den letzten Minuten der Diskussion kam Gremliza darauf zurück: Es gebe »keine Anzünderei von Ausländern«, sagte er, und diesen Satz wolle er hier nicht noch einmal hören. »Mit diesem linken Faschistengeschwätz muß jetzt mal Schluß sein. Es gibt tote Türken. Es gibt keine Ausländeranzünderei.«

»Doch, gibt's jeden Tag«, rief Held dazwischen, und Gremliza erwiderte: »Weil Leute darüber so quatschen wie du unter anderem auch.«

Wolfgang Schneider, der zu den Organisatoren des Kongresses gehörte, sagte mir, daß Karl Held in seiner besten Zeit als Kampfredner der Marxistischen Gruppe dreistündige Vorträge gehalten und dabei eine ganze Kiste Bier leergesoffen habe.

Danach aß ich in einem Gartenlokal Spaghetti mit Bärlauch, Hähnchenbrust und Mandelkernen und trank dazu ein Bier. Am selben Tisch saßen unter anderem Gremliza, Pohrt und ein Pfarrer namens Schlosser, der lustigerweise auch noch aus Meppen stammte. Mit diesem Mann tauschte ich mich über den Fortgang der Bauarbeiten an der Herzog-Arenberg-Straße neben dem Meppener Bahnhof aus.

Pohrt, der uns darüber reden hörte, sagte, hier werde wohl Lokalpatriotismus getrieben. Das sei typisch für die Gesellschaft von heute.

Ich als emsländischer Lokalpatriot? Bloß weil ich mit einem Ortskundigen über die Verkehrswege in Meppen gesprochen hatte?

Es ging dann um den Zerfall der Sowjetunion und dessen Ursachen. Der Dissident Andrei Sacharow, sagte Pohrt, hätte an die Wand gestellt werden müssen.

»Und was wäre mit jemandem wie Ihnen gewesen?« fragte ich Pohrt. »Wenn Sie in der Sowjetunion gelebt hätten?«

Das sei unerheblich, sagte er. »Wen interessiert schon der kleine Herr Pohrt?«

In meinem käsigen Hotelzimmer bockte die Glotze, die Deckenlampe hatte einen Wackelkontakt, und in der Dusche kreuchte ein Ohrenkneifer: Szenen aus dem Leben der Bohème.

Welchen gedanklichen Wirrwarr das Sachbuch »Die Unfähigkeit zu trauern« von Alexander und Margarete Mitscherlich heraufbeschworen hatte, konnte man am Sonnabend in der *FAZ* in einem langen Aufsatz von Eckhard Henscheid nachlesen. Die Mitscherlichs, schrieb er, hätten auf die Unfähigkeit der Deutschen zur Trauer um Adolf Hitler abgezielt, aber dieser Sinn sei längst in alle Himmelsrichtungen zerstoben und die Diagnose der Trauerunfähigkeit zu einer x-beliebig verwendbaren Floskel abgesunken:

Mit Gewißheit schon blindvertraulich traumverloren danebengreift und bloßen Nonsens spinnt die spekulative Buchtitel-Inversion des eingeborenen Böll-Sohns René, wenn er kurz nach dem Ableben seines Vaters in seinem Lamuv-Verlag sich nicht schämt und einen Titel »Heinrich Böll – Die Fähigkeit zu trauern« ausbrütet, in dem nichts stimmt als der Tran der offenkundig uninformierten Anspielungstorheit.

Henscheid brachte auch Belege dafür vor, daß Margarete Mitscherlich inzwischen selbst nicht mehr wußte, was sie mit der »Unfähigkeit zu trauern« einmal gemeint hatte. Das konnte er wie kein Zweiter: Phrasen zum Platzen bringen.

Im großen Saal des Curio-Hauses wurde über die Frage diskutiert, ob in Deutschland noch eine Opposition existiere. Der Sozialist Winfried Wolf wies darauf hin, daß es eine antifaschistische Band namens »Heiter bis wolkig« gebe, die »bei den Kids und in der autonomen Szene« sehr beliebt sei: »Ihr neues Stück beginnt damit, daß Europa-, Deutschland- und Hakenkreuzfahne abgefackelt werden auf der Bühne, zwischendrin harter Punk, zum Schluß plötzlich sehr traditionell das Lied der Kommunarden und vierhundert Leute, die die Fäuste erheben …«

»Das ist faschistischer Kitsch, den du da anfaßt!« rief Wolfgang Pohrt dazwischen. »Faschistischer Kitsch ist das und nichts anderes!«

Wiglaf blieb aus. Er hatte auch keine neue Nachricht hinterlassen. Unseren Vortrag hätten wir um neunzehn Uhr in einem der Nebensäle halten sollen, und für zwanzig Uhr war dort eine Diskussion zwischen den Schriftstellern Hermann Peter Piwitt, Hermann Kant, Maxim Biller und Matthias Altenburg, dem Popjournalisten Diedrich Diedrichsen und dem Germanisten Klaus Briegleb über das Thema »Ästhetik des Widerstands oder Widerstand der Ästhetik« angesetzt, doch wie ich hörte, hatte Diedrichsen wegen seiner Abneigung gegen Piwitt abgesagt und Biller wegen seiner Abneigung gegen Kant.

»Das braucht dich ja nicht zu tangieren«, sagte Wolfgang Schneider.

Ich hatte genug Material dabei, um den Vortrag auch solo halten zu können. Der Saal war gut gefüllt, aber weil alles gefilmt werden sollte und noch keine Kamera da war, konnte ich nicht pünktlich anfangen, sondern erst um zehn vor acht, und da trafen bereits Piwitt, Altenburg und Kant ein und nahmen neben mir Platz, und obwohl ich mehrere Abschnitte ausließ, um rascher zum Ende zu kommen, sagte Piwitt zu mir: »Nu mach ma hinne, Kollege!«

Nachdem ich den gröbsten Kitsch von Heinrich Böll, Christa Wolf, Erich Fried, Nazim Hikmet und Pablo Neruda zitiert hatte, setzte ich mir einen Cowboyhut auf, sang »Musse feife inne Wind« und wollte mich danach verziehen, was jedoch unmöglich war, denn ich saß fest eingekeilt zwischen den Diskutanten und durfte mir anhören, was der Apparatschik Kant gegen meinen Vortrag einzuwenden hatte: »Ich mache mich anheischig, von so gut wie jedem sogenannten oder auch tatsächlichen Dichter, von allen, die schreiben – da schließe ich mich selbstverständlich ein –, Sätze herbeizuholen und vorzuführen und als kitschig zu denunzieren.« Und gerade jetzt vermisse er die Stimme von Heinrich Böll: »Ich wollte, ich könnte hin und wieder fragen, was sagt denn der Böll jetzt, und kriegte eine Antwort. Was der Böll sagte, das war eine große, grandiose Leistung, was überhaupt nicht besagt, man sei nun verpflichtet, seine Literatur in jedem Buchstaben gut zu finden. Nur, wenn man sie in die Schrumpfform der einleitenden

Satire eines Gespräches über ein schon sehr wichtiges Problem bringt, kann ich dabei nicht mittun, das will ich doch mal sagen.«

Einleitende Satire? Ich hatte hier nichts einleiten wollen, und mein Vortrag war keine Satire gewesen, sondern Klartext, aber nun ging auch Piwitt auf Distanz und bescheinigte mir »Gratismut«, weil die Kritik an Böll längst gängige Münze sei, und Altenburg sekundierte mit dem Vorwurf »Gratishumor«. Anschließend erklärte Piwitt, daß in den fünfziger Jahren »keine andere Gegenstimme erlaubt« gewesen sei als die von Böll, und als ich daraufhin auf Arno Schmidt verwies, tat Piwitt ihn als »durchaus provinziell« ab.

Den Rest der Debatte ließ ich schweigend über mich ergehen. Nebenan im großen Saal erhob sich währenddessen ein langanhaltender Tumult – dort wurde gebrüllt, getrampelt und gepfiffen –, und mit einiger Verspätung erschien Klaus Briegleb, quetschte sich nach vorne durch, nahm Platz und verbreitete sich sogleich aufs Ödeste über »die linke Kunst bei Erich Fried« und zu guter Letzt auch noch über die Kapitalismuskritik im Werk von Nazim Hikmet.

Da beugte Altenburg sich zu mir rüber und sagte: »Schlosser, wollen wir das hören?«

Als der Spuk endlich vorbei war, reckte ich meine Glieder, und Hermann Kant stellte mir die Frage: »Sind Sie der Schlosser, der wegen mir aus dem PEN-Klub ausgetreten ist?«

»Nein.«

Mehr wollte er nicht von mir wissen. Er schien ausschließlich in solchen Vereinsmeierschablonen zu denken.

Leider fiel mir erst zu spät die Gegenfrage ein: »Sind Sie der Kant, der die ›Kritik der praktischen Vernunft‹ geschrieben hat?«

Im großen Saal stand ich plötzlich Christian Schmidt gegenüber.

»Ich hab zuerst 'ne ganze Weile dir und deinen Genossen zugehört«, sagte er und strich sich über die Glatze, »aber dann hab ich natürlich wissen wollen, weswegen hier nebenan die Wogen wohl so hochgegangen sind …«

»Und woran lag's?«

»Nach allem, was ich weiß, hat der Referent Christoph Türcke auf dem Podium gesagt, daß es unterschiedliche Menschenrassen gibt, und da sind die Leute ausgetickt. Aber ob er sich wirklich rassistisch geäußert hat, weiß ich nicht.«

»Wer hat denn sonst noch auf dem Podium gesessen?«

»Wolfgang Fritz Haug … Diedrichsen … Gremliza …«

»Und Gremliza ist sitzen geblieben?«

»Ja.«

»Dann kann da keiner was Rassistisches gesagt haben. Sonst hätte Gremliza die Versammlung aufgelöst.«

»Auch wieder wahr«, sagte Christian. »Den Rassismus hat Türcke nur getürkt, har, har …«

Um halb elf hoben Christian und ich gemeinsam mit Günther Willen im Luxor ein Bier, und Günther fragte uns aus Spaß: »Was hat Rudolf Scharping, was ich nicht habe?« Und speziell mich: »Sollten wir nicht beide zum VfB Oldenburg wechseln? Sozusagen im Paket? Und das Spiel im zentralen Mittelfeld ankurbeln?«

Er liebäugelte damit, wieder so wie früher in der Oldenburger Universitätsbibliothek zu arbeiten. »Halbe Stelle, sichere Bank. Besser als 'ne Umschulung zum Kfz-Lackierer oder hier in Hamburg als freier Scherzkeks auf Gedeih und Verderb über die Runden zu kommen …« Und ob uns eigentlich schon aufgefallen sei, daß in Hamburg überall Sushi-Restaurants aus dem Boden schössen? »Nicht meine Tasse Tee, dieser Hundefraß«, sagte er. »Das ist eher was für Sushi und Strolshi …«

Im Kalauern war er der King. Unerreicht und niemals absetzbar.

Bei der dritten Runde Bier lud Christian mich zu einer Woche freier Mitarbeit in der *Titanic*-Redaktion ein. »Vielleicht ist das ja der Anfang einer wunderbaren Freundschaft!«

Am Sonntag stelzte ich noch einmal zum Kongreß und kam gerade zur rechten Zeit, um zu hören, wie Katharina Rutschky auf dem Podium ein rhetorisches Mittel der Frauenbewegung zerpflückte: »Das Wort ›Patriarchat‹ halte ich für Folklore, das gehört nicht in einen theoretischen oder sozialwissenschaftlichen Sprachschatz ...« Das »Lamento über patriarchale Unterdrückung« helfe nicht weiter, sagte sie und rief die Frauen im Plenum dazu auf, den »Opfer-Täter-Mythos« hinter sich zu lassen: »Jetzt verabschieden Sie sich doch mal von diesen einfachen Vorstellungen, daß wir von Männern unterdrückt und beherrscht werden, und überlegen Sie andere Hypothesen, nach denen die Rekrutierung in die Machtpositionen der Gesellschaft erfolgt. Vielleicht wollen auch viele Frauen nicht. Ich weiß es nicht!«

Da wurde gebuht, und Katharina Rutschky sagte wundervollerweise: »Was heißt hier ›Buh‹?«

»Erklären Sie uns bitte, warum das Patriarchat nicht schuld ist!« rief eine Frau.

»Ja, das Patriarchat«, sagte Katharina Rutschky. »Erklären Sie mir doch mal, was das Patriarchat ist!«

Dann mußte ich leider zum Zug.

In Oldenburg stand Lydia lachend und mit weit ausgebreiteten Armen auf dem Bahnsteig.

Wenn ich jemals in eine Frau vernarrt gewesen war, dann in sie, und ich konnte es nach der Umarmung kaum noch aushalten bis zu unserer Anthropologie-Lesung im Hochbett.

With your silhouette when the sunlight dims
Into your eyes where the moonlight swims ...

Lydia war mir noch immer gewogen, aber die Schnapsidee, nach Indien auszuwandern, konnte ich ihr nicht ausreden.

»Und täglich grüßt das Murmeltier« hieß der Film, den wir uns abends im Kino ansahen. Der in einer Zeitschleife in der Kleinstadt Punxsutawney in Pennsylvania gefangene Bill Murray. Einmal fragte er zwei Saufkumpane: »Was würdet ihr machen, wenn ihr irgendwo festsitzen würdet, und jeder Tag wäre haargenau derselbe, und nichts würde daran was ändern?«

Auf ihn treffe das sowieso zu, erwiderte der eine, doch am Ende konnte Bill Murray sich befreien. Als er an Andie MacDowells Seite aufwachte, erlöst, mußten wir beide weinen. Lydia schluchzte sogar auf, und ihre linke Hand umkrampfte meine rechte.

Ein schöner Film, dem leider einige weniger schöne Trailer vorausgegangen waren. Gab es noch etwas Elenderes als Eddie-Murphy-Komödien? Oder als das Martial-Arts-Gehampel asiatischer Kampfsportler, die ihre Feinde mit Fußhieben killten?

Am Montag begleitete ich Lydia und ihre Grundschulklasse bei einem Ausflug von Oldenburg nach Bad Zwischenahn. Ich gab mich als Lydias Großvater aus, und bei einem Waldspaziergang sprach ich im Stil eines Naturkundelehrers über Spiegeleierbäume und Schraubenziehersträucher.

Von einem der Mädchen wurde Lydia gefragt: »Wo hast du denn bloß diesen Quatschkopf gefunden?«

Das machte mir Spaß, aber dann mußte ich bis Donnerstag nach Meppen, weil ich Papa versprochen hatte, ihm bei der Gartenarbeit zu helfen.

Der Rasen und das Gestrüpp in der Dammstraße 43 mickerten freudlos vor sich hin, und nur das Unkraut stand in vollem Saft.

Nachdem ich Hekatomben davon ausgerissen hatte, wusch ich mir die Hände und gab Papa »Das erwachende Selber« zu lesen – mein drittes Buch! –, doch das legte er nach einer flüchtigen Musterung wieder weg und schickte mich zum Einkaufen los: Weißwein, Sekt, Zigaretten, Rindsrouladen, Rotkohl, Butterschmalz, Kartoffeln, Flügelmuttern und Gipskartondübel.

Für ihre Kinder hatte Oma Schlosser je ein »Legat« von viertausend Mark in Form eines Sparkassenbriefs hinterlegt, wie Papa mir beim Essen erzählte. Diese Briefe seien am 26. Mai '93 fällig geworden, und er habe seine viertausend Mark an Gertrud abgetreten, weil sie in Bielefeld immer so gut für Oma gesorgt habe.

Eine noble Tat. Als kleiner Junge hatte ich manchmal Dresche bezogen von Papas Hand, aber sie spendete eben auch Segen.

Tränen lachten wir, als in einer Jubiläumssendung des *Sport-Studios* im ZDF ein Interview wiederholt wurde, das der Moderator Rainer Günzler 1969 mit dem Boxer Norbert Grupe geführt hatte.

Günzler: »Wie fühlen Sie sich nach den fünf Niederschlägen von gestern abend?«

Grupe: »Die waren gestern abend, ne?«

Günzler: »Ja, gestern abend, ne.«

Grupe schwieg.

Günzler: »Wie geht's Ihnen dann? Gut?«

Grupe: »Heute geht's mir gut.«

Günzler: »Geht's wieder gut. Äh, Sie haben sich bei irgendeinem Niederschlag den Knöchel verletzt. Sind Sie umgekippt?«

Grupe schwieg wieder.

Günzler: »Er ist umgekippt, ich weiß es, er hat es mir vorher erzählt. Sagen Sie mir, ähm, hatten sie schon vor dem Kampf den Eindruck, daß Sie hier einem stärkeren Gegner gegenüberstehen? Kann man das als Mut bezeichnen, daß Sie gegen Oscar Bonavena gekämpft haben, oder war das die Vorstufe für das, was man über Sie las, daß Sie jetzt die Handschuhe an den Nagel hängen wollen?«

Auch dieser und den drei nächsten Fragen hielt Grupe eisern schweigend stand.

Günzler: »Ich bedanke mich für dieses Gespräch. Es war reizend!«

Grupe: »Ich mich auch, es war sehr aufschlußreich, und es freut mich, daß Sie nach wie vor dem Boxsport mit freundlichen Augen und Worten gegenüberstehen. Recht schönen Dank, Herr Günzler.«

Eine Sternstunde der deutschen Fernsehgeschichte.

Die Briefe, die er mit Mama gewechselt habe, werde er alle noch schreddern, sagte Papa. »Die gehen niemanden was an!«

Das war sein gutes Recht. Aber sprach daraus, neben allem Kummer, nicht auch eine unheilvolle Führerbunkermentalität?

Im Junisonnenschein sah selbst Meppen wie ein lauschiges und bewohnbares Städtchen aus, was jedoch reine Mimikry war – ein arglistiges Täuschungsmanöver, auf das nur Touristen hereinfallen konnten, die nichts von der Fratze unter der hübschen Larve ahnten. Um Meppen zu durchschauen, mußte man es an einem diesigen Februartag sehen. Oder an einem aschgrauen Montagmorgen im November, mit den Augen eines Sechzehnjährigen, der sich auf zwei Stunden Mathe, zwei Stunden Physik, eine Chemieklausur und eine Kariesbehandlung freuen durfte. Erst an solchen Tagen zeigte Meppen sein wahres Gesicht.

Damit Papa nicht mehr so oft Treppen steigen mußte, schleppte ich sein Bett am Mittwoch vom ersten Stock ins Erdgeschoß. Zuerst das Bettzeug, dann die Matratze, dann den Lattenrost und zuletzt den Rahmen, in dem ein abgebrochenes Schraubengewinde steckte, das sich aber nicht so einfach entfernen ließ. Ich mußte die Stelle unter Papas strenger Aufsicht aufbohren und mit Holzleim verarzten, bevor ich eine neue Schraube einsetzen und das Bett zusammenbauen konnte. Dabei kam ich wieder einmal in den Genuß der verbalen Hilfestellungen, mit denen Papa seine Befehlsempfänger zu unterstützen pflegte: »Du hältst den Rost genau falschrum, du Rindvieh! Und paß auf, daß du die Deckenlampe nicht zertöpperst! Du bist mir schon so 'n Weihnachtsmann! Ich hab wirklich mein Lebtag noch keinen größeren Schafskopp gesehen …«

Als ich am Donnerstag wieder nach Oldenburg fuhr, stieß ich in der *FAZ* auf einen Leserbrief, in dem Jürgen Habermas seinem Rochus auf Eckhard Henscheid Luft gemacht hatte:

Wenn die F.A.Z. etwas gegen die Praxis der »Vergangenheitsbewältigung« – und deren problematische Züge – sagen wollte, hätte sie das heikle Thema mit spitzen Fingern analysieren können. Statt dessen instrumentalisiert sie die bösartigen Tiraden eines Wirrkopfes, der seinem unglücklichen Hang zur Satire nachgibt, ohne die deutsche Sprache zu beherrschen: das einzig Verständliche sind die Zitate aus dem Buch »Die Unfähigkeit zu trauern«, die Henscheid vergeblich demontieren möchte. Es geht nicht um Eckhard Henscheid. Zu beklagen ist der Mißbrauch eines derangierten Geistes durch eine Redaktion, der jedes Mittel – auch das der symbolischen Witwenverbrennung – recht ist, um den Weg zu planieren, auf dem Deutschland deutscher wird. Nach Böll, Grass, Jens nun also die Mitscherlichs. Wer ist der nächste?

Hier zeigte Habermas, wozu er als Cheftheoretiker des kommunikativen Handelns fähig war: Anstatt auf Henscheids Argumente einzugehen, kanzelte er ihn als nützlichen Idioten in einem Komplott gegen den Linksliberalismus ab und glaubte, daß die Sache damit erledigt sei.

A self-ordained professor's tongue
Too serious to fool …

Er führte sich gerade so wie der autoritäre Charakter auf, den seine Lehrmeister Horkheimer und Adorno untersucht hatten.

Lydia fragte mich, wie es meinem Vater gehe, aber ich konnte nur herumdrucksen. Wenn man aus dem Meppener Krisengebiet zurück nach Oldenburg kam und in ihre Arme sank, hielt man es kaum für möglich, wie nah diese Welten einander geographisch waren – dort ein Amalgam aus Kopfhängerei, Gereiztheit, Säuernis und Lebensüberdruß und hier ein Blumenbad aus lauter Liebe.

Von Oldenburg reiste ich am Freitag nach Jever weiter und schlug Oma so haushoch in Malefiz, daß sie mich schließlich anschrie: »Ich könnt' dir wohl ins Gesicht spucken! Ich bin bis oben hin voll Ärger!«

Doch schon nach zehn Minuten war es damit wieder vorbei, und sie deckte im Eßzimmer Erdbeeren mit Schlagsahne auf.

Wir drehten die übliche Friedhofsrunde – Oma im Rollstuhl und ich dahinter –, und auf der Schulstraße begegneten wir Frau Böger, zu der Oma sagte, daß sie noch immer rüstig sei. »Nur die Beine wollen nicht mehr so, as ik woll will …«

Beim nächsten Malefizspiel ließ ich Oma siegen, und sie freute sich so unbändig, als hätte sie olympisches Gold gewonnen.

Zu Herzen ging mir auf der Bahnreise von Jever nach Hannover eine Passage in Tom Wolfes Roman »Fegefeuer der Eitelkeiten«, in der Sherman McCoy, der Romanheld, der im besten Mannesalter ins Straucheln geraten war, »das Schreckliche« erkannte, das Männer »früher oder später immer an ihren Vätern entdeckten«:

Zum erstenmal bemerkte er, daß der Mann vor ihm kein alternder Vater, sondern ein Junge war, ein Junge, ganz ähnlich wie er, ein Junge, der aufwuchs und selber ein Kind hatte und, so gut er konnte, aus Pflichtgefühl und, vielleicht, aus Liebe eine Rolle übernahm, die Vatersein hieß, damit sein Kind etwas Mythisches und unendlich Wichtiges besäße: einen Beschützer, der ein Auge auf all die chaotischen und katastrophalen Möglichkeiten des Lebens haben würde. Und nun war dieser Junge, dieser gute Schauspieler, alt und gebrechlich und müde geworden, erschöpfter als jemals zuvor bei dem Gedanken, noch einmal versuchen zu sollen, sich die Rüstung des Beschützers auf die Schultern zu hieven, jetzt, so nahe vor dem Ende.

Es war so, als hätte Wolfe hier Papa und mich beschrieben, nur mit dem Unterschied, daß Papa die Rüstung nicht mehr zu tragen brauchte, obwohl er das glaubte.

Dagmar vermachte mir ein Oberhemd als nachgereichtes Geburtstagsgeschenk und stiftete mich dazu an, rund sechzig mehr oder weniger herrenlose Wackersteine von einem der Nachbargrundstücke herüberzuwuchten. Daraus sollte ein neues Terrassenfundament entstehen.

»Und wie war's in Meppen?«

»Durchwachsen.«

»Und in Jever?«

»Nahrhaft und harmonisch.«

Das freue sie, sagte Dagmar. »Aber irgendwann wird Mutti sich da selbst nicht mehr behelfen können, und dann müssen wir sie in 'nem Altersheim unterbringen ...«

Auf meinem Schreibtisch in Berlin lag ein schöner Berg Post. Bevor ich ihn abtrug, holte ich mir eine Flasche Bier.

Wiglaf bot mir für sein unentschuldigtes Fernbleiben vom Kongreß schriftlich »Reparationen jedweder Art« an, und Eckhard Henscheid ging auf den Leserbrief von Jürgen Habermas ein:

Noch bis vor 4 Tagen hätte ich drauf Häuser gewettet, daß wenigstens der J. Habermas seine 7 Zwetschgen auf seine Art noch gut beieinander hat. So kann man sich täuschen. Und wahrscheinlich hat die Klage von u. a. Golo Mann doch recht: daß man in den Spitzenverwesern der Kritischen Theorie von Horkheimer bis J. H. eben ganz besonders kamarillastarke Machtverwerter zu erkennen habe.

Außerdem bedankte Horst Denkler sich für meine Bücher:

Mit jeder Zeile, die ich von Ihnen lese, finde ich die Richtigkeit Ihrer Entscheidung bestätigt, die Germanistik an den Nagel zu hängen. Indem Sie sich auf die Seite der »Primärliteratur« geschlagen haben (was die meisten Germanisten ja auch am liebsten tun würden, wenn sie es nur könnten), sind Sie der Germanistik davongeeilt, die jetzt nur noch mit lechzender Zunge hinter ihnen her hecheln kann.

Ob ich diesen Brief für Papa kopieren sollte? Um ihm zu beweisen, daß nun auch mein einstiger Lieblingsprofessor den Abbruch meines Studiums guthieß?

Nein, das hätte nichts gebracht, weil Papa überhaupt nicht wußte, wer Horst Denkler war.

Eugen Egner berichtete mir von seinen jüngsten Kämpfen:

Gestern nachmittag rief überraschend Jens Bürgelt an, der Leiter des Semmel-Zeitschriften-Verlags. Mein Mahnbescheid ist vor drei Wochen beim Schwindelunternehmen Kowalski eingetroffen. Das Schwindelunternehmen Amtsgericht hat es aber nicht für notwendig befunden, mich über die Zustellung zu informieren. Ich habe ja auch nur DM 120,– für den Wisch bezahlt. Mit hoffnungsfroh leichtfüßiger Stimme unterbreitete mir Herr Bürgelt seine Vorschläge. Er möchte gern verhindern, daß der Mann mit dem Koffer kommt und überall einen sogenannten Kuckuck draufklebt. Man könne mir anbieten, so hieß es, entweder monatlich DM 2000,– zu zahlen oder im August den gesamten Betrag. Dann sei höchstwahrscheinlich genug Geld vorhanden, um alle ausstehenden Honorare zu zahlen. Wieso bietet er mit dann aber die 2000-DM-Alternative an? Geheimnisvoll raunte er von einem Geniestreich, den Hitlerschen Geheimwaffen vergleichbar, den die Firma mit dem Juli-Heft führen werde. Dann seien alle Sorgen vorbei. Und weil ich ein totaler Depp bin, habe ich gesagt, ich wolle das mal glauben, meine Zwangseintreibung um einen Monat aufschieben und lieber im August die komplette Summe einstreichen.

Ist das alles ein Elend.

Und gleich noch ein weiterer Brief von Eugen:

Heute habe ich endlich meine Mahnbescheid-Zustellungsnachricht gekriegt. Im Vollstreckungsbescheid-Stadium befindet sich die Angelegenheit nunmehr. Ich könnte gegen eine Gebühr von DM 9,– den Gerichtsvollzieher losschicken. Aber leider habe ich mich auf den Schwindel mit dem Juli-Heft eingelassen. Wir werden das weiterverfolgen. Groß Grausen …

Herr des Himmels! Brach da jetzt alles zusammen?

Sigrun hatte einen neuen Freund: den Klanginstallateur Dominik, der meine Wege schon einmal gekreuzt hatte. In ihrem Zimmer erarbeitete er auf einem Keyboard eine neue Komposition: Plink, plink! – Pause. – Plonk. – Pause. – Plink, plink, plink … – Sehr lange Pause. – Plonk, plink, plonk … plink-plink-plink … – Pause. – Plinke-plinke, plonk-plonk …

Das zerrte an meinen Nerven. Wenn es nach mir gegangen wäre, hätten sich alle Klanginstallateure in Klangklempner umbenennen müssen.

Die SPD ritt sich immer tiefer in den Schlick: Ihr Kanzlerkandidat hieß jetzt tatsächlich Rudolf Scharping. Es peinigte einen, mit anzusehen, wie er sich vor den Kameras aufspulte, in dem Glauben, daß er der kommende Mann sei, obwohl es ihm in sein bärtiges Gesicht geschrieben stand, daß er eine Nulpe war. Ein ehrgeiziges Nichts. Eine Null.

Die Kaffeefiltertüten, die ich gekauft hatte, waren eine Nummer zu klein, und Philipp regte sich unmäßig darüber auf. Außerdem wurmte es ihn, daß er – wie er behauptete – »in diesem Kackladen von Drecks-WG« der einzige sei, der die Staubsaugerbeutel wechsele. »Und wann hast du zum letztenmal den Müll runtergebracht?« herrschte er mich an.

»Vorgestern.«

»Und wieso ist der Eimer dann schon wieder voll?«

»Jetzt mach mal halblang, Philipp«, rief Jochen. »Kümmer dich lieber um die Kundenakquise!«

Meinen ersten Text für die »Kulturgeschichte der Mißverständnisse« widmete ich Heinrich Heines Wort, daß er um den Schlaf gebracht sei, wenn er in der Nacht an Deutschland denke. Viele, die das zitierten, nahmen an, daß er damit seiner brennenden Sorge um Deutschland Ausdruck verliehen habe, doch er hatte schlichtweg an Heimweh gelitten und sich nach seinem Vaterland gesehnt:

Deutschland hat ewigen Bestand,
Es ist ein kerngesundes Land!
Mit seinen Eichen, seinen Linden
Werd ich es immer wiederfinden.

Ich schickte Eckhard Henscheid diesen kleinen Beitrag zu und freute mich meines Lebens.

Post von Carola Rönneburg:

Willst Du nicht mal wieder Reporter sein? Na?

Beigelegt hatte sie einen Prospekt vom ZEGG aus Belzig mit einer Pressemitteilung, in der es hieß:

Für die einen ist es ein Liebeslager, für die anderen eine Sex-Sekte. Für dritte ist es ein Ort der politischen und philosophischen Auseinandersetzung, für vierte ein Platz der Selbst- und Gemeinschaftserfahrung. Wieder andere benutzen es als Treffpunkt, Werkstatt und Umschlagplatz für neue Kulturimpulse. Wir selbst bezeichnen es schlicht als Keimstätte für eine gewaltfreie Kultur: Das internationale Sommercamp im ZEGG vom 23. Juli bis zum 8. August 1993. Das Motto: »Lieben, leben, überleben«.

Ein Sommercamp im ZEGG? Als Reporter? So daß ich nicht einmal dafür zahlen mußte?

Ich rief Carola an und sagte zu.

In der Leserbriefspalte der *FAZ* warf der Psychoanalytiker Horst-Eberhard Richter Eckhard Henscheid vor, daß er sich des Hauptwerks von Alexander und Margarete Mitscherlich »zum Ausagieren eines sonderbaren narzißtischen Provokationsdranges« bedient habe, und sein Fachkollege Hans-Martin Lohmann schrieb, daß Henscheid »durchgeknallt« sei:

Dem Leser drängt sich der Eindruck auf, daß Ihre Zeitung jeden Dreck abdruckt, sofern er nur die aus Ihrer Sicht »Richtigen« trifft.

Die Mühe, Henscheids Argumente zu widerlegen, hatten auch diese Kritiker gescheut und waren stattdessen zur Tortenschlacht übergegangen. Narzißtisch, durchgeknallt, Dreck: Diese Vokabeln schienen ihnen als Abwehrzauber zu genügen.

Nachts um halb drei wurde ich wach, als Sigrun und Jochen sich fetzten.

Sie: »Bischde bald ferdich? Andere Leide müssa au mol ufs Klo!«

Er: »Fuck off!«

Sie: »Des könnde dir so bassa! I figge ned off!«

In meinen anderen WGs war mir sowas nicht geboten worden, doch ich hatte es auch nicht vermißt.

Eine Karte von Günther Willen:

Komme soeben aus Oldenburg. Touristisch kaum erschlossen, sehr saloppe Einheimische. Der Trüffelmarkt? Ein Gedicht! Spiele mit dem Gedanken, ab 94 beim VfB Bibliothek mitzumachen. Gutes altes Standbein. Wird prima!

Ich sah ein, daß er von irgendwas leben mußte, wenn ich auch fand, daß Hamburg ohne ihn bloß noch die Hälfte wert war.

Die Schauspielerin Elisabeth Trissenaar bezeichnete in einem Fernsehinterview die Streichung der Subventionen für das Berliner Schiller-Theater als einen »Todesstoß für das ganze Volk«.

Es mochte bedauerlich oder vielleicht auch ein Ausdruck von Banausentum sein, diesen Geldmittelfluß einzufrieren, aber von einem »Todesstoß für das ganze Volk« konnte man in diesem Zusammenhang nur sprechen, wenn man einen Knoten im Frontallappen hatte. In die Krise war das Schiller-Theater ja erst von dem Volk gestürzt worden, das seine Abende lieber woanders verbrachte.

Am Telefon erzählte Lydia mir, daß sie jetzt eine Stelle als Lehrerin in einem Kuhdorf zwischen Vechta und Cloppenburg in Aussicht habe und wohl trotzdem nach Indien gehen werde.

Es schnitt mir ins Herz, sie so reden zu hören.

Alas, my love, you did me wrong,
To cast me out discourteously …

Was hatte Indien denn, was ich nicht hatte? Den Himalaya, gut, und Poona und Osho, aber auch Giftschlangen, Tiger, Löwen, Ungeziefer und Religionskriege. Und dorthin zog es Lydia stärker als zu mir?

Der Regisseur Wenzel Storch aus Hildesheim hatte mir einen Brief geschrieben:

Da ich mir vorstellen kann, daß Dir der Film vielleicht gefällt, hab ich Wiglaf Droste gebeten, Dir mal ein Video von »Sommer der Liebe« zu geben, was er in den nächsten Tagen tun wird. Ich schick jetzt mal Pressematerial und ein paar Informationen aus dem (noch nicht gedruckten) Presseheft dazu, der Film startet am 23. September. Ja – dann hoffe ich, daß Dir der Film – trotz der total miesen Videoqualität (etwas zu dunkel, etwas unscharf, dumpfer Ton, beim Anschauen am Fernseher möglichst Bässe raus und Höhen reindrehen) – gefällt.

Ich war gespannt.

Ihr gehe das Gekiffe in dieser Wohnung »uf den Zeigr«, sagte Sigrun, als eine besonders dicke Shitwolke von der Fernsehcouch zum Eßtisch herübergewabert kam. »Es isch nur oi Frag der Zeid, wann man bei uns übr den erschde Drogendoda schdolbern dud!«

An ’nem Piece sei noch niemand gestorben, rief Jochen, und Philipp untermauerte diese Aussage mit einem kanonenschlagartigen Furz.

Um Sigrun zu trösten, zitierte ich Robert Gernhardt: »Sie zeigen, daß sie leben. / Auch das wird sich mal geben.«

Im Bahnhof der Stadt Bad Kleinen in Mecklenburg-Vorpommern war es bei einem Zugriff der GSG 9 auf die RAF-Terroristen Wolfgang Grams und Birgit Hogefeld zu einer Schießerei gekommen. Hogefeld hatte festgenommen werden können, aber ein Beamter und Grams waren unter unklaren Umständen tödlich getroffen worden.

Das Ganze hörte sich wie eine Story aus dem Wilden Westen an.

Am Montag schaukelte ich mit der Bahn von Berlin nach Frankfurt und las im *Spiegel* die einfühlsamen Worte, die der Schriftsteller Martin Walser für die rechtsradikalen Brandstifter aus Rostock, Mölln und Solingen gefunden hatte:

Wir erleben zur Zeit, wie 15- bis 25jährige ihre Erfahrungen verarbeiten. Nicht mit Sprache, sondern mit Worthülsen, mit Meinungs-Plunder aus dem schlimmsten Fundus und mit Gewalt.

Diese Gewalt sei durch den Mangel an Nationalbewußtsein verursacht worden, schrieb er. Und nun verachte man die Täter:

Dabei wäre doch nichts so wichtig, wie jeden einzelnen Skinheadbuben zu fragen, wie er dazu komme, so aufzutreten. Aber nicht vor laufender Kamera. Gleichaltrige, die ihre Erfahrungen nicht nur auf der Skala links/rechts unterbringen, müßten auf diese neuesten Protestierer zugehen. Nicht bekennerisch, nicht missionarisch, nicht besserwisserisch, sondern interessiert müßten die Gleichaltrigen sein. Interessiert an den momentan Verrufensten. Ein einziger Pfarrer hat bis jetzt, nach meinem Kenntnisstand, Skinheads zu sich ins Pfarrhaus eingeladen. Hat denn irgend jemand auch nur mit einem einzigen dieser neuesten Protestierenden eine Erfahrung gemacht?

Mit den »Skinheadbuben«, wie Walser sie nannte, hatten zwar schon viele Ausländer »eine Erfahrung gemacht«, aber es leichtfertigerweise unterlassen, interessiert auf diese neuesten Protestierer zuzugehen und jeden einzelnen zu fragen, wie er dazu komme, so aufzutreten. Schade, daß Walser nicht schon 1992 bei der Belagerung des Ausländerwohnheims in Rostock-Lichtenhagen als Schlichter zwischen die Fronten geschickt worden war, um zwischen den Vietnamesen und den »Skinheadbuben« zu vermitteln!

Als ich in der Brönnerstraße den Fahrstuhl betrat, stieg ein Mann mit ein, in dem ich den ehemaligen, mir von Fotos bekannten *Titanic*-Chefredakteur Bernd Fritz erkannte, und ich stellte mich vor.

»Ach, der Kowalski-Schlosser«, sagte er. »Und was führt Sie hierher?«

»Christian Schmidt hat mich dazu eingeladen, mich mal in der Redaktion umzusehen.«

»Ah, da schau an …«

Mit seinem Schnäuzer sah Bernd Fritz so aus wie ein Vorabendseriendetektiv. Wahrscheinlich haßte er es, auf seinen großen Streich als Buntstiftlutscher in der Sendung *Wetten, daß ..?* angesprochen zu werden, und daher sagte ich weiter nichts.

Oben hatten sich schon zwölf Leute am runden Tisch zur Montagskonferenz versammelt: Robert Gernhardt, Peter Knorr, Bernd Eilert, Chlodwig Poth, Christian Schmidt, Hans Zippert, Heribert Lenz, Achim Greser, Thomas Gsella, Oliver Nagel, der Layouter Tom Hintner und die Redaktionsassistentin Birgit Staniewski.

Nachdem Bernd Fritz und ich uns dazugesetzt hatten, klärte Christian die Versammlung kurz darüber auf, wer ich sei, und stellte dann seinen neuen Coup vor: Am 15. Juli werde er im Namen eines von ihm selbst gegründeten »Komitees für kompetente Demokratie« auf einer Pressekonferenz mit Prominenten in Berlin den *Titanic*-Kandidaten für das Amt des Bundespräsidenten vorstellen, und zwar den Freidemokraten Jürgen Möllemann, um dessen Karriere ein für allemal zu ruinieren.

»Weiß er schon was davon?« fragte Bernd Eilert.

»Nein«, sagte Hans Zippert. »Und er wird auch nicht anwesend sein. Aber wir haben unseren alten Freund Ingolf Lück und die

Schauspielerlegende Ottfried Fischer mit im Boot. Und vielleicht auch Harald Schmidt.«

»Dem muß ich nur noch etwas Honig um den Bart schmieren«, sagte Christian.

In den folgenden zwei Stunden wurde noch vieles andere angerissen, und nur Chlodwig Poth sagte keinen Ton, sondern blätterte bloß, so wie Christian es mir schon geschildert hatte, angewidert in den Illustrierten, die dort lagen.

Danach wurde in etwas kleinerer Besetzung per Taxis in das Lokal Hexenkessel umgezogen, wo ich erfuhr, daß Gertrud Höhlers Anwälte von *konkret* und Eckhard Henscheid immer noch 30 000 Mark Schmerzensgeld verlangten. Und das, obwohl die Professorin Höhler mit ihrem Sohn Abel und dessen neuer Freundin inzwischen in der *Bild*-Zeitung zu dritt posiert und sich für die Bildunterschrift hergegeben hatten:

Liebes-Glück zwischen zwei reifen Frauen: Abel Höhler (26) zwischen seiner Geliebten Barbara Herzsprung (40, links) und seiner Mutter Gertrud (51)

Dann kam das Bier, und Robert Gernhardt erzählte, daß er Fritz Weigle wegen dessen freier Mitarbeit für *Kowalski* einen bösen Brief geschrieben habe. Es heiße ja, daß Konkurrenz das Geschäft belebe, aber in Wirklichkeit verwässere sie es, so schön es natürlich für freie Autoren und Zeichner auch sei, mehrere Abnehmer zu haben.

Ich erlaubte mir, Gernhardt daran zu erinnern, daß auch einmal von ihm selbst etwas in *Kowalski* erschienen sei, doch er sagte, das sei nur ein Nachdruck gewesen.

Peter Knorr erhob sein Glas auf den Mitte Juni verstorbenen Schauspieler Alfred Edel, Achim Greser reichte einen Joint herum, und Thomas Gsella stellte die provokante These zur Debatte, daß Alfred Edel noch viel berühmter geworden wäre, wenn er Alfred Edelbitter-Marzipan geheißen hätte.

In seinem Wohnzimmer füllte Christian für sich selbst und mich um zwei Uhr früh je einen Montepulciano als Schlummertrunk ab und fragte mich, ob ich nicht Lust dazu hätte, im September regulär in die *Titanic*-Redaktion einzutreten. Auf Probe, für ein Vierteljahr. Es sei eine halbe Stelle frei, und es gebe dafür 2700 Mark im Monat.

Nach Frankfurt übersiedeln? Und als Redakteur der *Titanic* ein festes Einkommen beziehen? Mit einer halben Stelle, so daß ich daneben noch genug Zeit für die Bücher hätte, die ich schreiben wollte?

»Da bin ich dabei«, sagte ich.

Der Dienstag und der Mittwoch vergingen mit mißlingenden Schreibversuchen meinerseits, Zechgelagen im Horizont und einer privaten Horrorfilmretrospektive in Christians Wohnzimmer, und am Donnerstag konnte ich Thomas Gsella und Oliver Nagel in der Redaktion beim Armdrücken beobachten.

In Frankfurt war es kochend heiß. Zum Abkühlen kehrten Christian, Achim, Heribert und ich abends wieder ins Horizont ein, wo Achim mit mir schimpfte, weil ich nicht Schafkopf spielen konnte, aber seine Stimmung hellte sich auf, als das Essen aufgetragen wurde: Mit den Hervorbringungen der Küche sei er hier immer sehr zufrieden gewesen, sagte er, und von Heribert hörte ich, daß in seiner Zweizimmerwohnung in der Vogelsbergstraße ein 24 Quadratmeter großes Zimmer frei sei, in das ich einziehen könne.

Ich staunte. Wie sich alles fügte! Nun hatte ich in Frankfurt nicht nur einen Job, sondern auch schon ein WG-Zimmer an der Hand.

Dann stieß auch Eckhard Henscheid zu uns, setzte sich und zeigte frohen Mutes den Durchschlag eines Briefs vor, den er am 20. Juni abgeschickt hatte:

Sehr geehrter Herr Prof. Habermas,
irgendwo freut, ja befriedigt es einen doch, bestätigt zu finden, was allerdings schon seit geraumer Zeit zu wittern ist: Daß man in Ihnen und in Ihrer heutigen Form weniger den Großen Zampano Germaniae als vielmehr, mit Ihrer gütigen Erlaubnis, einen ziemlich schweren Schwall-, ja Schmarrkopf zu erkennen hat.

Er warf Habermas hier zu Recht vor, daß er in seinem Leserbrief an die *FAZ* mit keinem Wort auf die »ziemlich unwiderleglichen Funde und Belege« im Falle der Mitscherlichs eingegangen sei, sondern nur »blindgebuchte üble Nachrede« vorgetragen habe.

Dafür sollten Sie sich eigentlich schämen. Und entschuldigen.

»Darauf kannst du lange warten«, sagte Christian, aber Achim malte uns mit Wonne aus, wie Habermas in Sack und Asche und sich selbst kasteiend zum Canossagang nach Frankfurt antreten und sich vor Eckhard in den Staub werfen werde.

»Würdest du das mit dem Schwall- und dem Schmarrkopf dann zurücknehmen?« fragte Heribert und löste seine voluminösen Unterarme vom Tisch, um für die nächste Bierrunde Platz zu schaffen.

Eckhard schmunzelte. Er werde das erwägen, sagte er, und zu meiner Erleichterung hieß er meinen kleinen Text über Heinrich Heines vielfach mißverstandene Nachtgedanken an Deutschland gut.

Als das Horizont schloß, erwarb Achim am Tresen noch rasch eine Flasche Sekt. Die leerten Christian, er und ich auf einer Parkbank, wo ich von Christian erfuhr, daß der von mir in Sachen *Kowalski* engagierte Rechtsanwalt einmal in einem Mauerschützenprozeß versucht habe, den Papst in den Zeugenstand zu rufen. »Der hat auch die Theorie aufgestellt, daß der Mauertote, um den es da ging, von einem Ufo aus erschossen worden sei …«

Mit anderen Worten: Als Mandant dieses Holzkopfs konnte ich meine Honorare abschreiben.

Für die Rückreise nach Berlin war ich mit Camille Paglias Aufsatzsammlung »Der Krieg der Geschlechter« gut gerüstet und hatte meine Freude an den vielen wohlgezielten Punchs:

Die Sexualität dem Feminismus zu überlassen ist so, als gäbe man seinen Hund in den Ferien zum Tierpräparator.

Manche Kritiker hielten Camille Paglia ja für neokonservativ, aber ihrem Selbstverständnis nach war sie einfach eine streitlustige und undogmatische Denkerin. Von ihrer Sorte hätte es ruhig noch mehr geben können.

Statt in 1000 Berlin 61 wohnte ich jetzt in 10967 Berlin, doch außer der Postleitzahl hatte sich nichts geändert: Draußen wüteten die Kreissägen und Preßlufthämmer, und drinnen sah's mal wieder aus wie in der Raucherecke einer außergewöhnlich schlecht geführten Trinkerheilanstalt.

Die Gebühreneinzugszentrale hatte mir für die Zeit von Juli '92 bis September '93 sage und schreibe 501,80 DM in Rechnung gestellt. Aber war das Fernsehprogramm diesen happigen Betrag wirklich wert? Weshalb sollte ich zum Beispiel für die *Volkstümliche Hitparade* im ZDF finanziell geradestehen?

Im Heidelberger Krug gab Wiglaf mir das Video von Wenzel Storchs »Sommer der Liebe« und ließ einen selbstverfertigten Witz vom Stapel: »Margarete Mitscherlich will mal 'ne Sause machen und wartet seit zwanzig Minuten auf ihr Getränk. ›Herr Wirt‹, sagt sie dann, ›denken Sie noch an meinen Wein?‹ Und der Wirt sagt: ›Aber gewiß doch – ist schon in Trauerarbeit, Frau Mitscherlich!‹«

Außerdem erzählte Wiglaf von Ernst Kahls Installation auf der Kasseler Documenta 1992: Da habe er eine schwere Menge Topfpflanzen aufgebaut, in einem Schaufenster, und mittendrin sei immer eine lustige Spielzeugeisenbahn im Kreis herumgefahren. Der Titel des Ganzen habe gelautet: »Pflanzen fasten für den Erhalt des tropischen Regenwaldes«. Die seien nämlich nicht gegossen worden, und das habe »einen halben Volkssturm« ausgelöst …

Neben der Toilettentür hing eine Halterung mit Gratispostkarten. Auf einer davon wurde für »Intimschmuck« geworben, und das gab den Anstoß für die Idee, in der *Titanic* eine kleine neue Rubrik mit dem Titel »Liste ekliger Wörter« zu eröffnen. Wir notierten gleich ein paar: »Episkopatbrot«, »Kombizange«, »Menopause« und »Stripschach«.

Ich beschloß, mir die Haare wieder schulterlang wachsen zu lassen. Da Lydia nach Indien auszuwandern plante, brauchte ich auf ihre Vorliebe für Kurzhaarfrisuren keine Rücksicht mehr zu nehmen.

Über den Ablauf des polizeilichen Zugriffs auf Wolfgang Grams und Birgit Hogefeld in Bad Kleinen herrschte immer noch Unklarheit. Man wußte nur, daß die GSG 9 im Bahnhof wild herumgeballert hatte, und es stand der Verdacht im Raum, daß Grams – laut der ARD-Sendung *Monitor* – »regelrecht hingerichtet« worden sei. Wenn die Polizisten ihn allerdings ohne Not erschossen haben sollten, wäre das natürlich das genaue Gegenteil einer »regelrechten Hinrichtung« gewesen.

Der Bundesinnenminister Rudolf Seiters trat wegen dieser Affäre von seinem Amt zurück. Das war das Gescheiteste, was er tun konnte.

In Wenzel Storchs Experimentalfilm »Sommer der Liebe« mästeten Nonnen den dicklichen, von einem Laienschauspieler verkörperten Helden Conny Kramer in einem hippiesken Kloster mit Plätzchen und baten ihn, recht oft aufzustoßen, damit es überall schön weihnachtlich rieche, und der Fahrer einer Ente zerteilte zwei Tramperinnen in wurstgroße Stücke, die er dann als Pausensnack verkaufte.

Alles mit einer Super-8-Kamera gefilmt, urkomisch und auf gute Weise pervers. Diesem Regisseur hätte ich als Produzent sofort einen siebenstelligen Etat für seinen nächsten Film bewilligt, aber in seiner unerforschlichen Weisheit hatte der liebe Gott aus mir etwas anderes als einen Filmproduzenten gemacht.

Jochen knallte mir ein Heft mit einem Leitartikel von Sahra Wagenknecht auf den Schreibtisch: »Hier! Lies das mal! Und dann entscheide dich zwischen dieser Stalinistin und uns Anarchisten!«

Sie verklärte darin eine Zeit, die sie als Angehörige des Jahrgangs 1969 gar nicht aus eigener Anschauung kannte:

Die DDR der sechziger Jahre bot das Bild eines hoffnungsvollen Staates von enormer Produktivität und Stabilität, von wachsender Ausstrahlungskraft, ungebrochener Zukunftsgewißheit und scheinbar grenzenloser Entwicklungsmöglichkeit.

Und von wem sollte die »Ausstrahlungskraft« der DDR ausgegangen sein? Von den Fahnenappellen der Pionierorganisation

Ernst Thälmann? Von der »Singebewegung« des Zentralrats der FDJ? Oder vom Eierragout aus den Behelfsküchen der Mitropa?

Hans Zippert rief an und fragte mich, ob ich nicht nach Bad Kleinen fahren und dort als *Titanic*-Reporter nach dem rechten sehen könne. »Da liegen doch sicher noch irgendwelche Leichen rum, die die Polizei bislang nicht gefunden hat …«

Diesen Auftrag nahm ich an. Mein Plan war, mich dort selbst als Leiche auf den Schienen knipsen zu lassen. Als Utensilien kaufte ich mir dafür eine Zorromaske und ein Wasserspritz-MG der Marke Power Shot 2000, und von Carola Rönneburg erhielt ich die Telefonnummer einer freien Fotografin namens Nele Jaskula, die diese Idee »bombig« fand und sich dazu bereit erklärte, mich am Donnerstag nach Bad Kleinen zu chauffieren und die entsprechenden Fotos zu schießen.

Auf ins Vergnügen, dachte ich.

Der neue, aus den Reihen der hessischen CDU rekrutierte Bundesinnenminister Manfred Kanther galt als Law-and-Order-Mann und sah auch ganz so aus, wie Lieschen Müller sich einen germanischen Tugendbolzen vorstellte: strammer Scheitel, markantes Kinn und blitzender Feldherrenblick. Jeder Zoll ein Zinnsoldat.

Nele Jaskula hatte kastanienbraune Augen, eine gute burschikose Art und einen Mund, der so verführerisch geformt war, daß er ihr wahrscheinlich viele unliebsame Bittgesuche eintrug. Während wir nach Bad Kleinen düsten, erzählten wir einander Döntjes aus dem Freiberuflerleben, und nebenbei erfuhr ich, daß sie mit jemandem aus Dortmund eine Fernbeziehung unterhielt.

Wie sollte es auch anders sein. Auf fast jede Frau, die mich interessierte, erhob irgendein anderer Mann seinen Besitzanspruch. Die zwischen den abgesteckten Claims noch frei herumlaufenden Exemplare mußte man mit der Lupe suchen.

Im Bahnhof von Bad Kleinen schlabberte ein Polizeihund Wasser aus einem verschrammten Gurkeneimer, und auf dem Schotter zwischen den Bahnsteigen krochen Polizisten herum und stocherten nach Projektilen.

Dort hätte ich mich mit meinem Wasserspritz-MG nicht gut hinlegen können, ohne eine Staatsaktion zu provozieren. Die Fotos von mir als Leiche schoß Nele deshalb erst an einem einsamen Bahnübergang in der Nähe von Schwerin.

Wir verabredeten uns dann für Dienstagabend bei ihr in Charlottenburg zum Weintrinken.

Ein Brief von Oma Jever: Therese sei zu Besuch gewesen, und mit Papa, der »öfters angerufen« habe, hätten sie beide vereinbart, daß »das Thema ›Volker‹ abgeschlossen sein soll«.

Was Oma hier so diplomatisch ausdrückte, hieß schlicht: Papa hatte allnächtlich in Jever das Telefon heißlaufen lassen, um über Volker zu krakeelen, und das hatten sie sich schließlich verbeten.

Mit seiner Telefonierererei hatte Papa sich inzwischen bei den meisten Verwandten unmöglich gemacht. Er redete sich ein, daß er niemanden brauche, aber irgendwann griff er dann doch wieder zum Hörer und stieß Verwünschungen aus, die ins Leere liefen, weil er keine Befehlsgewalt mehr besaß.

Wieso ließ er uns nicht einfach unserer eigenen Wege gehen?

Vom *Tip*-Autorentreffen kehrte ich mit einer knallvollen Blase heim und fand das Bad verschlossen vor.

»I schmink mi grad ab!« rief Sigrun durch die Tür.

»Und wie lange dauert das noch?«

»Nur no a Minüdcha!«

Doch da kam Jochen aus seinem Zimmer geschossen und sagte: »Hinten anstellen! Ich war erster!«

Hundert Mann und ein Befehl, das konnte funktionieren, aber nicht mehr als fünf WG-Bewohner und eine Toilette.

Aus der *Kowalski*-Redaktion, schrieb Eugen mir, habe er den Wink erhalten, daß ein Scheck über 4500 Mark zu ihm unterwegs sei.

Da schien der Himmel doch mal ein Einsehen zu haben!

Für die *Titanic* verfaßte ich einen Kurzbericht darüber, daß man auf den Gleisen in Bad Kleinen ein noch nicht identifiziertes Mordopfer entdeckt habe, das einem Wasserpistolenbeschuß zum Opfer gefallen sei, und ich legte die Beweisfotos dazu, die Nele mir geschickt hatte.

In »Das Blöken der Lämmer« nahm ich auch ein Zitat des Schriftstellers Ralph Giordano auf:

Ein allerletztes Notabene: Es ist vorgekommen, daß Leute in Kenntnis meiner Bücher, meines Lebensweges und durchaus auch meiner Glaubenslosigkeit mir geschrieben oder persönlich gesagt haben: »Weißt du eigentlich, daß du viel christlicher bist als die meisten von uns?« Ich habe nicht protestiert.

So etwas Selbstbefummlerisches schrieb man nicht, wenn man noch halbwegs bei Verstand war. So etwas dachte man noch nicht einmal.

Zwischen halb sieben und halb acht zerstörten der Lärm der Bohrfuttermafia im Hinterhof und eine dauerkeifende Amsel meinen Schlaf. »Djück djück djück tok tok« und »Tschewi tschewi tschewi tschewi«, schrie die Amsel, während die Bauarbeiter mit ihrem Maschinenfuhrpark auf die Kacke hauten.

Mir flogen fast die Ohren weg.

Ich stand auf, trank ein Glas Milch und kochte mir ein Ei, während die Berserker draußen weitermachten.

They'll stone ya when you're at the breakfast table
They'll stone ya when you are young and able ...

Irgendwann würde ich vielleicht doch noch in die Lüneburger Heide ziehen und mich dort einigeln wie Arno Schmidt.

Von Jörg Schröder und seiner Frau Barbara Kalender kam die schriftliche Nachricht, daß Jörgs jüngste Herzoperation komplikationslos verlaufen sei, und sie dankten »für Nachfragen, gute Wünsche und Daumengedrücke«.

Vor einer Operation am Herzen hätte ich fast so viel Angst gehabt wie vor einer am Gehirn, am Rückgrat, an den Augen oder am Gemächt.

»Der Körbr isch ei'm do sowieso nur glieha«, sagte Sigrun. »Irgendwann müssa mir hald eba schderba.«
Als ob das ein Trost gewesen wäre!

Christian Schmidt reiste aus Frankfurt an und verlegte die Zentrale seines »Komitees für kompetente Demokratie« für die kommenden Tage in meine Wohngemeinschaft.
»Und was soll der Käse?« fragte Philipp.
Da kam er bei Christian an den Richtigen: »Das ist kein Käse! Am Donnerstag steigt hier im Café Einstein eine Riesenpressekonferenz, mit der wir durchsetzen wollen, daß Jürgen Möllemann der neue Bu-Prä wird!«
»Bu-Prä?«
»Bundespräsident! Das ist ganz hohe Politik, mein Männeken, und deshalb hat Martin mir erlaubt, hier zu kampieren und euer Faxgerät zu benutzen!«

Nachdem Christian alles vorbereitet hatte, trafen wir uns auf ein Bier mit Max.
Er lud uns zu einer »Feuerwehr-Olympiade« ein. »Am Mittwoch in Wilmersdorf …«
»Und was hat man sich darunter vorzustellen?«
»Da schnappen sich die Feuerwehrmänner ihre Schläuche und rennen um die Wette.«
Das riß mich nicht zu Begeisterungsstürmen hin, und Christian hatte für solche Späßchen ohnehin keine Zeit, aber er fand es verkehrt, daß Max unsere Absage achselzuckend hinnahm, anstatt uns derb zu beschimpfen: »So wie dieses Schwein in dem Cartoon von Waechter, das ausbrechen will und zu dem feigen Rest der Herde sagt: ›Wenn ihr Schiß habt vor der Freiheit, geht zurück in euern Stinkstall und laßt euch verwursten!‹ So müßtest du mit uns Drückebergern reden!«
Wozu Max sich jedoch nicht bemüßigt fühlte.

Eugen schrieb mir, daß der *Kowalski*-Scheck bei ihm angekommen sei:

Man glaubt das ja nicht, und doch! Ob er wohl gedeckt ist? Bald werde ich es wissen. Wie versprochen billigt man mir DM 4500,– (incl. MwSt) zu, somit verringert sich die Schuld – vorausgesetzt, der Scheck ist wirklich gedeckt – auf unter DM 9000,–. Die muß ich mir noch ertrotzen.
Mach Deinem Anwalt Dampf, damit Du auch bald in den Teilsummen-Genuß gelangst! Das rät Dir einer, der immer gleich das Schlimmste annimmt, zum Äußersten greift und noch selten damit falsch gelegen hat. Die Welt ist schlecht, und die Menschen sind furchtbar blöd (mein Credo).

Dampf hätte ich meinem Anwalt ja gern gemacht, aber nun war er im Urlaub.

Christian ließ das Faxgerät mit seiner Pressemitteilung heißlaufen und stürzte dann los, um sich mit allen möglichen Leuten zu treffen, die er bei der Pressekonferenz dabeihaben wollte, und währenddessen riefen ständig Journalisten an, die ihn sprechen wollten.

»Dieser Schlurf«, grantelte Jochen. »Schlägt hier sein Headquarter auf, und wenn sein Typ verlangt wird, isser nicht da! Scheint ja echt 'n ausgebuffter Medienprofi zu sein!«

Abends saßen Nele und ich nebeneinander beim Riesling auf dem Balkon ihrer Wohnung am Kudamm und plauderten wieder über die Ungewißheiten des Lebens als Freelancer, bis sie genug davon hatte und etwas ansprach, das ihr interessanter erschien: »Und was machen die Frauen in deinem Leben, Monsieur?«

Wie weit sollte ich ausholen? »Gegenwärtig steht keine besonders im Fokus …«

»Carola hat mir erzählt, daß du für sie als Reporter in so 'n Camp der freien Liebe gehst. Ist das wahr?«

»Ich bin halt Carolas Mann fürs Grobe. Außer mir scheint sich da jedenfalls niemand hinzutrauen …«

»Dann bitte ich um einen Exklusivbericht«, sagte sie, und den versprach ich ihr.

Der in Berlin ansässige Verlag der *Titanic* entschuldigte sich brieflich für die späte Auslieferung der Honorarschecks und begründete das mit dem Liquiditätsengpaß infolge der Niederlage gegen Engholm vor dem Hamburger Landgericht und der Stornierung mehrerer Anzeigen.

Wir sind deshalb für jeden Scheck, der ein paar Tage später eingereicht wird, herzlich dankbar. Wenn dies bei dem einen oder anderen in diesen harten Zeiten möglich ist, verbeugen wir uns schon jetzt.

Und Eckhard Henscheid lud mich nach Amberg ein:

Wenn Sie im August mal Bayern streifen: das wäre nicht unwillkommen – es gibt allerdings viele Reise- und Kurzreiseabsenzen.

Außerdem hatte Wiglaf mir ein Kärtchen aus seiner Sommerfrische im Weserbergland geschickt und darauf vermerkt:

Don't get lost in the sex-camp!

Ein frommer Wunsch.

Christian raufte sich die letzten Haare wegen der Schwierigkeiten bei der Vorbereitung seiner Pressekonferenz. Er habe aber jetzt »fünfzig selbstklebende Schnurrbärte à la Möllemann uffjetrieben«, sagte er. »Die liegen morgen dann den Pressemappen bei …«

Ich selbst feilte an einer kleinen Lobrede, die ich am Freitagabend in der Galerie am Chamissoplatz anläßlich der Eröffnung einer Greser&Lenz-Ausstellung halten sollte, und setzte einen Sechszeiler ans Ende:

Tri-Top, Tinte, Tusche, Tesa,
das benutzt Herr Achim Greser.
Filzer, Füller, Feder, Flens,
das benutzt Herr Ibert Lenz.
Vorschub leisten alle beide
allerreinster Schadenfreude.

Damit hätte ich Mama und Papa 1986 meinen Entschluß, das Studium abzubrechen und freier Schriftsteller zu werden, vielleicht erklären können: »Mir schwebt vor, daß ich dann komische Gedichte schreibe, während ein Kollege ein Zimmer weiter eine

Pressekonferenz organisiert, bei der er Schnurrbärte verteilen will, die man sich ins Gesicht pappen kann, damit man so aussieht wie Jürgen Möllemann …«

Am Donnerstagmorgen schlug die Amseldrecksau wieder zu. Es war ja kein Verbrechen, daß sie ihr Morgenlied vollbrachte, aber doch bitte nicht so dicht neben dem Kopf eines Menschen, der bis drei Uhr nachts mit Christian Schmidt in der Kneipe gehockt und dabei sechs oder sieben Halbe getrunken hatte!

Gab's in Berlin denn keine Katzen mehr, die solchen vorwitzigen Vögeln den Hals umdrehten?

Als die Pressekonferenz schließlich stieg, lief Christian zu großer Form auf. Er hob hervor, daß Möllemanns Schnauzbärtigkeit ihn zu einer Integrationsfigur für Ossis und Muselmanen mache. Außerdem sei Möllemann »extrem frauenfreundlich«, was man schon daran erkennen könne, daß er bereits das zweite Mal mit einer Frau verheiratet sei …

Neben Christian saßen Harald Schmidt, Ingolf Lück, Ottfried Fischer, Hans Zippert und der türkische Schriftsteller Osman Engin und outeten sich ebenfalls als Möllemannianer. Harald Schmidt erinnerte daran, daß Möllemann 1992 bei *Wetten, daß ..?* mit der fünfzehnjährigen Olympiaschwimmerin Franziska van Almsick huckepack herumgerannt sei (»Das muß man sich mal klarmachen im Zeitalter des Schmuddelprozesses gegen Woody Allen, daß da jemand ›Ja‹ sagt zum Menschen und auch zum Kind, auch zum Kind als Frau und zur Frau im Kind«), ein Musiker namens Wreckless Eric spielte auf, und unter allgemeinem Jubel schritt auch der TV-Moderator Cherno Jobatey auf die Bühne und schloß sich dem Komitee für kompetente Demokratie an.

Christian war selig und am Freitagvormittag noch seliger, als er sah, wie breit und wie fett die *B.Z.* und die *Bild*-Zeitung von dem Ereignis berichteten. »Dit nenn ick Medienresonanz!« rief er und haute seine Zähne in eine Schinkenschrippe.

»Und wie findet Jürgen Möllemann das?« fragte Lizzy.

Der halte sich natürlich bedeckt, sagte Christian. »So ganz doof ist der ja auch nicht …«

Auch in »Obszönität und Gewalt«, dem dritten Band seiner Auseinandersetzung mit dem Soziologen Norbert Elias und dem »Mythos vom Zivilisationsprozeß«, führte Hans Peter Duerr wieder Hunderte, nein, Tausende von Beispielen an, die deutlich gegen die These sprachen, daß in den modernen Gesellschaften ein »allseitigeres Schamempfinden« ausgebildet worden sei als in früheren Zeiten. Wie konnte das bloß überhaupt noch jemand glauben?

Jochen, Philipp, Lizzy, Nicola und Sigrun brachen unabhängig voneinander in die Ferien auf. Santorin, Taormina, Porto, Los Angeles und Gomera hießen die Reiseziele.

Woher die finanziellen Rücklagen dafür stammten, war mir schleierhaft, aber das ging mich ja auch nichts an.

In der Galerie am Chamissoplatz kam die Crème de la Crème zusammen: Michael Rutschky, Michael Sowa, Max Goldt, Fritz Weigle … Klaus Bittermann und Klaus Farin … auch Christian Schmidt natürlich … der Cartoonist Kriki … Carola Rönneburg und Claudia Denker …

Achim Greser und Heribert Lenz waren mit ihren Freundinnen angereist, zwei charmanten Damen, und aus Kassel hatten sich Achim Frenz und Andreas Sandmann eingestellt.

Mit meinen Worten zur Eröffnung der Ausstellung nahm ich den Anwesenden nicht viel von der Zeit weg, die sie damit verbringen wollten, zu reden und zu trinken und sich die gerahmten Witzbilder anzusehen. Eines meiner liebsten war das mit der kellnernden Eintagsfliege, die in einer Kneipe namens Fly Inn eine andere Eintagsfliege bedient und sagt: »Ich möchte lieber gleich kassieren!«

An der Bar traf ich auf Nele. Sie trug eine pikant laufmaschendurchschossene Strumpfhose unterm Rock und moserte über ihre »Oberuntervermieterin«, die tobsüchtig sei. »Ich will da ausziehen! Prost!«

Weil sie gleich frühmorgens auf Wohnungssuche gehen wollte, mußte Nele leider zeitig wieder los, aber sie lud mich für Mittwochabend ins Kino ein, in den Film »Abgeschminkt!« von Katja von Garnier, der sehr sehenswert sein solle.

Von der Galerie zog ich gegen halb zwölf mit dem noch verbliebenen Troß in den Heidelberger Krug um, wo Claudia mir erzählte, daß sie am Nachmittag mit Schmackes vor eine Glastür gelaufen sei, und von Achim und Heribert hörte ich zu meiner Verwunderung, daß sie und ihre Freundinnen in Berlin noch gar keine Unterkunft hätten.

Ich lud sie alle in meine verwaiste WG ein, und dort hauten wir noch kräftig auf den Putz.

In der Abteilung Satiricum der Staatlichen Bücher- und Kupferstichsammlung im Sommerpalais Greiz sollte am Samstagabend unter dem Titel »Wer darf Satire?« die Wanderausstellung zur Geschichte der Neuen Frankfurter Schule eröffnet werden. Da wollten wir natürlich hin.

Unserer Expedition schlossen sich auch Ludwig Lang und Michael Sowa an, aber die erste Etappe, die uns von Berlin nach Leipzig führte, stand unter einem schlechten Stern, weil im Intercity Bertolt Brecht der Speisewagen fehlte.

»Das gibt's doch nicht«, sagte Michael, und Achim rief nach einem Tisch, um mit der Faust darauf hauen zu können.

Heribert ging den Minibarkellner suchen und kam mit der Auskunft zurück, daß es auch keinen Minibarkellner gebe. »Ich hab nur jemanden getroffen, der mir gebratene Ohrläppchen verkaufen wollte …«

In einem Seitenfach von Christians Reisetasche sah ich ein unbeschriftetes Karteikärtchen stecken. Das bat ich mir aus, versah es mit einer Grußbotschaft, adressierte es an Eugen und ließ alle unterschreiben.

Michael setzte noch die Worte dazu:

Bin selten unter so miesen Umständen verreist.

Im angestaubten Leipziger Hauptbahnhof mußte ich lange herumbirsen, bis ich einen Postwertzeichenautomaten und einen Briefkasten fand, und der einstündige Zwischenaufenthalt in der Totenstadt Gera war sogar noch unerquicklicher, aber als unser Anschlußzug durch das gottvolle Elstertal bummelte, hellten die Mienen sich auf. Wir standen an den offenen Fenstern, hielten die Nase in den Sommerwind und freuten uns am Flußlauf, an der grünen Überfülle und des Himmels heiterer Bläue, während eine von Achim gebaute Grasrakete reihum ging.

Täler grünen, Hügel schwellen,
Buschen sich zu Schattenruh;
Und in schwanken Silberwellen
Wogt die Saat der Ernte zu …

An den Ufern der Weißen Elster hätten bloß noch Hirten mit Schalmeien gefehlt, und Michael sagte mehr als einmal, daß er es bedaure, im Gegensatz zu mir keinen Fotoapparat mitgenommen zu haben.

Ich knipste dafür umso eifriger.

Wir hatten es gut. Und auf Heriberts Anraten riefen wir in jedem Tunnel alle wie aus einer Kehle: »Tuuuuuuuut!«

Bei unserer Ankunft übergoldete der Abendsonnenschein das Sommerpalais in Greiz. Vor dessen offenen Flügeltüren standen viele unserer Lieben herum: Michael Rudolf, Fritz Weigle, Eugen Egner, Helmut Krause, Ivo Wessel und Gerd König.

In Achims und Heriberts Windschatten bahnte ich mir einen Weg zum Bierausschank, bevor das offizielle Programm damit begann, daß ein Beigeordneter des Kreises Greiz sich bei den anwesenden Künstlern bedankte, und zwar auch bei »Achim Frenz … äh … Verzeihung: Lenz«. Womit er die Lacher auf seiner Seite hatte.

Dann zupfte jemand etwas Dissonantes auf einer Wandergitarre, und anschließend sprach der Museumsdirektor Gotthard Brandler ein paar gescheitere Worte als sein Vorredner, aber wir schielten schon alle nach den Schnittentellern und den Gläsern mit dem Freibier.

»Unterarmbärte nach vorn!« rief Eugen, als der Run auf das Büfett begann.

Im Sommerpalaisgarten referierte Helmut Krause in großer Runde eine Geschichte, die er am Vorabend in Greiz erlebt hatte, Seite an Seite mit Ivo Wessel: »Gestern sind wir hier aus reinem Versehen in eine Wirtschaft gelangt, in der das psychosozial geworfener anmutende Publikum wohl hauptsächlich trinkt und sich kreuzweise ein bissel Kameradschaft gönnt, und nach einigem Umschauen sind wir wieder gegangen, observiert von mehreren Zechern, die sich bereits in die äußeren Randzonen der Zurechnungsfähigkeit begeben hatten. In einem anderen Gasthof haben wir uns mit thüringischem Gänsebraten beköstigt und sind dann noch einmal über die extrem menschenleeren Straßen in Richtung der anderen Wirtschaft gezockelt, aus der aber in der Zwischenzeit zwei Unholde gestolpert waren, und die kamen nun auf uns zu, um uns wuchtig und laut, aber recht unartikuliert mit Parolen zu bedenken: ›Huäh, huäh, hier is' Ossiland, grunz, grunz …‹ Und anderes Undeutliche mehr …«

Helmut besaß das Talent, druckreif zu sprechen, auch in langen Satzgirlanden, und es irritierte ihn nur kurz, daß Christian irgendwas dazwischenrief.

»Um es kurz zu machen«, fuhr Helmut fort, »der junge Herr, schweigend flankiert von seiner Braut oder einer ihm sonstwie solidarischen Frolleinsperson, hatte uns noch aus jener Kneipe in Erinnerung und wollte wissen, warum wir gleich wieder gegangen seien. Meine Erläuterung hat der Gute wiederum völlig mißverstanden und sie so gedeutet, als hätte uns der Sinn nach weiterem Bierkonsum gestanden …«

»Und dann ist Blut geflossen?« fragte Heribert.

»Gemach, gemach«, sagte Helmut. »Es ist pseudoverbal noch ein bissel hin- und hergegangen, und währenddessen hat sich der Kaschper dann von der jungen Dame sein Schnappmesser geben lassen und angeberisch-kindisch zwischen dem erschrockenen Ivo Wessel und mir damit herumgewurschtelt. Aber ich hab ihn besänftigen können, und dann hat er sich unter vagen Kameradschaftlichkeitsbekundungen getrollt …«

»Wie? Und dit war allet?« fragte Christian. »Da ha' ick mia als eijens aus Ballien anjereister Skandalreporter aber mehr versprochen!«

Über alledem lag linde Holdseligkeit. Das Freibier funkelte, Michael Rudolf begrüßte meinen erst vor Sekunden gefaßten Plan, für den Verlag Weisser Stein zur '94er WM ein humoristisches Fußball-Lexikon zu schreiben, und zum Thema »Die Linke und der Kitsch« steuerte Eugen die Information bei, daß er in Wuppertal Ende der sechziger Jahre innerhalb einer Minute begriffen habe, wie wenig Lebensfreude, Geist und Phantasie in dem sinistren Kreis der örtlichen Revolutionsaspiranten anzutreffen gewesen seien. »Von Charme ganz zu schweigen. Die haben nur Duckmäuser akzeptiert ...« Das Gebell der häßlichen Fahnenschwenker habe ihn jedenfalls sehr schnell aus den miefigen Katakomben der Wuppertaler Linken vertrieben.

Nachdem wir das Sommerpalais ausgetrunken hatten, dirigierte Michael Rudolf uns in ein Wirtshaus, dessen Innenwände mit Hellebarden und schweren Teppichen geschmückt waren. Dort gab es auch einen mit Discomusik beschallten Tanzboden. Achim und Heribert legten mit ihren Freundinnen eine atemberaubend flotte Sohle aufs Parkett, und zu mitternächtlicher Stunde wurden wir in diesem Lokal zu Augenzeugen der Dessous-Show eines Greizer Trikotagengeschäfts: Fünf oder sechs bodenständige Mannequins zeigten sich in Miederwaren, die anscheinend einen Hauch französischer Verruchtheit in den Bierdunst bringen sollten, aber Greiz war nicht Paris, und die turnerischen Bemühungen des Ensembles wirkten so prickelnd wie eine Mehlschwitze.

Er entschwinde jetzt ins Hotel, sagte Eugen. »Verhilf dem Salbeiteegurgelwesen zum Aufschwung, lieber Martin. Und denk daran: Es gibt ein Leben nach dem Abwasch!«

Ich übernachtete bei den Rudolfs und schlief bis mittags wie ein Stein.

»Wir dachten schon, du wärst gestorben«, sagte Michael, als ich in die Küche tapste, und dann brühte er mir einen Kaffee auf und lobte das gestrige Reizwäschespektakel über den grünen Klee: »Unsere Models hier sind eben noch echte Kolchosebäuerinnen und nicht solche Hungerhaken wie bei euch im Westen!«

»Und wann erscheint das große Buch von F. W. Bernstein?«

»Das kann sich jetzt bloß noch um Wochen handeln, wenn man der Druckerei in Leipzig glauben darf …«

Zum Rauchen ging ich in den Garten, denn Michaels Frau Ina war schwanger.

Ich hätte mich ja nicht darum gerissen, im tiefsten Thüringen ein Kind aufzuziehen. Und volljährig wäre dieser Trabant erst im Jahre 2011! Du liebe Zeit!

Daheim leerte ich den Briefkasten und entdeckte in dem Haufen aus unpersönlichem Müll ein kleines Päckchen von Eckhard Henscheid mit der Reclam-Ausgabe seines überarbeiteten Klassikers »Dummdeutsch«. Besonders gut gefiel mir darin natürlich der Eintrag zum Stichwort »Schamkultur«:

Forcierung der allgemeinen Arschigkeit im Rahmen der → Schamarbeit im Zusammenhang vor allem der deutschen Neuvereinigung (vgl. Martin Schlosser, Menschlich viel Fieses, *1992). Langsam tut sich der gute alte Schamhügel bei so viel Konkurrenz wirklich hart.*

Wenn dich morgen der Schlag treffen sollte, sagte ich mir, dann wird dein Name immerhin in diesem Büchlein fortleben.

Wiglaf hatte noch immer keine Texte für unser Buch geliefert, das wir Ende August abliefern sollten. Ich rief Klaus Bittermann an, der sagte, daß schon 48 Rezensionsexemplare bestellt worden seien, auch vom *Spiegel* und vom *Stern*, und Wiglaf vertröstete mich telefonisch auf Ende Juli.

»Dann bin ich aber erstmal selbst für 'ne Woche weg«, sagte ich.

»In deinem Sex-Camp?«

»Nenn es, wie du willst …«

Er lachte. »Na, dann handel dir mal keinen Herpes ein! Und wenn du wiederkommst, liefern wir Klaus ein astreines Buch ab …«

In Dahlem hatten Studenten ein »autonomes Tierrechtscafé« eröffnet. Was man da wohl zu essen kriegte? Bienenstich?

Es war wieder einmal entschieden zu warm in Berlin. Kein Lüftchen regte sich, die Sonne preßte mir von morgens bis abends Achselschweiß und Nackenschweiß ab, und selbst nachts fühlte ich mich wie ein Spanferkel am Drehspieß.

Trotzdem trieb ich die Arbeit an dem Buch über den linken Kitsch voran, und ich genoß es, auch einmal vier Stunden lang am Stück in der Badewanne meiner entvölkerten WG liegen zu können.

Auf meiner Zahnpastatube stand, daß ihr Inhalt nach einer »Mikro-Schonformel« hergestellt worden sei. Ob es wohl irgendjemanden gab, dem dieser Begriff imponierte?

Ich holte die Lektüre liegengebliebener Zeitungen nach. In der *FAZ* standen Auszüge aus Ernst Jüngers Tagebuch von 1982:

Beim Frühstück sprachen wir einen Text durch und kamen auf ein subtiles Problem:

»Sie ließen sich die Nattern um den Hals schmiegen.« Oder: »Sie ließen sich die Nattern sich um den Hals schmiegen.« Beides ist grammatisch richtig, freilich müßte die zweite Version eleganter gefaßt werden. Indessen ist ein Unterschied der Handlung zu beachten und zu betonen, auch wenn der Leser ihn nicht bemerkt.

Beste Fassung: »Sie ließen die Nattern sich ihnen um den Hals schmiegen.«

Da schien Jünger schon nicht mehr ganz dicht gewesen zu sein.

In dem kurzen Spielfilm »Abgeschminkt!«, den Nele und ich uns am Mittwoch im Astor am Kudamm ansahen, kam eine Bettszene vor, in der der rammelnde Mann in der Missionarsstellung voller Wohlgefallen seine Bizepse betrachtete und nicht bemerkte, daß der unter ihm liegenden Frau die Puste ausging.

Nele gluckste, und sekundenlang beneidete ich Papas Generation: Wenn die ins Kino gegangen war, hatte es höchstens mal eine verschämt gefilmte Kußszene gegeben, aber keine peinliche Vögelei auf der Leinwand …

Danach saßen wir wieder beim Riesling auf Neles Balkon. Sie hatte ein Klarinettenquartett von Brahms aufgelegt und erzählte von den Reinfällen bei ihrer Wohnungssuche, während der Abendhimmel seine Sterne auffuhr, aber dann erhielt sie einen Anruf, der so viel Zeit in Anspruch nahm, daß es sich nur um ein Beziehungsgespräch handeln konnte.

Why don't you come on back to the war?

Let's all get nervous …

»Das war mein Freund«, sagte Nele, als sie zurück auf den Balkon kam. »Zur Zeit läuft's nicht so gut zwischen uns. Darf's noch 'n Weißwein sein?«

Auf einer Ansichtskarte aus einem toskanischen Ort namens Montignoso wurde mir von Dagmar nebst Therese, Volker und den Blums mitgeteilt, daß sie sich in einem Bauernhof einquartiert hätten und sich kostenlos aus dem Gemüsegarten versorgen dürften.

Nach der Toskana waren sie alle verrückt, aber ich versprach mir mehr vom Sommercamp im ZEGG als von der Schweißsekretion in Italien.

Als ich so vor mich hinsann, fiel mir ein Buchtitel ein, der viel besser war als »Das Blöken der Lämmer« und der auch perfekt zu der Titelzeichnung von F. W. Bernstein gepaßt hätte: »Und ewig singen die Wale«. Aber dafür war es nun leider zu spät.

Grün und blau hätte ich mich ärgern können.

Und wieder die trötende Amsel! Ich schmiß eine Mirabelle nach ihr, was aber nichts nützte.

Er werde nun nach Oldenburg ziehen und wie einst in der Universitätsbibliothek arbeiten, schrieb Günther Willen mir. Eine Wohnung habe er schon. Doch der Abschied von Hamburg falle ihm schwer:

Von HH nach OL kommt mir vor wie ein Ausstieg aus der Kernenergie. He, ein Spitzenvergleich!

Und jetzt freue er sich auf das Schützenfest in seiner Heimatstadt Löningen im Landkreis Cloppenburg:

Will da mal wieder hin. Nennt es Nostalgie, ich nenne es Liebesdienst. Sie schießen dort immer noch mit der Armbrust (die früher von Lübken-Heini gespannt wurde) auf einen Holzadler (von Tischler Hölzen angefertigt). Der Schützenkönig darf dann in einer gläsernen Kutsche durch den Ort gondeln und huldvoll in die Menge winken. Zum Schießen!

Unter Löningen stellte ich mir sowas wie die Quadratwurzel aus Meppen vor, aber wenn Günther dort herstammte, hatte er meinen Segen.

In meiner WG regierte ich immer noch als Alleinherrscher. Ich brach meinen eigenen Rekord im Dauerbaden, und keine mit einer schwachen Blase geborenen Mitbewohner konnten mich stören.

Einmal hielt ich am Telefon ein Schwätzchen mit Andrea, und sie sagte, daß sie sich ebenfalls für das Sommercamp im ZEGG angemeldet habe. »Dann können wir da ja zusammen hinfahren, und ich komm vorher zu dir nach Berlin …«

Popmusikjournalistisch ging in der *taz* wieder die Post ab:

Nach kurzen Tanzanweisungen klopfen sich die Trommler allmählich an die Hypnose heran, die einzelnen Rhythmusparts werden immer länger und ausgiebiger entlang der seltsam verschrobenen Taktzählung gespielt, ein ziemlich ekstatisches Stolpern … Abrupt, aber funky fegt dann ein Gezischel über den Beat, der unterschwellig wie eine Wasserpumpe auf der Stelle synkopiert.

Verfaßt von Harald Fricke, dem Fachmann für Verschrobenes, der bestimmt auch einen guten Bandleader abgegeben hätte: »Hier brauchen wir einen Beat, Jungs, der unterschwellig auf der Stelle synkopiert, wie eine Wasserpumpe, wenn ihr versteht, was ich meine, und darüber muß dann ein Gezischel fegen …«

»Und wie soll das Fegen erfolgen, Harald? Abrupt?«

»Ja, abrupt! Aber auch funky.«
»Alles klar!«

Die Amsel, die mir mit ihrem Geplärr so oft das Leben schwergemacht hatte, schien nun doch von einer Katze geholt worden oder im Straßenverkehr unter die Räder gekommen zu sein. Warum hatte sie sich auch in Kreuzberg eingenistet und nicht im Grunewald?

Eugen schrieb, daß er mit dem Gedanken spiele, eine Professur für Faltenwurf an der Düsseldorfer Kunstakademie zu bekleiden:

Besonders mein Scheitern an der Darstellung von Knickfalten im Armbeugenbereich möchte ich künftigen Generationen weitervererben.

Das ehrte ihn. Welcher bildende Künstler machte sich denn sonst noch Gedanken über die Darstellung von Knickfalten im Armbeugenbereich?

Am Samstag richtete Claudia Denker eine kleine Party aus, und ich hätte Nele gern mitgenommen, aber am Telefon sagte sie mir ab: Sie wolle ihr Leben nicht noch komplizierter machen, als es schon sei.

Daher ging ich alleine hin und verschaffte mir einen Rausch aus Bier und Aprikosenlikör, und am späten Sonntagnachmittag suchte ich Trost bei Jean Paul:

In unserer innern Welt fliegen so viele zarte und heilige Empfindungen herum, die wie Engel nie den Leib einer äußern Tat annehmen können; so viele reiche gefüllte Blumen stehen darin, die keinen Samen tragen, daß es ein Glück ist, daß man die Dichtkunst erfunden, die alle jene ungebornen Geister und den Blumenduft leicht in ihrem limbus aufbewahret …

Der »Limbus« war laut dtv-Brockhaus »die als Ort natürlicher Glückseligkeit gedachte Vorhölle«. Na dann.

Als ich am Montagnachmittag in der Meppener Dammstraße ankam und klingelte, tat sich nichts. Ob Papa wohl noch schlief?

Ich setzte meine Reisetasche ab und ging ums Haus herum. Dabei fiel mein Blick in die links neben der Garage stehende Regentonne. Darin schwamm ein totes Eichhörnchen. Mit dem Bauch nach oben.

Ich lief weiter bis zum Wohnzimmerfenster und schaute hindurch.

Da lag Papa. Seitlich hingestreckt. War er tot?

Ich pochte an die Scheibe. »Papa? Hörst du mich?«

Er rührte sich nicht.

Ich pochte lauter an die Scheibe. Nicht mehr nur mit einem Zeigefingerknöchel, sondern mit den Handballen, und da hob Papa den Kopf und schimpfte.

»Du mußt mir die Haustür aufmachen!« rief ich. »Die Haustür!«

Anscheinend hatte er das verstanden. Ich sah, wie er sich robbend auf den Weg machte.

Vor der Haustür mußte ich eine Viertelstunde lang warten, bis er sie aufschloß, und dann lag er quer davor, so daß ich sie nicht öffnen konnte. Er mußte sich erst einen halben Meter weit zur Seite rollen, und das dauerte.

War er unterzuckert?

Mit vieler Mühe half ich ihm auf und transportierte ihn in sein Bett. Gut, daß ich es inzwischen ins Erdgeschoß verlegt hatte!

»Hast du Hunger?« fragte ich ihn. »Soll ich dir was zu essen machen?«

Er stöhnte nur. Er war gar nicht richtig bei Sinnen.

Ich suchte in den Küchenschränken nach etwas Brauchbarem und entschied mich für eine Zwiebelsuppe aus der Tüte.

Als sie die richtige Temperatur hatte, fütterte ich Papa mit dieser Suppe, Löffel für Löffel, was schwierig war, weil er sich nicht aufrichten konnte. Ich stützte seinen Kopf von hinten ab.

An Papas Stirn prangte eine neue Wunde. Vielleicht von einem neuen Kellertreppensturz.

Nach dem elften oder zwölften Löffel schlief er ein.

Ich holte einen Spaten aus der Garage und begrub das Eichhörnchen unter einem Rhododendronbusch. Dann unternahm ich einen Gang zur Hase, die sich unter einem wechselnd wolkigen Himmel von ihrer grauesten Seite zeigte.

Everybody got this broken feeling
Like their father or their dog just died ...

Achtzehn Jahre war es jetzt her, daß eine Laune des Schicksals mich in diesen trostlosen Landstrich verschlagen hatte, und bei jedem Wiedersehen regredierte ich zu einem Dreizehnjährigen, der nur eines wollte: weg von hier.

Das Wohnzimmer, das Eßzimmer und die Küche sahen aus, als hätte ein Clochard darin gehaust. Es war ein Jammer, daß Papa sich weigerte, eine Putzfrau zu engagieren und sich Essen auf Rädern liefern zu lassen.

Im Kühlschrank hatte eine vielgestaltige Schimmelkultur eine ökologische Nische gefunden. Auf einem alten Bauchspeckstreifen schienen sogar Haare gewachsen zu sein.

Bei einem Salamibaguette und einer Flasche Bier wurde ich von dem *Tagesschau*-Sprecher Wilhelm Wieben darüber informiert, daß der CSU-Chef Theo Waigel gefordert habe, das Grundrecht auf Asyl durch eine »Institutsgarantie« zu ersetzen. »Danach wäre eine Prüfung von Einzelfällen nicht mehr möglich«, sagte Wieben.

Waigel – ein Verfassungsfeind! Wollte mir nichts, dir nichts einen Grundgesetzartikel kippen, dieser Outlaw! Und was sagte Eckart Werthebach dazu, der christdemokratische Präsident des Bundesamtes für Verfassungsschutz? Wieso war der zu diesem Fall nicht interviewt worden?

In der Badewanne las ich in den Büchern aus meinem Reisegepäck. Die kubanische Revolution hatte Che Guevara mit Vorfreude auf den Dritten Weltkrieg erfüllt:

Es ist das fiebererregende Beispiel eines Volkes, das bereit ist, sich im Atomkrieg zu opfern, damit noch seine Asche als Zement diene für die neue Gesellschaft.

Und dieser Fanatiker war von einer ganzen Generation von Pazifisten angebetet worden! Aber woher hatte er gewußt, daß die Kubaner gewillt waren, sich im Atomkrieg zu opfern? Hatte er eine repräsentative Umfrage veranstaltet? »Buenos días, señora! Wie ich sehe, sind Sie hochschwanger, und Sie haben noch sieben andere süße Kinder! Deshalb fasse ich mich kurz: Sind Sie bereit, Ihre Kinder und sich selbst im Atomkrieg zu opfern, damit noch Ihre Asche als Zement für die neue Gesellschaft dienen möge? Ja? Ganz ehrlich? Das freut mich aber sehr! Muchas gracias! Ihre mit zwölf Kindern gesegnete Nachbarin hat genau das gleiche gesagt!«

Bei Jean-Paul Sartre schien das Beispiel des kubanischen Volkes tatsächlich Hirnfieber erregt zu haben. Über Che Guevara hatte er geschrieben:

Ich glaube, daß dieser Mann nicht nur ein Intellektueller war, sondern der vollkommenste Mensch unserer Zeit.

Mit diesem Satz hatte Sartre seinen Abschied aus der Republik des Geistes genommen und sich in die Legion der Erzähler von Heiligenlegenden eingereiht.

Wie ging es nur an, daß so viele Linke, die sich für aufgeklärt hielten, den Atomkriegstreiber Guevara und seinen Stiefellecker Sartre noch immer verehrten? War ich denn der einzige Mensch, der diese verräterischen Texte las?

Zu später Stunde weckte mich ein Poltern.

Papa lag unten im Flur.

»Ich bin hingefallen«, sagte er. Eine Feststellung, die nicht erforderlich gewesen wäre.

»Soll ich dich zurück ins Bett bringen?«

»Nein! Ich will ins Wohnzimmer!«

Wie er meinte. Ich war ihm dabei behilflich, und nachdem er sich schnaufend in seiner Sofaecke niedergelassen hatte, apportierte ich ihm einen Aschenbecher, ein Feuerzeug, Zigaretten, eine Flasche Sekt, ein Glas und ein Baguette.

Volker, sagte Papa, während er sich vergeblich eine Zigarette anzuzünden versuchte, könne nur ein Kuckuckskind sein. Und in Renates Haushalt passe keine einzige Briefmarke mehr rein …

Was sollte das werden? Ein Melodienreigen seiner größten Erfolge als Familienrichter?

Ich gab ihm Feuer.

»Und Mama ist immer ihr eigener Teufel gewesen«, sagte er und paffte. »Die hat sich selbst nach unseren Weltreisen nur gefragt: ›And what comes next?‹ Anstatt sich mal dafür zu interessieren, daß sie hier ein Dach über dem Kopf gehabt hat! Aber dieser verlorenen Königstochter hab ich's eben niemals recht machen können …«

Wenn Papa weinte, wußte ich nie, was ich machen sollte.

Um halb drei Uhr nachts herum brachte ich ihn wieder zu Bett, aber er stand noch zweimal wieder auf und fiel auch zweimal wieder hin, und beim zweitenmal stieß er mit dem Hinterkopf an die Rippen der Flurheizung und zog sich eine Platzwunde zu.

Im Medizinschrank war zum Glück noch eine Packung Hansaplast.

Am Dienstag machte ich mit Handfeger, Kehrblech, Staubsauger, Schrubber, Feudel und Schwämmen klar Schiff, vom Bug bis zum Heck, und nach der dritten Einkaufsrunde zimmerte ich ein Gericht zusammen, von dem ich hoffte, daß es Papa schmeckte: Königsberger Klopse, Salzkartoffeln und Tomatensalat.

Er kam dann auch tatsächlich wieder zu Kräften, aber damit erstarkte zugleich sein Widerspruchsgeist. Zu der Neuigkeit, daß mir eine gutdotierte Redakteursstelle in Frankfurt offenstehe, fiel ihm als Antwort ein: »Ich dachte, du wolltest unabhängig sein! Bei dir ist wirklich alles ein einziges Hü und Hott!«

In einer stilleren Stunde sprach er von seiner Kriegsgefangenschaft in Petrosawodsk in Karelien. »Da mußten wir Buhnen bauen, in einem See, und jeden Tag sind Leute krepiert, weil sie nicht mehr konnten. Und als ich selbst nicht mehr konnte, haben die Russen mich laufengelassen und gesagt: ›Geh nachhause, Junge.‹ Aber da gab's ja kein Zuhause mehr, und die einzigen Verwandten, zu denen ich mich durchschlagen konnte, waren die in Cottbus, und als ich da ankam, haben die mich überhaupt nicht erkannt …«

Wenn man ihn heute noch einmal zu so einer Zwangsarbeit heranzöge, sagte Papa, dann würde er das höchstens einen Tag lang durchstehen.

Um das Abendprogramm aufzulockern, hatte ich uns aus einer Videothek am Schullendamm einen Videorecorder und den Spielfilm »Aliens – Die Rückkehr« beschafft. Doch der konnte vor Papa leider auch nicht bestehen. Als das Feuergefecht einmal besonders heftig tobte, wandte er ein: »Die hätten alle schon von Querschlägern getroffen sein müssen!«

Wahrscheinlich stimmte das, denn auf dem Gebiet der Wehrtechnik kannte Papa sich aus. Aber war dieser Film nicht ein Märchen? Und hatte Papa, als er noch klein gewesen war, womöglich auch schon seiner Mutter beim Märchenerzählen die Pointen verdorben? »Das kann doch gar nicht sein, daß der Wolf das nicht merkt, wenn man ihm den Bauch aufschlitzt und da Steine reintut …«

Bevor das Sommercamp losging, wollte ich auch noch Oma Jever und Lydia besuchen. Das Haus in der Dammstraße hatte ich wieder gut in Schuß gebracht und sowohl die Kühltruhe als auch die Flaschenregale bis an die Schneidezähne gefüllt, aber als ich am Mittwoch das Haus verließ, rief Papa mir nach: »Kannst du nicht noch 'n bißchen länger hierbleiben?«

Darauf war ich nicht gefaßt. Ich blieb stehen, mit meiner Reisetasche über der Schulter.

»Ich kann eigentlich überhaupt nicht mehr auf dich verzichten«, sagte Papa.

Was hätte ich tun sollen? In die Wagenburg zurückkehren, meine Tasche wieder auspacken und mit Papa zusammenleben? Bei Salami- und Zwiebelbaguettes? Bis daß der Tod uns schied?

In seinem Morgenmantel sah Papa zum Erbarmen aus. Die weißen Bartstoppel, die eingefallenen Wangen und die dürren Beine …

Nein. An seiner Seite wäre ich eingegangen wie eine Primel. Und er strebte ja auch gar nicht mehr aus seinem Loch heraus. Er wollte nur, daß ich ihm darin Gesellschaft leistete.

Cares not to come up any higher
But rather get you down in the hole
That he's in …

Anscheinend hatte Bob Dylan einmal vor einem ähnlichen Problem gestanden und sich gesagt, daß er niemanden verdamme, der in einer Gruft lebe, aber daß es erlaubt sein müsse, sich von solchen Menschen fernzuhalten:

But I mean no harm nor put fault
On anyone that lives in a vault
But it's alright, Ma, if I can't please him …

»Wo willst du denn jetzt eigentlich hin?« fragte Papa.

»Nach Jever. Und nach Oldenburg.«

»Und dann?«

»Dann hab ich in Brandenburg als Reporter zu tun.«

Er schüttelte den Kopf und schloß die Tür.

Auf dem Weg zum Bahnhof stellte ich mir vor, wie es wäre, mit Papa in Meppen unter einem Dach zu hausen: jeden Morgen dicke Luft, jeden Mittag Gemaule über das Essen, jeden Abend die abgenudelten Arien und jede zweite Nacht Notdienst. Und einen Eimer Blut ins Klo kippen.

Außerdem konnte man keine Bücher schreiben, wenn man zwischendurch einem jähzornigen Heimwerker dienen mußte, der zu allem Überfluß eine Neigung zu häuslichen Unfällen besaß. In Meppen wäre meine Kreativität sofort erloschen. Und desgleichen mein Liebesleben. Ich hätte keine einzige Frau mehr zu mir einladen können.

»Ist das hier Blut?«

»Ach, das ist nur Nasenblut von meinem Vater. Hab ich gestern nacht beim Treppenwischen übersehen. Komm, hier oben ist mein Zimmer! Da machen wir's uns gemütlich …«

Und dann Papas Stimme aus dem Keller: »Martin! Wir müssen die gefällte Birke zersägen!«

Wenn ich Papa daraufhin zu erklären versucht hätte, weshalb ich gerade nicht abkömmlich sei, wäre er wahrscheinlich ausgeflippt: »Du weißt doch genau, was im Haus und im Garten noch alles getan werden muß! Und trotzdem schleppst du dauernd irgendwelche Weiber an! Schick diese blöde Kuh jetzt gefälligst weg! Und bring die Säge mit!«

Das hätte den stärksten Eskimo vom Schlitten gehauen.

In Jever exzellierte Oma wieder als Köchin – ihre Schollenfilets waren anbetungswürdig –, aber beim Malefizspielen geriet sie dreimal nacheinander auf die Verliererstraße und spuckte Gift und Galle. Zur gewohnten Form fand sie erst zurück, als abends im Fernsehen eine Folge der Sendung *Humor ist Trumpf* wiederholt wurde. Da sagte Peter Frankenfeld in einem Sketch zu seiner Partnerin, daß er »gestern morgen kreuzfidel« gewesen sei und den ganzen Tag gepfiffen habe. Und darauf sie: »Das war meine Schuld, mein Schatz. Ich habe dir Vogelfutter statt Haferflocken in die Frühstücksmilch getan.«

Nach einer Sekunde, die sie gebraucht hatte, um dem Scherz auf die Spur zu kommen, stimmte Oma in das Gelächter des Studiopublikums ein. Der flaue und zahnlose Humor, der hier Trumpf war, entsprach genau ihrer Kragenweite.

Würde es mir auch einmal so ergehen? Daß mein Humorverständnis versteinerte? Würden Renates Enkelkinder hinter meinem Rücken über mich tuscheln? »Dieser Großonkel Martin ist ja ganz annehmbar, sofern man von seinen Warzen absieht, aber die Witze, über die er lacht, stammen alle aus dem zweiten Jahrtausend …«

Und dann am Donnerstag wieder von Jever nach Oldenburg und hinein in Lydias Arme! Noch war sie ja nicht nach Indien verzogen, und ich konnte Tisch und Bett mit ihr teilen.

Don't question why she needs to be so free …

Es war das reine Glück mit ihr, aber als ich von meinen Abenteuern in Meppen anfing, schnitt sie mir das Wort ab und sagte, daß ihr von solchen Erzählungen schlecht werde: »Geteiltes Leid ist nämlich nicht halbes Leid, sondern doppeltes Leid. Und dein Vater scheint 'ne besondere Begabung dafür zu haben, sein Leid zu verdoppeln und zu verdreifachen …«

Von Günther Willen wußte ich, daß am Abend im Casablanca der 44. Geburtstag des Germanisten Ralph Gätke gefeiert wurde. Da ging ich mit Lydia hin. Außer Günther und dem Geburtstagskind kannte ich dort niemanden, und Lydia kannte nur mich.

Um Günthers Frage nach dem Woher und Wohin zu beantworten, äußerte sie sich über ihr Studium der Sozialpädagogik und ihre Fernreisepläne, womit sie Günther die Gelegenheit gab, vom Thema Indien auf die Armut in Deutschland umzuschwenken und uns zu berichten, daß er in Hamburg einmal einen jugendlichen Bettler mit Baskenkäppi auf dem Bürgersteig sitzen gesehen habe. »In der Susannenstraße. Mit Blechtasse und Zettel. Und auf dem Zettel stand: ›Suche handlungsorientierte Wahrnehmung.‹ Da hab ich zwei Märker gegeben. Hättet ihr doch auch getan. Oder nit?«

Lydia, der darauf keine Antwort einfiel, hatte weiter hinten an der Bar eine Freundin entdeckt und entschuldigte sich.

»Die ist ja irgendwie nicht ganz von dieser Welt«, sagte Günther. »Süß wie so 'n Brötchen!«

Ich lud ihn zur Mitarbeit an dem Fußball-Lexikon ein. Wir verständigten uns auf den Titel »Supersache! Lexikon des Fußballs«, und beim vierten Bier sprach Günther bereits davon, daß wir den »Heimkomplex«, die »Bananenflanke« und das »Strafraumgespenst« nicht vergessen dürften. »In das Unternehmen Fußballbüchlein sollten wir reingehen wie in einen Gottesdienst ...«

Ihre beiden Dinkelbrötchenhälften belud Lydia morgens mit Mandelmus, und das bestreute sie mit selbstgezogenen Kressekeimen und Alfalfasprossen. Dazu trank sie mit Kleehonig gesüßten Chai-Tee, und nebenbei machte sie sich über eine Mango her, die faulig roch.

Obwohl wir gleich nach dem Wachwerden wieder wüst miteinander geschlafen hatten, kam keine gelöste Stimmung auf. Ich konnte mir das nicht erklären und versuchte es auch gar nicht erst. Mir war das zu hoch. So wie molekulare Astrophysik oder Analysis XIV.

Als ich meine Sachen gepackt hatte, gab Lydia mir einen verhuschten Kuß, und dann ging ich die knarzende Treppe hinunter.

She turned around to look at me
As I was walkin' away ...
War das nun ein Abschied für immer?

Eine Dreiviertelstunde später saß ich mit interessantem Lesestoff im Zug. In der *taz* stand ein Artikel übers ZEGG: 1991, hieß es da, hätten 112 Leute das Gelände für 2,1 Millionen Mark von der Treuhand gekauft. Das Ziel sei eine »Weltgemeinschaft mit freier Liebe und ohne Angst und Gewalt«, aber das ZEGG sei kein »alternatives Eros-Center«:

Wer eine Atmosphäre enthemmter Sexualität erwartet oder nach Indizien eines archaisch-kathartischen Psycho-Encounters sucht, wird enttäuscht. Der Lebenszuschnitt der rund vierzig Menschen, die fest auf dem fünfzehn Hektar großen Gelände leben, hat nahezu kleinbürgerliche Züge.

Na, das werden wir ja sehen, dachte ich.

Die »Liste ekliger Wörter« hatte es erstmals in die *Titanic* geschafft, und es war auch das Foto von mir mit dem Wasser-MG auf dem Bahndamm im Heft, allerdings nur ganz winzig und ohne meinen Text. Und dafür waren Nele und ich bis Bad Kleinen gestrunzt!

Sigrun hatte ihren Urlaub hinter sich. Sie saß braungebrannt am Eßtisch, aß ein Reisgericht mit Cashewkernen und sah sich den Flyer vom ZEGG-Sommercamp an. »Und was verschbrichsch du dir davo?«

»Lustbarkeiten«, sagte ich. »Und eine Bewußtseinserweiterung.«

»Isch des so a Selbschderfahrungs-Ding?«

»Ja, kann man so sagen.«

»Noh vil Schbaß in deim ... wie heischt des ... Zendrum für exberimendelle Gesellschafdsgeschdaldung! Schreibsch mir mol 'ne Karde?«

Meine Wäsche waschen und aufhängen mußte ich noch, und als Sommercamplektüre wählte ich Jean Pauls Satire »Dr. Katzenbergers Badereise« aus, obwohl ich nicht glaubte, daß mir im ZEGG Muße zum Lesen blieb. Das wollte ich jedenfalls nicht hoffen.

Andrea traf um halb acht Uhr morgens ein und nötigte mich dazu, ihr beim Klamottenkauf bei Karstadt zu assistieren. Und das im samstäglichen Massenauftrieb!

Danach brachen wir auf, aber als wir im Bahnhof Wannsee auf den Zug nach Belzig warteten, fiel ihr ein, daß sie ja noch einen Koffer in einem Schließfach im Bahnhof Zoo stehen hatte …

Also dümpelten wir mit der S-Bahn zurück, und ich erlaubte mir, Andrea wieder einmal in dem Phantasiedialekt anzupflaumen, den wir eingeübt hatten, als wir noch ein Paar gewesen waren: »Dit sieht dir ähnlisch, daß de die Täsch mit dei Negligés und dei Slips am Bahnhof Zoo vagässe häss, dau ahle Wutz!«

»Mußt du grod sorre«, kofferte sie zurück. »Freu disch, dat isch äwwens de Kaution bezahlt hab, um disch aus dä Undäsuchungshaft rauszuhole!«

»Dat isch nit lach! Dit hässe doch owwens vunn ming äschene Gondo jenomme, dit Jöld!«

»Ja, dei Gondo! Awwä dit ähnzsche Jöld, wat da druff wörr, hänn mei Eltern mir als Aussteuer hinnälasse …«

»Als wenn dei Eltern äwwens owwens ooch nur eene müde Mark besesse hädd! De sinn doch beede inne Hungerturm jestowwe!«

Von schräg gegenüber sah eine Dame uns befremdet an, und da schwiegen wir still.

Eine motorisierte Freundin von Andrea holte uns vom baufälligen Bahnhof in Belzig ab.

Die Stadt machte einen todtraurigen Eindruck. Alle Häuser schienen aus Sandbeton und Spannbeton zu bestehen, und aus den hingekotzten, von Mäuerchen umgebenen Vorgärten wehte einen die Paranoia an. In solchen Karzern konnten nur abgehärtete Neurotiker vierzigmal überwintert haben, ohne Amok zu laufen.

Architektonisch war auch das ZEGG nicht schöner, aber man

wurde von freundlichen Leuten begrüßt und eingewiesen. Für mich gab es am oberen Ende des Geländes einen Schlafplatz in einem Zelt für vier oder fünf Leute. Dort lagen Matratzen auf Holzpaletten.

Andrea zeigte mir die »Liebeszelte« (»Da liegen auch Kondome bereit«), das Großzelt (»Hier finden die Hauptveranstaltungen statt«), den »Campus« (»Auf diesem Platz wird manchmal getrommelt und getanzt«), das Schwimmbecken (»Ist nicht jedermanns Sache, weil sich da Kröten drin tummeln«), die Dorfkneipe, das Restaurant und den Weg zum Männerbad. »Und da, wo wir uns vorhin angemeldet haben, ist die Discothek San Diego. Da steigt heute 'n Tanzabend. Wie ich dich kenne, bist du darauf sicher schon ganz heiß …«

Sie war noch immer das alte Schandmaul.

Am vegetarischen Büfett im Restaurant holte ich mir abends eine Portion Spaghetti mit Tomatensoße und nahm dann auf der weitläufigen Terrasse Platz an einem Tisch, an dem schon drei andere Gäste saßen, zwei bärtige Männer und eine irgendwie indianisch kostümierte Frau von Mitte vierzig, die erzählte, daß sie sich das Rauchen durch Neurolinguistisches Programmieren abgewöhnt habe. Einer der Männer trug einen Fez, der ihm eine gewisse Ähnlichkeit mit einem osmanischen Sultan verlieh, und der andere, ein Romanistikstudent, der zu dem Gespräch die Information beitrug, daß Rudi Dutschkes Ehefrau Gretchen Klotz-Dutschke in den Siebzigern die Devise »Stop smoking, Genossen!« ausgegeben habe, hieß Hans-Uwe und stammte aus Mönchengladbach. Er war auch erst vor zwei Stunden angekommen und zuvor noch nie im ZEGG gewesen.

An diesen Hans-Uwe hielt ich mich. Im San Diego setzten wir uns mit dem Rücken zum Tanzgeschehen an einen Tisch und tranken Flaschenbier. Auf das würdelose Herumgehoppel zu Songs wie »I Will Survive« und »Girls Just Want to Have Fun« ließen wir uns nicht ein. Wir redeten, so gut es bei dem Krach eben ging, über die Frage, was aus Borussia Mönchengladbach geworden wäre, wenn Günter Netzer seinem Verein die gleiche Treue bewahrt hätte wie Uwe Seeler dem HSV, aber dann setzte sich plötzlich eine schweißnasse Blondine zu uns und sagte: »Wollt ihr nicht auch mal abtanzen?«

Nein, wollten wir nicht.

»Seid ihr zum erstenmal hier?«

Wir nickten beide.

»Gut, Jungs«, sagte sie. »Ihr kriegt den Bogen schon noch raus.«

Dann schwebte sie zurück auf die Tanzfläche.

Etwas lustiger wurde es gegen zwei Uhr morgens, als ich an der Bar eine Gesandtschaft aus Berlin kennenlernte: Ingrid, Lena, Jockel, Paula, Annemie und Karl. Sie wohnten in demselben Zeltlager wie ich. Wir gaben einander Grappas aus, und weil Ingrid danach nicht mehr geradeaus gehen konnte, nahm ich sie auf meine Arme, als wir zu dem Zeltplatz loszogen.

Sie zappelte und quiekte, während ich sie trug, aber das gab sich unterwegs, und nachdem ich sie in ihrem Gruppenzelt abgelegt hatte, ging ich in meinem eigenen vor Anker.

Am Sonntagvormittag hielt eine Theologin namens Sabine Lichtenfels im Großzelt einen Vortrag über den Geist der Liebe als universelle Quelle, mit der viele Heilige in Verbundenheit gelebt hätten: Jesus, Meister Eckehart, Franz von Assisi oder Hildegard von Bingen. Die Sexualität sei ein Offenbarungsakt, durch den ein wesentliches Element des heiligen Geistes in unser Leben hineinrage. »Es ist verrückt, diesen universellen Bereich unseres Lebens privatisieren zu wollen. Aus diesem Ghetto muß die Liebe befreit werden …«

Mir kam das alles etwas zu süßlich vor, aber dann ging Sabine Lichtenfels in die Vollen: »Wenn ich es ernstnehme, daß der Geist der Liebe der höchste ist und daß der Geist der Liebe nur zu erreichen ist von denen, die es verstehen, im Geist der Wahrheit zu leben, dann ist es die dringendste Aufgabe, daß dieser Gabentisch Gottes vom Gestank der Lüge und bürgerlichen Perversion befreit wird. Ich verstehe mich als politische Hure Gottes!«

Das ließ sich hören.

»Ich sehe meine Aufgabe darin, den Sündentisch der Geschichte aufzuräumen, zu lichten und einen Altar der Lust daraus zu machen. Der Sex ist so banal, wie er heilig ist. Er ist im Zentrum aller Dinge, wie Gott im Zentrum aller Dinge ist. Sex ist äußerste Wollust und äußerste Nüchternheit. Ebenfalls wie Gott. Sex ist der selbstverständlichste Gottesdienst …«

Bei diesen Worten brach das helle Sonnenlicht sich seinen Weg ins Zelt. Alles lachte, und dann stand Ingrid vor mir und sagte, daß sie etwas mit mir vorhabe. Sie nahm mich an die Hand und führte mich aus dem Großzelt hinaus und zu einem der Liebeszelte.

Darin sah es tatsächlich ganz ansprechend aus: ein sauberes Laken auf einer breiten Matratze, aztekisch gemusterte Bettwäsche und ein Beistelltischchen mit einem Serviettenspender und einem zierlichen Kästchen voller Kondome. Auch an Kerzen und Räucherstäbchen hatte man gedacht, doch die benötigten wir nicht.

Schlank wie eine Glockenblume und biegsam wie eine Lederpeitsche: So war Ingrid, und es tat mir wohl, daß ihre Wahl an diesem Tag auf mich gefallen war.

Es fanden auch Treffen in Kleingruppen statt. Ich schloß mich einer an, die in einem der Seminarräume in einem großen Stuhlkreis zusammenkam. Rund fünfundzwanzig Leute gehörten ihr an. Sie wurde von zwei ZEGG-Bewohnern geleitet, Conny und Torben, von denen die Neuen die Regeln der »Forumsarbeit« erklärt bekamen: »Wer in die Mitte geht, um von sich zu erzählen, hat solange das alleinige Rederecht. Abgesehen von uns Leitern. Also unterbrecht die Person in der Mitte nicht. Ihr dürft aber, wenn die Person das wünscht, anschließend Spiegel abgeben. Das heißt, daß ihr dann sagen dürft, was euch zu dem Auftritt eingefallen ist. Noch Fragen?«

Als erster ging Jack in die Mitte, ein schlaksiger Amerikaner mit Hängeschultern und Adlernase. Während er seine Runden drehte, berichtete er in schleppendem Tonfall, halb auf englisch und halb auf deutsch, daß er in den USA schon einige Gemeinschaftsprojekte besucht habe, doch es sei noch nicht das richtige für ihn dabei gewesen, und dann hätten Freunde ihm vom ZEGG erzählt, und er habe sich entschlossen, am Sommercamp teilzunehmen, um sich ein eigenes Bild zu machen …

Conny stand auf und ging leise hinter ihm her, ohne daß er es merkte, und sie ahmte dabei seine Körperhaltung nach – leicht gekrümmt, die Arme schlaff herabhängend, gebeugter Nacken –, was recht komisch aussah, weil sie eigentlich von stattlicher Statur war. Mich erinnerte sie an das breitschultrige dänische Model Brigitte Nielsen.

Weil nun gelacht wurde, sah Jack sich um und fragte Conny verdutzt: »What are you doing there?«

»Jack«, sagte sie und richtete sich auf, »du schlurfst hier rum wie so 'n Gummiskelett! Hast du keinen Mumm in den Knochen? Du repräsentierst für uns Amerika! Überleg mal, was du uns hier für'n Bild von deinem Land vermittelst!«

»Well«, sagte Jack, »this is the real picture of America!«

»Und was hast du hier im Sommercamp vor? Außer die amerikanische Wirtschaftskrise zu symbolisieren?«

Darauf erwiderte er, daß er hoffe, »to get to know some friendly people …«

»Und willst du hier auch Frauen kennenlernen?«

»Well … yes. Why not?«

»Oder bist du dafür zu schüchtern?«

»Yes. Maybe. I'm not the aggressive type. If that is what you mean.«

Dann habe sie einen Vorschlag für ihn, sagte Conny. »Wenn's dir schwerfällt, Frauen anzusprechen, kannst du sie ja vielleicht anwinseln. Wie wär's? Lust auf 'n Experiment? Geh doch mal auf allen vieren hier im Kreis rum und winsel die Frauen an, die dir gefallen …«

Ich hätte es ja nicht geglaubt, aber Jack spielte mit: Er winselte nacheinander sechs oder sieben Frauen unterwürfig an. Dabei entwickelte er sogar eine ungeahnte Kunstfertigkeit. Alles bog sich vor Lachen, und die Herzen flogen ihm zu.

Danach begab sich eine löwenmähnige junge Frau von fast überirdischer Schönheit in die Mitte und stellte sich als Anita vor. Sie schien einem *Playboy*-Centerfold entsprungen zu sein. Die Kleidung, die sie trug, sah nach Safari aus und hatte große Löcher, die die Haut zur Geltung brachten. Es stinke ihr, sagte Anita, daß sie hier auf Schritt und Tritt angebaggert werde. »Natürlich fühl ich mich davon auch geschmeichelt, aber das ist echt 'ne harte Nummer, wenn man ständig angemacht wird und den Männern Körbe geben muß. Allein auf dem Weg vom Restaurant zum Dorfplatz bin ich heute morgen fünfmal von der Seite angequatscht worden! Die Männer tun mir auch irgendwo leid, aber für mich selbst ist das 'ne ziemliche Tortur, weil ich mich ja auch nicht verhärten will. Ich kann nur eben nicht auf alle so offen zugehen, und deswegen muß ich dauernd dichtmachen, obwohl ich das eigentlich gar nicht möchte …«

Torben riet ihr, das Atmen nicht zu vergessen. Dann stellte er sich vor sie hin und fragte sie, ob es nicht hilfreich wäre, die Garderobe zu wechseln. »Sieh dich mal an – du bist ausstaffiert wie 'ne Amazonenkönigin und siehst so aus, als wärst du gerade von 'nem Tiger angefallen worden. Da ist's eigentlich kein Wunder, wenn du viele Blicke auf dich ziehst! Ich meine damit nicht, daß du bloß noch wie 'ne graue Maus außer Haus gehen solltest, aber wenn du's gern 'n bißchen ruhiger hättest, wäre vielleicht auch 'ne weniger offensive Gewandung angesagt. Bist doch auch so schon schön genug. Oder findest du nicht?«

Sehr anregend, dieses Forum. Ich stieg auch selbst in die Bütt und verriet, daß ich vorhätte, für den Berliner *Tip* über das Sommercamp zu schreiben.

Beim Mittagessen sprachen Conny und ein ZEGG-Bewohner namens Jurek mich darauf an. Das ZEGG, sagten sie, habe allgemein eine schlechte Presse. In der *Bild*-Zeitung sei es auf reißerische Weise als »Sex-Klinik« dargestellt worden, aber es gebe auch Anfeindungen von links. Eine »Sekten-AG« des AStA der FU Berlin habe sich auf das ZEGG eingeschossen, und für die ex-grüne Agitatorin Jutta Ditfurth sei es eine »faschistische Sex-Sekte«. Und auch der Sektenbeauftragte der evangelischen Kirche gebe sich alle Mühe, das ZEGG zu verteufeln …

»Zum Teil liegt das daran, daß bei uns Leute leben, die auch schon in der Kommune von Otto Mühl gewesen sind«, sagte Jurek. »Der ist ja aus gutem Grund wegen Vergewaltigung verurteilt worden. Aber mit dessen Verbrechen haben wir nichts zu tun. Und auch nicht mit seinem autoritären Führungsstil. Es gibt hier keinen Papst!«

»Und natürlich auch keinen Sex mit Kindern, obwohl das immer wieder behauptet wird«, sagte Conny. »Diese Legende verbreiten allerdings auch nur Leute, die noch nie hier gewesen sind.«

Das war in meinem Fall ja nun anders. Und ich hatte auch noch nichts von Sektiererei oder gar von Faschismus bemerkt. Ich hielt nur das auf Steckrüben-, Bohnen- und Kürbisbasis beruhende Nahrungsangebot für bedenklich.

Der Kaffee aus der Dorfkneipe schmeckte mir aber gut. Ich hatte mich mit einem Becher auf eine Holzbank auf dem Dorfplatz gesetzt und schaute dem Treiben zu: Frauen in Pluderhosen drehten die Ständer mit Halsschmuck und Ohrringen, ein Einradfahrer zog seine Kreise, Kinder nuckelten am Eis, die Sonne schien über Gerechte und Ungerechte, und dann fragte mich Manuela, die auch in meiner Gruppe war, ob neben mir noch frei sei und ob ich eine Zigarette für sie übrig hätte.

Manuela stammte aus Münster. Sie war Arzthelferin und hatte mit Ende zwanzig schon zwei Scheidungen hinter sich.

»Und hast du auch Kinder?«

»Nein. Du?«

»Gott bewahre! Mir reicht's, wenn ich ab und zu meine kinderreiche große Schwester besuche …«

In Manuelas rabenschwarzen Haaren verfing sich ein Löwenzahnsamen, den ich wegpusten durfte, und bald darauf lag ich mit ihr in einem der Liebeszelte.

Welche Wonne, welches Leben!

An den folgenden Tagen hörte ich mir im Großzelt Referate über Netzwerkarbeit, Elternschaft, Ökologie und sexuellen Humanismus an. Im Krötenbecken beteiligte ich mich an einem Wasserballspiel, wobei ich einen Kopftreffer abbekam und meine Brille verlor, aber Conny tauchte hinab und brachte sie mir zurück. Und einmal saß ich beim Essen am selben Tisch wie die berühmte Domenica Niehoff, die nach ihrem Leben als Hure in Hamburg zur Sozialarbeiterin auf dem Drogenstrich geworden war. Sie hatte im Sommercamp auch einen Vortrag gehalten, allerdings schon vor meiner Ankunft, und nun hörte ich sie das ZEGG loben. »Ich hab doch schon alles hinter mir, hab ich gedacht«, sagte sie zu Conny und zwei anderen Bewohnerinnen. »Aber von euch kann ich noch was lernen!«

Das Schönste an Domenica war der etwas wehmütige Zug um ihre Augen, auch wenn sie die meisten Freier wahrscheinlich mit ihrer ungeheuerlich ausladenden Oberweite angelockt hatte.

Manche Tischgespräche drehten sich auch um »energetische Steinheilkunde«, »Ahnensprechzeremonien« und die Lehre, daß die Erde ein lebendiger Organismus sei. Dazu schwieg ich ebenso wie zu der Grundannahme, daß die freie Liebe die gesamte Menschheit retten werde.

Viel überzeugender als die Theorie fand ich die Praxis. Conny zum Beispiel: Sie leitete gekonnt unsere Gruppe, kippte in der Dorfkneipe auch mal gleich nach dem Mittagessen einen Underberg und schien sich jeden Abend einen neuen Freund anzulachen. Was wäre aus dieser lebensfrohen Frau geworden, wenn sie sich selbst in eine Ehe herkömmlicher Art gesperrt hätte? So wie Mama?

Ich ging auch einmal mit Conny ins Bett, doch da sprang der Funke nicht über.

»Macht doch nichts«, sagte sie. »Hier isses halt experimentell!«

In einer Anwandlung von Großmut erlaubte mir eine ZEGG-Bewohnerin namens Insa, ihre private Waschmaschine für meine

Wäsche zu benutzen. Während die Maschine lief, nahmen wir gemeinsam ein überschwappendes Vollbad. Dann fiel ich wieder Ingrid in die Hände, und zu meiner Überraschung machte mir auch die jüngste Frau aus meiner Gruppe einen Antrag, Eva-Lotte, eine 23jährige Verkörperung des Lustprinzips.

Oh the sisters of mercy, they are not departed or gone …

Es war das Paradies auf Erden, und den spirituellen Überbau aus Friedensvisionen, Meditationsmusik und Heilungstänzen ignorierte ich einfach. Wie es mir ging, stand bei Jean Paul:

In allen Welten war ein Nachklang wie Jauchzen; unsichtbare Frühlinge flogen mit strömenden Düften vorüber; selige Welten gingen ungesehen mit dem Lispeln einer übervollen Wonne nahe vorbei; neue Flammen flatterten in die Sonnen; das Meer des Lebens schwankte, als höbe sich sein unermeßlicher Boden; ein warmer Sturm wühlte Sonnenstrahlen und Regenbogen und Freudenklänge und Wolken aus Rosenkelchen untereinander …

Auch Jack sah höchst zufrieden aus. Er schritt mit Andrea im Arm über den Platz, und als ich danach neben ihr im Großzelt auf einer Bank saß und das Sonnenlicht durch die bunten Planen brach, fielen wir fast hintenüber vor Lachen über unsere einstige Blödigkeit: Wieso hatten wir einander das Leben früher so schwer gemacht?

Eine blonde junge Frau saß in der Dorfkneipe allein an einem Tisch und aß ein Eis. Wie mir schien, wartete sie nur darauf, daß sich jemand zu ihr setzte. In der altbösen Außenwelt hätte ich das wohl trotzdem nicht gewagt, doch im ZEGG galten weniger strenge Benimmregeln.

Hello, I love you,
Won't you tell me your name …

Angelika hieß sie, und ich hatte richtig gelegen: Sie verzehrte sich geradezu nach Gesellschaft. Und nach einem Schäferstündchen.

»Laß uns hier 'ne Flasche Sekt kaufen«, sagte sie, »und dann gehen wir in mein Zelt …«

Die Tresenkraft teilte mir jedoch mit, daß der Sekt alle sei. »Aber im San Diego müßte es noch welchen geben …«

»Gut«, sagte Angelika. »Dann bau ich uns jetzt 'n Nest in meinem Zelt, du besorgst währenddessen den Sekt, und ich hol dich gleich im San Diego ab, ja?«

Dieser Plan war ohne Fehl und Tadel. Ich ging frohgemut zum San Diego, wo wieder eine Tanzparty stieg, und als ich dort endlich an die Reihe kam, war Angelika bereits bei mir und umfing mich.

»Wir hätten gern 'ne Flasche Sekt!« schrie ich, um die Musik zu übertönen.

»Kommt sofort!« schrie die Barfrau zurück. »Soll ich die auch gleich öffnen?«

»Nein! Die nehmen wir mit!«

»Und wohin, ihr zwei Süßen?«

»In unser Nest!«

»Das klingt gut! Ist da noch Platz? Ich hab gleich Feierabend!«

Ich sah Angelika fragend an, aber sie meinte, daß ich ihr genug sei.

In ihrem Zweimannzelt war sie dann kaum zu bändigen. Sie wollte bezwungen werden, und nachdem mir das glücklich gelungen war, sagte sie, daß sie »ganz viel positive gelbe Energie« in sich spüre, der sie eine Richtung geben müsse. »Sonst gerät die noch außer Kontrolle …«

Angelika wohnte in Neukölln, doch ich war mir nicht sicher, ob ich noch mehr von ihrer Energie vertrug.

Am letzten Abend trafen alle Teilnehmer des Sommercamps im Mondschein in einem Riesenkreis auf dem Campus zusammen. Eine Trommlerin tanzte in der Mitte umher und rief: »Gott ist größer! Laßt uns einen Kanon singen, der genau das bedeutet: Allahu akbar!«

Der Kanon, den sie uns beibrachte, ging ungefähr so:

Ahalla-hu akbar
Ahalla-hu akbar

Ahalla alli alla-a-a
Ahalla-ahu akbar …

Wieso nicht? In meiner aufgeräumten Stimmung hätte ich auch »Guantanamera« gesungen oder »Old MacDonald Had a Farm«.

»Und jetzt nehmt euch an den Händen!«

Rechts neben mir stand Hans-Uwe und links Domenica. Und nun sangen wir Hand in Hand in dieser riesengroßen Runde »Allahu akbar«, während das Mondlicht auf uns herabfloß.

Ich! An Domenicas Hand! »Allahu akbar« singend! Würde mir das jemals jemand glauben?

Der alte Mond beleuchtete uns freundlich, und ich mußte schon sagen: Wenn hier eine himmlische Hand die Regieanweisungen gab, dann machte sie das gut.

Von irgendwoher handelte ich mir in der Nacht eine handfeste Erkältung ein, mit allen Zutaten, die in einem solchen Fall frei Haus geliefert wurden: rauher Hals, tropfende Nase, erhöhte Temperatur, Benommenheit und tief im Schädelinneren ein hundsgemeiner Brei aus Gift und Rotze.

Mit einiger Mühe stand ich das allgemeine Abschiednehmen auf dem Dorfplatz und das große Ausgetausche von Adressen- und Telefonnummern durch und gelangte dabei auch in den Besitz der Nummer einer kernigen Berlinerin namens Madita – »Hab's aus Zeitmangel nicht geschafft, dich abzuschleppen«, sagte sie, »doch was nicht ist, kann ja noch werden!« –, und dann nahm ich eine Mitfahrgelegenheit wahr: Bei drei jungen Männern aus Friedrichshain war hinten im Bulli noch Platz für mich.

In der Graefestraße wurde ich von Jochen begrüßt: »Na, du Lustmolch? Wie war's in Fickhausen? Is' noch was übrig von deinem Rückenmark?«

Ich zog mich mit meiner Post in mein Zimmer zurück. Eine Karte von Frank Schulz aus Griechenland …

Fünf Wochen bin ich nun schon der geregelten Arbeit abhold. Zwei werden noch folgen. Mein Eheweib hat ganz recht, wenn sie mich sowohl hinsichtlich Körpervolumens und Tätigkeitsbe-

schreibung als auch bezügl. Hautfarbe »Sitting Bull« nennt. Na bitte.

… und eine Büchersendung: Eugen Egners Roman »Der Universums-Stulp« mit dem Hinweis, daß ich auf Seite 111 vorkäme. Dort stand der Satz:

Sie hörten angenehm muffig riechende Schallplatten (Beethoven-Kammermusik, Sonatinen von Schlosser).

Damit hätte ich Papa ja mal beeindrucken können: »In Eugen Egners neuem Roman komme ich als Komponist von Sonatinen vor!«

Und wo blieben Wiglafs Beiträge zu unserem Buch über den linken Kitsch?

Vier lange Tage brachte ich in der Knechtschaft meiner Erkältung zu. In den halbwachen Momenten las ich Eugens Roman, aber davon vertrug ich nur kleine Häppchen.

Wie ein prall aufgeblasener Luftballon, der von seinem Aufbläser losgelassen wird, schoß Valerian mit den für Luftballons in dieser Situation typischen Geräuschen kreuz und quer durch den Raum, wurde zusehends winziger und war plötzlich verschwunden …

Der Handlung konnte ich nicht folgen. Ich konnte auch sonst nicht viel. Alle paar Stunden torfte ich zur Toilette und versank danach wieder in unruhigen Träumen.

»Boschd für di!« rief Sigrun und warf einen Brief auf meine Bettdecke. Von Eckhard Henscheid, mit der Kopie eines Protestschreibens, das ein Frankfurter Mikrobiologe an den *FAZ*-Herausgeber Joachim C. Fest gerichtet hatte. Unter dem Briefkopf der Johann-Wolfgang-Goethe-Universität ging es da hart zur Sache:

Ein sattsam bekannter pornografischer Bleistiftkauer wie Herr E. Henscheid versuchte sich in der FAZ an einem ganz miesen Verriß von Alexander und Margarete Mitscherlich. Man muß erschreckt fragen: Paßt dieser schlechte Stil, diese modernistische inhaltsleere Zeilenschinderei neuerdings auch in die FAZ?

Es kam sogar das kritisch gemeinte Wort »Gepupse« vor. Wie fügte sich das in einem Menschenkopf zusammen? Argumente damit abzutun, daß der Mann, der sie äußert, ein »pornografischer Bleistiftkauer« sei, und zugleich einen guten Stil der Auseinandersetzung einzufordern?

Henscheid hatte dazu nur den Kommentar notiert:

Mein Gott, was ein Schwurbelgeschwörl – auch und offenbar gerade hier.

Und wieder Sigrun: »Delefo für di!«

Ich quälte mich aus dem Bett. »Ja, bitte?«

Wiglaf war's: Am Montag werde er mir seine Texte schicken. Per Kurier, wenn's sein müsse.

Wer's glaubt, wird selig, dachte ich und rollte mich zurück ins Bett.

Am Freitag faxte René Martens mir einen Artikel aus der Zeitschrift *Journalist*. Darin stand, daß *Kowalski* nur noch 3700 Abonnenten habe. Tja.

Und es kam ein Kärtchen von Marcus Weimer:

Im Moment lebe ich in einer Art Kleiderschrank. Für die einen ist es Hamburg, für die anderen der größte Kleiderschrank der Welt. Aus Ohrenschmalz zieh ich Kerzen mit Docht aus gezupften Nasenhaaren. Sehr lustig!

Ich las Sigrun das beim Frühstück vor, und sie reagierte erwartungsgemäß mit der Frage, ob Marcus übergeschnappt sei: »Oi Dochd aus gzubfda Nasenhaara? Isch der no bei Verschdand?«

Carola Rönneburg wunderte sich über die positive Bilanz meiner Erlebnisse im Sommercamp. »Dann sind das da doch nicht alles Spinner?«

»Keineswegs. Die haben ein Riesenprogramm aufgezogen und Hunderte von Gästen untergebracht und verpflegt. Das muß man erstmal hinkriegen. Und ich hab mich da pudelwohl gefühlt. Ich bezweifle zwar nach wie vor, daß die freie Liebe der Schlüssel zur Lösung aller Weltprobleme ist, aber es kann ja nicht schaden, mal zu testen, wie weit man damit kommt …«

So erklärte ich es am Telefon auch Nele: Man brauche nicht an die Erlösung der Menschheit durch die freie Liebe zu glauben, um das ZEGG für eine gute Sache zu halten.

»In dem Sommercamp sind also keine Menschenopfer gebracht worden?«

»Nicht daß ich wüßte.«

»Und man hat dich nicht dazu genötigt, nackt und blutbeschmiert um einen Totempfahl zu tanzen?«

»Nein.«

»Habt ihr da denn wenigstens Orgien gefeiert?«

»Das kommt der Wahrheit schon näher.«

»Und? Ziehst du da jetzt ein?«

»Um Gottes willen! So weit geht die Liebe nun auch wieder nicht …«

Meine dritte Lesung in Bad Doberan fand in einer winzigen, aus Anlaß einer »australischen Weihnachtsfeier« mit Tannengrün, Styroporschnee und bunten Tellern veredelten Kellerbar statt, allerdings leider erst um halb elf, als alle schon hacke waren, und als ich am Sonntagmorgen auf der Gartenterrasse meines angestammten Bad Doberaner Gastgebers frühstückte, fraß sein riesiger Hund unter dem Tisch laut knirschend einen Berg Eierschalen auf.

Geschichten, die das Leben schrieb.

In John le Carrés Roman »Der Nacht-Manager« waren viele Sätze kleine Wunderwerke der Komik:

Aus dem Augenwinkel beobachtete Jonathan, wie der Chefpage Mario einen Kofferstapel zum Lastenaufzug schob, wobei er jenen Watschelgang zum Einsatz brachte, mit dem Gepäckträger sich dem unzuverlässigen Gedächtnis ihrer Kunden einzuprägen hoffen.

Da hatte aber auch der Übersetzer Werner Schmitz ganze Arbeit geleistet.

Hätte doch nur die Schweinshitze nachgelassen! Um der Sonne zu entkommen, setzte ich mich im Zug schon dauernd um, aber nach jeder Kurve gloste sie mich wieder an. So als wollte sie unbedingt, daß ich Photosynthese betrieb.

Kaum war ich wieder daheim, kam netter Besuch von Max Goldt. Er schenkte mir seine neue CD »Nirgendwo Fichtenkreuzschnäbel, überall Fichtenkreuzschnäbel« und signierte sie:

Für Schlossi, schwitzend aus Bad Doberan kommend

Im Juli, erzählte er, sei er auf einem Jazzfest im österreichischen Nickelsdorf gewesen. »Lauter weltberühmte Leute, von denen ich noch nie gehört hatte. Und das Jazzdorf war völlig abgasverpestet wegen der Urlauberschlange nach Ungarn. Die Menschen haben zuviel Geld! Für tausend Mark Spedition haben sie einen Geräuscheffekteschrank von München nach Nickelsdorf geschafft ...«

Am Morgen ein eierschalenfressender Hund und am Abend die Bezifferung der Transportkosten für einen Geräuscheffekteschrank: Mein derzeitiges Leben mochte alles mögliche sein, aber unterkomplex war es nicht.

Dann gingen wir ins Kino und sahen uns »Die Regenschirme von Cherbourg« an, eine tränenreiche französische Operette, die Max sehr gut gefiel und mir kein Stück. Für Sülzgesänge in neorealistisch tapezierten Wohnstuben des Jahres 1964 fehlte mir die passende Antenne.

Ich wollte gerade zu Bett gehen, als Wiebke mich aus Meppen anrief und Alarm schlug: »Papa liegt seit gestern im Krankenhaus. Als ich vom Einkaufen zurückgekommen bin, hat er hier blutend auf'm Flur gelegen, und ich hab 'n Krankenwagen gerufen, aber Papa hat sich geweigert, da einzusteigen, und die Sanitäter haben gesagt, daß sie ihn dann nicht mitnehmen könnten, aber später ist mit Papas gnädiger Erlaubnis 'n Bereitschaftsarzt gekommen, und der hat ihn schließlich davon überzeugt, daß er im Krankenhaus behandelt werden muß ...«

»Und wie geht's ihm?«

»Gut wäre geprahlt, aber jetzt ist er wenigstens unter ärztlicher Aufsicht. Wahrscheinlich kann ich mit Volker am nächsten Wochenende wieder nach Meppen kommen. Und du? Hast du die Woche über vielleicht mal Zeit?«

Ich sagte, daß ich das einrichten könne.

Weil 1994 acht Landtagswahlen, neun Kommunalwahlen, die Europawahl und die Bundestagswahl anstanden, hatte irgendein Hirni sich den Ausdruck »Superwahljahr« ausgedacht, und mit dem wurde man bereits im Sommer '93 fortlaufend bepestet. Den Erfinder hätte ich gern gefesselt, großzügig mit Wildblütenhonig bestrichen und in einen Feuerameisenhaufen gestoßen.

Mein Lieblingslied auf der Fichtenkreuzschnäbel-CD war das über die Beatles:

Die Beatles, die Beatles, die Beatles
wohnen in New York,
denn dort pulsiert es ständig,
und sie haben es nicht weit
zum legendären Star-Club.

Der sich bekanntermaßen in Hamburg befand. Aber die Falschaussagen verliehen dem Lied ja seinen Reiz.

Dort packen sie ihre Banjos aus
wie unsereins sein Butterbrot
und rocken bis zum Morgengrauen,
und die gute Susan Sontag,
mit Drogen vollgepumpt,
deklamiert dazu
ihre brillanten Essays …

Ja, so war er doch, der große Apfel, wie wir Globetrotter New York immer gern nannten.

In einem Anfall von Sehnsucht nach Oma Jevers Küche briet ich zwei Schollenfilets, die mir aber gänzlich mißrieten. Ich konnte nur verschmorte Schrumpelteile auf meinen Teller kratzen, und dann wurde ich von Lizzy und Philipp über die probaten Hausmittel bei der Reinigung von Pfannenböden belehrt: Essig, Backpulver und Speisenatron hätten sich da gut bewährt …

Er habe wieder einen *Kowalski*-Scheck erhalten, doch es fehlten immer noch 5000 Mark, schrieb Eugen mir, und Wiglaf kündigte mir telefonisch Großes an: »Nächste Woche bin ich durch mit meinen Texten für unser Buch. Dann setzen wir uns zusammen!«

Auf der Zugreise nach Meppen legte ich eine Zwischenstation in Münster ein und besuchte Manuela. Sie hatte einen Nudelauflauf zubereitet und Rotwein besorgt, und es blieb auch nicht aus, daß wir miteinander schliefen, doch der Zauber unserer ersten Begegnung stellte sich nicht wieder ein.

Ich wußte nicht, woran es lag. An dem David-Hamilton-Poster über ihrem Wohnzimmersofa? Am abtörnenden Kokosduft ihres Parfüms? Oder fehlte einfach das flirrende Sommercamp um uns herum?

Wiebke war fleißig gewesen: Sie hatte das Haus in der Dammstraße blitzsäuberlich aufgeräumt und geputzt. Es lag kein Stäubchen mehr auf den Fensterbänken, selbst der Elektroherd sah aus wie neu, und alles strahlte vor Reinlichkeit.

Das mußte gefeiert werden. Ich ließ mir Badewasser ein und holte zwei Flaschen Bier aus dem Keller.

Es war ungewohnt, im knisternden Schaum zu liegen, ohne befürchten zu müssen, daß Papa einen in den Keller kommandierte, und so konnte ich in der Wanne in aller Ruhe das Buch mit den Interviews lesen, die Vladimir Nabokov gegeben hatte. Viele allgemein hochgeschätzte Schriftsteller waren ihm als Musterexemplare der Mittelmäßigkeit erschienen:

Daß man beispielsweise Thomas Manns Eselei vom »Tod in Venedig« oder Pasternaks melodramatischen und miserabel geschriebenen »Doktor Schiwago« oder Faulkners hinterwäldlerische Heimatchroniken für »Meisterwerke« halten kann – oder zumindest für das, was nach der Sprachregelung der Zeitungsschreiber »große Bücher« heißt –, erscheint mir als der gleiche abstruse Wahn, wie wenn ein Hypnotisierter einen Sessel begattet.

Mir machte das Spaß, und ich fand auch Vergnügen an der

Hochnäsigkeit, mit der Nabokov die Frage beantwortet hatte, wo er sich selbst in der Welt der Literatur verorte:

Fabelhafte Aussicht von hier oben.

Nur »Lumpe« seien bescheiden, hatte Goethe gesagt.

Bei Hähnchen, Pommes und Bier sah ich mir nach dem Baden hintereinanderweg die Spielfilme »Stoppt die Todesfahrt der U-Bahn 1-2-3«, »Der Tod löscht alle Spuren« und »Ein Gespenst auf Freiersfüßen« an. So war's in Meppen, oder jedenfalls in der Dammstraße 43: Man verwandelte sich dort sofort in eine antriebsschwache Sofakartoffel. Es mußte an den *bad vibrations* liegen, die sich in das Mauerwerk und in die Polster eingefressen hatten.

Am Freitagvormittag fragte ich mich im Ludmillenstift zu Papas Zimmer durch, und er sah mich erstaunt an, denn ich hatte ihm meinen Besuch nicht angekündigt. Und ich war meinerseits erstaunt darüber, wie frisch und gesund er wirkte. Als hätte er in einem Jungbrunnen gebadet. Was ein paar Tage im Krankenhaus doch ausmachen konnten!

Er zog sich seinen Bademantel an, und wir gingen nach draußen zu einer Raucherbank mit Blick auf Gräser und Bäume.

Die Ärzte hätten erwogen, ihm die Zehen zu amputieren, es dann aber doch gelassen, sagte Papa.

»Und wozu hätte das gut sein sollen?«

»Das hab ich selbst nicht so richtig begriffen.«

»Und wann lassen die dich wieder raus?«

»Weiß der Kuckuck. Die erzählen mir jeden Tag was anderes über meinen Blutzuckerspiegel ...«

Und was hätte ich Papa erzählen können? Aus meinem Leben? Wie es so im Sommercamp gewesen war mit Ingrid, Manuela, Conny, Insa, Angelika und Domenica?

Wohl kaum. Doch was sonst? Daß *Kowalski* pleite war? Lieber nicht.

»Neulich hab ich in Bad Doberan gelesen«, sagte ich. »Der Veranstalter, bei dem ich übernachtet hab, hat 'ne Dogge gehabt oder irgendeinen anderen Hund in dieser Größenordnung, und der hat morgens einen Riesenhaufen Eierschalen aufgefuttert.«

»Eierschalen?«

»Eierschalen.«

Papa drückte seine Zigarette in dem knallvollen Metallaschenbecher neben der Bank aus und sagte, daß er diese Geschichte ins Reich der Sagen verweise.

Da war ich mit meinem Latein am Ende.

Als wir wieder reingingen, fragte ich Papa, ob Wiebke und Volker ihm am Samstag irgendwas mitbringen sollten. »Die kommen heute abend nach Meppen, und ich selbst fahr morgen wieder zurück nach Berlin ...«

Er brauche nichts, sagte er. »Oder doch – meine Rennie-Pillen können die mir herbringen. Und die Post, wenn welche gekommen sein sollte.«

Ihr Bein sei wieder heil, sagte Oma, als ich sie anrief. »Aber nun liegt Dagmar in Hannover in der Augenklinik der Medizinischen Hochschule, weil sie Sehstörungen hat! Doppelbilder und all so 'n Schiet. Hoffentlich isses nicht zu schlimm!«

Ich rief auch Renate an, um ihr mitzuteilen, wie es um Papa stand, und von ihr erfuhr wiederum ich, daß sie jetzt wieder eine erste Klasse übernehme. »Und Julius kommt am Montag auf die Gesamtschule ...«

Der war doch gerade erst dem Windelalter entwachsen! Wohin sollte das noch führen? Hatte er vor, in zwei Jahren in Rente zu gehen?

Volker und Wiebke brachten Pizzen mit und rissen Witze über Papas im Carport rostenden Jetta: Der schaffe es nur noch binnen einer Woche von null auf hundert, und wenn er ein Pferd wäre, müßte man ihn erschießen.

Wir waren uns einig darüber, daß Papa im Krankenhaus besser aufgehoben sei als unter seiner eigenen Willkürherrschaft, aber von der nächsten Folge dieser Seifenoper konnten wir uns alle noch kein Bild machen.

Jochen hatte für mich auf dem »Graefekiezfest« eine Lesung organisiert. Ich kam auch rechtzeitig an und lief dann eine Stunde lang zwischen Bongotrommlern, Feuerspeiern und Rockmusikanten hinter Jochen her, doch die Lesung fiel aus, weil keiner der Veranstalter greifbar war.

»So sorry«, sagte er. »Darf ich dich zur Entschädigung zu 'nem Bier ins Nova einladen?«

Am Montag kam ein kurzer Brief von Wiglaf an: Er schaffe es nicht, seine Texte für unser Buch pünktlich fertigzustellen, und er bitte um Entschuldigung dafür.

Dolle Sache. Alle Prospekte waren raus, die Vertreter hatten ihr Werk getan, und nun das …

Ich ging zur Grimmstraße hinüber und hielt Kriegsrat mit Klaus Bittermann.

Das sei ja 'ne schöne Bescherung, sagte er und hob die Augenbrauen. »Dann müssen wir den Erscheinungstermin wohl verschieben …«

Im Graffiti machte ich die Bekanntschaft des whiskeyfesten Musikers Rainer Balcerowiak. An der Bar stimmten wir halblaut einige Schlager an, die sich uns ins Gedächtnis gegraben hatten – »Hello, Mary Lou«, »Die Bouzouki klang durch die Sommernacht«, »Akropolis adieu«, »Immer wieder sonntags« und »Hab ich dir heute schon gesagt, daß ich dich liebe« –, und die ganze Zeit über fragte ich mich, woher ich die blondgelockte Frau an einem der Tische kannte. Ihr Gesicht war mir wohlvertraut, doch ich konnte sie nicht einsortieren.

Erst beim dritten Bier fiel bei mir der Groschen: Sie saß sonst bei Getränke Hoffmann an der Kasse. Das war ihr natürliches Habitat, und es verwirrte einen, sie anderswo zu erblicken.

Die Bergsteigerin, die sich in der Eröffnungssequenz des Abenteuerfilms »Cliffhanger« in den Rocky Mountains über ein Rettungsseil in Sicherheit bringen wollte, hatte ihr Leben bereits verwirkt, als sie das erste Symptom von Angst zeigte. Diese Frau wird hopsgehen, dachte man, und zur Erbauung des Publikums riß dann ja auch ihr Sicherheitsgurt. Da konnte selbst Sylvester Stallone nichts mehr ausrichten.

Wer war denn aber auch so dämlich, im Hochgebirge herumzuklettern, anstatt auf ebener Erde Blumen zu pflücken oder sich mit einem guten Buch in der Hand in die Badewanne zu legen? Oder eben ins Kino zu gehen und andere Leute in Bergsteigerfilmen abstürzen zu sehen?

Michael Rutschky schickte mir die Kopie der ersten Seite eines Essays der linken Theologin Dorothee Sölle.

Lieber Herr Schlosser, den ganzen Quatsch wollte ich Ihnen nicht zumuten, aber die Eingangsfrage finde ich göttlich. Herzlich Ihr MR.

Die Frage lautete:

Auf einer Hamburger Hauswand sah ich den Spruch »Mehr Diktatur wagen« und fragte mich: ist es schon so weit?

Dorothee Sölle hielt sich wahrscheinlich in vollem Ernst für eine politische Philosophin, wenn nicht gar für eine Widerstandskämpferin, weil sie Krieg, Tyrannei und Umweltverschmutzung kompromißlos ablehnte. Und das war ja auch sehr lieb von ihr. Doch wem mochte damit geholfen sein?

In Adornos »Noten zur Literatur« fand ich den passenden Kommentar:

In Deutschland läuft vielfach das Engagement auf Geblök hinaus, auf das, was alle sagen, oder wenigstens latent alle gern hören möchten.

Bei Karstadt aß ich Pfifferlinge in Speckrahm und kaufte mir dann in einem Lädchen mal wieder ein Dylan-Bootleg. Ein Konzert, das er im Mai 1992 in San Jose in Kalifornien gegeben hatte.

Leave your stepping stones behind, something calls for you …

Falls ich in der Probezeit in der *Titanic*-Redaktion nicht völlig versagte, stand zum Jahresende mein Umzug nach Frankfurt an, aber ich hatte auch Papa und Oma auf dem Radarschirm.

Quentin Tarantinos Gangsterfilm »Reservoir Dogs« müsse man gesehen haben, sagte Nele, und ich stand an ihrer Seite alle Folterszenen durch. Mein hartes Urteil hob ich mir für die Minute nach dem ersten Schluck Bier in der nächstgelegenen Kneipe auf: »Ich fühl mich wie nach zwei Wochen in einem Trainingscamp der Gestapo und hätte gern mein Eintrittsgeld zurück.«

Nele widersprach mir, aber ich wollte mich nicht einmal streiten über diesen filmischen Blutstuhl, den der Regisseur da unter sich gelassen hatte.

Nun stand mein Name im Impressum der *Titanic*, aber nicht mehr in dem von *Kowalski*.

»Die haben ja nicht mal mehr Werbung auf der U4!« rief Jochen und klatschte das *Kowalski*-Septemberheft auf den Eßtisch. »Ganz schlechtes Zeichen!«

»U4?« fragte Lizzy.

Jochen erklärte es ihr: »Die vierte Umschlagseite. Also die Heftrückseite. In unseren Kreisen nennt man sie U4, aber da du erst ungefähr zehn Jahre im Geschäft bist, kannst du das natürlich noch nicht wissen …«

Die wilde Madita, die am Ende des Sommercamps auf mich zugekommen war, entführte mich zu einem Tanzschuppen namens Abraxas und schockte den jungen Taxifahrer unterwegs mit Details aus ihrer Arbeit in der Psychotherapie: Neulich habe sie für die geschlossene Abteilung ein sperma-, pipi- und kackaresistentes Sofa kaufen müssen …

Auf der Hinterbank umgürtete sie mich dabei mit ihren strumpfbehosten Beinen, und das war auch schon der Höhepunkt des Abends, denn aus dem Abraxas mußte ich fliehen, um keinen Gehörschaden davonzutragen.

In der *Zeit* verriß Katharina Rutschky das neue Buch von Hans Peter Duerr, aber leider nicht mit einleuchtenden Argumenten, sondern mit Sticheleien: Er gehöre zu den »kleinen und kleinsten Geistern«, denen es überlassen bleibe, »sich durch stetes, fruchtloses und belangloses Reiben an der Größe eines anderen Illusionen von der eigenen, natürlich überlegenen wissenschaftlichen Potenz hinzugeben«.

Damit glaubte sie alles vom Tisch wischen zu können, was Duerr gegen die Zivilisationstheorie von Norbert Elias vorgebracht hatte?

Ich faßte es nicht. War Frau Rutschky denn blind?

Irgendeine Sau hatte spinatverklebte Teller in die Spülmaschine gestellt, und jetzt backten die Spinatfasern an allem fest. Sogar innen an Sektgläsern.

Jochen sagte, daß der Verantwortliche sich gemäß dem Ehrenkodex aller Kreuzberger Wohngemeinschaften mit einem Kartoffelschälmesser entleiben müsse, doch es bekannte sich niemand schuldig.

Zwei Tage vor meiner Abreise nach Frankfurt gab ich eine Abschiedslesung im Graffiti. Rainer Balcerowiak spielte dazu auf der Gitarre, es wurde »Musse feife inne Wind« gesungen, und alle waren da, selbst Herr Rutschky und Wiglaf und Max und auch Michael Ringel und Ludwig Lang und Claudia und Nele und Madita, und ich verteilte Wunderkerzen, die anstandslos entzündet und geschwenkt wurden.

Ich hatte vor, anschließend bis ultimo im Graffiti zu bleiben, aber Madita verlangte es bereits um Mitternacht danach, mich heimzubegleiten. »Wir können doch auch bei dir noch was losmachen«, sagte sie, und da mußte ich ihr recht geben.

In meinem Zimmer fiel sie nach Art einer Freistilringerin über mich her, zerkratzte mir die Brust, biß mich und saugte an mir wie ein dehydrierter Vampir.

Diese Vorgehensweise brachte mich nicht in Fahrt. Ich spielte zwar mit, aber eigentlich ließ ich den Ansturm nur über mich hinwegbranden, und ich war nicht traurig, als Madita von mir abließ, sich anzog und ging.

Was war das gewesen? Ein Taifun?

Am Sonntag nahm Dagmar ihr Telefon ab. »Die haben mich von Kopf bis Fuß untersucht«, sagte sie. »Im September muß ich wieder hin, weil sie einen Tumor in meiner Thymusdrüse gefunden haben. Da kommt 'ne größere Operation auf mich zu …«

Und von Wiebke hörte ich, daß Papas Kreislauf stabil sei.

Mit Angelika, einer meiner anderen Bekanntschaften aus dem Sommercamp, sah ich mir im Delphi »Das Piano« an, ein hochgelobtes Filmdrama über die unglückliche Liebe einer stummen Klavierspielerin zu einem Geschäftspartner ihres Ehemanns, der ihr schließlich aus Eifersucht einen Zeigefinger abhackt, und da hatte Angelika genug: Sie stand auf und verließ den Kinosaal.

Ich natürlich auch.

Ihr sei übel, sagte sie draußen und steuerte eine Kneipe an. »Ich brauch jetzt 'n Narkotikum …«

Ich nahm sie später mit zu mir, und ich hätte nur beanstanden können, daß ich ihre Küsse zu feucht fand. Doch wie äußerte man sowas? Als Gentleman? In der Schule hatten sie mir das nicht beigebracht, obwohl es viel wichtiger war als die Synthese von Magnesiumsulfat und der Zweite Punische Krieg.

Von Berlin bis Frankfurt las ich in dem Buch »Ganz normale Männer«, das der Historiker Christopher Browning über ein deutsches Erschießungskommando in Polen geschrieben hatte. Im Juni 1941 war das jüdische Viertel in Białystok geräumt worden:

Während die Polizisten die Juden zum Marktplatz beziehungsweise zur Synagoge trieben, verprügelten und demütigten sie sie; vielen wurden die Bärte versengt, manch einer willkürlich erschossen. Als mehrere führende Persönlichkeiten der jüdischen Gemeinde im Hauptquartier der 221. Sicherungsdivision erschienen, vor General Pflugbeil auf die Knie fielen und ihn um Schutz der Wehrmacht anflehten, ließ ein Angehöriger des Polizeibataillons 309 seinen Hosenlatz herunter und urinierte auf sie, während sich der General abwandte.

So hatte ein General der Wehrmacht gehandelt, deren Veteranen sich so viel auf ihre Ehre zugute hielten, anstatt sich in Grund und Boden zu schämen.

Eine Matratze, einen Schlafsack und ein Kopfkissen hatte Heribert für mich organisiert. »Sieht ’n bißchen spartanisch aus, die Einrichtung«, sagte er, »aber dafür kostet dich das Zimmer auch nur siebenhundertfuffzig Eier im Monat. Und damit wir uns ganz klar verstehen, mein Gutester – keine wilden Partys, kein Hasch, kein LSD! Und Damenbesuch nur bis zehn Uhr abends!«

In der Küche stand ein kleiner Fernseher. Da kuckten wir uns bei ein paar Flaschen Bier die Wiederholung einer Folge von *Raumschiff Enterprise* an, die so unsäglich schlecht war, daß es einem – mit Eugen Egner zu sprechen – das Hemd hinten reinzog. Und mit diesem TV-Trash hatten wir uns in unseren Kindertagen abspeisen lassen!

Heribert meinte sogar, daß die Phaserkanonen der Enterprise immer nur »Blendwerk« gewesen seien. »So wie Hitlers V2 ...«

»Und das Beamen? War das auch nie echt?«

Er seufzte und sagte, daß sie uns wahrscheinlich selbst damit aufs Kreuz gelegt hätten. »Ich fürchte, das war alles nur Verarsche. Aber ich bin jetzt bereit dazu, mich der Wahrheit zu stellen! Das ist der Preis, den man bezahlen muß, wenn man erwachsen werden will!«

Am Dienstag begleitete ich Heribert und Achim ins Waldstadion, wo die Eintracht gegen den Karlsruher SC antrat, und ich war hin und weg, als ich ins Stadionrund hinaustrat und mich in den singenden Volksmassen wiederfand. Welche Fußballstadien hatte ich denn zuvor schon besucht? Das Meppener Hindenburgstadion, das Stadion in Koblenz-Oberwerth und den Schlackeplatz auf dem Mallendarer Berg, haha!

Das hier war eine ganz andere Hausnummer. Die Schlachtenbummler rissen mich mit, aber mir fiel auf, daß ich nach den Schüssen aufs Tor die Rückblende vermißte.

Zur Halbzeit stand es 0:0. Achim erbot sich, uns Bier holen zu gehen, und ich bat Heribert um eine Spielanalyse.

»Ja gut«, sagte er und setzte die Miene einer professionellen Labertasche auf, »in der ersten Viertelstunde hat die Eintracht viel Druck ausgeübt, aber die Karlsruher haben hinten die Räume eng gemacht und sind kontergefährlich geblieben. Jedenfalls müßte bei den Frankfurtern noch viel mehr nach vorne passieren, in die Spitzen hinein …«

Und ähnliches mehr. Er konnte ihn einfach so aus dem Ärmel schütteln, den Kommentatorensalat, den man aus dem Fernsehen kannte.

»Schwer mit den Schätzen des Orients beladen«, sagte Achim lachend, als er mit drei Bierbechern und drei Bratwürsten zurückkam. »Laßt's euch schmecken!«

In der zweiten Halbzeit ging es höher her. 1:0 durch Uwe Bein in der 47. Minute, achtzehn Minuten später der Ausgleich, und nach einer Vorlage durch den eingewechselten Stürmer Jay-Jay Okocha glückte Bein wenig später das 2:1.

Kurz vor Schluß spielte Okocha nach einem Kurzpaß von Bein im Strafraum den Karlsruher Torhüter Oliver Kahn aus, hatte noch zwei Verteidiger vor sich, dribbelte herum und schlug Haken über Haken, bis auch noch ein dritter Verteidiger zur Stelle war, und fand dann zwischen den vielen Beinen endlich eine Lücke für den Torschuß.

3:1.

»Dieser Teufelskerl!« schrie Achim. »Mit dem holen wir die Meisterschale!«

An meinem ersten Arbeitstag in der *Titanic*-Redaktion wies Hans Zippert mir ein Durchgangszimmer und eine moribunde Schreibmaschine zu, die beim »ä«, beim »ö« und beim »ü« die Punkte nicht mehr hinbekam. Die mußte man nachtragen. Von Hand.

»Zuallererst ist hier an jedem Tag die Kontrolle der Presse fällig«, sagte Christian. »Also hock dich hin und lies!«

Bild, *taz*, *FAZ*, *SZ*, *FR*, das ganze Potpourri aus *Spiegel*, *Focus*, *Bunte*, *Tempo*, *Spex* und *Max* und *Stern* und alle möglichen anderen Presseorgane lagen hier aus.

Ich holte mir einen Pott Kaffee und blätterte in der neuen *Emma*. Unter der Überschrift »Die Kinderfreunde-Connection« wurde Katharina Rutschky unterstellt, daß sie einem Netzwerk von Sexualverbrechern angehöre und von deren Taten profitiere:

Katharina Rutschky, die die Täter verteidigt, arbeitet für Geld. Sie verdient am sexuellen Mißbrauch. Sie tingelt wieder, denn ihr Buch kommt gut an.

In demselben »Dossier« wurde das ZEGG als Sekte bezeichnet, es tauchte zusammenhanglos die Zwischenüberschrift »Eine ehrenwerte Gesellschaft« auf, und zu sehen gab es dazu ein kleines Mädchen mit heruntergelassener Unterhose und einer Männerhand auf dem Oberschenkel.

Es war die reine Perfidie. Weil sie keine Beweise auf den Tisch legen konnte, behalf die *Emma*-Redaktion sich mit Gerüchten, zweideutigen Bemerkungen und blödsinnigen Bildbeigaben. Wenn die Herausgeberin Alice Schwarzer sich so gut auf ihr journalistisches Handwerk verstand, hätte sie auch gleich bei der *Bild*-Zeitung anheuern können.

Dem Schnellimbißfraß von der Frankfurter Zeil sah man an, daß er einen krankmachte, aber irgendwas mußte man ja zu sich nehmen, und was blieb einem da schon übrig?

Ich ging alle *Titanic*-Jahrgänge durch, um zu prüfen, wie gut oder wie schlecht Walter Kempowski darin weggekommen war.

Sehr schlecht, wie ich feststellen mußte. 1981 zum Beispiel:

Walter Kempowski hat die Fähigkeit, aus seiner offenbar ererbten Unfähigkeit, Erlebtes und Empfundenes anders als durch dünne Sprüche auszudrücken, dicke Bücher zu machen. Da diese Unfähigkeit weit verbreitet ist, wurde er damit reich und berühmt.

Was für ein Unsinn. Ich nahm mir vor, alles von Kempowski noch einmal zu lesen und ihn dann in der *Titanic* zu rehabilitieren. Da ich hier nun mal saß, war das eine meiner vordringlichen Amtshandlungen.

»Das Piano« sah ich mir noch einmal im Kino an, aber sicherheitshalber allein, damit ich nicht wieder mittendrin einer Frau hinterherlaufen mußte. Ich wollte wissen, wie die Geschichte nach dem Abhacken des Zeigefingers weiterging.

Sie nahm einen wechselhaften Verlauf: Die Pianistin wollte sich zunächst ersäufen, entschied sich aber anders, zwitscherte mit ihrem Liebhaber ab und erlernte das Sprechen.

In Stuttgart sollte, wie es in einer Pressemitteilung hieß, ein unter anderem von AEG und Neckermann gesponserter »Kindergipfel« stattfinden:

Kinder geben den Ton an, wenn sie sich vom 23. bis 26. September 1993 beim »natur«-Kindergipfel auf dem Stuttgarter Killesberg treffen. Unter dem Motto »Kinder reden – Erwachsene hören zu« stehen ihre Wünsche und Visionen im Mittelpunkt.

Zu diesem Gipfel der Heuchelei wollte ich hin. Als *Titanic*-Reporter.

In dem schönen alten Kino Royal in der Schäfergasse wurden abends nacheinander die Spielfilme »Invasion der Körperfresser« (1956), »Die Körperfresser kommen« (1978) und das neue Remake »Body Snatchers – Angriff der Körperfresser« gezeigt. Eine runde Sache, im großen und ganzen, aber in der dritten Verfilmung waren die Protagonisten alle so doof, daß ich es nicht mehr fertigbrachte, auch noch um deren Leben zu bangen.

Als auch Tom Hintner gestand, daß er sich »Das Piano« angesehen habe, ging Hans Zippert in die Offensive: »Ist das nicht so 'ne Kunstscheiße?«

Da hatte er nicht unrecht. Auf weitere Filme über stumme Klavierspielerinnen mit Beziehungsproblemen war ich jedenfalls nicht versessen.

»Hier«, sagte Christian und warf mir die Wochenzeitung *Freitag* hin. »Da lästert jemand 'ne ganze Seite lang über dein geliebtes ZEGG ab ...«

Auch dieser Artikel war ein schmierenjournalistisches Lehrstück:

Hier ist wohl keine klassische Sekte am Werk, die ihre Anhänger gefangenhält. Jeder kann kommen und gehen, wann er will. Vielmehr handelt es sich eher um einen Club von Frustrierten, idealistischen Melancholikern und sich engagiert gebenden Sextouristen, die sich »draußen«, wie sie sagen, in der Gesellschaft, in der Welt, schlicht nicht mehr wohl fühlen und sich deshalb unter den Fittichen der großen Vision zusammengefunden haben. ZEGG – eine Sex-Kommune mit Öko-Anspruch, zum Kuscheln und unappetitlichen Phantasieren für all jene, die sonst nirgends mehr unterkommen oder schon alles ausprobiert haben und doch gerne noch etwas für die politische Moral tun würden.

Aus alledem sprach eine grundlose Gehässigkeit. »Club von Frustrierten«, was sollte das heißen? Und wieso »Sex-Kommune«? Sicherlich, die Leute hatten dort Sex, aber den hatten auch die Einwohner von Helgoland, ohne daß ein Journalist auf die Idee gekommen wäre, von einer »Sex-Insel« zu quatschen. Und wurde der *Freitag* von einer »Sex-Redaktion« beherrscht, weil die Redakteure ein Sexualleben hatten?

Wiglaf faxte mir neue eklige Begriffe – »Brüstediskussion«, »Gießkannenprinzip«, »Soulbrother«, »Gaumenfreuden« und »Nachdenken über Deutschland« –, während Tom Hintner fluchend seine Autoschlüssel suchte. Er hatte sie nur mal eben auf dem Konferenztisch abgelegt, und das war ein Fehler gewesen: In dem Tohuwabohu aus Zeitschriften, Schmierpapierhaufen, Ratzefummeln, Kaffeetassen, Brötchentütenknäueln, Pizzapappen, Spitzern, Stiften, Aschenbechern, Mandarinenschalen, Joghurtbecherdekkeln und anderem Gerümpel fand man niemals etwas wieder.

Nun hatten sie doch tatsächlich Kaiser Wilhelm I. mitsamt seinem Gaul wieder auf den Denkmalssockel am Deutschen Eck gehievt. Und das auch noch am »Sedantag«, dem Jahrestag der Kapitulation der Franzosen nach der Schlacht bei Sedan anno 1870. Es war schwer zu sagen, was hier überwog: die Großmannssucht der Deutschen oder ihr alteingefleischtes Verlangen nach einem Staatsoberhaupt, das ihnen den Hintern versohlte?

Schon seit Wochen hatte ich mich auf »Jurassic Park« gefreut. Da gab es nichts zu meckern: Dieser Film war von der ersten bis zur letzten Minute ein furioses Augen- und Ohrenspielzeug. Die kiebigen Velociraptoren hatte ich sofort in mein Herz geschlossen, und es entsprach meinem Gerechtigkeitssinn, daß der feige Anwalt, der John Hammonds Enkelkinder im Stich gelassen und sich in eine Toilettenanlage geflüchtet hatte, von dem T-Rex mit einem einzigen Haps ins Jenseits befördert worden war.

Im Horizont ließ Achim dann einen krawattenschleifenförmigen Joint kreisen, der an beiden Enden brannte und in der Mitte ein Saugloch besaß. Die Überreste dieses Artefakts hätten eigentlich in ein Museum gehört – ins Wilhelm-Busch-Museum in Hannover zum Beispiel –, aber so weit war die Sammelleidenschaft der Museumsdirektoren noch nicht gediehen. Deren Nachfolgern würde das später leidtun, doch das war der Lauf der Welt. In den zwanziger Jahren wäre man wahrscheinlich selbst mit einer von Salvador Dalí, André Breton und René Magritte signierten Zigarettenspitze in allen Museen der Welt abgeblitzt.

Für den Sonnabend lag eine Einladung von Eckhard Henscheid nach Amberg vor, seinem Heimatort, in dem seine Frau und er einen Nebenwohnsitz unterhielten.

Ich reiste mit der Bahn an, nahm Quartier in einem urigen Hotel und traf zur Abendbrotszeit bei den Henscheids ein, wo ich eine Dressurnummer vorgeführt bekam: Auf Herrn Henscheids Zuruf »Würschtlspringen!« folgten seine beiden Katzen ihm ins Badezimmer, wo er zwei Wurstscheiben auf dem Gestänge der Dusche drapierte, und dann sprangen die gelehrigen Katzen auf den Spülkasten und hüpften von dort aus so hoch hinauf, daß sie sich die Wurstscheiben krallen konnten.

Frau Henscheid tischte Viktualien auf und berichtete beim Abendessen, wie sie einmal in Frankfurt an der Bockenheimer Warte an einem Ampelübergang auf Grün gewartet und links neben sich in einer Reihe den Professor Adorno und dessen Frau erblickt habe. »Ganz außen stand, für den Professor fast verdeckt, eine hübsche blonde Frau mit langen Haaren, und da hob er plötzlich seinen Stock oder seinen Regenschirm und schob damit seine Gattin sanft, aber auch energisch etwas zurück, um die schöne junge Person besser sehen zu können. Und die Gattin hat es geschehen lassen …«

Da sei »die repressive Feminitätssperre doch einmal emanzipatorisch durchbrochen worden«, sagte Herr Henscheid fröhlich.

Nach dem Essen sahen wir uns auf Video »Der Herr Karl« an, ein Ein-Personen-Stück von 1961, in dem Helmut Qualtinger einen selbstzufriedenen, versoffenen, gewissenlosen und schweißglänzenden österreichischen Feinkosthändler spielte, der aus seinem Leben erzählt: Er hatte sich stets der stärksten Partei angedient, auch den Nazis, und als Blockwart getreulich sein Soll erfüllt: »Alles, was man uns da vorg'worfen hat, des war ja folsch. I waaß no, da woar bei uns im Gemeindebau, hamm ma 'n Juden g'hobt, an g'wissen Tennenbaum … sonst a netter Mensch … und da ham s' so Sachen g'schmiert g'hobt gegen die Nazi auf die Trottoirs, auf die Gehsteige … und er hot's aufwischen müass'n, der Tennenbaum … na, net er allan, de andern Juden aa … und i hab eahm hing'führt, daß er's aufwischt …« Und das habe dieser Jude ihm unbegreiflicherweise nicht einmal nach dem Kriegsende verziehen: »Hab i eahm begegnet auf der Straßen, hab i g'sagt: ›– die Ehre, Herr Tennenbaum!‹ Schaut er mi net an. I grüaß eahm no amal: ›– die Ehre, Herr Tennenbaum …‹ Er schaut mi wieder net an. Weil, man denkt sich des: Jetzt is er bees! Dabei – irgendwer hätt's ja wegwischen müass'n!«

Der Schweinchen-Schlau-Typus, den Qualtinger da so genial kopierte, hatte sich wahrscheinlich in allen Zeiten der Menschheitsgeschichte durchgefrettet, ohne deswegen schlechter zu schlafen.

Danach saßen Henscheid und ich noch beim Rotwein auf dem Balkon. Unten rauschte leis die Vils, der Mond schien heimelig herab, ich erfuhr mancherlei über »die zentraloberpfälzischen Sommervergnügungen Bergfest, Hersbrucker Druckerfest und Maria-Schnee-Patroziniumsfest«, und wir streiften die Frage, wann sich wohl endlich jemand dazu aufraffen werde, einen Essay über die deutschen Dieters zu schreiben, also u. a. über den Schlagersendungsmoderator Dieter Thomas Heck, den Schnulzensänger Dieter Bohlen, den Komiker Dieter Hallervorden, den Kicker Dieter Hoeneß, den Fernsehjournalisten Dieter Kronzucker und den Hampelmann Hanns Dieter Hüsch, wobei dann aber auch der Liedermacher Diether Dehm und die Kulturwissenschaftlerin Gerburg Treusch-Dieter gewürdigt werden müßten.

Am Sonntagvormittag chauffierte Henscheid mich zu der Kapelle Maria Schnee, der seine berühmte Novelle ihren Titel verdankte. Hatte sich überhaupt schon einmal jemand mit dem Katholizismus in Henscheids Werken beschäftigt?

Während wir dann bei leichtem Regen in einem Waldstück umherspazierten, teilte Henscheid mir mit, daß die Redaktion der *FAZ* inzwischen selbst von einer Professorin der New Yorker City University gerüffelt worden sei, weil er es sich angeblich erlaubt habe, mit der Polemik gegen die Mitscherlichs »in der geschichtlichen Gegend wild herumzuknallen und unermeßbaren Schaden anzurichten«. Das Wunderbarste an solchen Protesten sei die Offenherzigkeit, mit der die Protestierenden ihre Ahnungslosigkeit zu erkennen gäben: »Die haben weder das Hauptwerk der Mitscherlichs noch meinen Aufsatz gelesen, sondern die Lektüre nur geträumt …«

Daheim legte Henscheid das nächste Video ein: »To Be or Not to Be« von Ernst Lubitsch. »Kennen Sie den Film? Nein? Dann können Sie sich freuen …«

Polnische Untergrundkämpfer, die im besetzten Warschau die Nazis foppten. Die größte Freude hatte ich an der Szene, in der ein als Hitler verkleideter Pole zwei deutschen Luftwaffenpiloten befahl, aus dem Flugzeug zu springen, was sie auch gehorsam taten.

Auf den Umsteigebahnhöfen Würzburg und Nürnberg spie Springers *Bild am Sonntag* mir die Worte ins Gesicht:

Dinostark! Wir feiern den Bundesliga-Park!
Tooooaaaarrrr statt Rooooaaaarrrr!

Dieser Zeitungskonzern tat alles, um das Volk zu verblöden, aber der freidemokratische Bundesbildungsminister Rainer Ortleb hätte sich wahrscheinlich lieber die Zunge abgebissen, als auch nur ein einziges böses Wort über die Springerpresse zu verlieren.

Drei Leser aus Hofheim am Taunus legten mir brieflich »Brosche«, »Knopf« und »Stöpsel« für die Liste ekliger Wörter ans Herz, und ein Leser aus Österreich hatte ein Buch mit erotischen Gedichten von George Tabori eingesandt und um einen Verriß gebeten. Der war auch gerechtfertigt, denn so gefühllos wie Tabori hatten nur wenige andere Autoren von Liebesgedichten ihren Pegasus zugeritten:

Brüste sind Pampelmusen mit einer
Kirsche drauf …

»Und ein zu heißer Pampelmusenkuß ist Gift für die Künstlerbirne«, sagte Thomas Gsella.

Unter Birgit Staniewskis Schreibtisch krabbelte plötzlich eine großkalibrige Schabe hervor. Wir zingelten sie ein, und Hans Zippert bewies uns anhand eines Lexikonartikels, daß es sich nicht um eine gewöhnliche Küchenschabe handele, sondern um eine »Amerikanische Großschabe«.

Achim fing sie in einem Glas ein und spendierte ihr ein paar Schmelzflocken. »Das ist jetzt unsere Redaktionsschabe«, sagte er.

»Und wie wollen wir sie nennen?« fragte Heribert. »Karl-Heinz?«

Wiglaf faxte einen Text, den er »Der Schokoladenonkel bei der Arbeit« genannt hatte. Es ging darum, daß er einem Mädchen im

Görlitzer Park ein Stück Schokolade geschenkt und sich dann erschrocken gefragt habe, ob er in eine Falle getappt sei und schon morgen »in der Schweinepresse von *Bild* bis *Emma*« als Kinderschänder verpönt werde.

Diesen Beitrag fanden wir alle sehr gelungen. Und das Schimpfwort »Schweinepresse« hatte *Emma* sich sauer verdient.

Bei der montäglichen Konferenz ging es auch um die Frage, was deutsche Soldaten eigentlich in Somalia zu suchen hätten.

Er verstehe das nicht, sagte Robert Gernhardt. »Wir hatten doch die beste Ausrede der Welt! Weshalb reißt sich jetzt die Bundesregierung darum, die Bundeswehr in Afrika einzusetzen?«

»Die Schabe ist ausgebrochen!« rief Achim aus dem Nebengelaß. »Alle Mann ans Gewehr!«

Dann kam Manuela mich besuchen. Ich bat sie um Nachsicht für die kärgliche Zimmereinrichtung und schob die Schuld im Scherz auf Heribert: »Der preßt mir so 'ne Wuchermiete ab, daß ich mir keine Möbel leisten kann …«

Der Abend nahm den vorhersehbaren Verlauf: Ich führte Manuela zu einem Italiener aus, hörte mir ihre Arzthelferinnengeschichten an und schlief danach mit ihr, aber auch diesmal eher pflichtschuldig, und am Morgen trafen wir keine neue Verabredung mehr.

And why are you so quiet now
Standing there in the doorway?

Für eine feste Koalitionsvereinbarung hätten unsere Synapsen besser zusammenpassen müssen.

Weil ich wissen wollte, wie es in Sachen *Kowalski* stand, rief ich meinen Anwalt an.

»Ich verbinde«, sagte eine Sekretärin, woraufhin zunächst eine häßliche elektronische Version von Mozarts Türkischem Marsch ertönte und dann plötzlich das Besetztzeichen.

Nächster Versuch.

»Augenblick, ich verbinde …«

Und wieder der Türkische Marsch. Düdelüdelitt – düdelüdelitt – düdelüdel lüdelüdel lüdelüdelitt …

Nun kam ich zwar durch, aber der Anwalt hatte leider nur die schlechte Nachricht für mich, daß da nichts zu machen sei.

Hans Zippert sagte mir, daß Günter Grass am 18. September in Berlin eine Pressekonferenz abhalten werde. »Kannst du da nicht hingehen? Mit 'ner Schere? Ich zahl dir tausend Mark für seinen Schnauz!«

In der Pressemappe für den geplanten Auftritt stand, daß Grass eine Erzählzeit namens »Vergegenkunft« erfunden habe.

Vergegenkunft! Ouhauerha. Wie schaffte man es, einen derartigen Tinnef auszuhecken und sich auch noch etwas darauf einzubilden?

Die Zahl der Trommler auf der Zeil nahm sprunghaft zu. Ob Bongos, Congas, Tablas, Tamburine oder Kesselpauken: Man wurde phonetisch zugemüllt, und es gab Menschen, denen diese als Dienstleistung getarnte Ruhestörung sogar ein Trinkgeld wert war.

Ich mochte es auch nicht, wenn Gitarristen oder Akkordeonisten in die U-Bahn eindrangen, um »La Cucaracha«, »We Shall Overcome« oder »Auf der Reeperbahn nachts um halb eins« darzubieten. Von mir erhielten solche Wegelagerer keinen Pfennig.

Betrüblich war's, die Briefe von Wilhelm Busch zu lesen. Es ließ sich leicht daraus zusammenreimen, daß er niemals eine Freundin gehabt hatte. Brieffreundinnen, ja, und eine Mäzenin, aber sonst? Hatte nicht auch ihn mal der Hafer gestochen? In den Jahrzehnten als Eremit mit Familienanschluß in den Dörfern Wiedensahl und Mechtshausen?

Den SC Freiburg überrollte die Eintracht im Waldstadion mit einem 3:0-Sieg. Alle drei Tore hatte Anthony Yeboah erzielt, der schwerelose Sturmtank aus Ghana, und Achim, Heribert, Thomas Gsella, Peter Knorr und ich jubelten ihm dankbar zu, bevor wir den Schwerpunkt unserer Aktivitäten für den Rest des Tages ins Horizont verlegten.

Für eine Parodie der vom *Kicker* gepflegten Namenswitze notierte ich beim Bier die schlimmsten Kalauer, die den Kollegen einfielen: »Der Ball, dieses obskure Objekt der Sepp Herbergierde«, »Maradonawetter!«, »Angst Hessen Kassel auf« und vieles mehr. Achim trug etwas über den Frankfurter Innenverteidiger Slobodan Komljenović bei – »Komm, Ljeno, witsch noch einen rein!« –, und Heribert fiel ein halsbrecherisches Wortspiel mit Manchester United ein: »Manchester det Ding net nei?«

Den Vogel schoß Thomas mit einem Satz ab, in dem die Spieler Jürgen Klinsmann, Uwe Bindewald, Wynton Rufer und Valdas Ivanauskas und dazu noch der FC Schalke vorkamen: »Wie Klinsmann in den Bindewald hineinrufert, so schalket es Ivanauskas …«

Unterdessen war der Kellner mit einem blakenden Joint an unseren Tisch herangetreten, nahm einen tiefen Zug, legte seinen Mund auf den von Peter Knorr und blies ihm eine Rauchwolke ein, die noch in derselben Sekunde zweistrahlig aus dessen Nasenlöchern wieder herausfuhr.

Wir sahen alle dabei zu, und als Peter Knorr nach diesem Service die Augen aufschlug, sagte er mit leicht schwankender Stimme zu dem Kellner: »Du bist aber auch einer!«

Auf einer Reise von Wien nach Belzig gastierte auch meine Sommercampgenossin Insa bei mir. Mit ihr war alles leicht. Sie wünschte sich einfach nur ein Nachtquartier, ein Nudelgericht, einen Viertelliter Rotwein, Gesellschaft und Sex, aber nicht einmal andeutungsweise ein Gespräch über den Status unserer Beziehung.

Das war mir recht. Ich hatte nicht die Absicht, mich allzu bald wieder in das Mahlwerk einer festen Liaison hineinziehen zu lassen.

Und trotz meiner mittlerweile gesammelten Erfahrungen hatte ich noch immer Schwierigkeiten mit dem Aufhaken von Büstenhaltern. Hätte ich mir etwa einen kaufen sollen? Zum Üben?

Aus dem Lagerbestand der *Titanic*-Redaktion brachte ich zur nächsten gemeinsamen Lesung mit Michael Rudolf im Chemnitzer Café ex Libris eine kräuselhaarige Perücke mit und setzte sie auf, um Friedrich Schorlemmer ähnlich zu sehen, während ich die verschnarchtesten Zitate von ihm vortrug. Daß er gern ein Rosenstrauch wäre, daß der »Angstfriede« am Ende sei and all that jazz.

Die jungen Sachsen stimmte das heiter. Anscheinend waren auch sie es leid, daß Schorlemmer sich in allen Medien als Christi Ebenbild spreizte.

Irgendwelche Spitzbuben wollten sich nach der Lesung mit uns raufen, aber darauf ließen wir uns nicht ein. Wir folgten unserem Gastgeber in eine Kneipe, wo eine schöne junge Dame sich an der Bar neben mich setzte, mir Grüße von Rattelschneck ausrichtete und sich einen Tequila ausgeben ließ. Auch anderes Volk aus unserem Publikum strömte herbei, und wir wurden weiter nach hinten geschwemmt. Die Lage gestaltete sich unübersichtlich, und als unser Gastgeber aufbrechen wollte, ließ ich Michael allein mit ihm davonspazieren, im Vertrauen auf die junge Dame, die mir jedoch irgendwie abhanden kam, so daß ich bloß noch die Option hatte, zum Bahnhof zu trotten und den nächsten Zug nach Berlin zu nehmen.

Dort kam ich wie gerädert an, und in der Graefestraße fiel ich in mein Bett wie ein Eimer Kartoffelsalat.

»Mardin? Hörsch mi? Dai Schweschdr will mid dir schbrecha«, rief Sigrun. »Ond se meind, 's isch dringend!«

Es war mir zu früh und zu hell, doch ich schaffte es bis zum Telefon.

»Wiebke hier«, sagte Wiebke. »Also, Papa geht's sehr schlecht. Er ist ins Koma gefallen. Die haben ihn auf die Intensivstation verlegt. Nach Meinung der Ärzte besteht zwar keine akute Lebensgefahr, aber das kann sich jederzeit ändern. Ich bin jetzt noch bis Montag in Meppen. Kannst du mich dann hier ablösen? Ach ja, und Dagmar muß wegen ihrer Thymusdrüsengeschichte für unbestimmte Zeit im Krankenhaus bleiben. Das ist die zweite Hiobsbotschaft.«

»Ich fahre dann am Sonntag über Hannover nach Meppen«, sagte ich.

Als Gast von Wiglaf Droste und Michael Stein trat Ernst Kahl am Sonnabend im Benno-Ohnesorg-Theater auf, das inzwischen in die Berliner Volksbühne umgezogen war. Einem vollen Haus führte er seine gezeichneten Tierpornos vor und sang mit samtener Stimme Lieder von Mord und Totschlag.

Ein großer Mann, von dem man aber in der Deutschen Akademie für Sprache und Dichtung sicherlich noch nie etwas läuten gehört hatte. Dort lagen alle im Tiefschlaf.

Die Nachfeier spielte sich in einer Schenke ab, in der eine Kellnerin mit eklatanten Zahnlücken ihren Dienst versah, während ein Schäferhund unter den Nebentisch reiherte und Wiglaf über den Verfassungsschutzpräsidenten Eckart Werthebach herzog: »In dessen Amtszeit sind alle Werte den Bach runtergegangen. Har, har, har! Komm – fax diesen Gag an Dietrich Kittner, Martin! Der zahlt dir zehn Mille dafür!«

Auch Juliane Schäfer zechte mit, meine alte Fotoromankollegin, und sie sagte mir, daß am kommenden Samstag mit großem Tamtam ein Waldrestaurant im sogenannten Jagdschloß Windenhütte im Harz eröffnet werde. Ein Heimatvertriebener habe dieses innen mit den Namenszügen von Hermann Göring und Joachim von Ribbentrop versehene Gebäude für 1,5 Millionen Mark renoviert und die Presse eingeladen. »Wollen wir da nicht zusammen hin?«

»Und wie?«

»Hast du 'n Auto?«

Ich dachte an Papas Jetta. »Eventuell schon. Laß uns telefonieren.«

In Hannover besuchte ich Dagmar im Krankenhaus. Ihr graute es vor der Operation. »Den Termin haben sie noch nicht festgesetzt, aber wenn ich daran denke, wird mir jetzt schon ganz anders …«

Die Krankheit, an der sie litt, nannte sich Myasthenia gravis: eine Muskelschwäche, die sich unter anderem auf die Augenlider auswirkte.

Und weswegen wurde meine Patentante davon heimgesucht? Und nicht Pol Pot oder Augusto Pinochet?

Mein Sammlerherz schlug höher, als ich in der Bahnhofsbuchhandlung auf einige Nummern der deutschen »Carl Barks Library« stieß, in der sämtliche Comics von Barks wiederveröffentlicht werden sollten. 14 Mark 80 pro Band. Ich kaufte zwei davon und hatte auf der Weiterfahrt nach Meppen meinen Spaß an Donald Ducks Streitigkeiten mit seinen aufbrausenden Nachbarn Schurigl und Knoll und seinem Malheur auf dem Hochseil: Um seine Balancierstange nicht zu verlieren, bestrich er sie mit Leim, der dann dummerweise Tausende von Heuschrecken anlockte …

Wiebke sagte, daß Papas Behandlung inzwischen schon mehr als elftausend Mark gekostet habe. »Wir müssen rausfinden, ob er noch irgendwelche anderen Konten hat als das bei der Kreissparkasse …«

»Und wie?«

»Weiß ich auch noch nicht. Aber das wird ja wohl aus den Papieren hervorgehen, die hier überall rumfliegen.«

Dabei wäre ich keine große Hilfe gewesen, da mir jegliche Übung in der Interpretation von Bankunterlagen fehlte. Doch ich konnte mich ja anderweitig nützlich machen, indem ich … tja … mir würde schon irgendwas einfallen.

In dem abends auf SAT.1 laufenden Spielfilm »Nachrichtenfieber« (»Broadcast News«) sah ich Holly Hunter wieder, die ich ja bereits aus »Das Piano« kannte, und es war ganz offensichtlich, daß sie mir schöne Augen machte. Und zwar mit Erfolg. Jedesmal, wenn ihr Blick mich traf, beschleunigte sich mein Pulsschlag. Aber wenn sie wirklich mehr von mir wollte als von allen anderen Zuschauern, mußte sie schon etwas weiter aus der Deckung kommen und sich bei der Auslandsauskunft nach meiner Telefonnummer erkundigen. Oder mir ein Grußtelegramm schicken.

Der Oberarzt, mit dem Wiebke und ich am Montag im Ludmillenstift redeten, hielt sich mit Prognosen zurück. »Der Zustand Ihres Vaters ist schlecht, aber konstant«, sagte er.

An Papas Bett standen wir unschlüssig herum. Er schlief, und er atmete ruhig. Ob er uns hörte, als wir zu ihm sprachen, oder ob er es spürte, als wir uns zu ihm setzten – Wiebke links und ich rechts – und seine Hände hielten?

Es kam mir nicht so vor.

Am Freitag werde Renate herkommen, sagte Wiebke, und ich versprach ihr, bis dahin in Meppen zu bleiben, einmal täglich nach Papa zu sehen und am Montag darauf wieder anzureisen.

Der israelische Ministerpräsident Yitzhak Rabin und der Palästinenserführer Yassir Arafat hatten sich in Washington auf ein Friedensabkommen geeinigt und reichten einander vor Präsident Clintons väterlich breiter Brust die Hand. »Enough of blood and tears«, sagte Rabin, und Arafat drückte seine Hoffnung auf ein Zeitalter des Friedens, der Koexistenz und der Gleichberechtigung aus.

Sowohl Rabin als auch Arafat und allen ihren Unterhändlern mußte das eine höllische Überwindung abverlangt haben, doch sie hatten diesen Akt der Selbstverleugnung vollbracht. Wenn das keinen Asbach Uralt wert war! Und weshalb sollte eine schiedlich-friedliche Kooperation der Völker im Nahen Osten nicht möglich sein? So wie zum Beispiel zwischen den Beneluxländern?

Papas Verfassung war am Dienstag unverändert. Alle Werte stimmten. Er war nur nicht bei Bewußtsein.

Bei Meyer kaufte ich das Buch »Novemberland« von Günter Grass, um es für den *Tip* zu verreißen.

Wo wir uns finden, hat verkehrte Konjunktur
Uns fett gemacht. Dank Leid und Kummer satt,
schlug mästend Elend an als freien Marktes Kür …

In dreizehn Sonetten plusterte er sich hier als Erbe von Andreas Gryphius auf und ferner auch als Ökonom, auf dessen Warnungen der Sachverständigenrat zur Begutachtung der gesamtwirtschaftlichen Entwicklung leider nicht gehört habe. Grass hatte unverkennbar einen Schwelbrand im Verteilerkasten.

Zwei, drei, vier Septembertage in Meppen: Ortsfremde hätten das möglicherweise für hinnehmbar gehalten, weil sie das emsländische Regenwetter nicht kannten und auch nicht ahnten, wie fertig einen allein ein Spaziergang durch die verwelkende Landschaft an der Hase machen konnte. Oder das Herumhocken in einem Eigenheim an der Dammstraße.

Weder aufs Bücherlesen noch aufs Baden hatte ich Böcke, Schreiben ging auch nicht, und beim Zappen schnappte ich auf, wie der Fernsehmoderator Roger Willemsen die Schauspielerin Ornella Muti fragte: »In welchen Ihrer Körperteile sind Sie verliebt?«

Geworben wurde für Polyman Color, Fixies Ultra Dry, Slim Fast, Birkel Minuto, L'Oreal und die Toppits-Alufolie von Melitta, während im Keller Papas Werkzeug verstaubte.

Was sollte überhaupt aus Papa werden, wenn er wieder zu sich kam? Er konnte ja bestimmt nicht mehr so weiterwursteln wie zuvor. Aber ein Platz im Altersheim, dachte ich, wäre der blanke Horror für ihn, denn was würde ihm dort noch bleiben? Außer dem Fernsehprogramm, intolerantem Pflegepersonal und tatterigen Zimmernachbarn?

Nachdem ich den Staffelstab in Meppen an Renate weitergereicht hatte, fuhr ich mit dem Jetta nach Hannover zu Wiebke. Um für die Tour durch den Harz gewappnet zu sein, hatte ich Papas Shell-Atlas eingesteckt. Juliane wollte in Hannover bei Freunden übernachten, und am Sonnabend sollte es losgehen.

Auch Wiebke verfügte über eine Badewanne. Wenn man allerdings von dort aus hinter sich nach einem Handtuch griff und dabei die Waschmaschine berührte, bekam man einen elektrischen Schlag versetzt.

Wie war ich in der Schule mit dem Thema Elektrizität geelendet worden! Aber kein einziger Physikpauker hatte mich darüber aufgeklärt, daß man einen gewischt kriegen konnte, wenn man im Badewasser liegend eine Waschmaschine anfaßte. Dabei wäre diese Information viel nützlicher gewesen als alles Hintergrundwissen über Anodenspannung, Reihenschaltungen, Induktionsgesetze und spezifische Widerstände.

Obwohl wir dann noch lange über Papa redeten, ergaben sich keine neuen Gesichtspunkte.

Von Renate hörten wir, daß er in seinem Koma friedlicher aussehe als früher im Wachzustand. Und sie habe nicht das Gefühl, daß er das Bewußtsein noch einmal wiedererlangen werde.

Als Wiebkes Katze beim Frühstück unter den Tisch kotzte, fragte ich mich, ob ein Magen-Darm-Virus in der Haustierwelt umging, und dann klingelte Juliane, und ich startete mit ihr im Jetta zur Harzreise.

Zwei Stunden lang töfften wir über die normalen Pisten auf das Waldgebiet zu, in dem sich das Jagdschloß befand. Die letzte Teilstrecke führte über holprige Forstwege, die sich im Nirgendwo verliefen, und ich war schon nahe daran, den Mut zu verlieren, aber Juliane feuerte mich an – »Keep going, Babe! We're almost there!« –, und nach einem wilden Ritt über Baumwurzeln und durch Pfützen gelangten wir schließlich ans Ziel.

Wir überzeugten uns mit eigenen Augen davon, daß Göring und Ribbentrop sich dort auf einer Wandtäfelung verewigt hatten, hörten Jodlern und musizierenden Förstern zu, hielten auch dem Deutschlandlied stand und fanden bei Gulasch, Rotkohl und Kartoffelklößen unsere Fassung zurück.

Nach weiteren dreieinhalb Stunden Fahrerei setzte ich Juliane in Schöneberg ab und suchte in Kreuzberg nach einem Parkplatz.

Und was hatte mir diese Landpartie nun gebracht? Außer der Einsicht, daß ich keine Jagdschlösser mit den Autogrammen toter Kriegsverbrecher mehr besuchen wollte?

In der Post befand sich ein Belegexemplar der estnischen Zeitschrift *Vikerkaar* mit der Übersetzung meines aus dem *Merkur* übernommenen Aufsatzes »Kopfüber ins New Age«, der hier »Pea ees NEW AGE'i« hieß, und wie ich sah, hatte der Übersetzer den von mir zitierten Schriftsteller Rolf Dieter Brinkmann für den Soziologen Carl Brinkmann gehalten und ihn daher umgetauft, obwohl ich die richtigen Vornamen angeführt hatte.

Ob das wohl auch jemandem in Estland aufgestoßen war?

Außerdem hatte Michael Rudolf mir die von ihm verlegte große Vorzugsausgabe von F. W. Bernsteins »Blechbläser«-Buch zugeschickt, mit einer Rechnung über sechzig Mark, und in einem Brief von Eugen stand die bittere Wahrheit, daß ein Konkursverfahren gegen den Semmel-Verlach eröffnet worden sei:

An Geld aus diesem Topf ist nicht mehr zu denken; der Schoß ist fruchtbar nimmer. Und sämtliche Bücherbestände sind ab sofort Besitz irgendwelcher Gläubigerbanken.

Das war's dann mit *Kowalski.* Und was wurde aus den Redakteuren? Von denen hörte man rein nichts.

Michael Ringel, mit dem Ludwig Lang und ich abends im Graffiti zusammentrafen, gab zu, daß er recht gern die Zeitschriften *Mädchen* und *Bravo Girl* lese, weil ihn die darin thematisierten Probleme »unserer menstruierenden Jungbevölkerung« interessierten: »Habe ich gar keine Vagina?«, »Defloriert durch Tampons?« oder auch »Er will mich sogar im Stehen lieben«. Und er fragte, ob es uns bekannt sei, daß die Teilnehmerinnen einer Selbsthilfegruppe von Pro Familia in Mainz einen Polizeieinsatz ausgelöst hätten. »Die haben eine Angsttherapie gemacht und fast eine Stunde lang Hilferufe geübt, und deswegen haben Passanten die Bullen alarmiert!«

Und er schreibe ja jetzt auch für das Feuilleton der *FAZ*, sagte Michael. »Ihr glaubt nicht, was man da so für Leserbriefe bekommt! Einen hab ich mitgebracht …«

Es war die Zuschrift eines Romanciers namens Jonte C. Bongartz, der von seinem eigenen neuen Buch schwärmte und Michael mitteilte, daß er ihn jederzeit anrufen könne, auch nachts, falls es Rückfragen gebe.

»Dann rufen wir ihn doch mal an«, sagte ich, ließ mir das Kneipentelefon geben, stellte mich Herrn Bongartz, der auch prompt abnahm, als Redakteur von *Bild am Sonntag* vor und fragte ihn, wofür das C in seinem Namen stehe: »Für Christus?«

»Was? Haha … nein … warum?«

»Wir möchten Ihr neues Werk besprechen, und da wollen wir das eben wissen.«

»Nein, das steht für Curd.«

»Cord? Cord wie Cordhose?«

»Nein! Curd! Wie Curd Jürgens!«

»Ah ja! Dankeschön.«

Ich legte auf.

So tief wie Jonte C. Bongartz, das gelobten wir einander alle drei bei unserer vierten Runde Bier, wollten wir niemals sinken.

Jochen war noch wach. Er saß am Eßtisch, friemelte an einem Joint und fragte mich, wie es in Frankfurt so gewesen sei.

»Gut. Aber mein Vater scheint jetzt im Sterben zu liegen.«

»Au. Welcher Jahrgang?«

»Sieben'zwanzig.«

»Das ist früh. Mein Alter ist zwei Jahre älter, und der reißt noch immer Bäume aus. Eigentlich gilt ja die Faustregel, daß die Eltern sterben, wenn man vierzig wird. Komm her, zieh erstmal einen durch!«

Ich ging umwölkt zu Bett und dachte daran, wie Papa mich hochgehoben und an der Zimmerdecke spazierengeführt hatte, als ich klein gewesen war. In Koblenz-Lützel.

Am Sonntag fuhr ich mit dem Jetta von Berlin nach Jever und schob Oma, wie es sich gehörte, in ihrem Rollstuhl über den Friedhof.

»Und wie steht's mit deinem Vater?« fragte sie. »Können die Ärzte euch Hoffnungen machen?«

»Keine großen.«

Sie seufzte. »Nee, wat is dat trürig! Und in Hannover muß nun meine liebe Dagmar unters Messer! Dat is doch alls reinweg nich to begriepen!«

Um Oma gewinnen zu lassen, machte ich beim Malefizspielen lauter Idiotenzüge, die ihr aber nicht auffielen. Für sie gab's nur den Tunnelblick auf das Zielfeld, und als sie mich geschlagen hatte, sonderte sie ein Siegesgeheul ab wie der Kompaniechef eines Hunnensturms.

In Meppen parkte ich am Montag zuerst mal beim Ludmillenstift ein und ging zur Intensivstation.

Schräg gegenüber von Papas Bett beugte sich eine alte Frau weinend über einen Patienten, dem man das linke Bein abgenommen hatte.

Und Papa selbst?

Er stak an seinen Schläuchen und schlief.

»Wie ein Toter«, dachte ich, doch er atmete noch.

Ich nahm seine rechte Hand und sagte ihm, daß ich jetzt wieder für ein paar Tage in Meppen sei.

Die Geräte piepten und blinkten, aber Papa zeigte keine Regung.

Im Dammstraßenbunker hatte sich eine Hundertschaft von Mükken angesiedelt, und ich riß mehrere Fenster auf, um die Viecher hinauszuscheuchen.

Was mir die *Spiegel*-Lektüre nachhaltig vergällte, waren Begriffe wie »Edelmacho«, »Schmiergeld-ABC«, »Milliardenloch«, »Multi-Talent«, »Bildschirmabenteuer«, »Kassenwunder«, »Absatzkrise«

und »Datenfernübertragung«. Und ich hatte auch den »Jäger 90« und die »Pflegeversicherung« restlos satt.

Für meine Briefe an Eugen machte ich Kopien alter Fotos: Papa bei einem Schuhesuchspiel, beim Reparieren eines Modelleisenbahnzubehörteils, bei der Gartenarbeit und beim Verschönern des Hauses auf dem Mallendarer Berg.

It's been a long, long, long time …

Wann hatte Mama bloß alle diese Fotos in die Alben geklebt?

An langen und einsamen Abenden vermutlich.

»Es sieht leider nicht gut aus für Ihren Herrn Vater«, sagte einer der Ärzte am Dienstag im Ludmillenstift zu mir. »Er leidet an multiplem Organversagen. Herz, Niere, Leber, Lunge. Die wollen alle nicht mehr.«

»Und wie lange geben sie ihm noch?«

»Vielleicht eine Woche. Vielleicht auch nur Tage.«

Dann legte er mir eine Hand auf die Schulter und sagte: »Mensch …«

Ich saß lange an Papas Bett und hielt seine Hand.

Im Bett daneben dämmerte ein Greis vor sich hin, und der verstümmelte Mann von gegenüber wurde an diesem Nachmittag von zwei jüngeren Frauen beweint.

Hier diese Reihe sind zerfallene Schöße
und diese Reihe ist zerfallene Brust …

Mir war selbst zum Heulen, aber das sparte ich mir auf.

An die Ostfront hatten die Schweine von der Wehrmacht Papa im Januar 1945 geschmissen, als Siebzehnjährigen, und danach war er seinem Schicksal überlassen worden, und der Staat hatte sich davor gedrückt, für die Gesundheitsschäden aufzukommen, die Papa in der Kriegsgefangenschaft erlitten hatte.

Und nun lag er hier. Zerschunden und abgewrackt. Mit grauen Bartsprossen.

Als ich mich von Papa verabschiedete, zuckten seine Lippen, und ich setzte mich wieder hin.

Aber hatte er mich wirklich gehört? Wußte er, daß ich bei ihm war?

»Morgen komm ich dich wieder besuchen, Papa«, sagte ich schließlich und ließ seine Hand los.

Der Arzt, mit dem ich vorher schon gesprochen hatte, riet mir, in der Nähe des Telefons zu bleiben, unter dessen Nummer ich erreichbar sei.

Ich rief Renate, Volker und Wiebke an und sagte ihnen, daß wir uns auf Papas Tod gefaßt machen müßten.

Nachdem ich ein Salamibaguette in mich hineingezwängt, eine Flasche Weißwein entkorkt und eine von Mamas Chopin-Platten aufgelegt hatte, setzte ich mich an die elektrische Schreibmaschine und schrieb einen langen Brief an Eugen.

Am Morgen bimmelte Papas schnurloses Telefon, das ich neben mein Kopfkissen gelegt hatte, und eine Krankenschwester sagte, daß jetzt die Zeit gekommen sei, meinem Vater Lebewohl zu sagen. »Aber überstürzen Sie sich nicht, Herr Schlosser! Fahren Sie vorsichtig!«

Ich zog mich hastig an, sprach allen meinen Geschwistern was auf den Anrufbeantworter, ließ das Zähneputzen ausfallen und sprang in den Jetta.

Auf der Intensivstation des Ludmillenstifts hieß es, daß ich noch warten müsse. »Nehmen Sie bitte hier Platz …«

In Papas Zimmer eingelassen wurde ich erst nach einer Viertelstunde Warterei.

Keine Schläuche mehr und nichts. Auf dem Nachtschrank stand eine brennende Kerze, und auf dem Bett lag Papas Leichnam.

Eine Schwester trat ein und sagte: »Ihr Vater hat ausgelitten.«

Ich wußte nicht, wo mir der Kopf stand, aber irgendwie kriegte ich es hin, mit den Ärzten das Prozedere zu klären und zurück zur Dammstraße zu fahren.

Renate, Volker und Wiebke erreichte ich nicht, aber Dietrich, und ich bat ihn, seine Geschwister und auch Tante Hanna zu unterrichten.

»Jetzt kommt 'n Haufen Arbeit auf euch zu«, sagte er. »Laßt es mich wissen, wenn ich irgendwie helfen kann!«

Oma nahm die Todesnachricht gefaßt auf und fragte, wann denn wohl mit der Beerdigung zu rechnen sei, doch das konnte ich ihr nicht sagen.

Dann rief ich den Bestattungsunternehmer Mattner in Jever an. Er versprach mir, sich sofort in Bewegung zu setzen.

Anstatt zu frühstücken, schenkte ich mir ein Glas Weißwein ein und ging traurig durch alle Etagen.

Meines Vaters Haus ist es, aber kalt steht Stück neben Stück ...

In Wiebkes altem Zimmer die stummen Türme aus Bananenkartons, im Bad das letzte Stück Seife, das Papa benutzt hatte, und im Kellerbüro die staubigen Hefter mit seinen Arbeiten für das Maschinenbaustudium.

Großer Entwurf G43
cand. mach. R. Schlosser 7762
Luftgekühlter Diesel-V-Motor

Mir Unverständliches in akkurater Handschrift:

Der Kolbenbolzen wird als ein in der Mitte durch gleichmäßig verteilte Streckenlast auf die Länge des Pleuelstangenauges belasteter und in den Mitten der Kolbenbolzenaugen aufliegender Träger auf Biegung berechnet ...

In einem Wust anderer Papiere lag auf dem Fußboden ein von Papa mit Bleistift beschriebenes Blatt:

Denk an die Freude, die sie hinterließ,
An ihr liebevolles Lächeln und Lachen,
Denk an ihr liebes Wort, ihr selbstloses Tun und Trachten,

Das immer und ewig fortwähren wird.
Denk an all diese wundervollen Dinge,
Und selbst wenn sie von uns gegangen ist,
In Deinem Herzen, der Erinnerung,
Lebt Deine Mutter in Dir fort.

Es schnürte mir die Kehle zu.

Aber was mich am meisten bewegte, war ein von Papa am 5. Januar 1991 offenkundig im Zustand der Betrunkenheit getippter Briefanfang, der keine Anrede enthielt:

Hier ist nun das Buch üebr Hoymmar von Dithfurt Und sein letztes Gsräch, dsa er vor sinem Tode, der auch krebsbengt war, als Iterview gegeben hat. Viels dsrin Hat mich ief berürt jnd mir meher gegeben als alle Religion.

Ich stehe jetzt selst vor einem vor einem persönlichen Desaster und weißjmmer noch njcht wie ich damit fertig werden sill.

Da hatte ich Papa noch einmal in seiner ganzen Verzweiflung vor mir.

Gegen Mittag erreichte ich endlich Renate und hörte sie dann am Telefon weinen.

Mit der Beerdigung, sagte sie, sollten wir uns besser Zeit lassen. »Jetzt haben wir Mittwoch, und bis zum Wochenende ist das zu knapp …«

Herr Mattner fuhr mit einem Leichenwagen vor, sprach mir sein tiefempfundenes Beileid aus und schloß sich der Auffassung an, daß es ratsam sei, die Beisetzung auf Anfang der kommenden Woche anzuberaumen.

Die Klärung der näheren Modalitäten verschoben wir auf einen der nächsten Tage.

Ich bevollmächtigte Herrn Mattner zur Überführung des Leichnams nach Jever und rief anschließend Eugen an, und während ich mit ihm sprach, stürmte Wiebke durch die noch offenstehende Haustür und fiel mir um den Hals.

Auch Volker kam herein.

»Wir sind gleich heute früh in Hannover losgefahren«, sagte

Wiebke, »aber da hier jetzt schon der Leichenwagen steht, kommen wir anscheinend zu spät …«

Die gemeinsam vergossenen Tränen taten gut. Immerhin waren wir ja keine Einzelkinder.

Irgendwann mußte ich aber mal raus und Atem schöpfen.

Ich ging die Görresstraße runter und an unserem alten Haus in der Georg-Wesener-Straße vorbei zum Stadion, in dem der SV Meppen seinem Traum vom Aufstieg in die Erste Liga nachhing. Dort hatte ich mich einst als Jugendspieler abgerackert, und dahinter, auf dem umzäunten Gelände der Wehrtechnischen Dienststelle 91, war Papa als Beamter verdorrt, während Mama staubgewischt, Socken gestopft und Bohnen eingekocht hatte.

Wie in dem einen Gedicht von Rolf Dieter Brinkmann:

& sie haben sich selber beschissen & nicht
einmal ihr Tod hat ihnen gehört.

Oder war das zu hart? Wenn man bedachte, wie tapfer sie sich nach oben gearbeitet hatten?

Oben hatten sie dann zwar genug Geld gehabt, aber sonst auch nichts.

Der Nachmittag verging mit vielen Telefonaten: Dagmar, Luise, Gisela, Therese, die Lohmanns, Pastor Schildt und wieder Herr Mattner, Oma und Renate. Und es mußte der Text für die Trauerkarte entworfen und eine Druckerei beauftragt werden. Die Beisetzung planten wir nun für Dienstag, den 28. September.

»Den Kranz bestellen wir in der Blumenhandlung Detert«, sagte Wiebke. »Und gib mir mal die Nummer von dem Mattner. Es muß ja auch noch 'n Sarg ausgesucht werden. Ich finde, daß wir den gleichen wie bei Mama nehmen sollten …«

Volker hatte Essen von irgendeinem Griechen geholt. Allerdings viel zuviel. Uns fehlte allen der Appetit.

»Wie lange ist jetzt eigentlich schon die blöde Spülmaschine kaputt?« fragte Wiebke.

»Seit einem Jahr ungefähr.«

»Die hätt' er echt mal reparieren lassen können«, sagte Volker. »Oder sich 'ne neue kaufen. Was hat ihn denn daran gehindert?«

Seine Lethargie, wie ich annahm.

Nachdem Wiebke am Donnerstag die Sterbeurkunde besorgt hatte, setzte ich mich an die Schreibmaschine und benachrichtigte das Lingener Finanzamt, den VDI-Verlag in Düsseldorf, das Stuttgarter Wehrbereichsgebührnisamt V, die Oldenburger Filialdirektion der Krankenversicherung Continentale und die Versicherung Aachener und Münchener in Münster von Papas Tod.

»Ijasses!« rief Wiebke, als sie im Wohnzimmer einen Blick hinter den afrikanischen Wandbehang mit den Kudus warf. »Da sieht man erst, wie nikotinverseucht die Tapete sonst überall ist!«

Volker war dafür, die Kühltruhe abzutauen. Viel sei ohnehin nicht mehr drin, und wir müßten uns dann nur erbarmen und die restlichen Salami- und Zwiebelbaguettes auffressen …

Ein Kontrollgang durch Speicher, Keller und Garage ergab, daß wir mindestens drei Schuttcontainer benötigten, und wir beschlossen, uns in der letzten Dezemberwoche darum zu kümmern. Vorher wollten wir in Meppen gemeinsam Weihnachten feiern.

Diese Idee gefiel auch Renate. »Ich komm dann mit Olaf und den Kindern«, sagte sie. »Ist doch prima. Dann sind wir mal wieder alle vereint.«

Bis ein Uhr zwanzig blieb ich wach, um mir auf RTL den Mistfilm »Angel Heart« anzusehen, in dem Robert De Niro den Teufel spielte und Mickey Rourke einen lumpigen, zur Höllenfahrt verdammten Privatschnüffler. Im Grunde war das gar kein Film, sondern eine Blutsuppe, und ich ärgerte mich über mich selbst: Weshalb hatte ich mich da nicht schon nach zehn Minuten ausgeklinkt?

Am Freitag nahm ich mir bis Montagnachmittag familienfrei und reiste als *Titanic*-Reporter nach Stuttgart. Birgit Staniewski hatte mir dort für zwei Nächte ein Hotelzimmer gebucht, damit ich vom »Kindergipfel« berichten konnte.

Eine mächtig lange Bahnfahrt, doch ich hatte den Erzählungsband »Alpträume« von Stephen King dabei und war auf der sicheren Seite.

Im Vorwort klagte er über »das übellaunige Gekläff« der »selbsternannten Kirchenvorsteher der amerikanischen Literatur der Letzten Tage«:

Etwa seit 1980 behaupten einige Kritiker, ich könnte meine Wäscheliste veröffentlichen und würde eine Million Exemplare davon verkaufen, aber das sind überwiegend Kritiker, die glauben, daß ich sowieso nichts anderes mache.

Ich hätte mich gefreut, wenn King der Literaturnobelpreis zuerkannt worden wäre, und ich stellte mir das Aufjaulen der Ästheten vor, die King irrtümlich für einen Schundliteraten hielten. Gejöselt und geschnaubt hätten sie. Aber den Mut, Stephen King zu ehren, brachten die Pappenheimer in Stockholm natürlich nicht auf.

Die Stadt Stuttgart gab sich keine große Mühe, meine Sympathie zu erwecken. Vor dem Bahnhof wäre ich fast von einem Taxi übergemangelt worden, im Hoteleingang hing ein Warnschild mit dem Vermerk, daß der Besuch fremder Personen streng untersagt sei und eine Strafe nach sich ziehe, der Portier war patzig, im Treppenhaus stank's nach Urin, und in meinem Fingerhut von Zimmer ließ sich der Vorhang nicht schließen.

Eine preisverdächtige Leistungsschau. Was hatte Stuttgart noch alles in petto?

Es fiel Regen, als ich am Sonntag mit öffentlichen Verkehrsmitteln zum Killesberg zuckelte. Egon Erwin Schlosser, der Reporter ohne Furcht!

Im Empfangsbüro lagen Papiere aus, denen zu entnehmen war, daß 1991 schon einmal ein »Kindergipfel« veranstaltet worden sei.

Damals, so konnte man darin nachlesen, habe der Ex-General Gert Bastian den Kindern versprochen, daß es keinen Krieg mehr geben werde, und von ihnen trotzdem nur die Note 3 erhalten.

Hier aber gab es nun ein Malzelt, Jongleure, Pantomimen und ein »Sinnenlabyrinth« mit »Tierkinderstuben« aus Naturmaterialien. Kleinkinder krochen durch eine »Arche« aus Eschenruten, Schilf und Abfall, und in einer »Jurtenstadt« tagten »Arbeitskreise«.

In einer der Jurten saß ein Vorstandsmitglied von Neckermann auf einem Strohballen und ließ sich von Grundschulkindern ausfragen: Ob er wirklich genug für die Umwelt tue? Ob er nicht finde, daß auch Kinder ein Recht auf Leben hätten? Ob er seinen Müll trenne? »Und was unternehmen Sie gegen Tierversuche?«

Der Mann gab sich den Anschein, als bekäme er gar nicht genug von diesen Fragen, und er leitete jede seiner Antworten untertänigst mit den Worten »Ich finde auch, daß« ein.

In einer anderen Jurte rief ein Opa alle Kinder dazu auf, eine Herabsetzung des Wahlalters zu erfechten, und auf einem der Wege kamen zwei Knirpse mit einem Kassettenrecorder an und fragten mich: »Haben Sie Vorurteile gegen Kinder?«

»Nein, ihr Rotznasen«, hätte ich sagen sollen.

Auf einer Bühne rief ein ungefähr Elfjähriger ins Mikro: »Ich denke, ich spreche für alle Kinder, wenn ich sage, wir wollen es besser machen als die, die jetzt dran sind …«

Auch der Bundesumweltminister Klaus Töpfer nahm ein Bad in der Kindermenge und täuschte Begeisterung vor.

Wo wurde wohl dreister gelogen: auf einem Kindergipfel oder im Bundestag?

Als kunstbeflissener Mensch besuchte ich in der Stuttgarter Staatsgalerie eine Ausstellung von Werken des Malers und Bildhauers Oskar Schlemmer, aber von dessen seelenlosen Halmamännchengemälden hatte ich bereits nach zwanzig Minuten genug. Schlemmer hätte besser Schraubenzieher und Fenstergriffe schnitzen sollen.

Schöner war's im Kino: »Schlaflos in Seattle« mit Tom Hanks und Meg Ryan. Wie der kleine Sohnemann da versuchte, seinen verwitweten Vater wieder unter die Haube zu bringen … und wie dieser Wunsch am Ende auf märchenhafte Weise in Erfüllung ging …

Zum Glück hatte ich noch eine Dönerserviette in der Jackentasche.

Von Stuttgart bis Frankfurt saß ich am Sonntag neben einer alten Dame, die *Echo der Frau* las: Fonduerezepte, Silbenrätsel, Berichte über Ehekrisen in Königshäusern und Reklame für figurformende Leggings gegen Orangenhaut. Aber in einer freien Gesellschaft war die Unterforderung des eigenen Gehirns ja kein Straftatbestand.

In der Vogelsbergstraße lag ein Brief von Eugen vor meiner Zimmertür.

Denke nur, alter Partylöwe, Damenpirat und Vibrator, demnächst gedenke ich gar, aus steuerlichen und sonstigen formaljuristischen Gründen meine mir über 11 Jahre treu verbundene Gefährtin zu ehelichen und sie mich. Datum noch nicht bekannt.

»Eugen Egner will heiraten«, sagte ich zu Heribert, der am Küchentisch eine Ratte aß. Oder war's eine Perserkatze?

»Interessant«, sagte er und nahm einen Schluck Licher Pilsner. »Muß er? Ist was unterwegs?«

»Nein, davon hat er nichts geschrieben.«

»Jammerschade! Vielleicht hätte ich sonst Pate werden können.«

»Bist du nicht schon der Pate von Niederursel und Preungesheim?«

»Ja, aber das lastet mich nicht aus. Ich brauch halt irgendwo noch mehr Verantwortung. Um mir selbst was zu beweisen. Kannst du das verstehen?«

Sie habe schon ein heißes Ohr vom vielen Telefonieren, sagte Oma, als ich am Montag im regennassen Jever einlief. »Du glaubst ja nicht, was hier los ist! Also, um mich kurz zu fassen: Luise und

Immo werden morgen kommen, aber Therese und Gisela leider nicht und natürlich auch Dagmar nicht, denn die wird übermorgen operiert, und dann haben hier lauter alte Schulkameraden deines Papas angerufen, die ihm die letzte Ehre erweisen wollen. Ich weiß gar nicht, woher die meine Telefonnummer haben! Und gestern war Pastor Schildt hier bei mir. Der will sich heute um halb sieben mit dir und deinen Geschwistern treffen! Die sind alle gerade im Anmarsch. Renate und Olaf kommen bei Grete und Ewald in Kaisershof unter, und wo Wiebke und Volker übernachten wollen, kann ich dir gar nicht sagen. Vielleicht auch bei Grete. Für dich hab ich das Kellerbett frisch bezogen. Und könntest du wohl eben schnell noch was für mich einkaufen gehen? Die Liste hab ich schon geschrieben. Wo liegt sie denn? Trara! Ich weiß genau, daß ich die – hier! Kannst du das alles lesen?«

»Ja.«

»Dann saus mal los. Es gibt dann auch was Gutes zu essen. Ich mach uns Stielkoteletts mit Bohnen und Bratkartoffeln!«

Der Regen ließ nicht nach. Es war einer von der laschen, aber langlebigen Sorte, die allein dem Zweck diente, Depressionen auszulösen oder zu verschlimmern. Als hätte es nach einem Trauerfall auch noch dieser meteorologischen Zuwaage bedurft!

Bei Pastor Schildt hielten wir nicht damit hinterm Berg, daß Papa unglücklich, verbittert, vereinsamt und lebensmüde gewesen war und daß er seit 1989 fast nichts anderes mehr getan hatte, als unserer Mutter nachzutrauern, nachdem sie ihm auf ihrem Sterbebett gesagt hatte, daß er doch der Beste sei. Und wir wiesen Herrn Schildt auch darauf hin, welche Bedeutung der Vers aus dem 1. Korintherbrief für unseren Vater gehabt hatte:

Nun aber bleibt Glaube, Hoffnung, Liebe, diese drei; aber die Liebe ist die größte unter ihnen.

Es ging schon auf acht Uhr, als wir die Gesprächsrunde aufhoben. Und nun mußte der arme Pastor noch seine Predigt ausarbeiten. Keine leichte Aufgabe in Anbetracht der Tatsache, daß Papa alle Brücken hinter sich abgebrannt hatte.

Die anderen fuhren nach Kaisershof. Und ich?

Ich gönnte mir ein Bier im Traditionslokal Jever Faß und traf dort Rainer an der Bar an, meinen alten Chef aus meinen Kellnertagen im Na Nu.

»Martin, alte Schweinebacke!« rief er. »Auch mal wieder im Lande? Was hat dich hierher verschlagen? Haste die Großstadt satt?«

Ich teilte es ihm mit, und er sagte: »Ach du Elend.« Und zum Wirt: »Mach uns mal 'n doppelten Sambuca klar, ja?«

Er selbst war kein Kneipier mehr. Er ließ sich zum Schuster umschulen, wenn ich ihn richtig verstand. »Und ich hau mir auch nicht mehr die Nächte um die Ohren. Von Ausnahmen natürlich abgesehen. Skål!«

Am Dienstagmorgen war der Dauerregen strahlendem Sonnenschein gewichen.

Oma hatte ihre schwarze Trauerkleidung angelegt, und ich holte den Rollstuhl aus dem Keller.

Vor der Friedhofskapelle versammelte sich alles, was Rang und Namen hatte: Doro und Jürgen aus Augsburg, Rudi und Hilde aus Hannover, meine alte Patentante Gertrud aus Bielefeld, Walter und Mechthild aus Dortmund, Grete und Ewald aus dem Wangerland, Luise und Immo aus Hildesheim mit den Angehörigen aus Heidmühle, Frau Böger und ihr Mann, entfernte Verwandte von Omas und Opas Seite, die Lohmanns aus Meppen und Dietrich und Jutta aus Wiesbaden mit allen drei Töchtern.

Ring them bells Sweet Martha
For the poor man's son …

»Man sieht sich ja bloß noch bei Beerdigungen«, sagte Dietrich, als er mir die Hand gab. »Das muß anders werden!«

Renate, Olaf, Volker und Wiebke waren schon hineingegangen und standen vor dem Sarg.

Trauerkränze, Blumengestecke und Kerzenlicht.

Jetzt waren wir Vollwaisen.

Als das Orgelspiel einsetzte, sah ich wieder Papa in einer seiner Blutlachen vor mir liegen, und ich mußte mich zusammennehmen.

Über die Schattenseiten in Papas Leben ging Pastor Schildt in seiner Traueransprache nicht hinweg. »Zu keiner Zeit war Richard Schlosser ein unkomplizierter Mann«, sagte er. »Er machte es sich selbst und anderen nicht leicht. Und man muß dazu auch sagen, daß er im Leben mit Dingen konfrontiert wurde, die alles andere als leicht zu bemeistern waren …«

Wohl wahr.

»Widersprüchlich wie sein ganzes Leben«, sagte Pastor Schildt nach einem Rückblick auf Papas Lebensstationen, »scheint auch seine Einstellung zu einem Leben nach dem Tode gewesen zu sein. Dem Techniker und Naturwissenschaftler mag das als Träumerei erscheinen. Aber Richard Schlosser hat auch Träumen nachgehangen. Manche davon hat er sich in seinem Leben versagt, weil die Härte des Alltags scheinbar keinen Platz dafür ließ. Und dennoch träumte dieser Mann davon, seine Frau wiederzufinden. Daran erinnert ja auch der Liebesvers auf ihrem Grabstein. ›Nun aber bleibt Glaube, Hoffnung, Liebe, diese drei; aber die Liebe ist die größte unter ihnen.‹«

Sechs kräftige Männer hoben den Sarg an und trugen ihn hinaus.

Renate, Olaf, Volker, Wiebke und ich schlossen uns ihnen an.

Ich hatte meinen Kehldeckel nicht mehr unter Kontrolle, als der Sarg in die aufgestemmte Gruft hinabgelassen wurde, in der wir auch Mama zu Grabe getragen hatten.

Den vielen Beileidsbekundungen entzog ich mich irgendwann, indem ich den Friedhof verließ und an der Wittmunder Straße eine Zigarette rauchen ging.

Im Schloßcafé parkte ich Oma neben Luise und ihrem Familienanhang, bestellte mir einen Irish Coffee und setzte mich zu Doro, Renate und Olaf.

»Und wo habt ihr eure Kinder gelassen?« fragte Doro.

»Bei Olafs Mutter«, sagte Renate. »Die haben ja gar keine Beziehung mehr gehabt zu ihrem Opa Richard. Die ganzen letzten Jahre über hat er die Kinder überhaupt nicht mehr sehen wollen. Manchmal haben die uns gefragt, ob er eigentlich noch lebt!«

Als die Butterkuchenteller abgeräumt worden waren, nahm ich auch mal bei den Wiesbadenern Platz.

»De mortuis nil nisi bene« sagte Dietrich, »aber ich bin oft ganz schön sauer gewesen auf deinen Vater, wenn ich das hier mal so freimütig aussprechen darf. Ist dir bekannt, was er sich vor zwei Jahren geleistet hat, als Tante Hanna neunzig geworden ist?«

»Nein.«

»Da hatten wir uns ja überlegt, sie mit 'ner großen Geburtstagsfeier in Lindau zu überraschen. Das war alles generalstabsmäßig vorbereitet. Aber was macht mein Bruderherz Ritschie? Der ruft Tante Hanna vorher an, um ihr zu erklären, daß er an der Feier nicht teilnehmen werde!« Er schlug mit der flachen Hand auf den Tisch. »Ich meine, da hört sich doch wohl Verschiedenes auf! Aber ich will da jetzt nicht lange drauf rumreiten. Verrat uns lieber mal, was sich bei dir so tut! Und wieso du noch rauchst! Das ist doch gar nicht mehr modern!«

Hilde meinte, daß Richards Gemütsverdüsterungen gewiß auf seine schweren Kriegserlebnisse zurückzuführen seien, aber das stritt Rudi ab. Diese Erklärung, sagte er, greife zu kurz: »Ritschie hat sich schon immer komisch benommen! Auch vor dem Krieg!«

Walter war am 1. August zum Postoberamtsrat befördert worden, und mit Mechthild hatte er gerade Urlaub in Abano Terme gemacht. »Zwei Wochen Thermalkur mit Fangoschlammpackungen und Massagen. Man muß da aber gut auf seine Linie achten, denn die italienische Küche ist unübertroffen …«

Im November wollten die beiden schon den nächsten Urlaub machen, und zwar auf Gran Canaria.

»Na, ihr kommt ja rum in der Welt!« sagte Gertrud.

Ihr Mann Edgar war in Bielefeld geblieben, weil er, wie man munkelte, mit seinen Schwägern über Kreuz lag.

»Deine Geschwister und du, ihr habt nun sicher reichlich damit zu tun, den Nachlaß eures Vaters zu ordnen«, sagte sie zu mir und zitierte einen Sinnspruch aus ihrer Lehrzeit: »Lerne Ordnung, liebe sie, das erspart dir Zeit und Müh!«

Ich hatte eine große Ansichtskarte vom jeverschen Schloßturm gekauft, die ich Tante Hanna schicken wollte, und bat alle um ihre Unterschrift. So konnten wir Tante Hanna wenigstens symbolisch an unserer Runde teilhaben lassen.

Am Abend war der Kreis auf zwölf Personen geschrumpft, und wir karawanten mit drei Autos nach Harlesiel zum Restaurant An't Diek, wo meine alte Kollegin Moni diesmal aber leider keinen Dienst tat.

Renate hatte inzwischen mit Dagmar telefoniert. »Sie sagt, daß sie wahrscheinlich die nächste sei, die ins Gras beißt …«

»Nee, jetzt bin erstmal ich an der Reihe!« rief Oma.

Meine Wahl war der Neptunteller: Rotbarsch, Dorsch, Dorade, Lachs und Seehecht.

Wieso nur hatte Papa das Essengehen so gehaßt? Weil man sich dabei unterhielt?

Wir müßten auch noch Danksagungskarten drucken lassen und verschicken, sagte Wiebke. »Für die Beweise der Anteilnahme …«

Darum wollte Renate sich kümmern.

Luise, Immo und ich eskortierten Oma am Mittwochvormittag noch einmal zum Friedhof und blieben vor der Familiengruft stehen.

Wie hieß es in dem Gedicht »Bei dem Grabe meines Vaters« von Matthias Claudius?

… Ach, sie haben
Einen guten Mann begraben,
Und mir war er mehr.

Ja, er war trotz allem, was man gegen sein rhetorisches Spätwerk einwenden konnte, ein guter, fleißiger und grundehrlicher Mann gewesen. Fast zu gut für diese Welt, die ihm seine Treuherzigkeit und seinen Soldatenmut schlecht vergolten hatte.

Die Gruft war mit Brettern und Planen abgedeckt, und obendrauf lagen die Kränze.

»Und die Steinplatte?« fragte Luise. »Laßt ihr die hier von Hülskötter bearbeiten und wieder einsetzen?«

»Ja, genau. So wie schon vor vier Jahren.«

In Jever war Verlaß auf die eingewurzelten Unternehmen: Steinmetzbetrieb Hülskötter, Blumenbinderei Detert und Bestattungshaus Mattner.

»Was glaubst du denn, wann du das nächste Mal kommen kannst?« fragte Oma mich, als ich mit meinem Bündel auf der Schwelle stand.

»Spätestens am sechsten November«, sagte ich. Denn das war Mamas Todestag.

Aus Meppen wollte ich auf der Rückreise noch einen Karton Briefe mitnehmen. Von dem Hausrat brauchte ich nichts, aber ich trat gern das Erbe der Briefe, Postkarten, Fotoalben und Bücher an. Volker hatte nur an Papas Werkzeug Interesse, Renate und Wiebke fanden wiederum an den Küchengeräten, dem Geschirr, den Vasen, den Wandbildern, den Tischdecken und den Schmuckgegenständen mehr Gefallen als Volker und ich, und auf die Möbel spitzte sich keiner von uns.

Die Briefe, die Mama und Papa miteinander gewechselt hatten, füllten mehrere Kartons. Ich packte ein Konvolut davon ein und sah Papas Schreibtischschubladen durch.

Zwischen Pfeifenreinigern, Büroklammern und Tabakkrümeln lag ein Zettel mit einer Rolinck-Pilsener-Reklame, einer Addition von sechs Beträgen, die 54,25 DM ergab, und der rätselhaften Notiz:

3. 6. 84 Emden, that was yesterday, now forgotten. 17. 6. 84.

Wenn sich dahinter ein Geheimnis verbarg, dann hatte Papa es mit ins Grab genommen.

Im Eßzimmerregal die alte Don-Quichotte-Figur aus Spanien und auf der Küchenfensterbank Papas Diätwaage.

He was a most peculiar man
He lived all alone within a house
Within a room, within himself …

Mama sei ihr eigener Teufel gewesen, hatte er immer gesagt, aber galt das nicht auch für ihn selbst? Nach ihrem Tod hatte er fast vier Jahre lang in dieser Festung geschmachtet und aller Welt gegrollt. War das etwa ein weiseres Verhalten?

He had no friends, he seldom spoke
And no one in turn ever spoke to him
'Cause he wasn't friendly and he didn't care
And he wasn't like them …

Einen Freund schien Papa tatsächlich nie gehabt zu haben, jedenfalls nicht als Erwachsener, und auch nicht einmal das, was man »Bekannte« nannte. Das war eine Leerstelle in seinem Leben gewesen.

And all the people said
»What a shame that he's dead,
But wasn't he a most peculiar man?«

Papas Time-Life-Books-Abo mußte ich noch kündigen. Da hatte er die absurde Kundennummer 150MESNSCO43MC92010039. Ich sah sieben- oder achtmal nach, ob ich die richtig abgetippt hatte.

Das Abreisen aus Meppen fühlte sich jetzt anders an. Es war leichter, nur das leere Haus zurückzulassen.

In der *Titanic*-Redaktion wurde abends gerockt: Thomas Gsella und Tom Hintner an Elektrogitarren, Oliver Nagel am Keyboard und Achim und Heribert mit Kochtöpfen als Trommeln auf dem Schoß. Und die ganze Affenbande brüllte: »Sag mir, wo die Blumen sind! Wo sind sie geblieben?«

Vom Vogelsbergstraßentelefon aus rief ich Dagmar im Krankenhaus an.

»Ich hab's überstanden«, sagte sie, »aber die Operation war lebensgefährlich. Die haben mir das Brustbein durchgesägt, um mein Herz freizulegen. Das muß man sich mal vorstellen! Und 'n paar Wochen werden die mich sicher noch hierbehalten …«

Lächerlicherweise wollte die FDP Hildegard Hamm-Brücher als Kandidatin für die Bundespräsidentschaft ins Rennen schicken, obwohl es für eine Kleinpartei da gar nichts mitzureden gab. Und wer war Hildegard Hamm-Brücher? Eine Politikerin, die sich selbst nachrühmte, ein »knorriges Gewächs« zu sein. 1982 hatte sie Helmut Kohl und Hans-Dietrich Genscher im Bundestag vorgeworfen, daß deren Versuch, mit den Überläufern aus der FDP die sozialliberale Regierungskoalition zu stürzen, »das Odium des verletzten demokratischen Anstands« trage, aber danach hatte sie noch bis 1990 als FDP-Abgeordnete dem Parlament angehört.

»Die glaubt halt, sie wäre so 'ne Kombination aus Jeanne d'Arc, Mutter Teresa und Rosa Luxemburg«, sagte Christian. »Diese Tour werden wir ihr aber vermiesen. Da fällt uns schon noch was ein!«

Achim und Heribert zeichneten ihren von Hans Zippert getexteten SPD-Fortsetzungs-Comic »Die roten Strolche« – Rudolf Scharping als Ziege, Johannes Rau als Schnabeltier, Hans-Jochen Vogel als Ente, Oskar Lafontaine als Dachs, Hans-Ulrich Klose als Fuchs und Wolfgang Thierse als »Ossi-Bär« –, Thomas Gsella werkelte an einer Geschichte über seine Erfahrungen mit einer Lungenabsaugmaschine, Chlodwig Poth lieferte persönlich die neueste Folge seiner Bilderserie »Last Exit Sossenheim« ab, Tom Hinter layoutete eine gefälschte Anzeige der Bundeswehr (»Bevor Sie als Asylbewerber oder Flüchtling zu uns kommen, erschießen wir Sie zu Hause«), Christian telefonierte mit einem Sprecher der Initiative »Junge Menschen pro Möllemann« in Ratingen, und Birgit Staniewski tüftelte an dem Rätsel aus dem *Zeitmagazin*, während ich einen Spielbericht im *Kicker*-Stil abmischte:

Ein leichter Rehhagelschauer fällt, und die Gäste scheinen sich schon wieder die Libuda vom Brot nehmen zu lassen. Valderrama besser schmeckt? Früher Stepanowitchcraft, heute Toppmöllambada – Bürsten mit neuen Yeboahsten bürsten besser …

Das war was anderes als die saure Arbeit mit dem Hubwagen oder am Zapfhahn!

Dank eines redaktionellen Freikartenkontingents konnten wir abends im Varieté-Theater Tigerpalast gratis einigen Akrobaten und Entfesselungskünstlern zusehen, und hinterher wollten Achim und Heribert noch mit dem Taxi zur Großmarkthalle im Ostend fahren, weil nur dort, wie sie meinten, »das wahre Leben« vonstatten gehe. Ich fuhr natürlich mit, was konsequenterweise dazu führte, daß wir bis fünf Uhr in der Früh bei retrograder Tanzmusik in einer großenteils von Schnapsleichen und Tippelbrüdern frequentierten Gaststube vor schweren Bembeln und auch vor Tellern voller Rippchen mit Kraut und Kartoffelbrei saßen und so oft Bier nachbestellten, daß die Wirtin es für geraten hielt, zwischendurch einmal abzukassieren.

Aus unbekannten Gründen fraß ein Mann am Nebentisch sein Bierglas auf, inklusive Stiel und Fuß, und eine betrunkene, an Zahnfäule krankende Seniorin machte Heribert einen Heiratsantrag, den er jedoch formgewandt abwies: Er würde das Angebot liebend gern annehmen, denn es gebe keinen süßeren Klang als das Läuten der Hochzeitsglocken, aber er sei schon mit einer anderen Dame verlobt …

Mit leicht angedicktem Schädel stellte ich am Freitagvormittag in der Redaktion die nächste »Liste ekliger Wörter« zusammen: »BigBoxSchnäppchen«, »blickdichte Bodystockings«, »Eduscho TopShop«, »Hexaglot SuperLearner« – es hörte nicht auf. Immerfort kochten Werbetexter, Marktforscher, Journalisten, Soziologen und verwandte Teufelsdiener neue Ekelwörter aus und schleuderten sie in die Welt. Und wir mußten's erdulden.

Schlimm waren auch Leser, die witzig sein wollten. Einer nannte als Betreff »Unverlangt eingesandtes Manuskript« und schrieb:

Der Singular in der »Betreff-Zeile« ist sogar noch untertrieben, es muß, ungeheuer scharfsinnig, »unverlangt eingesandte Manuskripte« heißen. Auf den Gipfel der Korrektheit oder die Spitze des Eisberges zuschippernd bzw. -schiffend sind die Manuskripte eigentlich Typoskripte. Jedenfalls bitte ich um freundliche Beachtung, Lesung, Rezeption, Perzeption, Analyse und Deutung nach allen Regeln der Kunst, hermeneutisch, psychologisch, geistesgeschichtlich, diskurstheoretisch, kritisch-ironisch-satirisch und Abdruck des Ergebnisses sowie Vorschlag für den Knobelpreis.

Für die Beantwortung solcher Post hatte Thomas Gsella sich einen vorzüglichen Trick ausgedacht: Er erwiderte, daß die eingesandten Arbeitsproben zwar sehr gut, aber stilistisch ein wenig zu eng an die Texte von Robert Gernhardt oder Eckhard Henscheid angelehnt seien.

Um halb sechs schulterte Christian sein Rennrad und rief: »So, Genossen! Ich weiß ja nicht, was ihr heute noch vorhabt, aber ich für mein Teil fahr jetzt nachhause, und da wedel ich mir erstmal or'ntlich einen von der Palme!«

»Viel Vergnügen, Christian«, sagte Birgit.

Das Rad nahm er jeden Tag mit in die Redaktion hoch, weil es kein Fahrradschloß gab, das die in der City aktiven Beschaffungskriminellen nicht knacken konnten.

Ich harrte als Letzter aus, um an dem Buch über linken Kitsch zu arbeiten, und nachdem ich in der Abstellkammer einen Karton mit rheinhessischem Riesling entdeckt hatte, genehmigte ich mir eine Flasche davon und tippte auch noch einen langen Brief an den treuen Eugen. Papas Tod, die Beisetzung und was sich anschließend so alles zugetragen hatte.

Ein Samstagnachmittag in der Vogelsbergstraße: »Nimm mich mit, Kapitän, auf die Reise« pfeifend spülte Heribert das Geschirr, durch das auf Kipp gestellte Küchenfenster zog das Fluidum eines

Fertiggerichts ab, und ich legte mich mit einem Buch in der Hand ins Badewasser.

»Streitpunkte« von Ernst Nolte, dem Historiker, der auf immer neue Mittel sann, um den Holocaust vernünftig erscheinen zu lassen. Hier sprach er von der »Größe und Tragik« des Nationalsozialismus und bescheinigte Adolf Hitler, daß sein Antisemitismus einen »rationalen Kern« gehabt habe, weil ja viele Juden Bolschewisten gewesen seien. Und auch die SS habe Gutes gewollt:

Wenn »Vermehrung der soldatischsten Naturen im Volk« ein legitimes oberstes Ziel ist, dann muß man zugeben, daß die SS mit ihrer »positiven Bevölkerungspolitik« den einzigen ernsthaften Versuch darstellte, eine Entwicklung zu verhindern, die heute übermächtig erscheint.

Bitte wie? Die Bevölkerungspolitik der SS hatte aus Vergasungen, Massenerschießungen, Deportationen und Zwangssterilisationen bestanden. Und vor welcher heute übermächtig erscheinenden Entwicklung hätte Deutschland damit bewahrt werden sollen? Vor der Verjudung des Abendlandes?

Wäre ich es nicht schon seit »Frantic« gewesen, hätte ich mich in »Auf der Flucht« in Harrison Ford verliebt. Ich glaubte ihm alles, was sein Gesicht ausdrückte: Angst, Wut, Zweifel, Trauer, Hoffnung, Unsicherheit, Entschlossenheit bis hin zum Todesmut und dann wieder Verlegenheit und Entkräftung … Welche Schauspieler konnten das sonst noch, ohne zu grimassieren?

Jack Lemmon fiel mir da ein. Und James Stewart, der auch. Die anderen beiden großen *good guys* des amerikanischen Kinos, für die ich durchs Feuer gegangen wäre.

In Moskau putschten »nationalkommunistische Extremisten«, wie es in den Nachrichten hieß, gegen die Regierung, und der Präsident Boris Jelzin hatte den Ausnahmezustand verhängt. Panzerkolonnen, Schüsse, Straßenschlachten.

»Und für wen bist du?« fragte Heribert mich.

»Ich halte die alle für Verbrecher. Und du?«

Er biß ein Stück von einer aufgebackenen Brezel ab, kaute nachdenklich darauf herum und sagte, daß er noch zögere. »Von Haus aus bin ich ja Katholik, aber mein Herz hat immer auch für die Spartakisten geschlagen. Beziehungsweise für den revolutionären Flügel der Gruppe Internationaler Marxisten bis zu deren Fusion mit der KPD/ML. Und seit's die alle nicht mehr gibt, fühl ich mich politisch irgendwie unbehaust. Aber der Jelzin, find ich, der hat was. So als Mann von Welt. An den würd ich mich gern mal rankuscheln …«

In Michael Rudolfs Kolumne »Aus den Kolonien« brachte Tom Hintner ein Foto von mir als Friedrich-Schorlemmer-Imitator unter, und Max hatte seine neue Kolumne mit meiner Aufnahme von Wiebkes Goldhamster Pepik garniert und es mit der irreführenden Unterzeile versehen:

In der Oranienstraße gibt es ein sehr gutes Bürstengeschäft.

Die Entschlüsselung dieser hintergründigen Zusammenhänge wollte ich erst auf meinem Sterbelager vornehmen. »Ach, und der Typ mit der Perücke sind Sie?« würde mich ein Doktorand der Germanistik fragen, und ich würde nicken, mit einem knotigen Finger dann auch auf das Hamsterfoto zeigen und sagen: »Das hab ich in Meppen geknipst, als ich dreizehn gewesen bin …«

Achim säbelte, während er zeichnete, viele Scheibchen von einer Art Heizungsrohr ab und ließ sie sich schmecken.

»Was ißt du da?« fragte ich.

»Ahle Wurscht. Willst' mal probiern?«

»Muß nicht sein.«

»Komm, das is 'ne Delikatesse! Schlachtwarm verarbeitet und verfeinert mit Nelkenpfeffer, Senfkörnern, Knoblauch, Salz, Koriander, Kümmel, Muskat und Rum! In Lehmkammern luftgetrocknet und über Buchenspänen geräuchert! Und da ziehst du die Nase kraus? Was bist'n du für einer? Freßt ihr bei euch da im Norden etwa nur Waldorfsalat?«

Wenn die übrigen Apparate besetzt waren, nahm auch ich mal Anrufe entgegen.

»Herbei, herbei, gekocht ist der Brei!« sagte Walter Boehlich am anderen Ende der Leitung.

Das hieß, daß ein Fahrradkurier kommen und Boehlichs neue Kolumne abholen sollte.

Walter Boehlich, Jahrgang 1921, bildete seit 1979 das altlinke Gewissen der *Titanic*, und seine politische Monatskolumne gehörte zum eisernen Vorrat, obwohl sie wahrscheinlich nur von drei Prozent der Abonnenten gelesen wurde.

Bei der Konferenz präsentierte Achim ein knuspriges Foto eines nackten weiblichen Oberkörpers. »Wäre das nicht was für die Titelseite?«

»Deinen Frauengeschmack in Ehren«, sagte Hans, »aber wie verkaufen wir das unseren Lesern? Für die sind wir schließlich 'ne moralische Instanz. Da wollen wir doch nicht die Zügel schleifen lassen! Mit der Tittenmasche kommt man heute bei unserem Zielpublikum nicht mehr an ...«

»Ich hab's«, sagte Tom Hintner. »Wir bringen das als Titelbild und schreiben dazu: ›Zwei gute Gründe für Hildegard Hamm-Brücher!‹«

Das überzeugte uns alle.

»Dann will ich aber als Eckenbrüller auf der Titelseite stehen haben: ›Ein guter Grund für Möllemann im Heft!‹« schrie Christian, und so wurde es beschlossen.

Die Wand hinter meinem Schreibtisch dekorierte ich mit einem Jürgen-Klinsmann-Poster sowie Fotos von Laurel & Hardy, Bob Dylan, Uwe Bein, Arno Schmidt und zwei tanzenden Hasen.

Seines Wissens, wandte Hans dagegen ein, habe Arno Schmidt weder für Fußball noch für Rockmusik geschwärmt.

Was mich aber nicht störte.

Der Aufstand in Moskau war niedergeschlagen worden. Natürlich blutig.

Ob von den Putschisten wohl auch nur ein einziger um das Wohlergehen des russischen Volks besorgt war? Und nicht alle exklusiv um die Pfründe, die sie sich persönlich von ihrem Umsturzversuch erhofft hatten? Und um das berauschende Gefühl der Macht?

Wenn Papa testamentarisch verfügt hätte, daß sein Briefwechsel mit Mama ungelesen zu verbrennen sei, hätte ich mich daran gehalten, aber so war es nicht, und auch er selbst hatte die Briefe nicht verbrannt.

Meine Scheu davor, sie zu lesen, lag im Widerstreit mit dem Wunsch, aus erster Hand zu erfahren, was Mama und Papa miteinander verbunden hatte, bevor ihre Liebe in die Brüche gegangen war.

Aus Paris hatte Mama ihm Anfang November 1953 geschrieben, daß sie sehnsuchtskrank sei und daß ihre Au-pair-Stelle und ganz Paris sie anwidere:

Und dreckig ist es hier überall, Du würdest bestimmt auch zuviel kriegen. Oft sitze ich bloß hier in meinem ollen Zimmer und dreh Daumen, was soll ich denn machen, und fühl mich so allein!

In seinem Antwortbrief aus Hannover hatte Papa einen scharfen Ton angeschlagen und Mama geraten, sich zusammenzureißen:

Ich will kein Gesetz daraus herleiten, aber erst war es in Jever schrecklich, da kamst Du nach Hannover, dann hing Dir Hannover zum Hals heraus, da bist Du nach Paris gegangen, und jetzt bist Du auch davon bedient. Wie soll ich Dir nur einen Rat geben, wenn Du immer so hin- und herhampelst?

Mon Dieu. Und damals hätte Mama auf dem Montmartre mit Boris Vian, Yves Montand, George Brassens, Albert Camus und Michel Piccoli flirten können!

Ich wollte alle diese Briefe chronologisch ordnen und sie dann von Anfang bis Ende lesen. Auf dem Speicher in Meppen lagerten noch viel mehr davon.

Und schon stieg wieder die Frankfurter Buchmesse. Achim, Heribert, Christian und ich zogen los und beehrten Michael Rudolf und Gerd König an ihrem Stand mit unserem Besuch. Prominent plaziert war dort F. W. Bernsteins Buch »Der Blechbläser und sein Kind«. Man konnte bloß hoffen, daß es sich gut verkaufte.

Speziell für Klienten wie uns hielt Michael ein Quantum Bier bereit, und wir ließen ihn hochleben, denn er sah ja Vaterfreuden entgegen.

Dann kam Bernd Rauschenbach mit einer Flasche Ratzeputz und einem Stapel Gläschen angeschlendert, schenkte uns allen ein und stieß mit uns auf das Wohl Josef Maderspergers an, des Erfinders der Nähmaschine. »Der hat nämlich heute Geburtstag! Ein Schicksal, das er mit Carole Lombard, Meret Oppenheimer und Thor Heyerdahl teilt! Cheers!«

Er selbst trank direkt aus der Flasche und mußte sich nur ein klein wenig schütteln, obwohl einem das Zeug den halben Rachenraum zerfraß.

Bei einem Gang durch die esoterische Abteilung der Messe traf ich am Stand des Verlags Meiga auf Conny aus dem ZEGG und folgte ihrer Einladung, mit ihr und ihrer Freundin Dassana nach Bad Homburg zur Taunus-Therme zu fahren.

Dort mogelte ich mich ohne Badehose ins Außenbecken. Die Nacht sank herab, die Lichter glommen, das Wasser war warm, und ich leistete keinen Widerstand, als Dassana mich beim Schwimmen unsittlich berührte.

Ich fragte die beiden, ob sie am Donnerstagabend ins Café Eckstein zur *Titanic*-Party kommen wollten, und dazu hatten sie Lust.

Am Donnerstagnachmittag erzählte Klaus Bittermann mir auf der Messe etwas Haarsträubendes über den deutschen Comic-Verleger Rolf Kauka: Der habe Mitte der sechziger Jahre aus Asterix und Obelix in der Übersetzung zwei Germanen namens Siggi und Barbarras gemacht und aus dem Hinkelstein einen »Schuldkomplex«. In Kaukas Version habe dann Asterix alias Siggi zu Obelix alias Barbarras gesagt: »Barbarras, mußt du denn ewig diesen Schuldkomplex mit dir herumschleppen? Germanien braucht deine Kraft wie nie zuvor …«

»Und was haben Goscinny und Uderzo dazu gesagt?«

»Die haben das abgewürgt. Und dann hat Kauka mit seinen eigenen Comicfiguren namens Fritze Blitz und Donnerkiel weitergemacht. Georg Seeßlen schreibt gerade an 'nem Buch über diese und ähnliche Dinge. Aber was ich dich noch fragen wollte: Karl Heinz Bohrer hat doch mal ein ›Wörterbuch des Gutmenschen‹ angeregt, in dem solche Floskeln wie ›Streitkultur‹ und ›Querdenker‹ und ›die Mauer im Kopf einreißen‹ abgehandelt werden sollten. Davon gibt's ja noch 'ne Menge mehr. Du weißt schon: ›Wut und Trauer‹, ›hinterfragen‹, ›verkrustete Strukturen aufbrechen‹ und so weiter. Wollen wir das nicht zusammen herausgeben? Mit Beiträgen von Leuten, die wir schätzen?«

Eugen Egner blätterte am Weisser-Stein-Stand verzückt in dem Blechbläser-Buch und sagte: »Man beachte vor allem die posaunierenden Strohsonnenblumen!«

»Dürfen wir diese Äußerung in unserer Presserundschau zitieren?« fragte Michael.

Davor, sagte Eugen, könne er nur warnen. »Auf meinen Komplimenten lastet ein Fluch! Jeder Künstler, den ich lobe, ist zu ewigem Außenseitertum verurteilt!«

Außerdem kündigte er mir an, daß er in seinem nächsten Bildband zwei abgemalte Fotos von meinem Vater unterbringen werde.

Papa – porträtiert von Eugen Egner! Wer hätte so etwas jemals erwartet?

Auf der *Titanic*-Party setzte Michael Ringel mir noch einmal das Grundkonzept seiner »Fußballoper« auseinander, doch er kam dabei nicht weit, weil wir in unterschiedliche Gästewirbel gerieten. Ich trieb auf Helmut Krause und Ivo Wessel zu, wechselte einige Worte mit ihnen, traf an einem Stehtisch mit Claudia Denker und Klaus Farin zusammen, lernte den ehemaligen *Titanic*-Chefredakteur Lionel van der Meulen kennen, gab Bernd Eilert die Hand, tauschte Freundlichkeiten mit zwei Herren aus, die behaupteten, mich aus Meppen zu kennen, und ließ mich einfach immer weiter herumstrudeln, bis ich an der Bar neben Dassana und Conny landete, die gerade auf Peter Knorr einredeten, um ihm begreiflich zu machen, was sie unter freier Liebe und einem »neuen sexuellen Humanismus« verstünden, ohne den die Welt verloren sei.

Knorrs höfliches Schweigen mißdeuteten sie als Einladung zu weiteren Missionierungsversuchen, und ich wunderte mich. Mußten Conny und Dassana sich denn hier gebärden wie die Zeugen Jehovahs? Hatten sie überhaupt Interesse an anderen Menschen? Oder suchten sie bloß nach Novizen?

Auch Frank Schulz stand an der Bar. Er ließ durchblicken, daß er gestrandet sei und in dieser Nacht noch »eine Art Seemannsheim« brauche. »Irgendwas! Und wär's das letzte Notquartier!«

Er übernachtete dann bei Heribert und mir in der eiskalten Küche in einem Schlafsack auf einer Isomatte mit meinem besten Pullover als Kopfkissen.

Als ich aufstand, war Frank weg. Und der Pullover dito.

Heribert meinte, daß Frank eben ein armer Poet sei und den Pulli wahrscheinlich gerade ins Pfandleihhaus trage. »Du, ich kenn das noch und nöcher. Der Mensch ist dem Menschen ein Wolf. Homo homini lupus! Da brauchste dir nichts vorzumachen …«

Am Stand der Edition Tiamat zeigte Wiglaf mir ein Buch, das er gestohlen hatte: »Wir sind, was volkt. Vom Ur-Sprung in der deutschen Schüssel – ein satirisches Schizogramm« von Martin Buchholz. Der Titel schmerzte mich, aber Wiglaf hatte die nette Idee, Herrn Buchholz in der *Titanic*-Rubrik »Briefe an die Leser« noch blödere Wortspielknüller anzubieten. Wir zogen sie an den Haaren herbei:

Minister heißen Mini-ster, weil sie mini-male Fähigkeiten haben (sonst hießen sie ja Maxi-ster!)
Die poli-ticken doch wohl alle nicht mehr richtig
DIN-A-Saurier: das neue Großformat
D-Mark Brandenburg (ziemlich bissig, Bucho, Vorsicht!)
Phimose auf Schleswig-Holsteinisch: Eng-Holm
Die SPD spielt Schar-Ping-Pong
Ent-Hauptstadt Berlin (Antifa-Bonus!)

»Perverser geht's nicht«, sagte Wiglaf. »Dafür werden wir in der Hölle schmoren.«

Nach Messeschluß brachen Claudia Denker und Klaus Farin mit einem halben Dutzend anderer Bummler zum Norwegischen Honorarkonsulat auf, wo es Gerüchten zufolge ein üppiges Fischbüfett geben sollte.

Ich war nicht darauf aus, dort zu nassauern, aber eine Frau aus dieser Gruppe gefiel mir so gut, daß ich mitging: Kerstin, eine norddeutsche Schönheit mit langem dunkelblondem Haar, die sich als Übersetzerin auf englischsprachige Werke über Architekturgeschichte spezialisiert hatte.

Wie sich herausstellte, war das Norwegische Konsulat umgezogen. In dessen ehemaligen Räumen fand ein Empfang des Verlags C. H. Beck statt, livrierte Kellner trugen Krabbenhappen und Weißwein herbei, und es schien niemanden zu stören, daß wir nicht auf der Gästeliste standen.

Ich hielt mich an Kerstins Seite, auch als wir zum Römer weiterzogen, dem Schauplatz einer dröhnenden Talkshow mit Henryk M. Broder, Alice Schwarzer und dem Fernsehjournalisten Klaus Bednarz.

Solche Debatten seien doch »typischer Messequatsch«, sagte Kerstin, und ich entschuldigte mich für einen Moment, um nebenan in einer Kneipe eine Schachtel Zigaretten zu ziehen, wobei mir dann plötzlich Michael Rudolf zuwinkte.

Daraufhin eiste ich Kerstin aus dem Römer los und nahm sie in die Kneipe mit zu Michael, an dessen Tisch auch Gerd König und der schwergewichtige sächsische Satiriker Matthias Biskupek beim Bier saßen. Vom Kleinverlag Weisser Stein hatte Kerstin bis dato noch nichts gehört, und nun konnte ich ihr gleich zwei meiner Verleger vorstellen.

It's wonderful to be here
It's certainly a thrill …

Am Ende dieses runden Abends gab sie mir ihre Visitenkarte. Eine Adresse in Friedenau.

Wer denn die geheimnisvolle Dame gestern gewesen sei, fragte Gerd König mich am Samstag. »Und wie machst du das bloß immer? Auf jeder Messe hast du spätestens am zweiten Tag 'ne neue weibliche Begleitung …«

»Gemacht« hatte ich gar nicht viel, und es war auch noch sehr die Frage, was Kerstin ihrerseits von mir wollte.

Im Waldstadion sah ich als Gefolgsmann einer von Achim und Heribert angeführten Truppe den Tabellenletzten VfB Leipzig untergehen. Mit zwei Toren von Jan Furtok sicherte die Eintracht sich den Sieg und war den Verfolgern Bremen, HSV und Bayern weiterhin voraus.

»So ist's recht«, rief Achim, und dem Trainer Toppmöller schrie er zu: »Stell aber beim nächsten Mal Yeboah und Okocha wieder auf, du Sau!«

Gerammelt voll war's abends auf der Eichborn-Party und auch wieder irrsinnig laut und heiß. Am Tresen herrschten mindestens zweitausend Grad Fahrenheit, aber ich erbeutete zwei Krüge Licher für Michael Rudolf und mich und ließ mir von ihm erzählen, vor welchen Herausforderungen er in den achtziger Jahren als Schichtmeister in einer Bierflaschenabfüllanlage im erzgebirgischen Marienberg gestanden habe: Die Hilfskräfte beiderlei Geschlechts hätten einander dort im Vollrausch gern mit Flaschen beworfen und auf den Scherben anschließend das Beilager vollzogen. »Und ich mußte die aufgeschlitzten Delinquenten dann zum Hallenausgang tragen, weil die vom Roten Kreuz sich weigerten, den Saustall zu betreten …«

Frohgelaunt brandeten Rudi Hurzlmeier, Michael Sowa und der massige Postkartenverleger Michael Etter heran; mit einem Schnitzel in grüner Soße auf dem Teller und von Schweißperlen überströmt kämpfte Achim Frenz sich durch die Menge, in der die üblichen Verdächtigen umherwogten, und als um Mitternacht ein Vivat auf das Geburtstagskind Michael Ringel ausgebracht wurde, kam auf einmal Kerstin auf mich zu und sagte: »Du läßt ja wohl keine Party aus!«

»Du aber auch nicht, wie mir scheint. Wie war dein Messetag?«

»Unproduktiv. Ertragsarme Gespräche mit gelangweilten Lektoren.«

»Was möchtest du trinken?«

»Campari-Orange. Nein, Quatsch, bring mir 'n Bier!«

Mit unseren Getränken zogen wir uns in eine einigermaßen ruhige Ecke zurück und gingen alle Themen durch, die uns einfielen, von unserer familiären Herkunft – Kerstin war 1964 in Husum als Bauerntochter geboren worden – bis zu der Frage, ob Horst Janssen künstlerisch nicht doch potenter gewesen sei als alle seine Zeitgenossen. Darüber konnten wir gut streiten, weil Kerstin den Abstrakten Expressionismus favorisierte, während ich auch im ausgehenden zwanzigsten Jahrhundert Zeichnungen von Walnußschalen, Weidenbäumen und welken Blumen den Vorzug vor formlosen Klecksereien und bunt ausgemalten Rechtecken gab. Und es war noch nicht alles gesagt, als wir als letzte Gäste voneinander schieden.

Beim Duschen wurde ich am Montagvormittag von einem Hexenschuß gefällt und mußte mir von Heribert zu meiner Matratze helfen lassen.

Dort lag ich dumm herum, bis am Abend das in der Küche installierte Telefon klingelte.

Ich bewegte mich im Kriechgang zum Hörer und nahm ab.

»Hey, Martin!« rief Claudia Denker. »Na? Haste die Messe überlebt? Ich wollt' dir nur eben mal erzählen, wie uns das heute ergangen ist, also Michael Ringel, Ludwig Lang und meiner Freundin Karin und mir und der restlichen Schar, als wir nach Berlin zurückgereist sind. Da haben wir nämlich sechs Stunden lang stehen müssen! Und zwar in einer der Toiletten, weil sonst nirgends mehr Platz gewesen ist! Und das bei Apfelwein und Bier und Sechsämtertropfen! Wir haben auch Fotos gemacht. Die muß ich dir mal zeigen. Das war die lustigste Zugfahrt meines Lebens!«

Auch Frank Schulz meldete sich telefonisch: Er habe meinen Pullover am Freitagmorgen aus Frostschutzgründen angezogen und ihn am Stand des Elefanten-Press-Verlags für mich hinterlegt, bei einer Vertrauensperson, die ihm versprochen habe, den Pullover in der *Titanic*-Redaktion abzuliefern.

Am Dienstag kam ich wieder auf die Hufe, stellte für Klaus Bittermann eine Liste möglicher Beiträger für unser Wörterbuch zusammen, richtete brieflich an Walter Kempowski die Bitte, ihn besuchen zu dürfen, da ich vorhätte, ihn in der *Titanic* zu porträtieren, und schrieb Kerstin, daß es schön wäre, wenn wir uns bald mal wiedersehen könnten.

Achim und Heribert pinselten die Konturen der roten Strolche aus. Ob überhaupt ein Leser ahnte, wieviel Fleiß und Mühe sie auf jedes dieser Bilder verwandten?

»Nein, das kann sich niemand vorstellen«, sagte Heribert. »Und schon gar nicht, daß Hans Zippert uns mit Elektroschockern zu Überstunden zwingt …«

»Oder daß man uns dazu nötigt, Farbpigmente aus dem Blut von Löwenföten zu verwenden, nur weil's da diesen Knebelvertrag mit dem Circus Roncalli gibt«, sagte Achim. »Das sollte mal jemand aufdecken! Aber die Herren Investigativjournalisten interessieren sich ja nur für die Verkehrsdelikte von CSU-Politikern und die Eheprobleme von Hollywoodschnatzen! Während wir hier vor die Hunde gehen!«

Mein Pullover fand sich in einer Plastiktüte neben dem Regal mit dem Faxgerät an. Hatte eine Odyssee durch Frankfurt hinter sich, das gute Stück, und landete nun wieder bei seinem Herrn und Meister.

Neues von Eugen:

Der Zeitverbrauch ist abermals dramatisch angestiegen. Tage vergehen wie Frisuren, wenn dieser sehr saloppe Vergleich einmal erlaubt sein dürfte. Was schafft der Mensch in dieser Zeit? So wenig, daß er schamvoll das Antlitz im Hosenboden verbirgt.

An der »Kulturgeschichte der Mißverständnisse«, kurz »KdM«, bestehe seitens des Verlags Reclam in Stuttgart gesteigertes Interesse, sagte Eckhard Henscheid, als ich abends bei ihm auf dem Balkon vor einem Schoppen Wein saß. »Aber wir machen ja sowieso, wie dem auch sei, peu à peu und im stillen einfach zäh weiter.« Und ob mir eigentlich der kaum sterbliche »Domprobst von Meppen« bekannt sei, den der unsterbliche Heino Jaeger erfunden habe?

Er spielte mir das Hörstück vor, in dem Jaeger einen senilen Kirchendiener gab, der gänzlich sinnfrei über den »Speyer zu Worms« und den darin beigesetzten Probst Erasmus von Meppen dozierte. Wiederum als Interviewer sagte Jaeger dann: »Nun noch ein Tip für unsere Hörer – der Speyer zu und in Worms ist zu erreichen über die Europastraße acht oder Ruhrschnellweg, Abbiegung Bottrop. Besuchen Sie das Wormser Fachmuseum für wasserdichte Badeanzüge und Steckdosen. Außerdem führt eine idyllische Liftbahn vom und zum Vogelpark und außerdem zum Kraftwerk und Freizeitheim mit Bücherhalle und WC ...«

Besonders einprägsam fand ich die unzweckmäßige »Abbiegung Bottrop«. Die machte mir noch stundenlang gute Laune.

In Berlin checkte ich in meiner WG ein und vernahm den altgewohnten Käse, als Philipp sich mit Sigrun darüber stritt, wer mit dem Putzen dran sei. Er: »Wenn du dein Gehirn nicht auf Durchzug geschaltet hättest, würdest du dich vielleicht daran erinnern, daß Jochen und ich hier letzten Sonntag alles generalüberholt haben!« Und sie: »Jo, ond gäschdern habd ihr die ganze Küche wiedr vollgesaud! Schau dir mol den Baggofa an! Soll i den jedzd saubermacha? Bisch du no frisch?«

Um Mitternacht war Jörg Schröder im Roten Salon der Volksbühne bei Wiglaf Droste und Michael Stein zu Gast, aber das Publikum benahm sich schlecht: Die Leute rannten rein und raus, es kollerten und klirrten Flaschen, der Schriftsteller Peter Wawerzinek machte im Saal einen Kopfstand, um den ihn niemand gebeten hatte, und es flogen Bierfilze und Kronkorken herum.

Doch es gab auch eine frohe Kunde, denn im Foyer versicherte

Fritz Weigle mir, daß er inzwischen alle Zeichnungen zu meinem Kriminalroman vollendet und mir Kopien davon nach Frankfurt geschickt habe.

War ich nicht gebenedeit?

Am Sonntagabend begleitete Kerstin mich ins Kreuzberger Restaurant Auerbach. Dort tafelten wir an einem langen Tisch gemeinsam mit Jörg Schröder, Barbara Kalender, Wiglaf und Carola, Michael Stein und dessen Freundin und einem Redakteur von Radio Fritz. Mariniertes Hirschkalbsgulasch wurde aufgetragen, es floß der Merlot, Jörg Schröder erzählte von der schlechten alten Zeit, in der es noch nicht üblich gewesen sei, daß Autoren sich mit Lesungen etwas dazuverdienen konnten, und dann mußten Wiglaf, Jörg und Steini los, um in Radio Fritz drei Stunden lang live irgendwas von sich zu geben.

Wir hörten uns das bei Carola in der Ratiborstraße an. Es war keine gute Performance, da die drei Kämpen zuviel gesoffen hatten, und es machte die Sache nicht besser, daß ich mich als »Ginkgo Güzel« telefonisch dazuschalten ließ und mit zittriger Stimme für den »Weltfrieden« warb.

Eine halbe Stunde lang hing ich dann noch in einer Bar mit Kerstin ab. Wir tranken Whiskey, und sie spielte mit meiner Hand.

Für den kommenden Mittwoch nahmen wir uns einen gemeinsamen Kinobesuch vor: »Last Action Hero« mit Arnold Schwarzenegger. Dieser Film war zwar nicht Kerstins erste Wahl gewesen, aber mußten wir nicht alle einmal Kompromisse schließen?

Am Montag ging ich erstmal mit Max und Herrn Rutschky ins Kino. Weil Max darauf bestanden hatte, daß es ein Film sein müsse, in dem nichts explodiere, sahen wir uns Claude Sautets bittersüße Romanze »Ein Herz im Winter« an. Darin verliebten sich zwei befreundete Geigenbauer in dieselbe Geigerin, und aus naheliegenden Gründen wurde dazu gegeigt, was das Zeug hielt. Mitleidlos und ohne Rücksicht auf Verluste. Cantabile, con espressione, molto maestoso …

Beim Hinausgehen sagte Max: »Also, da hätte wirklich mal was explodieren können!«

In einem behaglichen Lokal namens Dicke Wirtin stellten wir dann vergleichende völkerpsychologische Betrachtungen an, bei denen die Franzosen wegen ihrer Sentimentalität schlechter abschnitten als die Engländer. »Der Stand einer Zivilisation bemißt sich immer daran, inwieweit sie der englischen gleicht«, verkündete Herr Rutschky und lieferte Max damit das Stichwort für einen Kurzvortrag über David Bowies Einfluß auf die Popmusik.

An fliegenden Händlern herrschte auch in der Dicken Wirtin kein Mangel, und schließlich wurde Herr Rutschky weich und kaufte einem Taubstummen für eine Mark einen Schlüsselanhänger ab.

Was hatten solche Kleinstgewerbetreibenden wohl im alten Rom im Angebot gehabt? Eisennägel und Gürtelschnallen?

Als Herr Rutschky uns verlassen hatte, sagte Max, daß er in Amsterdam gewesen sei. »Und wenn man in Amsterdam ist, dann muß man da was einkaufen, auch wenn man die Sache gar nicht mag und einem das auch nicht bekommt ...« Kurzum: Er habe ein Bröckchen Haschisch erworben und traue sich da alleine nicht ran.

Ich rief mir meinen Terminkalender vor Augen – Dienstag Graffiti, Mittwoch Kino mit Kerstin, Donnerstag Heidelberger Krug – und verabredete mich für Freitagabend mit Max zum Haschen in seiner Wohnung am Bundesratufer.

»Die haben das Auerbach gesprengt«, sagte Jochen, als wir frühstückten, und schmiß mir den *Tagesspiegel* zu. »Hier, lies mal!«

Durch eine eingeschlagene Scheibe wurde eine vermutlich russische Handgranate in das Restaurant an der Köpenicker Straße 174 geworfen.

In der Nacht von Sonntag auf Montag sei das geschehen. Gegen vier Uhr morgens. Also ungefähr fünf Stunden nachdem wir das Auerbach verlassen hatten.

Die Polizei vermutet die Täter in linksextremistischen Kreisen, die bereits früher unter dem Motto »Klasse gegen Klasse« An-

schläge auf sogenannte Nobellokale verübt haben. Sie begründeten ihre Taten in Selbstbezichtigungsschreiben damit, daß sie sich ihre »Kiezstruktur« nicht zerstören lassen wollten.

Der Sachschaden wurde auf einhunderttausend Mark geschätzt.

Ich kopierte den Artikel und faxte ihn Barbara und Jörg zu. Dann rief ich Carola an, und sie sagte, daß die Knalltüten von »Klasse gegen Klasse« im Auerbach auch schon mal die Zeche geprellt, Fäkalien ausgegossen und eine Rauchbombe gezündet hätten, weil das ja angeblich ein Edelschuppen sei, obwohl jede Dönerbude mit ihrem Schlangenfraß in Kreuzberg einen höheren Profit abwerfe. »Wahrscheinlich stecken irgendwelche Grünschnäbel dahinter, die noch vor drei Wochen bei ihrer Mutti im tiefsten Schwaben gewohnt haben und hier jetzt plötzlich ihren Kiez verteidigen …«

Fünf Seiten brachte ich für »Das Blöken der Lämmer« zuwege, bevor ich mich mit einer Dosis Maultaschen für den Abend stärkte.

Auch Achim und Heribert waren in dieser Woche in Berlin eingefallen, und von Claudia Denker wurden sie ins Graffiti ausgeführt, wo sie ihnen und auch mir die Fotos vorlegte, die Michael Ringel geschossen hatte, nach der Buchmesse, als im Zug nach Berlin die Flasche Sechsämtertropfen gekreist war.

In derselben Nacht äußerte Rainer Balcerowiak seinen Wunsch, das Fred-Kalkutta-Lied zu vertonen, mein betrunkener Anwalt sicherte mir zu, daß er meine *Kowalski*-Honorare retten werde, und im Feuereifer eines Angriffs auf das gegnerische Tor brach Achim eine Stange des Tischkickers entzwei.

»Wo rohe Kräfte sinnlos walten!« rief Claudia.

Es gebe inzwischen mehr als eintausend Vorbestellungen, sagte Klaus Bittermann mir am Mittwoch. »Wie sieht's denn mit Wiglafs Buchbeiträgen aus? Hat er dir schon was geschickt?

Nein, hatte er nicht. Seit Sonntagnacht war er wieder verschollen.

In »Last Action Hero« nahm Schwarzenegger sich selbst auf die Schippe, aber Kerstin lachte erst am Ende, bei der Szene, als der Tod aus Ingmar Bergmans Film »Das siebente Siegel« aus der Leinwand heraustrat und mit seiner Sense die Zuschauer dahinmähte.

Das sei »ganz okay« gewesen, sagte sie, und diesmal gingen wir ohne Umwege zu ihr.

Sie hatte einen Freund – latürnich! –, doch der wohnte woanders und brauchte von mir nichts zu wissen.

Was ich jetzt beim Schreiben immer laufen ließ, war eine CD mit John Dowlands »Lachrimae«, gespielt von dem Lautenisten Anthony Rooley und seinem Ensemble The Consort of Musicke. Ich wußte gar nicht, wie ich mein Leben vorher ohne diese herzergreifenden Klänge bewältigt hatte. Oder wie Menschen zurechtkamen, die nur den musikalischen Mainstream kannten.

Im stark verqualmten Heidelberger Krug löschten Achim, Heribert, Michael Etter und Michael Sowa ihren Durst mit Erdinger Kristall und waren bester Dinge. Als ich dazustieß, erzählte Heribert gerade von einem Irren, der am Montag in Fulda mit seinem Auto in den Dom hineingebrettert sei, und Achim lachte so laut, daß ihn die Wirtin zurechtwies.

Auch Michael Etter lachte schallend; Michael Sowa hingegen leise brummend.

Um drei Uhr nachts löste ich mich aus dem Kreis dieser guten Kameraden, nahm ein Taxi zur Graefestraße und hörte den Anrufbeantworter ab.

Wiglaf hatte sich gemeldet, um mir mitzuteilen, daß er seine Mitarbeit an unserem Buch endgültig absagen müsse: Er kriege das »leider nicht gebacken«.

Damit habe er ja schon gerechnet, sagte Klaus Bittermann, als ich ihn Freitagmittag anrief. »Packst du's auch allein?«

»Geht ja nicht anders.«

»Dann hau rein!«

»Eine erfolgreiche Industrienation, das heißt eine Nation mit Zukunft, läßt sich nicht als kollektiver Freizeitpark organisieren«, hatte Helmut Kohl gesagt, und das wurde ihm verübelt, aber hatte er da nicht ausnahmsweise mal recht?

»Nein, damit beleidigt er die Arbeiter, die schwer schaffen müssen, um ihre Familie durchzubringen«, sagte Jochen. »Was weiß denn dieser vom Großkapital gepamperte Dickwanst davon, wieviel 'n Müllkutscher oder 'ne Backstubenhilfe mit drei oder vier Kindern am Monatsende in der Tasche haben? Von wegen kollektiver Freizeitpark! Millionen von diesen Leuten können nicht mal das Geld für 'ne neue Spülbürste zusammenkratzen!«

Michael Rudolf rief an und gab die Geburt seines Kindes bekannt: Ein strammes Mädchen sei's, das auch ordnungsgemäß brüllen könne und keinen Zweifel an seiner Herrschsucht aufkommen lasse.

Beim Gratulieren kam ich mir unaufrichtig vor, denn ein Baby wäre das Allernachletzte gewesen, was ich mir gewünscht hätte. Windeln wechseln, Brei kochen und einen Kinderwagen schieben? Non, merci.

Für das Piece aus Amsterdam hatte Max eine runde Camembertverpackung zweckentfremdet und sie mit der Aufschrift »Schachtel des Hasches« bemalt. Er nahm es feierlich heraus, piekte es auf eine Nadel, die in einem Korken steckte, zündete es an und stülpte ein Glas darüber. An der Tischkante versuchten wir dann den Rauch aus dem Glas herauszusaugen, was ein schwieriges Unterfangen war. Man kriegte Nackenschmerzen davon, und außerdem ging die Glut dauernd aus.

Ich baute uns daher aus mehreren Blättchen, Tabak, Shit und einer Pappfilterrolle eine Tüte, die sich nur durch ihre hohe Ladungsmasse und ihre Länge von einem konventionellen Joint unterschied.

»Weißt du, was Mouleusen sind?« fragte Max, als ich das Gebilde anrauchte.

»Nein.«

»Das sind Herstellerinnen von Narben- und Wundskulpturen zu medizinischen Zwecken. Ich finde, es sollte Mouleusen geben, die die gängigen Zyklopenklischees korrigieren …«

Um so viele Ecken konnte ich nicht mehr denken.

Das konnte auch Max nach den ersten Zügen nicht mehr. Er fühle sich wie ein Stück Blei, sagte er, und er klagte über geschwollene Füße.

Dann lachte er auf und rief, da gehe eine Zahnpasta übers Dach!

Ich mußte mich bewegen und lief hin und her.

»Paß auf«, sagte Max. »Du brichst dir noch die Beine!« Und: »Du tanzt ja wie ein junges Husch!«

Mit dem Kommunizieren war es danach fürs erste vorbei. Wir saßen bedröhnt herum, und Max stöhnte etliche Male auf: »Ich will das nicht mehr! Das soll aufhören! Dieses Teufelszeug legalisieren? Never!«

Als die Wirkung nachließ, aßen wir Haselnüsse und gingen zu Mineralwasser und Weißwein über, und da ich vorhatte, Walter Kempowski zu besuchen, signierte Max sein Quittenbuch für ihn, um es mir mitzugeben:

Von einem Fan für ein Vorbild.

Danke für alles!

Auch Tex Rubinowitz sei ein großer Kempowski-Fan, sagte Max. »Aber mit der Fanschaft von Tex und mir wirst du ihn nicht beeindrucken können. Der kennt uns ja gar nicht.«

Am Samstagnachmittag meldete Christian Schmidt sich mit der Nachricht, daß Kempowski mir »einen Schrieb geschickt« habe: Ich könne kommen und solle vorher anrufen.

Das tat ich auch sofort, und Kempowski nahm ab. Er klang etwas sediert, und meine Frage, ob es ihm am Dienstag passe, konnte er nicht gleich beantworten. Er rief nach hinten: »Hildegard, hier ist Schlosser, der Zigarrenraucher. Ist am Dienstag Rheumabehandlung?«

Da Hildegard Kempowski die Frage verneinte, wurde ich für diesen Tag zum Tee gebeten.

»Ich hab im Heft ungefähr drei Seiten dafür«, sagte ich.

»Das ist doch schön.«

»Und ich will ein bißchen Wiedergutmachung betreiben.«

»Wieso Wiedergutmachung?«

»Weil doch in dieser Ecke vor ungefähr zehn Jahren ziemlich garstige Sachen über Sie geschrieben worden sind.«

»Ach, das war gar nicht schlimm«, sagte Kempowski. »Das war doch in Ordnung.«

Am Montag solle ich nochmal anrufen und mich erkundigen, ob er nicht krank geworden sei.

Eine Nachricht aus dem Familienticker: Dagmar war aus dem Krankenhaus entlassen worden, und es ging ihr gut.

Von Jochen ließ ich mich zur Geisterstunde nach Schöneberg zu einer Fete mitschleifen und fand mich dort nach mehreren Umdrehungen in den Armen einer rothaarigen Medizinstudentin wieder, die Sonja hieß und einen Freibrief für die Übernachtung im Wohnzimmer der Gastgeberin besaß.

Als endlich alle weg waren, erhielten wir von ihr eine Matratze und Bettzeug.

And just like a dog I was befriended ...

Wie weit daneben hatte Papa doch mit seiner Theorie gelegen, daß Frauen weniger Spaß am Sex hätten als Männer!

Am Vormittag nahmen Sonja und ich vor dem Haus vergnügt und munter voneinander Abschied, und als ich mich umwandte und ausschritt, gongte ich gegen ein Verkehrsschild.

Das dämpfte meinen Elan. Außerdem hatte ich zu wenig Schlaf bekommen.

In der Graefestraße war die Heizung ausgefallen, und ich kroch bibbernd unter meine Decke.

Eine Strophe aus einem Gedicht von Robert Gernhardt im neuen *Raben* tat es mir an:

Ihr Menschen lernet doch
von Wiesenblümelein:

Gott hat euch ausgesät
und ihr geht dennoch ein.

So hinterhältig konnte einen nur Gernhardt aufs Glatteis führen.

Er sei dafür, »die Mutterschaft wieder mehr ins Zentrum der Gesellschaft zu rücken«, hatte der von den Unionsparteien als Bundespräsidentschaftskandidat erkorene sächsische Justizminister Steffen Heitmann erklärt, und zum Holocaust war ihm eingefallen, daß der Zeitpunkt gekommen sei, »dieses Ereignis einzuordnen«. Womit er meinte, daß es jetzt mit den Gedenkfeiern allmählich reiche. Durch die Blume hatte er auch Verständnis für die Anschläge auf Ausländer geäußert:

Die von Nächstenliebe reden, kommen doch meist nur aus der Ferne mit dem Ausländerproblem in Berührung. Das sind nicht die, denen täglich die Wäsche von der Leine geklaut wird.

Und dieses Großmaul sollte in die Villa Hammerschmidt einziehen? War das nicht schlecht für die deutsche Außenwirtschaft?

Am Montagabend ging ich abermals mit Kerstin aus und folgte ihr auch wieder in ihren Unterschlupf.

I'd say get it while you can, yeah
Honey, get it while you can …

Ihrem Freund wollte sie trotzdem treu bleiben, in einem höheren Sinn, und sie ermahnte mich zur Verschwiegenheit.

Auch auf ein italienisches Spezialitätengeschäft an der Skalitzer Straße hatten die Deppen von »Klasse gegen Klasse« jetzt ein Sprengstoffattentat verübt und den Inhabern ein Ultimatum gestellt:

verschwindet bis zum 31. 1. 94! ansonsten: plünderung oder finales ende wie beim auerbach.

Von der SA hätte man diesen Verein nicht einmal mehr mit dem Elektronenmikroskop unterscheiden können.

Um nach Nartum zu gelangen, mußte ich in Rotenburg an der Wümme vom Zug in ein Taxi umsteigen und dreißig Mark für die Fahrt bezahlen.

Dann stand ich – siebeneinhalb Jahre nach meinem letzten Besuch – wieder vor der Tür von Haus Kreienhoop und klingelte.

Hildegard Kempowski öffnete mir und brachte mich zu ihrem Mann, der vor einem riesigen Computer saß und schimpfte: »Finden Sie nicht auch, daß es hier seltsam riecht? Mäuse, alles voller Mäuse!«

Das sei auch in meiner Wohngemeinschaft in Kreuzberg so, sagte ich.

Nachdem er ein Tablett mit Tee für uns in die Omastube getragen hatte, nahm Kempowski Max' Quittenbuch entgegen, blätterte darin und versprach, daß er heute noch anfangen werde, es zu lesen.

Im Umfeld der *Titanic*, sagte ich, sei inzwischen eine Generation nachgewachsen, die seine Werke schätze. »Nicht nur Max Goldt und ich, sondern zum Beispiel auch – aber die Namen werden Ihnen wahrscheinlich nicht viel sagen – Eugen Egner, Tex Rubinowitz und Günther Willen …« Ich erzählte ihm auch von Björn Engholms Klage wegen des Titelbilds mit dem Quietscheentchen.

Den Engholm könne er auch nicht leiden, sagte Kempowski, und dann berichtete er von seiner Arbeit. Im November werde ja nun das »Echolot« erscheinen, in vier Bänden, aber das sei nur der erste winzige Baustein und umfasse nicht mehr als den Januar und den Februar 1943. In »Echolot II«, das zur Zeit entstehe, gehe es um den Winter '44/45: die Todesmärsche der KZ-Häftlinge, die Flüchtlinge, die Kriegsgefangenenmassen, die Luftangriffe. »Dieses ganze gurgelnde Chaos …« Und nebenher sitze er an seinem seit langem geplanten Roman über einen Schulmeister auf dem Lande.

Bei Tee und Keksen in Kempowskis Sprechstunde: An meiner Wiege mußte eine gute Fee gestanden haben.

In einem anderen Teil des Hauses lagerten die Archivschätze, die er mittlerweile zusammengetragen hatte: Hunderte von Regalmetern mit Fotoalben, Tagebüchern, Aktenordnern, Zettelkästen, Feldpostbriefen, Aufsatzheften, Postkarten und Kontobüchern. »Alles da – bis auf Papá!« sagte er. »Kennen Sie vielleicht 'ne Germanistin, die hier gern mal ein halbes Jahr lang leidlich gut bezahlt als Sekretärin arbeiten würde?«

Da war ich überfragt.

Um es von ihm signieren zu lassen, hatte ich Kempowskis Buch »Mark und Bein« mitgebracht, und er schrieb hinein:

Wo man raucht,
da kannst du ruhig harren:
Böse Menschen
rauchen nie Zigarren!

Von Rotenburg fuhr ich nach Oldenburg, um dort bei Günther Willen einzukehren und mit ihm über das Fußball-Lexikon zu reden, das wir schreiben wollten. Leider biß ich mir unterwegs an einem Pfefferminzdrops ein kleines Stück Zahn aus. Unten links.

Im Casablanca legten wir bei einigen Bieren die Marschroute fest: Kurze und knuffige Einträge sollten es werden und auch möglichst viele abseitige. »Flügelzange, Flatterball und Punktepolster«, sagte Günther. »Spielerfrauen, Beinarbeit und Kartenvorverkauf. Lauter Begriffe, die bei anderen Lexikographen des Fußballs nicht mal auf der Ersatzbank sitzen …«

Für das Cover wollten wir Michael Sowa um eine sportliche Zeichnung bitten.

In Oldenburg hatte Günther sich, wie er feststellte, »verhältnismäßig gut wieder eingelebt«, auch wenn er nicht mit allen Mitbürgern warmwerden könne. »Die haben irgendwie den letzten Pfiff nicht gehört«, sagte er, und er machte auch seinem Ärger über die Leute Luft, die ständig »anyway« sagten. Neulich habe ihn ein Producer angerufen, »so ein Fernsehjungknödelbumskopf«, und der habe keinen Satz ohne »anyway« auf die Reihe gekriegt.

Berge von Post warteten in Frankfurt auf mich. Teils in der Redaktion und teils daheim.

Fritz Weigle hatte mir die Kopien seiner 24 Zeichnungen zu meinem Krimi geschickt und mich gefragt:

Können Sie was damit anfangen?

– damit leben?

Mit allen Blättern?

Mit einigen?

Fast allen?

Fast keinem?

Wo dachte er hin? Die Bilder waren primissima. Und dann schrieb er noch:

Ich hoff', Sie kommen zurecht in der Redaktion. (Und wenn Sie in den Winkel mit den vielen Spinnweben kommen: da werden die Bernstein-Cartoons gebunkert – wenn mal grad keiner guckt, könnten Sie ja mal heimlich das eine oder andere Blatt ins Heft schmuggeln ...)

Ich als F. W. Bernsteins Hehler!

Aus Portsmouth, wo sie ein Semester verbrachte, um ihr Englisch zu perfektionieren, schrieb Kathrin Passig mir, daß ihr ein Kiffer namens Darren Probleme bereite:

Ich habe für ihn seine Deutschhausaufgaben erledigt, in denen Leute wie »Peter Maria Glück« vorkommen, die in Straßen wohnen wie »Zitronestraße« und »Pferdstraße«. Pferdstraße! Ja Himmelherrgott! Kann der Engländer nicht damit zufrieden sein, daß er die vernünftigste Sprache von allen spricht, und seine Finger von den anderen lassen?

Und ihr sei der »three-legged pub crawl« erklärt worden:

Man bindet zwei Leute an den mittleren Beinen zusammen, und so müssen sie den ganzen Abend herumlaufen, auch aufs Klo. Man kann bis zu acht Leute zusammenbinden. Und beim Hockey Club scheint es den Brauch zu geben, daß man nach dem Spiel einen Socken auszieht, über das Bierglas stülpt und das Bier durch den Socken trinkt.

Und sonst?

Es lagen Einladungen zu Lesungen in Reutlingen und Nürtingen vor, und ein Rechtsanwalt aus Grünendeich im Landkreis Stade beklagte sich darüber, daß Wiglaf und ich das Wort »Posaunenchor« in die Liste ekliger Wörter aufgenommen hatten, denn er gehöre selbst einem Posaunenchor an:

Besonders müssen sich mit mir alle Mitbläserinnen und -bläser verletzt fühlen, wenn unser geliebtes Wort Posaunenchor gemeinsam mit wirklich ekligen Wörtern wie »Schmauchspur« und »Hauttypberatung« genannt wird.

Beigefügt hatte er eine Unterlassungserklärung, die Wiglaf und ich unterschreiben sollten.

Eugen Egner wiederum berichtete von seiner Hochzeit:

Wir hatten allergrößte Bedenken, es würde abscheulich und gefährlich werden, aber nein. Was ein Glück, welche Gnade! Keinerlei Nervtöterei, kein Ärgernis, keine Zumutungen. Es war tatsächlich möglich, aus steuerlichen und derlei Gründen die Eheschließung auf erträgliche Weise zu vollziehen, ohne sich zum Affen zu machen. Keine Ringe, keine Blumen, keine Völkerscharen mit Spießrutenlauf vor dem Standesamt. Der Standesbeamte war froh, in drei Minuten fertig zu sein. Er entschuldigte sich nachgerade für sein Amt, machte sich auch über die gewöhnlichen Gepflogenheiten lustig. Meine Anfrage, ob wir das Ganze nicht auch telephonisch hätten erledigen können, verneinte er verständnisvoll und voller Bedauern. Herzlich scherzend schieden wir.

In der Anlage befand sich ein Foto von Eugens selbstgestaltetem Garten.

In der Mitte der späteren Sitzfläche liegt der hier so sparsam und harmlos wirkende Kies. Seine real biblische Menge hat mich deutlich altern lassen. 26 Schubkarren!

Weil ich in der Wohnung kein Papier fand, mußte ich von einer in Heriberts Zimmer stehenden Tapetenrolle Streifen abreißen, um Eugen darauf zurückschreiben und ihn fragen zu können, woher er die 26 Schubkarren habe.

Mein kaputter Zahn ziepschte beim Sprechen, und meine Zunge hatte an der scharfen Kante Schaden genommen und sich entzündet.

Da traf es sich gut, daß Birgit Staniewski mir einen Zahnarzt empfehlen konnte und ich sofort einen Termin erhielt. Das ging wie der Blitz: Es wurde was weggeschliffen, und schon war ich wieder ein freier und gesunder Mann.

Der Zukunftsforscher Matthias Horx hatte ein »Trendbuch« veröffentlicht, aus dem man Näheres über den »Ökolozismus« und den »Immermehrismus« erfuhr.

Das sei 'ne hohe Kunst, sagte Christian. »Nichts wissen, aber schön viel Schaum schlagen und einen einträglichen Beruf daraus machen. Von Horx lernen heißt siegen lernen!«

Bei Fritz Weigle bedankte ich mich brieflich für seine Zeichnungen, an Michael Sowa richtete ich die Bitte um ein Titelbild für das Fußball-Lexikon, für Freitagabend verabredete ich mich mit Kerstin, und ich fühlte mich wie ein Glückskind, bis Dagmar anrief und mir sagte, daß Oma in Wittmund im Krankenhaus liege. »Sie hat Grauen Star und muß operiert werden ...«

Warum quälte Gott die arme alte Frau noch, bevor er sie zu sich in sein Reich nahm?

Inzwischen hatte ich grünes Licht für meine Dauerbeschäftigung als Redakteur bekommen. Ich würde also meine Zelte in Berlin abbrechen und mich für längere Zeit in Frankfurt niederlassen.

Den Umzug peilte ich für Mitte Dezember an. Nur nichts überhasten, denn ich mußte ja auch noch Bücher schreiben.

Der von Frankfurt nach Berlin rollende ICE war dermaßen vollgemenscht, daß ich in Fulda ausstieg, um auf den nächsten zu warten. Doch in dem war es noch enger. Ich zwängte mich zum Bordrestaurant durch, trank ein Bier im Stehen, stieg in Göttingen wieder aus und setzte meine Hoffnungen von neuem auf den nächsten ICE. Aber der war ebenso brutal überfrachtet.

In einem Wald aus Beinen hockte ich mich im Gang auf meine Reisetasche.

Was taten eigentlich die Logistiker der Bundesbahn für ihr Geld? Am Daumen lutschen?

Besoffene Soldaten grölten »Rosamunde«, »Die alten Rittersleut« und andere Gassenhauer, womit sie einen noch besoffeneren Passagier herbeilockten, der dann bis zum Bahnhof Zoo mitschrie.

In der Graefestraße wollte ich duschen, aber Lizzy hielt das Bad besetzt, und nachdem sie endlich rausgekommen war, schlüpfte Philipp vor mir rein und rief: »Ätschibätschi!«

Nein, ich hatte wirklich nichts dagegen, in eine Zweier-WG umzuziehen. Raus aus der übervölkerten Fabriketage und hinein in das kommode Zusammenleben mit Heribert.

»Bon alors«, sagte Kerstin, als sie mich in ihrer Friedenauer Freistätte empfing. »Tu veux boire quelque chose?«

Beim Pinot noir entblätterten wir uns und sündigten ohne Gewissensbisse.

In der *taz* wurden neue Verlautbarungen des Räumkommandos »Klasse gegen Klasse« zitiert:

Der einzige Platz für Mittelklasse-Schmarotzer liegt zwischen Mündungsfeuer und Einschuß.

Und:

Korrupte Krämerseelen wie ihr gehört zu dem Potential von Mittelklasse-Schmeissfliegen, die sich wie die Schweinepest im Kreuzberger Kiez ausbreiten.

So in zwanzig oder dreißig Jahren, dachte ich, sollte man diese Revolutionäre dazu zwingen, ihre eigenen Mittelklassewagen zu flambieren.

Helmut Krause rief an. »Bist du gewillt«, fragte er, »gemeinsam mit Eugen, seiner Liebsten und meiner Wenigkeit am Buß- und Bettag nach Bargfeld zu reisen? Wir wollen zweimal im berühmten Gasthof Bangemann übernachten, und Bernd Rauschenbach, der gute Bub, wird uns das Arno-Schmidt-Museum zeigen …«

Da sagte ich gern zu, und bei einem Spaziergang in der Hasenheide lud ich am Samstagnachmittag auch Kerstin zu diesem Ausflug ein.

Sie werde es sich überlegen, sagte sie.

Kinder ließen Drachen steigen, die Oktobersonne schillerte, und eine leichte Brise wehte Eichenlaub vor uns her.

Am Sonntag sammelten Klaus Bittermann und ich in seinem Arbeitszimmer allerlei gehirnverschleimende Begriffe und Wendungen, die in das »Wörterbuch des Gutmenschen« gehörten: »Identität«, »Glaubwürdigkeit«, »Betroffenheit«, »Mein Freund ist Ausländer« und noch einiges mehr. Danken würde es uns niemand, aber diese linke Selbstkritik war überfällig.

Jochen stand der Mund offen. »Wie? Du kündigst deinen Mietvertrag? Und mit wem soll ich dann im Nova saufen gehen? Außer mit Philipp?«

»Das ist meine geringste Sorge.«

»Aber du kannst mich doch hier nicht allein lassen!«

»Just relax«, sagte ich. »Find a girl, settle down. If you want, you can marry. Look at me – I am old, but I'm happy …«

»Schnauze!«

In einem Brief, den er mir nach Frankfurt geschickt hatte, kritisierte Helmut Krause den Spielfilm »Die Firma«:

Mafiageschrammel in Rechtsanwaltskreisen, zum Kotzen und Hinscheißen und Reintreten! Ein dumm und schlecht und blöd zusammengegaunerter Vollrotz mit einem Arschgesicht namens Tom Cruise als Krönung des Unheils! Sensationell – diesem Hollywoodtrottel hängt das Sportlerische, das Kreuzkubiksaubrunzvollgasdumme so strotzend aus dem Gesicht heraus wie dem ganzen Unternehmen das Billige, Hingehauene, Simple und Bauernfängerische überhaupt. Es war sehr ein Elend und völlig ein Dreck.

Von Bernd Eilert aber, der ja auch nicht auf den Kopf gefallen war, wurde dieser Film bei der Montagskonferenz gelobt: Der sei »recht ordentlich«, und man könne sich sogar an die Visage von Tom Cruise gewöhnen.

Als wir danach wieder im Hexenkessel saßen, sprach ich Robert Gernhardt auf seine neun Jahre alte Polemik gegen Walter Kempowski an, die ich ungerecht fand. Mit meiner Werbung für den Humoristen Kempowski drang ich jedoch nicht durch, obwohl ich aus dem Gedächtnis makellose Sätze wie »Die Anschaffung einer Unterhose brachte mich erheblich ins Minus« zitieren konnte.

Es tue ihm leid, sagte Gernhardt, aber Kempowskis Humor sei ihm fremd, und daran werde sich in diesem Leben auch nichts mehr ändern.

»Na, treibst du deinen Cholesterinspiegel hoch?« fragte Christian Schmidt, als er mich am Dienstagvormittag in der Redaktion einen Egg McMuffin von McDonald's essen sah. »Ich bring dir dann nach dem Schlaganfall das Sprechen wieder bei …«

So war er eben: einnehmend, kollegial und niemals um ein nettes Wort verlegen.

In einer Anzeige war in der *taz* am Freitag das *Titanic*-Cover mit den nackten Frauenbrüsten zu sehen gewesen, und nun überschlugen sich manche *taz*-Leserinnen vor Zorn über den »Sexismus«, den sie darin wahrnahmen. In einem gemeinsamen LeserInnenbrief solidarisierten sich mit ihnen u. a. die »feministische Männerforscherin« Halina Bendkowski, eine Frau vom »Kinderbüro München«, Adrienne Goehler als Präsidentin der Hamburger Hochschule für bildende Künste und eine Vertreterin des Frankfurter Büros »für frauenpolitische Forschung und Beratung«.

Achim freute sich. »Das sind doch genau die Wespennester, in die 'neingestochen gehört«, sagte er. »Aber denen werden wir's zeigen! Oder? Männer? Knickt ihr vor diesen Trutschen ein?«

Vier Seiten waren mir im Dezemberheft für mein Loblied auf Kempowski eingeräumt worden. Vermeiden wollte ich bei der Darlegung seiner Arbeitsweise die Adjektive »minuziös«, »akribisch«, »penibel« und »pedantisch«, weil sie bereits in fast jedem anderen Aufsatz über Kempowski standen. Viele Journalisten schrieben auch gern, daß er »sammelwütig« sei. Aber was sollte

»wütig« daran sein, daß jemand Zeitdokumente archivierte? Ein tobendes Rumpelstilzchen wäre dazu gar nicht imstande gewesen.

Bis zwei Uhr nachts saß ich in der Redaktion, und von tief unten wummerten die Discothekenbässe.

Dann fiel mir ein, daß ich ja noch die Vorschautexte für »Supersache!« und »Die gnadenlose Jagd« schreiben mußte. Darüber wurde es zehn nach drei.

Frankfurt bei Nacht: Rülpser und Rufe aus rauhen Kehlen, Reinigungsfahrzeuge mit orangen Rundumleuchten und kreisenden Kehrwalzen, auf Dauergelb geschaltete Ampeln, frühe Vögel, versprengte Säufer und auf der Friedberger Landstraße ein einsamer Temposünder in einem metallicgrauen Zuhälterauto mit Fernlicht und einem Sperrfeuer aus Dicke-Hosen-Musik.

Von Eugen Egner war ein Brief angekommen, in dem er sein Gärtnergeheimnis lüftete:

Die 26 Schubkarren hatte ich natürlich von Winifred Bratnickel aus der Semmel-Konkursmasse. So wie man Pflüge zu Schwertern umschmiedet, kann man auch Honorarüberhänge bzw. -unterfunktionen in Schubkarren transmittieren. Sagt Dir Dein Anwalt so etwas nicht?

Mein Anwalt, ha!

Am Mittwochmittag hingen Heribert und Achim an ihren Zeichnertischen in der Redaktion mit jeweils einem Ohr am Radio, denn im Uefa-Cup spielte Eintracht Frankfurt gegen Dnjepr Dnjepropetrowsk, und sie schrien entsetzt auf, als die Dnjepropetrowsker in Führung gingen, aber da kein weiteres Tor fiel und die Eintracht im Hinspiel 2:0 gewonnen hatte, flossen keine Tränen.

Das ZDF hatte den untalentierten Moderator Wolfgang Lippert gefeuert, was Hans Zippert aber nicht genügte. »Den müßte man noch stärker degradieren«, sagte er. »Kann der nicht auch noch Krebs kriegen?«

»World Gone Wrong«, Bob Dylans neues Studioalbum, war wieder eines mit Traditionals aus einer Zeit, wie er in den Liner Notes schrieb, »before the insane world of entertainment exploded in our faces«.

Das war für mich genau das richtige. Ich brauchte keinen Lärm dazu, wenn Dylan sang.

Für die *Titanic*-Anzeige mit dem Hamm-Brücher-Cover nahmen einige *taz*-Redakteurinnen Rache, indem sie einen schlaffen Pimmel unter das *Titanic*-Logo montierten und die Collage mit der Überschrift versahen:

taz-Information für
Titanic-Wichser:
Was Euch nicht steht,
steht in der taz!

Untendrunter stand:

taz-Frauen – wir holen Euch runter

Heribert meinte, daß das ja beinahe wie ein Friedensangebot klinge, und er fragte mich, ob ich bei den *taz*-Frauen mal vorfühlen und sie fragen könne, unter welchen Bedingungen sie zu einem ungezwungenen Meinungsaustausch bereit seien. »Auf neutralem Boden. Vielleicht bei einem Picknick mit Asti Spumante und paniertem Hühnerfleisch …«

»Aber nur, wenn sie in Feinstrumpfhosen kommen!« rief Achim. »Sag den Satansweibern das!«

Im Zusammenhang mit Dnjepr Dnjepropetrowsk sprach Franz Beckenbauer von »Domobrowski oder wie der Kaas heißt«. Und diesem Oberschnösel hatte ich 1974 vorm Fernseher zugejubelt! Ach, hätten die Holländer damals doch uns Moffen ausgetanzt und besiegt!

»Ratet mal, wieso der Komponist Hans Werner Henze seine Teilnahme an dem römischen Kongreß ›Ingeborg Bachmann nella cultura del postmoderno‹ abgesagt hat!« rief Christian beim vormittäglichen Zeitungslesen in die Runde.

Achim tippte auf Hämorrhoiden und Hans auf ein gerissenes Spranzband.

»Was ist denn ein Spranzband?« fragte ich.

»Freu dich, daß du das nicht weißt«, sagte er. »Ein Spranzband ist ein Leistenbruchband.«

»Jetzt hört mal auf zu sabbeln!« schrie Christian. »Also, Hans Werner Henze hat für die Absage seiner Teilnahme an dem Kongreß ›Ingeborg Bachmann nella cultura del postmoderno‹ als Begründung angegeben: ›Ich kann nicht über Ingeborg sprechen. Ich bin Ingeborg!‹«

»Hut ab«, sagte Achim, und Heribert rief: »Ausgeschlossen! Ingeborg Bachmann bin immer noch ich!«

Worauf Hans erwiderte: »Quatsch keine Opern! Das kann Hans Werner Henze besser als du!«

Auch er, behauptete nun Thomas Gsella, sei Ingeborg Bachmann. »Jedenfalls ein Stück weit mehr als Heribert oder als Hans Werner Henze …«

»Sind wir nicht alle irgendwo Ingeborg Bachmann?« fragte Tom Hintner.

In die Liste ekliger Wörter nahm ich u. a. »Intrauterinpessar«, »Angoraschlüpfer«, »Mittelscheitel« und »Traumtheater Salomé« auf. Und natürlich »*taz*-Frauen« und »Spranzband«.

Nach Redaktionsschluß schrieb ich dann noch einen Brief an Eckhard Henscheid und bat ihn um ein Vorwort für mein Buch über den linken Kitsch.

Zwischen Frankfurt und Bonn ging ich zweimal auf die Toilette, in zwei unterschiedlichen Zügen, und in beiden Fällen hatte jemand mit dem Fingernagel oder mit einem anderen scharfen Gegenstand das Wort »nicht« aus dem Schildchen herausgekratzt oder -geknispelt, das in allen Zugtoiletten klebte und besagte:

Während des Aufenthaltes auf den Bahnhöfen ist die Benutzung des WC nicht gestattet.

Wie witzig! Denn nun stand dort ja:

Während des Aufenthaltes auf den Bahnhöfen ist die Benutzung des WC gestattet.

Diese zwei Abknipsler des Wortes »nicht« schienen Brüder im Geiste zu sein. Oder war da nur ein Einzeltäter unterwegs?

In Bonn schenkte ich Nantje ein Kinder-Überraschungs-Ei, aus dem sie ein Dinosaurierpüppchen herausholen konnte, und als Gegengabe schenkte sie mir ein selbstgemaltes Bild von einem pissenden Mädchen.

»Und wieso strullt das Mädchen mitten in die Landschaft?«

»Weil's da kein Klo gibt, Mensch!«

Und das war nun eine der Urenkelinnen des gestrengen Pfarrers Theodor Schlosser.

Olaf ging früh schlafen, aber mit Renate saß ich noch lange beim Weißwein im Wohnzimmer. In Gedanken war sie schon bei den Tischlaternen und dem Kuchenteig für die Weckmänner, die sie mit ihrer Grundschulklasse in der Vorweihnachtszeit herstellen wollte, und trotzdem ging es tief in die Vergangenheit zurück. Am Vorabend meiner Konfirmation im Jahre 1976, sagte Renate, habe sie im Wohnzimmer in Meppen gestrickt, und Mama habe Fotos von ihrer Afrikareise ins Album geklebt, und dann sei Papa mit 'ner Flasche Sherry reingekommen. »Da habt ihr schon alle im Bett gelegen, und Papa hat gesagt, daß wir uns jetzt besaufen sollten, weil das bestimmt viel gemütlicher wäre als die morgige Feier …«

Am Samstag fuhren wir nach Meppen: Renate am Steuer, ich auf dem Beifahrersitz und der immerzu fuchtelnde, babbelnde und auch nölende Wippsteert Nantje auf dem Rücksitz.

Auf der Autobahn wurden wir von krankhaften Rasern bedrängt, und auf der B 70 sah jedes zweite Auto, das uns entgegenkam, wie ein Panzergeschoß aus. Die Designer dieser martialischen Kühlergrille und Frontscheinwerfer hätte ich gern übers Knie gelegt.

Und dann diese abgründigen Käffer: Lünne … Bramsche … Estringen … Was hielt die Leute dort bloß fest? Wo ihnen doch prinzipiell die ganze Welt offenstand?

An der Dammstraße ließ ich mich von Renate absetzen, und während sie schon nach Jever weiterfuhr, belud ich den Jetta mit Fotoalben, um mein Briefpapier mit kopierten Bildern aus der Familiengeschichte schmücken zu können.

Ich nahm auch noch ein Bad und las dabei in einem von Papas Büchern: »Das Wirkungsgefüge der Natur und das Schicksal des Menschen«. Darin unkte Konrad Lorenz wieder einmal über die »domestikationsbedingte Vermehrung des Freß- und des Begattungsverhaltens« der Menschen:

In jeder Badeanstalt kann man als älterer Mensch ein erschrekkendes Zunehmen der Zahl allzu fetter Kinder und junger Männer feststellen; bei den Mädchen scheint glücklicherweise die Eitelkeit den Freßtrieb zu zügeln. Die »Sexwelle« ist ebenfalls ein bedrohliches Symptom des Verkommens. In der für Haustiere so typischen Weise verschwinden die feineren Verhaltensmuster der Paarbildung, während der Kopulationstrieb überwuchert.

Jaja, die feineren Verhaltensmuster der Paarbildung in den guten alten Wehrmachtsbordellen! Und diesen Altnazidreck hatte Papa sich reingezogen. Gläubig wie der Hitlerjunge, der er mal gewesen war.

Den Jetta parkte ich in Jever vorm Friedhof und ging dann zu Omas Wohnung am Dannhalmsweg. Meine alte Strecke, früher, als ich ein paar Häuser weiter im Na Nu geochst hatte. Lang war's her.

Oma lag im Bett. Ihr operiertes Auge hatte sich erholt, aber um ihren Kampfgeist war es schlecht bestellt. »Ich will sterben«, sagte sie.

Wir gingen ohne Oma zur Gruft.

Full fathom five thy father lies …

Nantje hüpfte auf einem Bein zwischen den Grabreihen herum, und die Wolken hingen tief.

Zum Abendbrot mühte Oma sich von ihrem Lager hoch und aß mit gutem Appetit zwei Bockwürste, drei Scheiben Schwarzbrot mit Rührei und eine Butterbirne.

Das ließ uns hoffen. Solange Oma das Essen schmeckte, mußten wir uns keine größeren Sorgen um sie machen.

Am Sonntag fuhr ich brav auf jede Autobahnraststätte, um Tramper einzusammeln, doch die gab's nicht mehr. Die Genossenschaft der Tramper war von Deutschlands Straßen weggezaubert worden. Pöff.

Jochen und Philipp seien »nur no am Koksa«, sagte Sigrun, nachdem ich den Fehler begangen hatte, sie in das indonesische Restaurant Tuk Tuk an der Großgörschenstraße einzuladen. Von den Würzbeilagen tränten mir die Augen, und es stiegen Flammensäulen in meinem Schlund auf.

»Soll i an Nodarzd rufa?« fragte Sigrun.

Ich konnte den Brand so eben noch mit Bier ersticken, und ich schwor mir, von der südostasiatischen Küche künftig die Finger zu lassen.

Nachdem ich am Montag mit Klaus Bittermann den Rundbrief an unsere Wunschautoren für das »Wörterbuch des Gutmenschen« abgestimmt hatte, packte ich meinen Computer ein und fuhr mit dem Jetta nach Frankfurt. Siebeneinhalb Stunden Autobahn im Zwielicht und bei Nieselregen! Und anschließend noch anderthalb Stunden Parkplatzsuche! Es war entwürdigend.

Ein kurzer Brief von Kerstin:

Ok, ich sage jetzt: Let's go → Geheimtreffen in Bargfeld. Vernünftig ist das alles nicht, aber diese Kategorie ist sowieso konstruiert, n'est-ce pas? Oder bist Du etwa vernünftig?

Nein. Vom Vernünftigsein kriegte man Magengeschwüre. Ich reservierte uns telefonisch im Gasthof Bangemann ein Doppelzimmer.

Wegen des Hamm-Brücher-Titelbilds mit den nackten Brüsten hatten einige Leser ihr *Titanic*-Abo gekündigt. Ob die wohl glaubten, daß wir uns darüber ärgerten? Oder uns womöglich sogar schämten?

In einem der nächsten Hefte wollte ich Eugen Egners Freund Streuf und dessen Wuppertaler Museumsschloß Schnapsschnorchel rühmen.

»Aber den kennt doch keiner«, sagte Hans Zippert.

»Das will ich ja gerade ändern«, sagte ich, und dann rief Michael Sowa an und fragte mich, ob nicht Achim und Heribert das Cover für »Supersache!« zeichnen könnten. »Und ich werd's dann kolorieren, gut?«

»Ja, klar!«

Ich pries mich glücklich, bis ich am frühen Abend merkte, daß ich mich bei der Redaktionstelefonnummer in dem Rundbrief an die Autoren des Wörterbuchs vertippt hatte und alle Umschläge wieder aufreißen und mit der Arbeit von vorn beginnen konnte.

In dem Fachgeschäft Radschlag im Nordend machte ich mir ein Geschenk: ein schönes schwarzes Rennrad mit dreißig Gängen. Damit es nicht so flattrig fuhr wie bei der Probefahrt, versah der Händler es mir zuliebe mit etwas dickeren Reifen, und ab diesem Tag war ich auf Frankfurts Straßen ein König, der geringschätzig oder bestenfalls hoheitsvoll auf die vulgären Vehikel der anderen Radfahrer hinabsah.

Zwei junge Herren in schwarzen Lederjacken holten mich in Nürtingen vom Bahnhof ab und beförderten mich in einem klirrend kalten Volkswagen zur Silberburg, wo ich vor dreizehn Zahlenden aus meinen Werken las. Ein hartes Brot, diese Tingelei, aber das Publikum war freundlich.

Der Veranstalter verfrachtete mich danach in ein gediegenes Gästezimmer in Reutlingen, und dort zeigte er mir am Donnerstagnachmittag die Nikolaikirche, die Marienkirche und eine Buchhandlung, die meine Bücher führte.

Mit einem Eierspätzle-Spitzkohl-Champignon-Auflauf gestärkt las ich abends im Reutlinger Haus der Jugend vor ungefähr fünfzig jungen Leuten, und ich bekam schriftliche Nachrichten an Wiglaf zugesteckt:

Hallo Wiglaf! Wir lieben Dich. Die Mädels vom Bardienst Reutlingen

Und:

Tausend Grüße von Ilona, der Frau mit den roten Haaren und der zerfetzten Jeans!

Einer Wirbelwindsbraut namens Bärbel durfte ich im Schopf wühlen, und sie wollte mir ihre Urlaubsfotos aus Algerien zeigen, was einen Lokaltermin in ihrer Wohnung unumgänglich machte.

»Du hast fürchterlich geschnarcht, doch das sei dir verziehen«, sagte Bärbel, als sie mir am mittleren Vormittag eine Tasse Kaffee und ein Mandelhörnchen ans Bett brachte. »Und sieht man sich mal wieder?«

Ich gab ihr meine Adresse und meine Telefonnummer.

Achthundert Mark hatte ich mit den zwei Lesungen verdient. Im Na Nu hätte ich dafür achtzig Stunden lang Tresendienst schieben müssen. Und ohne Gäste wie Bärbel.

Im Stuttgarter Hauptbahnhof kaufte ich mir die *taz*. Jetzt erschienen auch mal Briefe von Lesern, denen die *Titanic*-Annonce gefallen hatte. Eine Frau aus München schrieb:

Du liebe Güte! Seid Ihr bescheuert deutsch: kein Humor, kein Sinn für Ironie, mangelhafte Intelligenz. Dafür um so mehr engstirniges IdeologInnentum. Außerdem waren das doch zwei prachtvolle Titten! Es lebe die Frau!

Der Zug war leider rappelvoll, aber von den Reisestrapazen erholte ich mich abends im Horizont sehr gut bei zwei Litern Bier und einem Torpedo aus Achims Privatmanufaktur.

In der *FAZ* widmete Frank Schirrmacher dem »Echolot« eine ganze Seite und vergab das höchstmögliche Lob:

Wenn die Welt noch Augen hat, zu sehen, wird sie, um es in einem Wort zu sagen, in diesem Werk eine der größten Leistungen der Literatur unseres Jahrhunderts erblicken.

Das freute mich für Kempowski. Ich stellte mir vor, daß seine Frau ihm das vorlas und daß er darauf vielleicht erwiderte: »Na, dann hat sich's ja wohl doch gelohnt.«

Thomas Gsellas Freund Jürgen Roth lud alle *Titanic*-Redakteure dazu ein, sich an einer Anthologie zum Thema Alkohol zu beteiligen, die im Herbst 1994 im Konkursbuch-Verlag erscheinen sollte, und Michael Ringel schrieb mir, daß er für das Wörterbuch einen Beitrag über die Phrase »Ich sag mal« plane, ohne die kaum noch jemand auskomme.

Im Redaktionsfernseher, der mit dem Bezahlsender Premiere verbunden war, lief dann eine Übertragung der Partie zwischen dem HSV und Frankfurt, und wie auf Bestellung quakten aus dem Co-Kommentator und Werder-Bremen-Trainer Otto Rehhagel immer wieder die Worte »Ich sag mal« heraus. Er schien überhaupt keinen Satz mehr äußern zu können, ohne ihn mit »Ich sag mal« einzuleiten. In der Halbzeitpause steckte er mit diesem Sprachbazillus den HSV-Präsidenten Ronald Wulff an, so daß auch der in einer Tour »Ich sag mal« sagte.

Das Spiel endete 3:0 für den HSV. Die Eintracht war zwar noch der Tabellenführer, aber die Bayern, der HSV und Duisburg saßen ihr im Nacken.

Er könne, sagte Eckhard Henscheid, als ich ihn besuchte, für das Wörterbuch etwas über die Vokabeln »menschenverachtend«, »zynisch« und »frauenfeindlich« schreiben, aber »aus dramaturgischen Erwägungen heraus« würde er zu meinem Buch über den linken Kitsch lieber ein Nachwort beisteuern als ein Vorwort.

Auch gut. Nein, noch besser: Er hatte recht. Ein Vorwort hätte bevormundend gewirkt.

Am Sonntag rief Andrea an und entschuldigte sich dafür, daß sie mir noch gar nicht ihr Beileid zum Tod meines Vaters ausgesprochen habe. »Du hast mir ja die Todesanzeige geschickt. Und jetzt ist auch mein eigener Vater gestorben.«

»Oh. Das tut mir leid.«

»Mir auch. Aber deswegen ruf ich nicht an. Ich hab mir deine Nummer von deiner WG in Berlin geben lassen, und ich wollte dich fragen, ob ich am nächsten Wochenende bei dir schlafen kann. Ich will mir jetzt nämlich 'ne Wohnung in Frankfurt suchen …«

Ob Andrea, Bärbel, Kerstin, Madita oder Angelika: Sie waren mir alle willkommen.

Auch Kurt Scheel, Jörg Schröder und Christian Meurer versprachen mir Beiträge für das Wörterbuch, aber Robert Gernhardt, den ich nach der Montagskonferenz persönlich fragte, sagte ab. Er mochte sich auch nicht an der Alkohol-Anthologie beteiligen, denn sein Arzt habe ihm gerade den Rotwein verboten. »Da ist man nicht in der Stimmung zu lustigen Saufgeschichten …«

Eugen Egner war noch ärmer dran.

Das Neueste von meinem Werdegang, meiner Karriere (ha!), meiner Erfolgsbilanz: Sämtliche Haffmans-Titel (mit sachter Ausnahme des Trinkertagebuchs) sind krasse Ladenhüter. Den Roman haben ca. 600 Leute gekauft. Hätten wir nicht diese Rekordarbeitslosigkeit, ich sähe mich schleunigst nach einem Broterwerb um.

Vielleicht war ja bei der böhmischen Arbeiter-Unfallversicherungs-Anstalt noch Franz Kafkas alte Stelle frei …

Am Mittwoch – Papas 66. Geburtstag – dackelte ich mit dem Jetta nach Hannover, holte Kerstin am Hauptbahnhof ab und fuhr mit ihr nach Bargfeld.

Von Arno Schmidt hatte sie inzwischen einiges gelesen. »Er schafft es gut, deftige Erotik zu beschreiben«, sagte sie. »Und was tut sich bei dir? Irgendwelche neuen Eroberungen, von denen ich wissen sollte?«

Ich erzählte ihr von den jüngsten Entwicklungen, und wir erörterten auch Berufliches, aber in unserem grabeskalten Doppelzimmer im Gasthof Bangemann ließen wir alle Diskussionsthemen fallen, knallten die Heizung hoch und machten uns unter dem Federbett nackig.

Der Abend verlief ebenfalls so, wie er sollte: Strammer Max und Wittinger Pilsener bei Bangemann, Autofahrt nach Celle, in der dortigen Buchhandlung Buchfink der Besuch einer wüsten Dramolettlesung von Bernd Rauschenbach und Jörg W. Gronius, bei der wir auch Eugen Egner, Helmut Krause, Ivo Wessel und Susanne Fischer antrafen, und danach ein geselliges Beisammensein im Dunst von Weinbrand und Zigarren in der Bücherburg der Rauschenbachs in Eldingen, wo Ivo und Helmut sich über die Auslegung einer Stelle auf Seite 1034 oben rechts in »Zettel's Traum« stritten, die lautete:

(: ›S kann kein Zweifel sein, daß die
Onanie die großartigsde Erfindung
des Menschn auf S=Gebiet ist!‹
(HANS BLÜHER))

Kerstin war nüchtern genug geblieben, um sich und mich nach Bargfeld heimfahren zu können, aber bei der Rangelei, zu der wir dann übergingen, biß sie so fest in meinen linken Oberarm, daß ich an ihrem Verstand zweifelte. Ich mußte mit ihr kämpfen wie mit einem Raubtier.

In der Arno-Schmidt-Stiftung gab es ein großes Frühstücksbüfett und anschließend eine Hausführung. Wie beengt die Schmidts gewohnt hatten, begriff man erst, wenn man durch diese Zimmer ging. Auf den Fotos davon sah alles viel geräumiger aus. Und diese billigen Gewürzdosen in der Küche, die Kaffeemühle und die nachkriegsartigen Obstkonserven im Keller … Aus jedem Winkel rief einem die Armut zu: »Ick bün all hier!«

Im Archiv durften wir uns ein Originaltyposkript zur Ansicht wünschen. Ich kam den anderen mit der Bitte um die erste Seite des Romans »KAFF auch Mare Crisium« zuvor, und wir staunten sie an, nachdem Susanne Fischer sie herausgesucht hatte.

Bernd Rauschenbach führte uns im Garten zu der Stelle, an der Arno und Alice Schmidt beerdigt worden waren. Einen Grabstein gab es dort nicht; nur einen Findling und Wacholderbüsche.

Es schlossen sich ein längerer Spaziergang durch die moorige, novemberfahle Landschaft und eine Teestunde im Stiftungshaus an, bei der wir auf Video ein Interview aus den sechziger Jahren vorgeführt bekamen, in dem Schmidt im Kasernenhofton statuierte, daß ein guter Schriftsteller »weder Freund noch Vaterland noch Religion« haben dürfe. Bei einer besonders dussligen Frage hob Schmidt seine rechte Augenbraue wie ein Scharfrichter, der Maß nahm.

Wir sahen uns auch einige Glanzlichter aus dem Filmschaffen des Trunkenbolds und Kinderhassers W.C. Fields an, die Eugen Freudentränen in die Augen trieben. In den Abendstunden folgte in Eldingen bei den gastfreundlichen Rauschenbachs auf Grünkohl, Bratkartoffeln, Kassler, Bregenwurst und Bier so manche Runde Ratzeputz, und in tiefer Nacht tobten Kerstin und ich uns noch einmal im Gasthof Bangemann aus.

Welch ein Leben. Und das alles zur höheren Ehre des Egozentrikers Arno Schmidt!

Irgendwann vormittags bollerte jemand an die Zimmertür und brüllte: »Ist hier überhaupt noch jemand drin?«

Kerstin rollte sich um einhundertachtzig Grad herum und ächzte leise.

»Ja!« rief ich zurück.

Your hair upon the pillow like a sleepy golden storm …

Ich küßte ihren Nacken, ihr linkes Schulterblatt und wieder ihren Nacken.

»Du hast 'ne Fahne«, sagte sie.

»Kann ich dir trotzdem näher kommen?«

»Weiß nicht … versuch's halt mal … wie spät issen das überhaupt?«

»Zehn Uhr. Noch früh genug.«

»Schon zehn!« Sie lachte. »Dann beeil dich!«

Als wir geduscht und gekämmt im Stiftungshaus saßen, zeigte Susanne Fischer uns die kurze Korrespondenz, die Walter Kempowski 1965 mit Arno Schmidt geführt hatte. Kempowski an Schmidt:

Ich habe nichts mehr zu lesen, schreiben Sie nicht bald ein neues Buch?

Schmidt hatte ihm daraufhin einen Sonderdruck zugeschickt, und Kempowski hatte in einem Dankschreiben angefragt:

Für den Fall, daß ich mal in Ihre Gegend käme, würden Sie mich rausschmeißen?

Auf diesen Brief waren von Alice Schmidt nach Weisung ihres Mannes unten links die Worte getippt worden:

jetzt unbeant. ablg.

»Unbeantwortet ablegen«, hieß das. Mit diesen schnöden Worten hatte Schmidt, ohne es zu ahnen, den Kontakt zu seinem klügsten Schüler gekappt.

»Er war schon auch 'n Idiot, der Arno«, sagte Kerstin. »Oder?«

In das Gästebuch zeichnete Eugen zum Abschied einen Arno Schmidt mit Micky-Maus-Nase und Kurbel am Kopf, während ich ein paar Erinnerungsfotos schoß.

»Dichte was weg, daß es nur so eine Pracht hat ohne Ende«, riet Helmut Krause mir, und Eugen wünschte mir, daß diese Tage sich unauslöschlich in mein Gedächtnis gebrannt hätten: »So herrlich hast du dir das alles hier gar nicht vorgestellt, Martin. Gib's zu!«

»War schön, unser petit rencontre«, sagte Kerstin, bevor sie am Hauptbahnhof Hannover aus dem Jetta ausstieg. »À bientôt ...«

Den Jetta trat ich dann an Volker ab, der ihn auf dem Gebrauchtwagenmarkt verscheuern wollte. Falls die alte Kiste nicht längst schrottreif sei. »Und hast du schon gehört, daß Oma wieder im Krankenhaus liegt?«

»Was hat sie denn diesmal?«

»Wasser in der Lunge.«

Noch so eine kleine Bosheit Gottes.

Im Frankfurter Hauptbahnhof nahm ich Andrea in Empfang und lud sie zum Abendessen ins Horizont ein, wo Achim und Heribert ihren Kummer über eine schwere Heimschlappe der Eintracht – 0:3 gegen Köln – in einer Hochflut aus Bier ertränkten. »Jetzt schwimmen uns die Felle weg«, orakelte Achim, und Heribert malte bereits das Schreckgespenst der Abstiegsgefahr an die Wand, obwohl Frankfurt die Tabelle noch immer anführte.

Außer Sex hatte ich Andrea in meinem unmöblierten Zimmer nicht viel zu bieten, aber mehr verlangte sie auch nicht.

In Frankfurt wollte sie jobben und sich nebenbei »in tantrischer Körperarbeit, Klangmassage und Advaita-Vedanta-Yoga« weiterbilden. »Und einfach schauen, was sich so ergibt. Morgen abend steigt in Offenbach übrigens ’ne Party von Leuten aus dem ZEGG-Freundeskreis. Möchtest du da mit hin?«

Eigentlich wollte ich Achim und Heribert nach Kassel zur Eröffnung einer Ausstellung ihrer Zeichnungen begleiten.

»Wenn’s dir da zu langweilig werden sollte, kannst du ja nachkommen«, sagte Andrea.

Aus der Stadt kehrte sie am Samstag bereits am frühen Nachmittag mit der Erfolgsmeldung zurück, daß sie ein WG-Zimmer in Bokkenheim gefunden habe. »Da kann ich schon Ende nächster Woche einziehen! Heute scheint mein Glückstag zu sein. Vielleicht lern ich nachher auf der Party ja noch den neuesten Mann meiner Träume kennen. Das wär’s doch!«

Auf der Zugfahrt nach Kassel spielten Achim, Heribert, Christian und ich im Speisewagen Stadt-Land-Fluß. Beim Buchstaben W konnte ich mit dem Wambach punkten und bei H mit der Hase, allerdings nur gegen Christians scharf erhobenen Protest: »Du und deine dubiosen Flüsse! Das werd ich alles nachprüfen, und wenn ich feststelle, daß du geflunkert hast, mach ich dich lang! Du stehst sowieso schon auf der Abschußliste der Liga gegen den Impressionismus!«

»Was soll denn das für ’n Verein sein?«

»Der richtet sich gegen Leute, die mit entlegenem Wissen Eindruck schinden wollen …«

Die Vernissage in der Kunstetage des Kulturhauses Dock 4 begann mit einer Runde Sekt, und alle waren des Lobes voll für eine Schulklasse, die für die Ausstellung einen »Wald der roten Strolche« gestaltet hatte, komplett mit Försterhütte, Herbstlaub und sämtlichen Figuren von Ziege Scharping bis »Ossi-Bär« Thierse. Aus einem Lautsprecher quarrten Vogelstimmen, und im Rahmenprogramm wurde ein Ausschnitt aus einer Vorabendserie gezeigt, in der Achim und Heribert als Streifenpolizisten aufgetreten waren, und zwar durchaus furchteinflößend, denn in ihren Uniformen sahen sie wie zwei Staatsbüttel aus, denen die Fäuste locker in der Tasche saßen.

In Kassel versumpfen oder nach Offenbach fahren?

Ich entschied mich für Offenbach, stieg in den Zug, kam gegen elf auf der Party an und sicherte mir eine Flasche Bier.

Rastaman vibration, yeah …

Andrea gab mir im Vorübertanzen einen Kuß, und ich ließ mich auf einem Sofa nieder, wo mir eine Ramazotti trinkende Erfurterin namens Natalie, die kniehohe rote Lederstiefel und einen Minirock trug, von den Schikanen erzählte, die ihr von der Stasi angetan worden seien. Und Bob Marley & the Wailers croonten dazu.

I'n'I vibration, yeah! (Positive!)

Uh-huh-huh, a yeah …

Während sie weitersprach, bezeigte Natalie mir ihre Sympathie, indem sie eine Hand in meine Hose schob, aber mir war nicht klar, wohin das führen sollte, hier, auf einem Sofa in Offenbach, im Getümmel, und weil auch Natalie mir das nicht sagen konnte, gab ich mir irgendwann einen Ruck und fuhr mit einem Taxi heim.

Kurz nach halb fünf Uhr morgens kam Heribert singend nachhause, klopfte an meine Zimmertür, öffnete sie und sagte: »Du, ich wollt mich dafür entschuldigen, daß ich vergessen hab, aus der

Bar, in der ich zuletzt gewesen bin, einen Luftballon mitzubringen, auf dem in Großbuchstaben BAR steht … Kannst du mir das verzeihen?«

»Ja.«

»Ich danke dir! Ein Pfundskerl bist du, weißt du das? Ich werd dem Flottenadmiral von Tirpitz persönlich deine Beförderung zum Oberfähnrich vorschlagen! Verlaß dich drauf!«

Um Walter Kempowski eine Freude zu machen, schickte ich ihm schon mal den »Gut dem Dinge« betitelten Aufsatz zu, den ich über ihn geschrieben hatte. Am Ende war ich darin auf die Bedeutung des Betts in seinen Werken eingegangen:

»Im Morgengrauen holten sie mich aus dem Bett«, so beginnt sein erstes Buch, und seine in »Sirius« ins Wort erlöste Vorstellung vom Glück besagt, daß er am allerliebsten wieder im Bett liegen, Dick-und-Doof-Filme kucken und Marmeladenbrote essen möchte.

Im Bett beziehungsweise auf der Matratze suchte auch ich jetzt Erholung. Ich hatte mir in der letzten Zeit ein bißchen zuviel zugemutet.

Am Montagmorgen traf mich beim Duschen schon wieder ein Hexenschuß. Danach dauerte es eine Dreiviertelstunde, bis ich mich zum U-Bahnhof Merianplatz geschleppt hatte, und für die knapp fünfhundert Meter von der Konstablerwache bis zum Redaktionsfahrstuhl brauchte ich mehr als zwanzig Minuten.

Tom Hintner empfahl mir Sitzbäder mit Heilerde, aber Christian meinte, daß sich das nicht mehr lohne, weil ich nach der Revolution ohnehin ausgemustert würde.

Meine Bitte, ihn als Reporter besuchen zu dürfen, hatte Streuf mit einem freundlichen Fax beantwortet:

Mei dearest Mr. Schlosser!

Gern lasse ich Sie ein! Kann ich mich vielleicht so bei Loriot entschuldigen, daß eine Gästin des Vorvorbesitzers seinen Vorvorfahren sitzen gelassen hat, um Wagner zu ficken.

Ja, es ist furchtbar! Cosima war auch hier! Schennis, der Liebling Liszts in Weimar, mußte Pianoforte und Dampforgel dazu spielen! Rilke haben sie hier mit ihren eigenen miesesten Theaterstükken gequält für eine Suppe!

Kamm & see!

Yours R. M. E. Hühnerschaf Streuf

Ich fragte Hans Zippert, ob er einen Schennis kenne, der mit Franz Liszt befreundet gewesen sei.

Da müsse es sich um den 1852 in Elberfeld geborenen Landschaftsmaler Friedrich von Schennis handeln, sagte er. »Wieso?«

Aus einer Apotheke an der Zeil besorgte Christian mir ein durchblutungsförderndes ABC-Pflaster und pappte es auf mein wehes Kreuz.

Das linderte die Schmerzen etwas, aber als ich Feierabend machen wollte, kam ich kaum von meinem Bürosessel hoch, und meine Wirbelsäule weigerte sich, eine aufrechte Haltung einzunehmen.

Ich bestellte mir ein Taxi, und weil der Scheißfahrstuhl streikte, mußte ich zu Fuß fünf Stockwerke treppab hinunterstorchen, mit beiden Händen am Geländer, und mir von dem Fahrer unten in den Wagen hinein- und auf der Vogelsbergstraße wieder heraushelfen lassen wie eine gichtkranke Wasserschildkröte, während die lieben Kollegen sich im Kino Helge Schneiders Western »Texas – Doc Snyder hält die Welt in Atem« ansahen. Die Säue.

Daheim ließ ich die Badewanne mit heißem Wasser vollaufen. Was konnte für einen verspannten Rücken besser sein als mollige Wärme?

Die erste halbe Minute genoß ich noch, nachdem ich es endlich geschafft hatte, mich zu entkleiden, in die Wanne zu steigen und mich Millimeter für Millimeter ins Badewasser hineingleiten zu lassen, aber dann setzte hinterrücks eine chemische Reaktion zwischen dem H2O und den ABC-Pflaster-Wirkstoffen ein, und ich wurde förmlich gekocht.

Obwohl ich gerade noch die Paralyse in Person gewesen war,

schnellte ich wie ein Delphin aus dem Wasser, sprang an Land und riß mir das Pflaster ab.

Der Brandherd darunter schien Blasen zu werfen. Als wäre ich mit einem Flammenwerfer beschossen worden.

Wimmernd verzog ich mich in mein Zimmer und legte mich hin.

Das Brennen ließ irgendwann nach, doch ich war außerstande, meine Position zu verändern. Jede Bewegung, die ich machte, wurde mit körperlichen Qualen bestraft.

Drei Tage lang mußte Heribert mich umsorgen. Er leerte regelmäßig meinen Aschenbecher und brachte mir belegte Brote, Kaffee, Spaghetti, Fischstäbchen, Kartoffeln, Klopse, Kinderbrei, Salatgurken, Orangen, Zeitungen, Zigaretten, Bier und einen Brief, in dem Kathrin Passig über ihr Heimweh klagte:

Ach, England, ich hab es satt, das England. Es gibt kein Kabelfernsehen, es gibt keine Hosen in meiner Größe, es gibt keine netten Engländer. Ich will zurück auf meine Alm, zu Peter und den Geißen und dem guten Großvater.

Unerfreulich fand sie es auch, daß der englische Drogenhandel noch nicht auf das metrische System umgestellt worden war:

Für 15 Pfund kriegt man 1/8 ounce. Eine ganze ounce sind, glaube ich, 28,35 Gramm, das Pfund kostet 2,50 DM, und dann kann man sehen, ob man beim Dreisatz in der Schule war oder zu Hause hohes Fieber vorgetäuscht hat. Ich muß jedenfalls immer eine halbe Stunde die Finger und Zehen zählen, wenn ich wissen will, ob man mich übers Ohr haut.

Als Chefredakteur der *Wirtschaftswoche* hätte ich Kathrin sofort als England-Korrespondentin eingestellt.

Der Fleck an der Stelle, wo Kerstin mich in den Arm gebissen hatte, besaß inzwischen einen Durchmesser von mehr als vier Zentimetern und schimmerte bläulich bis violett.

Meine Gedanken wanderten auch wieder zu Lydia zurück.

If I've got to remember that's a fine memory …

Ob sie jetzt wohl in ihrem Traumland Indien war? Ich hatte ewig nichts von ihr gehört.

Steffen Heitmann zog seine Kandidatur für das Amt des Bundespräsidenten zurück. Vielleicht hatte hier ja tatsächlich der Bundesverband der Deutschen Industrie ein Machtwort gesprochen, um zu verhindern, daß dieser Hohlkopf mit seinem losen Mundwerk die deutsche Außenhandelsbilanz verschlechterte.

Am Freitag konnte ich endlich wieder laufen, wenn auch nur schief, und meinen Platz in der Redaktion einnehmen.

Der Lektor Karl Heinz Bittel von der Verlagsgruppe Bertelsmann, zu der auch Kempowskis Verlag Albrecht Knaus gehörte, hatte mir geschrieben:

Walter Kempowski hat mir freundlicherweise Ihr Stück »Gut dem Dinge« vorab zukommen lassen. Ich habe den Text mit großem Vergnügen gelesen und finde, daß Ihnen ein exzellentes Autoren/Werk-Porträt gelungen ist. Vor allem hat mir gefallen, daß Sie an den Klischees, mit denen man diesen Autor behängt hat, gerüttelt haben. Herr Kempowski hat sich über Ihre Arbeit sehr gefreut.

Und siehe, es war alles gut!

Weil ich immer noch humpelte, gab Birgit Staniewski mir die Telefonnummer eines Naturheilpraktikers, und der riß noch am selben Nachmittag an mir herum, bis meine Beine in geometrisch nicht mehr erfaßbaren Winkeln vom Rumpf abstanden, und er verschrieb mir ein Medikament mit den möglichen Nebenwirkungen Gesichtsödeme, Schock und Atemnot.

Doch es half. Ich lebte auf, mir wuchsen Flügel, und als ich am Samstagabend in Berlin nach einer langen Bahnreise ins Graffiti eingeschwebt war, holte Rainer Balcerowiak seine Gitarre heraus und sang mir und einem halben Dutzend seiner Fans das Fred-Kalkutta-Lied vor, und nach fünf Runden Kaffee mit Eierlikör, Vanille, Rum und Korn ernannte Michael Ringel sich dortselbst zum »Busengrapscher der Nation«, obwohl er dieses Amt, wie er einschränkend hinzufügte, nicht öffentlich auszuüben gedenke.

Eintracht Frankfurt aber, das erfuhr ich, nachdem die Rolläden heruntergelassen und auf dem Tresen vier oder fünf Kokslinien ausgelegt worden waren, hatte 0:3 gegen Gladbach verloren.

Für den 17. Dezember reservierte ich mir telefonisch einen Transporter der Firma Europcar für meinen Umzug von Berlin nach Frankfurt.

Dann begann ich mit dem Packen. Bücher, Zeitschriften und Aktenordner. Mein wievielter Umzug stand mir bevor?

Der achte, wenn ich die vor meinem Abitur nicht mitzählte. Von Meppen nach Bielefeld und dann nach Berlin, nach Aachen, wieder nach Berlin, nach Oldenburg, nach Heidmühle, noch einmal nach Berlin und jetzt nach Frankfurt. Wobei ich meine letzten zwei Umzüge innerhalb Berlins nicht eingerechnet hatte.

Am Sonntagabend kam Kerstin, um mir zu helfen, aber es war jedesmal das gleiche: Sobald ich mich mit ihr allein in einem Raum befand, konnte ich keine höheren Ziele mehr verfolgen.

Bräunlich bis tiefschwarz hatte sich die Bißstelle in meinem Oberarm mittlerweile verfärbt. Kerstin wies die Verantwortung dafür von sich, doch der Abdruck ihrer Zähne war noch immer gut zu sehen.

Carola Rönneburg hatte im Auerbach für das *Tip*-Autorentreffen am Montagabend das gleiche Menü für alle vorbestellt: Zanderfilet mit Karotten und Zucchini, Hirschkalbsbraten mit Steinpilzen, Rotkohl und Preiselbeerkonfitüre und zum Nachtisch eine Riesenschokoladenrolle. »Der Rest des Budgets reicht genau für zwei Gläser Wein pro Kopf«, sagte sie. »Dann sind wir pleite.«

Ich steckte Wiglaf die Briefchen der Frauen aus Reutlingen zu, ließ mir von Klaus Farin den Unterschied zwischen Redskins und Boneheads erklären und hielt mich heraus, als am Tisch ein Streit über das von der Bundesregierung erlassene Verbot der militanten Kurdischen Arbeiterpartei PKK entflammte. Über deren Ziele war mir nichts Näheres bekannt, doch ich wußte, wie der PKK-Chef Abdullah Öcalan aussah, und das reichte mir schon für das Urteil über ihn. Die Kurden mochten für ihren Widerstand die besten Gründe haben, aber mit dem blutrünstigen Anführer Öcalan war kein Staat zu machen. Oder allenfalls ein Polizeistaat.

Am Dienstagabend saß ich in Frankfurt wieder mit den Kollegen im Horizont beisammen.

Achim rief zur Gründung einer Protestpartei auf und schrie: »Und Heribert wird unser Kanzlerkandidat!«

»Oh«, sagte Heribert. »Welche Ehre …«

An mich gewandt fuhr Achim verschwörerisch fort: »Dürfen wir dir, wenn wir an der Macht sind, das Sexministerium anvertrauen?«

Thomas Gsella wollte wissen, wie denn unser Regierungsprogramm aussehe.

»Gute Frage«, warf Heribert ein.

Er würde die Abschaffung der Bundeswehr, der Autos und der Sperrstunde auf die Prioritätenliste setzen, sagte Thomas, und da holte Achim zu einer Grundsatzrede aus: Es gehe hier nicht um politisches Klein-Klein, sondern um geostrategische Fragen wie die, ob wir dem Iwan die Hegemonialherrschaft über das Donezbecken entreißen und unsere Vormachtstellung im Mittleren Osten ausbauen könnten. »Die Sache, Männer, ist doch die, und jetzt hört halt mal her: Wenn die Russen nach unseren Pipelines greifen, dann müssen wir mit unserer Artillerie und allen verfügbaren Panzertruppen über den Hindukusch in die weiche Flanke des russischen Bären vorstoßen, und von unseren Verbündeten in Japan erwarte ich nichts Geringeres als einen atomaren Erstschlag auf Moskau! So sieht's doch aus!«

Von allen Zeitschriften, die in der Redaktion auslagen, war der *Nebelspalter* aus der Schweiz die tranigste. Aus diesem Satiremagazin muffte der Humor des 19. Jahrhunderts heraus. Was war los mit den Schweizern? Waren sie alle zu behäbig, um ihre sogenannte Funktionselite aufzumischen?

In der Riesenbuchhandlung Hugendubel kaufte ich »Das Echolot« und nahm es mit ins Kino in die wundervolle Walt-Disney-Zeichentrick-Adaption des Märchens von Aladin und der Wunderlampe. Die deutsch synchronisierten Gesangseinlagen waren leider eine Qual, aber alles andere warf mich derartig um, daß ich es erstmals in meinem Leben bedauerte, keine Kinder zu haben, mit denen ich mir dieses Mirakel ansehen konnte.

Um sie in der *taz* zu besprechen, hatte ich bei Hugendubel auch zwei Bücher aus der vom Elefanten-Press-Verlag edierten Reihe »Querköpfe« bestellt, und als ich dort am Donnerstag nachfragte, ob sie schon eingetroffen seien, lief Andrea mir in die Arme.

Den Umzug habe sie schon hinter sich, sagte sie. »Und was machst du hier?«

»Bücher abholen.«

»Auf welchen Namen hatten Sie die bestellt?« fragte mich der junge Mann hinterm Tresen.

»Martin Schlosser.«

Er sah mich groß an und sagte: »Sind Sie *der* Martin Schlosser?«

Über diese Frage lachte Andrea sich fast kaputt.

In der Redaktion zeigte ich ihr meinen Arbeitsplatz.

»Du hast's gut«, sagte sie. »Ich wär schon mit 'ner Putzstelle zufrieden ...«

Konnte ihr da nicht geholfen werden?

Ich sprach kurz mit Heribert, und der Deal war perfekt: Wir stellten Andrea als Putzfrau für unsere Wohnung ein.

»Und wie hoch ist dein Stundenlohn?« fragte Heribert und nahm seine Füße vom Tisch.

»Zwölf Mark«, sagte Andrea.

Wir erhöhten ihn auf fünfzehn, und sie zog hochbeglückt von dannen.

Ha! Es war mir gelungen, meine Ex-Freundin, die mich vier Jahre zuvor sitzengelassen hatte, zu meiner Putzfrau zu machen!

O Tod, wo ist dein Stachel nun?
Wo ist dein Sieg, o Hölle?

Dann kam Eckhard Henscheid herein und lieferte seine ersten Beiträge zum »Wörterbuch des Gutmenschen« ab. Einer davon galt den »Querköpfen« im allgemeinen und der Elefanten-Press-Buchreihe »Querköpfe« im besonderen, wobei Eckhard nicht verschwieg, daß dies auch der Verlag der *Titanic* war:

Toller noch, daß der Querquatsch im selben Konzern erscheint, für den andererseits, in einem etwas abweichenden Satirejournal, der Co-Herausgeber dieses Buchs, Martin Schlosser, tätig ist, womit die Maus der Katze aber auch schon wahrlich blödheitsprangend badausschüttend in den Sauschwanz beißt, ach Gott, was ein Augiasstall an Konfusion und Verquerheit!

Im übrigen, sagte Henscheid, sei es »eine mindestens fünffache Frechheit«, daß Marcel Reich-Ranicki seinem Kollegen Joachim Kaiser im Oktober den mit vierzigtausend Mark dotierten Ludwig-Börne-Preis zugeschanzt habe. Da feiere ein Platzhirsch den anderen ab, und über kurz oder lang werde sicherlich auch Reich-Ranicki mit dem Ludwig-Börne-Preis geehrt …

Der kolumbianische Drogenbaron Pablo Escobar war in Medellín von der Polizei gestellt und erschossen worden.

»Schade«, sagte Heribert. »Den hätt' ich gern näher kennengelernt. Persönlich soll der ja ganz locker gewesen sein. Und ich hab ihm gerade erst letzte Woche einen Autogrammwunsch geschickt …«

»Vielleicht hat er dich ja aus Dankbarkeit zum Universalerben bestimmt.«

»Meinst du echt? Dann würde sich hier aber einiges ändern!«

»Inwiefern?«

»Na ja … es müßte halt Platz her für Stangentänzerinnen und Go-Go-Girls, und ich brauch dann auch Raum für meine Treffen mit den Größen aus der Frankfurter Unterwelt …«

Werder Bremen schlug Eintracht Frankfurt mit 1:0, aber diese Niederlage trug Heribert mit Fassung. Er trat nur einmal gegen die Kühlschranktür.

Im »Echolot« hatte Kempowski auf meisterliche Weise Liebesgrüße, Tagesbefehle, Backfischlyrik, Abschiedsbriefe, Fahrpläne, Todesurteile, Banalitäten und Tragödien aus dem Kriegsjahr 1943 collagiert. In dem Brief eines jungen Wehrmachtssoldaten standen die Sätze:

Ein Kamerad berichtete, daß Minenfelder durch Juden abgekämmt werden, indem sie sich die Hände reichen und in langen Linien darübergejagt werden. Alle zwei Minuten gehen dann so fünf, sechs Juden in die Luft. 2 Fliegen mit einer Klappe.

Und diesem rohen Volk entstammte man.

Andrea reinigte unseren Stall am Sonntagnachmittag bis in die letzten Ecken und nahm danach rittlings auf mir Platz. »Dieser zusätzliche Service ist unentgeltlich«, sagte sie und half mir aus meinem Pullover heraus.

Madonna mia cara! Die Welt wurde schöner mit jedem Tag, und die Liebesgötter lasen mir jeden Wunsch von den Augen ab.

In der Buchreihe »Querköpfe« charakterisierte der Autor Hans-Dieter Schütt die Theologin Uta Ranke-Heinemann als »sokratische Sucherin zwischen den Religionen«, die zugleich eine »beißende Spötterin« sei:

Wenn Frau Professor lacht, wird die Küche noch heller.

Zum Beweis ihrer Querköpfigkeit führte er Zitate an, die Uta Ranke-Heinemanns Gedankenarmut in eine geradezu bengalische Beleuchtung setzten:

Was wir brauchen, ist ein Mut zur Menschlichkeit, der alle Menschen einschließt.

Und:

Wollen wir menschlich miteinander leben, müssen wir uns immer wieder an den Anfang zu Besserem wagen.

Die Schamlosigkeit, ohne die es nicht abging, wenn man solche Nichtigkeiten als Ergebnisse einer sokratischen Suche nach der Wahrheit unters Volk bringen wollte, besaß schon wieder etwas fast Erhabenes.

Aus Bielefeld hatte Christian das neue *StadtBlatt* in die Redaktion mitgebracht und las uns allen daraus einen schmalzigen Bericht über »Zehn Jahre Friedenskotten Lippinghausen« vor.

»Frag die mal, ob sie auch Friedenshonig aus den Waben stachelloser Bienen herstellen«, sagte Achim, und Heribert rief: »Frag auch nach Friedensmarmelade! Aber bitte nur in den Geschmacksrichtungen Sanddorn und Haferschlehe!«

Wenn ich nicht mit anderen Aufgaben ausgelastet gewesen wäre, hätte ich in Lippinghausen gleich neben dem Friedenskotten einen Kriegskotten eröffnet und dort Videos von Spielfilmen verkauft, in denen die Wehrmacht von der Roten Armee und ihren westlichen Alliierten zerschmettert wurde.

Oma schrieb mir, daß sie aus dem Krankenhaus entlassen worden sei.

Aber die Umstellung war gar nicht leicht. Am Sonntag besuchten mich zwei Damen, die Unterhaltung störte mich, und als sie weggegangen waren, mußte ich mich übergeben, einfach so im Sessel ohne Gefäß auf mein Kleid und den Teppich, entsetzlich. Als ich mich gesäubert hatte, kroch ich ins Bett und blieb drin bis Mittwoch, wo endlich der Brechreiz aufhörte und ich wieder normal wurde. Nun ist das Elend vorbei, und ich versuche, mein Leben zu genießen – es gelingt mir!!

Jeden Tag kommen nun Rechnungen in bezug auf die Krankheit, und ich staune, daß mein bescheidenes Gehalt ausreicht, um die Tausender zu bezahlen, o Wunder!

Nun merke ich, daß ich anfange zu tödeln, und darum höre ich auf.

Mein lieber Martin, ich bin Dir sehr verbunden und habe Dich lieb!

Herrje. War sie nicht reif für einen Platz im Altersheim, die treue alte Oma Jever? So wie Tante Hanna, die inzwischen in ein Pflegeheim in Augsburg umgezogen war?

Bei meinem Ausflug zu R. M. E. Streufs Wuppertaler Schloß Schnapsschnorchel begleitete Christian mich, denn das wollte er auch mal sehen. Er hatte seine Kamera dabei und verschoß fünf oder sechs Filme, während der strohblonde Herr Streuf, Jahrgang 1950, uns durch die verzweigten Ausstellungsräume und Werkstätten führte. Seine Kunstobjekte hätten wahrscheinlich auch dem bayrischen König Ludwig II. und den Dadaisten gefallen: Perlmuttfische, Wollpudel, Bärenmasken, als Äffchen verkleidete Holzstrünke, Mobiles aus Puppen, Kinderbällen und Kleiderbügeln, um unverhältnismäßig große Spielzeugtiere gruppierte Indianer aus Plastik, auf Bastpferden reitende Figuren mit Taucherglocke und in der »Kapelle der ungeborenen Hühnchen« eine riesige Ansammlung ausgeblasener und geköpfter Eier.

Sich selbst bezeichnete Streuf als »Erfinder der Frikadellenlimonade« sowie als »Konstrukteur des Mozartkugelrevolvers«, und er stattete mich mit Unterlagen aus, die zweifelsfrei bewiesen, daß er einmal den Volkshochschulkurs »Wir fangen einen Wolf« geleitet hatte.

»Blödsinn ist nun mal mein Lebensinhalt«, sagte er.

Als Abschiedsgeschenk überreichte er mir einen Karton mit Fotos aus den siebziger Jahren. »Das sind von den Kunden zurückgewiesene Abzüge, die 'ne Freundin von mir bei Photo Porst gesammelt hat. Vielleicht hast du ja Verwendung dafür …«

Eugen hatte leider nicht kommen können, weil er an einer schweren Erkältung litt.

Im Speisewagen breiteten Christian und ich die Fotos auf unserem Tisch aus und gerieten in einen Glückstaumel. Wie herrlich scheußlich war das alles! Die Schlaghosen, die Dauerwellen, die Tropfkerzen, die Tapetenmuster, die glibbrigen Hochzeitstorten, die herausgeputzten Kleinfamilienkrüppel … ein kleines Mädchen mit blauem Auge unterm Tannenbaum … Wohnzimmerschränke mit Ornamenten, die zum Himmel schrien … handtaschenbewehrte Omis vor Beeten mit Stiefmütterchen … Geburtstagsfeiergäste mit kinnlangen Koteletten und hüftlangen Hemdkragen in Lila und Orange … und immer wieder: Hunde, die sich auf Flokatis und anderen Fusselteppichen wälzten. Kurzhaardackel, Langhaardackel, Zwergpudel, Foxterrier und Möpse.

»Was 'n Panoptikum«, sagte Christian. »Den Deutschen hat eben doch 'ne Kulturrevolution gefehlt!«

Auf der Frankfurter Zeil verwandelte sich jede Schneeflocke sofort in miesen grauen Matsch, aber wenn man dort die neueste CD von Tom Waits gekauft hatte (»The Black Rider«) und sie zuhause auflegte, konnte einem das Wetter egal sein.

Alle Musiker, schrieb Waits im Booklet, »were eager to ›Frankenstein‹ the music into something like a beautiful train wreck«.

Mich nahm diese frankensteinisierte Musik sofort gefangen.

I'll shoot the moon right out of the sky
For you baby …

Es war mir nur nicht klar, für wen genau ich den Mond vom Himmel schießen sollte oder wollte.

Am späten Freitagnachmittag erschien Eckhard Henscheid in der Redaktion, legte mir sechs Kurztexte für das »Wörterbuch des Gutmenschen« und ein neun Schreibmaschinenseiten langes Nachwort zu meinem Buch über den linken Kitsch auf den Schreibtisch und sagte: »Ich bin ein großer Hintermichbringer.«

Im Horizont gingen wir dann vom Sie zum Du über, und es traf sich, daß dort an diesem Abend auch der Verleger Gerd Haffmans einkehrte. Von Eckhard wurde er dafür getatzelt, daß der Verleger Klaus Bittermann zur Zeit die Nase weiter vorn im Wind habe, doch das beunruhigte Haffmans nicht. Er hob seinerseits zu einer Hymne auf Henscheids Werke an, und der Abend zerfloß in Zigarettenrauchschleiern und Fahnendunst.

In seinem schwungvollen Nachwort ging Henscheid auf einige Spitzenerzeugnisse des linksverkitschten Kunstschaffens ein, unter anderem auf »Friedensverse von je vier bis sieben Zeilen, Zeugs, das kein Schwanz je frißt«, und er gab seiner Hoffnung Ausdruck, daß »dieses Buch und sein Nachwort« die Leser darin schulten, »die schon gar zu falschen Fuchziger an falschen Zeugen zu erkennen und ihre Garstigkeit von weitem schon zu wittern«.

Aus Reutlingen kam die scharfe Bärbel zu Besuch. Wir gingen italienisch essen und sahen uns im Kino Helge Schneiders Western an, wobei mir die motzende, schwitzende, diabolischen Dosenfraß kochende und von einem fetten Mann gespielte Mutter des Helden die meiste Freude bereitete.

Am Sonntagnachmittag gaben Bärbel und Andrea einander buchstäblich die Klinke in die Hand.

»Wer war denn diese nette Dame?« fragte Andrea.

»Eine Freundin aus dem Regierungsbezirk Tübingen.«

»Gibt's auch Regierungsbezirke, in denen du keine Freundinnen hast?«

»Ich glaube, daß in Gießen und Karlsruhe noch Stellen offen sind …«

Eigentlich war sie nur zum Putzen erschienen, aber das konnte warten. Wir gingen in mein Zimmer und verloren keine Zeit.

»Das ist die lustigste Putzstelle, die ich je gehabt habe«, sagte Andrea, als sie ihre Bluse zuknöpfte. »Wenn's doch überall so wär! Dann würde ich diesen Beruf überhaupt nicht mehr wechseln wollen …«

In Kaiserslautern hatte Frankfurt am Samstag einen Auswärtspunkt geholt, was Heribert jedoch nicht zuversichtlich stimmte. Mit der Eintracht werde es ein böses Ende nehmen, meinte er. »Die verschenkten Siege werden sich noch bitter rächen! Denk an meine Worte!«

Der *Spiegel*-Reporter Cordt Schnibben stieß ins Horn:

Die, natürlich bis auf Antje Vollmer und Hermann Gremliza, sprachlose Generation trägt zur öffentlichen Meinungsbildung nichts Originäres bei; die geistige Opposition zur Generation der Kohls und Schmidts reicht über die Titanic-*Redaktion nicht mehr hinaus; diejenigen, die bis in die Kommandohöhen der Gesellschaft vordringen, verfetten oder verglühen.*

»Da habt ihr's, Männer!« rief Christian. »Wir sind die einzige geistige Opposition in Deutschland! Kluger Mann, dieser Schnibben! Hat sich damit für den Fall der Revolution seine Verschikkung in die Bleiminen erspart!«

In Berlin tauchte ich noch einmal in das Sumpfland meiner Wohngemeinschaft ein. Unter, neben und auf dem Eßtisch lagen leere Bierflaschen, das Klo war besetzt, im Backofen gammelte irgendwas Fischiges, im Kühlschrank wuchsen grüne Metastasen, und Lizzy trug mit Jochen einen Streit über die Telefonrechnung aus.

Aber dann klingelte Kerstin, und der Ärger war vergessen. Sie legte sich umstandslos auf mein Bett und löste ihr Haar.

Das Gezänk aus dem Korridor überhörten wir.

Am Mittwoch stellte Michael Rudolf sich ein, um mir beim Pakken zu helfen und mich abends in Rainer Balcerowiaks Wohnung beim Einsingen des Fred-Kalkutta-Lieds anzufeuern.

Das hatten wir danach auf Band.

»Und es kann jederzeit gegen dich verwendet werden«, sagte Rainer.

Donnerstag war der zentrale Packtag. Die Bücher und die Ordner ließen sich leichter verstauen als die elend vielen *Spiegel*-Stapel. Die mußten als Bündel verschnürt werden, für den Einzeltransport, weil es keine Kartons gab, die das Gewicht aushielten.

Sehr vergnüglich war es auch, die Schreibtischteile auseinanderzuschrauben.

Dem Menschen, der dieses Möbelstück entworfen habe, würde er gern eine Überdosis Altenburger Senf injizieren, sagte Michael.

Zum guten Schluß zerlegten wir die Bücherregale und klebten immer jeweils vier oder fünf der Böden und der Seitenteile mit Paketklebeband zusammen, damit sie sich bequemer hochheben und befördern ließen.

»I hon überbaggene Schbädzle mid Kirschdomada kochd!« rief Sigrun. »Habd ihr Hungr?«

Ja, hatten wir. Und auch Durst. Den löschten wir später im Nova mit allen uns zur Verfügung stehenden Mitteln.

Der Umzugstag fing nicht gut an, denn bei Europcar hieß es, daß der von mir reservierte Transporter frühestens um drei Uhr nachmittags wieder eintreffen werde. Man wollte mir dafür zum gleichen Preis einen 7,5-Tonner überlassen, aber von 7,5-Tonnern hatte ich seit meinem Umzug von Oldenburg nach Heidmühle genug, und ein Gefährt dieser Größe hätte in der Graefestraße gar nicht durch die Hofeinfahrt gepaßt.

Scheiße, durch ein Sieb gegossen, gibt die schönsten Sommersprossen …

Ich wieselte zu einer Filiale des Autoverleihers Avis, wo ich jedoch kein Glück hatte, und weiter zu einer Filiale des Autoverleihers Hertz. Dort war ein Lieferwagen frei, für den ich allerdings volle 700 Mark vorstrecken mußte.

Und wo waren der Tankdeckel und der Lichtschalter?

»Immer mit de' Ruhe und denn mit 'n Ruck«, sagte der Mensch, der mir die Wagenschlüssel und die Fahrzeugpapiere gab.

Michael hatte währenddessen bei Getränke Hoffmann eingekauft, und um elf Uhr vormittags stellten Claudia Denker, Klaus Farin, Klaus Bittermann und Michael Ringel sich zu einem Sektfrühstück mit temporärem Kartontragen ein. Es gab ja zum Glück einen Aufzug, und so kam niemand ins Schwitzen.

»Und wann sehen wir dich mal wieder?« fragte Claudia, als ich die Hecktüren schloß.

Ich rief ihr Paulchen Panthers Merksatz ins Gedächtnis: »Heute ist nicht alle Tage!«

Staus. Staus. Staus. Um zwei war ich losgefahren, um vier hatte ich erst sechzig Kilometer geschafft, und schon war's pickefinster.

In den Kasseler Bergen schien die Karre ihren Geist aufzugeben. Der Motor stotterte und spotzte, und die Gangschaltung benahm sich bockbeinig.

Wie sollte ich aus dieser Nummer wieder rauskommen, wenn ich liegenblieb?

Mit Ach und Krach erreichte ich den Großraum Frankfurt, aber dann verhedderte ich mich in Preungesheim und mußte mehrmals rechts ranfahren und den Falk-Plan zu Rate ziehen.

In der Vogelsbergstraße traf ich erst um Mitternacht ein, vier Stunden später als geplant, doch im Horizont hatten Achim, Heribert, Christian und Thomas sich treulich bereitgehalten, und beim Ausladen halfen sie mir so tüchtig, daß bereits nach einer Stunde fast alles erledigt war.

Ein Nachbar von oben meckerte über den Lärm: »Ehwe langt's! Mer werrd ja ganz dabbisch! Is bald Ruh da unne, ihr Worschtfettköpp?«

»Willkommen in Hessen«, sagte Heribert.

Nach zwei Flaschen Bier war ich bettreif. Zu meiner Matratze fand ich allerdings erst nach einer abenteuerlichen Kletterpartie über die Umzugskartonstapel.

263,56 DM wurden mir bei Hertz in Frankfurt berechnet, nachdem ich den Wagen vollgetankt abgeliefert hatte.

In der *taz* war an diesem Tag mein Verriß der Elefanten-Press-Buchreihe »Querköpfe« erschienen, und am Abend dräute Christian Schmidts Geburtstagsparty.

Ich ging hin, aber sehr lange hielt ich es nicht aus, denn er zeigte seinen Gästen mehrere Millionen Urlaubsdias, und die Zigarettenqualmschwaden raubten selbst mir den Atem.

Mit Muskelkater, Kopfweh und leichtem Fieber kapselte ich mich in meinem Zimmer ein und wachte erst nach sechsunddreißig Stunden wieder richtig auf.

»Schlosser? Na toll«, sagte der Elefanten-Press- und *Titanic*-Verleger Erik Weihönig, als er am Montag zufällig mich in der Redaktion am Telefon hatte, und ich stellte ihn wunschgemäß zu Hans Zippert durch.

Zuhause schichtete ich die Kartons an den Wänden auf, um mir freie Bahn zu schaffen.

Verschwunden war leider der Karton mit meinen Bootleg-CDs. Den mußte irgendeine blöde Sau in Berlin oder in Frankfurt aus dem offenen Wagen gestohlen haben. Wie konnte man nur so gemein sein?

In der neuesten Folge seiner Erzählungen stellte Jörg Schröder fest:

Die Autobiographie, in der Roß und Reiter genannt werden, ist das neue Genre der Aufklärung.

Da hatte er recht.

Die Sargnagelfirma Philip Morris buhlte mit dem Slogan »Vision: Zukunft erobern« und einer »Talk-with-tomorrow-Crew '94« unter der Leitung eines langbärtigen Grottenolms namens Ossi Urchs (»Minister for Tomorrow«) um neue Kunden, und im *Zeitmagazin* sprach mein alter Freund, der vom Pazifisten zum Soldatenvater gereifte Pfarrer Rainer Eppelmann, seine letzten Worte vom Kreuz:

Von der Engelsbotschaft beflügelt, könnten wir etwas Neues beginnen, indem wir im Geist der Liebe mit Engelszungen redeten und mit Engelsgeduld handelten – privat und in der Politik.

Es war, mit Walter Kempowski zu sprechen, schon »so allerhandlei«, was einem jeden Tag an Schmodder und Morast vor Augen und zu Ohren kam.

In die Fernsehnachrichten schaffte Koblenz es nicht oft, und wenn doch, dann wußte man, daß wieder mal die Altstadt unter Wasser stand. In solchen Fällen wurde stets das Deutsche Eck gezeigt, aber leider nie die Straßburger Straße in Koblenz-Lützel, obwohl auch die gefährdet war, wenn der Rhein und die Mosel Hochwasser führten.

Die vollzählige Familie Blum plus Volker, Wiebke und ich in Meppen: Wann hatte es das zuletzt gegeben?

Olaf und ich stellten einen Weihnachtsbaum auf, den Volker

irgendwo am Straßenrand gefunden hatte, in der Küche wirbelten Renate und Wiebke umher, die Kinder spielten auf allen Etagen Verstecken, und Volker wurde ausgesandt, um Sachen zu besorgen, die noch fehlten: Trockenhefe, Vanilleschoten, Backpapier, Salatöl, Schlagsahne, Frischhaltefolie, Bier, Rosinen, WC-Reiniger und lange Streichhölzer.

Bei der Bescherung standen natürlich Lisa, Julius und Nantje im Mittelpunkt. Ich hatte ihnen Schlickerkram mitgebracht und meinen Geschwistern Schnäpse, und für mich selbst fielen eine Flasche Quittenlikör und eine lila Unterhose ab sowie ein Set Qi-Gong-Kugeln von Volker.

»Die muß man in der Hand rotieren lassen«, sagte er.

In der Gebrauchsanweisung stand:

Durch das tägliche Üben werden die Lebenskanäle (Jing-Leo) geöffnet; das Blut und die Lebensenergie entfalten ihre volle Wirkung.

Von Volkers Affinität zu chinesischen Gesundheitskugeln war mir zuvor noch nichts bekannt gewesen.

In Deutsch, sagte Renate, als wir bei Nudeln mit Gulasch und Paprika am Eßtisch saßen, habe Mamas Klasse einmal das bedepperte Aufsatzthema »Gedanken beim Besteigen eines Berges« aufbekommen. »Und ein Mitschüler von ihr, das hat sie mir mal erzählt, hat da nur einen einzigen Satz geschrieben: ›Wenn ich doch schon oben wäre!‹«

»Dem hätt' ich 'ne Eins gegeben«, sagte Olaf.

»Aber was er gekriegt hat, war 'ne Sechs!« erwiderte Renate und erzählte eine weitere hübsche Geschichte: Mit dreizehn Jahren habe sie Mama mal gefragt, was erogene Zonen seien. »Und da hat sie mich angeblafft: ›Das geht dich gar nichts an!‹«

Auch aus der jüngeren Familiengeschichte hörte ich dieses und jenes zum erstenmal. Zum Beispiel, daß Volker Papa weisgemacht hatte, er, Volker, habe sein Telefon abgemeldet. »Dabei hab ich nach meinem letzten Umzug bloß 'ne andere Nummer gekriegt und sie Papa nicht gegeben, weil ich nicht mehr von ihm angerufen werden wollte …«

»Aber zum Schluß habt ihr euch doch versöhnt«, sagte Wiebke.

Als Versöhnung, sagte Volker, würde er das nicht bezeichnen. »Eher als Waffenstillstand.«

Unter Papas überfallartigen Anrufen hatte auch Renate gelitten. »Einmal hat er sich nachts bei mir gemeldet und gesagt, daß er das Gefühl habe, im Sterben zu liegen. Ich hab ihm gesagt, daß er einen Notarzt anrufen soll, aber darauf hat er bloß geantwortet: ›Mir kommt hier kein Arzt ins Haus!‹ Und dann hat er wieder geklagt, wie schlecht's ihm geht, und am Ende hat er gesagt: ›Ach, Liebelein, ich will dir ja auch nicht das Herz schwer machen!‹«

Ich fragte nach: »Hat er tatsächlich ›Liebelein‹ gesagt?«

»Ja, ›Liebelein‹. Aber da hat er natürlich wieder einen im Tee gehabt ...«

Von Renate erfuhr ich an diesem Abend auch, woher der Begriff »Tüt-Ei« stammte: »Oma Jever hat in Moorwarfen ihre Hühner immer mit ›Tüt, tüt, tüt‹ zu sich gerufen, wenn's Futter gab. Daher das Tüt-Ei!«

Wiebke berichtete, daß Papa in einem Anfall geistiger Umnachtung einmal die Tapetenbahnen in seinem Schlafzimmer mit einem Bleistift numeriert habe. Und als sie damals nach Hannover gezogen sei, um die Buhmannschule zu besuchen, habe Papa ihr verbieten wollen, sich in ihrer Wohnung ein Bild an die Wand zu hängen. »›Das lenkt dich bloß vom Lernen ab‹, hat er gesagt ...«

Während Renate, Volker und Wiebke sich einen Einblick in Papas Finanzen zu verschaffen versuchten, füllte ich Kartons mit Briefen, Postkarten, Pässen, Urkunden und alten Kontobüchern, die ich aus dem Inferno retten wollte.

Auch Papas Bücher, die Diakästen und die losen Fotos packte ich ein. Papa als Pimpf in einer Uniform der Hitlerjugend: Da hatten ihn die Nazis bereits vergiftet.

The rooms were so much colder then
My father was a soldier then
And times were very hard ...

Ich sammelte auch Mamas nach Tausenden zählende Fotonegative ein. Den Umschlägen hatte sie hand- oder maschinenschriftliche Notizen beigefügt. Zum Beispiel zu den Negativen eines Films von ihrer letzten Spanienreise:

3 *Eisessen in Pechina*
4 *Blick auf Gruppe am Markt, Pechina*
5 *Tennisclub-Hauptgebäude*
6 *Weg auf den Berg*
7 *Mißlungenes Hang-Foto*
8 *Blick auf Schroeders Haus*
9 *Einfahrt mit Seat*

Das wollte ich alles aufheben. Für immer. Ebenso wie Papas *Faller-Modellbau-Magazin*-Sammlung, auch wenn in den Heften natürlich nur Modelleisenbahnbauerlatein stand: »Aufbau einer größeren Eckanlage«, »Schaltungen für Kleinstanlage Neukirch«, »Bearbeitung von Plastikstoffen«, »Umgang mit Abziehbildern«, »Kleine Tunnelbaukunde« und so weiter.

Belobigt wurde ein gewisser Hermann Behr aus Weierbach/Nahe:

Idealismus hat nach Meinung von Herrn Behr ein Modellbahner, der in seinem Urlaub um 5 Uhr aufsteht, um den Arbeiterzug um 5.15 Uhr auf Bahnsteig 2 abfahren zu lassen!! – wir müssen zugeben, daß das wirklich Idealismus ist!

Und in einer Bastelanleitung hieß es:

Auf das Grundbrett kommt eine Hartfaserplatte mit entsprechendem Talausschnitt. Diese Platte wird in der Höhe der Bogenbrücke auf hochgestellten Holzstützen und den später zu beiden Seiten und an der Rückseite befestigten Abschlußbrettern aufgenagelt. Dann wird sogleich die Bogenbrücke B-548 eingebaut …

Das war der Nebenkosmos, in dem Papa als Kriegsheimkehrer Wurzeln geschlagen hatte.

Zum Nachlaß gehörte auch die Taschenbuchausgabe von Kafkas »Brief an den Vater«, die ich Papa mal geschenkt hatte. Ob er dieses Buch aber wohl jemals gelesen hatte?

Auf einer von Papa mit den Worten »Dietrichs Hochzeit« beschrifteten Kassette war zu hören, wie Walter einige von Oma Schlosser verfaßte und dem Bräutigam zugeeignete Verse über dessen Kindertage vortrug:

Da damals fürs Geld nichts zu haben war,
so war es auch mit Spielzeug rar.
Richard war der Geschicktesten einer
und bastelt' ihm Spielzeug wie ein Schreiner.
Das schönste war eine Eisenbahn
mit Lok und vielen Wagen dran.
Voll Glück darüber vollführte Dietrich ganz
um den Weihnachtsbaum einen Freudentanz ...

Dieses Hobby pflege Dietrich ja auch heute noch, sagte Renate. »Wollen wir ihm nicht die vielen Lokomotiven und Züge schenken, die Papa hier gehortet hat?«

Am zweiten Weihnachtsfeiertag fuhren wir nach Jever und wurden von Oma, Dagmar und Therese mit großem Hallo begrüßt. Es gab Kaninchenbraten und Rotweincreme, und weil ich danach immer nur das Besetztzeichen hörte, als ich Gertrud in Bielefeld anrufen wollte, verriet Dagmar mir einen »alten Journalistentrick«: »Wenn du die letzte Ziffer wählst, mußt du die Wählscheibe dreißig Sekunden lang festhalten. Dann werden alle anderen eingehenden Anrufe mit derselben Vorwahl solange blockiert. Versuch's mal. Hier steht ja noch kein Tastentelefon ...«

Tatsache, es klappte, und Gertrud versicherte mir, daß sie in Bielefeld-Sennestadt mit Edgar ein frohes Weihnachtsfest erlebt habe.

Auf dem Friedhof stießen die Kinder sich gegenseitig in die Hecke und wurden von Therese ermahnt: »O, please, behave yourselves!«

Dann hielten wir inne vor der Gruft, in der nun auch Papas Gebeine ruhten.

I came to the place where the lone pilgrim lay
And pensively stood by his tomb ...

Ein großer Müllcontainer stand nach den Feiertagen auf der Dammstraße, und wir ballerten alles hinein, was uns entbehrlich erschien: die Schlafzimmergarnitur, Styroporteile, Tapetenreste, eingedellte Autofelgen, krumme Hölzer, rostige Kühlerhauben, kaputte Regenschirme, alte Besenstiele, eingestaubte und verbeulte Kunststoffjalousien, schadhafte Bodenfliesen, hochbetagte, mit Schrott gefüllte Waschmitteltonnen, müllreife Federballschläger, abgeschabte Koffer aus der Zeit der Diadochenkriege, Müll und Asche und alte Teppiche, die bereits beim Betasten in Stücke fielen …

Als der Container voll war, bestellte Renate telefonisch einen weiteren.

Auf dem Dachboden pustete ich Mottenmumien von den Kartons, in denen Opa Schlossers Bücher überdauert hatten. Erich Sauer: »Vom Adel des Menschen«, Pastor Edmund Haake: »Mission im Alten Testament«, Edmund Schlink: »Die Gnade in Gottes Gericht«, Adolf Wischmann: »Die Vollmacht Jesu«, religiöse Kleinschriften wie »Der Kampf um den Glauben«, »Lob des Vaterunsers« und »Die Gefahr des Interkonfessionalismus und seine Überwindung«, ein Heftchen mit dem verstunkenen Titel »Von der gelassenen Heiterkeit« und drei Werke des Theologen Hermann Bezzel: »Das letzte Vermächtnis Jesu Christi«, »Auf ewigem Grunde« und »Der Felsengrund des göttlichen Wortes«. Lauter tödlich langweilige Drucksachen, die Papa nur aus Pietät aufgehoben und wahrscheinlich nie gelesen hatte.

Was du ererbt von deinen Vätern …

Ein Weberknecht rannte hinter der »Vollmacht Jesu« aus dem Karton heraus und floh.

Aus einem alten Brief von Oma Jever ging hervor, daß Renate und Volker Ende April 1962 bei ihr gewesen waren und daß Volker ungnädig auf die Nachricht von meiner Geburt reagiert habe:

Das kam, weil er gerade mal nicht »in Stimmung« war, und so sagte er nur immer: »Bä, bä, Kacke!« Ich schreibe das ruhig so hin, Du kennst ja Deinen Sohn, nicht wahr?

»Da wußte ich halt schon, was auf mich zukam«, sagte Volker.

Ein Dialog zwischen Olaf und Renate:

»Weshalb kuckst 'n du so unlustig aus der Wäsche?«

»Ich hab vor zwei Stunden 'ne Briefmarke aus Papas Büro angeleckt und hab jetzt noch den Nikotingeschmack auf der Zunge!«

Der *Spiegel*-Redakteur Hans-Joachim Noack gab Rudolf Scharping eine gute Haltungsnote:

Reckt der rote Spitzenkandidat sein noch jugendlich angehauchtes Konterfei via TV in die deutschen Wohnstuben, wächst der Respekt.

Ich selbst sah leider nur einen Piefke, wenn Scharping sein Konterfei reckte, und es machte mich mißtrauisch, daß er ständig versuchte, seine Stimme tiefer klingen zu lassen, als es ihm von Natur aus gegeben war.

Renate bestellte einen dritten Container, denn der zweite war schon voll, obwohl wir noch gar nicht mit dem Ausräumen der Garage angefangen hatten. Dort ballte sich der Bodensatz eines langen Heimwerkerlebens: Stöcke, Stangen, Bretter und Metallteile in Kompaniestärke, ein sklerotischer Kotflügel, Ziegelsteine, Papprollen, Zementsäcke, Torfsäcke, angerostete Sägeblätter, verbogene Fahrradspeichen und ein ganzer Gebirgszug aus Unrat, für den es keine Namen gab.

Danach war meine Hose ruiniert. Die gute, die Max mir ausgesucht hatte.

Von den Werkzeugen und Mamas Wandschmuck verschenkten wir einiges an Herrn und Frau Lohmann. Bei denen war das alles in guten Händen.

Der Dachboden gab auch noch manches her. Zum Beispiel das Brevier »Gebete und Andachten für Kranke«, in das Opa Schlosser 1952 die Worte eingetragen hatte:

Tu nos fecisti ad te et inquietum cor nostrum est, donec requiescat in te.
Augustin. confessiones.
Dein Vater

Laut Olaf hieß das: »Zu dir hin hast du uns geschaffen, und unser Herz ist unruhig, bis es in dir ruht.«

Untendrunter hatte Oma Schlosser geschrieben:

Es ist ein köstlich Ding, geduldig sein und auf die Hilfe des Herrn hoffen.

Ich vermag alles durch den, der mich mächtig macht, Christus.

Diese Zeugnisse der Demut und der Gottergebenheit standen in einem merkwürdigen Kontrast zu der Weltherrschaftsgier, zu der sich das deutsche Volk im Zweiten Weltkrieg hatte anfeuern lassen. Es war etwas faul an dieser Frömmigkeit.

In Papas Nachttischschublade lagen zwei Manschettenknöpfe und ein Stofftaschentuch mit getrocknetem Blut.

We see this empty cage now corrode …

Ich nahm auch die Hefter mit Papas Kontoauszügen an mich, die bis in das Jahr 1960 zurückreichten, und Wiebke und Renate untersuchten die von Papa vollgestopften Bananenkartons, während Volker und Olaf weiter die Garage ausmisteten und die Kinder auf dem Rasen Purzelbäume schlugen.

Ein wahrer Schatz war der von Mama angelegte Aktenordner mit dem Etikett »Medikamente der Hausapotheke«. Darin hatte sie die Beipackzettel aus Arzneimittelpackungen abgeheftet, nach Krankheiten sortiert und mit handschriftlichen Notizen versehen. So ließ sich alles zuordnen. Decortilen: »Chemotherapie Nov./Dez. 86«, Halcion: »Schlafmittel, verordnet am 23. 8. 88«, Lexotanil: »Gegen Spannungszustände, Inge/3. 10. 79«, Contraneural: »Schmerzmittel I. Schlosser, Bein- + Rückenschmerzen Juni 76«, Buscopan: »Volker Okt. 75«, Tonsilase: »Martin Halsentzündung Nov. 80«, Codyl-Sirup: »Wiebke Febr. 78«. Und so weiter und so fort.

Wahrscheinlich war Mama irgendwann die Unordnung im Medizinschrank auf den Geist gegangen, und sie hatte ihr mit diesem Ordner ein Ende gemacht.

Am 31. Dezember verließ ich das Haus und warf keinen Blick zurück. Ein Schneckenhaus war es gewesen, und jetzt war es ein Trauerhaus und ein Spukhaus.

Die neue *konkret* enthielt eine Hymne auf das Basketballspiel, das sich in den USA »zur rebellischen Sportart schlechthin entwikkelt« habe, und da faßte ich für die *Titanic* einen Aufsatz über die noch viel rebellischere Sportart Minigolf ins Auge.

In der Redaktion waren viele gute Vorschläge für die Liste ekliger Wörter eingegangen – u. a. »Slavistenfete«, »Körbchengröße«, »BTX-Begrüßungsmaske«, »Breisgau-Brasilianer«, »UHF-Ausgangskanal«, »Orangenpulpe«, »Spritzgebäck« und »weibliche Ästhetik« –, und nachdem ich ein paar Grußkärtchen an meine besten Freunde frankiert hatte, fuhr ich weiter nach Wiesbaden, wo an diesem Silvesterabend in Dietrichs und Juttas Haus ein großes Vettern- und Kusinentreffen stieg.

Es fehlte an nichts. Kaltes Büfett, warmes Büfett, Rotwein, Weißwein, Bier und Sekt, Umarmungen und Geplauder, aber es war natürlich unmöglich, sich in jedem Einzelfall zu merken, wer jetzt wo und was studierte oder wer inzwischen wo welchem Beruf nachging. Dafür hatten Oma und Opa Schlossers Kinder ihrerseits zu viele Kinder gezeugt, nämlich Stücker siebzehn, und auch die nächste Generation nahm bereits mit zahlreichen Vertretern an dem Happening teil.

Das Highlight des Abends bildete die Vorführung einiger familienhistorischer Super-8-Filme, die Dietrich in den Seventies gedreht hatte. Die Frisuren der erwachsenen Akteure ließen uns laut auflachen, doch am allerschaurigsten fand ich mich selbst bei meiner Konfirmationsfeier 1976 in Meppen. Ein Hanswurst war ich gewesen, ein Wurmfortsatz, nein, weniger noch: die Ausstülpung einer endokrinen Drüse, der man ein Jackett umgehängt und einen Schlips umgebunden hatte.

Dietrich schenkte mir diesen Konfirmationsfilm, und nachdem wir alle miteinander angestoßen und das Feuerwerk bewundert hatten, rief ich mir ein Taxi und fuhr heim nach Frankfurt.

Gewaltig endet so das Jahr
Mit goldnem Wein und Frucht der Gärten.
Rund schweigen Wälder wunderbar
Und sind des Einsamen Gefährten …

Eine feste Bindung wollte ich auch 1994 nicht eingehen, sondern mich lieber ziellos weitertreiben lassen.

Der Literaturkritiker Johannes Willms hatte in der *Süddeutschen Zeitung* Kempowskis »Echolot« verrissen: Es handele sich hierbei »lediglich um das Ergebnis eines monomanischen Sammeltriebs« und um einen »Galimathias«, also laut Fremdwörterlexikon um Unsinn, Schwulst und Quatsch, und wenn alles mit rechten Dingen zugehe, werde man dieses Werk »schnell wieder vergessen«.

Wie kam es nur, daß manche Journalisten so wütend auf Kempowski herumhackten?

In meiner eigenen, für Michael Rutschkys *Alltag* verfaßten Besprechung hatte ich nur Gutes über das »Echolot« zu sagen, aber ich verhehlte nicht, wie stark mir die von Kempowski aufgenommenen Tagebucheinträge des Wehrmachtsoffiziers Ernst Jünger mißfielen. Am 24. Februar 1943 hatte er notiert:

Es gibt ein Sterben, das schlimmer ist als der Tod und das darin besteht, daß ein geliebter Mensch das Bild, mit dem wir in ihm lebten, in sich abtötet. Wir löschen in ihm aus. Das kann durch dunkle Strahlung kommen, die wir senden; die Blüten schließen sich leise vor uns zu.

Ob er es wohl gewagt hätte, diese feinsinnige Betrachtung auch gegenüber den Juden zu äußern, die damals in Viehwaggons in die Vernichtungslager verschubt worden waren?

Der Massenmord hatte Jünger außerdem zu der Frage angeregt:

Was hat das ungeheure Schweigen zu bedeuten, das um die Toten webt?

Noch so ein Nichtgedanke, der sich als tiefgründig ausgab. Dunkle Strahlung, leise sich schließende Blüten und webendes Schweigen: Mit solchen abgestorbenen Wortverbindungen in seinem Panzerschädel war Jünger beim Tagebuchschreiben zu Werke gegangen, während die Schornsteine der Krematorien geraucht hatten.

An meinem ersten Arbeitstag im neuen Jahr rief ich beim Deutschen Golf-Verband an und fragte, ob es möglich sei, mir den Kontakt zu einem Minigolf-Verband zu vermitteln. »Im Telefonbuch kann ich leider keinen finden. Ich möchte für eine Zeitschrift etwas über Minigolf schreiben und hätte gern ein paar Auskünfte …«

Der Herr, den ich da in der Leitung hatte, klang verschnupft. »Kein Golfspieler«, sagte er, »würde sich jemals mit Minigolf abgeben. Da kann ich Ihnen nicht weiterhelfen …«

Nun gut. Ich konnte auch ohne Know-how etwas über die rebellische Sportart Minigolf schreiben.

Bei C&A kaufte ich mir eine neue Hose, wobei Thomas Gsella mir half, indem er vor der Kabine, in der ich mich umzog, Wache hielt. Ein wahrer Freund.

Heribert saß abends leicht ermüdet in der Küche vor dem Fernseher, stemmte noch eine Flasche Bier und sagte: »Du, nach Einschätzung von Birgit Breuel, der Präsidentin der Treuhandanstalt, wird die Wirtschaft in den neuen Bundesländern in diesem Jahr die Talsohle überwinden, aber die Gespräche zwischen Israel und der PLO über die geplante Selbstverwaltung der Palästinenser im Gazastreifen und in Jericho gestalten sich weiter schwierig, und das macht mich traurig …«

»Heribert«, sagte ich, »just tell me one thing. Du kennst doch die drei großen narzißtischen Kränkungen der Menschheit durch Kopernikus, Darwin und Freud. Daß die Erde nicht der Mittelpunkt des Universums ist, daß der Mensch vom Affen abstammt und daß wir weitgehend von unserem Unterbewußten regiert werden. Was hast du empfunden, als du davon gehört hast?«

Er schürzte die Unterlippe. »Da hab ich echt die Schnauze voll gehabt«, sagte er. »Wenn das so ist, hab ich gedacht, dann setz ich heute keinen Fuß mehr vor die Tür!«

Bei der Heftplanung fiel mir jedesmal auf, wie viele feste Rubriken es in der *Titanic* gab: »Briefe an die Leser«, »Die roten Strolche«, »Hessen nimmt Abschied«, »Mit Gernhardt durchs Jahr«, »Humorkritik«, »Last Exit Sossenheim«, »Hannelore, Helmut und die Bubb'm«, »Sondermann«, »*Titanic*-Lynchjustiz« und die Kolumnen von Walter Boehlich, Max Goldt und Bernd Fritz alias Erwin Dietz. Vieles war natürlich unverzichtbar, aber der eine oder andere Erbhof hätte auch aufgelöst werden können.

Von den Fotos, die Streuf, der Herr über Schloß Schnapsschnorchel, mir geschenkt hatte, suchte ich die zwölf gräßlichsten aus und ließ Dias davon anfertigen, und dann kaufte ich mir für achtzig Mark eine Melodica, denn ich hatte vor, diese Dias bei Lesungen vorzuführen und dazu ein Medley aus Siebziger-Jahre-Schlagern erklingen zu lassen.

Während ich in meinem Zimmer das erste Regal aufbaute, nahm Heribert ein Bad und sang »Old Man Moses«, »Memories Are Made of This«, »Der Globus quietscht und eiert« und »Ich bin der Doktor Eisenbart«, was ich ihm nicht verargte, aber ich war doch froh, daß er nicht auch noch »Wir lagen vor Madagaskar« ins Programm nahm.

Der Werbespruch für Eurocard – »Deutschlands meiste Kreditkarte« – ging mir auf die Nuß. Man sah ihn täglich und überall, in Zeitschriften, in U-Bahnhöfen, auf der Straße und im Fernsehen, und das war mehr, als ein einzelner Mensch ertragen konnte.

Christian sprach mir Trost zu: Mit dem Unwesen der Sprachverhunzung durch die Handlanger der kapitalistischen Mediokratie werde unmittelbar nach dem Sieg der Revolutionsarmee »uffjeräumt«. Dann müsse jeder geistige Arbeiter sich fragen lassen, was er für das Volk getan habe. »Und das gilt übrigens auch für dich, du Menschewist!«

Ich eröffnete ein Girokonto bei der Nassauischen Sparkasse, die sich selbst mit dem häßlichen Akronym »Naspa« beklebt hatte.

»Naspa«, das hörte sich an wie der Name einer billigen und unbeliebten Naschware aus der DDR.

Walter Kempowski fragte ich brieflich, ob ich ihn im März oder im April gemeinsam mit drei anderen seiner Fans besuchen dürfe, nämlich mit Eugen Egner, Max Goldt und Günther Willen, und ich legte meinen kleinen Aufsatz über das »Echolot« bei.

Dann rief ich in der dreißig Kilometer von Frankfurt entfernten Ikea-Filiale in Wallau an und fragte, ob das Regal Ivar vorrätig sei.

Ja, das sei es, sagte man mir, und ich mietete telefonisch einen Transporter, mit dem ich am Sonnabend nach Wallau fahren wollte.

Der *Freitag*-Redakteur Stefan Reinecke hatte sich von mir einen Beitrag über »Das gerettete Buch des Simcha Guterman« gewünscht. Guterman, ein polnischer Jude, der 1944 im Warschauer Aufstand getötet worden war, hatte seine Erlebnisse aufgeschrieben, die Papiere in Flaschen gesteckt und sie vergraben. 1978 waren sie entdeckt worden. Sein letzter Bericht stammte aus einem Internierungslager in Polen:

Die Deutschen säumten in geschlossener Reihe die paar hundert Meter vom Lastwagen zur Aufnahme-Baracke. Man muß durch dieses Spalier und seine Portion Schläge einstecken. Um sich nicht anstrengen zu müssen, haben die Bestien eine Bleikugel am Ende der Peitsche befestigt. So genügt ein einziger Hieb, um einen Kiefer zu brechen, ein Gesicht in blutigen Brei zu verwandeln, einen Schädel zu spalten.

Wo mochte Opa Jever wohl damals gesteckt haben? Bei seiner Fußpflegerin in Warschau?

Bei Ikea gab es am Sonnabend zwar Regalböden der Sorte Ivar, aber keine Seitenteile. Die seien, wie man mir erklärte, »erst kommende Woche wieder lieferbar«.

Ich kaufte Regalböden für 560 Mark und fuhr bedröppelt wieder heim.

»Ja, bei Ikea feiert die Planwirtschaft fröhliche Urständ«, sagte Heribert, als er mir beim Heraufschleppen der Regalböden half.

Es liefen die ersten Beiträge für das »Wörterbuch des Gutmenschen« ein. Darunter war ein sehr schöner von Kurt Scheel über das Wort »Querdenker«. Dieser Begriff, schrieb er, habe im Duden zwar erst 1991 »sein grauses Haupt« erhoben, doch inzwischen befinde sich »der genuine Querdenker« allerorten an den Schalthebeln der Macht:

Er zeichnet sich gerade dadurch aus, daß er fett und fidel in Institutionen und Gremien aller Art sitzt, dort das große Wort und gleichzeitig, *als Querdenker eben, ein Rüchlein des Anarchischen, Subversiven gar verbreitet.*

Lustig war's auch, daß die vielen »Querdenker«, die sich selbst so nannten oder sich so nennen ließen, überhaupt nicht begriffen, wie ranzig dieser Begriff inzwischen geworden war.

Einer klaren Antwort auf meine Frage, ob er eher für den afghanischen Milizenchef Raschid Dostum oder für den afghanischen Präsidenten Burhanuddin Rabbani sei, wich Heribert aus. Er schützte vor, daß er Kartoffeln, Eier und Spinat einkaufen gehen müsse und sich zur Lage in Afghanistan erst später politisch positionieren könne.

»Hört, hört!« rief Christian in die Redaktionsrunde. »Hier steht, daß der CDU-Bundestagsabgeordnete Gottfried Haschke eine ›Pizza-Steuer‹ für jedes ausländische Restaurant fordert, das nicht auch Eisbein oder Bratwurst anbietet ...«

Das sei doch mal »eine g'scheite Initiative«, sagte Achim und holte zu einem Lobgesang auf das deutsche Metzgerhandwerk aus, das zu Unrecht im Schatten anderer schutzwürdiger Güter stehe und es längst verdient hätte, in die von der Unesco geführte Liste des Weltkulturerbes eingetragen zu werden. »Nicht nur Jesuitenmissionen, Minarette, Grabhügel und irgendwelche ungelenken Höhlenmalereien müssen wir der Nachwelt überliefern, sondern eben auch die Bratwurscht und das Eisbein und die dazugehörigen Herstellungsrezepte! Ein dreifach Hoch auf diesen Herrn Haschke, der die Zeichen der Zeit besser erkannt hat als so mancher vaterlandslose Pizzafresser!«

Bei Ikea in Wallau nahm niemand den Telefonhörer ab. Ich mußte daher auf gut Glück noch einmal einen Transporter mieten und dort hinfahren, doch ich hatte Erfolg und konnte die Regalseitenteile einheimsen. Für 350 Mark. Eine teure Angelegenheit, aber ohne kontinuierlich wachsende Bücherregale ging es nun mal nicht, wenn man ein Schriftstellerleben führte.

Selbstverständlich könnten wir ihn besuchen, schrieb Walter Kempowski mir, und er bedankte sich für meinen Aufsatz über das »Echolot«:

Es ist interessant für mich, wie sich der Lichtkegel Ihres Interesses von Gegenstand zu Gegenstand bewegt. Ich habe mir auch schon gedacht, es muß für einen Kritiker (oder Leser) schwierig sein, das zu beurteilen in 14 Tagen, was ich in 15 Jahren allmählich, Schritt für Schritt gestaltet habe.

An Schmidt habe ich übrigens weniger gedacht, als ich das Echolot schrieb, eher an Fontanes »Wanderungen« oder an Benjamin. – Was Willms angeht, so hat er wohl ein persönliches Problem, das er auf das Echolot projiziert.

Hinsichtlich Jüngers bin ich etwas milder gestimmt als Sie. Wenn man seine Tagebücher in Kenntnis der Literatur liest, die damals von anderen inneren Emigranten produziert wurde (Wiechert, Carossa, Bergengruen u. a.), dann kommt man nicht umhin, die Genauigkeit seiner Beobachtungen zu bewundern, die sich gegen das Geschwamme der anderen eben doch sehr vorteilhaft abhebt.

Wir werden hier jetzt von einer wahren Briefflut angeschüttet, ich kann nicht sagen, daß ich darüber traurig wäre.

Nun schien er endlich die Wertschätzung zu bekommen, die er so lange vermißt hatte.

Im Kleinanzeigenteil der Lokalbeilage der *Frankfurter Rundschau* bot jemand einen Super-8-Projektor an, und dieses alte Schätzchen sicherte ich mir: mit dem Rennrad hin, 120 Mark gelöhnt und als Besitzer eines Super-8-Projektors mit dem Rennrad zurück.

Den Projektor wollte ich bei Lesungen einsetzen und dem Publikum den Film von meiner Konfirmationsfeier vorführen.

»O Mom, bitte!« sagte der Synchronsprecher eines Schauspielers in einem blöden amerikanischen Spielfilm, den Heribert und ich uns im Fernsehen ansahen, und das gab mir den Gedanken ein, auf die Liste ekliger Wörter irgendwann eine Liste ekliger Sätze folgen zu lassen. Sätze wie »Sind Sie okay, Mann?«, »Laßt mich einfach hier liegen« und »Würden Sie das vor Gericht wiederholen?«.

Ich bat Wiglaf und Carola postalisch um Mithilfe, und nachdem ich mich mit Eugen, Max und Günther telefonisch auf den 23. April als Besuchstag in Nartum geeinigt hatte, fragte ich Kempowski brieflich, ob das machbar sei.

Der 91jährige Bruchpilot Heinz Rühmann erschien als Gast in der ZDF-Show *Wetten, daß ..?* und wurde bejubelt, aber wofür? Dafür, daß er als Pfiffikus auch Joseph Goebbels gefallen hatte und vom Führer persönlich als »Gottbegnadeter« eingestuft und deshalb vom Kriegsdienst verschont geblieben war?

Ich konnte ihn nicht ab, diesen verschmitzten Harlekin mit seinem unschuldigen, den Beifall aller Biedermänner erheischenden Dackelblick.

Am Sonntag arbeitete ich in meinem Zimmer als Regalbaumeister, bis Andrea zum Putzen kam und ihre Hüllen fallen ließ.

O tempora, o mores!

Sie habe derzeit keinen anderen Intimfreund und verspüre einen gewissen Nachholbedarf, sagte sie, und ich war ihr gern zu Diensten.

Carola Rönneburg hatte mir eine Serie erstklassig ekliger Sätze in die Redaktion gefaxt:

»Ich habe viel über uns nachgedacht.«

»Nein, ehrlich – ich mag Sie.«

»Ich glaube kaum, daß dies der geeignete Moment dafür ist.«

»Ganz ruhig, okay?«

»Lassen Sie uns ein paar Dinge klarstellen.«

»Ich weiß es nicht, okay?«

»Ich will, daß die gesamte Stadt durchkämmt wird, klar? Jedes Haus, jede Straße, jede gottverdammte Damentoilette!«

»Stop, stop, stop. Nochmal von vorn …«

Genau solche Sätze, die einem zu den Ohren heraushingen, hatte ich gemeint.

Anläßlich seines 80. Geburtstags wurde Arno Schmidt in der *FAZ* von dem Literaturredakteur Gustav Seibt gewürdigt:

Zu einem anspruchsvollen Leseleben in der Bundesrepublik gehörte eine Phase nachhaltiger Arno-Schmidt-Ansteckung.

Wer von Schmidt zu seinen deutschen Zeitgenossen komme, der müsse sie »matt wie Limonade« finden, schrieb Seibt, doch er benannte auch die Schwachpunkte:

Man mag Schmidts überlegene Poesie noch so sehr lieben, irgendwann fällt der hämmernde Ton der Belehrung noch dem Langmütigsten auf die Nerven.

So ging es auch mir, und trotzdem kehrte ich immer wieder zu Schmidt zurück.

Als Sechzehnjähriger sei er hier mal nach einem Konzert der Untergrundcombo Freygang von Volkspolizisten verhauen worden, sagte Michael Rudolf, als er mich im Zwickauer Hauptbahnhof begrüßte.

»Und warum?«

»Weil ich renitente Äußerungen getätigt habe und meine Haare zu lang gewesen sind.«

Die Volkspolizei der DDR schien das kulturelle Erbe der SA pfleglich verwaltet zu haben.

Buntes Zentrum hieß unser Lesungsort. Wir würden, so hätte es im Programmheft stehen sollen, »im zweiten Zugabenteil« auch singen, aber dort stand, wir täten es »im zweiten Zugabteil«.

Dieses Mißverständnis konnten wir jedoch aufklären, bevor wir am Ende »Musse feife inne Wind« sangen, und nachdem ich auf der Melodica zur Untermalung der Dias Auszüge aus den Hits »Tanze Samba mit mir«, »Schöne Maid« und »Mendocino« sowie aus »Stille Nacht« und »O du fröhliche« gespielt hatte, führte ich mit dem bis nach Zwickau geschleppten Super-8-Projektor meinen dreiminütigen Konfirmationsfilm vor, auf den natürlich niemand gefaßt war.

Doch dem jugendlichen Publikum gefiel's, und uns gefiel das Publikum. Es gab in der Zone eben auch geistig kregle Menschen mit Sinn für Hintersinn, und mit einigen davon hätte ich gern noch länger gezecht, aber wir mußten zum Zug und nach Reichenbach fahren und dann per Taxi nach Greiz, wo ich noch einen kurzen Blick auf Michaels schlafendes Wickelkind warf, bevor ich die weiße Fahne hißte und ins Gästebett fiel.

Das Dia von dem Mädchen mit dem Veilchen unterm Tannenbaum, das in Zwickau niemandem aufgefallen war, löste anderntags im Rosenkeller zu Jena einen Lachsturm aus. Die Reaktionen des Publikums waren unberechenbar. Ungeteilte Zustimmung fand allerdings jedesmal Michaels Analyse der Thüringer Rostbratwurst, von der er sagte, daß man sie erzeuge, indem man mit Schlachtabfällen genährte Bakterienkulturen in Darmschläuche presse.

Die Nacht verbrachten wir zu zweit in einem schmucklosen Quartier mit sechs Feldbetten, sechs Brötchen, zwei hartgekochten Eiern, vielen Würsten und einer Notration Bier. Den Level jener Lesereisenden, für die es Einzelzimmer in Hotels gab, hatten wir noch nicht erreicht.

Am Freitagabend saß ich wieder allein in der Redaktion und setzte die Arbeit am »Blöken der Lämmer« fort, als das Faxgerät ansprang. Herausgerattert kam, von Michael Rudolf kopiert und abgesandt, ein Verriß des Buchs, an dem ich gerade schrieb. Erschienen war er in der Zeitschrift *Tempo*, die ihrem Namen alle Ehre machte.

Schlosser tritt lediglich gegen Leichen der siebziger Jahre …

Der Kritiker hatte sich auf die ersten von Klaus Bittermann gestreuten Textproben gestützt, und ich erstarb in Ehrfurcht vor dem Gewerbe der Literaturkritiker. Eine Buchbesprechung, die früher fertig war als das besprochene Buch! Hatte es so etwas in der deutschen Literaturgeschichte schon einmal gegeben?

Auch am Samstag und am Sonntag schrieb ich weiter und druckte dann alles aus, und am Montag fuhr ich mit diesem Papierstapel und einer Diskette, auf der sich die Buchdatei befand, nach Berlin und legte Klaus Bittermann beides auf den Tisch.

Klaus wiederum zeigte mir die Beiträge, die bei ihm für das »Wörterbuch des Gutmenschen« eingegangen waren. Da hatte sich einiges zusammengeläppert.

»Wie wär's mit 'ner Präsentation der beiden Bücher im März in der Volksbühne?« fragte er. »Mit Wiglaf und dir und vielleicht noch mit Henscheid und Rutschky?«

Das war eine euphorisierende Aussicht für ein Landei aus Meppen. Was sollte danach noch groß kommen?

Ich logierte diesmal bei Carola Rönneburg in Kreuzberg. Mit Kerstin konnte ich nur auswärts auf ein schnelles Bier zusammenkommen, doch sie machte mir Hoffnung auf einen Besuch in Frankfurt am ersten Februarwochenende. Das war immerhin ein Anhaltspunkt.

In der Graefestraßen-WG lag ein Brief meines Anwalts auf der Fensterbank.

Anbei die Kopie des Vollstreckungsprotokolls, aus dem hervorgeht, daß die Vollstreckung erfolglos geblieben ist.

Für die Kopie hatte er 86,35 DM ausgelegt, die er nun gern von mir wiederhaben wollte, und in dem Protokoll stand, daß der vollstreckende Gerichtsvollzieher in den Räumen der *Kowalski-*

Redaktion nur eine ehemalige Angestellte und »Mobiliar einfachster Art« sowie »vorwiegend Müll« angetroffen habe.

Welch jammervolle Ernte. Und wir hatten es einmal so schön miteinander gehabt, die Zeitschrift *Kowalski* und ich!

Jochen riß mich aus meinen Träumen: »Und wie isses in Bankfurt? Geiler als in Berlin?«

Das *Tip*-Autorentreffen fand in dem neueröffneten Restaurant Austria am Marheinekeplatz statt. »Unser alter Sammelpunkt ist leider der Schweinepizzeria-Mafia in die Hände gefallen«, sagte Carola zur Begrüßung. »Aber hier gibt's Tafelspitz und Wiener Apfelstrudel, und die Weinkarte ist auch nicht zu verachten. Und ich soll euch alle von Wiglaf grüßen, der heute abend in Leipzig liest ...«

Eine gute und eine schlechte Nachricht machten die Runde: Das Hamburger Landgericht hatte Gertrud Höhlers Klage gegen Eckhard Henscheid und *konkret* abgewiesen, und Katharina Rutschky war bei einem öffentlichen Auftritt als »Täterschützerin« beschimpft und körperlich angegriffen worden. Dabei, so war zu hören, sei auch Buttersäure eingesetzt worden.

Buttersäure: ein besonders triftiges Argument im Meinungsstreit. Fast so überzeugend wie die Handgranaten aus der Rüstkammer der linken Wehrsportgruppe »Klasse gegen Klasse«.

Große Freude machte mir am Mittwochvormittag ein Foto im *Tagesspiegel*. Es zeigte den Boxpromoter Ebby Thust und einen als Winfried S. vorgestellten Vasallen im Schulterschluß. Während Thust mit seiner Ludenfrisur, seiner Sonnenbrille, seinem schlotternden Gesichtsspeck, seinem fleischerhundartigen Siegergrinsen und seiner erhobenen Faust jenem Wesen glich, das von Ror Wolf einmal als »rachenknarrender Schweinsaffe« beschrieben worden war, gemahnte mich das Exterieur von Winfried S. eher an einen zum Leben erwachten Bettvorleger aus einem plüschigen Puff. Da hatten sich zwei gefunden!

Ich schnitt das Foto aus und steckte es ein, um es später zu bedichten.

Zu Beginn unserer dreitägigen Lesereise erklärte Michael Rudolf mir das wüste Aussehen seiner Stirn: Er habe einige seiner Dauerpickel absichtlich bis zum Äußersten gezüchtet und diese Plantage gestern mit dem Taschenmesser abgeerntet, um heute umso besser dazustehen.

Doch daraus wurde nichts. Im Jugendklub in Bad Doberan hockten, als wir zur Lesung ansetzten, zehn oder zwölf rechtsradikale Glatzen mit dem Rücken zur Bühne auf den Bierbänken und skandierten: »Off-hörn! Off-hörn!« Um ihre Forderung zu unterstreichen, rammten sie rhythmisch ihre Humpen auf den Tisch.

Vielleicht wären wir gegen diese Gibbons mit einer Lautsprecheranlage angekommen, aber es gab keine. Wir mußten die Lesung abbrechen.

Wie den Herren wohl mein Konfirmationsfilm gefallen hätte?

Der Veranstalter entschuldigte sich vielmals bei uns, doch er konnte ja auch nichts dafür. Er nahm uns in ein netteres Lokal mit, beherbergte uns gut und teilte uns beim Frühstück mit, was er inzwischen über die gestrigen, nach unserem Abzug erfolgten Vorgänge im Jugendklub gehört habe: Die Nazis hätten dort eine Saalschlacht mit Motorradrockern ausgetragen. Aber das mache nichts: »Was da kaputtgehen kann, das ist schon längst kaputtgegangen …«

Im Rostocker Mau-Club wies man uns ein Gästezimmer mit vielen toten Fliegen und kalter Zugluft zu.

Michael unternahm den Versuch, eines der Fenster fester zu schließen, aber er scheiterte: Es fiel aus dem Rahmen, und es ließ sich auch nicht wieder einsetzen.

Waschen und rasieren konnten wir uns nicht, weil es kein fließendes Wasser gab, und niemand wußte irgendwas von dem Diaprojektor, den man uns für die Lesung zugesagt hatte.

Auch am Abend darauf war in Dresden im Café Büchel kein Diaprojektor vorhanden, obwohl man uns einen versprochen hatte.

»Da kannste nix machen«, sagte Michael. »Die sitzen auf ihren Ohren …«

Dafür war aber das Publikum sehr zutraulich, und wir erhielten ein menschenwürdiges Quartier mit Kerzen, Wein, einem CD-Player und einigen CDs von Tom Waits.

Running through the graveyard
we laughed my friends and I ...

Von der Stadt hatten wir vor der Lesung nicht viel gesehen, und mein touristisches Interesse hielt sich auch in Grenzen. Die Frauenkirchenruine, die Semperoper und der Zwinger lockten mich ebensowenig wie die Brühlschen Terrassen und das Residenzschloß. Leibhaftig brauchte ich das alles nicht zu sehen.

Zwischen Dresden und Frankfurt saß ich mir fast ein paar Schwielen, aber als ich am Ziel war, lebte ich wieder auf. Ich shampoonierte mich in der Badewanne, schrieb einen Brief an Eugen und verfaßte die Hymne auf die Milieugrößen Ebby Thust und Winfried S.:

Tuttifrutti! Schickimicki!
Form und Inhalt! Fickificki!
Doppelkinn und Backentaschen
Blähen sich vor Lebenslust.
Zwei zum Knutschen und Vernaschen.
Siegelringe, Siegerblicke,
Hälse wie zwei Galgenstricke:
Winfried S. und Ebby Thust.

In der zweiten Strophe äußerte ich mich anerkennend über die formschönen Frisuren der beiden Herren, und die dritte ließ ich mit einem Seufzer ausklingen:

Ach, in diesem Glücksgepränge
Sieht man niemals keine Not nicht.
Denn man sieht nur die im Rotlicht;
Die im Dunkeln sind schon tot.

Sie sahen aber auch wirklich verboten aus, diese zwei »Dumpfmeister«, wie Jörg Schröder sie genannt hätte. All die Mittel, die sie für ihr Äußeres aufgewandt hatten – Höhensonne, Perlweiß, Ondulation, Brillantine –, verstärkten nur den Eindruck der Vulgarität.

Von Eckhard waren sechs neue Texte für die »Kulturgeschichte der Mißverständnisse« in der Post – ein Ausstoß, dem ich noch nicht viel entgegenzusetzen hatte, aber diese Arbeits- und Gewissenslast würde ich noch abtragen …

In der Redaktionskonferenz ging es vor allem um den Tod von Telly Savalas und den Skandal, den Claudia Schiffer mit einer Bluse aus der Werkstatt des Modeschöpfers Karl Lagerfeld hervorgerufen hatte. Sie war in arabischen Schriftzeichen mit irgendeinem Zitat des Propheten Mohammed bestickt gewesen, und die islamische Welt wußte in ihrer Wut über diesen Mißgriff weder aus noch ein.

»Die sollten sich doch freuen, wenn die Worte ihres Oberbolzen auch mal auf 'nem wohlgefüllten und strammen Bustier zu lesen sind!« rief Achim. »Doch stattdessen kommen sie daher und drohen uns mit der Rache Allahs! Als ob sie keine anderen Probleme hätten in ihren abgewirtschafteten Wüstenstaaten!«

Am Dienstag fuhren Eckhard und ich mit der Bahn von Frankfurt nach Kassel. Er hatte abends einen Lesungstermin in der Universität, und vorher wollten wir mit Ulrich Holbein über unsere Kulturgeschichte konferieren. Unser Treffpunkt war ein Café in der Kasseler Innenstadt.

Herr Holbein erschien mit einem langen Tschuwaschenbart am Kinn und einem blaustichig bemalten Köfferchen. Falls es so war, daß er für einen Exilrussen gehalten werden wollte, hatte er nichts unversucht gelassen, um dieser Annahme Nahrung zu geben.

Die Kellnerin servierte Eckhard einen Kaffee und Herrn Holbein und mir jeweils 0,3 Liter Bier, und dann zückte Eckhard aus der linken Brusttasche seines Oberhemds eine Annonce aus der *Zeit*, in der eine »Diplom-Trauerberaterin« ihre Dienste für die »Begleitung Trauernder im Ber. Krankheit – Tod – Trennung« offerierte, wofür sie ein »kreatives Trauerverarbeitungsmodell« entwickelt habe. »So weit«, sagte Eckhard, »haben's die Mitscherlichs in später Konsequenz gebracht …«

Herr Holbein kündigte uns an, daß er sich durch die Lektüre der Hauptwerke des Geschichtsphilosophen Arnold J. Toynbee

»in eine kulturhistorische Breitwandstimmung versetzen« werde, und auf dem Weg zur Universität erstand Eckhard in einem Musikaliengeschäft als Geschenk für mich eine CD mit einem »Querschnitt« von Richard Wagners Oper »Die Meistersinger von Nürnberg«.

Dirigent: Hans Knappertsbusch.

»Hör's dir mal an«, sagte Eckhard. »Schaden kann's nix!«

Am Abend trug er neben den klassischen Stücken seinen einen Monat zuvor in der *FAZ* veröffentlichten Aufsatz über die »Planstellen in der deutschen Literatur« vor, in dem er auch auf die Paraderolle des »zornigen jungen Mannes« eingegangen war: »Vordem bestückt mit jetzt schon reichlich überaltert wirkenden Kräften wie Achternbusch und G. Zwerenz oder auch Arno Schmidt, hat im Prinzip seit zehn Jahren, seit seiner Klagenfurter Messerritzerei, Rainald Goetz das hohe Amt inne und hält es trotzig fest – wird aber doch zunehmend und schleichend hart bedrängt von zum Teil befreundeten Widersachern wie Maxim Biller oder Peter Kurzeck oder Matthias Altenburg oder auch Wiglaf (sehr guter Outcast-Name!) Droste und noch ganz anderen, zum Teil nach kurzgrellem Aufflackern schon wieder erloschenen Namensraketen …«

Die im Hörsaal versammelten Fans lachten, wie ich fand, an den passenden Stellen, aber auf der Rückfahrt nach Frankfurt sagte Eckhard, daß ihm das Publikum nicht durchweg angenehm gewesen sei. Manchmal sei das Lachen in blödes Wiehern übergegangen, und so etwas wünsche er sich nicht.

Weil die Platzprobleme in meinem Zimmer sich nicht anders lösen ließen, mußte ein Hochbett her, unter das ich meinen Schreibtisch stellen konnte. Daher hieß es: abermals einen Transporter mieten und zu Ikea fahren.

Heribert half mir beim Zusammenschrauben. Auch ihm lag die Handwerkerei nicht im Blut, aber nach rund zwei Stunden stand das Hochbett da wie eine Eins.

»Paßt, wackelt und hat Luft«, sagte er, und ich baute dann noch ohne seine Hilfe das nächste Bücherregal am Fußende des Hochbetts auf.

Für die »Meistersinger von Nürnberg« bildete ich nicht das richtige Publikum. Ich hörte mir das Gekreische zwanzig Minuten lang an und gewährte mir dann eine unbefristete Auszeit. Richard Wagner war ich einfach nicht gewachsen.

»Total Quality Management«, »knackiger Spaß im Glas« und »Sofortverrohrung« nahm ich in die Liste ekliger Wörter auf, und in der *FAZ* las ich, daß der SPD-Bundestagsabgeordnete Konrad Elmer, ein Pfarrer aus Bad Berka in Thüringen, bereits 345 andere Mitglieder des Bundestags für die Idee gewonnen habe, den neuen Artikel 2a ins Grundgesetz aufzunehmen:

Jeder ist zu Mitmenschlichkeit und Gemeinsinn aufgerufen.

Ich bewertete das als öffentliche Onanie eines verrückt gewordenen Pfaffen, aber Christian rief: »Sei doch froh! Wenn dieser Grundgesetzartikel in Kraft tritt, kannst du künftig jeden Menschen verklagen, der sich weigert, dir bei deinen Umzügen zu helfen!«

Walter Kempowskis Assistentin Simone Neteler teilte mir telefonisch mit, daß er am 23. April um 15 Uhr besuchbar sei, und es kamen viele neue Lesungstermine zustande. Ulm, Düsseldorf, Leipzig, Eislingen, Hannover, Münster, Geislingen ...

Mit Urlaubsreisen hätte man mich jagen können, aber zu Lesereisen war ich jederzeit bereit.

In Rußland und über dessen Grenzen hinaus machte der rechtsradikale Irrwisch Wladimir Schirinowski viel von sich reden. Weil er sich seiner Puffbesuche rühmte, schilderte ich fürs nächste Heft meine Erlebnisse als Schirinowskis »Sex-Sklave« und brach den Bericht auf der zweiten Seite ab:

Schiri hält eine fünfschwänzige Stachelbeerpeitsche in der geballten Faust, und sein riesiger, rotglänzender, pulsierender, nasser, von Pusteln verkrusteter, vorne schon ein wenig glitschiger und cremiger, geölter Schnie-

(Forts. auf S. 69)

Das Heft hatte natürlich nur 68 Seiten.

Tom Hintner wählte ein schwarzweißes Schwulenpornofoto dafür aus, auf dem man zwei Hinterköpfe, zwei Füße, einen Rücken, einen schwabbeligen Bauch, sechs Beine und sechs Arme sah, und ich dachte mir die Bildunterschrift aus:

Schirinowski intim: Versinkt Rußland im Chaos?

»Dir ist hoffentlich klar, daß du mit solchen Artikeln deine Chance atomisierst, jemals ins PEN-Zentrum Deutschland aufgenommen zu werden«, sagte Heribert im Horizont, als das Bier serviert wurde.

»Bist du denn selbst da drin?« fragte ich ihn.

»Du, ich gehör zu den Gründungsmitgliedern! Und ich sag's dir: Wir brauchen bei uns im PEN-Zentrum keine Nörgelfritzen, sondern Radikaldemokraten! Mit Ecken und Kanten! Das hab ich auch mal zu meinem Freund Dag Hammarskjöld gesagt, weißt schon, dem ehemaligen UN-Generalsekretär. ›Dag‹, hab ich gesagt, ›paß auf‹, hab ich gesagt, ›du kennst doch den Rabindranath Tagore und den Mahatma Gandhi! Die sind beide meiner Meinung ...‹«

Über solche »Petitessen«, warf Achim ein, habe er, »mit Verlaub, bereits in Jalta mit George Washington und Abraham Lincoln verhandelt und sogar bereits in Theben mit dem Wesir Amenhotep aus der achtzehnten altägyptischen Dynastie«, aber für uns stünden jetzt die Fragen im Vordergrund, wie die Doppelschlacht bei Jena und Auerstedt ausgehe und ob es uns gelingen werde, die preußisch-sächsischen Truppen gegen die Regimenter der Franzosen zum Sieg zu führen. »Denn andernfalls, meine Herren, werden sich bei unserem Gegenstoß die operativen Grundgedanken des Generalfeldmarschalls Alfred Graf von Schlieffen schwerlich in die Tat umsetzen lassen!«

Die Beratungen dauerten noch stundenlang an.

Der ersten größeren Belastungsprobe war mein neues Hochbett ausgesetzt, als am Sonnabend Kerstin zu Besuch kam, und es schwankte, aber es brach nicht zusammen.

So könne sie nicht auf die Straße gehen, sagte sie am Sonntagmittag. »Meine Wangen sind zu rosig! Da weiß man doch sofort, warum!«

Im Kreuzberger Club SO36 sollte ein Dokumentarfilm des Regisseurs Winfried Bonengel über den Rechtsextremisten Ewald Althans (»Beruf: Neonazi«) vorgeführt und von Wiglaf und dem Aktionisten Christoph Schlingensief kommentiert werden, aber diese Veranstaltung war wegen Anschlagsdrohungen abgesagt worden. Wiglaf hatte mir die Kopie eines Flugblatts gefaxt, das von einer Gruppierung namens »autonome Kommunisten für Sozialismus statt Barbarei« stammte:

Reden wir nicht über Droste, Schlingensief und ähnliche Zeitgeistsurfer, für die Faschismus, Patriarchat, Rassismus nur Stoff für ihre geldbringenden Zynismen sind … Schlingensief und Droste, denen noch die Barbareien des imperialistischen Alltags zur Ware werden und die nicht nur in Kreuzberg, sondern auf dem Jugendsender ›Fritz‹, im ›Freitag‹ und im ›ND‹ ihr Forum haben, sind ein Symptom vom Wandel autonomen Bewußtseins oder Erahnens der Existenz rassistischer, patriarchaler und kapitalistischer Gewalt zum kleinbürgerlichen Voyeurismus, der alles konsumiert und kommentiert, aber nichts mehr verändert.

Brechen wir mit diesen Strukturen!!

Wozu Wiglaf angemerkt hatte:

Wie »bricht« man mit Strukturen? Kotze de luxe?

Und konnte Wiglaf wirklich ein Symptom vom Wandel des Erahnens zum Voyeurismus sein? Die Verfasser dieses Flugblatts schienen noch mehr Mühe mit der deutschen Sprache zu haben als mit den Strukturen, mit denen sie brechen wollten.

Das unverdübelte Bücherregal am Fußende meines Hochbetts gab nachts verdächtige Knirschgeräusche von sich, und schon fünf Sekunden später befand ich mich unten, stemmte mich mit dem Rükken gegen das zur Seite geneigte Regal und schrie nach Heribert.

Er eilte herbei und löste mich beim Stemmen ab, so daß ich die Bücher ausräumen und ein größeres Unglück verhindern konnte.

»Hattest du das Regal denn nicht angedübelt?« fragte er.

»Nein. Ich hab's nur an die Wand gelehnt …«

»Bravissimo! Endlich mal jemand, der nach der Devise ›Lebe wild und gefährlich‹ verfährt!«

Mich erreichte ein Brief aus der *FAZ*-Redaktion:

Sehr geehrter Herr Schlosser,

ich möchte gern eine Verbindung mit Ihnen aufnehmen. Es geht um aktuelle Rezensionen. Können Sie mich einmal anrufen? Ich erreiche Sie diese Tage telefonisch nicht.

Beste Grüße

Ihres

Gustav Seibt

Sollte ich jetzt für die *Frankfurter Allgemeine* schreiben? Das Sprachrohr der Deutschen Bank? Ziemte sich das für einen *Titanic*-Redakteur?

»Dir würde das jedenfalls ähnlich sehen, du Lakai des Imperialismus«, erklärte Christian, aber Achim war wie elektrisiert: Die Redaktion der *FAZ*, sagte er, sei in seiner Vorstellung »eine verschworene Gemeinschaft, sowas wie ein Orden von Klosterbrüdern oder höheren Offizieren«, und wenn ich mich mit Gustav Seibt treffen sollte, würde er, wenn er dürfe, gern mitkommen.

Nach der Montagskonferenz kam das Gespräch im Hexenkessel auf Wilhelm Busch, und ich sagte, wie schade es doch sei, daß er kein Liebesleben gehabt habe.

»O doch!« sagte Robert Gernhardt. »Busch war ein großer Liebender! Und Liebe bedeutet ja etwas mehr als nur …« Er bildete mit der rechten Hand eine Faust und schlug sie zweimal gegen seinen linken Daumenballen.

»Bei weitem mehr als das, Herr Schlosser!« rief Bernd Eilert fröhlich.

Nun ja. Ich glaubte trotzdem nicht, daß Busch seines Junggesellenlebens froh geworden war.

Damit es nicht noch einmal umfiel, dübelte ich das neue Regal so fest an die Wand, daß es selbst bei einer größeren Verschiebung der eurasischen Erdkrustenplatte stehen geblieben wäre, und dann bat ich Heribert, an dem Regal zu ruckeln. Doch da ruckelte nichts mehr.

»Heißt das, daß meine Tage als Task Force bei Regalzusammenbrüchen in deinem Zimmer gezählt sind?« fragte er.

»Yes, m'Lord.«

»Und ich muß hier nie wieder einspringen?«

»No, m'Lord.«

Er hob das Kinn und sagte: »Gut. Dann will ich das mal glauben. Aber wehe, du lügst! Ich bin ein zahlendes Mitglied im Verband der Vermieterschützer, und wenn ich noch einmal so einen Zirkus erleben sollte, muß ich dir fristlos kündigen! Haben wir uns verstanden?«

»Yes, m'Lord.«

»Geht das auch deutlicher?«

»Jawoll, mein Führer!«

»Schon besser. Weggetreten!«

In der Kneipe, wo wir uns trafen, sagte Gustav Seibt, daß das Feuilleton der *FAZ* eine Tribüne sei, die allen schreibfähigen Geistern offenstehe. Meine Polemik gegen die Taschenbuchreihe »Querköpfe« habe ihm gefallen, und er würde mich gern als Rezensenten gewinnen.

Er war Mitte dreißig, schlank, durchgeistigt, freundlich und eloquent, aber ich wußte nicht so recht, ob ich als Libero die richtige Besetzung für diese Zeitung sein konnte.

Achim, der mitgekommen war, erkundigte sich, ob es auch die Möglichkeit einer zeichnerischen Betätigung im Feuilleton der *FAZ* gebe.

Diese Frage, versprach Herr Seibt, werde er mit seinen Kollegen erörtern, und auf seinen Wunsch führten wir ihn in der Brönnerstraße anschließend durch die Redaktionsräume der *Titanic*.

»Nun habe ich also auch einmal diese heiligen Hallen gesehen«, sagte er.

Wie Christian uns allen vorlas, hatte Dieter Bohlen in einem Interview mit dem *Stern* verraten, daß seine Freundin »knallfurzstolz« auf ihn sei.

»Was ist die auf ihn?« rief Tom Hintner aus der Ecke, in der er layoutete.

»Knallfurzstolz!« rief Christian zurück.

»Knallfurz was?«

»Knallfurzstolz!« schrie Christian. »Was denn sonst? Wenn man Dieter Bohlens Freundin ist, dann kann man doch nur knallfurzstolz auf diesen Mann sein!«

Unerträglich war im Kino die Werbung für den Quatschfilm »Mrs. Doubtfire« mit dem Schmierenkomödianten Robin Williams – nur Eddie Murphy konnte es noch schlechter –, aber dann wurde alles gut, denn es lief »Manhattan Murder Mystery«. In einer Szene floh Woody Allen aus einem Opernhaus und sagte: »Ich kann mir so viel Wagner nicht anhören! Ich spüre dann den Drang, in Polen einzumarschieren!«

In einem Buch mit dem Titel »Projekt Weltethos« warf der katholische Theologe Hans Küng die Frage auf:

Sind Imperialismus, Rassismus oder männlicher Chauvinismus, sind Hexenhaß, Judenhaß und Türkenhaß zu bejahen, wo sie religiös fundiert auftreten?

Darauf gab er die mutige Antwort:

Ich meine: nein, in allen Punkten nein!

Nicht einmal über den männlichen Chauvinismus ließ Küng mit sich reden. Er lehnte das alles radikal ab. Was für ein Mann!

»Das ist der Luther unserer Tage«, sagte Heribert. »Ich hab grad gestern noch mit dem Hexenhaß sympathisiert, aber seit ich dem Küng sein Buch gelesen hab, fühl ich mich praktisch wie ausgewechselt. Kannst du mir einen Termin bei dem beschaffen? Zum Füßeküssen?«

Lustige Leserpost:

Tach Leute!

Tschuldigung, daß ich mich zeitraubenderweise bei euch melde, aber ich dachte, bevor mein satirisches Talent in der Provinz verschimmelt, biete ich euch meine tatkräftige Unterstützung an, diese völlig abgefahrne, bekloppte Welt in Wort und Bild zu verspotten.

Wenn einer schon so anfing, brauchte man gar nicht erst weiterzulesen.

Nächster Brief:

Liebe MatrosenInnen!

Beiligend findet Ihr einen wirklich bahnbrechenden, real existierenden Roman inklusive meiner unreal existierenden vorwörtlichen Rezension …

Wenn ich Achim glauben durfte, ging es noch viel schlimmer: Letztes Jahr sei ein Einsender unverlangter Manuskripte persönlich erschienen. »Den haben wir hier dreimal hinauskomplimentiert, und nach dem dritten Mal ist er aufs Dach geklettert und hat versucht, eine der Luken von außen aufzuschrauben …«

Im Waldstadion sahen wir, wie die Eintracht ein 1:1 gegen Nürnberg erkämpfte, doch wegen der Minustemperatur kam keine rechte Freude auf. Als wir das Stadion verließen, klagte Heribert über »Erfrierungen zweiten Grades«, und obwohl er sonst immer wie eine Mutter für mich war, erlaubte er mir nicht, meine durchgefrorenen Hände in seinen Achselhöhlen auftauen zu lassen.

Am Sonntagabend verdatterte ich das Publikum im Frankfurter Lokal Nachtleben nach meiner Lesung mit zwei Chansons von Petra Pascal, bei denen mich Thomas Gsella (guitar), Tom Hintner (bass) und Oliver Nagel (drums) begleiteten.

Denn wahre Liebe kennt keine Grenzen,
wenn auch Millionen sich nicht verstehn …

Wir setzten auch noch »Musse feife inne Wind« drauf, und das genügte, um uns alle unmöglich zu machen.

Rainer Balcerowiak schickte mir eine Kassette mit dem Fred-Kalkutta-Lied. Er hatte einen fulminanten Schlußteil hinzugefügt, mit Revolverschüssen und Glockenklängen und einem mehrstimmigen »Sechsämter-Blues«, und zu der Liste ekliger Sätze steuerte er »Du tust mir weh« und »Mach das, nie, nie wieder!« bei.

Ich hatte auch wieder welche gesammelt: »Okay, okay, okay, sie schafft es!«, »Er hat einen meiner Männer getötet«, »Das ist eine Sache zwischen ihm und mir«, »Er war für mich wie ein Enkelkind, das ich nie hatte«, »Es ist mein Ernst, Sally« und »Augenblick mal! Der Junge hat recht!«.

Oma war, wie ich von Dagmar hörte, gestürzt und lag eingegipst im jeverschen Sophienstift. »Das fuchst sie natürlich gewaltig. Ihren Appetit hat sie nicht verloren, aber wir überlegen nun doch, ob wir sie nicht in ein Altersheim verpflanzen sollten …«

Auf der Zeil zischte mir ein Schwarzer ins Ohr: »Ksss, ksss! Haschiesch? Haschiesch?«

Das kannte ich schon aus Amsterdam: Man zahlte bar und handelte sich Henna ein statt Dope. Als gebranntes Kind fiel ich auf diesen Trick nicht mehr rein.

Eugen hatte einen Chansontext verfaßt und mir zugesandt:

Tausend Meilen vor Gertrud
Steht der Mond über dem Meer
Tausend Meilen vor Gertrud
Treibt ein Boot unter dem Mond
Das Meer ist voller Klaviere
Das Boot ist voller Papiere
Und die Wellen sind wie Draht.

Wenn da keine Musik drin war, worin denn dann?

Für die Lesungstermine, die neu dazukamen, legte ich eine Datei an, damit ich den Überblick nicht verlor, und dann mußten wir uns in der Redaktion eines verrückten Fettsacks erwehren, der brüllte, daß er a) auf der Reise zu Jörg Schröder sei, b) nur noch vierzig Pfennig besitze und c) im zweiten Semester Physik studiere, was er mit einem zerknitterten Studentenausweis zu beglaubigen versuchte.

Christian, der ein großes Herz für Irre hatte, lud den Mann auf ein Bier ein und erzählte uns hinterher, daß dieser Mensch in Belgien eine »Bücherstadt« zu bauen plane. »Aber jetzt will er erstmal zu Jörg Schröder trampen …«

Wundersamerweise rief Jörg Schröder zwei Minuten später an, um mir vorzulesen, was er gerade für das »Wörterbuch des Gutmenschen« geschrieben hatte, und ich warnte ihn vor dem durchgedrehten Physikstudenten, aber Jörg lachte nur und sagte: »Wir sind hier schon mit ganz anderen Flachpfeifen fertig geworden!«

Nachdem der Karlsruher SC die Eintracht mit einem 1:0-Sieg auf den vierten Platz verwiesen hatte, zog Heribert sich in seinen Schmollwinkel zurück, und ich stieg mit einer Neuerwerbung in die Badewanne: Paul Williams, »Bob Dylan. Performing Artist. 1960–1973. The Early Years«.

Williams gehörte nicht zu den Erbsenzählern, die in Dylans Texten nach versteckten Symbolen suchten. Er hatte unzählige von Dylans Konzerten besucht und sich Hunderte von Bootlegs beschafft, und er schrieb über das, was er fühlte, wenn Dylan sang. Und immer dann, wenn Williams von der Schönheit einer besonderen Performance schwärmte – »strange beauty, awful beauty, not a beauty every listener is ready to hear yet« –, litt ich Tantalusqualen, weil ich keine Aufnahme davon besaß.

Dylan, schrieb Williams, sei »a passionate vocalizer of felt truth, tongue connected directly to heart«, und das traf es.

Anheimelnd war es in Neu-Ulm im Café Fortschritt. Ich hatte Michael Rudolfs und meine Abenteuer in der Plattenbauwohnung der Kurellas in Hoyerswerda inzwischen literarisch verarbeitet, und die Neu-Ulmer und Neu-Ulmerinnen empfanden die gleiche Freude wie ich an den Bildunterschriften »Leben einmal anders« und »Das Heiligtum einer Frau«.

Ich bedauerte nur, daß ich zu gut erzogen worden war, um den Kurellas damals ihr Fotoalbum zu stehlen.

Mit Hilfe einer Band namens Village People hatte die deutsche Nationalmannschaft anläßlich der WM in den USA ein Lied eingesungen:

It's a land so wild and free,
calling out for you and me.
When you want some action,
that's the way it's gotta be.
And you'll find out if you stay,
you'll be making friends in America today.
Okay!

Wenn er mit einem Gewissen ausgestattet gewesen wäre, hätte der DFB-Präsident Egidius Braun zur Sühne für dieses Fanal der Geist-, Geschmack- und Einfallslosigkeit Harakiri begehen müssen.

Achim und Heribert präsentierten mir ihre Titelzeichnung für das Fußball-Lexikon: ein hechtender Torwart, ein Yeboah ähnelnder Kicker beim Fallrückzieher und ein köpfender Spieler im Dreß der fünfziger Jahre bildeten eine kreisförmige Gruppe, über der ein schwarzweißer Lederball schwebte.

Das war ganz in meinem Sinne. Ich schickte Michael Sowa das Blatt zum Buntmalen zu und gewann Wiglaf und Heribert dann für den Plan, gemeinsam mit mir im Juni unter der Schirmherrschaft von Achim Frenz in Kassel öffentlich und live eines der drei deutschen WM-Vorrundenspiele zu kommentieren.

Für die Erledigung der aufgestauten Einkommensteuerscheiße lieh ich mir Birgit Staniewskis Tischrechner aus.

Einkünfte 1992: 30.339,20 DM
Auslagen für Bürobedarf: 739,36 DM
Reisekosten: 889,80 DM
Bewirtungsspesen: 837,40 DM
Bücher und Medien: 933,57 DM

Und ab dafür. Mit allem weiteren sollte sich meine Steuerberaterin befassen.

Weil er am Vortag in die falsche Wurst gebissen hatte, war Michael Rudolf etwas grün im Gesicht, als ich ihn am Donnerstagabend im Düsseldorfer Hauptbahnhof antraf. Ich hätte gern noch eine Kleinigkeit gegessen, aber Michael meinte, daß wir besser erstmal nachsehen sollten, wie man unsere Lesung in der Buchhandlung BiBaBuZe vorbereitet habe, und daran taten wir gut, denn es fehlten sowohl der bestellte Diaprojektor als auch die bestellte Leinwand.

Nachdem beides doch noch herbeigezaubert worden war, flog eine Sicherung raus. Dann fiel die Leinwand um, und dann mußten zwei Drittel der Stühle umgeräumt werden, damit eine Gasse entstand, in der wir den Projektor aufstellen konnten, und als endlich alles stimmte, war es fünf vor acht, so daß wir mit knurrendem Magen lesen mußten.

Sonst war aber alles schön, bis auf einen Zwischenfall, der in Gestalt eines Betrunkenen in die Buchhandlung eintrat und börpste. Man wies dem Mann die Tür, und danach fuhren wir mit unserem Vortrag fort.

In einem italienischen Lokal bekamen wir schließlich doch noch etwas zu essen.

Während Michael seinen Reizmagen mit einer Gemüsesuppe beruhigte und ich mich über eine Pizza mit Meeresfrüchten hermachte, setzte sich eine junge Kreuzritterin namens Fenja mit einem Rotweinpokal zu uns an den Tisch, die unsere Lesung besucht hatte und mir sagen wollte, daß ihr mein Lob des Badens gefallen habe. »Das Heil liegt in der Badewanne!« sagte sie. Dort lese, speise und sinniere sie, und neuerdings telefoniere sie sogar beim Baden, was bei Kerzenlicht besonders romantisch sei.

Sie hatte einen guten Schluck am Leib und rückte immer dichter an mich heran.

»Is' schon okay«, behauptete Michael, als ich mit Fenja aufbrach, um ihre Badewanne zu besichtigen. »Laßt mich hier einfach liegen. Ohne mich könnt ihr's vielleicht noch schaffen!«

Eine Schlafzimmerjalousie, die elektrisch hochfuhr, und ein Frühstückstablett voller Dinge, die gut dufteten …

Rührei mit Muskatnuß sei das einzig Wahre, sagte Fenja, doch sie müsse mir gestehen, daß ihr Herz auf die Dauer kein Ankerplatz sei. »Mein Verlobter kommt morgen aus Zagreb zurück, und der duldet keine Nebenbuhler. Was darf ich dir noch bringen? Aspirin? Espresso? Oder ein Pfeffertomätchen?«

Im Intercity war die Heizung kaputt, und im Speisewagen gab es keine warmen Gerichte und nicht einmal Kaffee, aber in Berlin fuhren Carola und Wiglaf abends einen Entenbraten mit allem Zubehör und reichlich Spätburgunder auf, im Kachelofen glühten die Kohlen, und ich hatte die Welt wieder lieb.

»Und sind dir die Barbareien des imperialistischen Alltags inzwischen vielleicht aus Versehen doch noch zur Ware geworden?« fragte ich Wiglaf.

»Nein!« rief er. »Mit diesen Strukturen hab ich gebrochen!«

Wir nahmen das zum Anlaß, ein evangelisches Spiritual umzudichten:

Komm, sag es allen weiter,
ruf es in jedes Ha-Ha-Haus hinein.
Komm, sag es allen weiter,
Gott selber lädt uns ein.
Wir haben sein Versprechen,
er nimmt sich für uns Zeit,
wird mit Strukturen brechen,
kommt, alles ist bereit …

»Das läßt meine alte Kriegsverletzung wieder aufbrechen«, sagte Carola, um uns auszubremsen, und dann berichtete sie, wie Marcel Reich-Ranicki am Abend zuvor im *Literarischen Quartett* über Kempowskis »Echolot« abgeledert habe: Dieses Werk sei »ein Wirrwarr und ein Chaos«, und es besitze nicht den geringsten literarischen Wert.

Hoffentlich hatte Kempowski sich diese Sendung nicht angesehen. Jahre und Jahre der Arbeit und als Dank ein vernichtendes Urteil aus Reich-Ranickis literaturkritischer Kurzwarenfabrik!

Unterkommen konnte ich in Claudia Denkers Gästezimmer. Ihr Mann und ihr Kind schliefen schon, und wir leerten in der Küche noch ein paar Flaschen Bier, wobei sie mir erzählte, daß sie kürzlich mit Friedrich Schorlemmer telefoniert habe, aber ungewollt, denn der habe in der Buchhandlung angerufen, in der sie arbeite …

»Das kann doch jedem mal passieren«, sagte ich.

»Ja. Aber hast du schon mal mit Schorlemmer telefoniert?«

»Nein.«

»Na, denn sei froh!«

Drei Tage lang wollten Klaus Bittermann und ich in seinem Büro in der Grimmstraße gemeinsam die Beiträge für das »Wörterbuch des Gutmenschen« lektorieren. Manche Autoren hatten noch immer nichts geliefert, und von manchen anderen lagen Texte vor, die uns am Verstand der Verfasser zweifeln ließen.

Bei Strömen von Kaffee arbeiteten wir uns durch den Papierberg.

Bei einem Umtrunk am Sonntagabend erfuhr ich von Max, daß der Kosmetikkoffer der Schlägersängerin Marianne Rosenberg im Düsseldorfer Flughafen gesprengt worden sei. »Die hat den da irgendwo stehengelassen, dann ist der Koffer geröntgt und aus Sicherheitsgründen gesprengt worden! Ist das nicht wunderbar? Da ist ein professioneller Sprengmeister gekommen und hat das Ding in die Luft gejagt!«

Am Montagnachmittag spuckte Klaus' Faxgerät einen ungefähr zwei Meter langen, mit vielen unleserlichen Korrekturen versehenen Artikel des Schriftstellers Joseph von Westphalen aus.

Die Entscheidung, wer diesen Wörterbuchbeitrag bearbeiten und abtippen müsse, überließen wir einem von Klaus hochgeworfenen Markstück.

Ich: Zahl. Klaus: Adler.

Adler. Pech für Klaus.

Von einer Neuköllner Kaschemme zogen Kerstin und ich nach zwei Runden Bier in ihr Apartment um und machten uns ohne lange Präliminarien ans Werk.

Um einen Sicherheitsabstand zwischen meine Arme und Kerstins Zähne zu bringen, nahm ich nach ungefähr zehn Minuten einen für beide Parteien akzeptablen Stellungswechsel vor.

There are many ways a man can serve his time ...

Am frühen Morgen klingelte jemand Sturm.

Kerstins Freund? Mußte ich mich im Kleiderschrank verstekken?

Mir ging die Muffe, doch es waren nur zwei Dachdecker.

In Frankfurt traf ich leicht vergrippt wieder ein und fand in der Wohnung einen schwermütigen Heribert vor, der wie ein Hund darunter litt, daß die Eintracht am Sonnabend daheim 1:3 gegen Schalke verloren hatte und auf den sechsten Tabellenplatz abgerutscht war.

Ich riet Heribert, in den Main oder in die Fremdenlegion zu gehen, aber er lehnte beides ab und rief: »Das sagst du nur, weil du dich um die Miete für den März rumdrücken willst, du Mistkrüppel, du miserabliger! Ich kenn euch Brüder doch!«

In die Redaktion war mir gefaxt worden, was die Ulmer *Südwest Presse* über meine Lesung im Café Fortschritt geschrieben hatte:

»Titanic« – das zog. Panik im »Fortschritt«, drangvolle Enge. Dreimal soviel Publikum wie bei der letzten Folge von »Literatur im Stadthaus«. Eine der über 60 Besucher/innen saß dem Autor zeitweilig beinahe sozusagen auf dem Schoß.

»Soso!« rief Christian. »Und wer hat dir da zeitweilig beinahe sozusagen auf dem Schoß gesessen? Die Oberbürgermeisterin?«

»Wahrscheinlich eher die Neu-Ulmer Weinkönigin«, sagte Hans Zippert. »Des Jahres 1909, versteht sich.«

Thomas Gsella mischte sich vermittelnd ein: »Ich find's gut, daß es Schwäbinnen gibt, die sich Leuten wie uns auf den Schoß setzen. Mir hat sich auch mal 'ne Schwäbin auf den Schoß gesetzt, oder jedenfalls fast, und das hätte mein Leben verändert, wenn ich nicht vorher in ’ne andere Klasse versetzt worden wäre …«

Achim zeichnete eine »Frauenbaustelle«, auf der eine der zwar behelmten, aber barbusigen Bauarbeiterinnen sagte: »Verdammt trockene Luft hier, Chefin. Wie wär’s mit einem Kasten Eierlikör?«

Ich schlug ihm vor, diesen Witz der *Emma*-Redaktion anzubieten.

»Ich weiß ned«, sagte Achim. »Nachher schickt Alice Schwarzer mir hier noch ’n Enteierungskommando auf ’n Hals …«

In meiner Zahnarztpraxis fertigte eine zahnmedizinische Assistentin ein äußerst unvorteilhaftes Röntgenbild von meinem Gebiß an, und nachdem mein Zahnarzt es sich angesehen hatte, machte er ein Gesicht wie Mussolini bei seinem Entschluß zur Trockenlegung der Pontinischen Sümpfe und sagte, daß er mir wahrscheinlich einen meiner Weisheitszähne ziehen müsse. Nicht sofort, aber »in naher Zukunft«.

Ich freute mich schon auf das Nachlassen der Schmerzen.

Den Berechnungen meiner Steuerberaterin zufolge stand mir für 1992 eine Nachzahlung in Höhe von rund 2300 DM ins Haus.

Wohin mit all dem Geld? Ich schickte Eugen einen Verrechnungsscheck über eintausend Mark, verbunden mit der Bitte, mir dafür ein Bild seiner Wahl zu verkaufen.

Christian hatte die Idee gehabt, Prominenten einen Fragebogen zu schicken, auf dem sie ankreuzen konnten, auf welche Weise sie von *Titanic* beleidigt werden wollten und wie sie darauf zu reagieren gedächten. Damit sollte Klagen wie der von Björn Engholm vorgebeugt werden.

Und jetzt rannte Christian freudig in der Redaktion herum und las uns vor, was Friedrich Schorlemmer ihm geschrieben hatte. »Hört mal zu! Dieser Luther für sehr, sehr Arme hat mich eiskalt abfahren lassen und mir geantwortet: ›Für solcherart Zynismus fehlt mir das, was das Leben sonst ertragen läßt: Humor!‹«

Beim Lachen haute Achim mit der Faust so heftig auf seinen Zeichentisch, daß ein offenes Tuschefaß umfiel.

Die mit Abstand dümmste Erwiderung stammte jedoch von dem Komponisten Karlheinz Stockhausen:

Ich bitte Sie hiermit, Ihre Absicht, mich öffentlich zu »beleidigen«, nicht zu realisieren. Ich weiß nicht, warum Sie so etwas tun, aber ich habe es schwer genug, meine Werke als Komponist zu verwirklichen.

Entsetzt über Ihre Art

Stockhausen

Keinen Spaß verstehen und trotzdem große Kunst hervorbringen? Dem Verfasser des Wessobrunner Gebets war das im neunten Jahrhundert nach Christus noch gelungen, aber im späten zwanzigsten Jahrhundert ging das nicht mehr. So leid es uns allen auch für Karlheinz Stockhausen tat. Er hatte nicht kapiert, daß die Umfrage scherzhaft gemeint war, und nach dieser Probe seiner Geistesgaben überließen wir ihn sich selbst.

Die Macher der SAT.1-Fußballsendung *ranissimo* wünschten sich Kommentare zur Formschwäche von Eintracht Frankfurt und schickten ein Kamerateam zu uns in die Redaktion. Als erster nahm Heribert Stellung: Er sagte, daß das Ganze ein Riesenschwindel sei – die vielen Tore, die die Eintracht schieße, würden im Fernsehen einfach unterschlagen, das könne er als Stadionbesucher bezeugen! Dabei redete er sich so gekonnt in Wut, daß man ihm seine Lügen fast hätte glauben können.

Anschließend kniete ich als Geistheiler vor meinem Uwe-Bein-Autogramm nieder und versuchte die Eintracht gesundzubeten, und ich fuhr mit dem Team sogar noch zum Zoo, um der Eintracht dort den Flamingo als neues Wappentier zu empfehlen, weil Flamingos der lebende Gegenbeweis der Theorie seien, »daß man auf einem Uwe Bein nicht stehen kann«.

Auch solcher Schabernack mußte mal sein.

Nachdem ich »Deutschländerwürstchen«, »Ich-Identität«, »Funktionsunterwäsche«, »Superlachparade«, »Maggifix für Schlemmerfisch« und »Sahne-Noisette« in der neuen Liste ekliger Wörter untergebracht hatte, ging ich wieder zur Arbeit am Fußball-Lexikon über. Stichwort »Spitznamen-Elf«:

Katze – Bulle, Kaiser, Katsche, Auge – Buffy, Geier, Eia – Holz, Boß, Tante Käthe. Reserve: Ente, Bumbes, Fummel, Stan.

An dem Buch gab es auch sonst noch viel zu tun.

Am Sonntag stellte Andrea sich wieder zum Putzen ein. Es war uns schon zu einer lieben Gewohnheit geworden, miteinander zu schlafen, wenn alles fertig war, und so hielten wir es auch diesmal.

In the mist of some sweet afternoon …

Wenn mich jemand gefragt hätte, was mir lieber wäre, die Rückkehr in eine Zweierbeziehung und ein Job bei der Spedition Rhenus in Oldenburg oder das Dasein als Single und *Titanic*-Redakteur, dann hätte ich nicht lange überlegen müssen.

Nebst Heribert und mir äußerte sich in *ranissimo* auch ein Psychologe zur Krise der Eintracht, und das schien zu wirken: Freiburg – Frankfurt 1:3. Na also!

Im Royal sahen Achim, Heribert und ich uns am Montagabend »Schindlers Liste« an. Die Sauflieder der deutschen Truppen (»Im Grunewald, im Grunewald ist Holzauktion«) und ihr donnernder Marschtritt im nächtlichen Krakau: Davon erfuhr man nichts, wenn man die Zeitzeugenberichte las; das teilte sich einem erst mit, wenn man der Tonspur dieses Spielfilms ausgeliefert war.

Über den SS-Hauptsturmführer Amon Göth, den Leiter des Arbeitslagers Plaszow, hatte ich schon im *Spiegel* Furchtbares gelesen:

Er liebte es, nach dem Frühstück mit dem Jagdgewehr auf den Balkon seiner Villa zu treten und ein paar Gefangene, die ihm zufällig vors Visier kamen, zu erschießen.

Hier konnte man Göth, gespielt von Ralph Fiennes, bei seinen Taten zusehen. Und vor alledem hatten die deutschen Filmproduzenten und -regisseure seit 1945 gekniffen.

Danach suchten wir in der Schäfergasse das Lokal Butzenstübchen auf, und die Wirtin sagte zu Heribert und mir: »Euch kenn ich doch!« Denn sie hatte am Sonntag *ranissimo* gesehen, und weil sie ein Eintracht-Fan war, erhielten wir eine Runde Freibier.

Klaus Bittermann rief an: »Das Blöken der Lämmer« gehe jetzt raus, und »Das Wörterbuch des Gutmenschen« werde gerade gedruckt.

Und während in Berlin die Rotationsmaschinen liefen, goß ich mir Kaffee nach und las einen Bericht der Münchner *tz* über die *ranissimo*-Sendung und ihre Folgen, der per Fax eingetroffen war: Der Bayern-Manager Uli Hoeneß habe bei SAT.1 angerufen, um dem Sportchef Reinhold Beckmann beziehungsweise dessen Sekretärin »ordentlich die Meinung zu geigen«. Überschrift:

Uli geht auf SAT.1 los

Und:

Hoeneß: »Die Verhöhnung der Frankfurter war unterste Schublade«

Wieso Verhöhnung?

»Es ist ein Unding, mittels Interviews mit irgendeinem Fan und einem sogenannten Psychologen kübelweise Dreck über einen Verein auszuleeren. Der Höhepunkt waren dann noch die Statements von Redakteuren der Satirezeitschrift Titanic«, lederte Hoeneß los und fügte grantelnd hinzu: »Wenn die sowas machen wollen, dann soll der Beckmann Manns genug sein und sowas selber vom Stapel lassen.«

Seltsam. Wir hatten der Eintracht doch alles Gute gewünscht!

Der Hoeneß sei halt leicht reizbar, sagte Tom Hintner. »Kommt, schickt dem Mann 'ne Ergebenheitsadresse, und die Sache ist aus der Welt!«

In Gerd Müllers neu aufgelegter Autobiographie aus dem Jahr 1967 (»Tore entscheiden«) fand ich den unbezahlbaren Satz:

Marmorkuchen, den ich sehr gern esse, bäckt meine Frau, sooft ich Appetit darauf habe.

Ich rief Günther Willen an, um ihm das vorzulesen, und er

sagte, daß er auch einen sehr schönen Satz von Uwe Seeler kenne. Der habe einmal auf die Interviewfrage, ob er auf dem Mond leben wolle, die Antwort gegeben: »Das nicht, nein.«

Als ich »Das Blöken der Lämmer« endlich in der Hand hielt, freute ich mich am meisten über F. W. Bernsteins singenden Wal auf dem Cover. Er besaß nur einen Zahn und schielte leicht, und am Horizont ging ein roter Sonnenball unter.

Eugen hatte mir ein Gemälde geschickt, auf dem eine Köchin zu sehen war, die es mit einem riesigen, aus einem Kochtopf quellenden Pfannkuchen zu tun hatte und zugleich von einer fliegenden Katze mit einem Schneebesen die Zähne geputzt bekam. Dabei lag ein freundlicher Brief:

Mir wird schier anders vor Freude und Diesseitigkeit! Welchen Segen hast Du gebreitet über meine gebeutelte Existenz! Nie wurde das häßliche Firmenschild der Nassauischen Sparkasse lieber und mit dankbareren Gefühlen betrachtet als heute von mir! Sogar meine in unumkehrbarer Auflösung (Entropie!) begriffenen Hausschuhe halten im Verrotten ein, schauen und horchen ungläubig in die Runde. Sogar ich selbst halte ein im (mentalen) Verrotten! Im Bunde mit mir selber!

Gut so.

»Welches Tier soll ich dir reinmalen?« fragte Robert Gernhardt, als ich mir von ihm seinen Gedichtband »Körper in Cafés« signieren lassen wollte.

»Äh … einen Igel.«

Erst später fiel mir ein, daß ich mir ja auch etwas Größeres hätte wünschen können. Eine Anakonda oder einen Ichthyosaurus.

Das Nachwort für »Die gnadenlose Jagd« mußte ich noch schreiben und viele, viele Artikel für das Fußball-Lexikon, und daher war ich im Waldstadion nicht dabei, als Frankfurt Bayer Leverkusen 2:0 besiegte und auf den zweiten Platz in der Tabelle zurückkehrte. Mit zwei Punkten Rückstand zum FC Bayern. Die Wirkung der Geistheilung hielt an.

Nach Michael Rudolfs und meiner nächsten Lesung in der Leipziger Moritzbastei eröffnete sich mir die Gelegenheit zu einer Anthropologie-Lesung mit einer leichtlebigen Bibliothekarin, die mir in ihrer Wohnküche bei schwarzem Afghan und Schierker Feuerstein zu verstehen gab, daß sie es schätze, etwas gröber angefaßt zu werden.

Diese Bitte schlug ich ihr nicht ab. Man ist ja kein Unmensch, dachte ich. Noblesse oblige!

Von Günther war am Dienstag eine Diskette mit Beiträgen zu unserem Lexikon in der Post. Einer hieß »Samtkrallen, Leoparden mit« und lautete:

Leoparden mit Samtkrallen sind die Spieler aus Zaire.

In die Freude über solche Sätze mischte sich jedoch die Trauer über das Ausscheiden der Eintracht aus dem Uefa-Pokal: Nach dem Viertelfinalrückspiel gegen Casino Austria Salzburg hatten Maurizio Gaudino und Manfred Binz beim Elfmeterschießen gepatzt, und das war's.

Ein Brief von Eckhard Henscheid:

Hab im Zug »Lämmer« zu lesen begonnen und ziehe schon nach 3 Kapiteln meinen Hut. »Eine gewaltige Produktivität«, mit Ekkermann zu staunen, im Dreckaufsammeln und -lesbarmachen tut sich kund; doch, vorerst ganz prima; nur ein paar Winzigkeiten sind zu monieren …

Wenn mir das einer geweissagt hätte, als ich noch Schweinedarmtonnen verladen hatte!

In Washington schwelte die »Whitewater-Affäre«, in der es um Bill und Hillary Clintons Immobiliengeschäfte ging, aber ich brachte es nicht fertig, die Zeitungsberichte darüber zu lesen. Mit diesem Problem mußten die Amerikaner ohne mich klarkommen.

Ich schickte Günther meine eigene Lexikondiskette zu und stellte beim Ausdrucken meiner Kontoauszüge erfreut fest, daß *konkret* mir 1500 Mark an offenen Honoraren überwiesen hatte, aber bereits eine halbe Stunde später holte mich der Ernst des Lebens wieder ein, als mein Zahnarzt sagte, daß die Extraktion meines bösen Weisheitszahns sich nicht mehr länger aufschieben lasse als bis zum nächsten Termin.

Auf dem Nachhauseweg gab mir ein Graupelschauer das Geleit.

In Eckhard Henscheids druckfrischem Gedichtband »An krummen Wegen« stand ein Gedicht, das »Alle Neune« hieß und in dem Onkel Rudi namentlich vorkam, weil er als einer von drei Bundesverfassungsrichtern letztinstanzlich René Böll recht gegeben hatte:

Im Rechtsstreit R. Böll vs. Henscheid (1991–93) als Richter am erstinstanzlichen Landgericht Berlin amtierten:
Mauck Meyer-Schäfer Marx
Bei der Berufungsverhandlung am Berliner Kammergericht hießen die zuständigen Richter:
Baumeister Middel Dr. Stahlke
Die drei Richter der Verfassungsbeschwerde beim Karlsruher Bundesverfassungsgericht hörten auf die Namen:
Schlosser Seidl Grimm
Ehre ihrem Eingedenken

Peinlich!

Am Freitagabend nahm mich in Eislingen an der Fils nach meiner Lesung im Jugendhaus Exil eine temperamentvolle Musikerin, die Monika hieß, in ihre Männersammlung auf und war auch noch so kulant, mich am Sonnabend zu der zehn Kilometer entfernten Ruine der hochmittelalterlichen Burg Hohenstaufen zu kutschieren, in der sich einst auch Kaiser Friedrich Barbarossa aufgehalten haben sollte. Anlaß genug, um eines von Robert Gernhardts und F. W. Bernsteins unvergänglichen Rotbart-Liedern aufzusagen: »Bei Kaiser Rotbarts Waldandacht, / da hat ein Graf nicht mitgemacht, / und zwar aus Altersgründen. / So blieb er stets im Forsthaus drin, / um dort auf einer Försterin / ein spätes Glück zu finden …«

»Des isch mol Dichdkunschd no moim G'schmagg«, sagte Monika. »Da kommd der Friedrich Schill'r ned mid!«

Windig war es. Wenn wir uns nicht aneinander festgehalten hätten, wären wir weggeweht worden.

Dresden – Frankfurt 0:4. Ein glorioser Auswärtssieg, und trotzdem hatten die Bayern noch immer die Nase vorn.

»Mich interessiert nur der VfB Oldenburg«, sagte Günther am Telefon. »Die Oberliga Nord, das ist mein Zuhause. Und auf unser kleines Lexikon, da bin ich schon jetzt gespannt wie so 'n Schlüpfergummi. Berlin, Berlin, wir fahren nach Berlin …«

Ab Mittwoch wollten wir in Berlin in Claudia Denkers urlaubsbedingt verwaister Wohnung kampieren und alle unsere Einträge überarbeiten.

Oma hatte inzwischen ein Zimmer in einem Altersheim in Hildesheim bezogen, wie ich von Dagmar erfuhr. »Luise und Immo haben sie gestern aus Jever abgeholt. Es ging wirklich nicht mehr anders. Und da hat sie's jetzt gut. Luise wohnt nur drei Kilometer weit weg und kann sie jeden Tag besuchen …«

Ich notierte die Adresse – Professor-König-Heim, Ortelsburgerstr. 21, 3200 Hildesheim – und schrieb Oma einen Brief.

In Wiesbaden, Berlin und Augsburg hatten militante Kurden gegen das Regime in der Türkei protestiert und dabei 85 Polizisten und zwei Feuerwehrmänner verletzt, und der Bundesinnenminister Manfred Kanther verlangte die »rasche Ausweisung« der Täter. »Er forderte«, wie es in der *Tagesschau* hieß, »Behörden und Gerichte auf, das Ausländerstrafrecht in voller Härte anzuwenden.«

In voller Härte: Damit meinte er, daß auch Kurden ausgewiesen werden sollten, denen in der Türkei die Folterung und der Tod drohten. Ein echtes Herzchen, dieser Mann.

Auf die Bahnreise nach Berlin nahm ich Robert Hughes' Buch »Nachrichten aus dem Jammertal« mit, in dem er die Auswüchse der »political correctness« in den USA beklagte. In korrekter Sprache galten Lahme dort als »differently abled«, Blinde als »othervisioned« und Zwergwüchsige als »vertically challenged«. Solche

Sprachregelungen, schrieb er, seien »ein Geschenk des Himmels für die Rechte«:

Hat je eine angeblich radikale Bewegung ihre Gegner mit einer so reichhaltigen Palette billiger Angriffsziele versorgt?

Manche politisch überkorrekten Aktivisten wollten selbst den zutiefst humanistischen Roman »Die Abenteuer des Huckleberry Finn« aus den US-amerikanischen Schulbibliotheken verbannen, weil die Äußerungen der Romanfiguren nicht dem modernen Standard entsprachen. Man konnte sich nur an den Kopf fassen.

Für den Zugabenteil bei der Bücherpräsentation am Mittwochabend übten Wiglaf und ich mit unserem Gitarristen Rainer Balcerowiak in dessen Wohnzimmer »Musse feife inne Wind« ein, und weil Wiglaf fand, daß wir auch noch Cat Stevens' gefühligen Oldie »Father and Son« draufsetzen sollten, probten wir auch den, wobei ich den Part des Vaters übernahm …

Find a girl, settle down,
If you want, you can marry
Look at me, I am old, but I'm happy …

… und Wiglaf den des quäkigen Söhnleins:

All the times that I've cried, keeping all the things I knew inside,
It's hard, but it's harder to ignore it …

Als das so halbwegs saß, begaben wir uns nach unten ins Graffiti, wo Michael Ringel uns zu einer Runde Bier und Becherovka einlud, für die wir uns revanchierten, und wie von Zauberhand lagen auf dem Tresen plötzlich drei oder vier Linien Koks, die wir nicht verkommen ließen. Und weil alles so schön war, erlaubten wir uns den kleinen Spaß, über Michael nach einem seiner Toilettengänge herzufallen und ihn zu Boden zu werfen.

Das geschehe »streng nach dem Kriegsvölkerrecht«, erklärte Wiglaf, während Michael sich lachend auf den 1928 in Paris zur Ächtung des Krieges beschlossenen Briand-Kellogg-Pakt berief, dem sich auch das Deutsche Reich angeschlossen habe.

Wir sahen das ein, ließen Michael wieder frei und orderten die nächste Runde.

»Mein Vater hat übrigens gestern sein Schifferpatent bestanden«, sagte Michael und straffte sich auf seinem Barhocker. »Fragt mich doch bitte mal, ob ich jetzt ins Schifferkinderheim muß.«

»Mußt du jetzt ins Schifferkinderheim?«

»Nein«, sagte er. »Wohl eher ins Kifferschinderheim …«

Um zwölf Uhr mittags sprang ich aus Rainers Gästebett, duschte, schlang zwei Croissants und einen Viertelliter Kaffee in mich hinein, fuhr mit einem Taxi zum SFB, um dort ein kurzes Interview zu der bevorstehenden Lesung zu geben, und von dort mit einem anderen Taxi zur Gneisenaustraße, wo ich gemeinsam mit Günther Willen, der aus Oldenburg angereist war, in Claudia Denkers Wohnung eincheckte. Den Schlüssel hatte eine Nachbarin für uns verwahrt.

»Hacke, Spitze, Trallala«, sagte Günther, als er die Tür aufschloß. »Hier dürfen wir uns jetzt langmachen. Ist dir das nicht auch wie ein inneres Kakaobrot mit Orangenmarmelade und Puderzukker?«

Im Grünen Salon der Volksbühne kümmerte Wiglaf sich um den Soundcheck, und an der Bar legte Eckhard mir dar, was er an meinem Buch über den linken Kitsch problematisch finde: »Nichtse« wie den Kabarettisten Mathias Richling solle man nicht dadurch aufwerten, daß man gegen sie polemisiere, »sondern, wie der Österreicher sagt: Man negiert sie nicht mal!« Und ein böswilliger Kritiker könne mir auch vorhalten, daß die von mir aufs Korn genommene Körnerfresserszene und der gleichnamige Lucy-Körner-Verlag und dessen Produkte mit der Linken wenig zu tun hätten. »Zieh die Lehr' draus, dich bei unserem Buch über die Mißverständnisse erstmal möglichst eng ans Thema zu halten. Ich hab eh genug Angst, daß der Drittautor Holbein einfach tut, was er will. Aber dann prügeln wir ihn, bis er macht, was wir wollen …«

Auch Herr Rutschky traf ein, wie stets in feinem Zwirn, und Klaus Bittermann bat uns, das Publikum auf den Büchertisch hinzuweisen.

Wiglaf Droste, Eckhard Henscheid und Michael Rutschky auf einem Podium: Das hatte es zuvor noch nie gegeben. Schon eine halbe Stunde vor Beginn der Veranstaltung platzte der Salon aus allen Nähten.

Ich sah Fritz Weigle, Marcus Weimer, Michael Ringel und Jörg Lau … Günther und Carola … Nele … und auch Kerstin …

Alles lief gut, bis ich merkte, daß ich mich viel zu warm angezogen hatte. Während ich las, tropfte mir der Schweiß von der Nasenspitze auf die Buchseiten, und die nachdrängenden Schweißbäche brachten meine Brille ins Rutschen.

Gerade noch rechtzeitig konnte ich an Wiglaf übergeben, und er las seinen schönen Text über die Querdenkerei, der mit den Worten endete:

Seine definitive Würdigung erfährt der Querdenker allerdings durch die charmante und hochverehrte Gisela Güzel, die in Kenntnis der durchschnittlichen männlichen Anatomie ganz bezaubernd formuliert: »Nimm ihn quer, hast du mehr.«

Herr Rutschky trug seinen Artikel über den schwammigen Begriff der »Trauerarbeit« vor, und Eckhard legte mit seiner Glosse über das Aufbrechen verkrusteter Strukturen nach, in der es hieß:

Seit 1989 werden in Ost wie West, ja in ganz Europa unentwegt verkrustete Strukturen so allseits und unnachgiebig aufgebrochen, daß es beinah' schon zum Speien ist.

Am Ende kam Rainer Balcerowiak mit seiner Gitarre auf die Bühne, und gemeinsam mit ihm lieferten Wiglaf und ich ohne Erbarmen das musikalische Bonusmaterial, von »Wie fille Strase musse Mann gähe weg« bis zu den schmerzensreichen letzten Zeilen von »Father and Son«, die Wiglaf sehr schön herunternölte:

Now there's a way and I know that I have to go – away
I know, I have to go …

»Du singst ja wie 'ne Schabrackenhyäne«, sagte Kerstin. »Nur nicht ganz so melodisch …«

»Und bist du noch länger in Berlin?« fragte Nele.

»Ja, bis Samstag. Der Kollege Günther Willen und ich legen hier gerade letzte Hand an unser Fußball-Lexikon.«

»Und wo macht ihr das?«

»In 'ner sturmfreien Bude in der Gneisenaustraße.«

»Kann man dich da besuchen?«

»Ja, wieso nicht?« Ich schrieb ihr die Adresse und die Telefonnummer auf.

»Na schön, Monsieur! Vielleicht komm ich mal vorbei. Ist nicht ganz so weit wie Frankfurt ...«

Dann machte ich Nele, Kerstin und Günther miteinander bekannt, ertrotzte mir an der stark umlagerten Bar ein großes Bier und wurde von Klaus an den Signiertisch gerufen.

Eckhard und Herr Rutschky setzten sich ab, bevor der harte Kern mit einer Taxi-Karawane zum Graffiti umzog, um dem lieben Herrgott dort noch bis tief in die Nacht die Zeit zu stehlen und alles durcheinanderzutrinken, was die Fässer und das Spirituosenregal hergaben. Aus Gründen, die mir unbekannt blieben, kam es dabei zu einem erinnerungssportlichen Wettstreit um die Aufzählung möglichst scheußlicher Sexfilmtitel aus den siebziger Jahren: »Graf Porno bläst zum Zapfenstreich«, »Brummi – sein Kolben läuft auch ohne Diesel«, »Matratzen-Tango«, »Dr. Fummel und seine Gespielinnen«, »Die Stoßburg – Wenn nachts die Keuschheitsgürtel klappern« ...

Michael Ringel bat um die Erlaubnis, auch einen Softpornotitel aus den Achtzigern nennen zu dürfen: »Dirndljagd am Kilimandscharo«. »Mit Dolly Dollar und Karl Dall! Ein Gipfelpunkt der abendländischen Kulturgeschichte!«

Als wir gegen drei Uhr morgens aus der Kneipentür traten, schoß aus der Naumannstraße ein BMW auf die Kolonnenstraße zu und bog mit Bremsengequietsche, Motorgedröhn und qualmenden Reifen rechts ab.

»Wir kriegen dich!« schrie Wiglaf ihm hinterher. »BMW, das heißt: Bestraf mich, Wiglaf!«

»BMW heißt bei mir immer noch ›Bald mein Wagen‹«, sagte Günther, als wir zur Gneisenaustraße wankten, angenehm beschwipst und dankbar für die Gnade, daß wir keine Obdachlosen waren. Sich jetzt irgendwie unter einer Brücke mit Zeitungsblättern zudecken zu müssen, zwischen unrasierten Fuselbrüdern …

»Und sich das Lager dann womöglich noch mit Kötern teilen, die an Haarausfall und Analdrüsenentzündungen leiden«, sagte Günther. »Nee, das könnt ich nicht. Da müßte ich nach spätestens zwei Tagen abmustern. Für mich geht nichts über ein gut gemachtes Bett! Aber sag mal, diese Nele, die ist nicht ohne, oder? Hab mich so 'n bißchen mit der ausgetauscht. Hat 'ne gute freche Klappe, diese Frau! Woher kennst du die?«

»Über Carola Rönneburg.«

»Wußt ich's doch. In Berlin stellt Carola die Weichen!«

»Ich hab auch meine Freundschaft mit Eugen Egner Carolas Vermittlung zu verdanken.«

»Na, besser geht's ja wohl nicht mehr. Carola ist die beste Redakteurin aller Zeiten und Länder, wenn du mich fragst …«

Bis zum frühen Donnerstagabend hatten wir uns im Fußball-Lexikon bis zum Eintrag »Matthäus, Lothar« vorgearbeitet:

Der erste Fußballer, der antwortet, bevor er gefragt wird.

Dann setzte Günther Würstchenwasser auf, und ich rief in meiner alten WG an, um mich zu erkundigen, wann ich die zehntausend Mark zurückbekäme, die ich meinen alten Mitbewohnern Jochen und Philipp ein Jahr zuvor geliehen hatte, aber Jochen konnte mir da keine Hoffnungen machen: »Sorry, aber das ist jetzt echt nicht drin … Wir stehen ziemlich unter Druck, auch von seiten der Sparkasse, und die Auftragslage is' grad eher suboptimal …«

Nordkorea machte sich wieder mausig: Es drohte damit, die südkoreanische Hauptstadt Seoul in ein »Flammenmeer« zu verwandeln. Und in Pjöngjang wachte noch immer der »Große Führer« Kim Il-sung über die Volksmoral, die sich darin zeigte, daß alle vor ihm im Staub krochen. Seit 47 Jahren schon! Dieser Schubiack hatte bereits geherrscht, als Mama und Papa zur Schule gegangen waren. Wie lange wollten die Nordkoreaner sich den Quatsch noch gefallen lassen?

Von acht bis eins nahm ich im Kreuzberger Restaurant Hasenburg am *Tip*-Autorentreffen teil und ackerte danach noch bis fünf Uhr morgens mit Günther am Lexikon. Wir schafften es bis zum Eintrag »Reiseruf«:

Klaus Fricke, zur Zeit in einem grün-weißen Polo auf dem Weg in Richtung Deutsche Meisterschaft nach München unterwegs, wird gebeten, umgehend bei seiner Redaktion anzurufen. Die rauschende Siegesfeier findet nun doch im Weser-Stadion statt.

»Der Rest geht dann morgen beim Duschen ab«, sagte Günther und holte die letzten zwei Flaschen Bier aus dem Kühlschrank. »Mit an Sicherheit grätschender Wahrscheinlichkeit. Und ist dir eigentlich schon mal aufgefallen, daß die '74er WM-Maskottchen Tip und Tap so aussehen wie du und ich? Der dunkelhaarige Tip und sein Freund Tap, der lange Blonde mit den schwarzen Stulpen?«

»Jetzt, wo du's sagst ...«

»Dann könnten wir Tip und Tap doch hinten auf unser Buch drucken lassen. Wäre das nicht primig?«

Nach einem Einkaufsgang und einem herzhaften Frühstück mit Melonenscheiben, Café au lait und Parmaschinkenbrötchen stürzten wir uns am Freitagnachmittag noch einmal in die Arbeit und erreichten nach den Einträgen »Zungen, böse«, »Zuschauer, keine«, »Zwangspause«, »Zweck, guter«, »Zweifelsfall, »Zweikampf« und »Zweite Herren« am späten Abend endlich die letzte Seite.

Am schönsten fand ich unsere defensive Welt-Elf:

Maier, Jaschin, Banks, Tomaszewski, Hellström, Turek, Schumacher, Vogts, Vogts, Vogts – Vogts.

Es schiffte, doch wir gingen trotzdem auf die Piste und kriegten noch den Schlußteil einer Kneipenlesung von Wiglaf mit, der gerade einen »Antrag an meine lieben Mitmenschen« vortrug: »Würden Sie bitte alle, ja, unbedingt und ausnahmslos alle, vierundzwanzig Stunden am Tag, rund um die Uhr, ohne Pause und lebenslang, ein Schild mit dieser Aufschrift um Ihren Hals tragen: ›Das Elend hat viele Gesichter – wie gefällt Ihnen meins?‹ Das stünde Ihnen allen nämlich sehr gut zu Gesicht …«

Auch Kerstin war da, und sie erzählte mir frohmütig, daß sie ein Stipendium erhalten habe und ab April mehr als vier Monate in Tokio verbringen werde.

Schön für sie, aber nicht für mich. Ohne Kerstin leben? Bis August? Als Freund aus der zweiten Reihe hatte ich natürlich keine Ansprüche zu stellen, aber traurig war es doch. Kerstin in Japan … Lydia in Indien … Was steckte dahinter? Das Gesetz der Serie? Und hatte Nele nicht zu Besuch kommen wollen?

»Hat Spaß gemacht«, sagte Günther, als wir am Samstag unsere Bahntickets kauften: er seins nach Oldenburg und ich meins nach Frankfurt. »Bis denniwennski!«

Heribert saß tuschend in der Küche, lauschte den Beats aus seinem Weltempfänger, trank Blutentgiftungstee und verfolgte mit einem Auge seine Lieblingsserie *Fantasy Island*, in der ein knurriger und etwas begriffsstutziger Zwerg mitspielte, der es ihm angetan hatte: Hervé Villechaize.

»Und hab ich hier in Frankfurt irgendwas verpaßt?«

»Oja! Die Bundesbank hat den Leitzins gesenkt.«

»Ach du großer Gott! Und was machen wir jetzt?«

»Uns nach Monaco absetzen. So wie besprochen.«

»Kann ich vorher noch kurz duschen?«

»Ja, aber mach hin! Gleich kommt Achim mit dem Fluchtwagen …«

Im Kräftemessen mit Stuttgart hatte Frankfurt im Waldstadion nur ein 0:0 herausgeholt. Gutnacht, Marie.

Unser Zuhause blinkte und blitzte, nachdem Andrea am Sonntag den Staubsauger und den Feudel geschwungen hatte, und es war nur gerecht, daß ich sie danach auf ein Glas Sekt in mein Zimmer einlud, so wie üblich, aber dieses Mal kam es anders als sonst: Sie habe beschlossen, eine Zeitlang zölibatär zu leben, sagte Andrea, und sie verdiene jetzt auch genug mit ihren Yogakursen, um nicht mehr putzen zu müssen.

Da schlug es schon wieder zu, das Gesetz der Serie. Liefen mir jetzt alle Frauen von der Fahne?

In der Redaktion prüfte ich am Montag die neuesten Leservorschläge für die Liste ekliger Wörter. »Brathaube Kitchenjoy«, »Relax-Sessel«, »Gebrauchsästhetik« und »aufoktroyieren« gefielen mir am schlechtesten und wurden deshalb aufgenommen.

Wer aber hätte meine Gefühle beschreiben können, als ich abends einen Brief von Nele öffnete und las, was sie mir am späten Freitagabend geschrieben hatte?

Verdammt! Keiner macht auf, das Telefon erreicht den Dichter auch nicht – es wäre so schön gewesen, Dein Autorenantlitz mit mehr Zeit und ohne Kneipengemenge genießen zu können, gerade heute abend war so viel Lust, Dich zu sehen – wobei Du »Lust« interpretieren kannst, wie Du willst, es hätte, glaube ich, heute abend alles richtig sein können. Verdammt, Schlosser, Konjunktiv. Verdammt.

Die diese Berliner Regennacht leider nur mit sich selbst genießende

Frau Jaskula.

PS: Frankfurt.

Nun gut, Schlosser. Man wird sehen. Sicher. Wann immer.

Ich schrieb ihr sofort zurück, daß sie mir auch in Frankfurt jederzeit willkommen sei.

In einer Talkshow, in der es um »Schindlers Liste« gegangen war, hatte Ernst Nolte bemängelt, daß die »ideologische Auseinandersetzung« zwischen dem Bolschewismus und dem Nationalsozialismus in diesem Spielfilm »kaum spürbar« sei. Sie war aber auch gar nicht sein Gegenstand. In der *FAZ* warf Gustav Seibt deshalb die Frage auf:

War für die Opfer, die in die Gaskammern geprügelt wurden, war für die Gefolterten der Lager die »ideologische Auseinandersetzung« denn noch »spürbar«? Primo Levi, Überlebender von Auschwitz, hat dargestellt, wie die Lagersituation selbst die biographische Erinnerung, ja die Seele der Gefangenen auslöschte und sie auf ein nur noch physisches Vegetieren reduzierte. In einer solchen Situation dürfte von der »ideologischen Auseinandersetzung« der Epoche rein gar nichts mehr »spürbar« geblieben sein. Und von ihr sah auch Oskar Schindler ab, als er 1200 Juden das Leben rettete. Er sah die konkreten Menschen, die ohne ihn einen namenlosen Tod gestorben wären. Das verstehen die heute erschütterten Zuschauer von Spielbergs Film auf Anhieb. Was können sie als Zuschauer der Fernsehdiskussion vom Sonntagabend von Nolte verstehen? Doch nur, daß das unvorstellbare Schlachten, von dem der Schindler-Film einen faßbaren Ausschnitt zum Fürchten und Mitleiden zeigt, irgendwo doch einen Sinn hatte, der in einem übergreifenden historischen Zusammenhang zu suchen ist.

Damit rückte die *FAZ* endlich von Nolte ab, dem sie im Historikerstreit die Treue gehalten hatte.

Aus dem Raum Cloppenburg, wo die Schweinepest grassierte, waren nach staatsanwaltschaftlichen Erkenntnissen mehr als dreißigtausend Schweine illegal in andere Bundesländer und auch in einen Schlachthof in Vilshofen geliefert worden. In der *Tagesschau* nahm die pralle bayrische Gesundheitsministerin Barbara Stamm dazu Stellung, wobei sie eine grüne Joppe trug und darüber einen tortenspitzenartigen weißen Blusenkragenaufsatz.

Der Anblick dieser Frau, sagte Heribert, löse in ihm jedesmal, wenn er sie sehe, einen Fluchtreflex aus.

»Vielleicht, weil du sie unbewußt begehrst und dir das nur nicht eingestehen willst …«

Er wiegte bedächtig den Kopf, rieb sich das Kinn und sagte:

»Stimmt. Hast recht. Da hat mein Über-Ich anscheinend mein Es verschaukelt. Ich fahr gleich morgen früh nach München und halt' im Gesundheitsministerium um Barbara Stamms Hand an. Darf ich dich als Trauzeugen benennen?«

In der Redaktion herrschte Christian mich an: »Schon gelesen, was der Kritiker Thomas Steinfeld schreibt?« Er patschte auf das Feuilleton der *FAZ*. »Dein Buch über den linken Kitsch, schreibt dieser Lohnsklave der Deutschen Bank, sei ›eine kleine, brillant geschriebene Enzyklopädie des Schwachsinns‹. Da hastes! Das Zentralorgan der deutschen Bourgeoisie jubelt dir zu. Das wird in deiner Kaderakte vermerkt!«

Den Karfreitag verbrachte ich damit, das Fußball-Lexikon auszudrucken. Brwwwt, brwwwt, brwwwt, brwwwt …

Es hakte und stockte oft, weil der Drucker die schlechte Angewohnheit hatte, mehrere Blätter auf einmal einzufressen und sich an ihnen zu verschlucken. Dann mußte ich sie aus ihm herauspulen und ihn dazu bringen, den unterbrochenen Druckvorgang an der richtigen Stelle wieder aufzunehmen, aber das war leichter gesagt als getan. Nach jedem Störfall druckte der Drucker erst einmal nur Hieroglyphen aus und ließ sich auch durch Maulschellen und Handkantenschläge nicht zur Vernunft bringen.

Nur das Ausschalten half. Hatte er fünf bis zehn Minuten geruht, war der Drucker wieder willig, aber nur bis zu seinem nächsten Hustenanfall.

»Du hast gestern nacht ja ganz schön rumgeschrien in deinem Zimmer«, sagte Heribert. »Wenn du willst, kann ich dir 'n Psychiater empfehlen …«

»Nicht nötig. Der einzige, der hier spinnt, ist mein Drucker.«

»Dann gib ihm ordentlich Saures!«

»Hab ich schon. Ich probier's jetzt mit Liebesentzug …«

Am Ostersamstagvormittag schickte ich das ausgedruckte Lexikon mitsamt einer Diskette nach Greiz ab und zog mich danach mit dem neuen *Spiegel* in die Wanne zurück. Die Titelgeschichte war dem sogenannten Bäderkönig Eduard Zwick gewidmet, einem Großgauner, von dem es hieß, daß ihm seine Amigos in der CSU beim Steuerhinterziehen geholfen hätten.

Mehr noch als die Fakten aus dem vetternwirtschaftlichen Dunstkreis des christlich-sozialen Gangstertums faszinierte mich ein Foto der beiden hauptbeteiligten Dunkelmänner: Franz-Josef Strauß in einem kurzärmeligen Freizeithemd auf der Terrasse von Zwicks Villa in einem südfranzösischen Ort namens Le Rayol-Canadel-sur-Mer, im Begriff, eine halbmeterhohe Champagnerbombe zu öffnen, während der Gastgeber daneben hingegossen von neuen Steueroasen zu träumen schien. Diesen starkbeleibten Herren durfte man glauben, daß sie versucht hatten, dem Leben sämtliche Promille, Kalorien und Zinseszinsen abzupressen.

Leipzig – Frankfurt 1:0. Kein Kommentar.

Bei Sandkuchen und Orangenlimonade stimmten Heribert und ich uns am Ostersonntag auf die dritte Folge des herrlichen alten ZDF-Weihnachtsvierteilers *Tom Sawyers und Huckleberry Finns Abenteuer* ein, der auf RTL II wiederholt wurde. Schon die ersten Takte der Erkennungsmelodie riefen in mir das gleiche Fernweh wach wie 1968 bei der Erstausstrahlung, aber vertrackterweise war aus dem Fernweh in der Zwischenzeit das Heimweh nach der Horchheimer Höhe geworden, wo ich die Serie damals gesehen hatte, und da es kein Zurück mehr gab, war diese Serie jetzt der Ort, der Speicher und das Ziel meiner Sehnsucht.

Schwere Kämpfe in Bosnien-Herzegowina. Was dort vor sich ging und wer gegen wen und warum zu den Waffen griff, schien allen Leitartiklern klar zu sein und nur mir nicht. Serbische Artillerie … muslimisch-kroatische Verbände … Blauhelme … UN-Konvois … belagerte Enklaven …

In allen Kasernen und Büros der US-amerikanischen Streitkräfte war jetzt das Rauchen verboten, und Achim schwante Böses.

»Wenn das so weitergeht«, sagte er, »dann entziehen diese Zeloten uns demnächst sogar noch die Erlaubnis, in der Kneipe zu rauchen. Und wer sich nicht fügt, der wird vom Malteser Hilfsdienst abgeholt und kriegt 'n Schild umgehängt, auf dem steht: ›Ich Schwein habe es gewagt, mir in aller Öffentlichkeit 'ne Zigarette anzustecken.‹ Wartet's nur ab! Die sind auf dem besten Wege!«

Aus der Leserpost pickte ich »Aufknuspertaste«, »kariesverursachende Säuren« und »Punica-Oase« für die Liste ekliger Wörter heraus, und dann war es wieder Zeit fürs Korrekturlesen. Jeder Text wurde dreimal geprüft. Für die Fälle, in denen trotzdem ein Fehler ins Heft rutschte, wollte Christian für die Schuldigen nach chinesischem Vorbild Schandhüte einführen, aber damit konnte er sich nicht durchsetzen.

Ein Brief von Oma aus Hildesheim:

Nun muß ich Dir also aus einem Altenheim schreiben! Es ist alles äußerlich in Ordnung, nur ich nicht! Ich bin so kraftlos, kann keine 2 Schritte selbständig gehen, was mich tief bekümmert! Für alles und jedes brauche ich Leute, die mir helfen, das ist nicht schön.

Meine Luise kommt jeden Tag, betreut mich und fährt mich manchmal spazieren, damit ich weiß, wie frische Luft schmeckt! Und ich bekomme auch sonst viel Besuch und Post.

War das glaubhaft? Mit »viel Besuch und Post« meinte sie wahrscheinlich anderthalb Karten und drei Stippvisiten pro Monat.

Ich schickte ihr ein paar aufmunternde Zeilen und legte »Das Blöken der Lämmer« bei.

Auch Wenzel Storch hatte mir geschrieben. Er habe einmal einen Film mit dem Titel »Der Liedermachermörder« drehen wollen:

Horst Frank sollte den Kommissar Frank Horst spielen, der nach dem rätselhaften Liedermachermörder fahndet und unter dem Drang leidet, sich bei jedem Leichenfund blitzschnell aus- und wieder anzuziehen. Alle ermordeten Liedermacher müßten sich natürlich selbst spielen (ich hatte damals vor, alle miteinander,

von Franz Josef Degenhardt bis Rainhard Fendrich, anzuschreiben, das wäre bestimmt ein schön bescheuerter Briefwechsel geworden), naja, und jedenfalls stellt sich beim Showdown auf der Burg Waldeck Wolf Biermann oder Bettina Wegner mit einer Dieter-Süverkrüp-Gummimaske als der wahre Täter heraus. Zum Schluß liegen alle in einem riesigen Massengrab, ganz unten drunter Reinhard Mey. Damit alles schön scheiße-poetisch endet, können dann die schwarzen Seelen zu »Über den Wolken« in den Songwriterhimmel flattern. Naja, neuer deutscher Film ebend.
Das hätte ein Klassiker werden können. Ewig schade drum!

Als Christian sich am Dienstagabend an einer Podiumsdiskussion über Comics beteiligte, saßen Achim, Heribert, Thomas Gsella, Chlodwig Poth und ich als Cheerleader im Publikum, doch meine Aufmerksamkeit wurde von einem fleischigen und stacheligen Übelmann mit einer bananengelben Krawatte gefesselt, der herumschlurfte, dazwischenschrie und sich erregt Notizen machte.

Die hätte ich ja gern gesehen. Ich ging zu ihm hin, und im Austausch gegen ein Weizenbier fertigte er eine Abschrift für mich an. Und was las ich da?

Des Leidens Frucht
ist erst bitter dann
fällt sie süß vom Baume …

Und manches mehr in dieser Art.

»Irre gibt's halt überall«, sagte Christian, und dann begleitete ich ihn bis zur Morgendämmerung auf seinen Wegen durch diverse Lasterhöhlen, aber das einzige, woran ich mich am Mittwochmittag noch genau erinnern konnte, war der Ausspruch eines Mannes vom Nebentisch auf einem Kneipenschiff, auf dem wir uns herumgetrieben hatten: »Als das Klingel telefonte, treppte ich die Rannte runter und türte gegen die Bums.«

Meinen Zahnarzttermin hatte ich da bereits verpaßt, was mir so peinlich war, daß ich mir lieber einen neuen Zahnarzt suchen wollte, als mir einen neuen Termin geben zu lassen.

»What is this shit?« fragte Danny Glover einmal als Detective Roger Murtaugh in »Lethal Weapon 2« seinen Partner Martin Riggs, und die gleiche Frage hätte ich dem Trainer Klaus Toppmöller stellen können, nachdem die Eintracht daheim 1:2 gegen Duisburg verloren hatte.

Heribert mochte die Hoffnung auf eine Kehrtwende noch immer nicht aufgeben. Mit seinen Blütenträumen stand er in unserer WG jedoch allein auf weiter Flur.

Aus der *Tagesschau* war zu erfahren, daß Bundeskanzler Kohl »sich entschieden dafür ausgesprochen« habe, militante Kurden in die Türkei abzuschieben, aber nur dann, »wenn ganz klar ist, daß auch unter den Menschenrechtsperspektiven das Notwendige gesichert ist«.

Und wie wollte Kohl sich dessen vergewissern, was in den türkischen Knästen passierte? Durch ein Ehrenwort des türkischen Justizministers? Wie hätte sich dann wohl das entsprechende Telefonat angehört?

»Können Sie mir hoch und heilig versprechen, daß für die abgeschobenen Kurden in ihren Gefängnissen auch unter den Menschenrechtsperspektiven das Notwendige gesichert ist?«

»Aber freilich doch, Herr Bundeskanzler! Schieben Sie die Kurden ruhig ab. Wir werden sie hier mit Samthandschuhen anfassen. Das Notwendige ist gesichert!«

»Und darauf kann ich mich verlassen?«

»Ja! Ich schwöre es. Beim Barte des Propheten!«

»Na, dann will ich mal nicht so sein …«

»Vergelt's Allah, Herr Bundeskanzler! Und wir würden uns freuen, wenn wir bald einmal wieder ein paar Panzer bei Ihnen bestellen dürften …«

Es folgten die Auslandsnachrichten. »In Kigali, der Hauptstadt von Ruanda«, sagte Wilhelm Wieben, »herrschen Chaos und Gewalt. Grund ist der Mordanschlag auf den Präsidenten und seinen Amtskollegen aus dem Nachbarstaat Burundi. Die beiden Politiker kamen in der vergangenen Nacht ums Leben, als die Präsidentenmaschine mit Raketen beschossen wurde.«

Und wer baute dort noch Hirse an und molk die Kühe, während die Krieger aufeinander losgingen?

Ein Dialog in der Redaktion.

Gsella: »Bist du eigentlich für oder gegen Giftmittelrückstände in Babynahrung?«

Schmidt: »Kommt auf das Baby an.«

»Oh No! Not Another Bob Dylan Book« hieß ein Buch über Bob Dylan, das ich bei Hugendubel entdeckte. Ich kaufte es sofort, um die Verfasser Patrick Humphries und John Bauldie für die Erfindung dieses schönen Titels zu belohnen, und es erwies sich als Sesam.

Dylan has become a part of popular mythology, has given us plenty of jokes and helped us cry a few tears …

Ich las mich in dem Buch fest und mußte mir eine Dreiviertelstunde später von Heribert sagen lassen, daß ich die Spinatpizza, die ich in den Backofen gesteckt hatte, nur noch als LP verwenden könne.

Michael Sowa habe ihm das kolorierte Titelbild für »Supersache!« zugeschickt, sagte Michael Rudolf mir am Telefon. »Und es ist zum Niederknien schön!«

Das glaubte ich gern.

Nachdem die Bayern Frankfurt 2:1 geschlagen hatten, wurde Toppmöller geschaßt, und als Trainer sprang für ihn der alte Haudegen Charly Körbel ein, der 602 Bundesligaspiele bestritten hatte, aber das half nun auch nicht mehr. Die Saison war gelaufen.

Am Montag betrat Christian die Redaktion mit dem Ausruf: »Kurt Cobain hat sich erschossen, Leute! Kurt Cobain hat sich erschossen!«

»Mach doch bitte die Tür zu«, sagte Birgit Staniewski. »Und wer war dieser Kurt Cobain? Ein Freund von dir?«

»Das weißt du nicht? Mensch, Birgit! Smells like Leichenschauhaus hier. Kurt Cobain war – Kurt Cobain!«

Zu seinem Leidwesen war Christian das einzige Redaktionsmitglied, dem dieser Musikus etwas bedeutete.

»Um wen trauerst du?« rief Tom Hintner. »Um François Couperin?«

Darauf erwiderte Christian nur, daß wir alle eingepökelt und als Schweinefutter verkauft gehörten.

Nach Schätzungen des Internationalen Roten Kreuzes hatten die Kämpfe zwischen den verfeindeten Volksgruppen der Hutu und der Tutsi in Ruanda bereits zwanzigtausend Menschen das Leben gekostet. Und jeder Vermittler galt bei der eigenen Bürgerkriegspartei als Kollaborateur.

Die deutschen Entwicklungshelfer waren ausgeflogen worden, mit ihren Kindern, und in der *Tagesschau* sah man ein Mädchen, das sich einen Teddybären an die Brust drückte.

Hätte die Bundesregierung nicht auch ein paar tausend ruandische Kinder und ihre Familien nach Deutschland holen können?

Oma bedankte sich für mein Buch:

Es gehört ja was dazu, fast alles zu kapieren! So umfangreich ist mein Wissen nicht, obwohl ich tatsächlich viel kapiert habe. Nun weiß ich auch, warum Du sooo viele Bücher brauchst, aus allen Gebieten mußt Du was verwenden. Und manchmal gehst Du ja wenig ehrenvoll mit hochgestellten Persönlichkeiten um, ja, beinahe frech! Das ist meine Meinung, die Du bitte einfach hinnehmen mögest!

Hier habe ich Luise, die täglich kommt, Dagmar, die auch oft kommt, sowie die 4 Enkelkinder aus Hannover. Das sind große Vorteile. Demnächst kriege ich auch ein größeres Zimmer mit Balkon! Abends geht es früh ins Bett, wie ein Baby, aber man gewöhnt sich an alles. Das richtige Gehen lerne ich wohl nicht mehr, also bleibe ich im Rollstuhl.

Ich antwortete ihr, daß der Name ihres Domizils – Professor-König-Heim – sehr klangvoll sei und sich viel besser anhöre als zum Beispiel Hiwi-Bettelmann-Heim, und ich kündigte ihr meinen baldigen Besuch an.

Weder zum griechischen Handelsembargo gegen Mazedonien noch zur Debatte über die Besoldung der unteren Beamtengruppen wollte Heribert Stellung nehmen, als die *Tagesthemen* liefen. Ihn lasse das alles kalt, erklärte er und merkte erst auf, als Wilhelm Wieben die Gewinnzahlen im Lotto am Mittwoch bekanntgab.

Auch Hermann Peter Piwitt hatte mir etwas zum »Blöken der Lämmer« geschrieben:

Jetzt, wo ich mehr davon kenne, wird mir klar, wie notwendig diese ›Summe‹ doch gewesen ist. Jedenfalls hat mir die Lektüre den Rest des Rest-Mitleids, das ich dem Gewürm entgegengebracht hatte, ausgetrieben.

Gut! Es wäre mir unangenehm gewesen, wenn Piwitt mich für einen Verräter an der Sache des Fortschritts gehalten hätte.

Andrea kam auf eine Tasse Tee vorbei und brachte einen Überraschungsgast mit: Lydia.

Ich erkannte sie kaum wieder. Die indische Sonne hatte ihre Haut gebräunt und ihr Haar erbleichen lassen.

Was fragte man jemanden, der monatelang in Indien meditiert hatte?

Wir saßen verlegen in der Küche herum und redeten aneinander vorbei.

Sie heiße jetzt nicht mehr Lydia, sondern Parjato, sagte Lydia, und das heiße soviel wie »Wohlriechende Blume«. Diesen Namen habe sie in Poona angenommen.

»Und was hast du jetzt vor?«

»Mir für'n Vierteljahr oder so 'ne Arbeit als Kindergärtnerin suchen und mit dem Geld, das ich da verdiene, so schnell wie möglich wieder nach Indien fliegen …«

Sehr viel mehr hatten wir uns leider nicht zu sagen. Mir war diese ganze Indienkiste ein Rätsel, und für Lydia alias Parjato sah ich wahrscheinlich wie ein ans Rad der Wiedergeburt gefesselter Blindfisch aus.

Von dem Mord an John F. Kennedy, schrieb der Journalist Gottfried Blumenstein in seinem Buch »Mr. Tambourine Man«, sei Bob Dylan »so schwer getroffen« worden, »daß er unfähig war zu trauern«.

Wortwörtlich. Hier diente die gute alte Trauerunfähigkeit nur noch dem Zweck des Zeilenschindens, und der Autor hatte wohlweislich darauf verzichtet, eine Quelle für seine schmierige Erfindung anzugeben.

Nanu? Frankfurt – Wattenscheid 5:1? Und Kaiserslauten hatte die Bayern 4:0 geschlagen? Um Meister zu werden, mußte die Eintracht aber an den letzten drei Spieltagen sowohl Kaiserslautern als auch Bayern überholen und mehr als vier Punkte wettmachen.

»Und wenn meine Tante Räder hätte, wäre sie 'n Omnibus«, sagte Achim, als wir uns abends im Hexenkessel die Kante gaben.

Dem Serbenführer Radovan Karadžić und seinen Leibgardisten wäre ich ebenso ungern im Mondschein begegnet wie ihren muslimischen Erzfeinden. Sie legten alle keinen Wert darauf, mich für ihre Sache zu gewinnen, denn sonst hätten sie wenigstens so getan, als wären sie auf eine friedliche Lösung aus.

Fünf bis sechs Milliarden Mark »Schuldenmasse« hatte der untergetauchte Frankfurter Baulöwe Jürgen Schneider hinterlassen. Genauer konnte es das zuständige Amtsgericht noch nicht sagen.

Jeder Lohnsteuerzahler wurde bis auf die Unterhose ausgezogen, aber hier wußte der Staat nicht einmal, ob es um fünf Milliarden Mark ging oder um sechs? Ja, wo lebten wir denn?

»Im Kapitalismus!« rief Christian und tippte mir mit seinem rechten Zeigefinger an die Stirn. »Hello? Anybody home? Ich kann dir versprechen, daß Jürgen Schneider irgendwann einen Deal mit der Staatsanwaltschaft macht und reicher sterben wird als du …«

In der Wettervorhersage hieß es, daß die Satellitenkamera Hoffnungsvolles zeige: »Denn zwischen den Tiefs in West- und Osteuropa kann sich jetzt über Deutschland hoher Luftdruck aufbauen. Das atlantische Hoch wird noch kräftiger, so daß ganz Deutschland am Dienstag mit strahlender Frühlingssonne erwacht.«

Die öffentlich-rechtlichen Wetterfrösche redeten allen Sonnenanbetern nach dem Mund: Sonne gut und Wolken böse. Und niemand sprach für Gebührenzahler wie mich, die keine Hitze abkonnten und schon vor der Frühlingssonne flohen.

Boris Jelzin und Yassir Arafat hatten einander in Moskau abgebusselt und umarmt, aber ich hätte meinen Skalp darauf verwettet, daß es zwischen ihren Delegierten wie in einer Schlangengrube zuging und daß der russische Inlandsgeheimdienst Arafats Hotelzimmer von oben bis unten mit Wanzen vollgepfropft hatte. Das sagte mir mein gesunder Menschenverstand.

Seit ungefähr sechs Stunden hatten Achim, Heribert und ich im Horizont getagt, als der Ruf »Letzte Runde« an unsere Ohren drang. Achim hielt eine flammende Protestrede: Es werde uns ohne jeden Zweifel auch über diese sogenannte letzte Runde hinaus noch dürsten, denn wir hätten einen harten und entbehrungsreichen Arbeitstag im Frondienst an der humoristischen Ertüchtigung des deutschen Volkes hinter uns. »Jeder, der uns jetzt in die Wüste schickt, muß sich darüber im klaren sein, daß er damit eine humanitäre Katastrophe heraufbeschwört! Freiwillig geben wir hier keinen Fußbreit Boden preis. Wir weichen nur der Gewalt! Doch bevor wir das tun, werden wir das Pentagon darum ersuchen, seine Luftschläge auf die UN-Schutzzonen Nordend, Bornheim, Preungesheim und Seckbach auszuweiten!«

Heribert und ich setzten dagegen auf eine Verhandlungslösung und leierten der Belegschaft nach der letzten tatsächlich noch eine allerletzte und eine allerallerletzte Runde aus den Rippen.

Am Donnerstagabend war ich bei Dietrich zur Nedden und Michael Quasthoff in der Fitz-Oblong-Show im hannoverschen Künstlerhaus zu Gast und stand dabei unter der scharfen Beobachtung meiner Sippe, denn im Publikum befanden sich Dagmar, Hilde, Volker und Wiebke sowie meine Kusinen Hedda und Corinna. Für Dietrich und Michael, die lustige kurze Texte und Lieder vortrugen, war es ein Heimspiel, während ich das Eis erst brechen konnte, als ich das Gedicht »Unkenrufe« vorlas, das Eckhard Henscheid Günter Grass »in Solidarität« gewidmet hatte. Es fing gut an …

Quack, quack! Quack quack quaak!

… und es hörte gut auf:

Quack.

Quack.

Quick? Nöö. Quack. Nicht stern, nicht quick.

Nur bloß quackquackquackquackquack.

Quaque.

Zu dritt brachten wir auch »Musse feife inne Wind« zu Gehör, aber das eigentliche Event begann erst danach in einer Schankwirtschaft namens Friesenkeller, wo Michael Quasthoffs Bruder Thomas, ein Opernsänger mit Conterganschädigung und nebenbei ein großer Biervernichter vor dem Herrn, die Songs »Danny Boy«, »My Way« und »My Funny Valentine« anstimmte und zwischendurch ein Gelächter aufschlug, das jeden Seismologen in der norddeutschen Tiefebene in Alarmbereitschaft versetzen mußte.

Wiebke hatte mir einen ihrer Wohnungsschlüssel überlassen, damit ich auf ihrem Gästesofa in der Südstadt übernachten konnte, und dort kam ich mittags wieder zu mir.

Papas Jetta hatte sich bislang als unverkäuflich erwiesen. Ich borgte ihn mir von Volker aus und fuhr damit nach Hildesheim, um Oma zu besuchen.

Aus einem Tankstellenshop brachte ich ihr einen kleinen Tulpenstrauß mit.

»Du bringst Schönheit in mein Leben!« rief sie. »Danke! Danke!«

Es war ganz ordentlich, das Professor-König-Heim, aber die Vorstellung, eines Tages selbst in einer solchen Endstation zu landen, machte mir Angst. Von früh bis spät Urinbeutel, Tablettenspender, Schnabeltassen, Keilkissen, Schonkost und Frotteelätzchen?

Ich schob Oma mit ihrem Rollstuhl spazieren und gab ihr in einem Lokal einen Apfelsinensaft aus.

»Luise kümmert sich sehr um mich«, sagte sie, »und auch Dagmar wird mich bald wieder besuchen, aber sie hat Kummer mit ihren Augen …«

In Omas Gesicht hatten sich viele neue Fältchen gebildet, und es bereitete ihr Mühe, den Kopf aufrecht zu halten. Immer wieder sank ihr das Kinn aufs Schlüsselbein. Sie sah nun so aus wie die Großmutter, die Ror Wolf einst bedichtet hatte:

mein oma liebe oma so
so faltig pergament so dünn
so vogel hals so fistel stimm …

Auf dem Rückweg überraschte uns ein Regenguß, und Oma sagte: »April deiht, wat he will!«

Um ihre Zimmergenossin nicht zu stören, spielten wir an einem Tisch auf dem Flur Malefiz, aber Oma war so schwach, daß sie kaum noch ihre Figürchen ziehen konnte, und selbst die letzten Spurenelemente ihres geringen brettspielerischen Talents waren inzwischen perdu.

Wir brachen die Partie nach einer Viertelstunde ab.

Nach einer weiteren Nacht auf Wiebkes Sofa fuhr ich mit dem Jetta nach Bremen.

Im Hauptbahnhof hatten Günther Willen und Eugen Egner sich bereits versammelt, und um halb zwei komplettierte der aus Kiel kommende Kollege Max Goldt unser Reisequartett.

Walter Kempowski erwartete uns um 15 Uhr. Wir lagen gut in der Zeit, denn es waren nur rund fünfzig Kilometer vom Bremer Hauptbahnhof bis Nartum.

In diesem blöden Auto sitze es sich unbequem, sagte Max, während wir mit Papas Jetta dahinfuhren, und ich fragte Eugen, der hinten neben Günther saß, ob es stimme, daß er im Herbst die Bundesregierungsgeschäfte übernehmen werde.

»Da müßte ich mich mit dem Klerus gutstellen«, sagte Eugen. »Und überhaupt ist die Zeit zu knapp, wenn man so wie ich einem Dressurpferdegestüt vorsteht. Frag Günther, der hat ja auch 'n Pferd. Stimmt's?«

»Yep«, sagte Günther. »Und zwar eins mit Servolenkung.«

»Wer Pferde hat, dem geht das Roßhaar nicht aus!« sagte Eugen, und Max mutmaßte, daß Herr Kempowski wahrscheinlich achtzig oder neunzig Fahrräder für eventuell eintrudelnde Doppeldeckerbusse voller Pferdemädchen im Koben stehen habe.

Hinter der Abfahrt Stuckenborstel wurde Eugen nervös. »Kinder, Kinder ... in 'ner halben Stunde sitzen wir pausbäckig in Haus Kreienhoop und kämpfen unsere Blähungen nieder! Habt ihr euch das auch alle gut überlegt?«

Um die Aufregung niederzuringen, stellten wir einen Katalog der Fragen zusammen, mit denen wir Kempowski auf keinen Fall quälen wollten:

»Schreiben Sie eigentlich alles mit der Hand?«

»Woher nehmen Sie nur immer diese putzigen Ausdrücke?«

»Haben Sie sich im Gefängnis nicht furchtbar gelangweilt?«

»Wissen Sie überhaupt, wie schön Sie es hier haben?«

»Fühlen Sie sich nicht einsam, so weit draußen auf dem Land?«

»Haben Sie ein paar Freiexemplare für uns?«

»Sollen wir Ihnen mal unser Leben erzählen, und Sie schreiben das dann auf? Und wir teilen uns den Gewinn?«

Eugen verriet uns die nervigsten Interviewfragen, die ihm selbst schon gestellt worden waren: »Können Sie nicht mal was Schönes zeichnen?«, »Nehmen Sie LSD?«, »Was sagt Ihre Frau denn dazu?« und: »Kann man davon leben?«

»Unpünktlichkeit anderer« sei für ihn »das größte Unglück«, hatte Kempowski einst im Fragebogen des *FAZ-Magazins* angegeben, aber deshalb mußten wir uns keinen Kopf machen. Wir kamen lange vor der Zeit in Nartum an, unternahmen einen kleinen Spaziergang und fanden uns um 14.59 Uhr vor der Haustür ein.

Max besaß eine Armbanduhr, die von der Braunschweiger

Atomuhr getaktet wurde. In den letzten Sekunden zählte er den Countdown: »Zehn … neun … acht …«

»Oder sollten wir ihn doch lieber in Ruhe lassen?« fragte Günther. »Sonst schreibt er vielleicht in sein Tagebuch, daß wir ihn von der Arbeit abgehalten hätten …«

»Aber das ist doch unsere einzige Hoffnung auf Unsterblichkeit!« sagte Eugen.

»… drei … zwei … eins …«

Ich drückte auf den Klingelknopf.

Ein Corgi schlug an. Oder waren es zwei? Oder drei?

Kempowskis Sohn Karl-Friedrich öffnete die Tür, und hinter ihm tauchte sein Vater auf und sagte: »Mein Gott, seid ihr pünktlich! Das ist ja fast schon peinlich!«

In der Wohnhalle trug Hildegard Kempowski Butterkuchen und Kaffee für uns auf, aber Eugen erbat sich Tee, was ich kühn fand. War das nicht zu kapriziös?

Auf einem Tisch lag Max' Quittenbuch. Kempowski hatte darin den Satz angestrichen, in dem Max auf den Trugschluß eingegangen war, daß die Gegnerschaft zur Atomkraft unweigerlich mit der Gegnerschaft zu Volkszählungen und der Befürwortung von Abtreibungen und der »Soundsovielstundenwoche« einhergehe.

»Sie haben das ›Zwangskoppelung‹ genannt«, sagte Kempowski. »Das trifft den Kern der Sache. Nicht wahr, mein Liebes?«

Letzteres war an seine Frau gerichtet, die den Kaffee eingoß.

Günther erzählte, daß das »Echolot« in der Oldenburger Universitätsbibliothek, wo er arbeite, falsch eingeordnet sei, nämlich unter Zeitgeschichte und nicht unter Literatur, und Kempowski sagte, daß ihn das nicht wundere. Während seiner gesamten Lehrtätigkeit habe ihm in dieser Universität kein einziger Professor die Hand gegeben. »Darüber bin ich aber hinweg. Ich hab jetzt andere Sorgen. Sie wissen ja, daß ich 'n Schlaganfall gehabt hab. Ich bin froh, daß ich überhaupt wieder gehen und schreiben kann. Vorletzte Nacht, da hatte ich 'n Nervenzusammenbruch. Bin plötzlich hochgeschreckt und hab gedacht, mir platzt der Kopf …«

Um Kempowski auf andere Gedanken zu bringen, überreichte ihm Eugen »zu treuen Händen« seinen Cartoon- und Bildergeschichtenband »Glücklich ist, wer vergißt, daß er nicht zu retten ist«.

Kempowski blätterte darin und fragte: »Haben Sie was gegen Frauen?«

»Keineswegs«, sagte Eugen. »Die Männer habe ich ja nicht günstiger dargestellt …«

Eine unvorhergesehene Wendung gab Kempowski dem Gespräch, als er vorschlug, daß ich seine Biographie schreiben solle. Er würde mich zu allen seinen niedersächsischen Wirkungsstätten fahren und mir auch die »Vorchronik« zeigen, aus der seine Romane hervorgegangen seien. »Da können Sie genau sehen, wo ich geschummelt hab und wo nicht. Aber meistens hab ich nicht geschummelt, denn die Wahrheit war interessanter als das, was man sich ausdenken kann …«

Mir war dabei nicht wohl. Eine Walter-Kempowski-Biographie schreiben? Wenn sie kein Pfuschwerk werden sollte, hätte ich mir vier bis fünf Jahre Zeit dafür nehmen, einhundert Leute interviewen und solange alle anderen Pläne auf Eis legen müssen.

Ich redete mich damit heraus, daß mir die Arbeit in der *Titanic*-Redaktion keine Zeit für eine so große Aufgabe lasse, und da wandte er sich an Max und sagte: »Er will nicht!«

Irritierenderweise spielte Kempowski, während wir uns unterhielten, immer wieder mit einer Fliegenklatsche, und manchmal ließ er sie auf Fliegen niedersausen, die auf dem Kaffeetisch herumliefen.

Hildegard Kempowski brachte den Tee für Eugen und ein neues Tablett mit Butterkuchen, aber als ihr Mann zugreifen wollte, zeigte sie auf ein anderes Stück und sagte: »Iß lieber den hier, der ist älter!«

Das amüsierte uns sehr. Hätte sie ihrem Mann nicht dazu raten sollen, den frischeren Kuchen zu essen?

Doch Kempowski gehorchte. Er nahm das ältere Stück, stippte es in seinen Kaffee und sagte: »Das müssen Sie auch so machen! Und wenn Sie rauchen wollen, dann tun Sie das ruhig.«

Günther und ich zögerten. Das Haus Kreienhoop vollquarzen? In Gegenwart des nichtrauchenden Hausherrn?

»Sie sind doch Bibliothekar!« rief Kempowski Günther zu. »Ein Bibliothekar muß doch rauchen!«

»Spielen wir 'ne Runde Marlboro?« fragte Günther. »Sie teilen aus!«

Kempowski lachte und sagte: »Sie haben einen guten Humor.«

Und Günther, schlagfertig wie immer, sagte: »Sie aber auch!«

Anstelle von Zigaretten bot Kempowski uns Schnäpse an, die wir jedoch höflich ablehnten, und dann äußerte er seinen Unmut über die deutschen Antiquitätenhändler. Man könne leider keine realsozialistischen Statuen ersteigern, noch nicht mal über Beziehungen. Für dreitausend Mark habe er jetzt immerhin ein Bild aus der Nazizeit gekauft. »Darf ich Ihnen das mal zeigen?«

Wir sahen uns die unkönnerhaft gemalten BDM-Mädel und ihre Zöpfe an.

Dieses Gemälde heiße »Das Volkslied«, sagte Kempowski, aber das sei ein blöder Titel, denn man sehe doch, daß diese Mädchen kein Volkslied sängen, sondern über Schweinereien sprächen!

Dann rief eine Frau an, deren Keifstimme laut durch den Hörer des Mobiltelefons drang, und Kempowski hielt es weit von seinem Ohr weg und schnitt Grimassen, während die Frau auf ihn einredete: ein theatralischer Zwischenakt, nur für uns.

Nachdem er die Tee- und Kaffeerunde aufgehoben hatte, führte Kempowski uns den Supercomputer vor, in den er, wie er sagte, das Material für die nächsten »Echolot«-Bände einspeise. »Ob ich das alles schaffen werde, weiß ich nicht …«

In seinem Archiv stand ein Waschkorb mit der noch ungeöffneten Post der letzten drei Tage, und auf dem Rücken eines Aktenordners war zu lesen:

FANPOST Feb/März 94

Wie wurde Kempowski bloß mit dieser Flut von Einsendungen fertig?

Im Turmzimmer machte Max Fotos von uns allen, und es begann ein großes Büchersignieren. In Eugens Ausgabe des Tagebuchs »Sirius« schrieb Kempowski:

Für Eugen Egner!

Besonders S. 237!

Das war aber, wie wir wußten, nur ein Scherz, der darauf abzielte, daß Eugen bis an sein Lebensende über die geheime Botschaft auf Seite 237 rätseln sollte.

»Ein unglaublich sympathischer Mensch«, sagte Max, als wir wieder im Jetta saßen und nach Bremen fuhren, und Günther war der gleichen Meinung: »Da kann man nur auf den Knien rutschen und dankbar sein. Wann kriegt man schon mal von Kempowski einen guten Humor bescheinigt? Bei mir hat er in sein Tagebuch übrigens reingeschrieben, daß die Seite 137 besonders wichtig ist. Was das nun wieder soll?«

So wie die Kempowskis, sagte Eugen, würde auch er mit seiner Frau gern hausen und jeden Tag vor Vergnügen aufquietschen: »Wie haben wir es schön!«

In Haus Kreienhoop werde übrigens die hübsche Sitte gepflegt, Menschen, die man einzeln sieze, als Gruppe zu duzen beziehungsweise zu ihrzen, sagte Max. »Und ist euch auch aufgefallen, wie klein Kempowskis Füße sind? Und daß er so 'ne Art Kinderpantinen getragen hat?«

»Und wieso«, fragte Eugen, »hat er in seinem Entrée ein großes Foto von Demonstranten hängen, die von Polizisten verprügelt werden?«

»Wahrscheinlich, damit seine Besucher sich fragen, wieso er in seinem Entrée ein großes Foto von Demonstranten hängen hat, die von Polizisten verprügelt werden«, sagte Günther, und Max meinte, daß dieses Foto wahrscheinlich »Wasser auf die Mühlen der Kempowski-Gegner« wäre.

Nachdem wir in einem Restaurant in Oyten einen mittelschweren Imbiß eingenommen hatten, brachten Günther, Max und ich Eugen im Bremer Hauptbahnhof zum Zug. Von außen sahen wir, daß Eugen sich in einem Abteil mit drei bierdosenschwenkenden Sangesbrüdern niederließ, und setzten mitleidsvolle Mienen auf.

»Bleibt munter!« sagte Günther in Oldenburg, als Max und ich auch ihn abgesetzt hatten, und ich steuerte die B 401 an, um den Jetta nach Meppen zu lenken, denn dort wollten Max und ich übernachten.

»Und wie ist das so in diesem Haus, das du geerbt hast?« fragte Max. »Liegt da noch das Skelett von deinem Vater rum?«

In einer Tanke kauften wir Bier.

In Meppen führte ich Max durch das Haus. Die unbelebten Zimmer hatten etwas Morbides, das konnte ich nicht leugnen, und im Wohnzimmer hing noch immer das Aroma von Papas Zigaretten.

»Gibt's hier auch was zu futtern?« fragte Max.

Alles, was ich auftreiben konnte, war eine Packung Mirácoli mit abgelaufenem Haltbarkeitsdatum.

Max sah sich die Packung an. »Die sind sogar schon vor drei Jahren abgelaufen!« rief er. »Toll. Von einem Toten gekaufte Mirácoli, die vor drei Jahren abgelaufen sind!«

Ich kochte uns die Mirácoli trotzdem, und während wir sie aßen, sagte Max, daß sie noch viel schlechter schmeckten als unabgelaufene Mirácoli. Es sei die Würzmischung, die Mirácoli generell schlecht schmecken lasse.

Da wir nun schon einmal in Meppen waren, ging ich mit Max in die Stadt und zeigte ihm die größten Sehenswürdigkeiten: die Hubbrücke, das Rathaus, mein altes Gymnasium und den Pub, in dem ich als Oberstufenschüler Bier mit Erdbeeren zu mir genommen hatte.

Am Tresen maulten zwei junge Landpflanzen darüber, daß die Musik nicht laut genug sei, und an unserem Tisch ging uns ein betrunkener, schweinsbratenfetter Mittvierziger auf den Zeiger.

Meppen, wie es leibte und lebte.

Dann hingen wir im Wohnzimmer in der Dammstraße ab. Max öffnete das Fenster und ließ die gute Nachtluft herein, und ich legte eine LP von Ulrich Roski auf Mamas alten Plattenteller.

Schenk mir noch einmal gelben Löwenzahn, den hatt' ich
Von jeher lieber schon als Majoran und Lattich ...

Mit elf oder zwölf hatte ich diese Lieder witzig gefunden. Jetzt mußte ich zugeben, daß Roskis Humor einen langen Bart angesetzt hatte. Ich wollte daher lieber etwas von Chopin auflegen, doch Max bestand darauf, daß wir uns die Langspielplatte bis zum bitteren Ende anhörten, und danach war ich für alle Zeiten bedient.

Weil es mich nachts in Papas Spukschloß gruselte, krochen wir gemeinsam unter eine Decke schlafen. So war es knuddeliger, und ich nahm es hin, daß Max sich über den kalten Angstschweiß an meinen Armen beschwerte und Kritik an dem Geruch meines Deo-Rollers übte. Es war einfach schön, in diesem Haus einmal nicht allein im Bett zu liegen und eine andere Stimme zu hören als die von Papa.

Am Sonntag wollte Max sich das Schloß Clemenswerth ansehen. Von Meppen waren es nur knapp dreißig Kilometer bis zu dieser Frucht der spätbarocken Baukunst, und ich fuhr uns gern dorthin, aber die kastrierten Gehölze rund um das Schloß machten mich fertig, und von den Jagdpokalen aus dem Rokoko und den Stukkaturen innerhalb der Räume hatte ich nach zwei Minuten genug. Mir hätte nichts gefehlt, wenn dieses Gebäude mitsamt seinen zu Tode gepflegten Gärten in den Befreiungskriegen ein Raub der Flammen geworden wäre.

Drei Stunden später erreichten wir Hannover und fädelten uns in den zähen Stadtverkehr ein.

Max hatte auch diesmal kein Geheimnis aus seiner Unzufriedenheit mit dem Beifahrersitzkomfort und der menschenunwürdigen Autofahrerei gemacht, aber die kalte Wut packte ihn erst, als wir vor einer Ampel hielten und aus einer Querstraße ein Porsche mit einer sehr jungen Frau am Steuer nahte: »Jetzt sieh dir dieses Fötzchen an! Hat erst zweimal die Periode gehabt und cruist hier mit 'm Sportwagen rum wie Brigitte Bardot! Ja, glotz nur, du blöde Pute! Hoffentlich knallste mit deiner Kiste an den nächsten Brükkenpfeiler und brichst dir das Genick!«

Nach einer kurzen Räusperpause erklärte Max mir lang und breit, daß es ihm hier lediglich um die Geschlechtergerechtigkeit gegangen sei. Immer werde gegen Porschefahrer gewettert, aber nie gegen Porschefahrerinnen. An und für sich sei er jedoch der felsenfesten Überzeugung, daß Autofahren eines der ganz wenigen Dinge sei, die Frauen besser könnten als Männer. Testosteron und nicht Östrogen verursache Autounfälle.

Ich chauffierte Max zum Hauptbahnhof, gab den Jetta wieder bei Volker ab, schlug mich zurück zum Bahnhof durch, stieg in einen Zug nach Frankfurt, der so proppenvoll war, daß ich auf dem Gang sitzen mußte, wobei mir die Beine einschliefen, und las Paul Williams' Buch über Bob Dylans »Middle Years« von 1974 bis 1986, das mir neue Qualen bereitete, denn was half es mir, wenn der Autor erzählte, wie sehr ihn Dylans Konzert am 17. Juli 1986 im Madison Square Garden beseligt habe?

He is performing like it's a matter of life and death. He is inspired. He's alive.

This, obviously, is my idea of great art.

Schön für Paul Williams, der das Bootleg besaß!

»Die Eintracht hat's endgültig versemmelt«, sagte Heribert. »Hat sich von Dortmund zwei null schlagen lassen …«

In seinen Zügen malten sich zu gleichen Teilen Ingrimm und Zerknirschung.

Um ihn wieder etwas aufzubauen, erklärte ich mich dazu bereit, für ihn ein Rendezvous mit Rita Waschbüsch klarzumachen, der Vorsitzenden des Zentralkomitees der deutschen Katholiken.

Anstatt mir zu danken, fragte er: »Geht das nicht auch mit Kim Basinger? Oder Meg Ryan?«

»Bedaure, aber die gehören meinem eigenen Harem an.«

»Und Cindy Crawford?«

»Ebenso. Aber wie wär's stattdessen mit Mutter Beimer, wenn du mir dafür Michelle Pfeiffer, Sharon Stone und Naomi Campbell überläßt?«

Er habe nicht jahrzehntelang auf den größten Basaren des Orients gezockt, um jetzt auf einen derartigen Kuhhandel hereinzufallen, erklärte Heribert.

»Und wenn ich auch noch Inge Meysel drauflege?«

Nun brauste er auf: »In der Autoquartettbörse würdest du mir für drei Ferraris wahrscheinlich auch zwei Oldtimer mit Tulpenverdeck und vierzehn PS anbieten, du Halunke! Schleich dich!«

Fünf Spalten lang breitete Hellmuth Karasek im *Spiegel* zustimmend Zitate aus dem »Blöken der Lämmer« aus, und er schrieb, ich hätte mein Zuhause »in der Blödelschule der *Titanic*«.

War dieser Kulturchef des größten europäischen Nachrichtenmagazins geistig wirklich so weit zurückgeblieben, daß er die *Titanic* für ein Blödelheftchen hielt?

»Viel Ahnung hatte der Karasek ja noch nie«, sagte Klaus Bittermann am Telefon zu mir. »Aber 'ne bessere Werbung kannst du dir doch gar nicht wünschen. Die erste Auflage ist schon weg, und die zweite ist im Druck. Was willst du mehr?«

Bei einzelnen Passanten, die plötzlich laut losquasselten, handelte es sich nicht mehr ausschließlich um Verrückte, sondern mehrheitlich um Mobiltelefonierer. Wobei es zwischen diesen beiden Gruppen natürlich eine große Schnittmenge gab.

Aber wieso sprachen diese Leute nicht leiser? Wollten sie demonstrieren, wie gefragt sie waren? So daß sie nicht mal den Hund Gassi führen oder Brötchen holen gehen konnten, ohne telefonisch erreichbar zu sein?

Auch »Die gnadenlose Jagd« war inzwischen erschienen, und ich verbrachte meine Abende damit, signierte Freiexemplare an meine Verwandten, meine Liebsten und andere Freunde des Hauses Schlosser zu versenden.

Mein alter Onkel Rudi hatte unterdessen mit seiner Stimme als Bundesverfassungsrichter dazu beigetragen, daß die Leugnung des Völkermords an den Juden verboten wurde. Eine gute Tat.

In einer Partie gegen Nürnberg hatte Bayerns Spieler Thomas Helmer den Ball bei einem Angriff außen am linken Torpfosten vorbeigezirkelt, aber der Schiedsrichter hatte auf Tor erkannt. Vom DFB-Sportgericht war das Spiel wegen dieser Fehlentscheidung annulliert worden, und in der *Tagesschau* sah man Bayerns Vertreter Uli Hoeneß mit dickem Hals vor den Richtern sitzen.

Was hatte dieser Dulli sich denn versprochen? Daß sie die Filmaufnahme als Beweis nicht zuließen? Wäre es nicht anständiger gewesen, wenn er selbst auf einem Wiederholungsspiel bestanden hätte?

Ein adrettes Hotelzimmer, fünfhundert Mark Honorar und ein aufgeschlossenes Publikum in einem Hörsaal der Rechtswissenschaftlichen Fakultät der Westfälischen Wilhelms-Universität erwarteten mich in Münster, und danach feierte ich mit den Veranstaltern und sieben oder acht Lesungsbesuchern in einem stimmungsvollen Lokal bei Pfefferpotthast und Veltlins in meinen 32. Geburtstag hinein. Zu meiner Linken saß der Lektor Heiko Arntz, der von Eugen bereits gehört hatte, wie herzerwärmend der Besuch in Nartum verlaufen war, und zu meiner Rechten eine feurige blonde Skandinavistikstudentin, die Sandra hieß und nach der letzten Runde anklingen ließ, daß sie mir in ihrem Boudoir noch mit einem geistigen Getränk namens Krambambuli dienlich sein könne.

»Und wo wohnst du?«

»Nur zwei Kilometer von hier. Ich kann dich auf meinem Fahrrad mitnehmen.«

»Du meinst, ich soll mich auf den Gepäckträger setzen? Über dieses Alter bin ich seit heute eigentlich hinaus …«

»Nein. Ich fahr im Stehen, und du sitzt auf dem Sattel und hältst dich an mir fest.«

Ich war skeptisch, doch es funktionierte besser, als ich erwartet hatte. Während ich mich an Sandras Hüften klammerte und die Beine abwinkelte, trat sie stehend in die Pedale und ließ sich beim Fahren immer wieder mal auf meinen Schoß sinken.

Ich unterstützte sie dabei, und ihr Haar wehte im Nachtwind.

She lives on Love Street

Lingers long on Love Street ...

So und nicht anders wollte ich mein Leben lang unterwegs bleiben.

Gerhard Henschel im Hoffmann und Campe Verlag

Die Martin-Schlosser-Romane

Kindheitsroman
496 Seiten, gebunden
ISBN 978-3-455-40577-4

Nur für mich gab ich dem Essen Noten: Hähnchen 1, Fischstäbchen, Spaghetti mit Spiegelei und Milchreis 2 … Kohlrabi 5 und Rotkohl 6.

Martin ist fünf Jahre alt und hat die Gefechte im Sandkasten hinter sich, als die sechsköpfige Familie Schlosser 1964 an den Rhein zieht und sich dort den Traum vom ersten Eigenheim erfüllt. Während zu Hause eisern gespart werden muss, besucht Martin mit leidlichem Erfolg die Schule, wird beim Ladendiebstahl erwischt und schließt sich der D-Jugend des Fußballvereins an.

Jugendroman
520 Seiten, gebunden
ISBN 978-3-455-40041-0

Mann, Mann, Mann, was war doch Mathe für ein geisteskrankes, bekotztes Wildschweingefurze.

An Meppen, dem neuen Wohnort der Familie Schlosser, hasst Martin so gut wie alles: Schule, Konfirmandenunterricht, Gartenarbeit und die öde Landschaft. Aus lauter Frust beginnt er wie besessen zu lesen, was die Meppener Stadtbibliothek hergibt: von griechischen Tragödien bis zum Expressionismus. Im übrigen bleibt nur die Hoffnung auf die Erfüllung der glühenden Liebe zu einer Mitschülerin.

Liebesroman
576 Seiten, gebunden
ISBN 978-3-455-40287-2

Dann war Damenwahl. Jetzt gehe es ‚den Mannslüet ans Leder', rief Oma.

Da es mit der großen Liebe schwierig ist, stürzt Martin Schlosser sich in andere Aktivitäten. Er arbeitet als Redakteur für die Schülerzeitung und treibt den Direktor des Gymnasiums mit aufrührerischen Artikeln zur Verzweiflung. Zudem erlebt er in Florenz den greulichsten Urlaub seines Lebens. Nur gut, dass am Ende eine neue Liebe auf ihn wartet: die charmante Sitzenbleiberin Heike.

Abenteuerroman
572 Seiten, gebunden
ISBN 978-3-455-40361-9

Hermann wollte nach Hannover trampen. Am Wochenende einfach drauflosfahren. Why not?

Nach dem mit Ach und Krach bestandenen Abitur jobben Martin und seine Freundin Heike – eine ernüchternde Begegnung mit der Arbeitswelt. Danach muss Martin für acht Wochen zur Bundeswehr, bis er als Kriegsdienstverweigerer anerkannt wird und seinen Zivildienst beginnt. Er zieht wegen Heike nach Bielefeld, aber um die Liebe ist es nicht gerade gut bestellt. Freude hat Martin vor allem an einer ausgedehnten Tramptour mit seinem Freund Hermann, die nach Venedig führt.

Bildungsroman
576 Seiten, gebunden
ISBN 978-3-455-40450-0

In Andreas WG trank niemand Kaffee, und es gab auch keinen schwarzen Tee.

In Bielefeld nimmt Martin sein Studium auf: Literaturwissenschaft, Soziologie und Philosophie. Aber dann verliebt er sich mal wieder unglücklich und geht nach Berlin. Bei den Eltern in Meppen hängt der Haussegen schief, weshalb er sich dort lieber rar macht. Neuen Schwung bringt erst Andrea, eine Pädagogikstudentin, die sein Leben kräftig durcheinanderwirbelt.

Künstlerroman
576 Seiten, gebunden
ISBN 978-3-455-40498-2

Papa erklärte mich für meschugge. Meine Finanzplanung sei absoluter Schwachsinn.

Nachdem Martin von Andrea zu einem Bioenergetik-Workshop überredet worden ist, findet er Gefallen an dieser Form der »Selbsterfahrung«. Eine Folge davon ist, dass er sein Studium abbricht und Schriftsteller werden will. Seine Eltern sind entsetzt, doch seine Entscheidung steht fest. Und bis er vom Schreiben leben kann, wird er sich seinen Lebensunterhalt als Hilfsarbeiter verdienen.

Arbeiterroman
528 Seiten, gebunden
ISBN 978-3-455-40575-0

Du bist mehr so'n verkopfter Typ, kann das sein? Dir fehlt da was.

In Oldenburg, wo Martin mit Andrea lebt, bleiben die Versuche, sich als Schriftsteller zu etablieren, erfolglos. Es langt nur zur kleineren Beiträgen in Stadtmagazinen und Literaturzeitschriften. Andrea, die sich als Praktikantin im Jugendzentrum abplagt, träumt unterdessen von einem unbekümmerteren Dasein. Und tatsächlich bahnt sich eine Wende an. Nach gut zwei Jahren hat sich das Leben zu Martins Verblüffung grundlegend geändert.

Erfolgsroman
608 Seiten, gebunden
ISBN 3-455-00377-2

Sie zog „Das Kapital" aus dem Regal. „Hab ich auch mal zu lesen versucht. Schön und gut, aber irgendwie hätte ich gedacht, es müssten mehr Indianer drin vorkommen ..."

Anfang der neunziger Jahre schreibt Martin Schlosser nicht nur für das Satiremagazin *Kowalski*, auch der *Merkur*, die *Frankfurter Rundschau* und *konkret* drucken seine Texte. Endlich kann er vom Schreiben leben. Dann zieht es ihn von Friesland wieder nach Berlin. Alles wendet sich jetzt zum immer Besseren: Verleger bieten ihm Buchverträge an, es gibt Einladungen zu Lesungen, die Nächte werden länger, und das Leben ist schön.